티핑 더 벨벳

티핑 더 벨벳

세라 워터스 장편소설 최용준 옮김

TIPPING THE VELVET
by SARAH WATERS

Korean translation rights arranged with Greene & Heaton Limited Literary Agency through EYA (Eric Yang Agency).

이 책은 실로 꿰매어 제본하는 정통적인 사철 방식으로 만들어졌습니다.
사철 방식으로 제본된 책은 오랫동안 보관해도 손상되지 않습니다.

『티핑 더 벨벳』의 다양한 초고를 읽고 조언을 준 모두에게, 특히 샐리 O-J, 그리고 마거리타 졸리, 리처드 시멜, 세라 홉킨스에게 감사의 마음을 전한다. 내가 이 책을 쓰는 동안, 그리고 그 뒤에도 격려와 조언과 열정을 보여 준 캐럴라인 할리데이, 모니카 포티, 주디스 스키너, 니콜 폴 모두에게 고마움을 표한다. 비라고의 내 편집자인 샐리 애비, 그리고 내 출판 대리인인 주디스 머리에게 고마움을 표한다. 마지막으로 역사 그리고 사랑에 대해 훌륭한 것들을 많이 가르쳐 준 로라 고잉에게 감사의 마음을 전한다. 이 책은 그녀를 위한 것이다.

1부

1

윗스터블 굴을 먹어 본 적이 있는지? 만약 먹어 보았다면 그 맛을 잊지 못하리라. 켄트 해안 일부의 독특한 환경 덕분에 윗스터블 석화(사람들은 이렇게 부른다)는 잉글랜드 전역에서 가장 알이 굵고 즙이 많고 풍미가 있으면서도 섬세한 맛이 난다. 윗스터블 굴은 그 맛에 걸맞은 유명세를 떨치고 있다. 섬세한 미각으로 유명한 프랑스 사람들은 이 굴 때문에 정기적으로 해협을 건너온다. 굴은 얼음이 가득한 통에 담겨 함부르크와 베를린의 식탁으로 배달된다. 내가 알기로는 폐하께서도 케펠 부인[1]과 함께 윗스터블에 특별히 왕림하셨다. 프라이빗 호텔[2]에서 굴로 저녁 식사를 하시기 위해서 말이다. 그리고 연로하신 왕비께서는 승하하시는 날까지 하루에 한 개씩 석화를 드셨다(적어도 사람들은 그렇게 말한다).

윗스터블의 굴 식당들을 본 적이 있는지? 아버지가 그런 식당을 운영했다. 나는 그곳에서 태어났다. 하이 스트리트와 항구 중간에 좁다랗고 물막이 판자를 댄, 파란 칠 여기저기 결이 일어난 집이 있었던 것이 기억나는가? 집 안으로 들어오면 〈애슐리 굴,

1 에드워드 7세의 정부. 이하 모든 주는 옮긴이의 주이다.

2 예약 손님만 받는 호텔.

켄트 최고의 맛〉을 음미할 수 있다고 알리는 불룩한 간판이 문 위에 걸려 있던 것을 기억하는지? 혹시 그 문을 밀고 천장이 낮고 어두우며 달콤한 향이 나는 안으로 들어와 봤는가? 바둑판무늬 천을 깐 식탁을, 칠판에 분필로 적어 놓은 메뉴를, 알코올램프를, 녹고 있던 버터 조각을 기억하는가?

곱슬머리에 장밋빛 뺨을 한 쾌활한 여자아이가 시중을 들지 않았는지? 바로 내 언니 앨리스이다. 아니면 다소 키가 크고 몸이 구부정하며 하얀 앞치마가 넥타이 매듭부터 부츠의 나비매듭까지 내려오는 남자가 시중을 들었는가? 바로 내 아버지이다. 부엌문이 앞뒤로 흔들릴 때 보글거리는 굴 수프 냄비나 지글거리는 석쇠에서 피어오르는 구름 같은 수증기에 얼굴을 찡그리고 있는 여인을 보았는가? 바로 내 어머니이다.

그리고 그 여인 옆 곧고 부드러우며 창백한 금발 가닥이 계속 눈으로 떨어지던 갸름하고 하얀 얼굴에 평범한 외모의 여자아이, 옷소매를 팔꿈치까지 걷어붙이고 거리의 가수나 연예장의 노래를 부르느라 쉴 새 없이 입술을 움직이던 아이를 보았는지?

바로 나다.

옛날 발라드에 나오는 몰리 말론[3]처럼, 나는 생선 장수였다. 부모님이 생선 장수였기 때문이다. 부모님은 식당을 운영했고, 위층은 방이었다. 나는 굴 소녀로 컸으며, 굴 장사의 온갖 홍취에 푹 절어 있었다. 내가 처음 걸음마를 뗀 곳은 굴 통과 얼음 통 주변이었다. 나는 석판과 분필 조각보다 굴 칼을 먼저 쥐고 사용법을 배웠다. 선생님 무릎에 앉아 알파벳을 혀짤배기 소리로 발음할 때도 굴 요리용 부엌에 무슨 도구들이 있는지는 줄줄 외울 수 있었고, 눈을 가리고도 물고기 맛을 보고 그게 어떤 물고기인지 맞힐 수 있었다. 내게 윗스터블은 온 세상이었고, 〈애슬리 식

3 작자 미상의 아일랜드 노래 「몰리 말론」에 나오는 생선 장수 여인 이름.

당〉은 나만의 특별한 나라였으며, 굴 즙은 배양액이었다. 비록 어머니가 해준 이야기를 오래 믿지는 않았지만(내가 갓난아이였을 때 부모님이 날 굴 껍데기에서 발견했으며 탐욕스러운 손님이 하마터면 점심 식사로 날 먹어 버릴 뻔했다는 이야기였다) 18년 동안 나는 내 〈굴적〉 교감을 절대 의심치 않았으며, 아버지 부엌 너머의 직업을 찾으려 기웃거린 적이 없었다. 사랑 역시 마찬가지였고.

당시 내 삶은 사람들의 호기심을 불러일으킬 만했다. 심지어 윗스터블 기준으로도 말이다. 그러나 마음에 들지 않는다거나 지독히 힘들다거나 하지는 않았다. 우리는 아침 7시에 일을 시작했고 열두 시간 뒤에 일을 마쳤다. 그리고 그 시간 동안 내가 하는 일은 똑같았다. 어머니가 요리를 하는 동안 앨리스와 아버지가 손님 시중을 들었고, 나는 굴 통 옆 아이용 높은 의자에 앉아 굴 칼을 문지르고 헹구고 쌓아 놓았다. 어떤 사람들은 생굴을 좋아했다. 그런 경우 일은 제일로 쉬웠다. 통에서 굴 열두 개를 골라 소금기를 빼고 파슬리나 갓 약간과 함께 접시에 올려놓으면 되었다. 하지만 끓이거나 튀기거나 오븐에 굽거나 아니면 조가비째 불에 굽거나 파이에 넣은 굴을 좋아하는 손님일 경우 내 일은 좀 더 복잡했다. 그럴 경우 나는 껍데기를 열어 굴을 꺼낸 뒤 즙이 흐르거나 맛이 변하지 않도록 조심하며 맛있는 속살을 통째로 어머니의 요리 단지에 집어넣어야 했다. 우리 식당은 저녁 식사에 굴 열두 개가 나오고 굴 차는 싸고 한꺼번에 쉰 명을 수용할 수 있어 늘 붐볐으니, 자, 이제 하루에 얼마나 많은 굴이 내 칼을 거쳐 갔는지 계산할 수 있으리라. 또한 날마다 오후가 되면 내 손가락이 얼마나 붉어지고 욱신거리며 소금기에 절었을지도 상상할 수 있으리라. 심지어 굴 칼을 놓고 아버지 식당의 부엌일을 영원히 그만둔 뒤 20년도 더 지난 지금까지도 생선 장

수 통을 보거나 굴 파는 사람의 외침을 들을 때면 나는 동정심이 들며 손목과 손가락 관절에 쑤시는 듯한 아픔을 희미하게 느낀다. 그리고 엄지손톱 아래와 손금에서 아직도 굴 즙과 소금물 냄새가 나는 것 같다는 생각이 종종 든다.

앞서 어렸을 때 내 인생에는 굴뿐이었다고 말했다. 하지만 완전히 참말은 아니다. 작은 마을의 오래된 대가족에서 자라는 여자아이라면 누구나 그렇듯, 내게는 친구와 사촌들이 있었다. 내게는 침실과 침대를 함께 쓰며 내 모든 비밀을 들어 주고 내게 모든 비밀을 말하는, 가장 소중한 친구이자 언니인 앨리스가 있었다. 심지어 나는 남자 친구도 있었다. 프레디라는 남자아이로, 윗스터블만에서 내 오빠 데이비와 조 삼촌을 도와 굴 따는 배에서 일하는 아이였다.

그리고 마지막으로, 내게는 좋아하는 것이 있었다. 열정이라고 말해도 좋다. 바로 연예장이었다. 좀 더 자세히 말하자면, 연예장의 노래와 그 노래를 부르는 것을 좋아했다. 만약 윗스터블을 방문해 본다면 이런 열정이 꽤 불편하다는 사실을 깨닫게 되리라. 왜냐하면 이 마을에는 연예장이나 극장이 없었기 때문이다. 윗스터블에는 종종 순회 극단이 와서 노래를 하고 8월이면 인형극 간이 무대가 들어서는, 컴벌랜드 공작 호텔 앞의 외톨이 가로등만 서 있을 뿐이었다. 하지만 윗스터블에서 기차로 15분만 가면 캔터베리가 있었다. 그리고 그곳에는 연예장이 있었다. 바로 〈캔터베리 연예 궁전〉이었다. 그 연예장에서는 세 시간짜리 공연이 있었고, 표는 6페니였으며, 사람들 말에 따르면 켄트에서 으뜸가는 공연이었다.

궁전은 작았으며, 지금 생각해 보면 다소 낡은 극장이었다. 하지만 기억을 떠올릴 때마다 나는 아직 굴 소녀였을 때의 시선으로 그곳을 바라보게 된다. 벽에 늘어선 거울과 의자에 씌운 진홍색 플러시[4] 천, 위에서 막을 잡아 주는 금색 큐피드 석고상들이 눈에 선하다. 우리 굴 식당처럼 그곳에서도 독특한 냄새가 났다. 이제는 내가 잘 알고 있으며 모든 연예장에서 공통적으로 나는 그 냄새는 나무와 기름, 페인트와 엎지른 맥주, 가스와 담배, 머릿기름 냄새가 모두 합쳐진 냄새였다. 내가 어렸을 때 무조건 좋아했던 향이었다. 후에 나는 극장 지배인들과 연예인들로부터 그것이 웃음의 냄새, 기쁨의 향이라는 설명을 들었다. 하지만 나중에 나는 그것이 기쁨이 아니라 슬픔의 정수로 이루어진 향이라는 사실을 알게 되었다.

하지만 그건 한참 뒤에 다루게 될 이야기이다.

적어도 내 생각에 나는 열여덟 살이 되던 무렵, 즉 아버지 집에서 보낸 마지막 여름에는 캔터베리 궁전의 색과 향에 대부분의 여자아이들보다 더 익숙했다. 왜냐하면 앨리스의 남자 친구인 토니 리브스가 그곳에서 일했는데, 토니는 공짜 또는 거의 공짜나 다름없는 가격으로 우리에게 좌석을 구해 주었기 때문이다. 토니는 궁전 지배인인 저 유명한 트리키 리브스의 조카였고, 그 덕에 토니에게 극장은 앨리스를 꾀기 위한 수단이었다. 처음에 부모님은 토니를 믿지 않았고, 극장에서 일하고 귀 뒤에 시가를 꽂고 다니며 계약, 런던, 샴페인에 대한 이야기를 구변 좋게 늘어놓는다고 해서 토니가 〈바람 들었다〉고 생각했다. 하지만 토니를 오랫동안 싫어할 수 있는 사람은 아무도 없었다. 토니는 그만큼 통이 크고 편안하고 친절했다. 그리고 앨리스에게 구애했던 다른 모든 남자들처럼 토니도 언니를 흠모했고 앨리스 때문에 우리 모두에게 친절히 대할 준비가 되어 있었다.

그래서 토요일 밤이면 앨리스와 나는 자주 캔터베리 궁전에서 치맛자락을 의자 밑에 쑤셔 넣고 최고이자 가장 유명한 공연

4 벨벳과 비슷하나 길고 보드라운 보풀이 있는 비단이나 무명 옷감.

에서 가장 명랑한 노래를 힘껏 따라 불렀다. 다른 관객들처럼 우리도 좋아하는 게 있었다. 우리에게는 가장 좋아하는 순서가, 보고 싶고 환성을 질러 대는 연예인이, 불러 달라고 간청하고 또 간청하고 결국 가수의 목이 잠길 때까지 불러 달라고 하는 노래들이 있었고, 결국 그 여자는(앨리스와 내가 가장 사랑하는 연예인은 대부분 여자 가수들이었다) 더는 노래를 할 수 없어 다만 활짝 웃으며 무릎을 굽혀 인사를 할 뿐이었다.

이윽고 공연이 끝나고 표 파는 부스 뒤에 있는 토니의 답답하고 작은 사무실에 가서 고맙다고 인사를 하고 나면, 우리는 그 노래를 흥얼거리며 돌아오곤 했다. 우리는 윗스터블로 오는 기차에서 함께 노래했다. 같은 공연을 우리만큼 즐겁게 보고 집으로 돌아가는 사람들이 우리와 함께 노래하기도 했다. 우리는 침대에 누워 어둠 속에서 노래를 흥얼거렸고, 노래 박자에 맞춰 꿈을 꾸곤 했다. 그리고 이튿날 아침 여전히 그 노래를 흥얼거리며 깨곤 했다. 우리는 손님들 저녁 시중을 들며 연예장의 활기를 약간씩 나누어 주었다. 앨리스는 커다란 접시를 나르며 휘파람을 불었고, 그 소리에 손님들은 싱글거렸다. 나는 바닷물이 담긴 그릇 옆 높은 의자에 앉아 내가 문지르고 비틀어 열고 움켜잡는 굴에게 노래를 해주었다. 어머니는 내가 무대에 올라야 한다고 말했다.

하지만 어머니는 이 말을 하고는 소리 내어 웃었다. 나도 웃었다. 내가 본 무대에서 조명을 받던 여자들, 내가 즐겨 배우고 부르던 노래의 원래 가수들은 나와 달랐다. 그 여자들은 언니 쪽에 더 가까웠다. 입술은 체리처럼 붉고 곱슬곱슬한 머리털은 어깨까지 내려와 나풀거렸다. 가슴은 봉긋했고 팔꿈치도 툭 튀어나오지 않았으며, 무대에서 가끔 보이는 발목은 맥주병만큼이나 가늘고 매력 있었다. 그에 비해, 나는 키가 크고 다소 마른 편이었다. 가슴은 납작하고 머리털 색은 흐릿했으며 눈동자는 단조롭고 흐린 푸른색이었다. 물론 내 얼굴 피부는 아주 매끄럽고 깨끗했으며 이는 무척 하얬다. 하지만 이런 것은 적어도 우리 가족 사이에서는 특별한 게 아니었다. 펄펄 끓는 바닷물의 독기를 쐬며 살다 보니 모두가 오징어처럼 하얗게 표백되었기 때문이다.

나보다는 차라리 앨리스 같은 사람이 금박 입힌 무대에서 새틴 치마를 입고 큐피드들의 환호를 받으며 춤을 춰야 했다. 그리고 나 같은 사람은 어두운 객석에 무명으로 앉아 연예인들을 지켜볼 운명이었다.

아니면 뭐 어쨌든, 나는 그런 식으로 생각했다.

어린 시절 내 기억은 지금까지 설명한 틀에 박힌 생활, 평일에는 굴 껍데기를 열고 굴을 꺼내 요리하고 접대하고, 토요일 밤이면 연예장에 가던 생활에 대한 것이 대부분이다. 하지만 물론 이는 겨울에만 해당하는 이야기이다. 영국 석화가 산란을 위해 떠나는 5월부터 8월까지 굴 따는 배는 돛을 접고 쉬거나 아니면 바다로 나가 다른 사냥감을 찾는다. 그 결과, 잉글랜드 전역에 있는 굴 식당은 식단을 바꾸거나 문을 닫아야 한다. 가을부터 봄까지 아버지 식당은 아주 잘되는 편이었지만 그렇다고 여름 내내 가게 문을 닫고 쉴 수 있을 정도로 잘되지는 않았다. 그러나 바다와 그 수확물에 의존해 사는 윗스터블의 많은 가족과 마찬가지로, 따뜻한 달에는 일이 눈에 띄게 쉬워졌으며 좀 더 느릿느릿하고 느슨하며 즐거운 편이었다. 식당도 덜 바빠졌다. 우리는 굴 대신 게, 홍가자미, 넙치, 청어 요리를 팔았으며 생선 가시 바르는 일은 겨울 동안 굴 껍데기를 끝없이 문지르는 일보다 쉬웠다. 우리는 늘 창문을 열어 두었고 부엌문을 활짝 젖히고 지냈다. 겨울과 달리 우리는 솥에서 나오는 증기에 산 채로 찜질을 당하지도 않았고 굴을 넣어 놓은 통에 든 얼음 때문에 손이 꽁꽁 얼지도 않았다. 대신 산들바람이 부드럽게 몸을 식혀 주고 펄럭이는 범포 소리와 도르래 소리가 윗스터블만에서 부엌으로 흘러 들어와 마음을 보듬어 주었다.

내가 열여덟 살이 되던 해 여름은 따뜻했으며, 한 주 한 주가 지나며 더욱 따뜻해졌다. 아버지는 어머니에게 한동안 가게를 맡기고 해변에서 조개와 쇠고둥 매점을 열었다. 앨리스와 나는 원한다면 매일 저녁 캔터베리 궁전에 갈 시간이 있었다. 하지만 7월에 숨 막히는 우리 식당에서 생선 튀김과 가재 수프를 먹고 싶어 하는 사람이 없는 것과 마찬가지로, 트리키 리브스의 답답한 연예장의 이글거리는 가스등 샹들리에 아래서 한두 시간 정도 장갑을 끼고 보닛[5]을 쓰고 있을 생각만 해도 우리는 숨이 막히고 기운이 빠지고 몸이 뻣뻣해졌다.

생선 장수의 일과 연예장 매니저의 일은 사람들 생각보다 훨씬 더 비슷하다. 아버지가 지나치게 익힌 것을 좋아하는 손님들의 둔한 입맛에 맞추기 위해 국물 맛을 바꾸었듯이, 트리키도 그렇게 했다. 트리키는 공연자 절반에게 급료를 준 뒤 해고하고, 채텀, 마게이트, 도버의 연예장들에서 새로운 연예인들을 데려왔다. 무엇보다 영리한 건 트리키가 런던에서 정말로 유명한 연예인과 일주일 동안 계약을 했다는 점이었다. 걸리 서덜랜드는 가장 유명한 익살 가수 가운데 한 명이었으며, 켄트의 무더운 여름날 중 가장 더운 날조차도 연예장을 꽉 채워 줄 보증 수표였다.

앨리스와 나는 걸리 서덜랜드 주간이 시작된 바로 첫날 밤에 궁전에 갔다. 우리는 매표소에 있는 여자와 이야기가 되어 있었고, 도착해 매표소 여자에게 웃으며 고개를 까닥하고는 어슬렁거리며 매표소를 지나 아무 객석에나 앉았다. 우리는 주로 최상

5 여자나 어린아이가 쓰는 모자로 턱 밑에서 끈을 매게 되어 있다.

층의 자리를 골랐다. 나는 사람들이 왜 1층 앞자리를 좋아하는지 도무지 이해할 수 없었다. 무대 아래쪽에 앉아 공연자들 발목께의 눈높이에서 각광 위로 어른어른 피어오르는 흐릿한 열기를 뚫고 공연자들을 쳐다보는 건 부자연스럽게 느껴졌기 때문이다. 원형 관람석은 시야가 더 좋았다. 하지만 무대에서 더 멀리 떨어져 있기는 해도 나는 최상층 자리가 가장 좋았다. 최상층 맨 앞줄 정중앙에 있는 좌석 두 개가 앨리스와 내가 특히 좋아하는 자리였다. 그곳에 앉으면 공연뿐 아니라 극장 전체, 무대의 모양과 좌석 배치까지 볼 수 있었다. 그리고 옆자리에 앉은 사람 표정을 보고 놀라고 또 내가 그 사람들과 같은 표정을 짓고 있다는 사실을 알게 되어 놀란다. 이글거리는 각광을 받아 기묘하게 보이던 우리들은 무시무시한 지옥 풍자극에 나오는 악마처럼 축축한 입술로 싱글벙글거렸다.

걸리 서덜랜드가 처음 공연을 하던 날 밤, 캔터베리 궁전은 분명 지옥처럼 더웠다. 어찌나 더웠던지 앨리스와 내가 아래층에 있는 관객들을 보려고 최상층 난간에서 몸을 내밀자 담배 연기와 땀 냄새 밴 공기가 우리를 급습했고, 그 때문에 우리는 휘청거리며 콜록거렸다. 토니의 삼촌이 예상했던 대로 극장은 거의 만원이었다. 하지만 이상하게 조용했다. 사람들은 속삭이거나 아예 입을 열지 않았다. 최상층에서 원형 관람석과 1층 앞자리 좌석을 내려다보았지만 모자와 진행표로 부채질하는 관객들 모습만 보일 뿐이었다. 오케스트라가 서곡을 몇 소절 연주하고 공연장 조명이 어두워져도 부채질은 멈추지 않았다. 그러나 부채질은 조금씩 천천히 멈추었고, 사람들은 자세를 바로 고쳐 앉았다. 사람 진을 빼던 고요함은 기대에 찬 정적이 되었다.

궁전은 구식 연예장이었고 1880년대 다른 많은 곳들과 마찬가지로 여전히 사회자를 고용했다. 물론 사회자 역은 트리키가 직접 했다. 트리키는 1층 앞자리와 오케스트라 사이 탁자 앞에 앉아 다음 내용을 소개하고, 관객들이 너무 소란스러워지면 조용히 할 것을 요구하고, 여왕 폐하를 위해 건배하자고 제안했다. 트리키는 중절모를 쓰고 회의용 망치(나는 회의용 망치를 들지 않은 사회자를 한 번도 본 적이 없다)와 흑맥주가 담긴 잔을 들고 있었다. 탁자 위에는 초가 놓여 있었다. 무대에서 공연이 진행 중이면 초에는 계속 불이 붙어 있었지만 휴식 시간과 공연이 끝난 뒤에는 꺼졌다.

트리키는 얼굴은 평범했지만 목소리가 아주 아름다웠다. 매끄럽고 울림 깊은 클라리넷 같은 목소리가 무척 듣기 좋았다. 서덜랜드의 첫 공연이 있던 밤, 트리키는 환영 인사를 하며 오늘 밤 공연을 우리가 평생 잊지 못할 거라고 말했다. 트리키가 물었다. 「허파가 있으신가요? 그걸 사용할 채비를 하셔야 할 겁니다! 팔다리가 있으신가요? 발을 구르고 손뼉을 칠 준비를 하셔야 할 겁니다! 옆구리는요? 찢어지실 겁니다! 눈물? 몇 양동이는 흘리실 겁니다! 눈? 이제 둥그렇게 뜨고 놀라실 준비를 하십시오! 오케스트라, 부탁합니다. 관객들을 사로잡아 주세요!」 트리키는 망치로 탁자를 탕 쳤다. 그러자 촛불이 깜박였다. 「여러분에게 경이롭고, 음악성 뛰어나며 아주, 아주 즐겁고 〈즐거운〉,」 트리키는 다시 한번 탁자를 쳤다. 「랜달 가족을 소개합니다!」

막이 흔들리더니 올라갔다. 무대 배경으로 해변이 그려져 있고, 바닥에는 진짜 모래가 있었다. 그 위로 나들이옷 차림을 한 사람 넷이 즐겁게 산책했다. 숙녀 둘(한 명은 검었고 한 명은 희었다)은 양산을 들고 있었다. 키가 큰 신사 둘 가운데 한 명은 우쿨렐레[6]를 메고 있었다. 둘은 「해변에 있는 모든 여인들은」을 아주 멋지게 불렀다. 그리고 우쿨렐레 연주자가 솔로 연주를 했고,

6 기타와 비슷한 소형 4현 악기.

숙녀들은 모래 위에서 소프트슈 춤[7]을 추기 위해 치마를 들쳐 올렸다. 공연을 여는 시작치고는 아주 좋았다. 우리는 환호를 질렀다. 트리키는 우리 평가에 대해 고맙다는 자세를 아주 우아하게 취했다.

다음은 코미디언, 그다음은 여자 독심술사가 나왔다. 독심술사는 이브닝드레스 차림에 장갑을 꼈으며, 그녀가 무대에서 눈을 가리고 있는 동안 그녀의 남편은 석판을 들고 객석을 돌아다니며 관객들에게 독심술사가 알아맞힐 숫자와 물건 이름을 쓰게 했다.

「진홍색 화염에 싸여 공기를 떠다니는 숫자를 상상해 보십시오.」 남자가 엄숙하게 말했다. 「그리고 그 숫자가 불길을 내며 제 아내의 이마를 관통해 뇌 속으로 들어가는 모습을 상상하십시오.」 우리는 얼굴을 찡그리고 실눈으로 무대를 보았고, 여자는 약간 비틀거리더니 관자놀이에 두 손을 댔다.

「기운.」 독심술사가 말했다. 「오늘은 기운이 아주 강하네요. 아, 기운이 불타오르는 게 느껴져요.」

다음 순서는 곡예단이었다. 번쩍이는 장식을 한 남자 셋이 재주를 넘으며 고리를 통과해 다른 사람 어깨에 올라갔다. 클라이맥스에서는 셋이서 인간 고리를 만들더니 오케스트라의 음악에 맞춰 무대 주변을 돌았다. 우리는 손뼉을 쳤다. 그러나 곡예를 보기에는 너무 더웠고, 곡예가 진행되는 내내 바스락거리고 속삭이는 소리가 들렸다. 남자아이들이 바에 음식 주문 심부름을 갔다가 돌아와 병과 잔과 머그를 주문한 이에게 건네느라 머리와 무릎, 주고받는 손들이 떠들썩하게 좌석 열을 지났기 때문이다. 나는 앨리스를 힐긋 보았다. 앨리스는 모자를 벗어 부채질을 하고 있었고, 뺨이 아주 빨갰다. 나는 쓰고 있던 보닛을 머리 뒤

7 징을 박지 않은 부드러운 가죽신을 신고 추는 탭 댄스.

로 넘기고 앞에 있는 난간을 잡은 뒤 손으로 턱을 괴고 눈을 감았다. 트리키가 일어나 망치를 치며 조용히 할 것을 요구하는 소리가 들렸다.

「신사 숙녀 여러분!」 트리키가 외쳤다. 「이제 여러분에게 자그마한 〈즐거움〉을 선사해 드리겠습니다. 〈헬레강스〉한 최신 유행 스타일입니다. 혹시 잔에 샴페인을 따라 놓으신 분들이 계시다면,」 이 대목에서 사람들이 빈정거리며 건배를 외쳤다. 「지금 잔을 높이 올리십시오. 만약 맥주를 가지고 계시다면, 안 될 게 뭡니까? 맥주도 거품이 있잖습니까? 맥주잔도 높이 올리십시오! 무엇보다도 제가 말하고 있는 것처럼 여러분도 목소리를 높이 올리십시오. 도버의 피닉스 극장 출신으로 우리 켄트의 이름 높은 신사이자 우리 조그만 페버셤의 매셔[8]를 소개합니다……. 키티,」 탕! 「버틀러!」

박수가 터져 나오고 몇몇은 김빠진 환성을 질렀다. 오케스트라는 유쾌한 곡을 연주했고, 막이 오르며 삐걱거리는 소리가 내 귀에 들려왔다. 나는 마지못해 눈을 떴고, 이윽고 눈을 크게 뜨고 고개를 들었다. 열기며 피곤함은 까맣게 잊어버렸다. 한 줄기 장밋빛 석회광이 텅 빈 무대를 관통했고, 극장 중앙에 여자가 서 있었다. 내가 본 가운데 가장 멋진 여인이었다. 나는 보자마자 그 사실을 알아차렸다.

물론 우리는 예전에도 궁전에서 남장 배우를 본 적이 있었다. 하지만 1888년 지방 연예장의 매셔 공연은 오늘날의 공연과는 사뭇 달랐다. 6개월 전에 「멋쟁이들의 최후」를 부를 때 넬리 파워는 발레리나처럼 타이츠를 입고 금색 은색 술을 달았다. 남자처럼 보이기 위한 물건은 지팡이와 중절모뿐이었다. 하지만 키티 버틀러는 타이츠를 입지 않았고 반짝이는 장식을 하지도 않

8 *masher.* 1800년대 후반 영국 연예장에서 남장을 하고 공연하던 여자 연예인.

았다. 트리키가 선전했던 대로, 키티 버틀러는 완벽한 웨스트엔드의 신사였고, 정장 차림이었다. 소맷부리에는 선을 넣고 호주머니 뚜껑은 반짝이는 비단으로 만든, 몸에 딱 맞게 재단한 멋진 신사용 정장이었다. 라펠에는 장미가, 주머니에는 엷은 자줏빛 장갑이 꽂혀 있었다. 조끼 아래쪽에 눈처럼 하얀 드레스 셔츠가 보였고, 옷깃은 5센티미터 높이로 서 있었다. 옷깃 주변으로 하얀 나비넥타이가 보였다. 그리고 머리에는 실크해트가 보였다. 키티 버틀러가 환호하는 관객들에게 명랑하게 〈안녕하세요!〉 하고 인사하며 실크해트를 벗자 아주 짧게 친 머리가 보였다.

가장 내 눈길을 끈 것은 머리였다고 생각한다. 만약 이전에 내가 키티 버틀러만큼 짧은 머리를 한 여인을 본 적이 있다면 그건 그 여자가 병원이나 감옥에 있었기 때문이었다. 아니면 미쳤거나. 그런 여자들은 절대 키티 버틀러처럼 보일 수 없었다. 키티 버틀러의 머리털은 솜씨 좋은 모자 장수가 맞춰 준 작은 모자를 쓴 듯 머리에 딱 맞았다. 머리털 색은 갈색이라고 해야겠다. 하지만 갈색은 그 머리털을 표현하기에는 너무나도 답답한 단어이다. 노래에 나오는 견과류의 갈색이나 적갈색에 가깝다고 해야 할까. 아마도 거의 초콜릿색이었을 것이다. 그러나 초콜릿에는 광택이 없지만 그 머리털은 석회광을 받아 태피터[9] 천처럼 빛났다. 머리털은 관자놀이에서 소용돌이치다가 귀 위에서 끝났다. 그리고 키티 버틀러가 모자를 다시 쓰려고 고개를 약간 돌리자 옷깃과 머리털 언저리 사이로 하얀 목덜미가 보였고, 나는 불구덩이 같은 객석에 있었음에도 온몸에 전율이 일었다.

키티 버틀러는 아주 귀여운 사내아이처럼 보였던 것 같다. 얼굴은 달걀형이었고 눈은 크고 속눈썹이 짙었으며 장밋빛 입술은 도톰했다. 몸매 역시 사내아이 같았고 말랐다. 그러나 가슴께

9 광택 나는 얇은 편직물.

는 어렴풋하지만 확실히 둥그스름했고, 배와 엉덩이는 사내아이라면 절대로 불가능한 모양이었다. 그리고 잠시 뒤 깨달았는데, 구두에는 5센티미터짜리 굽이 달려 있었다. 그러나 키티 버틀러는 사내아이처럼 성큼성큼 걸었고, 손을 바지 주머니에 아무렇게나 쑤셔 넣고 무대 가장 앞쪽으로 와 건방진 각도로 고개를 젖히고 사내아이처럼 다리를 활짝 벌리고 섰다. 노래를 할 때의 목소리는 달콤하면서 완전히 사내아이 목소리 그대로였다.

과열된 극장에 키티 버틀러가 주는 효과는 대단했다. 나와 마찬가지로 옆에 앉은 사람들도 모두 일어서서 눈을 반짝이며 키티 버틀러를 바라보았다. 키티 버틀러가 부르는 노래는 모두 G. H. 맥더못 같은 이들이 불러 이미 유명해진 「마셔라, 사내들이여!」, 「연인들과 아내들」 같은 잘 선곡된 곡들이었고, 우리는 모두 노래를 따라 부를 수 있었다. 하지만 신사가 아닌, 넥타이를 하고 바지를 입은 여자가 하는 노래를 따라 부르는 데서 오는 독특한 감격이 있었다. 키티 버틀러는 노래와 노래 사이에 확신에 찬 으스대는 목소리로 관객들에게 말을 걸었고, 사회자용 탁자 앞에 앉아 있는 트리키 리브스와 가볍게 농담을 주고받았다. 말하는 목소리도 노래하는 목소리와 같았다. 강하고 건강했으며 무척 정다웠다. 억양은 어떤 때는 무대에서 쓰는 식을, 어떤 때는 과장되게 젠체하는 식을, 또 어떤 때는 순 켄트식을 썼다.

키티 버틀러의 무대는 관례대로 15분 정도였지만, 순서가 끝나고도 환호성과 외침이 끊이지 않아 버틀러는 두 번이나 무대에 다시 나왔다. 마지막 곡은 장미와 떠나간 연인을 노래하는 부드러운 발라드였다. 키티 버틀러는 노래를 하며 모자를 벗어 가슴에 댔다. 그러더니 라펠에서 장미를 뽑아 뺨에 대고 살짝 흐느끼는 듯했다. 감상에 젖은 관객들은 남자 같다가 갑자기 그토록 부드러워진 키티 버틀러의 목소리를 듣고 모두 한숨을 내쉬고 입술을 깨물었다.

하지만 키티 버틀러는 돌연 고개를 들고 손마디 너머로 우리 모두를 바라보았다. 키티 버틀러는 흐느끼는 게 아니라 싱긋 웃고 있었으며, 갑자기 또렷하고 짓궂게 한쪽 눈을 찡긋했다. 그러고는 아주 재빨리 무대 앞쪽으로 다시 걸어와 1층 앞자리를 훑어보며 가장 아름다운 여자아이를 찾았다. 마침내 상대를 찾자 손을 들었고, 장미는 어른거리는 각광을 받으며 오케스트라가 있는 곳을 지나 그 아름다운 여자아이의 무릎에 떨어졌다.

우리는 버틀러 양에게 미친 듯이 환호를 보냈다. 우리는 함성을 지르고 발을 굴렀고, 버틀러 양은 정중히 모자를 벗어 흔들며 무대를 떠났다. 우리는 키티 버틀러를 연호했으나 앙코르는 더 없었다. 막이 내려오고 오케스트라가 연주를 했다. 트리키는 망치로 탁자를 친 뒤 초를 껐다. 휴식 시간이었다.

나는 꽃을 받은 여자아이를 찾아보려고 눈을 깜박이며 아래쪽 좌석을 살펴보았다. 그 순간엔 키티 버틀러에게 장미꽃을 받으면 세상에서 더 바랄 게 없겠단 생각이 들었다.

그날 밤 궁전에 온 다른 사람들과 마찬가지로 나 역시 걸리 서덜랜드를 보려고 그곳에 갔었다. 그러나 걸리 서덜랜드가 캔터베리의 더위를 투덜대며 커다란 얼룩무늬 손수건으로 이마를 훔치며 나타나 익살스러운 노래를 부르고 얼굴을 일그러뜨리며 땀에 젖은 관객들의 웃음보를 터뜨려도 나는 그 사람에게 조금도 관심이 가지 않았다. 나는 오직 버틀러 양이 다시 무대로 걸어 나와 우아하고 도도한 시선으로 우리를 사로잡고 경주에서 〈만세!〉라고 외치는 내용과 샴페인에 대해 노래하는 모습을 보고 싶을 뿐이었다. 그 생각으로 나는 안절부절못했다. 마침내 우거지상을 지은 걸리를 보며 다른 사람과 마찬가지로 크게 웃고 있던 앨리스가 내 귀에 속삭였다. 「왜 그러는데?」

「더워서 그래.」 내가 말했다. 「아래층에 가 있을게.」 앨리스가 그대로 앉아 공연을 계속 보는 동안 나는 천천히 텅 빈 로비로 내려가 차가운 유리문에 뺨을 대고 서서 버틀러 양이 불렀던 「연인들과 아내들」을 다시 불러 보았다.

얼마 지나지 않아 환호성과 발 구르는 소리가 들렸다. 걸리 순서가 끝났다는 뜻이었다. 그리고 잠시 뒤 앨리스가 나타났다. 앨리스는 여전히 보닛으로 부채질을 했고, 분홍빛 뺨에 촉촉이 달라붙은 곱슬머리를 입으로 불어 넘겼다. 앨리스가 내게 눈을 찡긋했다. 「토니를 보러 가자.」 나는 앨리스를 따라 토니가 있는 작은 방으로 갔다. 토니는 앨리스의 허리에 팔을 두르고 앉았고, 나는 책상 맞은편 의자에 앉아 지루해하며 몸을 비비 꼬았다. 우리는 서덜랜드 씨와 얼룩무늬 손수건에 대한 이야기를 잠깐 했다. 이윽고 토니가 말했다. 「키티 버틀러 어땠어? 끝내주지 않아? 만약 오늘 밤처럼 사람들을 즐겁게 해주기만 한다면 삼촌은 키티 버틀러와의 계약을 크리스마스 때까지 연장할 거야. 정말이야.」

그 말에 나는 비비 꼬던 걸 멈췄다. 「내가 본 공연 가운데 최고야.」 내가 말했다. 「여기든 다른 어디서든 말이야! 그 여자를 그냥 보낸다면 트리키는 바보야. 내가 그렇게 말했다고 전해 줘.」 토니는 껄껄거리더니 꼭 전해 주겠다고 했다. 하지만 토니는 그 말을 하며 앨리스에게 눈짓을 했고, 앨리스의 사랑스러운 얼굴을 보며 푹 빠져 버렸다.

나는 고개를 돌리고 한숨을 쉬었고, 아주 순진하게 말했다. 「아, 버틀러 양을 다시 볼 수 있으면 정말 좋겠어!」

「그럴 수 있어.」 앨리스가 말했다. 「토요일에 말이야.」 우리는 궁전에 올 계획이었다. 아버지, 어머니, 데이비, 프레디 모두 함께 토요일 저녁에. 나는 장갑을 쥐어뜯었다.

「알아.」 내가 말했다. 「그렇지만 토요일은 아주 많이 기다려야 할 것만 같은걸…….」

토니가 다시 껄껄거렸다. 「그런데 낸시, 누가 너보고 그렇게 오래 기다리라고 한 거야? 원하면 내일 저녁에 와도 돼. 내가 있는 한 날마다 와도 돼. 만약 맨 위층에 자리가 없으면 무대 옆쪽에 있는 특별석에 앉아. 그곳에서는 네 성에 찰 때까지 버틀러 양을 맘껏 볼 수 있어!」

확신컨대 토니가 그렇게 말한 건 앨리스에게 좋은 인상을 심어 주기 위해서였다. 하지만 토니의 말에 내 심장은 뭔가 이상하게 비틀리는 느낌이었다. 내가 말했다. 「오, 토니, 정말이야?」

「물론이지.」

「그리고 정말로 특별석에?」

「안 될 게 뭔데? 너와 나 사이니까 하는 말인데, 지금까지 특별석을 사용한 손님은 나무 가족이랑 플러시 천 가족뿐이야. 네가 특별석에 앉아서 관객들에게 네 모습을 확실하게 보여 주라고. 사람들에게 바람이 좀 들게 할 수 있을 거야.」

「그러다가 바람이 드는 건 낸시야.」 앨리스가 말했다. 「그런 제안을 받아들일 순 없어.」 그리고 앨리스는 까르르 웃었다. 토니가 앨리스를 잡은 손에 힘을 주고 몸을 굽혀 키스했기 때문이다.

도시에 사는 여자아이였다면 보호자 없이 혼자서 연예장에 간다고 큰 문제가 되지 않았으리라. 하지만 윗스터블 같은 곳에서는 일이 그렇게 간단하지만은 않았다. 이튿날 내가 궁전에 다시 가겠다고 말했을 때 어머니는 그냥 인상을 쓰며 가볍게 쯧쯧거렸다. 앨리스는 까르르 웃으며 내가 미쳤다고 했다. 앨리스는 그 여자의 공연을 보고 노래를 들은 지 스물네 시간도 채 되지 않았고 바지 입은 여자를 슬쩍 보기 위해 담배 연기 자욱하고 열기로 후끈거리는 곳에 밤새 앉아 있기는 싫다며 나를 따라가지 않겠노라고 했다.

나는 앨리스의 경솔함에 놀랐지만 속으로는 버틀러 양을 혼자서만 볼 수 있다는 생각에 오히려 기뻤다. 또한 특별석에 앉게 해준다는 토니의 약속에 생각보다 훨씬 더 가슴이 설레었다. 전날 저녁 극장에 갔을 때 내 옷차림은 다소 평범했었다. 하지만 이제(이날 식당에서는 시간이 정말로 느리게 갔고, 아버지는 6시에 가게 문을 닫게 했다) 나는 가장 좋은 프록[10]을 입었다. 평소에는 프레디와 산책을 할 때 입는 프록이었다. 내가 옷을 차려입고 내려오자 데이비가 휘파람을 불었다. 그리고 캔터베리로 가는 내내 남자아이 한두 명이 내 시선을 끌려고 애썼다. 그러나 나는 (적어도 오늘 밤은!) 내가 이 아이들과 다르다는 사실을 알았다. 궁전에 도착했을 때 나는 평소처럼 표 파는 여자아이에게 고개를 까닥했지만, 보통 때 앉던 최상층 관람석은 다른 사람이 앉아서 땀을 흘리도록 비워 두고 무대 옆의 금박을 입히고 플러시 천을 깐 좌석으로 갔다. 그리고 즐거운 랜달 가족이 어제와 같은 노래에 맞춰 발을 끌며 짧은 스텝으로 춤을 추고 만담가는 농담을 하고 독심술사는 휘청거리고 곡예사들은 몸을 던지는 동안 부산한 관객들의 별 목적 없는, 또는 호기심이나 질투 어린 눈길을 무방비 상태로 받으며(이럴 줄은 몰랐다) 특별석에 앉아 있었다.

이윽고 트리키가 우리에게 다시 한번 우리 켄트의 유명 인사에게 환호를 보내 달라고 말을 했고, 나는 숨을 멈췄다.

이번에는 버틀러 양이 〈안녕하세요!〉라고 하자 관중들이 정

10 조끼가 포함된 원피스. 주로 캐주얼하거나 작업복으로 입는 드레스를 말한다.

다운 환호성으로 대답했다. 버틀러 양의 성공에 대한 소문이 퍼진 듯했다. 물론 이제 내가 앉은 곳에서는 버틀러 양의 옆모습만 보이기에 약간 이상했다. 하지만 어제와 마찬가지로 무대 앞쪽으로 성큼성큼 걸어오는 버틀러 양의 걸음걸이는 더 가벼워 보였다. 마치 관객들의 환호가 날개를 달아 준 듯했다. 나는 버틀러 양 쪽으로 몸을 굽혔고 익숙하지 않은 좌석에 깔린 벨벳을 힘껏 움켜쥐었다. 궁전의 특별석은 무대에서 아주 가까웠다. 버틀러 양이 노래를 하는 내내, 나와의 거리는 채 6미터가 안 되었다. 나는 버틀러 양이 걸친 우아한 의상을 자세히 볼 수 있었다. 조끼 단추들을 가로질러 늘어져 있는 시계줄, 은제 커프스단추. 최상층 관람석에서는 보지 못했던 것들이었다.

나는 버틀러 양의 생김새도 더 자세히 보았다. 귀는 좀 작았으며 귓불을 뚫지 않았고, 이제 보니 입술이 장밋빛으로 보인 것도 진짜 장밋빛이어서가 아니라 연지색 각광 때문이었다. 치아는 크림처럼 하얬다. 그리고 머리털과 마찬가지로 눈은 초콜릿 같은 갈색이었다.

나는 버틀러 양의 공연이 어떤지 알고 있었기에, 그리고 버틀러 양의 노래를 듣기보다는 그 모습을 지켜보느라 너무나 많은 시간을 들였기에 공연은 순식간에 끝난 듯 느껴졌다. 이번에도 버틀러 양은 두 번 앙코르를 했고, 어제와 마찬가지로 감상적인 발라드를 부르고 장미를 던졌다. 이번에는 누가 장미를 받았는지 보았다. 깃털 꽂은 밀짚모자를 쓰고 어깨까지 파인 노란 민소매 새틴 드레스를 입고 세 번째 줄에 앉은 여자아이였다. 사랑스러운 여자아이였고, 나는 그 아이를 이전까지 한 번도 본 적이 없었지만 장미를 받는 순간부터 그 아이가 싫어졌다!

나는 다시 키티 버틀러를 보았다. 버틀러 양은 실크해트를 벗고 허리를 굽히며 마지막 인사를 했다. 〈저를 봐주세요.〉 나는 생각했다. 〈저를 봐주세요!〉 나는 독심술사의 남편이 충고한 대로 머릿속에서 주홍색으로 그 단어들을 또박또박 써서 낙인을 찍듯 버틀러 양의 이마를 향해 보냈다. 〈저를 봐주세요!〉

버틀러 양이 돌아섰다. 버틀러 양의 눈길이 순간 내 쪽을 향했다. 그러나 어젯밤에는 비어 있던 특별석에 오늘은 누가 있다는 걸 알아차렸다는 듯한, 단지 그런 눈길이었다. 버틀러 양은 내려오는 진홍색 막 아래로 몸을 숙이고 들어갔다.

트리키가 촛불을 껐다.

내가 우리 거실(아래층의 굴 식당에 있는 거실이 아닌 진짜 우리 거실)[11]로 들어오고 얼마 지나지 않아 앨리스가 말했다. 「음, 오늘 밤 키티 버틀러는 어땠어?」

「어제랑 똑같았겠지.」 아버지가 말했다.

「천만에요.」 장갑을 벗으며 내가 말했다. 「훨씬 더 잘했어요.」

「훨씬 더? 맙소사! 그런 식으로 했다간 토요일에는 얼마나 잘할지 상상도 안 가는구나!」

앨리스는 입술을 실룩거리며 나를 응시했다. 「토요일까지 기다릴 수 있겠니, 낸시?」 앨리스가 물었다.

「기다릴 수 있어.」 내가 무심한 듯 말했다. 「하지만 기다릴지는 자신할 수 없어.」 나는 빈 상자 옆에서 바느질을 하는 어머니 쪽으로 고개를 돌렸다. 「내일 밤에 다시 그곳에 가도 되죠, 네?」 내가 살며시 말했다.

「또 가겠다고?」 모두가 재미있어하며 말했다. 나는 오로지 어머니만 보았다. 어머니는 고개를 들고 곤혹스러워하며 얼굴을 약간 찡그렸다.

「가지 말아야 할 이유를 모르겠구나.」 어머니가 천천히 말했다.

11 〈*parlour*〉에는 집의 거실이라는 뜻과 식당이라는 두 가지 뜻이 있다.

「하지만 낸시, 그 공연 하나 때문에 거기까지 가야 하잖니……. 게다가 너 혼자고 말이야. 프레디와 같이 가면 안 되니?」

프레디와 같이 키티 버틀러를 보러 가다니, 그거야말로 정말 싫었다. 내가 말했다. 「프레디는 그런 걸 보고 싶어 하지 않을 거예요! 아뇨, 저 혼자 갈래요.」 나는 매일 밤 궁전에 가는 것이 마치 내가 맡은 허드렛일인 것처럼, 그리고 그 일 때문에 다른 이를 괴롭히거나 불평하는 일은 없을 거라는 식으로 다소 단호히 말했다.

잠시 어색한 침묵이 흘렀다. 이윽고 아버지가 말했다. 「넌 참 재미있구나, 낸시. 찌는 듯한 더위 속에 캔터베리까지 가서는 걸리 서덜랜드 공연은 안 보고 그냥 오겠다니 말이야!」 아버지 말에 모두 소리 내어 웃었고, 어색했던 침묵은 지나가고 다른 주제로 대화가 계속되었다.

하지만 세 번째로 궁전에 다녀온 뒤 내가 수줍어하며 네 번째, 다섯 번째로 궁전에 다녀오겠다는 의향을 밝혔을 때 식구들은 더 놀라고 더 웃었다. 우리 집에 와 있던 조 삼촌은 잔을 기울이고 조심스레 병에서 맥주를 따르다가 웃음소리를 듣고는 고개를 들었다.

「다들 왜 그러는데?」 삼촌이 말했다.

「낸시가 궁전에 있는 키티 버틀러에게 빠졌어요.」 데이비가 말했다. 「생각해 보세요, 삼촌. 매셔에게 빠지다니 말이에요.」

내가 말했다. 「입 닥쳐.」

어머니가 날카롭게 노려보았다. 「닥치실 분은 지금 말하는 〈숙녀분〉이신데.」

조 삼촌은 맥주를 한 모금 마시고 수염에 묻은 거품을 핥았다. 「키티 버틀러?」 삼촌이 말했다. 「사내처럼 옷을 입는 여자 아니냐?」 삼촌이 얼굴을 찡그렸다. 「거참, 낸시, 진짜 남자는 이제 네 성에 차지 않는 거냐?」

아버지가 삼촌 쪽으로 몸을 숙였다. 「그게, 우리가 〈듣기로는〉 키티 버틀러 때문이라고 하더라.」 아버지가 말했다. 「하지만 내 생각에는…….」 이 대목에서 아버지는 눈을 찡긋하며 코를 문질렀다. 「내 생각에는 오케스트라 단원 가운데 낸시 눈을 끄는 청년이 있는 게 아닐까 싶어…….」

「아, 불쌍한 프레디가 이 사실을 알지 못하도록 해야겠군.」 삼촌이 의미심장하게 말했다.

이 말에 모두들 내 쪽을 보았고, 나는 얼굴을 붉혔다. 아니면 그런 시늉을 한 것 같다. 아버지 말을 증명하기 위해서 말이다. 데이비가 콧방귀를 뀌었다. 전에는 인상을 쓰던 어머니는 이제 웃고 있었다. 나는 어머니와 가족 모두가 생각하고 싶은 대로 생각하게 놔두었고 아무 말 하지 않았다. 그리고 전날과 마찬가지로 가족은 다른 이야기들을 꺼냈다.

나는 아무 말 하지 않음으로써 부모님과 동생을 속일 수 있었지만 언니인 앨리스에게는 아무것도 숨길 수 없었다.

「궁전에 네 맘에 드는 남자가 있는 거야?」 나중에 집이 조용해지고 모두 잠이 들었을 때 앨리스가 물었다.

「당연히 아니지.」 내가 조용히 말했다.

「그러면 네가 그곳에 가는 건 단지 버틀러 양 때문인 거야?」

「응.」

조용했다. 오직 멀리 하이 스트리트에서 덜거덕거리는 바퀴 소리와 희미하게 들리는 말발굽 소리, 그리고 만의 자갈 해변에서 파도가 물러나며 〈쉬잇〉 하는 소리만 더 희미하게 들리며 정적을 깰 뿐이었다. 촛불은 껐지만 창은 활짝 열어 두었다. 희미한 별빛을 통해 앨리스가 눈을 뜨고 있는 게 보였다. 앨리스는 흥미로움과 역겨움이 섞인 듯한 애매한 표정으로 나를 보고 있었다.

「버틀러 양에게 푹 빠진 거지?」 앨리스가 말했다.

나는 시선을 돌렸고 앨리스의 질문에 바로 대답하지 않았다. 마침내 입을 열었지만 나는 앨리스가 아니라 어둠을 향해 말하고 있었다.

내가 말했다. 「키티 버틀러를 보면, 마치⋯⋯ 뭐라고 말을 해야 할지 모르겠어. 마치 내가 지금까지 아무것도 보지 못하고 산 것 같은 느낌이 들어. 몸에 뭔가 가득 차오르는 느낌이, 와인이 들어 있는 와인 잔이 된 듯한 느낌이 들어. 키티 버틀러 앞의 공연들도 보았지만 그건 아무것도 아니야. 먼지와도 같아. 그러다가 마침내 키티 버틀러가 무대로 걸어오면⋯⋯. 그 여자는 너무 예뻐. 옷도 무척 멋지고, 목소리는 아주 달콤해. 키티 버틀러를 보고 있으면 울고 웃고 싶어져. 동시에 말이야. 그리고 날 아프게 해. 여기를.」 나는 가슴에, 흉골 위에 손을 올려놓았다. 「이전까지 키티 버틀러 같은 여자는 한 번도 본 적이 없어. 키티 버틀러 같은 여자가 있다는 걸 몰랐어⋯⋯.」 내 목소리는 떨리는 속삭임으로 바뀌어 있었고, 곧 나는 더 어떤 말도 할 수 없었다.

다시 정적이 찾아왔다. 나는 눈을 뜨고 앨리스를 보았다. 그리고 그 즉시 하지 말아야 할 말을 한 것을 깨달았다. 다른 사람들과 있을 때와 마찬가지로 앨리스와 있을 때도 바보 같은 척 약게 행동해야 했는데. 나를 보는 앨리스의 표정은 이제 전혀 애매하지 않았다. 충격과 초조함과 당황 또는 부끄러움이 섞인 표정이었다. 나는 말을 너무 많이 한 것이다. 키티 버틀러를 향한 찬미가 내 안에 있는 봉화에 불을 붙인 듯한, 방심했던 내 입에서 나간 말이 어두운 방에 한 줄기 빛으로 뻗어 나가 사방을 밝히는 듯한 느낌이 들었다.

나는 너무 말을 많이 했다. 하지만 그렇게 말하지 않으면 아예 말을 하지 않는 수밖에 없었다.

앨리스는 잠시 더 내 눈을 바라보더니 눈꺼풀을 파르르 떨며 감았다. 앨리스는 아무 말도 하지 않았다. 단지 내게서 몸을 멀리 돌리고 벽을 볼 뿐이었다.

그 주 내내 지독히도 더웠다. 태양은 윗스터블과 우리 식당으로 여행자를 데려왔지만 열기는 여행자들의 식욕을 앗아 갔다. 손님들은 홍가자미와 고등어만큼이나 이제는 차와 레모네이드를 많이 주문했다. 어머니와 앨리스가 가게에서 일하는 동안 나는 하루에 몇 시간씩 아버지의 매점이 있는 해변으로 달려가서 새조개와 게살과 쇠고둥과 버터와 빵을 담아 손님들을 대접했다. 자갈 해변에서 차를 접대하는 것은 색다른 경험이었다. 하지만 식초가 팔목에서 팔꿈치로 흐르고 그 독한 냄새가 눈을 따끔하게 찌를 때 태양 아래 서 있기란 역시 힘들었다. 아버지는 내가 그곳에서 일하는 오후면 추가로 반 크라운을 더 주었다. 나는 모자와 모자 테두리에 두를 엷은 자줏빛 리본을 샀고 나머지는 간직해 두었다. 돈이 충분히 모이면 캔터베리행 기차 정기권을 살 생각이었다.

나는 그 주 내내 밤이면 기차를 타고 가 (토니 표현을 빌리자면) 플러시 천 가족과 함께 앉아 키티 버틀러가 노래하는 모습을 지켜보았다. 단 한 번도 그 모습이 지겹지 않았다. 진홍색 특별석에 발을 디디고 경사진 객석에 보이는 얼굴들과 무대 위의 금빛 홍예문, 벨벳 휘장과 술, 쭉 뻗은 잿빛 마룻널들과 함께 줄지어 선 조명(난 언제나 이 조명들이 입을 벌린 새조개 껍데기 같다고 생각했다)을 볼 때면 늘 황홀할 뿐이었고, 곧 그 앞으로 키티가 거드름을 피우며 걸어 나와 모자를 흔들곤 했다……. 오!

마침내 키티 버틀러가 무대에 들어서면 너무나도 갑작스럽고 날카롭게 기쁨이 밀려왔고, 난 그걸 느끼기 위해 숨을 멈추었으며 정신이 아득해지곤 했다.

내 단독 방문 때는 그랬다. 그러나 물론 토요일에는 계획했던 대로 가족과 함께였고, 이번에는 약간 달랐다.

우리 일행은 거의 여남은 명이었고, 극장에 도착해 자리에 앉았을 때는 더 늘어나 있었다. 기차와 표 파는 곳에서 만난 친구들과 이웃들이 따개비처럼 우리의 즐거운 파티에 합류했기 때문이다. 우리가 일렬로 앉을 수 있는 자리는 없었다. 우리는 서너 명씩 짝을 지어 앉았고, 그래서 어떤 사람이 〈체리 먹을래?〉 또는 〈어머니가 오드콜로뉴를 뿌리고 오셨어?〉 또는 〈왜 밀리센트는 짐을 데리고 오지 않은 거야?〉와 같은 말을 물으면 고함을 치든 속삭이든 간에 같은 줄에 앉은 사람들에게 불편을 끼치며 사촌에게서 사촌으로, 이모에서 언니와 삼촌을 거쳐 친구에게로 그 말을 전해야 했다.

어쨌든 내게는 그렇게 보였다. 내 자리는 프레디와 앨리스 사이였으며, 앨리스 왼쪽으로는 데이비와 데이비의 여자 친구인 로다가 앉았고, 아버지와 어머니는 뒤쪽에 앉았다. 홀은 붐볐고, 비록 땀이 비 오듯 흐르던 월요일 밤보다는 시원했지만 그래도 여전히 아주 더웠다. 하지만 일주일 내내 무대에서 시원한 바람이 나오는 특별석에 있었던 나는 다른 누구보다도 더 덥게 느꼈다. 프레디는 내 손을 잡거나 볼에 입을 맞췄지만 내게는 애무가 아니라 뜨거운 열기로만 느껴져 참을 수가 없었다. 심지어 앨리스의 소매가 팔에 닿을 때도, 그리고 공연에 대한 우리 의견을 묻기 위해 아버지가 내 목 근처로 얼굴을 가까이 댔을 때도 나는 움찔했으며, 앉은 자리에서 땀을 뻘뻘 흘리며 몸부림쳤다.

흡사 저녁 시간을 낯선 이들 사이에서 보내도록 강요받은 것만 같았다. 가족은 공연의 작은 부분 하나하나까지 즐거워하며 보았고, 내가 그토록 지루함을 견디려 애썼던 내용을 가족이 즐긴다는 점이 내게는 충격적이고 바보스럽게 보였다. 일행이 즐거운 랜달 가족의 부아가 치미는 노래를 따라 부르고, 코미디언이 농담할 때 웃음을 터뜨리며 환호를 보내고, 비틀거리는 독심술사를 눈을 둥그렇게 뜨고 보고, 인간 고리 곡예사들에게 다시 한번 재주를 넘어 달라고 앙코르를 외치는 동안, 나는 손톱을 씹었다. 키티 버틀러의 출연이 가까워지면 가까워질수록 나는 더욱 안절부절못하고 비참한 느낌이 들었다. 나는 오로지 키티 버틀러가 다시 무대로 올라오기만을 기다렸다. 하지만 또한 키티 버틀러가 무대에 올라왔을 때 나 혼자 있으면 좋겠다는 생각을, 키티 버틀러를 특별한 존재로 여기지 않으며 키티 버틀러에 대한 내 특별한 열정을 단지 괴상하거나 별나다고만 여기는 사람들 틈에 끼어 앉아 있는 게 아니라 내 뒤로 문을 꼭 닫고 나만의 작은 특별석에 있고 싶다는 생각을 했다.

가족은 내가 「연인들과 아내들」을 부르는 걸 천 번은 들었다. 그리고 내가 키티 버틀러의 의상과 머리 모양과 목소리에 대해 자세히 이야기하는 것을 들었다. 나는 가족이 키티 버틀러를 보게 하려고 일주일 내내 안달을 냈으며, 키티 버틀러가 훌륭하다고 단언했다. 하지만 이제 이곳에 모여 즐거워하고 경솔하게 말하고 흥분해 시끄럽게 떠드는 모습을 보자 가족이 싫어졌다. 나는 내 가족이 키티 버틀러를 보는 것을 참을 수 없을 지경이었다. 그보다도 더욱 참을 수 없는 건 내가 키티 버틀러를 보는 동안 가족이 〈나〉를 바라볼 시선이었다. 나는 다시 내 안에서 초롱이나 봉화가 켜지는 느낌을 받았다. 키티 버틀러가 무대로 걸어 나오는 건 성냥으로 심지에 불을 붙이는 것과 마찬가지여서 나는 확 달아올라 황금빛으로 환하게 타오를 게 분명했다. 하지만 왠지 고통스럽고 부끄러운 밝음이었다. 내 가족과 남자 친구는 깜짝 놀라 내게서 꽁무니를 뺄 터였다.

물론, 마침내 키티 버틀러가 각광을 받으며 성큼성큼 걸어 나왔을 때 그런 일은 전혀 벌어지지 않았다. 데이비가 내 쪽을 보며 눈을 찡긋했고, 아버지가 속삭이는 소리가 들렸다.「마침내 그 여자가 나오는구나.」그러나 반짝이며 불타오르는 내 불꽃은 어둡고 비밀스레 이글거렸기에 (아마 앨리스를 제외한) 그 누구도 그 사실을 눈치채지 못했으며 내 쪽을 보지도 않았다.

하지만 두려워했듯이 그날 밤 나는 버틀러 양으로부터 끔찍할 정도로 멀리 떨어져 있는 느낌이었다. 전과 마찬가지로 버틀러 양의 목소리는 강렬했으며 얼굴은 사랑스러웠다. 그러나 나는 노래 사이사이에 버틀러 양이 숨을 들이쉬는 소리를 듣는 데에, 입술에서 반짝이는 석회광과 분 뿌린 뺨에 드리운 속눈썹 그림자를 보는 데에 익숙해져 있었다. 이제 나는 유리를 통해 보는, 또는 밀랍으로 귀를 막고 노래를 듣는 기분이 들었다. 버틀러 양 차례가 끝나자 가족은 환호를 올렸고, 프레디는 발을 구르며 휘파람을 불었다. 데이비가 외쳤다.「낸시가 말했던 대로 정말 끝내주잖아!」이윽고 데이비는 앨리스의 무릎 너머로 몸을 굽히고 눈을 찡긋하며 덧붙였다.「비록 일주일 내내 밤마다 기차를 타고 오느라 1실링을 써야 할 정도로 끝내주지는 않지만 말이야!」나는 아무 대답도 하지 않았다. 키티 버틀러는 앙코르를 하기 위해 다시 돌아왔고, 이미 라펠에서 장미를 뽑아 들고 있었다. 그러나 내게는 가족이 키티 버틀러를 좋아한다는 사실이 아무런 위안도 되지 못했다. 오히려 더욱 비참한 느낌이 들었다. 나는 한 줄기 석회광을 받으며 서 있는 버틀러 양을 보며 아주 비통한 생각에 잠겼다. 〈제가 이곳에 있든 없든 당신은 멋질 거예요. 제가 감탄하며 바라보지 않아도 당신은 멋질 거예요. 언

제나 그랬듯이 전 차라리 집에 가서 종이 고깔에 게살을 담고 있는 게 더 낫겠어요!〉

그러나 그렇게 생각하고 있는 동안 다소 신기한 일이 벌어졌다. 키티 버틀러는 노래 끝 부분에 이르렀다. 이윽고 예쁜 여자아이를 찾아 꽃을 줄 차례가 되었고, 꽃을 주고 나자 키티 버틀러는 무대 옆쪽으로 몸을 돌렸다. 그러고는 고개를 들더니 내가 평소에 앉았던 빈 의자 쪽을 보았다. 정말이다. 맹세해도 좋았다. 그러더니 고개를 내리고 막 뒤로 걸어갔다. 오늘 밤 내가 내 특별석에 앉았더라면 키티 버틀러와 눈을 마주칠 수 있었다! 여기 있는 대신 내 특별석에 앉아 있었더라면……!

나는 데이비와 아버지를 힐긋 보았다. 둘은 일어서서 더 노래를 부르라고 소리치고 있었다. 하지만 앙코르를 요청하는 소리가 점점 작아지기 시작했다. 프레디는 내 옆에서 여전히 무대를 보며 싱글거렸다. 프레디의 머리털은 이마에 찰싹 붙어 있었고 구레나룻을 기르기 시작한 입가는 거뭇했다. 뺨은 붉었으며 여드름이 하나 나 있었다. 「저 여자 멋있지 않아?」 프레디가 내게 말했다. 이윽고 프레디는 눈을 부비고 데이비에게 맥주를 달라고 외쳤다. 내 뒤에서 어머니가 묻는 소리가 들렸다. 「아까 이브닝드레스를 입은 숙녀는 눈을 가리고도 어떻게 그 숫자들을 맞출 수 있었을까?」

환호성이 가라앉았고, 트리키는 촛불을 껐다. 너울거리는 가스등 샹들리에 불빛에 눈이 부셨다. 키티 버틀러는 나를 찾았다. 고개를 들고 나를 찾았다. 그리고 나는 그곳에 있는 대신 낯선 이들 틈에 끼어 있었다.

이튿날인 일요일, 나는 조개 매점에서 일했다. 그리고 밤이 되어 프레디가 산책을 가자고 했을 때 너무 피곤하다고 말했다. 그날은 좀 시원했지만, 월요일이 되자 날씨는 정말로 변덕스러웠다. 아버지는 아예 매점을 접고 식당에서만 일을 했고, 나는 부엌에서 생선 내장을 꺼내고 뼈를 발랐다. 우리는 거의 7시까지 일했다. 가게 문을 닫고 캔터베리행 기차를 탈 때까지는 간신히 옷을 갈아입고 옆면에 고무 밴드가 있는 부츠를 신고 아버지, 어머니, 앨리스, 데이비, 로다와 함께 후다닥 저녁 먹을 시간만 남아 있었다. 내가 다시 궁전으로 간다는 걸 알고 가족은 아주 의아하게 생각했다. 특히 로다는 내 〈애인〉 이야기를 듣고 무척 재미있는 모양이었다. 「낸시가 가는 게 괜찮으세요, 애슬리 부인?」 로다가 물었다. 「우리 어머니라면 절대 저 혼자 그렇게 멀리 보내지 않으실 거예요. 그리고 제가 낸시보다 두 살 더 많잖아요. 하지만 뭐, 낸시는 착실한 아이니까요.」 나는 착실한 아이였다. 평소 부모님이 걱정하는 사람은 앨리스, 뻔뻔한 앨리스였다. 하지만 로다의 말에 어머니는 나를 보며 생각에 잠겼다. 나는 가장 좋은 드레스를 입었고 새로 산 모자에 엷은 자줏빛 리본으로 테두리를 장식했으며 땋은 머리 끝도 엷은 자줏빛 리본으로 매듭을 지었고, 하얀 리넨 장갑에도 같은 리본 매듭을 해서 꿰매 달았다. 검은색 부츠는 반짝반짝 윤이 나도록 닦았다. 나는 앨리스의 〈오 드 로즈〉 향수를 귀 뒤에 살짝 뿌렸다. 그리고 부엌에서 가져온 피마자유로 속눈썹을 검게 칠했다.

어머니가 말했다. 「낸시, 너 정말로……?」 하지만 어머니가 입을 여는 순간 벽난로 선반에 있던 시계가 〈땡!〉 하고 울렸다. 7시 15분이었고, 자칫하면 기차를 놓칠 수도 있었다.

「다녀오겠습니다! 다녀오겠습니다!」 나는 이렇게 말하고는 어머니가 말리기 전에 도망쳐 나왔다.

하지만 결국 나는 기차를 놓쳤고, 다음 기차가 올 때까지 역에서 기다려야 했다. 궁전에 도착했을 때는 이미 공연이 시작한 뒤였다. 내가 자리에 앉았을 땐 번쩍이는 의상을 입은 곡예사들이 하얀 의상 무릎에 먼지를 묻힌 채 무대에서 고리를 이루고 있었다. 사람들은 박수를 쳤다. 트리키는 일어나 매일 밤마다 하던 말을 했고, 관객 반수는 싱글거리며 그 말을 따라 했다. 〈돈을 내도 다른 곳에서는 이런 건 못 봅니다!〉 이윽고 마치 키티 버틀러 공연의 서장이며 그것 없이는 절대로 공연이 시작될 수 없다는 듯 트리키가 망치를 치며 키티 버틀러의 이름을 외쳤고, 나는 의자를 부여잡고 숨을 멈추었다.

키티 버틀러가 노래하는 모습은 마치…… 천사라고 할 수는 없으리라, 키티 버틀러가 부르는 노래는 모두 샴페인을 곁들인 저녁 식사와 벌링턴 아케이드[12]에서 어슬렁거리는 내용이니 말이다. 그렇다면 추락한 천사와도 같다고 해야겠다. 아니면 〈추락 중인〉 천사와도 같았다. 키티 버틀러는 마치 천국의 사냥개는 이제 막 풀려났기에 쫓아오려면 한참 남았고 지옥은 아직 저 멀리 있는, 추락 중인 천사가 노래하듯 노래를 했다. 버틀러가 노래할 때 나도 따라 노래했다. 다른 관객들처럼 경솔하고 큰 소리로 부른 게 아니라, 크게 외치는 대신 속삭이면 키티 버틀러에게 더 잘 들릴 거란 기분으로 거의 들리지 않을 정도로 부드럽게 따라 불렀다.

그리고 아마도 버틀러 양은 내 목소리를 들었던 것 같다. 나는 버틀러 양이 무대로 걸어오며 마치 〈특별석이 다시 찼군〉 하고 말하듯 내 쪽을 보았다고 생각했다. 이제 나는 버틀러 양이 각광 앞에서 빙그르 돌며 다시 한번 나를 보았다고 생각했다. 날아갈 듯한 기분이 들었다. 관객이 가득한 객석을 훑어볼 때마다 나를 바라보는 듯한 느낌이 들었고, 필요 이상으로 더 오랫동안 내게 눈길을 주는 것만 같았다.

12 1819년 런던에 들어선 고급 상가.

나는 속삭이며 노래를 따라 부르던 것을 멈추고 무대를 바라보며 침만 꼴깍거렸다. 버틀러 양은 무대를 떠나며 다시 한번 내 쪽을 보았다. 그리고 앙코르를 위해 돌아왔다. 우리가 예상했던 대로 버틀러 양은 발라드를 부르고 라펠에서 꽃을 뽑아 뺨에 대었다. 그러나 노래가 끝났을 때, 평소와 달리 버틀러 양은 가장 아름다운 여자아이를 찾기 위해 앞좌석을 보지 않았다. 버틀러 양은 왼쪽으로 한 걸음 디뎌 내가 앉은 특별석으로 다가왔다. 그리고 다시 한 걸음 다가왔다. 순식간에 버틀러 양은 무대 가장자리로 다가와 내 앞에 섰다. 어찌나 가까이 왔던지 나는 버틀러 양의 옷깃 단추가 반짝이는 모습을, 목에서 맥이 뛰는 것을, 눈가의 분홍색을 볼 수 있을 정도였다. 버틀러 양은 잠깐인 동시에 영원처럼 느껴지는 시간 동안 그곳에 서 있었다. 이윽고 버틀러 양은 팔을 뻗쳤고, 꽃은 잠시 각광을 받으며 반짝였다. 나는 떨리는 손을 뻗어 꽃을 잡았다. 관객들은 환호성을 올리며 기뻐하고 소리 내어 웃었다. 버틀러 양은 허둥거리는 내 시선을 한 번 더 받았고, 나는 가볍게 머리 숙여 인사했다. 이윽고 버틀러 양은 갑자기 뒤로 물러서서 관객들을 향해 손을 흔들고 떠났다.

나는 잠시 온몸이 마비된 듯 앉아 손에 든 꽃을 응시했다. 방금 전까지 키티 버틀러의 뺨에 그렇게 가까이 머물렀던 그 꽃을. 나는 꽃을 들어 얼굴에 대고 싶었다. 그리고 그러려던 찰나, 객석에서 웃고 떠드는 소리가 머리를 강타해 나는 주위를 둘러보았다. 캐묻기 좋아하고 어떻게 하는지 보겠다는 듯한 시선들이 내 쪽을 향해 있었고, 고개를 든 나는 머리를 끄덕이고 킥킥거리고 눈을 찡긋거리는 이들과 시선이 부딪쳤다. 나는 얼굴을 붉히며 특별석의 그늘 속으로 움츠러들었다. 꼬치꼬치 캐내려는 눈들을 피해 등을 돌린 뒤, 나는 장미를 드레스 허리띠에 꽂고 장갑을 꼈다. 버틀러 양이 무대를 가로질러 내 쪽으로 왔을 때부터 쿵쾅거리기 시작한 심장은 여전히 아플 정도로 힘차게 뛰었다. 그러나 특별석을 떠나 붐비는 휴게실과 그 너머 거리로 향하자 심장은 가벼워지고 기쁨으로 차오르기 시작했으며, 나는 싱긋 웃고 싶어졌다. 나는 아무것도 아닌 일에 혼자 웃음 짓는 바보처럼 보이지 않기 위해 손으로 입술을 가려야 했다.

막 거리로 나가려는 순간, 누군가 나를 부르는 소리가 들렸다. 고개를 돌려 보니 토니였다. 토니는 내 시선을 끌려고 손을 번쩍 들고 로비를 가로질러 오고 있었다. 마침내 웃어 보일 친구가 생겼다는 생각에 안도감이 들었다. 나는 손을 치우고 원숭이처럼 씨익 웃었다.

「어이, 어이.」 내 곁에 온 토니가 가쁜 숨을 쉬며 말했다. 「누구는 기분 좋겠네. 나는 왜 그런지 알지! 왜 〈내〉가 장미를 줄 때는 여자들이 이렇게 좋아하는 모습을 보이지 않는 걸까?」 나는 다시 얼굴을 붉히고 손을 입으로 가져갔지만 아무 말도 하지 않았다. 토니가 싱글거렸다.

「네게 전할 말이 있어.」 이윽고 토니가 말했다. 「널 만나고 싶어 하는 사람이 있어.」 나는 눈썹을 치켰다. 앨리스나 프레디가 마중 나왔겠거니 했다. 토니가 더욱 능글맞게 웃으며 말했다. 「버틀러 양이 너와 이야기하고 싶대.」

순식간에 내 얼굴에서 웃음이 사라졌다. 「이야기를?」 내가 말했다. 「버틀러 양이? 나와?」

「그래. 버틀러 양은 도구 담당인 아이크에게 밤마다 특별석에 혼자 앉아 있는 여자가 누구인지 물었고 아이크는 네가 내 친구라며 내게 물어보라고 했지. 그래서 버틀러 양은 내게 물었고, 나는 답을 해줬어. 그랬더니 너를 만나 보고 싶다는 거야.」

「왜? 오, 토니, 대체 왜? 버틀러 양에게 무슨 말을 한 거야?」 나는 토니의 팔을 세게 움켜쥐었다.

「진실만을 말했어…….」 나는 토니 팔을 꼬집었다. 진실은 무시무시했다. 나는 버틀러 양에게 내 떨림과 속삭임, 불꽃과 온몸을 짜릿하게 흐르는 흥분을 알리고 싶지 않았다. 토니는 소매에서 내 손가락을 떼어 내더니 내 손을 잡았다. 「그냥 네가 버틀러 양을 좋아한다고 말했을 뿐이야.」 토니가 간단히 말했다. 「자, 나랑 같이 갈래 말래?」

나는 뭐라고 말해야 할지 몰랐다. 그래서 아무 말 없이 토니를 따라 우울하고 차가운 캔터베리의 밤을 뒤로한 채 거대한 유리문을 떠나 매점들로 통하는 홍예문 입구를 지나, 최상층 객석으로 통하는 계단을 올라 휴게실 저쪽 구석에 있는 벽감 쪽으로 갔다. 그곳은 커튼이 쳐져 있었고 앞에는 끈이 달렸으며, 끈에는 〈일반인 출입 금지〉라는 표시가 매달려 있었다.

2

나는 궁전의 무대 뒤편에 토니와 함께 한두 번 가본 적이 있지만 그때는 무대가 어둑어둑했고 아무도 없는 낮이었다. 이제 토니와 함께 걷는 복도는 빛과 소음으로 가득했다. 우리는 문을 하나 지나쳤다. 나는 그게 무슨 문인지 알고 있었다. 무대로 통하는 문이었다. 사다리와 밧줄과 길게 뻗은 가스관, 모자와 앞치마 차림의 사내아이들, 손수레, 조작등들이 살짝 보였다. 거대한 시계 안으로 들어선 느낌이었다. 우아한 외피를 통과해 일반인 눈을 피해 뒤에 숨어 있는, 먼지 앉고 기름 묻은, 쉬지 않고 움직이는 기계 속으로 들어선 느낌이 들었다. 그 후로도 나는 무대 뒤편에 갈 때마다 그런 느낌을 받았다.

토니는 나를 데리고 복도를 지나 철제 계단으로 갔고, 그곳에서 남자 셋이 먼저 지나가도록 잠시 걸음을 멈췄다. 셋은 모자를 쓰고 외투와 가방을 들고 있었다. 안색이 나쁘고 궁상맞아 보였으며 번지르르한 느낌이 있었다. 나는 견본 가방을 든 외판원일 것이라 생각했다. 하지만 셋이 지나가고 나자 무대 문지기와 농담을 나누는 소리가 들렸고, 나는 이들이 3인조 곡예사이며 이제 일을 마치고 집에 돌아가는 길이고 가방에는 무대 의상이 담겨 있다는 사실을 깨달았다. 나는 돌연 키티 버틀러도 이 사람들 같지 않을까, 각광을 받으며 뻐기던 아름다운 여자라고는 거의 여길 수 없는 평범하고 눈에 띄지 않는 사람이 아닐까 하는 불안감이 들었다. 하마터면 토니에게 돌아가자고 부탁할 뻔했다. 그러나 토니는 계단을 내려갔고, 내가 아래층 통로에서 토니를 따라잡았을 때 토니는 문 앞에 서서 이미 손잡이를 돌리고 있었다.

그 문은 일렬로 늘어선 다른 문들과 마찬가지로 평범하게 생겼지만 문 가운데 눈높이에 놋쇠로 된 〈7〉이라는 숫자가 나사로 고정되어 있었고, 그 아래에는 손으로 쓴 카드가 붙어 있었다. 카드에는 〈키티 버틀러 양〉이라고 적혀 있었다.

들어가 보니 버틀러 양은 거울 앞 작은 탁자에 앉아 있었다. 버틀러 양은 (내 생각에) 토니의 노크에 대답하기 위해 몸을 반쯤 돌렸다가, 내가 다가가자 몸을 일으키고 악수를 하려고 내게 손을 내밀었다. 버틀러 양은 힐을 신었음에도 나보다 조금 작았으며 내가 상상했던 것보다 젊었다. 내 언니 나이인 스물한두 살 정도 되어 보였다.

「아하.」 토니가 우리만 남기고 떠났을 때 버틀러 양이 말했다. 그 목소리에는 아직도 각광을 받으며 말하던 기운이 약간 남아 있었다. 「당신이 바로 수수께끼의 제 숭배자시군요! 저는 당신이 분명 걸리를 보러 온 거라고 생각했어요. 그런데 누군가 말해 주길 당신은 휴식 시간 다음에는 절대로 객석에 남아 있지 않는다고 하더군요. 당신이 여기 오는 이유가 정말 저 때문인가요? 저는 지금까지 팬이 있어 본 적이 없어요!」 버틀러 양은 말을 하며 아주 편안하게 탁자에 기댔다. 지금 보니 탁자는 크림 통과 막대형 화장품, 게임용 카드, 반쯤 피운 담배꽁초며 더러운 찻잔들로 어지러웠다. 버틀러 양은 발목 근처에서 다리를 꼬고 팔짱을 꼈다. 얼굴은 아직도 짙게 화장한 채였고 입술은 아주 빨갰다. 속눈썹과 눈꺼풀도 화장품으로 검게 칠했다. 버틀러 양은 무대에서 걸쳤던 바지와 구두는 그대로 걸쳤지만 재킷과 조끼 그리고 당연히 실크해트는 벗고 있었다. 풀 먹인 셔츠는 멜빵 때문에 더 부풀어 보이는 가슴을 꽉 조였지만 나비넥타이를 끄른 목 부분에서는 입을 벌리고 있었다. 셔츠 안쪽에는 크림색 레이스 가장자리가 보였다.

나는 시선을 돌렸다. 「전 당신 공연이 좋아요.」 내가 말했다.

「저도 그렇게 생각하고 싶어요. 당신은 제 공연에 그렇게 자주 오니까요!」

내가 살짝 웃음 지었다. 「그게, 토니가, 아시겠지만 절 공짜로 들여보내 주거든요…….」 내 말에 버틀러 양이 소리 내어 웃었다. 혀는 분홍색이었고 립스틱을 칠한 입술과 대비되는 치아는 무척이나 하얬다. 나는 얼굴이 붉어지는 걸 느꼈다. 「제 말은, 토니가 절 특별석에 앉게 해줬다는 거예요. 그렇지만 돈을 내야 했대도 기꺼이 냈을 거예요. 그리고 맨 위층 관람석에 앉았을 거예요. 저는 당신의 공연을 정말로, 정말 아주 많이 많이 좋아하거든요, 버틀러 양.」 내가 말했다.

이제 버틀러 양은 웃는 대신 고개를 약간 갸우뚱했다. 「정말로요?」 버틀러 양이 부드럽게 물었다.

「오, 그럼요.」

「그러면 어디가 그렇게 많이 좋은지 말해 주세요.」

나는 망설였다. 「저는 당신 의상이 좋아요.」 마침내 내가 말했다. 「당신 노래가 좋고 그 노래를 부르는 방식이 좋아요. 트리키와 이야기하는 방식도 좋아요. 저는 당신의…… 머리 모양이 좋아요.」 여기서 나는 말을 더듬었다. 이제 버틀러 양은 얼굴을 붉히는 듯했다. 거의 어색하다고 할 약간의 침묵이 흘렀다. 이윽고 돌연 어디선가 아주 가까운 곳에서 음악 소리가 들려왔다. 호른 부는 소리와 드럼 치는 소리가 잠깐 들리더니 마치 거대한 조개에서 으르렁대는 바람처럼 환호성이 들렸다. 나는 깜짝 놀라 주위를 둘러보았다. 버틀러 양이 소리 내어 웃었다. 「2부예요.」 버틀러 양이 말했다. 잠시 뒤 환호성이 멎었다. 하지만 음악은 거대한 심장이 뛰듯 계속 쿵쾅거리며 울려 댔다.

버틀러 양은 기댔던 탁자에서 몸을 일으키더니 담배를 피워도 괜찮겠냐고 물었다. 나는 고개를 끄덕였고, 버틀러 양이 더러운 잔과 카드 사이에서 담뱃갑을 집었을 때 다시 한번 고개를 끄덕였다. 벽에서는 철망에 든 가스등이 〈쉬익〉 소리를 내고 있었고, 버틀러 양은 그곳에 얼굴을 대고 담배에 불을 붙였다. 입가에 담배를 물고 눈으로는 불꽃을 지켜보는 버틀러 양의 모습은 또다시 남자 같았다. 그렇지만 입에서 담배를 떼자 끝 부분에 진홍색 얼룩이 묻었다. 그걸 보더니 버틀러 양이 혀를 찼다. 「저 좀 보세요. 아직 화장이 그대로 남아 있네요! 제가 화장을 지우는 동안 같이 있어 주겠어요? 예의에 어긋난다는 건 저도 알지만 좀 서둘러야 하거든요. 제 분장실은 이따 다른 여자가 써야 해서요…….」

나는 버틀러 양이 부탁한 대로 했고, 자리에 앉아 버틀러 양이 크림으로 볼을 문지른 뒤 천으로 닦아 내는 모습을 지켜보았다. 버틀러 양은 빠르고 조심스레 화장을 지웠으나 온전히 그 일에만 집중하지는 못했다. 그리고 얼굴을 문지르는 동안 거울을 통해 나와 눈을 맞췄다. 버틀러 양은 내 새 모자를 보며 말했다. 「보닛이 정말 예쁘네요!」 이윽고 버틀러 양은 내가 어떻게 토니를 아는지, 토니가 내 남자 친구인지 물었다. 나는 깜짝 놀라 대답했다. 「오, 아니에요! 토니는 제 언니와 사귀어요.」 그러자 버틀러 양은 소리 내어 웃었다. 이윽고 버틀러 양은 내가 어디에 사는지, 무슨 일을 하는지 물었다.

「저는 굴 식당에서 일해요.」 내가 말했다.

「굴 식당!」 버틀러 양은 내가 굴 식당에서 일한다는 사실이 재미있는 듯했다. 버틀러 양은 여전히 뺨을 문지르며 콧노래를 부르더니 이윽고 아주 낮은 목소리로 노래를 하기 시작했다.

「내가 비숍게이트 스트리트를 걸어갈 적에, 우연히 굴 파는 소녀를 만났다네…….」[13]

입술에 묻은 진홍색과 속눈썹의 검정을 닦는 모습.

「우연히 소녀의 바구니를 들여다보았네, 혹시 굴이 있을까 보려고.」

버틀러 양은 계속 노래했다. 그리고 속눈썹에 붙어 잘 떨어지지 않는 마스카라 조각을 떼어 내기 위해 거울 쪽으로 몸을 기대며 한쪽 눈을 아주 크게 떴고, 그에 맞춰 입이 함께 벌어졌다. 숨결 때문에 거울에 김이 서렸다. 버틀러 양은 잠시 동안 나를 완전히 잊은 듯했다. 나는 버틀러 양의 얼굴과 목 피부를 살펴보았다. 화장 분과 크림색 기름 가면을 벗은 진짜 피부가 나타났다. 입고 있는 슈미즈의 레이스 색깔이었다. 하지만 코와 뺨은 색이 좀 더 어두웠다. 그리고 입술 가장자리는 주근깨로 인해 머리털 같은 갈색이었다. 나는 버틀러 양에게 주근깨가 있다는 사실을 전혀 모르고 있었다. 나는 주근깨를 발견하고는 뭐라 설명할 수 없을 만큼 감동받았다.

버틀러 양은 거울에 서린 김을 닦아 내고 내게 눈을 찡긋한 다음 나에 대해 더 물었다. 그리고 왜인지 얼굴을 보는 것보다 거울에 비친 모습을 보고 이야기하는 것이 더 쉬웠기 때문에, 나는 마침내 버틀러 양과 꽤 편하게 이야기를 나누기 시작했다. 처음에 버틀러 양은 내가 상상했던 여자 배우처럼 대답을 했다. 즉, 편안하고 다소 놀리는 듯하면서 내가 얼굴을 붉히거나 바보 같은 말을 하면 소리 내어 웃었다. 하지만 얼굴에서 화장을 벗겨

13 1800년대 후반에 나온 노래 「굴 파는 소녀」의 한 소절.

내며 목소리도 화장을 벗겨 낸 듯 버틀러 양의 목소리는 점차 부드러워졌으며 건방지고 억누르는 느낌이 덜해졌다. 마침내 버틀러 양은 하품을 하며 손마디로 눈을 문질렀다. 그리고 목소리는 그냥 여자의 목소리가 되었다. 듣기 좋고 또렷하고 맑았지만, 나와 마찬가지로 평범한 켄트 여자의 목소리였다.

나는 버틀러 양을 실제로 만났을 때 시시해 보이면 어쩌나 걱정했지만, 내 걱정과 달리 그 목소리는 주근깨와 마찬가지로 버틀러 양에게 신기할 정도로 충격적인 존재감을 부여했다. 그 목소리를 듣고 나니, 마침내 지난 7일간의 내 광란을 이해할 수 있었다. 나는 생각했다. 〈정말 이상해! 하지만 또 아주 정상이야. 저는 당신을 사랑해요.〉

곧 버틀러 양은 얼굴 화장을 완전히 지웠고, 담배는 필터까지 까맣게 타들어 갔다. 이윽고 버틀러 양은 일어나 손가락으로 머리를 빗었다. 「옷을 갈아입어야겠네요.」 버틀러 양이 부끄러워하며 말했다. 나는 말뜻을 알아차리고 이제 그만 가보겠다고 말했고, 버틀러 양은 나와 함께 문까지 몇 걸음 걸었다.

「고마워요, 애슬리 양.」 버틀러 양이 말했다. 버틀러 양은 이미 토니에게 들어 내 이름을 알고 있었다. 「절 만나러 와주셔서요.」 버틀러 양은 내게 손을 내밀었고, 나도 손을 내밀었다. 그리고 내가 장갑을 끼었다는 사실을, 예쁜 모자에 맞춰 연보라색 리본 장식을 한 장갑을 끼고 있다는 사실을 기억해 내고 잽싸게 장갑을 벗고 맨손을 내밀었다. 그와 동시에 버틀러 양은 각광을 받던 멋쟁이 남자로 다시 돌아갔다. 버틀러 양은 등을 곧게 펴고 내게 살짝 고개 숙여 인사를 하더니 내 손을 자기 입술에 가져다 대었다.

나는 기쁨에 겨워 얼굴이 붉어졌다. 그때 돌연 버틀러 양의 콧구멍이 떨리는 모습이 보였고, 나는 버틀러 양이 냄새를 맡고 있다는 사실을 깨달았다. 술, 굴, 게살, 조개, 쇠고둥 따위의 짙은 바다 냄새, 나와 가족의 손가락에 너무나 오랜 시간 배어 있었기에 우리는 전혀 맡을 수 없는 냄새였다. 이제 나는 그 냄새를 키티 버틀러 양 코앞에 들이민 것이다! 부끄러워 죽을 지경이었다.

나는 즉시 손을 빼내려 했다. 하지만 버틀러 양은 재빨리 내 손을 잡고 자기 입술에 계속 대었고, 손마디 위로 나를 보며 웃었다. 버틀러 양의 눈빛이 무얼 말하는지 나는 도저히 해석할 수 없었다.

「당신에게서 냄새가 나요.」 버틀러 양이 천천히, 이상하다는 듯 말했다. 「마치…….」

「마치 청어 같은 냄새죠!」 내가 씁쓸하게 말했다. 이제 뺨이 화끈거렸고 아주 빨개졌다. 눈에는 거의 눈물이 고였다. 버틀러 양은 당황하는 내 모습을 보고 미안해하는 기색을 보였다.

「청어라니, 천만에요.」 버틀러 양이 부드럽게 말했다. 「그런 게 아니라, 뭐랄까, 마치 인어 같아요…….」 그리고 버틀러 양은 내 손가락에 제대로 입을 맞췄고 이번에는 나도 버틀러 양이 입을 맞추도록 가만히 있었다. 마침내 붉어졌던 내 얼굴이 정상으로 돌아왔고, 내가 빙긋 웃었다.

나는 다시 장갑을 꼈다. 천에 닿은 손가락이 따끔거리는 느낌이 들었다. 「다시 절 보러 와주실 건가요, 인어 아가씨?」 버틀러 양이 물었다. 억양은 가벼웠지만, 믿을 수 없게도 버틀러 양은 진심인 듯했다. 나는 〈그럼요, 꼭 그러고 싶어요〉라고 대답했고, 버틀러 양은 만족스럽다는 듯 고개를 끄덕였다. 이윽고 버틀러 양은 또다시 살짝 고개 숙여 인사했고, 우리는 작별 인사를 했다. 버틀러 양은 문을 닫고 사라졌다.

나는 그 자리에 서서 자그마한 7자를, 〈키티 버틀러 양〉이라고 손으로 쓴 카드를 마주한 채 꼼짝하지 않았다. 움직일 수가 없었다. 정말로 내가 인어라서 다리 대신 꼬리만 있어 걸을 수 없는 듯했다. 나는 눈을 끔벅였다. 버틀러 양을 만나며 땀을 흘렸고, 땀과 버틀러 양이 피운 담배 연기가 속눈썹에 바른 피마자유와 작용해 눈꺼풀이 무척 아팠다. 눈꺼풀에 손을 댔다. 버틀러 양이 입을 맞췄던 손이었다. 이윽고 나는 손가락을 코에 대고 리넨을 통해 버틀러 양이 맡았던 냄새를 맡고 다시 얼굴을 붉혔다.

분장실 안은 아주 조용했다. 이윽고 아주 낮게 버틀러 양의 목소리가 들려왔다. 버틀러 양은 굴 파는 소녀와 바구니에 대한 노래를 다시 부르고 있었다. 그러나 노래는 이제 끊길 듯 말 듯 들렸고, 나는 깨달았다. 버틀러 양은 노래를 하는 동안 부츠 끈을 풀기 위해 몸을 굽히고, 멜빵을 끄르기 위해 몸을 펴고, 아마도 발길질로 바지를 벗고…….

나는 이 모든 것을 알 수 있었다. 그리고 버틀러 양의 몸과 따끔거리는 내 눈 사이에는 오직 얇은 문 한 짝이 있을 뿐이었다!

내가 마침내 다리 감각을 되찾아 걸음을 뗄 수 있었던 것은 그 생각 덕분이었다.

버틀러 양과 이야기를 나누고, 버틀러 양이 방긋 웃어 주고, 버틀러 양의 입술이 내 손에 닿은 다음에 보는 버틀러 양의 공연은 색다른 경험이었으며 이전보다 더 가슴이 두근거렸다. 그 사랑스러운 목소리, 우아한 자태, 뻐기며 걷는 걸음걸이. 나는 그 행동 속에서 비밀을 공유하는 듯한 느낌을 받았으며, 관객들이 환영하며 소리를 지르거나 앙코르를 위해 무대로 다시 나오라고 요구할 때면 혼자 흐뭇해하며 얼굴을 연분홍빛으로 물들였다. 버틀러 양은 더는 내게 장미를 주지 않았다. 장미는 전과 마찬가지로 1층 앞자리에 앉은 가장 아름다운 여자에게 돌아갔다. 그러나 나는 버틀러 양이 특별석에 앉은 내 모습을 보는 것을 알았다. 노래를 하는 동안 가끔씩 내가 있는 쪽으로 시선을 돌리는 걸 느꼈기 때문이다. 그리고 무대를 떠날 때면 언제나 실크해트로 바닥을 휩쓸듯 인사를 했고, 오직 나만을 위해 고개를 까닥이거나 눈을 찡긋하거나 나만 볼 수 있게 살짝 웃음 지었다.

그러나 비록 만족감에 젖어 혼자 좋아하기는 했지만 불만인 점들도 있었다. 나는 무대 뒤편에서 버틀러 양이 화장하지 않은 모습을 보았다. 그렇기에 보통 관객과 함께 앉아 버틀러 양이 노래하는 모습을 보는 것은, 그리고 다른 사람들만큼만 버틀러 양을 소유할 수 있다는 것은 끔찍한 일이었다. 나는 버틀러 양에게 다시 찾아가고 싶어 몸이 활활 탈 지경이었다. 그러나 겁이 나기도 했다. 버틀러 양은 나를 초대했지만 언제 오라고 시간을 말해 주지는 않았다. 그리고 그 당시 나는 무척이나 걱정 많고 소심한 아이였다. 그래서 비록 궁전의 특별석에 가능한 한 여러 번 가서 버틀러 양이 노래하는 모습을 지켜보고 박수를 치고 은밀한 표정과 암호를 읽었지만 일주일이 온전히 지나고야 땀이 비질거리는 창백한 얼굴로 머뭇머뭇 무대 뒤편 버틀러 양의 분장실 문 앞에 섰다.

그러나 내가 분장실로 들어섰을 때 버틀러 양은 아주 상냥하게 나를 맞이해 주면서, 너무 오랫동안 찾아오지 않았다고 진지하게 나무랐다. 그리고 나서 우리는 무대 위 버틀러 양의 삶과 윗스터블에서 굴 파는 여자아이로서의 내 삶에 대해 다시금 마음 편하게 이야기를 나누었고, 내 불안감은 완전히 사라졌다. 버틀러 양이 나를 좋아한다고 확신한 것이다. 나는 버틀러 양을 다시 찾아갔다. 그리고 다시, 또다시 찾아갔다. 그 달, 나는 궁전 말고는 어디에도 가지 않았다. 다른 사람은 아무도 만나지 않았다. 프레디도, 사촌들도, 심지어는 앨리스조차 거의 만나지 않았다. 오로지 버틀러 양뿐이었다. 어머니는 그 사실을 언짢아했다.

그러나 내가 집에 돌아와서 버틀러 양의 초대를 받아 무대 뒤로 갔으며 친구처럼 대접을 받았다고 말하자 어머니는 감명을 받았다. 나는 그 어느 때보다도 열심히 부엌에서 내 할 일을 했다. 생선 뼈와 가시를 발라 내고, 감자를 씻고, 파슬리를 나박나박 썰고, 펄펄 끓는 물이 담긴 냄비에 게와 가재를 밀어 넣었다. 너무나 기운차게 일했기에 시끄러운 소리를 덮을 노래 한 곡 부를 수 없을 정도로 숨이 찼다. 앨리스는 다소 무뚝뚝하게, 궁전에 있는 누군가에 푹 빠져서 내가 바보가 됐다고 했다. 그러나 이즈음 나는 앨리스와 그리 말을 많이 하지 않았다. 이제 나는 일과가 끝나면 번개같이 옷을 갈아입고 급히 저녁을 먹은 뒤 캔터베리행 기차를 타기 위해 역으로 달려갔다. 그리고 캔터베리로 갈 때마다 키티 버틀러의 분장실에 들르는 것으로 그날의 여행을 끝냈다. 나는 무대에서 버틀러 양의 공연을 보는 것보다 분장실에서 친구로 보내는 시간이 더 많았고, 분장한 얼굴, 무대 의상, 각광을 받을 때의 뻐기는 모습보다는 그렇지 않은 진짜 모습을 볼 때가 더 잦아졌다.

우리는 친해질수록 더 편하게 대했으며 속내도 더 털어놓았다.

「저를 〈키티〉라고 불러 주세요.」 버틀러 양은 일찍부터 이렇게 말했다. 「그리고 저는 당신을…… 뭐라고 부를까요? 〈낸시〉는 싫어요. 모든 사람들이 당신을 그렇게 부르잖아요. 집에서 식구들은 뭐라고 부르죠? 〈낸스〉인가요? 아니면 〈낸〉?」

「〈낸스〉요.」 내가 말했다.

「그럼 전 〈낸〉이라 부르겠어요. 그래도 되나요?」 그래도 되냐니, 당연하고말고였다! 나는 고개를 끄덕이고 멍청이처럼 해죽댔다. 키티가 이름을 불러 준다는 생각에 가슴이 설레어 나는 예전 이름은 기꺼이 잊고 새로운 이름을 쓰거나 아니면 아예 이름 없이 살아갈 생각이었다.

이내 키티는 〈자, 낸……!〉 또는 〈아, 낸……!〉 하는 식으로 나를 불렀고, 점차 〈부탁이 있어요, 낸, 제 스타킹 좀 건네주실래요〉 하는 식으로 말을 하게 되었다. 키티는 아직도 내 앞에서 옷을 갈아입는 것을 부끄러워했지만, 어느 날 밤 내가 도착해 보니 작은 접이식 칸막이가 설치되어 있었다. 그때부터 키티는 칸막이 뒤에서 나와 이야기를 나누며 옷을 갈아입었고, 벗은 의상을 내게 건네주고는 공연 전에 옷걸이에 걸어 놓았던 여자용 옷을 내게서 건네받곤 했다. 키티에게 이렇게 봉사할 수 있다는 점이 몹시 좋았다. 나는 떨리는 손가락으로 키티의 정장을 갰으며 풀 먹인 리넨 셔츠, 비단 조끼와 스타킹, 울로 된 재킷과 바지를 남몰래 뺨에 대보곤 했다. 각각으로부터 독특한 향과 함께 키티의 따뜻한 체온이 느껴졌다. 모두 이상한 힘으로 충만해 있었으며 내 손에서 빛나거나 손을 따끔따끔하게 찌르는 듯했다. 또는 그렇다고 나는 상상했다.

키티의 페티코트와 드레스는 차가웠고 따끔거리지 않았다. 그럼에도 나는 그것을 다룰 때면 늘 얼굴이 붉어졌다. 키티가 입으면 그 옷들이 곧 키티의 부드럽고 은밀한 부분들을 감싸거나 스치리라는 생각, 또는 따뜻하고 촉촉하게 만들리라는 생각을 하면 얼굴이 붉어지지 않을 도리가 없었다. 키티가 짧게 친 텁수룩한 머리 가장자리에 사랑스러운 가짜 땋은 머리를 붙이고 칸막이에서 옷을 갈아입은 뒤 작고 균형 잡힌 날씬한 몸매의 여자로 바뀌어 나올 때마다 나는 늘 같은 감정을 느꼈다. 이내 기쁨과 가슴 아픈 사랑으로 바뀌는 실망과 후회의 번민이었다. 만지고 껴안고 애무하고 싶은 욕망이었다. 그 욕망이 너무나 강했기에 나는 고개를 돌리고 있거나 나도 모르게 달려가 꼭 안을까 두려워서 팔짱을 끼고 있었다.

마침내 나는 키티의 의상을 아주 능숙하게 다루게 되었고, 키티는 자기가 무대에 오르기 〈전〉에 와서 공연 준비를 도와 달라고 부탁했다. 정식 의상 담당자처럼 말이다. 키티는 마치 내가 원하지 않는 일을 시키는 건 아닐까 반쯤 걱정된다는 듯 스치듯이 말했다. 키티는 자기와 함께 있지 않는 시간이 내게 얼마나 쓸쓸한지 모르는 듯했다. 곧 밤마다 나는 객석에는 전혀 발을 들여놓지 않고 키티가 무대에 오르기 30분 전에 곧장 무대 뒤편으로 가 전날 받아 두었던 셔츠와 조끼와 바지를 키티가 다시 입게 도왔고, 키티가 주근깨에 분을 바르는 동안 화장품 통을 들었으며, 곱슬곱슬한 머리털을 펴는 솔빗에 물을 축였고, 라펠에 장미를 꽂았다.

이 모든 일을 처음으로 하던 날, 나는 준비를 마친 키티와 함께 무대로 갔고, 키티가 무대로 걸어가는 동안 배경 가장자리에서서 무대 장치 조작대의 받침나무를 가로질러 곡예사처럼 날렵하게 성큼성큼 걷는 조명 기사들을 경이감 속에 지켜보았다. 내게는 객석도 무대도 보이지 않았다. 보이는 것은 오로지 길게 뻗은 잿빛 판자와 그 반대편 끝에 있는 남자뿐이었다. 그 남자는 막 내리는 밧줄을 감는 손잡이에 팔을 대고 있었다. 모든 공연자가 그러하듯, 키티는 공연에 앞서 초조해했으며 나도 덩달아 초조해졌다. 그러나 마지막 곡을 끝내고 무대 옆으로 나왔을 때 관객들은 발을 구르고 고함을 치고 〈멋지다!〉라고 외쳤으며, 키티는 얼굴에 홍조를 띠고 쾌활하고 의기양양했다. 사실을 말하자면 나는 그런 키티가 아주 좋지는 않았다. 키티는 내 팔을 잡았지만 나를 보지 않았다. 키티는 약에 취한 여자나 난생처음 남자 팔에 안기는 여자 같아 보였으며, 키티 옆에서 가만히 차분하게 있는 내가 바보 같다는 느낌이 들었고 키티의 연인인 관객들에게 질투가 났다.

그날 이후로 나는 키티가 공연을 하는 20여 분 정도를 분장실에서 홀로 있으며 천장과 벽을 통해 들려오는 키티의 노래 박자를 들었다. 나는 관객들의 환호성을 멀리서 듣는 것이 더 행복했다. 나는 키티를 위해 차를 타곤 했다. 키티는 냄비에 차를 우려 연유를 넣고 호두처럼 짙고 시럽처럼 진한 상태로 마시길 좋아했다. 나는 키티의 노래 박자가 바뀌는 것을 듣고 벽난로에 주전자를 걸어 놓을 때를 알았고, 키티가 돌아올 때에 맞춰 차를 준비해 놓았다. 차가 끓을 동안 나는 키티의 작은 탁자를 훔치고 재떨이를 비우고 거울 먼지를 닦았다. 그리고 키티가 막대형 화장품들을 넣어 두는 금 가고 색 바랜 낡은 시가 상자를 정돈하곤 했다. 이런 사소한 봉사는 사랑에서 우러나온 행동이자 기뻐서 하는 일이었다. 나아가 〈나 자신〉의 기쁨이기도 했다. 그런 일을 하면 이상한 기분이 들며 몸이 달아오르고 거의 부끄럽기까지 했던 것이다. 키티가 관중들의 찬사를 받으며 기뻐하는 동안 나는 분장실 안을 왔다 갔다 하며 키티의 물건들을 물끄러미 보거나 매만졌다. 또는 닿기 직전까지 손을 가져갔다. 나는 키티의 물건에는 광채라도 둘러져 있는 듯이 물건에서 1센티미터쯤 떨어진 거리에서 손을 멈추곤 했다. 나는 키티가 두고 간 모든 것을 사랑했다. 페티코트, 향수, 귓불에 꽉 물리는 진주 귀걸이, 빗에 걸린 머리털, 마스카라에 붙어 있는 속눈썹, 심지어 담배꽁초에 난 손가락과 입술 자국마저 사랑했다. 키티 버틀러가 나타난 뒤로 세상은 완전히 달라진 듯했다. 키티가 오기 전 세상은 평범했다. 그러나 이제 세상은 키티가 음악을 울리고 빛을 발하는 야릇하고 흥분되는 공간으로 가득했다.

키티가 분장실로 돌아올 때면 나는 모든 것을 깔끔하게 정돈해 놓았다. 말했듯이, 차가 준비되어 있었다. 어떤 때는 키티에게 담뱃불을 붙여 주곤 했다. 키티의 얼굴은 격렬한 흥분이 사라져 즐겁고 상냥한 표정이 되었다. 〈정말 관객들 호응이 대단했어요!〉 키티는 이렇게 말하곤 했다. 〈절 보내 주지 않으려고 하더라고요!〉 또는 〈오늘은 반응이 좀 느리더라고요, 낸. 「즐겨라, 동료들아, 즐겨라」를 반 정도 부를 때까지 제가 여자인 걸 모르더라니까요.〉

키티는 넥타이를 끄르고 재킷과 모자를 걸어 놓은 뒤 차를 마시며 담배를 피웠다. 그리고 내게 이야기를 했으며(키티는 공연을 하고 나면 수다스러워졌다), 나는 열심히 귀를 기울였다. 나는 키티의 과거에 대해 약간 알게 되었다.

키티는 로체스터에 사는 예능인 집안에서 태어났다. 어머니는(키티는 아버지에 대해 이야기하지 않았다) 키티가 아직 아기였을 때 돌아가셨으며, 할머니가 키티를 맡아 키웠다. 키티가 기억하기로 키티에게는 형제도 자매도 사촌도 없었다. 키티는 열두 살 나이에 〈케이트 스트로, 노래하는 기적의 꼬마〉라는 공연으로 처음 각광을 받으며 무대에 섰고, 싸구려 흥행장과 선술집, 그리고 좀 더 작은 연예장과 극장들에서 약간 성공을 하며 알려졌다. 하지만 키티는 당시 삶이 비참했다고 말했다. 「곧 저는 어리지조차 않게 되었죠. 공연장 문에는 모두 저와 똑같거나 더 예쁘거나 더 활발하거나 더 굶주린, 그리고 한 시즌이나 한 주일, 심지어 하룻밤 공연을 보장받기 위해 사회자에게 기꺼이 입을 맞추려는 여자아이들이 길게 줄을 섰어요.」 이윽고 키티의 할머니가 세상을 떴다. 키티는 무용 극단에 합류해 켄트의 해변 마을과 사우스코스트를 떠돌며 하룻밤에 세 번씩 해상 위락 잔교[14]에서 공연을 했다. 키티는 이 시절을 이야기하며 얼굴을 찡그렸고 목소리는 비통하고 힘이 없었다. 키티는 한 손에 턱을 괴고 머리를 기대고 눈을 감았다.

14 빅토리아 시대에 바다 경치를 감상하고 놀기 위해 만든 부두. 대개 호텔과 극장이 함께 들어섰다.

「아, 어려운 시절이었어요.」 키티가 말했다. 「너무나 어려운 시절이었어요……. 그리고 친구가 한 명도 없었어요. 친구가 생길 만큼 한곳에 오래 있을 수 없었으니까요. 모든 스타들은 저 같은 사람과 이야기를 나누기에는 자기가 너무 잘났다고 생각하거나 아니면 제가 자기 레퍼토리를 흉내 낼까 두려워했죠. 또 관객들은 잔인해서 저를 울게 만들었고요…….」 키티가 흐느꼈다는 생각을 하니 나도 눈물이 났다. 감동한 내 모습을 본 키티는 싱긋 웃으며 눈을 찡긋했고 기지개를 켠 뒤 자기가 잘하는 신사식 억양으로 말했다. 「하지만 이제 그 시절은 모두 지났습니다. 저는 이제 명성과 부를 향한 길을 걷고 있는 겁니다. 아시잖습니까. 제가 이름을 바꾸고 매셔가 된 뒤로 온 세상이 저를 사랑합니다. 그리고 트리키 리브스는 누구보다도 저를 좋아하고 그것을 증명하기 위해 제게 왕자처럼 후하게 급료를 주지요!」 그리고 우리는 함께 웃곤 했다. 비록 키티는 진짜 매셔였지만 트리키가 주는 급료로는 샴페인도 마시기 어려운 정도라는 사실을 우리 모두 알고 있었기 때문이다. 그러나 내 웃음은 약간 불안한 웃음이었다. 키티의 계약이 8월 말이면 끝나며 그 뒤에 키티는 다른 극장으로 가야 한다는 것을 알고 있었기 때문이다. 키티가 말했다. 「마게이트나 브로드스테어스일 거예요. 절 원한다면 말이에요.」 키티가 가고 나면 나는 어떻게 해야 할지 상상조차 할 수 없었다.

내가 무대 뒤쪽으로 찾아가고 버틀러 양의 친구가 되고 또 비공식 무대 의상 담당자가 된 일 따위에 대해 내 가족이 어떻게 생각했는지는 나도 모르겠다. 앞서 말했듯, 가족이 내게 감명받은 건 사실이다. 그러나 동시에 불안해한 것도 사실이다. 내가 궁전에 그토록 자주 가고 기차 삯으로 모든 저금을 다 쓰는 이유가 단지 여학생의 연애 장난질이 아니라 진짜 우정 때문이라는 사실에 가족은 안심했다. 그러나 멋지고 똑똑한 연예장 배우와 그 배우를 좋아하는 관객 가운데 한 명에 지나지 않는 여자 사이에 과연 진짜 우정이 존재할 수 있을까 의아해하는 속내가 내 귀에 들리는 듯했다. 키티에게는 사귀는 청년이 없다고 말했을 때 (나는 이 사실을 키티가 자기 삶에 대해 조금씩 이야기하는 가운데 알게 되었다) 데이비는 키티를 집으로 초대해 멋진 오빠를 소개해 주라고 말했다. 비록 로다가 옆에 있었고, 로다를 놀리려고 장난으로 한 말이었지만 말이다. 내가 냄비에 차를 우려 주고 탁자를 정리한다는 말을 들었을 때 어머니는 눈살을 찌푸렸다. 「네 이야기를 들으니 그 여자분께서 너를 제대로 행동하게 하시는구나. 네가 집에서 차를 준비하고 탁자를 치워 주면 좀 더 도움이 될 거 같다만…….」

사실이었다. 내 생각에도 나는 날마다 궁전에 가는 것 때문에 집에서 내가 할 일들을 다소 소홀히 했다. 그 일들은 언니에게 돌아갔지만 앨리스는 거의 불평을 하지 않았다. 부모님은 앨리스가 너그럽기 때문에 내 일을 떠맡으며 내게 여유 시간을 준다고 생각했으리라. 하지만 내가 보기에 앨리스는 이제 키티에 대해 말할 때면 몹시 딱딱거렸고, 그것만으로도 나는 앨리스가 다른 누구보다도 불편해하고 있다는 사실을 알았다. 나는 내 열정에 대해 앨리스에게 더는 아무 말도 하지 않았다. 나는 내 새롭고 신기하고 뜨거운 욕망에 대해 아무에게도 말하지 않았다. 그러나 내가 침대에 누우면 앨리스는 당연히 나를 보았다. 그리고 짝사랑에 빠진 사람이라면 누구라도 그렇듯, 나는 침대에서 꿈을 꾸었다. 어둠 속의 침대, 발그레 물드는 자기 뺨을 볼 수 없는 곳, 낮 동안 열정을 흐릿하게 만들던 속박의 불꽃 덮개를 내려놓고 그 열정이 살짝 이글거릴 수 있게 해주는 곳에서.

내 격렬한 꿈에서 자기가 어떤 역할을 하는지 안다면, 내가 키티의 기억을 얼마나 뻔뻔하게 이용하는지 안다면, 그리고 그 기억을 내가 부도덕하게 이용한다는 걸 안다면 키티는 얼마나 얼굴을 붉힐까! 궁전에서 키티는 밤마다 내게 작별 키스를 했다. 꿈에서 키티의 뜨겁고 부드러운 입술은 내 뺨에 머물렀다가 이마로, 귀로, 목으로 입으로 옮겨 가고……. 나는 키티 가까이 서서 옷깃 단추를 잠가 주거나 라펠을 털어 주곤 했다. 그리고 환상 속에서 나는 원하던 일을 했다. 나는 몸을 기울여 키티의 머리털 가장자리로 입술을 가져갔다. 키티의 외투 속에 손을 집어넣고, 빳빳한 신사용 셔츠를 사이에 두고 따뜻하게 눌러 오는 키티의 가슴이 내 손길에 응답하고…….

그리고 나는 앨리스를 옆에 둔 채 온몸을 좌절과 기쁨으로 흠뻑 적시는 이 모든 공상을 하는 것이다! 앨리스의 숨결이 내 뺨에 닿거나 뜨거운 팔다리가 내 팔다리를 누르는 상황, 아니면 앨리스의 눈동자가 별빛과 의심으로 인해 차갑고 둔탁하게 빛나는 상황에서 이 모든 상상을 하는 것이다.

그러나 앨리스는 아무 말도 하지 않았다. 앨리스는 아무것도 묻지 않았다. 시간이 지나면서 내가 키티와 계속 우정을 나누는 것은 적어도 다른 식구들에게는 궁금함이 아니라 긍지의 대상이 되었다. 〈캔터베리에 있는 궁전에 가보셨습니까?〉 아버지가 음식 접시를 내가며 손님들에게 이렇게 말하는 소리가 들리곤 했다. 〈우리 막내딸이 그곳의 스타인 키티 버틀러와 아주 친하답니다…….〉 하지만 8월 말 굴 철이 다시 시작되고 우리가 가게에서 온종일 일하게 되자 가족은 나보고 키티를 집으로 데려오라고, 집에서 한번 만나 보자고 압력을 넣기 시작했다.

「넌 늘 버틀러 양이 너랑 얼마나 친한지 이야기했잖니.」 어느 날 아침 식사 때 아버지가 말했다. 「게다가 윗스터블에서 그렇게 가까이 살면서 제대로 된 굴 차를 맛보지 않으면 그건 범죄야. 버틀러 양이 떠나기 전에 이곳에 한번 데려오려무나.」 키티가 우리 가족과 저녁 식사를 한다는 생각은 끔찍했다. 그리고 아버지는 키티가 곧 다른 연예장으로 떠나리라는 말을 너무나 아무렇지도 않게 했기 때문에 나는 아버지에게 톡 쏘며 대답했다. 잠시 뒤 어머니가 내 옆에 앉았다. 어머니는 아버지의 집이 버틀러 양을 초대하기에 초라하기 때문이냐고, 내가 부모님과 부모님의 직업을 부끄러워해서 그러는 거냐고 물었다. 어머니의 말 때문에 나는 우울해졌다. 나는 그날 저녁 말없이 슬픈 표정으로 키티와 있었다. 그리고 공연이 끝나고 내가 왜 그러는지 키티가 물었을 때 나는 입술을 깨물었다.

내가 말했다. 「부모님께서 당신이 내일 차를 마시러 오실 수 있는지 여쭤 보라셔요. 안 오셔도 돼요. 당신이 바쁘거나 아프다고 말하면 되니까요. 하지만 어쨌든 저는 당신에게 물어보겠노라고 약속했어요. 그리고 이제, 약속을 지켰고요.」 나는 비참한 기분으로 말을 맺었다.

키티가 내 손을 잡았다. 키티는 놀라서 말했다. 「하지만 낸, 가고 싶어요! 캔터베리에서 제가 얼마나 심심하게 지내는지 당신도 잘 알잖아요. 대화를 나눌 만한 사람이라고는 퓨 부인과 샌디뿐이에요!」 퓨 부인은 키티가 하숙하는 집주인이었다. 샌디는 키티와 같은 층에 사는 남자로 궁전의 악단에서 연주를 하지만, 키티 말에 따르면 술에 취해 살며 가끔은 바보 같고 지겨울 때가 있다고 했다. 키티가 계속 말했다. 「제대로 된 거실에서 제대로 된 가족과 다시 앉을 수 있다면, 오, 얼마나 좋을까요! 더러운 양탄자가 깔리고, 테이블에는 테이블보 대신 신문지를 깐 침실 겸 거실이 아니라 말이에요! 그리고 당신이 살고 일하는 곳을 보면 얼마나 멋질까요. 당신이 타는 기차를 타보고, 당신을 사랑하는 사람들을, 당신과 하루 종일 같이 있는 사람들을 만나 보면 얼마나 좋을까요…….」

키티가 나를 얼마나 좋아하는지 무심코 한 고백을 들은 나는 안절부절못하며 침을 꼴깍 삼켰다. 하지만 오늘 밤 나는 얼굴을 붉힐 시간조차 없었다. 키티가 거기까지 말했을 때 문을 두드리는 소리가 났기 때문이다. 날카롭고 경쾌하며 권위가 느껴지는 그 소리에 키티는 눈을 끔벅이며 몸이 뻣뻣해졌고 깜짝 놀라 문을 바라보았다.

나 역시 움찔했다. 그때까지 키티와 저녁 시간을 보내면서 호출 담당(무대에 나갈 때가 되면 키티를 부르러 왔다)과 토니(가끔 머리를 들이밀고 저녁 인사를 하곤 했다)를 제외하고는 아무도 찾아온 적이 없었다. 내가 말했듯이, 키티에게는 남자 친구가 없었다. 다른 〈팬〉도 없었다. 나를 빼고는 친구도 전혀 없는 듯했다. 나는 늘 그 점이 아주 즐거웠다. 이제 나는 문으로 걸어가는 키티를 보며 입술을 깨물었다. 불길한 예감이 들었다고 말해야겠으나, 실은 그렇지 않았다. 나는 단지 화가 났을 뿐이었다. 우리 둘만이 함께하는 시간, 그렇잖아도 짧다고 생각하는 그 시간이 더 짧아졌기 때문이다.

방문객은 신사였다. 키티도 처음 보는 사람이 분명했다. 키티가 정중하게 인사를 했지만 아주 조심스러웠기 때문이다. 남자는 실크해트를 썼으며, 키티 그리고 작은 방에 숨어 있는 나를 보자 실크해트를 벗어 가슴에 댔다. 「버틀러 양이시죠?」 남자가 말했다. 키티가 고개를 끄덕이자 남자는 고개 숙여 인사했다. 「월터 블리스라고 합니다.」 남자의 목소리는 트리키처럼 깊고 유쾌하고 맑았다. 남자는 주머니에서 명함을 꺼내 내밀었다. 명함을 받아 든 키티는 잠시 그것을 보다가 놀라서 〈오!〉라고 작게 외쳤다. 나는 남자를 찬찬히 살펴보았다. 남자는 실크해트를 벗고도 아주 키가 컸으며 최신 유행의 바둑판무늬 바지와 멋스러운 조끼 차림이었다. 쥐의 꼬리만큼이나 굵은 금시곗줄이 배를 가로지르고 있는 것이 보였고, 손가락에는 더 많은 황금이 번쩍였다. 머리는 크고 머리털은 탁한 붉은색이었다. 윗입술에서 귀까지 뻗어 나간 구레나룻, 눈썹과 코털까지 붉은색이었다. 나는 그 모습에서 엄숙하면서도 동시에 희극적이라는 느낌을 받았다. 살갗은 사내아이처럼 뽀얬다. 눈은 푸른색이었다.

키티가 명함을 돌려주자 남자는 잠시 이야기를 나눌 수 있겠느냐고 물었고, 키티는 즉시 옆으로 비켜서며 남자를 들어오게 했다. 남자가 들어오자 작은 방은 꽉 차고 덥게 느껴졌다. 나는 마지못해 일어서서 모자를 쓰고 장갑을 낀 뒤 가봐야겠다고 말했다. 그러자 키티가 나를 소개했다. 「제 친구 애슬리 양이에요.」 키티가 나를 그렇게 부르자 나는 기분이 약간 좋아졌고, 블리스 씨는 나와 악수를 했다.

「어머니께 말씀드리세요.」 키티가 문까지 배웅 나와 말했다. 「내일 언제든 편하신 시간에 찾아뵙겠다고요.」

「4시에 오세요.」 내가 말했다.

「그럼 4시에 갈게요!」 키티는 다시 내 손을 살짝 잡고는 뺨에 키스했다.

키티의 어깨 너머로 화려한 차림의 블리스 씨가 구레나룻을 쓰다듬었지만, 시선은 우리로부터 정중히 돌린 채였다.

키티가 우리를 만나기 위해 윗스터블에 찾아왔던 일요일 오후 내가 느꼈던 여러 가지 복합적이고 기묘한 감정을 어떻게 말로 표현해야 할지 모르겠다. 키티는 내게 온 세상보다 더 귀했다. 키티가 우리 집에 와서 내 가족과 식사를 한다는 것은 이루 말할 수 없을 정도로 기쁘면서 동시에 무시무시하게 부담스러운 일이기도 했다. 나는 키티를 사랑했기에 키티가 우리 집에 오길 간절히 바랐다. 하지만 내가 키티를 사랑한다는 사실을 아무도 알아서는 안 되었다. 키티마저도. 내 사랑을 속에 감추고 식탁에서 키티 옆에 앉아서 벌레처럼 입을 다물고 꼼짝도 못 하고 있어야 하다니, 생각만 해도 고문이었다. 왜 키티에게 남자 친구가 없는지 어머니가 물으면 나는 웃어야만 할 터이고, 데이비가 로다의 손을 잡거나 토니가 식탁 아래로 앨리스의 무릎을 꼬집을 때도 나는 내 사랑을 바로 옆에 두고도 만지지 못하고 그냥 웃기만 해야 할 터였다.

게다가 우리 집은 비좁고 초라했으며 생선 비린내가 진동을 했다. 키티가 우리 집이 누추하다고 생각하지 않을까? 거칠거칠한 싸구려 식탁보의 찢어진 곳이나 벽에 진 얼룩을 눈치채지는 않을까? 안락의자 쿠션이 꺼졌고 양탄자는 색이 바랬으며, 굴뚝에서 들어오는 외풍을 막기 위해 어머니가 벽난로 선반에 걸어 놓은 술이 펄럭이고 그 술이 먼지투성이에 찢어진 데다가 가장자리는 올이 풀린 걸 알아채지는 않을까? 나는 이런 물건들과 함께 자랐으며 18년 동안 그 상태를 거의 눈치채지 못했으나 이제는 마치 키티의 눈을 통해 보는 것처럼 진실을 볼 수 있었다.

가족도 새롭게 보였다. 아버지는 신사였지만, 둔한 경향이 있었다. 키티가 아버지를 둔하다고 생각할까? 데이비는 다소 무례했다. 그리고 로다, 끔찍한 로다는 분명히 도를 넘을 정도로 건방질 터였다. 키티는 우리 가족을 어떻게 생각할까? 앨리스, 한 달 전까지만 해도 내 가장 친한 친구였던 앨리스를 어떻게 생각할까? 앨리스가 차갑다고 생각하지는 않을까? 그리고 앨리스의 냉담함을 이상하게 여기지는 않을까? 아니면 키티가…… (이 생각이 가장 끔찍했다) 키티가 앨리스를 더 예쁘다고 생각해서 나보다 앨리스를 더 좋아하지는 않을까? 자기가 던진 장미를 특별석에서 받은 사람이, 무대 뒤로 초대한 사람이, 인어 아가씨라고 부른 사람이 내가 아니라 앨리스이길 바라진 않을까?

그날 오후 키티를 기다리며 나는 초조해했다가 즐거워했다가 우울해했다가를 반복했다. 나는 다탁 준비로 야단법석을 떨었으며 데이비에게 딱딱거리고 로다에게 투덜댔고, 초조해하고 툴툴거린다고 모두에게 한 소리씩 들었으며, 내가 기뻐 마땅해야 할 날이 나 때문에 우리 모두에게 우울한 날로 바뀌고 있었다. 나는 머리를 감았고 각별히 정성 들여 말렸다. 가장 좋은 드레스에 새 프릴을 달았지만 바느질을 잘못해 반듯하게 펴지질 않았다. 나는 계단 꼭대기에 서서 안전핀으로 실크를 꿰느라 땀을 뻘뻘 흘렸다. 금방이라도 울음이 터져 나올 것만 같았다. 키티가 탄 기차가 곧 도착할 시간이 되었기 때문이다. 키티를 마중하러 달려 나가려는 찰나, 우리 집 작은 부엌에서 토니가 다탁에 올려놓을 배스 맥주병들을 들고 나왔다. 토니는 걸음을 멈추고 내 답답한 손놀림을 지켜보았다. 내가 말했다. 「저리 가.」 하지만 토니는 잘난 체하는 표정만 지을 뿐이었다.

「내가 가져온 소식을 듣고 싶지 않은 거 같네.」

「무슨 소식?」 마침내 프릴이 반듯해졌다. 나는 벽에 걸린 모자로 손을 뻗었다. 토니는 싱글거리기만 할 뿐 아무 말도 하지 않았다. 나는 발을 동동 굴렀다. 「토니, 뭔데 그래? 그렇지 않아도 늦었는데 너 때문에 더 늦고 있단 말이야.」

「음, 그럼, 아무것도 아니야. 버틀러 양이 네게 직접 말해 줄 거야…….」

「뭘 말해 주는데?」 이제 나는 한 손에는 모자를, 다른 한 손에는 모자를 고정하는 핀을 들었다. 「〈뭘〉 말해 주는데, 토니?」

토니는 어깨 너머로 힐긋거리더니 목소리를 낮췄다. 「아직 누구에게도 말하면 안 돼. 확실하게 정해진 게 아니거든. 하지만 네 친구 키티 말이야, 일주일 정도 있다가 궁전을 떠나야 하는 거지?」 나는 고개를 끄덕였다. 「그게, 아마 안 갈 거야. 적어도 한동안은. 삼촌이 키티에게 좋은 계약 조건을 제시했거든. 설날까지 말이지. 키티가 너무 잘해서 브로드스테어스에 빼앗기고 싶지 않다고 하시네.」

설날! 그때까지는 한참이, 몇 달에 몇 달, 몇 주에 몇 주가 남았다. 키티의 분장실에서 지내고 잘 자라는 작별 키스를 하고 꿈을 꾸며 보낼 매일 밤들이, 그 모든 시간이 눈앞에 꿈결처럼 펼쳐졌다.

나는 짧게 환성을 질렀던 듯하다. 토니는 혼자 흐뭇해하며 맥주를 꿀꺽꿀꺽 마셨다. 이윽고 앨리스가 나타나더니 왜 계단에서 속삭이며 이야기를 하고 환성을 지르는지 캐물었다. 나는 토니의 대답을 기다리지 않고 아래층으로 내려가서 문을 박차고 거리로 나가 말괄량이처럼 역으로 뛰어갔다. 모자가 귀에서 휘날렸다. 결국 까먹고 핀으로 제대로 고정하지 않았기 때문이다.

나는 키티가 무대용 정장을 입고 실크해트에 연보라색 장갑을 끼고 거드름 피우는 걸음걸이로 윗스터블에 나타나리라고는 조금도 기대하지 않았다. 그래도 여자처럼 옷을 입고, 여자처럼 걷고, 땋은 머리를 뒤통수에 붙이고 손에 양산을 든 모습으로 기차에서 내리는 키티를 보자 실망감에 마음이 조금 괴로워졌다. 그러나 이 감정은 언제나처럼 잽싸게 욕망과 자부심으로 바뀌었다. 윗스터블의 먼지 날리는 플랫폼에서도 키티는 무척이나 맵시 있고 멋졌기 때문이다. 내가 다가가자 키티는 내 뺨에 키스하고 팔을 잡았고, 나는 키티를 데리고 역을 나와 해안을 가로질러 우리 집으로 안내했다. 키티가 말했다. 「아! 여기가 당신이 태어나서 자란 곳이로군요?」

「네, 그래요! 저길 보세요. 저 교회 옆의 건물이 제가 다니던

학교예요. 저기 문 옆에 자전거가 있는 집이 보이세요? 저기에 제 사촌이 살아요. 그리고 여기 이 계단에서 제가 넘어져 턱을 다쳤어요. 집에 도착할 때까지 언니가 손수건을 제 턱에 대주었죠…….」 그런 식으로 나는 여기저기를 가리키며 말했고, 키티는 입술을 깨물며 고개를 끄덕였다. 「당신은 정말 운이 좋은 거예요!」 마침내 키티가 말했다. 키티는 그렇게 말하며 한숨을 쉬는 듯했다.

나는 그날 오후가 우울하고 가혹할 것 같아 겁을 냈지만 사실은 무척 즐거운 시간이었다. 키티는 모두에게 손을 흔들며 〈당신이 굴 따는 배에서 일한다는 데이비로군요〉 또는 〈당신이 앨리스로군요. 낸시가 당신 이야기를 무척 자주 했어요. 당신 칭찬을 아주 많이 하더라고요. 이제 그 이유를 알겠네요〉 하는 식으로 모두에게 일일이 말을 건넸다. 앨리스는 키티의 말을 듣고 얼굴을 붉히더니 당황하며 바닥으로 시선을 돌렸다.

키티는 아버지에게도 상냥히 대했다. 「이런, 이런, 버틀러 양.」 키티의 손을 잡은 아버지는 치마를 보더니 고개를 끄덕이며 말했다. 「이건 평소 당신의 옷차림하고는 꽤 다른걸요?」 키티는 싱긋 웃더니 그렇다고 대답했다. 그러자 아버지가 눈을 찡긋하며 덧붙였다. 「그리고 훨씬 더 낫군요. 〈혹시라도〉 신사가 이렇게 말하는 걸 당신이 마음 쓰지 않는다면 말이죠.」 키티는 소리 내어 웃으며 대답하길 신사들 대부분은 그렇게 생각하며 자기는 그런 데에 아주 익숙하기 때문에 조금도 마음 쓰지 않는다고 했다.

전반적으로 키티는 아주 여낙낙하게 굴었으며 자신과 연예장에 대한 질문에 무척이나 상냥하게 대답했기에 아무도, 심지어 앨리스나 심술궂은 로다마저도 키티를 싫어할 수 없었다. 그리고 나는 창밖의 윗스터블만을 바라보는 키티를, 아버지 이야기에 정신이 팔려 고개를 갸우뚱하고 있는 키티를, 장식이나 그림을 보며 어머니의 안목을 칭찬하는 키티를(키티는 벽난로 위에 있는 촐에 감탄했다!) 지켜보며 다시금 완전히 반하고 말았다. 물론 내 사랑은 더욱 달아올랐다. 트리키에 대한, 계약에 대한, 연장된 넉 달에 대한 특별한 비밀을 알았기 때문이다.

곧 우리는 차를 마시기 위해 자리에 앉았다. 키티는 식탁을 보고 감탄했으며 우리 역시 마찬가지였다. 리넨이 깔린 식탁에는 제대로 된 굴 정식이 차려져 있었고, 작은 알코올램프 위에 놓인 접시에서는 버터가 녹기를 기다리고 있었다. 그 양쪽으로 빵이 담긴 접시들이 놓여 있었고, 네 등분한 레몬과 식초와 후추 통이 각각 두세 개씩 있었다. 각 접시 옆에는 포크, 숟가락, 냅킨, 그리고 가장 중요한 굴 칼이 있었다. 그리고 식탁 중앙에는 위쪽 테두리에 하얀 천을 두른 굴 통이 손가락 굵기 정도 뚜껑이 열린 채 놓여 있었다. 아버지가 늘 말하던 대로 〈굴이 약간 몸을 뻗을 수 있을 정도만〉이었고, 굴이 껍데기를 벌려 상할 정도로 많이 열어 놓지는 않았다. 우리는 식탁 주위로 붙어 앉았다. 모두 여덟 명이었기 때문에 아래층 식당에서 의자를 더 가져와야 했다. 키티와 나는 가까이 앉아서 거의 팔꿈치가 닿을 정도였고, 우리 구두는 식탁 아래에서 나란히 붙어 있었다. 어머니가 〈조금 이쪽으로 앉아라, 낸시, 버틀러 양이 비좁잖니!〉라고 말했을 때 키티는 〈아주 편하답니다, 애슬리 부인, 정말이에요〉라고 대답했다. 나는 오른쪽으로 0.5센티미터 정도 움직였지만 발은 움직이지 않고 키티의 발 옆에 그대로 두었고, 후끈거리는 키티의 다리가 내 다리에 닿는 게 느껴졌다.

아버지는 굴을 건네주었고, 어머니는 맥주나 레모네이드를 권했다. 키티는 한 손으로 껍데기를 들고 다른 손에는 굴 칼을 들더니 좀 서투르게 굴 살을 꺼냈다. 아버지가 그 모습을 보더니 외쳤다.

「이런, 이런, 버틀러 양, 저희들이 큰 실례를 했군요! 데이비, 그 칼을 들고 우리 숙녀분께 어떻게 하는지 보여 드려라. 안 그러면 손을 베여 크게 다치시겠구나.」

「제가 할게요.」 내가 재빨리 말했다. 그리고 오빠가 손을 대기 전에 키티로부터 굴과 칼을 받았다.

「이렇게 하는 거예요.」 내가 키티에게 알려 주었다. 「우선 평평한 쪽 껍데기가 위로 향하도록 손바닥에 굴을 놓으셔야 해요, 이렇게요.」 나는 키티에게 보여 주기 위해 껍데기를 잡았고, 키티는 퍽 진지하게 그 모습을 지켜보았다. 「그다음에 칼날을 여기에 넣으세요. 껍질 사이가 아니라 이음매에요. 여기요. 그리고 칼을 꼭 잡고 〈비트세요〉.」 내가 칼을 살짝 비틀자 껍데기가 쉽사리 열렸다. 「그러고 나서 껍데기가 흔들리지 않게 잡으셔야 해요.」 내가 계속 말했다. 「껍데기 안에는 즙이 가득 차 있거든요. 한 방울도 떨어뜨리시면 안 돼요. 굴은 즙이 제일 맛있거든요.」 자그마한 덩어리가 굴 즙에 매끄러운 몸을 담근 채 내 손바닥에서 속살을 드러냈다. 「여기는요,」 칼로 가리키며 내가 말했다. 「여기는 아가미예요. 여기는 잘라 내야 해요.」 나는 칼을 살짝 튕겨 아가미를 잘라 냈다. 「그리고 살을 꺼내서……. 자, 이제 드시면 돼요.」 나는 조심스레 굴 껍데기를 키티 손에 쥐여 주었다. 내 손가락에 닿은 키티의 손가락은 따뜻하고 부드러웠다. 우리의 머리는 아주 가까이 있었다. 키티는 입술로 굴을 가져갔고, 입에 넣기 전에 잠깐 멈추더니 눈을 깜박이지 않으며 나와 시선을 맞췄다.

나는 의식하지 못했지만 나긋나긋한 목소리로 설명했고, 모두 조용히 내 말에 귀를 기울였다. 이제 식탁은 쥐 죽은 듯 조용했다. 키티로부터 눈을 떼었을 때 모두가 나를 보고 있는 걸 알아차리고 나는 얼굴을 붉혔다.

마침내 누군가가 말했다. 아버지였고, 아주 큰 목소리였다. 「그냥 삼키면 안 돼요, 버틀러 양. 아버지가 말했다. 「〈구어메이〉[15] 처럼 하지 마세요. 우리는 그런 식으로 먹지 않아요. 제대로 씹어 드셔야 합니다.」 아버지가 상냥하게 말하자 키티가 소리 내어 웃었다. 키티는 손에 든 껍데기 안을 들여다보았다.

「정말로 〈살아〉 있어요?」 키티가 물었다.

「살아 있죠, 살아 있고말고요.」 데이비가 말했다. 「열심히 귀를 기울이면 목구멍을 넘어갈 때 몸을 움츠리는 소리를 들을 수 있을 거예요.」

그 말에 로다와 앨리스가 항의했다. 「그런 말을 하면 식욕이 떨어지시잖니.」 어머니가 말했다. 「이 아이 말에 맘 쓰지 마세요, 버틀러 양. 그냥 맛있게 드시면 돼요.」

키티는 그렇게 했다. 키티는 더는 나를 흘끗거리지 않고 껍데기에 든 속살을 입으로 가져가 열심히 그리고 빠르게 씹어 삼켰다. 이윽고 키티는 냅킨으로 입술을 닦고 아버지를 향해 생긋 웃어 보였다.

「자, 솔직히 말해 보세요. 이런 굴을 예전에 먹어 본 적이 있나요, 없나요?」 아버지가 허물없이 말했다.

키티는 먹어 본 적이 없다고 대답했고, 그 말에 데이비는 환호했다. 그리고 잠시 동안 굴을 맛있게 먹는 섬세하고 나직한 소리 말고는 아무 소리도 나지 않았다. 이음매에 칼을 넣는 소리, 잘라 낸 아가미를 철썩 내려놓는 소리, 굴 즙과 버터와 맥주가 똑똑 듣는 소리뿐이었다.

이제 키티가 혼자 할 수 있었기에 나는 더는 굴을 열어 주지 않았다. 「이걸 봐요!」 키티가 굴을 대여섯 개쯤 열어 먹은 뒤 말

15 〈미식가〉라는 뜻의 〈*gourmet*〉를 발음 나는 대로 〈*gormay*〉로 썼다.

했다.「이 녀석은 정말 사납게 생겼네요!」그러더니 키티는 굴을 더 가까이 들여다보았다.「수컷이죠? 전 모두가 수컷일 거라고 생각해요. 모두 수염[16]이 있잖아요?」

아버지는 굴을 씹으며 고개를 저었다.「천만에요, 버틀러 양. 천만에요. 수염에 속으면 안 되지요. 굴은 아주 이상한 물고기예요. 암컷이었다가 수컷이었다가 제 맘대로죠. 사실, 보통은 양성체죠!」

「그래요?」

토니가 접시를 두드렸다.「그렇다면 당신도 굴이에요, 키티.」싱글거리며 토니가 말했다.

키티는 무슨 말인지 잘 못 알아듣겠다는 표정으로 토니를 잠시 보더니 이윽고 싱긋 웃었다.「아, 그렇겠군요.」키티가 말했다.「놀랐어요! 물고기에 비유된 적은 한 번도 없었어요.」

「아, 오해하지 마세요, 버틀러 양. 이 집에서는 그 말이 칭찬이랍니다.」어머니가 말했다.

토니가 소리 내어 웃었고, 아버지가 말했다.「아, 맞아요, 맞아!」

키티는 여전히 생글생글 웃음을 지었다. 이윽고 키티는 후추통을 집기 위해 반쯤 일어섰고, 다시 자리에 앉았을 때 다리를 의자 밑으로 집어넣었으며, 나는 허벅지가 서늘해지는 것을 느꼈다.

굴 통이 완전히 비고 레모네이드와 맥주를 모두 마셨을 때 키티는 평생 이렇게 맛있는 저녁 식사는 처음이라고 단언했다. 우리는 식탁에서 자리를 옮겼고, 남자들은 담배를 피웠으며 앨리스와 로다는 차 마실 준비를 했다. 그리고 이런저런 대화가 더

16 굴 아가미를 영어로는 〈*beard*〉, 즉 〈수염〉이라 한다.

오고 갔고, 키티에게 좀 더 질문이 돌아갔다. 넬리 파워는 만나 봤는지, 베시 벨우드나 제니 힐, 또는 졸리 존 내시를 아는지를 물었다. 이윽고 또 다른 방향으로 질문이 쏟아졌다. 남자 친구가 없다는 게 사실이냐고 묻자 키티는 남자 친구를 사귈 시간이 없다고 대답했다. 그리고 켄트에 가족이 있는지, 가족은 언제 보는지 물었다. 키티는 할머니가 돌아가시고는 가족이 없다고 대답했다. 어머니는 그 말에 혀를 차며 유감이라고 말했다. 데이비는 우리에게는 이미 주체할 수 없을 정도로 친척이 많으니 한 명쯤 더 있어도 아무 티도 안 난다면서 키티만 원한다면 친척처럼 지내도 된다고 말했다.

「오, 정말요?」 키티가 말했다.

「그럼요.」 데이비가 말했다. 「아마 이런 노래를 들어 보셨을 거예요. 〈그 여인의 삼촌이 있었네, 오빠가 있었네, 언니가 있었네, 어머니가 있었네, 이모가 있었네, 또 다른 친척들, 어머니의 사촌이 있었네…….〉」

데이비가 노래를 마치자마자 진짜로 아래층 현관문이 벌컥 열리는 소리가 나고 누군가가 우리가 있는 위층을 향해 고함을 쳤다. 이윽고 사촌 셋 그리고 그 뒤로 조 삼촌과 로지나 숙모가 나타났다. 모두들 최고로 좋은 나들이옷 차림이었고, 만약 버틀러 양만 괜찮다면 잠시 버틀러 양을 〈살짝 보고〉 가려고 잠깐 들렀다고 했다.

우리는 의자와 잔을 더 내왔고, 삼촌네와 키티가 자기소개를 하고 작은 방은 열기와 담배 연기와 웃음으로 꽉 찼다. 누군가 말하길 피아노가 없어서 버틀러 양의 노래를 듣지 못하니 정말 아쉽다고 했다. 그러자 가장 큰 사촌 오빠인 조지가 말했다. 「하모니카로 안 될까요?」 그리고 재킷 주머니에서 하모니카를 꺼냈다. 키티는 얼굴을 붉히며 노래할 수 없다고 말했고, 그 말에 모두들 〈오, 제발요, 버틀러 양, 해주세요!〉라고 외쳤다.

「어떻게 생각해요, 낸?」 키티가 내게 말했다. 「제가 자진해 망신을 당해야 할까요?」

「망신당할 리 없다는 거 아시잖아요.」 내가 말했다. 키티가 마지막에 내 쪽으로 고개를 돌리고 모두 앞에서 내 특별한 이름을 불러 줘 기뻤다.

「좋아요, 그럼.」 키티가 말했다. 키티를 위해 자그마한 공간이 마련되었고, 로다는 자기 자매들더러 와서 보라고 말하려고 집으로 달려갔다.

키티는 「내가 사랑한 청년은 최상층 관람석에 있네」, 「커피 가게 아가씨」를 불렀고, 뒤이어 도착한 로다의 자매들을 위해 「내가 사랑한 청년」을 다시 불렀다. 그런 후 키티는 조지와 내게 귓속말을 했고, 나는 아버지의 모자와 지팡이를 키티에게 가져다주었다. 키티는 매셔 노래 두 곡을 부르고 궁전 무대에서 공연을 마감할 때 부르는 연인과 장미에 대한 발라드로 끝을 맺었다.

우리는 키티에게 환호를 보냈고, 열 번도 넘게 키티 손을 붙잡고 흔들고 등을 쳐댔다. 키티는 얼굴이 무척 상기되고 더워 보였으며, 다소 피곤한 듯했다. 데이비가 말했다. 「이제 네 노래를 들어 보는 게 어때, 낸시?」 나는 데이비를 쏘아보았다.

「싫어.」 내가 말했다. 키티 앞에서 노래라니, 절대로 하지 않을 작정이었다.

키티가 호기심 어린 눈으로 나를 보았다. 「노래를 하나요?」 키티가 말했다.

「낸시 목소리는 당신이 들어 본 가운데 가장 예쁠 거예요, 버틀러 양.」 사촌 한 명이 말했다.

「그래, 해봐, 낸스, 해줘!」 또 다른 사촌이 말했다.

「싫어, 싫어, 싫어!」 내가 다시 외쳤다. 그 소리가 너무 강건했기에 어머니는 얼굴을 찡그렸고 다른 사람들은 소리 내어 웃었다.

조 삼촌이 말했다. 「음, 그거 아쉽구나. 낸시가 부엌에서 노래하는 걸 들어 봐야 합니다, 버틀러 양. 진짜 가수랍니다. 꾀꼬리 같아요. 저 아이 노래를 듣고 있노라면 가슴이 녹아내리죠.」 삼촌 말에 찬성하는 웅성거림이 방 여기저기서 들렸고, 나는 키티가 눈을 깜박이며 나를 보는 모습을 보았다. 이윽고 조지가 다소 큰 소리로 속삭이길 내가 프레디에게 세레나데를 불러 주기 위해 목소리를 아끼고 있다고 했으며, 그 말에 사람들은 또다시 웃음을 터뜨렸고 나는 얼굴을 붉히며 무릎으로 시선을 내리깔았다. 키티는 멍한 듯 보였다.

이윽고 키티가 물었다. 「프레디가 누구인가요?」

「프레디는 낸시의 남자 친구예요.」 데이비가 말했다. 「아주 잘생겼어요. 분명 낸시가 프레디 자랑을 했을걸요?」

「아니요.」 키티가 말했다. 「말한 적 없어요.」 키티는 아무렇지도 않은 척 말했지만 키티 눈에 이상한, 거의 슬프다고까지 할 기운이 서려 있는 게 보였다. 키티에게 프레디 이야기를 하지 않은 건 사실이었다. 키티가 캔터베리에 도착한 이후로 프레디와 저녁 시간을 보낼 짬이 없었기 때문에 요즘 나는 프레디를 거의 남자 친구라고 여기지 않았다. 최근 프레디는 내게 편지를 보내 아직도 자기를 좋아하는지 물었고, 나는 그 편지를 서랍에 넣어 두고 답장하는 것을 잊었다.

이윽고 프레디에 대한 쓸데없는 이야기들이 더 오갔다. 그때 로다의 자매 한 명이 조지에게서 하모니카를 빼앗아 들더니 아주 엉망으로 곡을 불어 댔고, 남자애들 모두가 고함치며 그 아이 머리털을 잡아당겨 연주를 멈추게 했다. 나는 오히려 그런 소동이 반가웠다.

친척들이 소동을 벌이며 욕을 해대고 있을 때 키티는 내 쪽으로 몸을 기울이더니 부드럽게 말했다. 「잠깐 당신 방으로 데려가 주지 않을래요, 낸. 아니면 어디 조용한 곳으로요. 당신과 둘만 있을 수 있는 곳으로요.」 너무나 진지해 보여 나는 키티가 기절하지나 않을까 걱정이 되었다. 나는 일어나 키티가 붐비는 방을 가로질러 갈 수 있도록 길을 터주었고, 어머니에게 키티를 데리고 위층으로 올라가겠다고 말했다. 어머니는 소란을 벌이는 로다의 자매를 지켜보며 그 아이를 비웃어야 할지 나무라야 할지 결정을 못하고 있었다. 어머니는 그쪽으로 주의가 쏠린 채 고개를 끄덕였고, 우리는 방을 빠져나왔다.

침실은 거실보다 시원하고 좀 더 어두침침했고, 비록 고함과 발 구르는 소리와 하모니카의 날카로운 비명이 들리기는 했지만 우리가 방금 떠나온 방과 비교해 보면 대단히 고요했다. 창문이 열려 있었고, 키티는 곧장 창문으로 가 창턱에 팔을 기댔다. 만에서 불어오는 바람을 맞으며 눈을 감은 키티는 기분이 좋아진다는 듯 심호흡을 몇 번 했다.

「속이 안 좋은 거예요?」 내가 말했다. 키티는 내 쪽으로 시선을 돌리더니 고개를 흔들었고, 다시 싱긋 웃었다. 그러나 그 웃음은 슬퍼 보였다.

「그냥 피곤한 거예요.」

한쪽에 주전자와 대접이 있었다. 나는 키티가 손을 씻고 얼굴을 가볍게 적실 수 있도록 물을 조금 따라 키티에게 가져다주었다. 물이 키티의 드레스에 튀었고, 머리에 맨 술 장식이 젖어 작은 얼룩들이 생겼다.

키티는 가방을 앞으로 돌리더니 안을 뒤져 담배와 성냥갑을 꺼냈다. 키티가 말했다. 「당신 어머니는 반대하실 게 분명하지만, 전 지금 너무 피우고 싶어 죽을 지경이라서요.」 키티는 담배에 불을 붙이고 깊게 빨아들였다.

우리는 아무 말 않고 서로를 바라보았다. 이윽고 우리는 지친 데다 달리 앉을 곳이 없었기 때문에 침대에 나란히, 아주 가까이 앉았다. 이 방, 바로 이곳에서 키티에 대해 그토록 음란한 꿈을 그토록 오랜 시간 동안 꿔왔는데 이제 여기에 키티와 함께 앉아 있다니 아주 이상했다. 내가 말했다. 「좀 이상…….」 그러나 내가 입을 열었을 때 키티 역시 같은 말을 했다. 우리는 소리 내어 웃었다. 「먼저 말하세요.」 키티가 말했고 다시 담배를 빨아들였다.

「제가 하려던 말은 당신이 여기에 이렇게 와 있으니 정말로 이상하다는 거였어요.」

「그리고 제가 하려던 말은, 제가 여기에 와 있으니 정말 이상하다는 거였어요. 이게 진짜 당신 방인가요? 당신과 앨리스가 같이 쓰는? 이게 당신 침대고요?」 키티가 말했다. 키티는 경탄하듯, 마치 내가 낯선 이의 방에 데려와 내 방인 것처럼 꾸며 대고 있다는 듯 주위를 둘러보았고 나는 고개를 끄덕였다.

키티는 다시 입을 다물었고, 나도 그랬다. 그러나 나는 키티가 더 하고 싶은 말이 있고 그 말을 어떻게 꺼내야 할지 생각 중이라는 것을 알았다. 나는 약간 설레었고, 그 말이 어떤 것인지 알 것 같았다. 그러나 키티가 다시 입을 열었을 때 나온 말은 계약이 아니라 우리 가족에 대한 내용이었다. 우리 가족이 무척 상냥하고 나를 많이 사랑하고 있으며, 그런 가족이 있다니 내가 아주 행운아라고 했다. 나는 키티가 일종의 고아라는 사실을 떠올리며, 반발하고 싶은 마음을 누르고 계속 이야기하게 두었다. 그러나 내 침묵은 키티의 영혼을 더욱 우울하게 하는 것만 같았다.

마침내 키티는 담배를 다 피우고 꽁초를 버리더니 숨을 들이쉬고 내가 계속 기다려 왔던 말을 했다. 「낸, 할 말이 있어요. 좋은 소식이니 저를 위해 기뻐하겠다고 약속해 주세요.」

나는 자제할 수가 없었다. 나는 오후 내내 이 일로 싱글벙글거리고 싶었고, 이제 소리 내어 웃으며 말했다. 「오, 키티, 전 이미 당신이 가져온 소식이 뭔지 알아요!」 키티가 얼굴을 찡그리는 듯했기에 나는 재빨리 말을 이었다. 「토니를 탓하면 안 돼요. 토니가 말해 줬어요. 바로 오늘요.」

「무슨 말을 했는데요?」

「트리키가 궁전에 당신을 계속 붙잡아 두고 싶어 한다는 거요. 적어도 크리스마스까지는 이곳에 있을 거라고요!」

키티는 다소 이상한 눈으로 나를 보더니 시선을 내리고 어색한 웃음을 낮게 터뜨렸다. 「제가 말하려던 소식은 그게 아니에요.」 키티가 말했다. 「제가 말하려는 소식은 저 말고는 아무도 몰라요. 트리키가 저를 잡아 두고 싶어 하는 건 사실이에요. 하지만 저는 그 제안을 거절했어요.」

「트리키의 제안을 거절했다고요?」 나는 키티를 말똥말똥 바라보았다. 키티는 여전히 나와 눈을 마주치려 하지 않고 자기 발끝을 바라보며 팔짱을 꼈다.

「어젯밤 저를 찾아왔던 신사를 기억해요?」 키티가 말했다. 「블리스 씨 말이에요.」 나는 고개를 끄덕였다. 키티는 오늘 그 사람 이야기를 하지 않았다. 그리고 키티가 오는 것에 온 정신이 팔린 나는 블리스 씨에 대해 묻는 걸 까먹고 있었다. 키티가 계속 이야기를 했다. 「블리스 씨는 매니저예요. 트리키 같은 극장 매니저가 아니라 예술가를 위한 매니저죠. 블리스 씨는 제 공연을 보더니, 오, 낸!」 이제 키티는 무척 흥분해 있었다. 「블리스 씨는 제 공연을 보더니 계약을 하자고 제안했어요. 런던에 있는 연예장에서 말이에요!」

「런던!」 나는 내 귀를 믿지 못하고 키티의 말을 반복할 뿐이었다. 내가 들은 모든 단어 가운데 가장 끔찍한 단어였다. 키티가 마게이트나 브로드스테어스로 간다면 가끔 만나러 갈 수 있었다. 하지만 런던이라면 난 다시는 키티를 만나지 못하리라. 내게 런던은 아프리카나 달나라와 마찬가지였다.

키티는 이야기를 계속했다. 런던 연예계에 블리스 씨의 친구들이 얼마나 많은지를, 그곳에서 시즌 내내 공연을 하게끔 해주겠다는 블리스 씨의 약속을, 이런 지방 무대에 서기에는 키티가 너무나 뛰어나며 런던에 가면 유명한 사람들이 공연하는 곳에서서 명성과 돈을 얻을 수 있을 거라는 블리스 씨의 칭찬을……. 나는 키티의 말이 거의 귀에 들어오지 않았으며 점점 더 비참해질 뿐이었다. 마침내 내가 한 손으로 눈을 가리고 고개를 숙이자 키티가 조용해졌다.

「전혀 기뻐해 주지 않는군요.」 키티가 조용히 말했다.

「기뻐요.」 내가 말했다. 목이 메었다. 「그러나 저 자신에겐 〈슬픈〉 소식인걸요.」

다시 침묵이 흘렀고, 아래층 거실에서 사람들이 웃고 의자가 미끄러지는 소리, 열린 창밖으로 끼룩대는 갈매기 울음소리만 들릴 뿐이었다. 우리가 들어온 뒤 방은 어두워진 듯했고, 돌연 나는 여름이 다 지난 듯 서늘한 기분이 들었다.

키티가 걷는 소리가 들렸다. 곧이어 키티는 다시 옆에 앉더니 이마에 대고 있던 내 손을 잡았다. 「들어 봐요.」 키티가 말했다. 「당신에게 부탁할 게 있어요.」 나는 키티를 보았다. 키티의 얼굴은 주근깨가 모인 곳을 빼고는 창백했고 눈은 휘둥그레 보였다. 「오늘 제가 멋져 보이나요?」 키티가 말했다. 「오늘 상냥하고 유쾌하고 착해 보였나요? 당신 아버지가 저를 좋아한다고 생각해요?」 키티는 흥분한 듯 말을 했다. 나는 말을 하지 않고 놀라서 고개만 끄덕였다. 키티가 말했다. 「저는 그렇게 보일 생각으로 이곳에 왔어요. 가장 좋은 프록을 입었어요. 진짜 모습보다 훨씬 더 당당해 보이려고요. 저는 당신 가족이 켄트에서 제일 야비하고 가장 형편없는 사람들일 수도 있다고 생각했어요. 하지만 그래도 저는 당신 가족에게 상냥하게 보이도록 아주 열심히 노력할 거라고 다짐했어요. 그래서 진짜 딸만큼이나 저를 신뢰하도록 말이에요. 하지만 오, 낸, 당신 가족은 야비하지도 형편없지도 않았어요. 저는 상냥해지려고 노력할 필요가 전혀 없었어요! 당신 가족은 제가 만나 본 사람들 가운데 가장 친절했어요. 그리고 당신 가족에게 당신은 이 세상 전부와 맞먹어요. 저는 당신에게 가족을 포기하라고 요구할 수가 없어요…….」

심장이 멈췄다가 다시 뛰기 시작하는 것 같았다. 피스톤처럼.

「무슨 말인가요?」 내가 말했다. 키티는 시선을 피했다.

「저는 당신더러 저와 함께 가달라고 부탁할 생각이었어요. 런던으로요.」

나는 눈을 끔벅였다. 「당신과 함께 간다고요? 하지만 무슨 명목으로요?」

「제 의상 담당자로요.」 키티가 말했다. 「만약 괜찮다면요. 아니면 제…… 뭘로든지요. 모르겠어요. 블리스 씨와 이야기를 했어요. 처음이니만큼 큰돈을 받지는 못할 거라고 하더군요. 그러나 저와 방을 같이 쓰면 충분할 거예요.」

「왜요?」 이윽고 내가 말했다. 키티가 눈을 들어 나를 보았다.

「왜냐하면 저는…… 당신이 좋으니까요. 제게 잘해 주었으니까요. 그리고 제게 행운을 가져다주었으니까요. 그리고 런던은 낯선 곳이니까요. 그리고 블리스 씨가 보기와는 완전히 다른 사람일 수 있으니까요. 그리고 저는 아는 사람이 한 명도 없을 테니까요…….」

「그리고 정말로 당신은 제가 그 제안을 거절할 거라고 생각했나요?」 내가 천천히 말했다.

「오늘 오후에는, 네, 그랬어요. 하지만 어젯밤과 오늘 아침에는 당신이 허락할 거라 믿었어요. 오, 우리가 분장실에 단둘이만 있을 땐 아주 달랐어요! 저는 이곳이 당신에게 어떤 의미인지 몰랐어요. 당신에게…… 남자 친구가 있는 줄 몰랐어요.」

키티의 말이 나를 담대하게 했다. 나는 키티에게서 손을 빼고 일어섰다. 그리고 작은 서랍장이 있는 침대 머리맡으로 가서 서랍을 열고 뭔가를 꺼내 키티에게 보여 주었다.「이게 뭔지 아세요?」내가 말하자 키티가 활짝 웃었다.

「제가 당신에게 준 꽃이군요.」키티는 꽃을 받아 들었다. 꽃은 마르고 구부러져 있었으며 꽃잎은 가장자리가 갈색으로 변해 떨어지려고 했다. 그리고 좀 납작했다. 수많은 밤 동안 베개 밑에 넣고 잤기 때문이다.

「당신이 이 꽃을 제게 던져 줬을 때, 제 삶은 바뀌었어요. 저는 그 순간까지 제가 잠들어 있었다고 생각해요. 잠들어 있었거나 아니면 죽어 있던 거죠. 당신을 만난 뒤 저는 깨어났어요, 살아났다고요! 이제 그걸 제가 쉽사리 포기할 거라고 생각하나요?」내가 키티에게 말했다.

내 말에 키티가 놀랐다. 그럴 만도 한 것이, 나는 키티에게도 다른 누구에게도 이런 말을 한 적이 없었기 때문이다. 키티는 고개를 돌려 방을 둘러보더니 혀로 입술을 축였다.「그러면 아래층에 있는 〈모두〉는요?」문을 향해 고개를 끄덕이며 키티가 말했다.「어머니와 아버지, 오빠, 앨리스, 프레디는요?」키티가 말을 할 때 아래층에서 고함이 들리더니 다정하게 갑론을박하는 목소리들이 높아져 갔다.

〈당신에게 비한다면 제게 가족은 아무런 의미도 없어요…….〉 나는 이렇게 말하고 싶었다. 그러나 나는 어깨만 으쓱하며 웃어 보였다.

키티 역시 웃어 보였다.「그럼 정말로 저와 함께 가겠어요? 우리는 일요일에 떠나야 해요. 그러니까 오늘부터 일주일 뒤에요. 시간이 많지 않아요.」

나는 충분한 시간이라고 말했다. 키티는 시든 장미를 침대 위에 놓고 내 두 손을 꽉 움켜쥐었다.

「오, 낸! 사랑스러운 낸! 우린 정말 멋진 시간을 보낼 거예요. 약속할게요!」 키티는 이렇게 말하며 내 두 손을 옆으로 치우더니 격렬하게 나를 껴안고는 기뻐서 웃음을 터뜨렸고, 나는 내 팔 안에서 떠는 키티의 몸을 느낄 수 있었다.

아쉽게도 키티는 곧 몸을 빼냈고, 내 품에는 빈 공간만 남았다.

아래층에서 소음이 더 나더니 문이 열리고 이윽고 계단을 따라 올라오는 발소리에 이어 고함이 들렸다. 「낸시!」 앨리스였다. 앨리스는 침실 문밖에서 멈추었다. 앨리스는 예의가 발랐기에, 또는 겁이 났기에 손잡이를 돌리고 방으로 들어오지 못했다. 「모두 떠나셔.」 앨리스가 말했다. 「어머니께서 버틀러 양이 잠시 내려와서 작별 인사를 하면 어떻겠냐고 하시네.」

나는 키티를 보았다. 「내려가세요.」 내가 말했다. 「저는 잠깐 있다가 내려갈게요.」 그리고 낮은 목소리로 덧붙였다. 「가족에게는 우리 계획에 대해서 아무런 말도 하지 마세요. 그 문제에 대해서는 나중에 제가 알아서 말할게요.」

키티는 고개를 끄덕이더니 다시금 내 손을 꽉 잡았다. 이윽고 키티는 문을 열고 층계참에서 기다리고 있던 앨리스를 만났고, 둘이 함께 계단을 내려가는 소리가 들렸다.

나는 점점 더 짙어지는 어둠 속에 서서 떨리는 손가락을 얼굴에 가져갔다. 나는 키티 버틀러를 만나게 된 뒤로 손을 아주 꼼꼼하게 씻었다. 그렇기에 손의 주름에 뭔가 냄새가 조금이라도 남아 있다면 화장품과 마스카라, 진주 분, 식초 냄새가 다여야 했다. 그럼에도 손가락에는 여전히 굴 냄새가 배어 있었고, 손톱

밑에 가느다란 실이 보였다. 아마도 가재 등에 있던 털이나 새우 수염일 터였다. 나는 생각했다. 내 가족, 내 집, 굴 파는 여자아이로서의 내 삶을 완전히 포기하면 어떻게 될까?

그리고 키티와 함께하는, 생각만 해도 몸이 떨릴 정도로 활활 타오르는, 그러면서도 여전히 비밀스러운 사랑으로 가득한 삶은 과연 어떤 것일까?

3

화젯거리가 될 수 있도록, 키티의 제안에 대해 내가 말을 꺼내자마자 부모님이 그 일에 대해 다시는 입도 벙긋 말라고 했다고 말할 수 있으면 좋겠다. 내가 계속 그 이야기를 꺼내자 부모님이 펄펄 뛰며 화를 냈다고 말할 수 있으면 좋겠다. 어머니가 울었고, 아버지가 나를 때렸다고 말할 수 있으면 좋겠다. 결국 어느 새벽 나는 자루 끝에 옷 보따리를 매달고 눈물을 흘리며 창틀을 넘고, 베개에는 〈저를 찾지 마세요〉라는 쪽지를 적어 놓았다고 말할 수 있으면 좋겠다……. 그러나 내가 그렇게 말한다면 거짓말이 되리라. 내 부모님은 이성적이지 열정적인 분이 아니었다. 부모님은 날 사랑했고, 걱정했다. 부모님은 막내딸을 여배우와 연예장 매니저 손에 맡겨 잉글랜드에서 가장 사악하고 냉혹한 도시로 보내 살게 하는 것은 미친 짓이며, 제정신이 박힌 부모라면 단 1초도 고려해 보지 않을 일임을 알고 있었다. 그러나 부모님은 나를 사랑했기에 내가 슬퍼하는 것을 보고만 있을 수는 없었다. 눈이 하나만 달린 사람이라 할지라도 지금 내 마음은 온통 키티 버틀러에게 가 있다는 것을 알 수 있었다. 일단 키티의 옆에 있을 수 있는 제안을 받았는데 그 제안에 응하지 못한다면 내가 예전처럼 다시 아버지의 부엌에서 행복하지 못하리라는 것을 누구라도 짐작할 수 있었다.

그렇기에 키티가 떠나고 한 시간 정도 있다가 내가 흥분해 키티의 제안에 대해 부모님에게 말하고 허락해 달라고 간청하고 떼를 쓰자, 부모님은 놀란 그러나 조심스러운 눈으로 나를 보았다. 이튿날 아버지는 부엌으로 내려가는 나를 붙잡아 아무도 없이 조용한 우리 거실 안으로 데려갔다. 아버지는 심각하고 슬프지만 상냥한 표정이었다. 아버지는 우선 내가 마음을 바꾸지 않았는지 물었다. 내가 고개를 젓자 아버지는 한숨을 쉬었다. 아버지는 만약 내 결심이 그렇게 굳다면 어머니와 아버지는 나를 막을 수 없다고 했다. 내가 이미 거의 다 컸으니 스스로 자신의 진심이 어떤지 알 수 있을 거라고 했다. 내가 윗스터블의 남자와 결혼해 가까이 정착해 살며 내 소소한 행복과 문제를 당신들과 함께 나누길 바랐다고 말했다……. 그러나 이제 나는 런던으로 가 당신들의 방식을 전혀 이해하지 못하는 런던 남자와 결혼하게 될 거라고 했다.

아버지는 결론 내리길, 그러나 아이들은 부모를 기쁘게 하려고 태어난 게 아니며 딸이 평생 자기 옆에 있으리라고 기대해서는 안 된다고 했다. 「간단히 말해 낸스 네가 곧장 파멸의 구렁텅이로 뛰어들게 된다 할지라도 네 엄마와 나는 네가 슬퍼하며 우리 곁에 머물면서 네 운명을 막은 우리를 미워하게 하느니 기뻐하며 우리 곁을 떠나는 게 낫다고 생각한단다.」 이제까지 나는 아버지가 그토록 슬퍼하는 모습을, 그토록 유창하게 말하는 모습을 한 번도 보지 못했다. 그리고 아버지가 눈물을 흘리는 모습을 본 적도 없었다. 그러나 이제 아버지는 눈가를 적셨고, 눈물을 감추기 위해 눈을 두세 번 정도 깜박였으며 목소리가 가늘어졌다. 나는 머리를 아버지에게 기대고 솟구쳐 오르는 눈물을 참지 못하고 흘렸다. 아버지는 나를 껴안고 도닥였다. 「너를 떠나

보내야 하다니 마음이 찢어지는 듯하구나.」 아버지가 계속 말을 이었다. 「그건 너도 잘 알 거야. 우리를 절대로 잊지 않겠다고만 약속해 주렴. 우리에게 편지를 쓰고 가끔 찾아오겠다고만 약속해 주렴. 그리고 네가 생각했던 대로 일이 잘 풀리지 않았을 경우, 물론 우리는 잘되길 빈다만, 부끄러워하지 말고 너를 사랑하는 가족에게 돌아오겠다고 약속해 주렴…….」 여기서 아버지는 목이 메어 더는 말을 잇지 못했고, 어깨를 들썩였다. 나는 아버지 목에 대고 고개를 끄덕이며 간신히 〈그럴게요, 그럴게요. 약속해요, 그럴게요〉라고만 말했다.

그러나 오, 난 얼마나 못된 딸이란 말인가. 아버지가 떠나자마자 내 눈물은 말라 버렸고, 나는 전날 밤의 기쁨을 온전하게 다시 느꼈다. 나는 기쁨에 내 몸을 껴안고 거실 주변을 돌며 지그춤을 췄다. 그러나 아래층 식당에 소리가 들리지 않도록 발끝으로 조심스레 췄다. 그리고 문 닫는 시간이 되기 전에 우체국으로 달려가 궁전에 있는 키티에게 엽서를 보냈다. 윗스터블 굴 채취선이 그려진 엽서였다. 나는 돛에는 〈런던으로〉라고 적고 갑판에는 가방과 트렁크를 든 여자 둘을 그려 넣었고, 커다랗게 강조해 그린 얼굴에 활짝 웃는 모습을 그렸다. 〈갈 수 있어요!!!〉 뒷면에는 이렇게 적고 내가 이곳에서 준비를 하는 동안 키티는 의상 담당자 없이 며칠을 보내야 할 거라고 덧붙였다……. 그리고 마지막으로 〈사랑을 담아〉라고 적은 뒤 〈당신의 낸〉이라고 서명했다.

그러나 그날 내가 기뻐할 수 있는 시간은 잠깐이었다. 아버지와 이야기를 한 뒤 아침 식사를 마쳤을 때 어머니와 다시 이야기를 나눠야 했기 때문이다. 어머니는 나를 끌어안더니 나를 떠나보내다니 당신들이 바보라고 하며 울었다. 데이비는 얼토당토않게도 런던에 가기에는 내가 너무 어리다면서 런던에 발을 들여놓자마자 트라팔가르 광장의 시가 전차에 깔릴 거라고 말했다. 앨리스는 내 소식을 듣고 아무 말 없이 눈물을 흘리며 부엌으로 달려갔고, 점심시간까지 달래고 나서야 식당에서 자기 할 일을 했다. 오로지 내 사촌들만 기뻐하는 듯했다. 하지만 기뻐한다기보다는 질투하는 쪽에 가까웠으며, 나를 운 좋은 고양이라 부르며 내가 런던에서 한몫 잡고 나면 자기들을 까맣게 잊거나 아니면 완전히 신세를 망친 뒤 명예를 더럽히고 집에 돌아올 게 분명하다고 떠들었다.

그 주는 빨리 지나갔다. 나는 저녁마다 마지막 작별 인사를 하려고 초대한 친구, 친지들과 함께 시간을 보내고 드레스들을 빨고 기우고 꾸리고, 가져갈 것들과 놓고 갈 것들을 정리하느라 시간을 다 썼다. 궁전에는 딱 한 번만 갔을 뿐이었다. 부모님을 대동하고서였다. 부모님은 버틀러 양이 여전히 분별 있고 착한지 다시 한번 확인하고 싶어 했고, 아직 확실히 정체를 알 수 없는 월터 블리스에 대해 좀 더 여러 가지 사항들을 상세하게 알고 싶어 했다.

아버지가 토니와 트리키와 이야기하는 동안 나는 공연을 마친 키티를 만났지만 그 시간은 채 1분도 되지 않았다. 나는 그 주 내내 키티가 일요일 저녁에 내게 했던 말이 상상이거나 내가 완전히 잘못 알아들은 게 아닐까 걱정했다. 거의 밤마다 나는 모든 짐을 꾸려 넣은 가방들을 들고 모자를 쓰고 키티의 방문 앞에서 있고 키티는 놀란 눈으로 나를 보거나 인상을 찡그리거나 조롱을 담아 비웃는 꿈을 꾸다 땀에 젖어 깨곤 했다. 아니면 역에 너무 늦게 도착해서 열차를 좇아 달려가고 있는데 객실의 키티와 블리스 씨가 창밖을 보면서도 나를 잡아 태우기 위해 몸을 내밀지 않는 꿈을 꾸었다……. 하지만 궁전에 갔던 그날 밤 키티는 나를 한쪽으로 데리고 가더니 내 손을 꼭 쥐었고, 일요일에 그랬던 것처럼 상냥하고 흥분해 있었다.

「블리스 씨에게서 편지를 받았어요.」 키티가 말했다. 「브릭스턴이라는 곳에 우리가 살 방을 찾았대요. 블리스 씨 말로는 연예장에서 일하는 사람들과 배우들이 가득한 장소라 사람들은 그곳을 〈화장품 거리〉라고 부른대요.」

화장품 거리! 나는 그 말을 듣자마자 그곳이 눈에 선했다. 화장품 통처럼 꾸며진 멋진 거리, 각각 색이 다른 지붕을 얹고 금빛 칠을 한 길쭉한 집들, 그리고 우리가 살 곳은 3번지이리라. 굴뚝은 키티의 연지색 입술 빛깔이고!

「우리는 일요일 2시 기차를 탈 거예요.」 키티가 말을 이었다. 「그리고 블리스 씨는 사륜마차를 타고 역으로 우리를 마중 나올 거고요. 제 공연은 바로 이튿날부터 버몬시에 있는 스타 연예장에서 시작이고요.」

「스타.」 내가 말했다. 「행운의 이름이네요.」

키티가 활짝 웃었다. 「그러길 빌어야죠. 오, 낸, 정말 그러기만을 빌어야죠!」

집에서 보낸 마지막 아침은, 역사상 모든 마지막 아침이 그러하리라 생각하지만, 슬픈 시간이었다. 우리 다섯은 함께 아침 식사를 했고, 퍽 유쾌했다. 그러나 그날 하루 모두가 한숨을 쉬고 일을 하는 중간에 쓸데없이 이리저리 배회하리라는 끔찍한 예감을 피하기란 불가능했다. 11시가 되자 나는 우리에 갇혀 질식사하는 쥐 같은 느낌이 들었고, 앨리스와 함께 해변으로 산책을 갔다. 해변에서 구두와 스타킹을 들고 서 있는 마지막 시간이었다. 그러나 그런 작은 의식조차도 실망스러웠다. 나는 이마에 손을 대고 반짝이는 만을, 저 멀리 셰피섬에 보이는 들판과 울타리를, 마을의 검게 칠한 낮은 집들을, 부두에 있는 돛대와 기중기와 조선소를 물끄러미 바라보았다. 내 얼굴 모양만큼이나 익숙한 장면이었고 거울로 내 얼굴을 볼 때처럼 황홀하면서도 동시에 무척 지루했다. 아무리 찬찬히 살펴보아도, 또는 〈나는 몇 달이 지나고 또 지나도록 이곳을 보지 못하겠지〉 하고 아무리 열심히 생각해도 보이는 장면은 평소와 다를 바 없었다. 마침내 나는 눈길을 돌렸고, 우울한 마음으로 집에 돌아왔다.

그러나 집 역시 마찬가지였다. 내 기대와 달리, 내가 눈길을 주거나 만지는 그 어느 것도 내가 떠남으로 인해 의미가 바뀐다거나 특별하게 보이지 않았다. 가족의 얼굴을 빼면 아무것도 없었다. 가족의 얼굴들은 너무나 우울하거나 아니면 너무나 거짓으로 즐거워하느라 뻣뻣했기에 나는 도저히 그 모습을 견뎌 낼 수 없었다.

그래서 작별을 고할 시간이 되자 나는 거의 기쁘기까지 했다. 아버지는 내가 조그만 기차를 타고 캔터베리로 가는 걸 허락하지 않았다. 아버지는 컴벌랜드 공작 호텔의 말구종에게 이륜마차를 빌렸다면서 나를 직접 데리고 가겠다고 했다. 나는 어머니와 앨리스에게 키스를 했고, 오빠는 내가 아버지 옆자리에 앉는 걸 돕고 발밑에 짐을 올려놓아 주었다. 짐은 아주 적었다. 옷이 든 끈 달린 낡은 가죽 가방, 모자들을 넣은 모자 상자, 나머지 물건들을 넣은 작고 검은 주석 트렁크가 전부였다. 트렁크는 데이비가 작별 선물로 준 것이었다. 데이비는 트렁크를 새로 사 뚜껑에 내 이름 머리글자를 노란색 대문자로 멋지게 그려 넣었다. 트렁크 안에는 켄트 지도를 붙여 주었으며 윗스터블에 화살표로 표시를 해두었다. 데이비의 말로는 혹시라도 집이 어딘지 잊어버릴 경우를 대비해서라고 했다.

캔터베리로 가면서 아버지와 나는 별로 말을 많이 하지 않았다. 역에 도착해 보니 기차는 벌써 증기를 내뿜고 있었고, 키티는 가방과 바구니를 옆에 놓고 얼굴을 찡그리며 손목시계를 보고 있었다. 불안에 떨었던 내 꿈속 상황과는 완전히 달랐다. 키티는 우리를 보자 함박웃음을 지으며 손을 크게 흔들었다.

「당신이 마음을 바꿨다고 생각했어요.」 키티가 외쳤다. 「마지막 순간에 말이에요.」 나는 고개를 저었다. 내가 그토록 말을 했는데도 키티는 어떻게 저런 생각을 할 수 있단 말인가!

아버지는 무척 친절했다. 아버지는 키티에게 정중하게 인사를 했고, 내게 작별 키스를 한 뒤 키티에게도 그렇게 했으며 키티의 행복과 행운을 빌어 주었다. 마지막 순간, 아버지를 껴안기 위해 객실에서 몸을 내밀었을 때 아버지는 주머니에서 작은 새미[17] 지갑을 꺼내 내 손에 올려놓고는 그 위로 손을 꼭 쥐었다. 지갑 안에는 주화가 들어 있었다. 1파운드 금화 여섯 개로, 아버지가 부담 없이 주기에는 너무 큰 액수였다. 그러나 내가 지갑 주둥이를 열고 안에서 금화가 반짝이는 모습을 보는 순간 기차가 움직이기 시작했고, 지갑을 돌려주기에는 너무 늦어 버렸다. 대신 고맙다고 외치며 손으로 키스를 날리고 아버지가 모자를 벗어 흔드는 모습을 본 것이 고작이었다. 이윽고 아버지가 안 보이게 되자 나는 유리창에 뺨을 댔고, 언제 다시 아버지를 볼 수 있을까 하는 생각을 했다.

그러나 그 생각은 오래가지 못했다. 키티와 함께 산다는 설렘에, 우리가 함께 쓸 방에 대해 키티가 하는 이야기를 듣는 기쁨에, 키티가 부자가 될 런던에서 우리가 어떤 삶을 살까 하는 기대감에 나는 곧 슬픔을 잊었다. 가족은 내가 없어 슬퍼하는데 정작 나는 즐거워하며 웃는 모습을 가족이 본다면 잔인하다고 말하리라. 하지만 오! 그날 오후 나는 숨을 쉬지 않거나 땀을 흘리지 않을 수 없었던 만큼이나 웃지 않을 수 없었다.

17 염소나 양, 사슴 등의 부드러운 가죽.

곧 런던이 나타났고, 그 모습에 나는 넋을 잃었다. 한 시간을 달려 우리는 채링크로스에 도착한 것이다. 여기서 키티는 짐꾼을 시켜 가방과 상자를 내리게 했으며, 짐꾼이 수레에 짐을 싣는 사이 우리는 초조한 눈으로 주위를 둘러보며 블리스 씨를 찾았다. 마침내 〈저기 있어요!〉라고 키티가 외쳤고, 키티의 검지가 가리키는 곳에서 블리스 씨가 플랫폼을 성큼성큼 걸어왔다. 구레나룻과 코트 자락이 휘날렸고, 얼굴은 아주 붉었다.

「버틀러 양!」 우리에게 다다르자 블리스 씨가 외쳤다. 「반갑습니다! 반가워요! 늦을까 봐 무척 조바심이 났습니다. 그런데 정확히 예정대로 도착하셨고, 더구나 예전보다 더욱 매력적이 되셨군요.」 블리스 씨는 나를 향해 몸을 돌리더니 모자를 벗어 들었다(이번에도 역시 실크였다). 그리고 살짝 고개를 숙이며 연극 조로 인사했다. 「굴 파는 처녀에게도 모자 벗어 인사를 하고!」[18] 블리스 씨 목소리는 꽤 우렁찼다. 「윗스터블에서 오신 애슬리 양 맞죠?」 블리스 씨는 내 손을 가볍게 잡았다. 이윽고 블리스 씨는 짐꾼을 향해 손가락을 튕겼고, 우리 둘에게 한 팔씩 내밀었다.

블리스 씨는 우리를 데리고 갈 스트랜드에 마차를 대기시켜 놓았다. 우리가 다가오는 걸 본 마부는 모자 끄트머리에 채찍을 살짝 대어 인사를 했고, 우리 짐을 지붕에 싣기 위해 자리에서 뛰어내렸다. 나는 주위를 둘러보았다. 일요일이었기에 스트랜드는 다소 한산한 편이었다. 그러나 당시 나는 그렇다는 사실을 몰랐다. 그곳은 내게 더비 경마장과도 같아 보였으며, 덜커덕거리는 마차들과 빠르게 지나가는 말들 때문에 귀가 멍하고 머리가 어찔어찔했다. 사륜마차에 오르자 안전하다는 기분이 들었다. 그러나 내가 알지 못하는 신사 옆에 이렇게 가까이 앉아 있

18 셰익스피어의 「리처드 2세」 제1막 제4장에서 리처드 2세의 대사.

다는 사실, 내 상상보다 더 크고 더 연기 자욱하고 더 놀라운 도시에서 모르는 곳으로 가고 있다는 사실이 퍽 이상야릇하게 다가왔다.

당연히 볼거리가 많았다. 블리스 씨는 브릭스턴으로 가기 전에 잠시 관광을 하는 게 어떻겠냐고 제안했고, 우리는 기둥 위의 넬슨 제독, 분수들, 상앗빛 정면의 대영 박물관을 지나 화이트홀 저쪽으로 의사당이 보이는 트라팔가르 광장으로 들어섰다.

이 모든 광경을 보기 위해 창가에 얼굴을 붙인 채 내가 말했다. 「오빠가 그러는데, 제가 런던에 도착하자마자 트라팔가르 광장의 시가 전차에 깔릴 거라더군요.」

블리스 씨는 진지한 표정을 지었다. 「당신에게 경고를 한 오빠가 아주 현명한 거랍니다, 블리스 양. 하지만 잘못된 정보를 알려 주었네요. 트라팔가르 광장에는 시가 전차가 없어요. 버스와 핸섬[19]과 우리가 타고 있는 것 같은 브룸 마차[20]뿐이죠. 시가 전차는 일반인을 위한 거예요. 시가 전차에 깔리려면 멀리 킬번이나 캠던 타운까지 가셔야 할 겁니다.」

나는 애매한 웃음을 지었다. 블리스 씨의 무엇을 믿고 내가 이렇게 갑자기 내 미래와 행복을 맡겼는지 모르겠단 생각이 들었다. 블리스 씨가 키티에게 말을 하는 동안, 그리고 거리의 풍경이나 특징으로 계속해 우리 주의를 돌리는 틈을 타서 나는 블리스 씨를 관찰했다. 블리스 씨는 처음 보았을 때 생각했던 것보다 좀 더 젊어 보였다. 키티의 분장실에서 처음 만났을 때 나는 블리스 씨가 거의 중년이라고 생각했다. 이제 보니 기껏해야 서른 하나 또는 둘 정도 되어 보였다. 블리스 씨는 인상적이며 꽤 잘생겼지만, 그 모든 과시와 언변에도 불구하고 다소 촌스러워 보

19 말 한 필이 끄는 2인승 이륜마차.

20 마부석이 밖에 있는 2~4인승의 상자형 사륜마차.

였다. 나는 블리스 씨에게 아기와 블리스 씨를 사랑하는 아내가 있을 거라고 생각했다. 그리고 만약 그렇지 않다면(나중에 알고 보니 이쪽이 진실이었다) 아내와 아기를 가져야만 한다고 생각했다. 당시 나는 블리스 씨의 과거에 대해 아무것도 알지 못했지만, 나중에 블리스 씨가 유서 깊고 존경받는 연기자 가족 출신이라는 사실을 알게 되었다(키티의 진짜 이름이 버틀러가 아닌 것과 마찬가지로 블리스 씨의 진짜 이름도 당연히 블리스가 아니었다). 블리스 씨는 익살 가수가 되어 연예장에 서기 위해 아직 어렸던 시절에 정통극 무대를 떠났다. 그리고 이제는 열 명 정도 되는 연예인의 매니저이며, 동시에 때때로 자신이 각광을 받으며 〈월터 워터스, 베이스 바리톤〉이라는 예명으로 무대에 서기도 했다. 순전히 이 직업을 사랑했기 때문이다. 브룸 마차에 앉아 있던 당시에는 이 모든 것을 모르고 있었지만 나는 그런 사실들을 조금씩 짐작하기 시작했다. 팰맬에 다다라 헤이마켓으로 방향을 바꾸자 극장과 연예장들이 나타나기 시작했고, 마차가 덜커덩거리며 건물들을 지나치자 블리스 씨가 손을 들어 모자에 대고 살짝 경의를 표하는 시늉을 냈기 때문이다. 아일랜드 노파들이 교회 앞에서 비슷한 행동을 하는 것을 본 적이 있었다.

「허 매저스티스 극장입니다.」 블리스 씨가 왼쪽으로 보이는 멋진 건물을 향해 고개를 까닥이며 말했다. 「아버지께서 스웨덴의 나이팅게일 제니 린드[21]를 보고 저곳에서 데뷔하게 하셨죠. 헤이마켓 극장입니다. 비어봄 트리 경[22]이 운영하는 곳이지요. 저곳은 크라이테리언 극장입니다. 간단히 〈크리〉라고 부르죠. 놀라운 극장이죠. 전체가 지하에 지어졌습니다. 극장 위에 극장이 있고, 홀 위에 홀이 있죠.」 블리스 씨는 그 모든 건물의 역사

21 스웨덴 출신의 소프라노 가수.

22 영국의 배우이자 매니저.

를 꿰뚫고 있었다. 「우리 앞에 있는 게 런던 파빌리온입니다. 저기 아래요.」 우리는 그레이트 윈드밀 스트리트를 따라 눈을 가늘게 떴다. 「트로카데로 궁전입니다. 우리 오른쪽으로는 프린스 극장이죠.」 우리는 레스터 광장을 지났다. 블리스 씨가 한숨 돌렸다. 「그리고 마지막으로,」 블리스 씨가 말했다. 여기서 블리스 씨는 모자를 완전히 벗어 무릎 위에 올려놓았다. 「마지막으로, 엠파이어 극장과 알함브라 극장입니다. 잉글랜드에서 최고로 멋진 연예장이며 이곳에서 공연하는 모든 배우들이 스타이고 관객들 모두가, 심지어 최상층 관람석의 창녀들마저도, 제 과장법을 용서해 주십시오, 버틀러 양, 애슬리 양, 모피, 진주, 다이아몬드를 걸치고 있지요.」

블리스 씨가 천장을 툭툭 치자 마부는 광장 중앙의 자그마한 정원 구석에 마차를 세웠다. 블리스 씨는 마차 문을 열고 우리를 중앙으로 안내했다. 거기, 등 뒤로 윌리엄 셰익스피어가 대리석 받침 위에 서 있는 그곳에서 우리 셋은 엠파이어와 알함브라 극장의 화려한 정면을 응시했다. 엠파이어 극장에는 기둥과 화톳불이 타는 금속 바구니, 스테인드글라스, 부드러운 전기 불빛이 있었다. 돔 형태의 알함브라 극장에는 뾰족탑과 분수가 있었다. 그때까지 나는 세상에 이런 극장들이 있다는 걸 몰랐다. 이런 장소가 있을 수 있다는 사실을 전혀 몰랐다. 그곳은 너무나 천하고 너무나 화려하고 너무나 추하고 또한 너무나 훌륭했고, 상상할 수 있는 모든 부류의 사람들이 서 있거나 걷거나 어슬렁거렸다.

사륜마차에서 신사 숙녀들이 내렸다.

여자들이 꽃과 과일이 담긴 쟁반을 들고 있었다. 커피 상인, 셔벗 상인, 수프 상인들이 있었다.

진홍색 재킷을 입은 군인들이 있었다. 중산모, 밀짚모자, 바둑판무늬 모자를 쓴 비번인 점원들이 있었다. 숄을 걸친 여자, 넥타이를 한 여자들이 있었다. 발목이 보일 정도로 짧은 치마를 입은 여자들도 있었다.

흑인, 중국인, 이탈리아인, 그리스인이 있었다. 도시에 처음 와서 나와 마찬가지로 어리둥절하고 혼란스러워하며 주위를 둘러보는 사람들도 있었다. 주름지고 얼룩이 묻은 옷을 입고 계단이나 벤치에서 몸을 웅크린 사람들도 있었다. 그 사람들은 낮 시간과 밤 시간 내내 그곳에서 보내는 듯했다.

나는 키티를 바라보았다. 아마 내가 놀란 표정을 지은 모양인지 키티가 소리 내어 웃으며 내 뺨을 매만졌고, 내 손을 꼭 쥐었다.

「우리는 런던의 심장에 있습니다.」 키티가 내 손을 잡았을 때 블리스 씨가 말했다. 「심장 〈한가운데〉요. 저기요.」 블리스 씨는 알함브라 극장을 향해 고개를 끄덕였다. 「그리고 우리 온 주변을 보십시오.」 블리스 씨는 손으로 광장을 쓰는 시늉을 했다. 「커다란 심장 고동을 만드는 게 뭔지 보이실 겁니다. 〈다양성!〉 애슬리 양, 다양성은 세월에 시들지도 관습이 되어 진부해지지도 않습니다.」 이제 블리스 씨는 키티를 향해 섰다. 「우리는 잉글랜드 전역에서 가장 위대한 다양성의 신전 앞에 서 있습니다.」 블리스 씨가 말했다. 「내일, 버틀러 양, 내일 아니면 다음 주, 아니면 다음 달이 되겠지만, 그러나 곧, 곧, 약속드립니다, 당신은 신전 〈안〉에 서게 될 겁니다. 그 무대를 밟게 될 겁니다. 그리고 런던의 심장을 뛰게 하는 건 바로 당신이 될 겁니다! 런던은 바로 당신을 향해 목청껏 〈브라보!〉라고 외치게 될 겁니다!」

블리스 씨는 모자를 들어 올려 허공을 쳤다. 행인 한둘이 우리 쪽으로 고개를 돌렸지만 곧 무관심한 표정으로 다시 시선을 거두었다. 나는 블리스 씨의 말이 멋지다고 생각했다. 그리고 키티도 그렇게 생각한다는 것을 알았다. 블리스 씨의 말에 키티는 내 손을 꼭 쥐고 기쁨에 겨워 살짝 몸을 떨었기 때문이다. 키티의 뺨은 홍조를 띠었으며, 나와 마찬가지로 눈이 커지며 반짝였다.

우리는 얼마 안 있어 레스터 광장을 떠났다. 블리스 씨는 사내아이를 소리쳐 부르더니 1실링을 주며 셔벗 세 개를 발포 유리잔에 담아 오라고 시켰다. 우리는 셰익스피어 상의 그늘 아래 앉아 셔벗을 홀짝이며 우리 곁을 지나는 사람들을, 그리고 곧 1미터 높이의 글자들로 키티의 이름이 붙을 엠파이어 극장 밖의 게시판들을 물끄러미 바라보았다. 이윽고 잔이 비었을 때 블리스 씨는 손뼉을 치더니 우리 집주인인 덴디 부인이 기다리는 브릭스턴으로 가야 한다고 말했다. 블리스 씨는 우리를 브룸 마차로 데려가 자리에 앉혔다. 광장을 보며 감탄하고 휘둥그레진 내 눈동자가 마차 안의 어둠에 다시 작아지는 게 느껴졌으며, 가슴이 설레는 대신 초조한 기분이 들었다. 나는 블리스 씨가 우리를 위해 어떤 하숙집을 구했으며 덴디 부인은 어떤 사람일까 궁금했다. 둘 다 기품 있고 당당한 존재가 아니면 좋겠다는 생각을 했다.

그러나 구태여 걱정할 필요는 없었다. 웨스트엔드를 떠나 템스강을 건너자 거리는 점차 회색이 되며 무척 단조로워졌다. 집과 사람들은 말쑥했으나 상상력 부족한 손이 한꺼번에 빚어낸 듯 한결같았다. 이곳에서는 레스터 광장의 낯선 매혹과 사랑스러우면서도 이상한 다양성을 찾아볼 수 없었다. 거리는 말쑥한 기운조차 사라지고 약간 초라해졌다. 우리가 지나는 모퉁이와 여인숙마다, 늘어선 가게와 집들마다 좀 전보다 더 더러운 듯했다. 내 옆에서는 키티와 블리스 씨가 대화에 열중했다. 둘은 극장과 계약과 의상과 노래에 대해 이야기했다. 나는 창에 얼굴을 붙이고 얼마나 더 가야 이 우울한 지역을 벗어나 우리가 지낼 곳이 있는 화장품 거리에 도착할까 궁금해했다.

마침내 모퉁이를 돌아 창문에는 검댕투성이 블라인드와 커튼이 드리워지고 집 앞에는 칠이 일어난 난간들이 줄지어 선 평지

붕 집들이 있는 거리로 들어섰을 때, 블리스 씨는 말을 멈추고 바깥을 내다보더니 거의 다 왔다고 말했다. 나는 실망스러운 표정을 감추기 위해 블리스 씨의 상냥하고 싱글거리는 얼굴로부터 고개를 돌려야만 했다. 나는 처음에 흥분하며 상상했던 브릭스턴의 모습, 즉 황금색 막대형 화장품들이 줄지어 서 있고 우리가 살 집에는 진홍빛 지붕이 얹혀 있으리라는 상상은 말도 안 된다는 것을 잘 알고 있었다. 그러나 이 거리는 너무도 음산하고 초라했다. 윗스터블에 두고 떠나온 평범한 거리와 전혀 다를 바가 없었다. 단지 낯설 뿐이었고, 그렇기 때문에 조금 인상이 나빠 보였다.

마차에서 내릴 때, 나는 키티 역시 실망한 기색을 보이지 않을까 하고 슬쩍 곁눈질을 했다. 그러나 키티는 아까와 마찬가지로 얼굴에 홍조를 띠고 눈은 감격에 겨워 촉촉이 젖었으며 빛이 났다. 키티는 오직 우리의 인도자가 데려가는 집만 바라볼 뿐이었으며, 작고 꽉 다문 입술에는 만족스러운 웃음이 배어 있었다. 순간 나는(이전까지 어렴풋이 느꼈지만) 키티가 지금 눈앞에 보이는 집처럼 평범하고 개성 없는 집에서 여태까지 살아왔으며 더 좋은 집을 알지 못한다는 사실을 깨달았다. 그 생각에 나는 약간 용기를 냈고, 언제나처럼 동정과 사랑으로 몸이 떨렸다.

게다가 집 안 분위기는 꽤 유쾌했다. 덴디 부인이 직접 문에서 우리를 맞이하더니(부인은 머리가 허옇고 살이 좀 쪘으며, 블리스 씨와 친구처럼 인사를 하면서 〈윌〉이라 불렀고 키스를 받으려고 블리스 씨에게 뺨을 내밀었다) 우리를 거실로 안내했다. 부인은 우리를 거실에 앉히고 모자를 벗게 한 뒤 편히 있으라고 했다. 그리고 여자아이를 부르더니 서둘러 잔을 내오고 차를 우려 오라고 시켰다.

여자아이가 문을 닫고 나가자 덴디 부인은 우리를 보며 웃음을 지었다.「어서들 오세요.」 부인이 말했다(부인 목소리는 크리스마스 케이크처럼 촉촉하고 낭랑했다).「지네브라 로드에 오신 걸 환영해요. 저와 함께 있는 게 여러분께 행복이자 〈행운〉이 되었으면 좋겠네요.」 여기서 부인은 키티를 향해 고개를 까닥했다.「블리스 씨가 말하길 제 처마 밑에 정말 반짝이는 작은 별이 머물 거라고 했답니다, 버틀러 양.」

키티는 그런 줄 몰랐다고 겸손하게 말했고, 그 말에 덴디 부인은 킥킥 웃다가 목에 사레가 들려 기침을 하기 시작했다. 부인은 한참 동안 기침을 하며 경련을 했고, 키티와 나는 서로를 힐긋거리며 놀라고 당황한 시선을 주고받았다. 하지만 발작이 가라앉자 부인은 좀 전과 마찬가지로 유쾌하고 침착했다. 부인은 소매에서 손수건을 꺼내 입술과 눈을 닦았다. 이윽고 부인은 팔꿈치께에 있던 탁자에서 우드바인 담뱃갑을 집더니 우리에게 한 대씩 권하고 자기도 한 대 빼 물었다. 부인 손가락은 담뱃진으로 아주 노랬다.

잠시 뒤 차가 나왔고, 키티와 덴디 부인이 차 쟁반에 매달려 바쁜 사이 나는 주위를 둘러보았다. 덴디 부인의 거실은 꽤 독특해서 볼거리가 많았다. 융단과 가구는 무척 평범했지만 벽은 멋졌다. 벽마다 그림과 사진들이 들어차 있었다. 사실 너무 복닥거려서 액자와 액자 사이 벽지 색깔이 뭔지 보이지도 않을 정도였다.

「제 자그마한 수집품에 관심이 있으신 모양이네요.」 내게 찻잔을 건네주며 덴디 부인이 말했고, 나는 모두가 나를 보는 것을 알아차리고 얼굴을 붉혔다. 부인은 나를 향해 웃더니 노랗게 물든 손가락을 들어 귀에 건 놋쇠빛 줄에 달린 크리스털 방울을 만지작거렸다.「예전에 제 집에 세 들어 살던 분들이죠.」 부인이 말했다.「그리고 알게 되겠지만 일부는 꽤 유명해요.」

나는 사진들을 다시 보았다. 이제 보니 모두가 극장과 연예장의 배우들 초상화였고, 대부분에는 그 사람들 서명이 들어 있었다. 덴디 부인의 말대로 몇 명은 내가 아는 얼굴이었다. 예를 들어 위대한 밴스는 옆에서 래키티 잭 자세를 취한 유쾌한 존 내시[23]와 함께 벽난로 아궁이 옆에서 사진을 찍었고, 소파 위쪽 벽에는 〈덴디 부인에게. 충심으로 행운이 함께하기를 바라며. 베시 벨우드〉라고 갈겨쓴 악보가 액자에 담겨 걸려 있었다. 그러나 내가 알지 못하는 사람들이 더 많았고, 제니 웨스트, 라르고 선장, 신카부 리처럼 개성 없고 이상하고 애매한 이름 때문에 무슨 공연을 하는지 짐작조차 할 수 없는 남녀들이 즐겁게 웃는 얼굴에 무대 복장을 하고 전문적 자세를 취하고 찍은 사진들이 보였다. 나는 이 사람들이 모두 이곳 지네브라 로드에서 우아한 덴디 부인의 집에 세 들어 살았다는 데 놀랐다.

우리는 차를 다 마실 때까지 이야기를 했고, 덴디 부인은 담배를 두세 대 더 피우더니 무릎을 찰싹 치고 천천히 일어섰다.

「분명 방이 어떤지 궁금할 거고 얼굴도 좀 씻고 싶겠죠.」 부인이 유쾌하게 말했다. 부인은 자기가 일어날 때 정중히 같이 일어선 블리스 씨 쪽으로 시선을 돌렸다. 「자, 당신이 젊은 숙녀들의 상자와 물건을 들어 주는 친절을 베풀어 주시면 좋겠어요, 윌.」 이윽고 부인은 우리를 데리고 거실을 나가 2층으로 올라갔다. 우리는 계단 두세 층을 올라갔으며, 올라갈수록 계단통이 어두워지더니 이윽고 밝은 곳이 나왔다. 마지막 층은 좁고 양탄자가 깔려 있지 않았으며 위쪽으로 검댕과 비둘기 똥으로 더러운 천창이 네 등분되어 나 있었다. 그곳을 통해 9월 하늘의 푸르름이 뜻밖에 생생하고 맑게 비쳐 보였다. 마치 하늘 자체가 천장이며 우리는 계단을 올라 하늘로 다가가는 듯한 느낌이 들었다.

23 위대한 밴스, 유쾌한 존 내시는 빅토리아 시대의 유명한 연예장 가수이며 래키티 잭은 유쾌한 존 내시가 공연에서 맡은 역할 가운데 하나이다.

계단 꼭대기에는 문이 있었고, 그 문을 열고 들어서자 아주 작은 방이 나왔다. 내 기대와 달리 침실이 아니라 작은 거실이었고, 쿠션이 꺼진 낡은 안락의자 두 개가 벽난로 앞에 있고 구식 옷장이 보였다. 옷장 옆에 또 다른 문이 보였고, 그 문과 통한 방은 기울어진 지붕 때문에 첫 번째 방보다 더 작았다. 키티와 나는 나란히 문지방을 넘어 안에 무엇이 있나 살펴보았다. 세면대, 수금 모양 등받이가 달린 의자, 커튼이 쳐진 벽감, 그리고 침대가 보였다. 매트리스는 높고 두꺼웠고 틀은 쇠였으며, 그 아래에 요강이 보였다. 내가 집에서 앨리스와 함께 쓰던 침대보다 조금 좁았다.

「침대를 같이 써도 상관없겠죠?」 우리를 따라 침실로 들어온 덴디 부인이 말했다. 「퍽 좁긴 하겠지만 아래층에 있는 내 아이들보다는 나아요. 그 애들은 방을 하나만 쓰거든요. 그러나 블리스 씨는 당신 둘에게 제대로 된 공간을 마련해 줘야 한다고 강력히 요구했어요.」 덴디는 나를 보며 싱긋 웃었고, 나는 고개를 돌려 시선을 피했다. 그러나 키티는 아주 밝게 말했다. 「완벽해요, 덴디 부인. 애슬리 양과 저는 인형의 집에 있는 인형처럼 아주 아늑하게 지낼 거예요. 그렇지 않아요, 낸?」

키티의 뺨이 약간 분홍색이 된 게 보였다. 하지만 아마 거실에서 이곳으로 올라왔기 때문인 듯했다. 내가 말했다. 「맞아요.」 그리고 나는 다시 시선을 내렸으며 블리스 씨로부터 상자를 받기 위해 자리를 옮겼다.

블리스 씨는 비록 자기가 방 값을 치르고 있다 해도 숙녀의 방에 오래 머물러 있으면 안 된다는 듯 얼마 안 있어 그곳을 떠났다. 블리스 씨는 키티와 이튿날 버몬시 스타에서 할 공연에 대해 몇 가지 이야기를 했고(키티는 내일 저녁에 있을 공연을 준비하기 위해 아침에 극장 매니저를 만나고 오케스트라와 연습을 해야 했다), 키티 그리고 나와 악수를 한 다음 작별을 고했다.

나는 몇 시간 전에 블리스 씨를 만나야 한다는 사실에 초조해했던 것처럼 이번에는 블리스 씨가 우리를 두고 떠난다는 사실에 돌연 초조해졌다.

그러나 블리스 씨가 가고 덴디 부인 역시 우리를 뒤로하고 문을 닫은 뒤 씨근거리고 기침을 하며 블리스 씨를 따라 계단을 내려갔을 때, 나는 안락의자에 앉아 눈을 감았고 마침내 낯선 이가 아닌, 아는 사람과만 있을 수 있다는 기쁨과 안도로 몸이 아려왔다. 키티가 방을 가로질러 다가오는 소리가 들렸고, 내가 눈을 떴을 때 키티는 내 땋은 머리에서 이마로 흘러내린 머리털을 쓰다듬으려고 손을 올리고 있었다. 나는 우정 어린 가벼운 애무나 손을 잡는 것, 뺨을 어루만지는 행동에 여전히 익숙하지 못했으며, 그런 접촉이 있을 때마다 욕망과 혼란 때문에 조금씩 흠칫거리고 약간 얼굴을 붉혔다.

키티는 살짝 웃음을 머금더니 허리를 숙이고 발치에 있는 바구니의 끈을 잡아당겼다. 나는 안락의자에 앉아 잠시 쉬며 드레스와 책과 보닛을 정리하느라 바삐 움직이는 키티를 지켜보다가 일어나 정리를 도왔다.

짐을 푸는 데는 한 시간이 걸렸다. 몇 개 안 되는 간소한 내 프록과 신발과 속옷은 큰 공간을 차지하지 않았기에 금방 정리할 수 있었다. 하지만 키티는 일상용 드레스와 부츠를 꺼내 구김을 펴고 솔질을 해야 할 뿐 아니라 무대용 정장과 실크해트들도 정리해야 했다. 키티가 그것들을 꺼내기 시작했을 때, 나는 키티에게 다가가 옷가지를 받아 들었다. 내가 말했다. 「이제부터 제가 당신 의상을 책임지게 해주세요. 이 옷깃들 좀 보세요! 모두 표백을 해야겠어요. 스타킹은 또 어떻고요! 서랍 하나에는 깨끗한 것만 넣어 놓고 다른 서랍에는 수선할 것만 넣어야겠네요. 여기 커프스단추들은 상자에 넣어 두어야지 안 그러면 잃어

버릴 거예요…….」

키티는 옆으로 물러서더니 내가 장식 단추, 장갑, 셔츠 앞면을 가지고 법석을 떠는 모습을 몇 분간 완전히 몰두해 지켜보았다. 나는 마침내 키티가 나를 지켜본다는 사실을 깨달았다. 내가 키티와 시선을 마주치자 키티는 눈을 찡긋하고 얼굴을 붉혔다. 「당신은 모를 거예요.」 키티가 말했다. 「제가 얼마나 우쭐한 기분인지를요. 아무리 평범한 배우라도 의상 담당자를 두고 싶어 해요, 낸. 지방 무대에 한 번이라도 서봤다면, 꿈이 있고 현실에 지친 여배우는 누구라도 런던 연예장에서 꼭 공연을 해보고 싶어 하죠. 형편없는 방 한 칸에 사는 대신 멋진 방 두 개를 누리며 살고 싶어 하고요. 밤이 되면 사륜마차가 집으로 와서 공연장까지 데리고 가고, 공연이 끝나면 다시 집으로 데려다 주기를 바라죠. 다른 가난한 배우들은 시가 전차를 타는 데 말이에요.」 천장이 경사진 곳 아래 서자 키티의 얼굴에 그늘이 드리우며 눈동자가 어두워지고 커졌다. 「그런데 지금 갑자기, 전 오랫동안 꿈꿔왔던 이 모든 것을 가지게 되었어요. 이렇게 마음속 욕망이 충족되는 게 어떤 기분인지 알아요?」

난 알았다. 멋진 감정이었다. 그러나 또한 두려운 감정이기도 했다. 자기가 이런 행운을 누릴 만한 존재가 못 된다는 사실을 계속 느끼기 때문이다. 원래는 다른 사람이 누려야 할 기쁨인데 완전히 실수로 이런 행운을 누리는 것이라는 느낌이 들기 때문이다. 그리고 잠깐 한눈을 파는 사이에 그 행운이 코앞에서 사라지리라는 생각이 들기 때문이다. 일단 그 감정을 맛보고 나면 가슴속 욕망을 계속 충족시키기 위해 하지 못할 일도, 희생하지 못할 대상도 없다는 생각이 든다. 나는 키티와 내가 완전히 같은 느낌이라는 사실을 알았다. 물론 대상은 달랐다.

훗날, 나는 이를 기억했어야 했다.

말했듯이 우리는 한 시간 정도 짐을 정리했고, 그동안 집의 다른 곳에서는 온갖 고함과 시끄러운 소리가 들렸다. 이제 시각은 6시 정도 되었고, 우리 아래층 층계참이 삐거덕거리며 발소리가 들리더니 누군가 외치는 소리가 들렸다.「버틀러 양, 애슬리 양!」덴디 부인이었다. 부인은 저녁 식사가 준비되었으니 원한다면 아래층 거실로 내려오라고 했다. 그리고 우리를 보려고 사람들이 모여 있다고 했다.

나는 배가 고팠지만 또한 피곤했고 모르는 사람과 악수를 하고 웃음을 지어 보이는 게 지긋지긋했다. 그러나 키티는 우리가 가지 않으면 다른 하숙생들이 우리를 거만하다고 여길 터이니 아래층에 내려가는 게 나을 거라고 속삭였다. 그래서 우리는 덴디 부인에게 금방 내려가겠다고 말을 했고, 키티가 옷을 갈아입는 동안 나는 머리를 빗고 다시 땋은 뒤 치맛단에 묻은 먼지를 벽난롯가에서 떨어내고 손을 씻었고, 키티와 아래층으로 내려갔다.

우리가 내려간 거실은 처음 도착해 차를 마시며 앉아 있던 곳과 완전히 다른 방이 되어 있었다. 식탁은 펼쳐져 중앙에 놓여 있었고 저녁 식사가 차려져 있었다. 더욱 중요한 것은 사람들이 모여 있다가 우리가 들어서자 활짝 웃어 보였다는 점이다. 벽에 걸린 모든 사진에서 빛나던, 바로 그 잘 연습된 기민한 웃음 그대로였다. 마치 덴디 부인과 저녁 식사를 같이 하기 위해 초상화 여섯 점이 살아나 먼지 앉은 액자에서 걸어 나온 듯했다.

자리는 여덟 개가 마련되어 있었고, 둘을 제외한 다른 자리에는 누군가가 앉아 있었다. 빈 두 자리는 분명 나와 키티가 앉을 곳이었다. 덴디 부인은 식탁 머리에 자리를 잡았다. 부인은 냉육이 담긴 접시에서 고기를 잘라 나누어 주고 있었으나 우리를 보자 반쯤 일어섰고, 편히 있으라고 말하며 포크로 식탁에 둘러앉은 다른 사람들을 가리켰다. 처음 소개받은 사람은 부인 맞은편에 앉은 벨벳 조끼 차림의 나이 든 신사였다.

「에머리 교수예요.」 부인이 전혀 어색한 기색 없이 말했다. 「비범한 독심술사세요.」

교수 역시 일어나더니 우리에게 가볍게 고개 숙여 인사했다.

「비범한 독심술사였지요. 이제는 〈퇴역〉이랍니다.」 집주인을 힐긋 보며 에머리 교수가 말했다. 「덴디 부인은 너무 상냥하세요. 멍하니 입만 벌리고 있는 관객들 앞에서 숙녀의 핸드백에 뭐가 들었는지 맞히는 걸 관둔 지 이미 아주 오래되었답니다.」 에머리 교수는 싱긋 웃더니 다소 무겁게 자리에 앉았다. 키티는 만나게 되어 아주 반갑다고 말했다. 덴디 부인은 다음으로 교수의 오른쪽에 앉은 붉은 머리의 마른 남자아이를 가리켰다.

「심스 윌리스예요.」 부인이 말했다. 「어릿광대…….」

「〈비범한 어릿광대〉죠, 당연히요.」 악수를 하기 위해 몸을 굽히며 심스가 재빨리 말했다. 「〈현역〉이죠.」 심스는 맞은편에 앉은 소년을 보며 고개를 끄덕였다. 「그리고 이쪽은 제 동생인 퍼시로, 캐스터네츠 담당이에요. 퍼시 역시 비범하죠.」 심스가 말을 하자 퍼시는 눈을 찡긋했고, 형의 말을 증명이라도 하려는 듯 접시 옆에서 숟가락 한 쌍을 들고 멋진 무늬가 들어간 식탁보를 쳐댔다.

덴디 부인은 두들기는 소리보다 더 큰 소리로 목소리를 가다듬고 심스 옆에 앉아 있는 분홍 입술의 예쁜 여자를 가리켰다. 「그리고 우리 발레리나인 플레이트 양을 잊어서는 안 되지요.」

여자는 선웃음을 지었다. 「리디아라고 불러 주세요.」 여자가 손을 뻗으며 말했다. 「파브에서 부르는, 조심해 퍼시, 이름이랍니다. 아니면, 제 진짜 이름인 모니카라고 하셔도 돼요. 원하시는 쪽으로 부르세요.」

「아니면 투시라고 해도 되지요.」 심스가 덧붙였다. 「친구들은 다 그렇게 부르죠. 그리고 혹시 앨리 슬로퍼[24]를 보셨다면 왜 그렇게 부르는지는 설명하지 않을게요. 하나만 말씀드리자면, 월터가 당신을 이곳으로 데려오겠다는 말을 했을 때 투시는 당신이 허리가 25센티미터 정도 되는 화려한 쇼걸인 줄 알고 반쯤 공황 상태에 빠져 있었어요. 당신이 남장 배우인 걸 알고서야 안심이 되어 다시 어느 정도 평온해지더라고요.」

투시가 심스를 밀쳤다. 「저 애 말을 믿지 마세요.」 투시가 우리에게 말했다. 「심스는 늘 이렇게 심술궂어요. 이곳에 또 다른 여자분이, 아니 정확하게 말하자면 〈두〉 분이 오셔서 정말 기뻐요. 화려하든 아니든 상관없이요.」 투시는 만족한 눈으로 잽싸게 나를 힐긋 보았다. 〈나〉를 어떻게 생각하고 있는지 그대로 보여 주는 눈빛이었다. 이윽고 키티가 나를 퍼시 옆에 앉게 하고 자신은 투시 옆에 앉자 투시가 계속 말을 했다. 「월터는 당신이 아주 크게 될 거라고 했어요, 버틀러 양. 당신이 내일 밤 스타에서 시작한다는 말을 들었어요. 제 기억에 그곳은 아주 멋진 연예장이에요.」

「저도 그렇게 들었어요. 키티라고 불러 주세요.」

「그리고 당신은 어떠세요, 애슬리 양?」 둘이 이야기를 나누는 동안 퍼시가 물었다. 「의상 담당자로 오래 일하셨나요? 그러기에는 너무 어려 보이네요.」

「사실 지금까지 의상 담당자로 일해 본 적이 한 번도 없어요. 키티가 아직 저를 훈련시키는 중이에요…….」

「당신을 훈련시켜요?」 다시 투시가 말했다. 「제 충고를 들으세요. 애슬리 양을 절대로 너무 잘 훈련시키지 마세요, 키티. 안

24 1867년 『주디』에 연재되었던 만화의 등장인물. 투시는 같은 만화에 나오는 경박스러운 젊은 여성이다.

그러면 다른 배우가 애슬리 양을 빼내 갈 거예요. 그런 일이 일어나는 걸 봤어요.」

「낸을 제게서 빼앗아 간다고요?」 싱긋 웃으며 키티가 말했다. 「오, 그럴 수는 없어요. 제게 행운을 가져다준 사람은 바로 낸인 걸요…….」

나는 접시 쪽으로 시선을 내렸고, 얼굴이 붉어지는 걸 느꼈다. 그리고 여전히 커다란 접시 앞에서 분주히 고기를 썰던 덴디 부인이 떨리는 손으로 고기 조각을 내게 내밀며 콜록거렸다. 「혀 좀 드시겠어요, 애슬리 양?」

식사의 화제는 당연히 모두 극장 뒷이야기였고, 내게는 낯설기만 했다. 이 집에서 극장과 연관되지 않은 직업을 가진 사람은 없는 듯했다. 심지어 평범해 보이는 꼬마 미니(집에 사는 여덟 번째 인물로 우리가 도착했을 때 차를 내왔던 여자아이이며, 이제는 덴디 부인을 도와 식탁을 치우고 설거지를 했다)마저도 발레단원이었으며 램버스의 콘서트홀과 계약이 되어 있었다. 심지어 냄새를 맡고 뭔가 얻어먹을 생각으로 거실로 찾아와 침이 흐르는 턱을 에머리 교수의 무릎에 기대고 있는 이 집 개 브랜스비조차도 늙은 배우로, 한때 춤추는 개 연기로 사우스코스트 순회공연을 했고 〈아치〉라는 예명도 있었다.

일요일 저녁이었고, 저녁 식사를 마치고 급히 공연장으로 가야할 사람은 아무도 없었다. 사실 앉아서 담배를 피우고 이야기를 나누는 것 말고 달리 할 일이 있는 사람은 아무도 없어 보였다. 7시에 문을 두드리는 소리가 들렸고, 여자 한 명이 독특한 방식으로 〈안녕〉이라고 말하며 튈[25]과 새틴으로 만든 드레스, 번쩍이는 왕관을 가지고 들어왔다. 파브에서 발레를 하는 투시의 친구로, 자기 의상에 대해 덴디 부인의 의견을 구하러 온 것

25 드레스에 사용하는 얇은 망 모양의 비단.

이다. 거실 융단에 프록을 펼쳐 놓는 동안 식탁이 치워졌고, 식탁이 깨끗해지자 에머리 교수가 그 앞에 앉아 카드를 펼쳤다. 퍼시가 합류하며 휘파람을 불었고, 그 소리를 들은 심스는 덴디 부인의 피아노 뚜껑을 열고 휘파람의 멜로디를 치기 시작했다. 피아노는 엉망이었다. 「싸구려 고물 같으니!」 심스가 피아노를 치며 외쳤다. 「바그너를 치면 분명 어부의 뱃노래나 지그처럼 들릴 거야!」 그러나 곡은 즐거웠고, 키티를 웃음 짓게 했다.

「이 곡 알아요.」 키티가 내게 말했다. 그리고 키티는 곡을 알았기에 노래를 부르지 않고는 배길 수 없었고, 곧 바닥에 놓은 반짝이는 프록을 건너 심스 쪽으로 가 목소리를 높이며 합창을 했다.

나는 브랜스비와 함께 소파에 앉아 가족에게 엽서를 썼다. 〈저는 지금까지 본 가운데 가장 이상한 거실에 있어요. 그리고 모두 무척 상냥해요. 이곳에는 예명이 있는 개가 있어요! 굴을 보내 주셔서 고맙다고 집주인이 전해 달래요…….〉

소파는 아주 아늑했으며 주위 사람들은 모두 즐거웠다. 그러나 10시 반 정도 되자 키티가 하품을 했고, 그 모습에 흠칫한 나는 벌떡 일어나 이제 자야겠다고 말했다. 나는 뒷마당에 있는 변소에 급히 다녀온 뒤 위층으로 달려가 더욱 급하게 잠옷으로 갈아입었다. 아마 당신은 내가 지난 일주일 동안 잠을 못 잤기에 피곤해 죽을 지경이었을 거라 생각할지도 모르겠다. 하지만 나는 전혀 졸리지 않았다. 다만 키티가 나타나기 전에 침대에 들어가 있고 싶을 뿐이었다. 침대에서 꼼짝 않고 누워 침착하게 곧 다가올 순간을 기다리고 싶었다. 어둠 속에서 키티가 내 옆에 눕고, 입고 있는 얇은 면 잠옷을 빼면 키티의 따뜻한 팔다리와 내 팔다리 사이를 가로막는 것이 아무것도 없는 그 순간을.

키티는 반 시간 정도 있다가 돌아왔다. 나는 키티 쪽을 돌아보거나 이름을 부르지 않았고, 키티도 내게 아무 인사 없이 오로지 아주 조용히 움직였다. 내가 잔다고 생각하는 모양이었다. 나는 침대 한편에서 눈을 꼭 감고 곧게 모로 누워 있었기 때문이다. 집의 다른 곳은 웃음소리, 문 닫는 소리, 저 멀리 수도관에서 물이 통과하는 소리들로 약간 소란스러웠다. 그러나 이윽고 다시 모두 조용해졌다. 곧 키티가 옷을 벗는 나직한 소리만 들렸다. 코르셋 위에 입은 보디스 단추를 끄르느라 연달아 자그맣게 들리는 따다닥 소리, 치마 그리고 페티코트가 바스락거리는 소리, 코르셋 고리를 통과하며 레이스가 한숨 쉬는 소리. 마침내 모든 옷들이 키티의 발아래 마루로 철썩 떨어졌고, 나는 키티가 발가벗은 게 분명하다고 추측했다.

나는 가스등을 꺼놓았지만 키티를 위해 촛불을 하나 남겨 두었다.

나는 만약 지금 눈을 뜨면, 그리고 고개를 돌리면 그늘과 촛불이 던지는 호박색 빛을 빼고는 아무것도 걸치지 않은 키티를 볼 수 있다는 사실을 알았다.

그러나 나는 그러지 않았다. 곧 바스락거리는 소리가 들렸고, 이는 키티가 잠옷을 입었다는 뜻이었다. 촛불이 꺼졌다. 침대가 삐거덕거리며 출렁였고, 키티가 내 옆에 누웠다. 아주 따뜻했고 지독히 현실적이었다.

키티가 한숨을 쉬었다. 키티의 숨결이 내 목에 닿는 게 느껴졌고, 나는 키티가 나를 바라보고 있다는 것을 알았다. 두 번째로 키티의 숨결이 다가왔고, 곧이어 세 번째가 다가왔다. 「자고 있나요?」 키티가 속삭였다.

「아니요.」 내가 말했다. 더는 자는 척할 수가 없었기 때문이다. 나는 돌아서 등을 바로 대고 누웠다. 그로 인해 우리는 더 가까이 있게 되었고(정말이지 무척이나 좁은 침대였다), 그래서 나는 서두르며 왼쪽으로, 침대에서 떨어지지 않으면서 더는 자리를 비킬 수 없을 때까지 몸을 움직였다. 이제 키티의 숨결은 내 뺨에 닿았고, 좀 전보다 더 따뜻했다.

키티가 말했다.「집이 그립나요? 앨리스도요?」나는 고개를 저었다.「조금도요?」

「뭐…….」

키티가 웃는 게 느껴졌다. 아주 부드럽게 그러나 정말로 키티는 내 손목을 잡더니 이불 위로 내 팔을 꺼냈고, 내 품에 파고들어 관자놀이를 내 빗장뼈에, 목을 내 팔에 댔다. 키티는 자기 목 앞에 흔들리는 내 손을 꼭 움켜쥐었다. 빈약한 내 가슴에 댄 키티의 뺨이 다리미보다 더 뜨겁게 느껴졌다.

「당신 심장이 정말 빨리 뛰네요!」당연히 그 말에 내 심장은 더 빨리 뛰었다. 다시 키티가 한숨을 쉬었다. 이번에는 키티의 입이 내 잠옷이 끝나는 곳에 닿았고, 나는 맨살에 키티의 숨결을 느낄 수 있었다. 키티는 한숨을 쉬고 말했다.「퓨 부인의 무미건조한 방에 누워 있으면서 당신의 바닷가 작은 침대에 당신과 앨리스가 함께 누워 있는 모습을 얼마나 많이 떠올렸는지 몰라요. 이런 느낌이었나요, 앨리스와 있으면?」

나는 대답하지 않았다. 나 역시 그 작은 침대를 생각하고 있었다. 머리와 마음은 키티에 대한 생각과 열정으로 가득 차 있으면서 몸은 잠든 앨리스 옆에 누워 있기란 얼마나 어려웠던지. 키티가 내 옆에 있는데, 이렇게 가까이 있는데 그 몸을 알 수 없다니, 그건 얼마나 더 어려운 일인지! 그건 고문이리라. 나는 생각했다.〈내일 짐을 꾸려야지. 아주 일찍 일어나 첫 기차로 돌아갈 거야…….〉

키티는 내 침묵에 맘 쓰지 않고 말했다.「당신과 앨리스, 알아요, 낸? 제가 얼마나 질투를 했는지?」

나는 침을 삼켰다. 「질투요?」 어둠 속에서 그 단어는 무시무시하게 들렸다.

「네, 전…….」 키티는 망설이는 듯하다가 계속 말을 이었다. 「알겠지만, 저는 다른 아이들처럼 자매가 있지 않았어요…….」 키티는 내 손을 놓았고, 자기 팔을 내 허리에 올려놓고 손가락으로는 허리 우묵한 곳을 감쌌다. 「그러나 이제 우리는 자매 같아요. 안 그래요, 낸? 당신은 제게 여동생이 되어 줄 거예요……. 그래 줄 거죠?」

나는 뻣뻣하게 키티의 어깨를 도닥였다. 이윽고 나는 얼굴을 돌렸다. 안도감과 실망이 뒤섞여 무척 멍한 기분이 들었다. 내가 말했다. 「오, 그럼요, 키티.」 키티는 나를 더 꼭 쥐었다.

이윽고 키티는 잠이 들었고, 키티의 머리와 팔은 힘이 빠지며 무거워졌다.

하지만 나는 앨리스 옆에 누워 있을 때와 마찬가지로 깨어 있었다. 그러나 이제 나는 꿈을 꾸지 않았다. 그저 무척 엄숙하게 생각만 하고 있었다.

결국 나는 아침에 짐을 꾸리고 키티에게 작별을 고하지 않으리라는 사실을 알고 있었다. 어떻게 해서 여기까지 왔는데, 나는 그럴 수 없으리라는 것을 알았다. 그러나 만약 내가 키티와 머무른다면 그 관계는 키티가 말한 대로 될 터였다. 이상하고 불편한 내 욕망을 삼키고 키티를 〈언니〉라 불러야 할 터였다. 키티의 동생으로 있는 편이 키티와 아무 관계도 아닌 사람, 완전한 남남으로 있는 것보다 더 나았다. 만약 내 머리와 마음이 그 관계를 비난한다면 나는 생각과 열정을 뭉개어 없애야 했다. 나는 키티가 나를 사랑하는 방식대로 키티를 사랑하는 방법을 배워야 했다. 아니면 아예 키티를 사랑하지 말아야 했다.

그리고 나는 그것이 끔찍하리라는 것을 알았다.

4

이튿날 정오, 스타에 도착한 우리는 그곳이 전날 블리스 씨와 함께 키티의 대성공을 꿈꾸었던 웨스트엔드 연예장들의 10분의 1만큼도 멋지지 않다는 걸 알게 되었다. 그럼에도 극장은 꽤 놀랄 정도로 멋지고 컸다. 이곳의 매니저는 링 씨였다. 링 씨는 무대 문에서 우리를 맞이해 자기 사무실로 데려가 키티의 계약서 조항을 큰 소리로 읽어 준 뒤 서명을 하게 했다. 링 씨는 일어나 우리와 악수를 했고, 기운차게 호출 담당을 부르더니 우리를 무대로 안내하게 했다. 키티가 지휘자와 이야기를 하고 악단과 함께 노래 연습을 하는 동안 나는 어색해하며 부자연스럽게 무대에 있었다. 한번은 어떤 남자가 어깨에 빗자루를 걸치고 다가오더니 다소 거친 투로 내가 누구이며 여기서 무엇을 하는지 물었다.

「저는 버틀러 양을 기다리고 있어요.」 휘파람처럼 가느다란 목소리로 내가 말했다.

「그러셔.」 남자가 말했다. 「그러면 아가씨, 어디 다른 곳에서 기다리라고. 왜냐하면 난 이곳을 쓸어야 하고, 내가 쓸 곳에 지금 아가씨가 버티고 서 있으니 말이야. 비켜, 어서.」 그래서 나는 홍당무처럼 얼굴을 붉히며 자리를 비켰고, 바구니와 사다리와 모래가 가득한 양동이를 든 남자아이들이 와서 나를 빤히 보거나 아니면 거치적거린다고 욕을 해대는 동안 복도에 서 있어야 했다.

하지만 저녁에 다시 그곳에 갈 때는 훨씬 더 마음이 가벼웠다. 내게 조금 더 익숙한 분장실로 직행했기 때문이다. 그렇기는 해도, 분장실로 들어섰을 때 나는 영혼이 크게 휘청하는 느낌이 들었다. 키티가 전용으로 썼으며 내가 모든 물건들을 깔끔하고 예쁘게 정돈해 놓았던 캔터베리 궁전의 작고 아늑한 방과 완전히 달랐기 때문이다. 대신 이 방은 어두침침하고 먼지투성이였으며, 열 명 정도 되는 배우를 위한 벤치들과 옷걸이들이 있었고, 모두가 공유하는 듯한 싱크대에는 기름때가 덕지덕지 끼었으며, 문은 닫으려면 괴어 놓든지 그렇지 않으면 그냥 열려 있게 놔두어서 복도를 어슬렁거리는 무대 담당자나 방문객들 모두가 힐긋거리는 것을 감수해야 했다. 우리는 늦게 도착했기에 옷걸이 대부분이 차 있었고, 벤치 몇 개는 여러 단계로 옷을 벗고 있는 여자아이들과 여자들이 차지한 상태였다. 우리가 도착하자 그 사람들 대부분은 우리를 보며 싱긋 웃었다. 키티가 웨이츠 담뱃갑과 성냥을 꺼내자 한 명이 외쳤다. 「잘됐네요. 담배가 있는 여자라니! 한 대 주지 않으실래요? 봉급날까지 완전 파산이거든요.」

키티는 공연 중간 조금 안 되어 무대에 서기로 되어 있었다. 키티의 옷깃과 넥타이와 양말 차림을 돕는 동안 나는 아주 차분한 기분이었다. 그러나 키티와 무대 옆으로 걸어가 순서를 기다리며 낯선 극장의 그림자 속에서 주변과 무관심한 수많은 관객들을 보자 몸이 떨리기 시작했다. 나는 키티를 보았다. 화장 아래 피부가 하얬지만 무서워서인지 아니면 격렬한 야망 때문인지 구별할 수 없었다. 오로지 키티를 안심시키기 위해(맹세하건대 다른 이유는 없었다. 나는 키티의 여동생일 뿐 다른 건 바라지 않겠다고 아주 굳게 마음먹었다) 나는 키티의 손을 꼭 잡았다.

그렇지만 마침내 무대 매니저가 고개를 까닥했을 때 나는 시선을 돌려 버렸다. 이 극장에는 관객들에게 정숙하라고 말할 사회자가 없었으며, 키티 바로 앞에 공연한 배우는 아주 유명한 코미디언이었다. 이 코미디언은 네 번이나 앙코르를 받았고, 마침내 관객들에게 제발 자기가 집에 돌아갈 수 있게 이제 앙코르 요청을 그만해 달라고 빌었다. 관객들은 마지못해 그렇게 했다. 오케스트라가 키티의 처음 곡 첫 마디를 연주할 때, 관객들은 코미디언 순서가 끝난 데 실망해 주의를 딴 데 팔았다. 키티가 실크해트를 흔들면서 이글거리는 각광을 받으며 등장해 〈안녕하세요!〉 하고 외쳤지만 최상층 객석에서 들려오던 우렁찬 화답은 이곳에 없었고 단지 특별석과 1층 앞 좌석에서 마지못해 치는 손뼉 소리만 약간 들려왔다. 그나마도 내 짐작으로는 키티의 복장 때문이었다. 마침내 내가 가까스로 시선을 객석으로 돌려 보니 관객들이 부산을 떠는 모습이 보였다. 사람들은 일어나 바 또는 화장실로 향했다. 남자아이들은 최상층 객석 난간에 등을 기대고 무대 반대 방향을 향했다. 여자아이들은 객석 세 줄 떨어진 곳에 있는 친구를 부르거나 옆에 앉은 이와 수다를 떨었다. 모두들 키티, 사랑스럽고 아름다운 키티가 노래하고 걷고 땀을 흘리는 무대가 아닌 다른 곳을 보고 있었다.

그러나 천천히, 천천히 극장 분위기는 바뀌었다. 엄청나게는 아니었지만 충분히 바뀌었다. 키티가 첫 번째 노래를 마치자 발코니에 기댄 남자가 외쳤다. 「이제 닙스를 데려와!」 키티에 앞서 공연했던 닙스 풀러를 말하는 것이었다. 키티는 눈도 깜짝하지 않았다. 악단이 다음 곡으로 들어가는 서주 부분을 연주할 때 키티는 실크해트로 남자를 가리키며 외쳤다. 「왜요? 그 사람이 당신에게 빚이라도 졌나요?」 관객들은 소리 내어 웃었고 다음 곡을 좀 더 열심히 들었으며, 키티가 곡을 마치자 좀 더 힘차게 손뼉을 쳤다. 잠시 뒤 다른 사람이 넵스를 불러오라고 외쳤지만 옆에 앉은 사람이 그 남자 입을 다물게 했고, 키티가 발라드를 부르고 장미를 던질 때에 관객은 키티의 편이 되어 노래 감상에 집중했다.

나는 무대 옆쪽에서 경이에 차 키티를 지켜보았다. 키티는 피곤하고 상기되어 무대 옆으로 나왔고 무대에는 익살 가수가 들어섰다. 나는 키티의 팔을 꼭 잡았다. 이윽고 블리스 씨가 매니저인 링 씨와 함께 나타났다. 둘은 앞 좌석에서 공연을 보았으며 아주 만족한 듯했다. 블리스 씨는 양손으로 키티의 손을 잡고 흔들며 외쳤다.「대성공입니다, 버틀러 양. 대성공! 최고입니다!」

링 씨는 감정을 좀 자제했다. 링 씨가 키티에게 고개를 까닥이고 말했다.「잘하셨습니다. 다루기 어려운 관객이었는데 아주 멋지게 해냈군요. 악단이 당신 움직임과 노래에 익숙해지면, 더할 나위 없이 멋질 겁니다.」

오직 키티만 얼굴을 찡그렸다. 나는 분장실에서 나올 때 수건을 가져왔고, 키티는 수건을 받아 얼굴의 땀을 닦았다. 이윽고 키티는 재킷을 벗어 내게 건넸고, 목의 나비넥타이를 끌렀다. 마침내 키티가 말했다.「제가 원했던 것만큼 잘하지 못했어요. 〈쫘하고 거품처럼 일어나는 흥분〉도 없었고, 불꽃도 없었어요.」

블리스 씨는 살짝 콧방귀를 뀌더니 손을 활짝 폈다.「런던에서 처음 공연이잖습니까! 당신이 지금까지 공연했던 극장보다 큰 곳이라고요! 관객들은 당신을 알게 될 거고 소문이 퍼질 겁니다. 인내심을 가지세요. 곧 사람들은 오로지 당신을 보기 위해 표를 사게 될 겁니다!」 그 말에 매니저의 가는 눈에 빈정거리는 듯한 기운이 슬쩍 비쳤다. 그러나 키티는 마침내 싱긋 웃었다.

「웃는 게 더 보기 좋군요.」 블리스 씨가 말했다. 「자, 이제 숙녀분들이 괜찮으시다면 가벼운 저녁 식사를 하면 좋을 것 같군요. 가벼운 저녁 식사 그리고 버틀러 양이 그토록 열망하는 〈쏴 하고 일어나는 거품〉이 담긴 묵직하고 큰 유리잔을 함께 들면 어떨까 싶습니다.」

블리스 씨가 우리를 데려간 레스토랑은 극장 사람들이 가는 곳으로 그리 멀리 떨어져 있지 않았으며, 블리스 씨처럼 멋진 조끼를 입은 남자들과 키티처럼 소매에는 화장품이 묻고 눈가에는 마스카라 가루가 묻어 있는 남녀들로 가득했다. 블리스 씨는 식탁마다 친구가 있는 듯했고, 블리스 씨가 지나갈 때면 식탁에 있던 친구들 모두가 인사를 했다. 그러나 블리스 씨는 친구들과 이야기를 하려고 멈추는 대신 실크해트를 흔들며 전체에게 인사를 했고, 빈 부스로 우리를 데려간 뒤 메뉴가 어떤지 듣기 위해 웨이터를 불렀다. 우리는 메뉴를 듣고 음식을 골랐고, 블리스 씨는 웨이터에게 좀 더 가까이 오라고 한 뒤 무엇인가를 속삭였다. 웨이터는 물러가더니 잠시 뒤 샴페인 병을 가져왔고, 블리스 씨는 허세를 부리며 코르크 마개를 땄다. 그러자 다른 식탁들에서 환호성이 들렸고, 웃음과 박수 소리 속에서 어떤 여자가 노래를 부르기 시작했다. 「셰리주를 원하지 않으리, 맥주를 원하지 않으리, 샴페인도 원하지 않으리, 왜냐하면 그걸 마시면 이상해질 걸 그 여인은 아니까…….」

나는 집에 돌아가 쓸 엽서에 대해 생각했다. 「저는 극장식 레스토랑에서 저녁을 먹었어요. 키티는 스타 극장에서 데뷔를 했고, 사람들 말로는 대성공이래요…….」

그사이 블리스 씨와 키티는 이야기를 나누었다. 이윽고 둘의 이야기에 귀를 기울인 나는 그 이야기가 꽤 심각한 주제라는 것을 깨달았다.

블리스 씨가 말했다. 「자, 당신에게 부탁할 게 있습니다. 매니저가 아닌 보통 신사라면 부끄러워할 만한 부탁입니다. 당신이 시내로 가실 것을 부탁합니다. 그리고 애슬리 양, 당신이 도와야 합니다.」 블리스 씨가 나를 보며 덧붙였다. 「둘 다 번화가를 다니면서 〈남자들을 연구〉하세요!」

나는 키티를 바라보며 눈을 끔벅였고, 키티는 애매한 표정으로 웃어 보였다. 「남자를 연구하라고요?」 키티가 말했다.

「남자들을 〈면밀히〉 조사하세요!」 블리스 씨가 커틀릿 조각을 썰며 말했다. 「남자들의 특징, 사소한 버릇, 틀에 박힌 행동, 걸음걸이를 잡아내세요. 이력은 어떠한가? 비밀은 무엇인가? 야망이 있는가? 꿈과 희망은 있는가? 헤어진 애인이 있는가? 아니면 그저 발이 아프고 배가 고플 뿐인가?」 블리스 씨는 포크를 흔들었다. 「당신은 그것을 알아야만 합니다. 그리고 그걸 그대로 베껴 와 당신 관객들에게 보여 줘야 합니다.」

「당신 말은, 그러니까, 키티의 연기를 바꾸라는 건가요?」 무슨 말인지 알아듣지 못한 내가 물었다.

「제 말 뜻은, 애슬리 양, 키티의 레퍼토리를 늘려야 한다는 겁니다. 키티의 매셔 역은 아주 멋집니다. 그러나 라벤더색 장갑을 끼고는 벌링턴 아케이드를 영원히 걸을 수 없습니다.」 블리스 씨는 다시 키티를 보다가 냅킨으로 입을 닦고 좀 더 속내를 털어놓는 듯한 목소리로 말했다. 「경찰 재킷을 어떻게 생각하나요? 아니면 선원 블라우스는요? 페그톱 바지[26]나 진주조개 단추가 달린 외투는요?」 블리스 씨는 내 쪽을 보았다. 「한번 상상해 보세요, 애슬리 양. 지금 이 순간에도 멋진 남성들이 입는 온갖 종류의 옷들이 의상업자의 바구니 속에서 축 늘어져 오로지 키티

26 위는 넓고 밑은 좁은 팽이 모양 바지.

버틀러가 입고 생명을 부여해 주길 기다리고만 있다는 걸요! 저 멋진 천들을 한번 상상해 보십시오. 상앗빛 소모사, 물결치는 실크, 심홍색 벨벳과 진홍색 셜룬을요. 재단사 가위가 싹둑거리는 소리를, 침모의 바느질 소리를 들어 보십시오. 키티의 성공을, 선원, 행상인, 또는 왕자 차림을 한 키티의 성공을요…….」

블리스 씨는 마침내 말을 멈췄고, 키티는 싱긋 웃었다. 「블리스 씨, 저는 당신이 외팔 남자를 설득해 저글링 묘기를 시킬 수도 있겠다는 생각이 드는군요.」 키티가 말했다.

블리스 씨는 껄껄거리며 손으로 식탁을 쳤고, 그 바람에 나이프와 포크들이 덜거덕거렸다. 나중에 나는 블리스 씨가 관리하는 배우 가운데 외팔 저글링 묘기꾼이 있으며, 〈제2의 친쿠에발리.[27] 수용 능력은 반, 기술은 두 배!〉라는 제목으로 공연을 하며 대성공을 거두었다는 걸 알게 되었다.

모두 블리스 씨가 약속하고 지시한 대로 이루어졌다. 블리스 씨는 우리를 의상업자와 재단사에게 보냈고, 키티에게 열 벌 정도 되는 서로 다른 종류의 남자 옷을 맞춰 주었다. 옷이 완성되자 우리를 사진사에게 보냈고, 그곳에서 키티가 경찰 호루라기를 입에 물고 있거나 어깨에 라이플이나 선원용 밧줄을 걸친 사진을 찍게 했다. 블리스 씨는 각 의상에 맞는 노래를 찾아낸 뒤 몸소 지네브라 로드에 있는 하숙집으로 와 덴디 부인의 음정이 안 맞는 무시무시하게 낡은 피아노로 연주를 하며 키티에게 불러 보게 했으며, 나머지 우리는 노래를 들으며 곡과 내용이 어떤지 생각해 보았다. 무엇보다 중요한 건 블리스 씨가 혹스턴, 포플라, 킬번, 보우에 있는 연예장에서 계약을 따냈다는 점이었다. 보름이 채 되지 않아 런던에서 키티의 활동은 꽤 순조롭게 진행

27 19세기 폴란드 태생의 저글링 묘기꾼.

되었다. 이제 키티는 스타에서 공연이 끝나고 나서도 보통 여자들이 입는 옷으로 갈아입지 않았다. 대신 나는 키티의 외투와 바구니를 준비해 들고 서 있었고, 키티가 각광으로부터 빠져나오면 함께 무대 문으로 달려가 그곳에서 기다리고 있는 마차를 타고 요란스러운 소리를 내며 도시의 교통을 뚫고 가다 서다를 반복하며 다음 극장으로 향했다. 이제 키티는 공연 내내 한 가지 옷만 입는 대신 서너 벌을 갈아입었다. 그리고 나는 정말로 키티의 의상 담당이 되었고, 오케스트라가 노래와 노래 사이에 간주를 연주하고 관객들은 반은 기대에 차서 또 반은 키티가 어서 다시 나오길 바라는 마음에 조바심을 내며 기다리는 동안 키티를 도와 단추와 커프스단추를 끌렀다.

물론, 이제 우리는 퍽 이상한 시간대를 살았다. 키티는 연예장 두서너 곳에서 밤 공연을 했으며, 일과를 마치고 지네브라 로드로 돌아오면 12시 반이나 1시 정도 되어 우리 몸은 지치고 쑤셨으나, 달빛을 받으며 도시를 가로지르고 분장실과 무대 옆에서 초조히 기다리던 느낌 그대로 여전히 마음이 들뜨고 몸이 짜릿했다. 집에 돌아오면 우리와 마찬가지로 얼굴이 발개져 들뜬 심스와 퍼시, 투시와 투시의 남녀 친구들이 덴디 부인의 부엌에 모여 차와 코코아, 웨일스 래빗,[28] 팬케이크를 먹곤 했다. 그리고 덴디 부인이 나타나(극장에서 일하는 사람들을 대상으로 하숙을 시작한 지 무척 오래되었기 때문에 이제 부인 자신도 극장 시간에 맞춰 살고 있었다) 카드 게임을 하거나 노래를 부르거나 춤을 추자고 제안하곤 했다. 얼마 지나지 않아 모두 내가 노래 부르는 걸 좋아하고 목소리가 예쁘다는 사실을 알게 되었으며, 그래서 가끔 나는 키티와 함께 한두 곡 정도 합창을 하곤 했다. 이제 나는 3시가 되어야 잠자리에 들었으며 9시나 10시 정도에

28 녹인 치즈를 토스트에 부은 음식.

깨어났다. 예전 윗스터블에서의 습관은 아주 빠르고 완전하게 잊어버렸다.

당연히 나는 고향 집이나 가족을 잊지 않았다. 말했듯이 나는 가족에게 카드를 보냈다. 키티 공연의 벽보와 극장에서 들은 이야기를 적어 보냈다. 가족은 내게 편지와 작은 소포들을 보냈다. 그리고 물론 굴이 든 통도 있었다. 나는 그것을 덴디 부인에게 주었고, 우리 모두 저녁 식사에 굴을 먹었다. 그러나 점차 집으로 편지를 보내는 횟수가 뜸해졌으며, 집에서 보낸 선물과 카드에 대해 쓰는 답장도 무척 늦어지고 내용도 간단해졌다. 〈언제 우리를 보러 올 거니?〉 집에서 보내는 편지 끝에는 이렇게 적혀 있곤 했다. 〈윗스터블에 언제 올 거니?〉 그러면 나는 이렇게 쓰곤 했다. 〈곧, 곧…….〉 또는 〈제가 잠시 자리를 떠도 키티가 괜찮을 때요…….〉

그러나 키티는 절대 나 없이 지낼 수 없었다. 몇 주가 지나고 계절이 바뀌었다. 밤은 길어지고 어두워지고 추워졌다. 내 마음속에서 윗스터블이 빛을 잃은 것은 아니었으나 다른 것이 던지는 그림자에 가려졌다. 내가 아버지, 어머니, 앨리스, 데이비, 사촌들 생각을 안 한 건 아니다. 단지 키티와 새로운 내 삶에 대해 더 생각했을 뿐이다. 조금 더…….

생각해야 할 것들이 무척이나 많았기 때문이다. 나는 키티의 의상 담당자이자 친구이자 조언자이자 모든 일의 동반자였다. 키티가 노래를 배울 때면 나는 악보를 들고 있다가 더듬거릴 때 즉시 가사를 알려 주었다. 재단사가 키티 옷을 맞출 때면 지켜보다가 고개를 끄덕이거나 만약 재단이 잘못되었으면 고개를 저었다. 멋쟁이 블리스 씨(아니 이제는 〈월터〉라고 불러야 하겠다. 우리가 월터에게 〈키티〉나 〈낸〉인 것처럼 그 사람도 우리에게 〈월터〉가 되었다)의 안내를 받아 조언대로 가게와 시장과 역들을 다니며 〈남자들을 연구〉할 때 나도 키티와 함께했다. 우리는 경찰이 걷는 모습, 행상들의 지친 발걸음, 휴가 나온 군인들의 경쾌한 걸음걸이를 함께 배웠다.

그렇게 하면서 우리는 제멋대로인 런던의 방식과 관례를 배우는 듯했다. 마침내 키티에 대해 편해진 것처럼 런던 역시 편해졌고, 그러면서 나는 끝없이 매혹되고 반해 갔다. 우리는 크고 아름다운 공원과 정원들을 산책했다. 그곳들은 흙먼지가 풀풀 날리는데도 기묘할 정도로 신록이 푸르렀으며, 그럼에도 질러갈 수 있는 포장도로도 약간 있었다. 우리는 웨스트엔드를 거닐었다. 우리는 함께 앉아 모든 멋진 광경들을 보았다. 궁전, 기념비, 미술관처럼 웅장하고 사람들 입에 오르내리는 유명한 곳뿐 아니라 마차가 뒤집히는 광경, 뱀장어 수레에서 뱀장어가 도망치는 모습, 소매치기 장면, 들치기하는 장면 따위의 더 사소하고 금세 사라지는 것들도 보았다.

우리는 템스강도 갔다. 런던 브리지와 배터시 브리지 그리고 그 사이에 있는 모든 다리에 가봤다. 단지 그 아래로 흐르는 크고 악취 나는 너른 강물을 바라보며 감탄하기 위해서였다. 템스강은 어귀에서 넓어져 내가 자란 상냥하고 깨끗한 굴의 산지가 되었다. 램버스 브리지 아래로 유람선이 지나가는 모습을 지켜보고 있노라니 약간 이상한 전율이 들었다. 강물은 고동치는 대도시에서 유순하고 단순한 윗스터블로 흐르지만 나는 강물의 흐름에 거슬러 간다는 생각이 들었기 때문이다. 켄트에서 생선을 싣고 오는 너벅선들을 보아도 나는 그저 싱긋 웃을 뿐이었다. 전혀 향수에 젖지 않았다. 그리고 선원들이 다시 강을 따라 돌아갈 때도 전혀 부럽지 않았다.

우리가 거닐면서 경치를 보고 좀 더 자매처럼 친밀해지고 만족하는 사이, 한 해의 끝이 다가왔다. 우리는 계속 무대 일을 했고, 키티는 점차 성공하기 시작했다. 이제 월터가 따오는 계약은 바로 전 것보다 기간이 더 길었고 조건도 후했다. 키티는 곧 예약이 꽉 찼기에 들어오는 제안을 거절하는 단계가 되었다. 이제 키티에게는 팬들이 생겼다. 신사들은 키티에게 꽃을 보내고 식사에 초대했고(내게는 다행스럽게도, 키티는 이런 제안을 받으면 웃으며 거절했다), 남자아이들은 키티의 사진을 원했으며, 여자아이들은 무대 문에서 기다리며 키티가 얼마나 아름다운지 말했다. 나는 그런 여자아이들을 보면 가엾어하며 응원을 해야 할지 아니면 겁을 내야 할지 분간이 안 갔다. 그 아이들은 나와 무척이나 닮았으며 언제라도 그 아이들과 내 위치가 바뀔 수 있다는 생각이 들었기 때문이다.

그러나 이 모든 과정에서도, 키티는 자신이 원했던 위치, 월터가 약속했던 위치, 스타의 지위에는 오르지 못했다. 키티가 일하는 연예장들은 여전히 변두리의 극장들과 이스트엔드의 고급 극장들뿐이었다(그리고 한두 번 정도는 그리 좋지 못한 곳에서 공연을 했다. 포리스터스와 세브라이트에서 관객들은 자기 맘에 들지 않는 공연에 부츠와 먹다 남은 족발 뼈를 던졌다). 키티의 이름은 많이 유명해지지 않았으며 극장 게시판에 큰 글씨로 붙지도 않았다. 거리에서 키티의 노래를 콧노래나 휘파람으로 부르는 이도 없었다. 월터의 말에 따르면 문제는 키티가 아니라 키티 공연의 성격에 있었다. 키티에게는 경쟁 상대가 너무나 많았다. 한때 접시돌리기 기술만큼이나 전문적이었던 남장 배우가 돌연 설명할 수 없을 정도로 몹시 많아진 것이다.

「왜 요즘 젊은 숙녀들은 무대에 설 때면 꼭 바지 입는 일을 하고 싶어 하는 걸까요?」 또 다른 남장 배우가 런던 근교에 있는 극장에서 데뷔를 하자 월터가 분통을 터뜨리며 우리에게 물었다. 「왜 이루 말할 수 없을 정도로 인기를 끌던 여자 코미디언이며 배우가 모두 돌연 공연 레퍼토리를 바꿔 나팔바지를 입고 혼파이프[29]를 추는 걸까요? 키티, 당신은 남자 역을 하기 위해 태어났고 어떤 바보라도 그걸 알 수 있어요. 당신이 적당한 무대에서 여자 역을 맡는다면 로잘린드나 비올라나 포셔 역을 할 수 있어요. 그러나 패니 레슬리, 패니 로비나, 베시 본힐, 밀리 힐턴, 이런 싸구려 남장 배우들이 턱시도를 입은 꼴은 내가 크리놀린[30]을 입거나 허리받이[31]를 댄 것처럼 어색하단 말입니다. 그것 때문에 저는 〈열불〉이 납니다.」 월터는 우리의 작은 거실에 앉아 있었고, 이 말을 하며 앉아 있던 의자 손잡이를 내리쳤기에 낡은 솔기가 방귀를 뀌며 털과 먼지를 날렸다. 「우리가 계약해야 할 곳을 당신의 10분의 1 정도 재능밖에 없는 여자들이 차지하고 있는 모습을 보면 열불이 납니다. 그리고 더 나쁜 건, 명성까지 차지하고 있다는 겁니다!」 월터는 일어서더니 양손을 키티의 어깨에 댔다. 「당신은 스타덤에 오르기 〈직전〉에 있어요.」 월터는 말을 하며 키티를 약간 밀었고, 키티는 넘어지지 않기 위해 월터의 팔을 잡았다. 「그 마지막 문턱을 넘어갈 추진력을 줄 무엇인가가, 〈무엇인가〉가 분명 있을 겁니다. 짜증 나는 애송이들과 당신을 구별할 수 있도록 당신 연기에 더할 만한 무엇인가가 있을 거라고요!」

그러나 아무리 열심히 노력해도 우리는 방법을 찾을 수 없었다. 그리고 그사이 키티는 이슬링턴, 메릴본, 배터시, 페컴, 해크니 같은 레스터 광장 주변의 품위가 좀 떨어지는 곳에 있는 덜

29 17세기 후반부터 영국에서 추기 시작한 춤. 여자들은 땀을 흘리는 것이 우아하지 않다고 생각해 이 춤을 추지 않았다.

30 치마를 부풀리기 위해 입었던 페티코트.

31 여성의 치마 뒤를 불룩하게 하기 위해 허리에 댄 것.

유명한 극장들에서 계속 공연을 하고 밤마다 연예장에서 연예장으로 옮겨 다니며 웨스트엔드를 가로질렀지만, 월터와 키티가 꿈꾸었던 궁전들, 알함브라와 엠파이어에는 절대 들어가지 못했다.

솔직히 말해 나는 별로 개의치 않았다. 키티를 생각하자면, 새로 런던에서 시작한 일이 원했던 만큼 잘 풀리지 않아서 나도 유감이었다. 그러나 또한 나는 내심 마음이 놓였다. 나는 키티가 얼마나 아름답고 매력 있고 사랑스러운지 알았고 월터처럼 나 역시 그런 키티의 모습을 세상이 알았으면 좋겠다는 바람이 어느 정도는 있었지만, 그보다는 나 혼자만 비밀리에 키티를 알고 싶다는 마음이 더 컸다. 키티가 정말로 유명해지면 키티를 잃어버릴 거라고 확신했기 때문이다. 나는 키티의 팬들이 꽃을 보내거나 무대 문에서 사진을 찍거나 키스를 하기 위해 모여서 아우성치는 게 싫었다. 더 유명해지면 꽃을 〈더〉 많이 받을 것이고 키스도 〈더〉 많이 할 것이고……. 그리고 나는 키티가 계속해서 신사들의 초대를 웃어넘기지는 못할 것이며 자기를 흠모하는 여자아이들 가운데 한 명을 어느 날 나보다 더 좋아하게 되리라 생각했다.

키티가 유명해지면 돈도 더 벌게 될 터였다. 그러면 집을 사게 되고, 지네브라 로드 그리고 우리가 새로 사귄 친구들을 떠날 터였다. 우리 작은 거실을 떠날 터였다. 우리 침대를 떠나 각방을 쓸 터였다. 그런 건 생각만 해도 견딜 수가 없었다. 나는 마침내 키티가 내 옆에서 자는 데 익숙해진 터였다. 키티가 나를 만져도 더는 떨거나 뻣뻣이 굳거나 어색하지 않았으며, 대신 키티의 품에 안겨 키티의 키스를 정숙하고 차분히 받아들였으며 어떤 경우에는 그 키스에 답을 하기도 했다. 눈을 떴을 때 새벽의 옅은 회색빛 속에 그림자가 드리운 키티의 고요한 얼굴이 보여도 더는 경이에 차 숨을 멈추지 않았다. 나는 키티가 씻거나 잠옷으로 갈아입기 위해 벗은 모습을 보았다. 나는 키티의 몸이 내 몸처럼 익숙했다. 아니, 사실은 내 몸보다 더 익숙했다. 키티의 머리, 목, 손목, 등, 팔다리(빵처럼 부드럽고 토실토실하고 주근깨가 나 있었다), 피부(아름답고 우아했으며 몸에 완벽하게 맞도록 재단한 멋진 정장을 입은 듯했다)는 내 머리, 목, 손목 등등보다 훨씬 더 사랑스럽고 훨씬 더 황홀했기 때문이다.

그랬다, 나는 단 한 가지도 바뀌지 않기를 바랐다. 심지어 월터에 대해 꽤 당황할 만한 사실을 알게 되었어도 마찬가지였다.

당연히 우리는 월터와 많은 시간을 함께 보냈다. 덴디 부인의 피아노를 치며 노래를 부르거나 공연이 끝난 뒤 같이 저녁을 먹었으며, 우리는 월터를 키티의 매니저라기보다는 친구로 여기기 시작했다. 시간이 흐르면서 우리는 평일뿐 아니라 일요일도 월터와 함께 보내게 되었다. 결국 월터와 일요일을 함께 보내는 건 예외적인 경우가 아니라 당연한 일이 되었으며, 우리는 지네브라 로드에 월터의 사륜마차가 덜거덕거리는 소리를, 부츠가 다락방 계단을 쿵쾅거리는 소리를, 월터가 거실 문을 두드리는 소리를, 바보 같고 도를 지나친 인사를 듣기 시작했다. 월터는 뉴스와 소문을 조금씩 가져오곤 했다. 우리는 사륜마차를 타고 중심가 아니면 교외로 가곤 했다. 우리는 함께 거닐었다. 커다란 한쪽 팔에는 키티의 팔, 다른 팔에는 내 팔을 끼고 걷는 월터는 조카딸을 뽐내는 삼촌처럼 요란하고 활기차고 상냥했다.

어느 날 아침 키티와 심스와 퍼시와 투시 옆에서 아침 식사를 할 때까지, 나는 아무 생각 없이 그런 일이 즐겁다고만 생각했다. 일요일이었고, 키티와 나는 꽤 늦은 참이었다. 우리가 누구 때문에 그렇게 서두르는지 들은 심스가 외쳤다. 「이런, 월터가 당신에게 뭔가 놀랄 만한 걸 기대하는 거예요! 제가 알기로 월터는 이전까지 자기 배우와 그렇게 많은 시간을 보낸 적이 한 번도 없어요. 모두들 월터가 당신 남자 친구라고 생각할 거예요!」 심스는 악의 없이 말했지만 심스의 말을 들은 투시가 웃으며 퍼시를 힐긋 보는 모습이 보였고, 더 불쾌한 건(!) 키티가 얼굴을 붉히며 고개를 돌린 것이다. 그리고 그 순간 나는 나만 빼고 모두가 그 사실을 알고 있었다는 걸 깨달았으며, 왜 더 일찍 그 생각을 하지 못했을까 저주를 했다. 반 시간 뒤, 거실 문을 들어선 월터가 키티에게 번쩍이는 빰을 들이밀며 외쳤다. 「키스해 주세요, 케이트!」[32] 나는 웃지 않고 입술만 잘근거리며 생각에 잠겼다.

월터는 키티를 조금 사랑했다. 어쩌면 사실은 조금 이상일 터였다. 나는 이제 보았다. 월터가 가끔씩 축축한 시선으로 키티를 돌아보는 모습을, 그리고 어색하게 곁눈질을 했다가 서둘러 시선을 돌리는 모습을. 나는 월터가 키티의 손에 키스하거나 소매를 잡아당기거나 아니면 키티의 가녀린 어깨에 욕망이 실린 뭉뚝하고 묵직한 손을 얹어 보기 위해 온갖 바보 같은 기회를 만드는 걸 보았다. 월터가 키티를 부를 때면 목소리가 억눌리거나 쉬는 것을 알아차렸다. 나는 이제 이 모든 걸 보고 들었다. 왜냐하면(바로 이 때문에 이전까지 나는 장님에 귀머거리였던 것이다!), 왜냐하면 월터의 열정은 바로 내가 품고 있는 것과 같은 열정이었기 때문이다. 나는 그런 열정에 대해 오랫동안 별것 아니며 올바르다고 생각하는 데 익숙해졌던 것이다.

나는 거의 월터에게 동정이 갈 지경이었다. 월터를 거의 사랑할 지경이었다. 월터가 싫지 않았다. 설령 월터를 싫어했다 할지라도 그것은 자기의 불완전한 모습을 소름 끼칠 정도로 정확히 비춰 주는 거울을 싫어하는 것일 따름이었다. 또한 우리가 거닐거나 키티와 어딘가를 갈 때 월터가 함께 있는 것이 이제는 화가

32 셰익스피어의 희극 「말괄량이 길들이기」에 나오는 대사.

나지 않기 시작했다. 월터는 일종의 내 맞수였다. 그러나 좀 묘하긴 하지만 월터와 함께 키티를 사랑하는 것이 아예 키티가 없는 것보다 나을 수도 있다는 생각이 들었다. 월터의 존재는 월터가 그러하듯 나 역시도 대담하고 즐겁고 감상적이 될 수 있는, 키티를 숭배하는 〈척〉할 수 있는(이는 진심으로 키티를 숭배하는 것과 거의 비슷할 정도로 좋았다) 허가증이 되었다.

하지만 나는 키티를 잡고 싶었으나 여전히 두려웠다(내가 말했듯이, 월터가 나와 같은 감정을 느낀다는 건 내 침묵과 사랑 둘 다 당연하고 온당하다는 걸 보여 줄 뿐이었다). 키티는 〈스타〉, 즉 내 개인의 별이었고, 월터와 마찬가지로 나 역시 키티에게서 멀찌감치 떨어져 고된 궤도를 벗어나지 않고 영원히 도는 것으로 만족할 수 있으리라 여겼다.

나는 우리 둘이 얼마나 빨리 서로 충돌할지, 그리고 그 충돌이 얼마나 극적일지 알지 못했다.

이제 12월이었다. 무덥던 8월에 필적할 정도로 추운 12월이었으며, 너무나 추워서 우리가 사는 덴디 부인 집의 작은 채광창에는 두꺼운 얼음이 한 번에 며칠씩 얼어 있었다. 너무나 추웠기에 아침에 일어나면 입김이 연기처럼 회색으로 나왔고, 침대에서 나오지 않고 시트 아래에서 페티코트를 입어야 했다.

윗스터블 집에서는 추위를 싫어했다. 트롤선에서 일하는 게 훨씬 더 어려워지기 때문이다. 어느 1월 저녁 데이비 오빠가 거실 벽난로 앞에 앉아 얼어붙고 튼 손과 동상 걸린 발을 녹이는 동안 고통 때문에, 정말로 고통 때문에 흐느끼던 모습을 나는 기억한다. 겨울 굴을 몇 양동이고 계속해 만지고 차가운 바닷물에서 생선을 꺼내 따뜻한 수프에 넣을 때 손가락이 아프던 걸 기억한다.

그러나 덴디 부인의 집에서는 모두가 겨울을 좋아했다. 그리고 추우면 추울수록 더 좋다고들 했다. 서리와 매서운 바람 때문에 극장에 사람이 가득 차기 때문이다. 많은 런던 시민들에게 연예장 표 값은 석탄 한 통보다 쌌으며, 설사 싸지 않다 하더라도 연예장에 오는 편이 더 재미있었다. 스타나 패러건 극장에 가서 이웃들과 함께 발을 구르고 손뼉을 칠 수 있는 데다 마리 로이드[33]까지 볼 수 있는데 왜 비참한 자기 거실에서 홀로 추위를 이기기 위해 발을 구르고 손을 마주치겠는가? 아주 추운 날이면 연예장은 우는 아기로 가득했다. 아기 엄마들은 축축하고 외풍 심한 요람에서 아기를 재우느니(어쩌면 죽을 수도 있었다) 연예장에 아기를 데려오는 쪽을 택했다.

그러나 그해 겨울 덴디 부인의 집에 있던 우리는 추위에 떠는 아이들에 대해 그리 걱정하지 않았다. 우리는 마냥 기뻤고 다른 일에는 아무 관심이 없었다. 표가 잘 팔렸고 우리 모두 일을 했으며 전보다 조금씩 더 부자가 되었기 때문이다. 12월 초 키티는 메릴본에 있는 연예장과 계약을 했으며, 그달 내내 밤마다 두 번씩 공연을 했다. 공연을 하기 위해 황급히 런던을 가로지르는 대신 공연과 공연 사이에 출연자 대기실에서 잡담을 하며 앉아 있는 것은 아주 즐거웠다. 그리고 다른 배우들(저글링 묘기 공연단, 마술사 한 명, 익살 가수 두셋, 난쟁이 부부 〈티니 위니스〉)은 모두 우리처럼 상냥했고 아주 즐거운 친구가 되어 주었다.

공연은 크리스마스에 끝났다. 아마도 나는 연휴를 윗스터블에서 보내야 했을 터였다. 내가 가지 않으면 부모님이 실망하리라는 것을 알고 있었기 때문이다. 그러나 나는 고향에서 맞는 크리스마스 저녁 식사가 어떨지도 알았다. 식탁에는 스무 명 정도 되는 사촌들이 둘러앉아 모두들 다른 아이 접시에서 칠면조 조

33 빅토리아 시대 영국의 연예장 가수.

각을 빼앗으며 한꺼번에 떠들 터였다. 너무나 소란스럽고 요란하기 때문에 가족이 나를 그리워할 짬은 없으리라. 그리고 나는 내가 가족을 만나러 가면 키티가 나를 그리워하리라는 것을 알았다. 나 역시 키티를 지독히 그리워할 것이며 따라서 모두가 즐거워야 할 특별한 날을 비참하게 만들 뿐이었다. 그래서 키티와 나는 덴디 부인 집에 함께 있으면서(언제나처럼 월터도 같이 있었다) 거위를 먹고 샴페인과 페일에일로 축배를 거듭했다.

당연히 선물이 있었다. 집에서 온 선물에는 일전에 내게 보냈으나 돈을 받는다는 게 부끄럽다는 생각에 내가 받지 않고 돌려보냈던 빳빳한 소액권들을 어머니가 다시 보낸 것도 포함되어 있었다. 월터의 선물도 있었다(키티에게는 브로치를, 내게는 머리핀을 주었다). 나는 윗스터블에 소포를 보냈으며 덴디 부인에게도 선물을 주었다. 그리고 키티에게는 내가 찾아낼 수 있었던 가장 예쁜 선물을 주었다. 진주였다. 흠 하나 없는 진주알이 은 받침에 놓여 있고 그 은 받침이 사슬에 연결된 목걸이였다. 지금까지 내가 샀던 그 어떤 선물보다 열 배는 비쌌으며, 나는 선물을 건네며 손이 떨렸다. 내가 덴디 부인에게 목걸이를 보여 주자 부인은 얼굴을 찡그렸다. 「진주는 눈물을 뜻하는데.」 부인은 이렇게 말하며 고개를 저었다. 부인은 미신을 잘 믿었다. 그러나 키티는 목걸이가 아름답다고 생각했으며 받은 즉시 내게 걸어 달라고 했고, 거울을 쥐고 목에서, 아름다운 목 아랫부분 움푹한 곳에서 진주가 흔들리는 모습을 지켜보았다. 「절대 벗지 않을 거예요.」 키티가 말했다. 그리고 키티는 절대 목걸이를 벗지 않고 늘 하고 다녔다. 심지어 넥타이나 스카프를 하고 무대에 설 때도 그 아래 목걸이를 했다.

물론 키티도 내게 선물을 주었다. 선물은 리본 장식한 상자 속 부드러운 종이에 싸여 있었고, 펼쳐 보니 드레스였다. 내가 가져

본 가장 예쁜 드레스로, 허리에는 크림색 새틴 장식 띠가 있고 가슴과 그 가장자리에는 레이스가 많이 달린 길고 좁은 모양의 짙푸른 이브닝드레스였다. 포장지에서 드레스를 꺼내 들고 거울 앞에서 대보았을 때, 나는 무척 놀라 고개를 설레설레 흔들었다. 「아름다워요.」 내가 키티에게 말했다. 「그러나 어떻게 제가 이걸 입겠어요? 이건 지나치게 세련되었어요. 무르세요, 키티. 너무 비싸요.」

그러나 내가 옷을 다루는 모습을 빛나는 갈색 눈으로 보고 있던 키티는 어색해하는 내 모습에 그냥 소리 내어 웃을 뿐이었다. 「말도 안 돼요!」 키티가 말했다. 「이제 멋진 프록을 입기 시작할 나이예요. 집에서 가져온 그 낡고 끔찍한 학생용 옷 같은 거 말고요. 제게는 멋진 옷들이 있어요. 그러니 당신도 그래야죠. 우리가 그럴 여유가 된다는 건 하느님도 아세요. 그리고 그 옷은 어쨌든 무를 수 없는 거예요. 오직 당신만을 위해 만들었거든요. 신데렐라의 신발처럼요. 그래서 다른 사람들은 크기가 안 맞아 입을 수가 없어요.」

나를 위해 만들었다고? 그건 더욱 안 좋았다! 내가 말했다. 「키티, 정말로 안 돼요. 이 옷을 입으면 절대로 편하지 않을 거예요…….」

「입어야 해요.」 키티가 말했다. 키티는 내가 방금 전 걸어 준 진주를 가리키고는 고개를 돌렸다. 「게다가 이제 저는 잘하고 있어요. 제 의상 담당자가 계속 자기 언니가 입다 물려준 옷을 입고 다니게 할 수는 없어요. 그럴 순 없지요, 안 그래요?」 키티는 가볍게 말했으나 키티의 말을 듣는 순간 나는 그 말이 진심인 것을 알았다. 나는 이제 수입이 있었다. 나는 키티에게 진주와 목걸이를 선물하기 위해 두 주치 임금을 썼다. 그러나 나는 자신을 위해 돈 쓰는 데는 여전히 윗스터블식의 결벽증을 보였다. 이제 키티가 나를 늘 촌스럽게 여겨 왔다고 생각하니 얼굴이 화끈했다.

그래서 나는 키티를 위해 그 드레스를 받기로 했다. 그리고 며칠 뒤 밤에 처음으로 그 드레스를 입었다. 파티를 위해서였다. 우리가 그토록 행복한 한 달을 보냈던 메릴본 극장에서 시즌 마감 파티가 열렸다. 아주 호화로운 행사가 될 예정이었다. 키티는 그 파티를 위해 새로운 프록을 샀다. 장미 봉오리 가운데처럼 따뜻한 분홍색 차이나 새틴으로 만든, 목 부분이 깊이 패고 소매가 짧은 예쁜 가운이었다. 나는 키티가 가운을 입도록 들고 있었고, 단추 채우는 것을 도왔다. 그리고 장갑을 끼는 모습을 지켜보았다. 그 내내 키티의 아름다움에 몸이 아려 왔다. 홍조를 띤 새틴 덕분에 키티의 붉은 입술은 더욱 붉게, 목은 더욱 하얗게, 눈과 머리털은 더욱 풍성하고 진한 갈색으로 보였다. 키티는 내가 선물한 진주와 월터가 선물한 브로치 말고 다른 보석은 걸치지 않았다. 둘은 서로 전혀 어울리지 않았다. 브로치는 호박으로 만든 것이었다. 그러나 나는 키티가 무엇을 걸치든, 목에 병뚜껑 목걸이를 해도 여전히 왕비처럼 보일 거라고 생각했다.

키티의 단추를 채우는 것을 돕느라 정작 나는 옷을 입는 게 늦었다. 나는 키티에게 먼저 내려가 있으라고 말했다. 키티가 먼저 내려가고, 나는 키티가 선물해 준 예쁜 가운을 입은 뒤 거울로 다가가 내 모습을 살펴보았다. 그리고 비친 모습을 보고 얼굴을 찡그렸다. 드레스를 입은 모습이 평소와 너무나 달라 보여 무슨 변장을 한 듯했다. 어스름 속에서 드레스는 자정처럼 어두웠다. 드레스 위로 보이는 내 눈은 진짜보다 더 푸르게 보였으며, 머리털은 옅어 보였고, 긴 치마와 장식 띠 덕분에 평소보다 더 키가 크고 날씬해 보였다. 나는 분홍색 프록을 입은 키티와 전혀 다르게 보였다. 장난삼아 누나의 무도회 드레스를 입어 본 남자

아이에 더 가까워 보였다. 나는 머리를 풀었다가 다시 땋았다. 그리고 머리를 묶어 말 시간이 없었기에 매듭을 지어 뒤통수에 붙인 뒤 빗으로 고정했다. 시뇽[34] 때문에 턱 선과 광대뼈 선이 강조되고 넓은 어깨가 더 넓어 보인다는 생각이 들었다. 나는 다시 얼굴을 찡그리고 거울에서 시선을 떼었다. 당장은 달리 방법이 없었으며 키티가 내 옆에 있으면 더 우아해 보이는 장점이 있으리라고 생각했다.

나는 키티가 있는 아래층으로 내려갔다. 거실 문을 열고 들어섰을 때 키티는 다른 사람들과 이야기를 하고 있었다. 모두 아직 저녁 식사 중이었다. 투시가 나를 맨 처음으로 보았다. 그리고 옆에 있는 퍼시를 쿡 찌른 모양이었다. 퍼시가 접시에서 고개를 들고 보더니 휘파람을 불었기 때문이다. 이윽고 심스가 내 쪽을 보았고, 포크 가득 뜬 음식을 입으로 가져가다 말고 손을 멈추고는 마치 처음 본 사람 같은 눈으로 나를 보았다. 덴디 부인은 눈을 가늘게 뜨고 나를 보다가 엄청나게 기침을 해댔다. 「와, 낸시!」 부인이 말했다. 「몰라봤어요! 아주 아름다운 숙녀가 되었군요. 바로 우리 코앞에서 말이에요!」

그 순간 키티가 고개를 돌려 나를 보았다. 그리고 잠깐 동안, 키티는 나를 처음 보는 사람처럼 어리둥절하고 혼란스러운 표정을 지었다. 그 순간 누구의 뺨이 더 붉어졌는지, 키티인지 나인지 모르겠다.

이윽고 키티가 살짝 웃음을 머금었다. 「아주 멋진걸요.」 그러나 키티는 이렇게 말하고 시선을 돌렸다. 그래서 나는 드레스가 내가 예상했던 것보다도 더 어울리지 않는 모양이라는 처참한 생각을 하며 우울한 파티에 갈 준비를 했다.

그러나 파티는 우울하지 않았다. 즐겁고 기분 좋고 시끌벅적

34 여자 뒷머리를 땋아 붙인 쪽.

했으며 아주 사람이 많았다. 매니저는 우리 모두가 올라설 수 있도록 무대 끝부터 앞 좌석 끝까지 플랫폼을 만들어 두었고, 오케스트라를 고용해 릴[35]과 왈츠를 연주하게 했으며, 무대 옆쪽 탁자에는 빵과자와 젤리, 맥주 통, 펀치 그릇, 그리고 와인 병을 줄지어 세워 두었다.

키티와 나는 새 드레스에 많은 칭찬을 받았다. 특히 사람들은 내게 싱긋 웃어 보이며 감탄을 보냈다. 시끄러운 홀 건너편에서 사람들이 〈정말 멋지군요!〉라고 외쳐 댔다. 마술사의 조수로 일하는 여자는 내 손을 잡고 말했다.「세상에, 오늘 밤 당신은 완전히 다 컸군요. 몰라봤어요!」 덴디 부인이 한 시간 전에 했던 말 그대로였다. 나는 그 말에 감동을 받았다. 키티와 나는 저녁 내내 나란히 서 있었지만 자정이 어느 정도 지나서 키티는 샴페인 탁자에 모인 사람들에게 합류하기 위해 그쪽으로 갔고, 나는 다소 생각에 잠겨 뒤로 물러나 있었다. 나는 내가 다 컸다고 생각하는 데 익숙하지 않았지만, 푸른색과 크림색 새틴으로 된 레이스 달린 아름다운 프록을 입고 있으니 마침내 그렇다는 생각이 들기 시작했다. 그리고 정말로 〈다 컸다〉는 사실을 깨달았다. 나는 열여덟 살이었고, 아버지 집을 (아마도 영원히) 떠났으며, 생활비를 벌고, 런던에서 내가 사는 방의 집세를 냈다. 나는 객관적인 눈으로 나 자신을 살펴보았다. 진저비어라도 되는 양 와인을 홀짝이면서, 그리고 한때 그토록 나를 무섭게 했던 극단 직원들과 떠들고 장난치면서 자신을 살펴보았다. 오케스트라 단원으로부터 담배를 건네받아 불을 붙이고 만족스러운 한숨과 함께 빨아들이면서 자신을 살펴보았다. 키티가 옷을 갈아입는 동안 키티의 담배를 들고 있는 데 너무나 익숙해졌기에 흡연은 점차 습관으로 굳어졌다. 넉 달 전까지만해도 늘 분홍색이었고 굴

35 스코틀랜드의 춤곡.

통에 너무 자주 담근 탓에 물에 불어 쪼글쪼글했던 손가락들 반수가 이제는 너무 자주 담배를 피운 탓에 끝에 겨자가 묻은 것처럼 노랗게 물이 들었다.

담배를 건넸던 악단원(코넷을 연주하는 사람이었던 것 같다)이 넌지시 내게 한 걸음 다가왔다. 「당신은 매니저의 친구인가요?」 남자가 말했다. 「홀에서 본 적이 없군요.」

나는 소리 내어 웃었다. 「아니, 본 적이 있어요. 저는 낸시예요. 키티 버틀러의 의상 담당이요.」

남자는 눈썹을 치키더니 허리를 뒤로 젖히고 나를 위아래로 살펴보았다. 「와! 몰라봤어요. 난 당신을 그냥 어린애라고만 생각했는데. 하지만 여기서 보고는 여배우나 댄서인 줄로만 알았어요.」

나는 싱긋 웃으며 고개를 저었다. 남자가 잔에 든 음료를 마시고 콧수염을 닦는 동안 잠시 정적이 흘렀다. 「하지만 분명 춤을 잘 추겠죠? 안 그래요?」 이윽고 남자가 말했다. 「한 곡 어때요?」 남자는 무대 뒤편에 모여 왈츠를 추는 남녀들을 향해 고개를 끄덕였다.

「오, 아니요.」 내가 말했다. 「안 돼요. 샴페인을 너무 많이 마셨어요.」

남자가 소리 내어 웃었다. 「그러면 더욱 좋지요!」 남자는 잔을 옆에 놓고 입에는 담배를 물더니 두 손을 내 허리에 대고 번쩍 들었다. 나는 새된 소리를 질렀다. 남자는 광대처럼 왈츠 스텝을 대강 밟으며 몸을 회전하고 구부리기 시작했다. 내가 더 크게 웃고 새된 소리를 지를수록 남자는 더 빠르게 나를 돌렸다. 열 명 정도 되는 사람들이 우리 쪽을 보며 웃고 손뼉을 쳤다.

마침내 남자는 비틀거리며 거의 넘어질 뻔하더니 쿵 하며 나를 내려놓았다. 「자, 설마 제가 멋진 댄서가 아니라고는 말 못하겠죠.」 남자가 헐떡이며 말했다.
「멋진 댄서가 아니에요.」 내가 말했다. 나는 드레스 앞쪽이 이상한 걸 느꼈다. 「당신 때문에 머리가 어지럽고, 제 장식 띠가 망가졌어요!」
「고쳐 드리지요.」 남자가 다시 내 허리에 손을 뻗으며 말했다. 나는 날카롭게 소리를 지르며 남자 손아귀에서 한 발 물러섰다.
「아니, 됐어요! 이제 절 가만히 두셨으면 좋겠어요.」 이제 남자는 나를 꼭 잡더니 간지럼을 먹였고, 나는 깔깔거렸다. 나는 간지럼을 타면 간지럼을 태우는 사람을 좋아하든 아니든 늘 소리 내어 웃는다. 한동안 이런 식으로 내게 장난을 치던 남자는 마침내 나를 놔주고 오케스트라에 있는 동료들에게 돌아갔다.
다시 장식 띠를 만져 보았다. 그 남자 때문에 장식 띠가 망가졌을까 걱정이 되었지만 상태가 어떤지 제대로 살펴볼 수가 없었다. 나는 남은 샴페인을 단숨에 마시고(여섯 번째나 일곱 번째 잔이라고 기억한다) 무대에서 빠져나갔다. 우선 화장실에 갔다가 분장실이 있는 아래층으로 향했다. 오늘 밤 분장실은 단지 숙녀들이 외투를 놓게 할 목적으로 열려 있었으며, 춥고 텅 비고 꽤 어두침침했다. 그러나 분장실에는 거울이 있었다. 나는 거울 앞에 서서 눈을 가늘게 뜨고 드레스를 잡아당겨 매무새를 고쳤다.
그곳에 온 지 채 1분도 되지 않았을 때 뒤편 복도에서 발소리가 나더니 조용해졌다. 누구인지 보려고 고개를 돌려 보니 키티가 있었다. 키티는 문틀에 어깨를 기대고 팔짱을 낀 자세로 서 있었다. 키티는 보통 여자가 이브닝드레스를 입었을 때 서 있는 자세, 즉 평소 키티가 서 있던 자세가 아니었다. 키티는 바지를 입고 무대에 섰을 때의 다소 건방진 자세로 서 있었다. 얼굴은 나를 향해 있었고, 머리 타래나 부풀어 오른 가슴은 보이지 않았다. 키티의 뺨은 아주 창백했다. 치마에는 잔에서 넘쳐 떨어진 샴페인 얼룩이 나 있었다.

「건배, 키티.」 내가 말했다. 그러나 키티는 내 웃음에 함께 웃지 않은 채 오직 똑바로 나를 바라보기만 했다. 나는 애매하게 다시 거울로 시선을 돌려 계속해 장식 띠를 바로잡았다. 마침내 키티가 말을 하자 나는 키티가 꽤 취했다는 걸 바로 알아차렸다.

「뭔가 멋진 걸 본 모양이네요?」 키티가 말했다. 나는 놀라 다시 키티를 바라보았고, 키티가 방으로 한 발 들어섰다.

「뭐라고요?」

「〈뭔가 멋진 걸 본 모양이네요, 낸시?〉라고 말했어요. 오늘 밤 여기 있는 다른 사람들은 그랬거든요. 뭔가 눈길을 확 끌어당기는 것을 본 듯해요.」

나는 뭐라고 대답해야 할지 몰라 침만 삼켰다. 키티가 더 가까이 다가오더니 내게서 몇 걸음 떨어진 곳에서 멈추었고, 계속 냉정하고 거만한 시선으로 나를 노려보았다.

「그 호른 연주자랑 있을 때 보니까 아주 활기차더군요. 안 그래요?」 마침내 키티가 말했다.

나는 놀라 눈을 끔벅였다. 「우린 그냥 장난을 좀 친 것뿐이에요.」

「장난을 좀 쳤다고요? 그 남자 손이 당신 몸 곳곳을 더듬었다고요.」

「오, 키티, 아니에요!」 내 목소리는 거의 떨릴 지경이었다. 키티가 이토록 거칠게 나오는 모습을 보니 겁이 났다. 우리가 함께 지낸 지난 몇 달 동안 키티는 짜증을 내며 목소리를 높인 적이 한 번도 없었기에 나는 지금 키티의 태도가 믿기지 않았다.

「아니, 그랬어요.」 키티가 말했다. 「제가 보고 있었어요. 저랑 파티에 보인 사람들 반은 봤을 거예요. 이제 사람들이 당신을 뭐라고 부를지 짐작하겠죠, 안 그래요? 〈바람둥이 양〉.」

바람둥이! 이제 나는 울어야 할지 웃어야 할지 가늠할 수가 없었다.

「어떻게 그런 말을 할 수 있어요?」 내가 키티에게 물었다.

「사실이니까요.」 키티는 더욱 골을 내며 말했다. 「남자들 앞에서 그렇게 꼬리나 칠 줄 알았다면 이렇게 예쁜 드레스를 선물하지 않았을 거예요.」

「오!」 나는 비틀거리며 발을 굴렀다(나 역시 키티만큼이나 취해 있었던 듯하다). 「오!」 나는 더듬거리며 가운 목 언저리의 단추를 끄르기 시작했다. 「당신 생각이 그렇다면, 여기서 당장 이 빌어먹을 드레스를 벗어 돌려주겠어요!」 내가 말했다. 「그러면 되겠죠?」

그 말에 키티는 다시 한 걸음 다가와 내 팔을 잡았다. 「바보처럼 굴지 말아요.」 키티가 약간 나무라는 투로 말했다. 나는 키티의 팔을 떨쳐 내고 계속해 단추를 끌렀다. 소용없었다. 와인에 취하고 분노하고 놀라서 프록 단추를 끄르는 내 손이 지독할 정도로 덜덜 떨렸기 때문이다. 키티가 다시 나를 잡았다. 곧 우리는 거의 몸싸움을 하는 지경이 되었다.

「당신이 저를 바람둥이라고 부르게 두지 않을 거예요!」 키티와 몸싸움을 하며 내가 말했다. 「어떻게 저를 그런 식으로 부를 수 있죠? 어떻게 그럴 수가 있어요? 오! 만약 당신이 제 마음을 안다면…….」 나는 옷깃 뒷부분으로 손을 가져갔다. 키티의 손이 내 손을 따라왔고, 얼굴도 더 가까이 다가왔다. 그 모습을 보고 있노라니 나는 갑자기 정신이 아득해졌다. 나는 키티가 원하는 대로 키티의 동생이 되었다고 생각했다. 내 이상한 욕망을 혼내 잠재워 가뒀다고 생각했다. 하지만 이제 나는 오직 키티의 팔이 내 몸에 닿고, 키티의 손이 내 손에 닿고, 키티의 뜨거운 숨결이 내 뺨에 닿는 것만 느낄 수 있었다. 나는 키티를 잡았다. 내게서 떼어 놓기 위해서가 아니라 더 가까이 끌어당기기 위해서였다.

우리는 점차 몸싸움을 멈추고 차분해졌다. 우리는 숨이 가빴고 심장이 쿵쾅거렸다. 키티의 눈은 둥그렇고 석탄처럼 새카맸다. 키티의 손가락이 내 손을 떠나 목으로 다가왔다.

돌연 뒤편 복도에서 시끄러운 소리와 함께 발소리가 들렸다. 키티는 마치 총성이라도 들은 듯 깜짝 놀랐고, 아주 재빨리 대여섯 발짝 정도 뒤로 물러섰다. 어떤 여자가 문으로 들어섰다. 마술사의 조수인 에스더였다. 에스더는 창백했으며 무척이나 심상치 않은 표정을 지었다. 에스더가 말했다. 「키티, 낸. 큰일 났어요.」 에스더는 손수건을 꺼내 입을 막았다. 「방금 채링크로스 병원에서 남자들 몇이 왔어요. 걸리 서덜랜드가 그곳에 있대요.」 키티와 함께 캔터버리 궁전에서 공연을 한 익살 가수였다. 「그 사람들 말로는 걸리가 거기 있대요. 술에 취해 자살을 했대요!」

사실이었다. 이튿날 우리는 그 끔찍한 사건에 대해 자세히 들었다. 믿기지 않았지만 사실이었다. 나는 런던에 온 뒤로 걸리가 알코올 중독이라는 소문을 계속해 들었다. 걸리는 공연을 끝내고 집에 갈 때면 거르지 않고 꼭 술집에 들렀다. 그리고 우리 파티가 있던 날 밤, 걸리는 풀햄에서 술을 마셨다. 한구석의 잘 보이지 않는 걸상에 앉아 술을 마시던 걸리는 바에 있던 손님 하나가 걸리 서덜랜드는 이제 전성기가 지났으며 더 재미있는 배우에게 자리를 양보해야 한다고, 걸리의 최근 공연을 봤는데 내용이 몽땅 평범 그 자체라고 말하는 것을 엿듣게 되었다. 바텐더 말에 따르면 그 말을 들은 걸리는 손님에게 가서 악수를 하고 맥주를 한 잔 산 다음 술집에 있던 모두에게 맥주를 샀다고 했다. 그리고 걸리는 집에 가서 총을 꺼내 심장에 대고 쐈다…….

그러나 메릴본에서 파티가 있던 밤에는 이런 자세한 내막을 알지 못했고, 다만 걸리가 뭔가 열불이 뻗쳐 자살을 한 걸로만 알았다. 그 소식에 파티는 끝이 났고 우리 모두는 에스더처럼 두렵고 우울해졌다. 걸리 소식을 들은 키티와 나는 무대로 돌아갔다. 계단에서 비틀거릴 때 키티가 내 손을 잡았지만 따뜻함보다는 슬픔이 느껴졌다. 극장 매니저는 모든 조명을 밝혔고, 악단원들은 악기를 옆으로 치웠다. 어떤 사람들은 흐느꼈고, 나를 간지럽혔던 코넷 연주자는 떨고 있는 여자를 안고 있었다. 에스더가 외쳤다.「오, 정말 끔찍해요. 정말 무서워요!」내 생각엔 와인 때문에 다들 더 크게 충격을 받았던 것 같다.

그러나 나는 어떻게 행동해야 할지 몰랐다. 나는 걸리를 전혀 생각하지 않았다. 내 머릿속에는 여전히 온통 키티, 그리고 나를 만지던 키티의 손길과 서로에 대한 이해가 급진전한 듯했던 분장실에서의 순간뿐이었다. 분장실에서 나온 뒤 키티는 나를 보지 않았고, 걸리의 자살 소식을 가져온 남자 가운데 한 명과 이야기를 했다. 그러나 잠시 뒤 키티는 고개를 젓고 그 사람에게서 물러서더니 나를 찾는 듯했다. 무대 옆 그늘에서 자신을 기다리는 나를 본 키티는 다가와 한숨을 쉬었다.「불쌍한 걸리. 총알이 심장을 관통했대요…….」

「생각해 보니, 제가 처음 캔터베리에 가서 당신을 본 것도 걸리 덕분이었어요…….」내가 말했다.

키티는 나를 보더니 몸을 떨었다. 그리고 슬픔에 몸이 허해진 듯 뺨에 손을 가져다 댔다. 그러나 나는 감히 키티를 위로하려고 움직이지 않았다. 비참한 기분으로 어찌할 바를 모른 채 가만히 서 있을 뿐이었다.

다른 사람들이 돌아가고 있었기에 이제 우리도 가야 한다고 말하자 키티는 고개를 끄덕였다. 우리는 외투를 가지러 분장실로 돌아갔다. 이제 분장실에서는 가스등불들이 너울거렸고 창백한 여인들이 손수건으로 눈을 훔쳤다. 이윽고 우리는 무대 문으로 들어섰고, 현관 안내인이 마차를 잡아 주길 기다렸다. 그 시간이 영원처럼 느껴졌다. 우리가 집으로 출발했을 때는 2시 아니면 그보다 늦은 시각이었다. 우리는 조용히 각자 다른 의자에 앉았고, 키티는 가끔씩 〈불쌍한 걸리! 무슨 짓을 한 거야!〉라고만 말했다. 나는 여전히 술이 깨지 않았고, 여전히 현기증이 났으며, 여전히 죽도록 설레었고, 여전히 확신이 없었다.

지독히 춥고 아름다운 밤이었다. 파티장의 소란을 뒤로하고 나오자 오로지 완벽한 정적뿐이었다. 안개가 짙게 깔렸으며, 길에는 얼음이 두껍게 얼어 있었다. 가끔씩 마차 바퀴가 살짝 미끄러졌고 말이 발을 제대로 못 디뎌 미끄러지는 게 느껴졌으며 마부가 가볍게 욕하는 소리가 들렸다. 우리 옆의 도로는 서리로 반짝였고, 안개 속 가로등들은 노란 테두리를 두른 채 빛을 밝혔다. 한참 동안 거리에는 우리가 탄 마차뿐이었다. 말, 마부, 키티, 나는 돌과 얼음과 잠이 지배하는 이 도시에서 깨어 있는 유일한 생명체인 듯했다.

마침내 우리는 램버스 브리지에 도착했다. 겨우 몇 주 전에 키티와 내가 서서 유람선을 내려다보던 곳이었다. 우리는 마차 창에 얼굴을 대고 다리를 내다보았다. 다리는 완전히 달라 보였다. 임뱅크먼트[36]의 가로등들이 호박색 구슬이 되어 점차 밤 속으로 사라졌다. 강 위로 뾰족뾰족한 의회 건물이 어둠 속에서 거대한 덩치를 어슴푸레 드러냈다. 템스강에는 배들이 모두 조용히 정박해 있었으며 회색으로 천천히 흐르는 강물은 퍽 낯설었다.

바로 그때 키티가 창문을 열고 마부에게 높고 흥분한 목소리로 마차를 멈추라고 했다. 키티는 문을 열고 다리 난간으로 나를 데려가더니 내 손을 꼭 잡았다.

「봐요.」 키티가 말했다. 키티는 슬픔을 완전히 잊은 듯했다.

36 템스강 변의 거리.

우리 아래로 2미터 가까운 너비의 커다란 얼음 조각들이 떠내려갔고, 소용돌이치는 물살을 따라 부드럽게 회전하는 모습이 마치 일광욕을 하는 물개들 같았다.

템스강은 얼고 있었다.

나는 강물에서 키티로, 그리고 키티에게서 우리가 서 있는 다리로 시선을 옮겼다. 마부를 빼고는 우리 근처에 아무도 없었다. 그리고 마부는 망토 깃을 귀까지 올리고 담배쌈지와 파이프를 만지작거리느라 정신이 없었다. 나는 다시 강을 보았다. 이상하고도 일상적인 변화에, 자연의 법칙이 요구하는 대로 쉽사리 굴복한 모습에, 무척이나 드물며 마음을 동요시키는 변화에 시선을 던졌다.

「얼마나 차가울까요!」 내가 다정하게 말했다. 「강이 꽁꽁 언다고 생각해 보세요. 여기부터 리치먼드까지 전부요. 걸어서 건널 수 있을까요?」

키티는 몸을 떨며 고개를 저었다. 「얼음이 깨질 거예요.」 키티가 말했다. 「빠져 죽을 거예요. 아니면 떠내려가다가 얼어 죽겠죠!」

웃어 보일 거라는 내 예상을 깨고 키티는 진지하게 대답했다. 나는 우리가 팬케이크만 한 얼음 조각에 타고 템스강을 떠내려가 (아마도 윗스터블을 지나) 바다로 향하는 모습을 상상해 보았다.

말이 한 걸음 내딛었고, 마구가 딸랑였다. 마부가 콜록거렸다. 우리는 여전히 꼼짝 않고 조용히 강물을 내려다보았다. 결국 우리 둘은 무척 심각해졌다.

마침내 키티가 속삭였다. 「이상하지 않아요?」

나는 대답하지 않았고, 부유물과 함께 우리 발밑 교각 주위에서 힘겹게 소용돌이치는 탁한 강물만 바라보았다. 그러나 키티가 다시 몸을 떨었을 때 나는 한 걸음 다가갔고, 키티는 그에 대한 응답으로 내게 몸을 기댔다. 다리 위는 얼음장처럼 차가웠다. 난간을 떠나 마차 안으로 들어가는 게 당연할 터였다. 그러나 우리는 얼어 가는 강물 풍경을 두고 떠나기 싫었다. 그리고 아마도, 이제 찾아낸 서로의 따뜻한 온기도 떠나기 싫었던 듯하다.

나는 키티의 손을 잡았다. 장갑 속 키티의 손가락이 차갑고 뻣뻣해진 게 느껴졌다. 키티의 손을 내 뺨에 댔지만 따뜻해지지 않았다. 발아래 강물에 시선을 고정한 채 나는 키티가 낀 장갑 단추를 끄르고 장갑을 벗겨 냈고, 입김으로 녹여 주기 위해 손을 입으로 가져갔다.

나는 키티의 손마디에 대고 가볍게 입김을 불었고, 이윽고 손을 뒤집어 손바닥에 대고 입김을 불었다. 차디찬 강물이 찰싹거리고 얼음이 삐걱거리는 낯선 소리 말고는 아무런 소리도 들리지 않았다. 이윽고 키티가 아주 낮은 목소리로 말했다. 「낸.」

나는 키티를 보았다. 키티의 손은 여전히 내 입 앞에 있었고, 나는 여전히 그 손에 촉촉한 입김을 불고 있었다. 키티는 고개를 들어 나를 보았으며 그 눈길은 발아래 강물처럼 어둡고 낯설고 탁했다.

나는 손을 내렸다. 키티는 손가락을 내 입술에 대더니 아주 천천히 내 뺨을, 귀를, 목을, 목덜미를 따라 움직였다. 이윽고 키티가 몸을 떨더니 속삭였다. 「아무에게도 말 안 할 거죠, 낸, 그렇죠?」

그 말에 나는 한숨을 쉰 듯하다. 〈무엇인가〉 들을 말이 있었다는 것을 알게 되어, 마침내(!) 확실히 알게 되어 한숨을 쉬었다. 나는 키티 쪽으로 얼굴을 약간 숙이고, 눈을 감았다.

키티의 입술은 처음에는 서늘했지만 이윽고 아주 따뜻해졌다. 내게는 얼어붙은 이 도시에서 유일하게 따뜻한 대상이었다.

그리고 잠시 뒤 웅크려 꾸벅꾸벅 졸고 있는 마부를 초조한 눈으로 힐긋 보느라 키티가 입술을 떼었을 때, 내 입술은 1월의 매서운 바람 앞에서 촉촉이 젖어 아리고 벌거벗은 느낌이었고, 마치 키티의 키스에 호된 매질을 당한 듯이 느껴졌다.

키티는 나를 끌고 사람의 시선이 닿지 않는 마차 그림자로 들어갔다. 우리는 그곳에 서서 다시 키스를 했다. 나는 팔로 키티의 어깨를 안았고, 키티의 손이 내 등에서 떨리는 게 느껴졌다. 입술부터 발목까지, 그리고 우리 외투와 가운의 공들인 천을 통해 내게 닿은 키티의 몸이 뻣뻣이 굳어 있는 것이, 우리 가슴이 맞닿은 곳에서 아주 격렬하고 빠르게 뛰는 심장이, 맥박과 열기와 서로 꼭 맞대고 있는 가랑이가 느껴졌다.

우리는 1분 정도, 아니 그보다 더 오래 그 자세로 있었다. 이윽고 마부가 자세를 바꾸자 마차가 삐걱거렸고, 키티는 재빨리 물러섰다. 나는 키티에게서 손을 뗄 수 없었고, 키티는 내 팔목을 잡더니 손가락에 키스를 하고 초조한 듯한 웃음을 지으며 속삭였다.「당신과 키스를 하니 온몸에 힘이 다 달아나 죽을 것만 같아요!」

키티는 마차로 들어갔고, 흥분과 욕망으로 떨리고 어지럽고 눈앞이 아득했던 나도 그 뒤를 따라 마차로 들어갔다. 마부는 조랑말에게 신호를 보냈고, 마차가 흔들리더니 스르륵 움직였다. 우리는 얼어 가는 강을 뒤로했다. 방금 일어난 새로운 기적에 비하면 이제 그 강은 참으로 따분했다!

우리는 나란히 앉았다. 키티가 다시 내 얼굴을 만졌고, 나는 덜덜 떨었으며, 그래서 턱이 키티 손가락 아래로 내려갔다. 그러나 키티는 다시 키스하지 않았다. 대신 키티는 얼굴을 내 목에 기대었다. 그래서 내 입은 키티의 입에 닿을 수 없었지만, 대신 귀 아래에 뜨거운 입김이 닿았다. 키티는 여전히 장갑을 벗고 있었고 추위로 하얘진 손을 내 재킷 앞부분의 벌어진 틈으로 밀어 넣었다. 키티의 무릎이 내 무릎을 무겁게 눌렀다. 마차가 흔들거릴 때 나는 키티의 입술, 손가락, 허벅지가 더욱더 힘 있고 더욱더 뜨겁고 더욱더 가까이 내게 다가오는 것을 느꼈으며, 키티의 압박 아래서 몸부림치며 소리 지르고 싶은 마음이 간절했다. 그러나 키티는 아무 말도, 키스도, 애무도 하지 않았다. 나는 완전히 압도당해 순진하게 앞만 바라보며 가만히 있었고, 키티는 그걸 원하는 듯했다. 결과적으로, 템스강에서 브릭스턴까지 마차를 타고 오던 그 시간은 내 인생에서 가장 가슴 떨리면서도 고통스러운 여행이었다.

그러나 마침내 마차가 모퉁이를 돌아 속력을 늦추더니 완전히 멈췄고, 집에 도착했다는 걸 알리기 위해 마부가 채찍 끄트머리로 지붕을 툭툭 치는 소리가 들렸다. 우리가 아주 조용히 있었기 때문에 아마 마부는 우리가 잠들었다고 생각한 듯했다.

덴디 부인의 집으로 들어가던 장면을 약간 기억한다. 문 앞에서 열쇠를 더듬던 모습, 어두운 계단의 디딤대, 그곳을 지나 모두 조용히 잠들어 있는 집으로 들어서던 우리. 작은 별들이 밝게 반짝이던 현창 아래 계단참에 멈춰 방문을 열기 위해 몸을 숙인 키티의 귓불에 조용히 입 맞추던 나를 기억한다. 문을 열고 들어갔을 때 키티가 재빨리 문을 닫고 기대어 한숨을 쉬더니 다시 나를 끌어당기던 모습을 기억한다. 가스등 심지를 올리지 못하게 하고 어둠 속을 더듬거리며 침실로 곧장 나를 끌고 가던 모습을 기억한다.

그리고 나는 그곳에서 일어난 모든 일을 아주 선명하게 기억한다.

방은 지독히 추웠다. 너무나 추워 우리가 옷을 벗고 맨 살갗으로 있는 건 추위에 대한 모욕 같았다. 그러나 그보다 더 급박한 본능을 거스른 채 옷을 입고 있는 것 역시 모욕이었다. 극장 분장실에서는 서툴렀지만 이제는 달랐다. 나는 재빨리 속바지와 슈미즈 차림이 되었고, 키티가 가운 단추를 제대로 끄르지 못해 욕하는 소리를 듣고는 옷 벗는 것을 도와주었다. 내 손가락이 고리와 리본을 잡아 풀고 키티는 머리를 고정한 핀을 뜯어내듯 뽑았으며, 우리는 잠시 곡과 곡 사이 조명이 바뀌는 동안 무대 옆에 서 있는 듯했다.

마침내 키티는 목에 건 목걸이와 진주를 빼고는 완전히 나체가 되었다. 키티는 추위로 뻣뻣해지고 소름이 돋은 채 내게 다가왔으며, 나는 키티의 젖꼭지 그리고 허벅지 사이 털이 와 닿는 걸 느꼈다. 이윽고 키티는 물러섰고, 침대 스프링이 삐걱거렸다. 그리고 그 소리를 들은 나는 나머지 옷을 다 벗지도 않은 채 키티를 따라 침대로 갔다. 키티는 시트를 덮은 채 떨고 있었다. 침대에서 우리는 아까에 비해 느긋하지만 격렬하게 키스를 했다. 마침내 한기가 사라졌다. 그러나 몸은 계속 떨렸다.

하지만 일단 키티가 벗은 몸으로 나를 꽉 끌어안자 돌연 부끄럽고 더럭 겁이 났다. 나는 키티에게서 몸을 뗐다. 「제가 당신을…… 만져도 되나요?」 내가 속삭였다. 키티는 다시금 초조하게 웃더니 내 베개 쪽으로 얼굴을 기울였다.

「오, 낸, 당신이 그래 주지 않으면 전 죽을 것 같아요!」 키티가 말했다.

그래서 나는 망설이며 손을 들어 키티의 머리털에 내 손가락을 묻었다. 그리고 키티의 얼굴을 만졌다. 둥그런 이마, 주근깨 난 뺨, 턱, 목, 빗장뼈, 어깨……. 여기에서 다시 부끄러워진 나는 손을 잠시 멈췄고, 키티는 여전히 내 쪽으로 얼굴을 기울이고 눈을 꼭 감은 채 내 손목을 잡고 부드럽게 자기 가슴으로 가져갔다. 내가 키티를 만지자 키티는 한숨을 쉬더니 몸을 돌렸다. 1~2분쯤 뒤 키티는 다시 내 손목을 잡더니 더 아래로 가져갔다.

그곳은 촉촉했으며 벨벳처럼 부드러웠다. 물론 나는 이전까지 다른 사람을 이런 식으로 만진 적이 없었다. 가끔씩 나 자신을 빼면 말이다. 그러나 지금은 나 자신을 만지는 것만 같았다. 키티를 매만지는 매끄러운 손이 마치 나 자신을 매만지는 것 같았다. 나는 내 속바지가 축축하고 따뜻해지고 키티와 마찬가지로 내 엉덩이도 움찔거리는 것을 느꼈다. 곧 나는 부드러운 애무를 멈추고 좀 더 거칠게 키티를 만지기 시작했다. 「오!」 아주 부드럽게 키티가 말했다. 이윽고 내가 더 빠르게 어루만지기 시작하자 키티는 다시 〈오!〉라고 말했다. 이윽고 빠르고 숨찬 목소리로 〈오, 오, 오!〉 하고 연달아 내뱉었다. 키티는 갑자기 몸을 튕겼고, 침대가 삐걱거리며 그 몸부림에 답했다. 키티의 손이 내 어깨 여기저기를 마구 문지르기 시작했다. 단 하나만 제외하고 세상에는 아무런 움직임도, 아무런 리듬도 없는 듯했다. 키티의 다리 사이 내 젖은 손가락이 일으키는 움직임과 리듬 말고는.

마침내 키티는 헐떡이며 몸이 경직되더니 내 손을 치우고 천천히 몸을 뒤로 뺐다. 나는 키티를 내 쪽으로 끌어당겼고, 잠시 우리는 꼼짝도 않고 가만히 있었다. 키티의 심장이 격하게 뛰는 게 느껴졌다. 이윽고 심장이 약간 안정되자, 키티는 몸을 뒤척이고 한숨을 쉬더니 자기 뺨에 손을 가져갔다.

「당신 때문에 눈물이 나요.」 키티가 속삭였다.

나는 일어나 앉았다. 「사실이 아니죠, 키티?」

「아니, 정말이에요.」 키티는 웃음과 울음이 섞인 경련을 일으키더니 다시 눈을 비볐고, 내가 키티의 손을 얼굴에서 떼어 보니 손가락에는 눈물이 묻어 있었다. 나는 돌연 자신이 없어지며 키티의 손을 꼭 잡았다. 「제가 아프게 한 건가요? 제가 제대로 하지 못한 건가요? 아프게 했나요, 키티?」

키티는 고개를 젓고 코를 훌쩍이더니 조금 더 대범하게 소리 내어 웃었다.「아팠냐고요? 오, 아니에요. 그건, 아주 달콤했어요.」키티가 싱긋 웃음 지었다.「그리고 당신은…… 아주 잘했어요. 그리고 전…….」키티는 다시 코를 훌쩍이더니 내 가슴에 얼굴을 묻으며 시선을 피했다.「그리고 전……. 오, 낸, 전 당신을 아주, 아주 사랑해요!」

나는 키티 옆에 누워 키티에게 팔을 둘렀다. 나는 욕망을 완전히 잊은 상태였고, 키티 역시 내 욕망을 불러일으키기 위해 움직이거나 하지 않았다. 또한 나는 걸리 서덜랜드, 자기 공연을 보며 웃지 않은 남자 때문에 세 시간 전에 심장에 총을 쏴 죽은 걸리 서덜랜드 역시 잊었다. 그냥 누워 있을 뿐이었다. 키티는 곧 잠들었다. 나는 어둠 속에서 키티의 하얗고 가냘픈 얼굴을 살피며 생각했다. 〈키티는 날 사랑해, 키티는 날 사랑해.〉 그 모습은 마치 데이지 줄기를 들고 갈색이 되어 가는 마지막 꽃잎에 대고 끝없이 절규하는 바보 같았다.

이튿날 아침, 처음에 우리 둘은 부끄러워했다. 그리고 내 생각에는 키티가 더 그랬다.

「우리 어제 정말 많이 마셨네요!」키티가 나를 보지 않으며 말했다. 그리고 키티가 어제 내게 안기고 나를 아주 사랑한다고 말한 게 단지 샴페인을 많이 마셨기에 한 말은 아닐까 하는 끔찍한 생각이 잠깐 들었다. 그러나 키티는 얼굴을 붉혔다. 나는 나도 모르게 불쑥 말을 내뱉었다.「만약 당신이 지난밤 한 말을 모두 취소한다면, 오 키티, 전 죽어 버릴 거예요!」그 말에 키티는 고개를 들어 내 눈을 보았고, 나는 키티가 〈내〉가 너무 취해서 그랬던 건 아닐까 걱정했을 뿐이라는 사실을 깨달았다……. 우리는 서로를 바라보고 또 바라보았다. 지금까지 키티를 수천 번은 보았지만 마치 지금 처음으로 보는 듯한 느낌이 들었다. 우리는 지난 반년 동안 나란히 누워 자고 일했다. 그러나 우리 사이에는 일종의 베일이 드리워 있었고, 어젯밤 기쁨에 찬 우리의 외마디 소리와 속삭임이 그 베일을 완전히 찢어 버렸다. 이제 키티는 완전히 씻겨 새로 태어난 듯했다. 그래서 나는 키티의 살갗을 세게 만지면 자국이 남고 다시 키티에게 키스를 하면 멍이 들까 겁이 날 정도였다.

그러나 나는 키스를 했다. 그리고 아주 편히 누워 키티가 얼굴과 팔을 씻고 속옷과 프록을 입고 신발을 여미는 모습을 지켜보았다. 키티가 머리 손질을 하는 동안 나는 담배에 불을 붙였다. 나는 성냥에 불을 붙여 불꽃이 나무를 먹어 들어 거의 손끝에 다다를 때까지 들고 지켜보았다. 내가 말했다.「처음 당신을 보았을 때 저는 당신을 볼 때마다 제가 램프처럼 불이 켜진다고 생각하곤 했어요. 사람들이 그걸 알게 될까 두려웠어요…….」키티는 싱긋 웃었다. 나는 성냥을 흔들어 껐다.「몰랐죠?」내가 말했다.「몰랐던 거죠, 제가 당신을 사랑한다는 걸요?」

「잘 모르겠어요.」키티가 대답했다. 이윽고 키티는 한숨을 쉬었다.「그런 생각을 하고 싶지 않았어요.」

「왜요?」

키티는 어깨를 으쓱했다.「당신 친구가 되는 게 더 쉬워 보였어요.」

「하지만 키티, 그게 바로 제 생각이었어요! 그리고 오, 정말 어려웠어요! 하지만 만약 제가 당신을 연인처럼 생각하는 걸 당신이 안다면……. 저는 그런 일은 한 번도 들어 본 적이 없었어요. 당신은요?」

키티는 땋은 머리에 핀을 고정하기 위해 다시 거울로 가더니 고개를 돌리지 않고 말했다.「당신을 좋아한 것처럼 다른 여자를 좋아한 적이 없는 건 사실이에요…….」 말을 하는 키티의 목과 귀가 분홍색으로 물들었고, 나는 몸에 힘이 쭉 빠지고 따뜻해지면서 멍해졌다. 그러나 나는 키티의 말에 뭔가 여운이 남아 있는 걸 눈치챘다.

「그럼 전에도 있었군요.」 내가 쌀쌀하게 말했다. 「당신과…….」 키티는 전에 없이 얼굴이 새빨개졌지만 내 말에 대답하지 않았다. 나는 입을 다물었다. 그러나 사실 아주 오래전에 키티가 다른 여자와 키스를 했다는 사실 때문에 속상해하기에는 나는 키티를 너무나도 사랑했다. 「언제였나요?」 내가 물었다. 「당신이 저를…… 저를 사랑하게 되었다는 걸 알게 된 게 언제였나요?」

이제 키티는 고개를 돌리고 싱긋 웃어 보였다. 「백 번은 될 거예요.」 키티가 말했다. 「당신이 제 분장실을 깔끔하고 예쁘게 정리하던 걸 기억해요. 제가 작별 키스를 할 때 당신이 얼굴을 붉히던 것도요. 그리고 당신 집에 갔을 때 식탁에서 당신이 굴을 열어 주던 모습을 기억해요. 그리고 그때 이미 전 당신을 사랑한다고 생각했어요. 사실, 말하기 부끄럽지만 캔터베리 궁전에서 당신 손가락의 굴 즙 냄새를 맡았을 때부터였을 거예요. 바로 그때부터 당신을……. 그러지 말아야 한다고 생각하면서도요.」

「오!」

「그리고 더 말하기 부끄럽지만, 어젯밤 당신이 그 남자랑 장난을 치는 모습을 보며 무척 질투가 날 때까지 저는 제가 당신을 얼마나, 얼마나…….」 키티는 약간 다른 어조로 말했다.

「오, 키티…….」 나는 침을 삼켰다. 「당신이 마침내 그 사실을 알게 되어 저는 기뻐요.」 키티는 시선을 피하더니 내게 다가와 내가 피우던 담배를 치우고 상큼하게 키스를 했다.

「저도요.」

키티는 몸을 숙이고 천으로 부츠 가죽을 닦았으며, 나는 하품을 했다. 피곤한 데다 지난밤의 흥분과 샴페인 때문에 속이 좀 울렁였다. 내가 말했다. 「정말 지금 일어나야 하나요?」 키티가 고개를 끄덕였다.

「일어나야 해요. 거의 11시가 다 되었고, 곧 월터가 올 거예요. 잊어버린 거예요?」

일요일이었고, 월터는 평소처럼 우리를 데리고 놀러 가기 위해 오고 있었다. 잊은 건 아니었다. 그러나 사소한 일들을 생각할 시간도 마음도 없었다. 월터의 이름을 들은 나는 생각에 잠겼다. 이 일이 월터에게는 꽤 가혹하리라.

내가 무슨 생각을 하는지 알아차린 듯 키티가 말했다. 「월터에게는 분별 있게 행동할 거죠, 그렇죠, 낸?」 이윽고 키티는 지난밤 다리에서 했던 말을 다시 했다. 「아무에게도 말 안 할 거죠, 그렇죠? 〈조심〉할 거죠, 그렇죠?」

나는 키티가 그렇게 조심하려는 데 대해 속으로 투덜거렸다. 그러나 키티의 손을 잡고 키스를 했다. 「저는 당신을 처음 본 순간부터 조심해 왔어요. 조심하는 데 있어 저를 따라올 사람이 없어요. 당신이 원한다면 영원히 조심하겠어요……. 우리가 단둘이 있을 때만 가끔씩 살짝 부주의해지는 걸 빼면요.」

키티는 약간 산란한 듯한 웃음을 지었다. 「어쨌든 별로 바뀐 건 없어요.」 키티가 말했다. 그러나 나는 모든 것이, 모든 것이 바뀐 걸 알았다.

키티가 아래층에 내려간 사이 마침내 나도 일어나 씻고 옷을 입고 요강을 썼다. 키티는 차와 토스트가 담긴 쟁반을 들고 올라왔다. 「덴디 부인과 시선을 마주칠 수가 없네요!」 키티가 다시 부끄러워하며 얼굴을 붉히고 말했다. 그리고 우리는 우리 거실의 벽난로 앞에서 함께 아침 식사를 했고, 서로의 입술에 묻은 빵 부스러기와 버터에 키스를 했다.

창 아래 광주리에는 의상업자에게 받아 온 뒤 아직 제대로 살펴보지 않은 옷이 담겨 있었다. 월터를 기다리는 동안 특별히 할 일이 없었기에 키티는 그 옷들을 대충 분류했다. 키티는 아주 멋진 검은 연미복을 꺼냈다. 「이것 좀 봐요!」 키티가 말했다. 키티는 드레스 위에 연미복을 입고 다리를 곧게 펴고 가볍게 춤을 추더니 아주 가볍게 노래를 부르기 시작했다.

키티가 노래했다. 「집에서, 광장에서, 사분원식 교차로에서, 거리에서, 도로에서, 길 오른편으로 좌회전을 하면 당신은 내 진정한 사랑이 있는 곳을 볼 수 있지요.」[37]

나는 싱긋 웃었다. 조지 레이번이 부른 옛날 노래였다. 1870년대에는 모두가 이 노래를 휘파람으로 불었고, 한번은 나도 캔터베리 궁전에서 레이번이 직접 이 노래를 부르는 걸 보았다. 이치에 맞지 않고 엉터리였지만 전염성 있는 노래였고, 키티는 이 노래를 아주 부드러우면서도 무심하게 불렀기에 더욱 달콤하게 들렸다.

> 나는 그곳에 가 구애를 하고 달콤한 속삭임을 주고받아요.
> 내 사랑에게, 비둘기처럼.
> 그리고 무릎 꿇고 맹세하지요.
> 만약 내 사랑이 변한다면
> 사과나무에서 양 머리가 자랄 거라고요.
> 만약 내 사랑이 변한다면요.

나는 잠시 듣고 있다가 목소리를 높여 키티와 합창을 했다.

37 빅토리아 시대에 유행했던 익살 노래 「만약 내 사랑이 변한다면」의 가사.

만약 내 사랑이 변한다면,
만약 내 사랑이 변한다면,
달은 파란 치즈로 바뀔 거예요.
만약 내 사랑이 변한다면.

우리는 소리 내어 웃었고 더욱 크게 노래 불렀다. 나는 광주리에서 모자를 발견해 키티에게 던졌고, 내가 걸칠 재킷과 밀짚모자와 지팡이를 찾아냈다. 나는 키티와 팔짱을 끼고 키티의 춤을 흉내 냈다. 노래 가사는 더욱 엉터리가 되어 갔다.

은행에 있는 돈을 다 준대도
영주나 공작을 시켜 준대도
내 사랑하는 임과 바꾸지 않을 거예요.
내 임을 보는 건 더없는 기쁨.
폴카를 추는 임을 보며
난 사랑에 겨워 정신이 혼미해지고
혼파이프의 화신을 보는 거 같아요.
만약 내 사랑이 변한다면요!
절대 소득세를 내지 않을 거예요,
만약 내 사랑이 변한다면요!

우리는 과장된 몸짓을 지으며 노래를 마감했고, 나는 회전을 시도했다. 그리고 얼어붙었다. 키티가 문을 약간 열어 두었는데 월터가 거기 서서 우리를 보고 있었다. 월터의 눈은 놀란 듯 휘둥그레졌다. 내가 보는 곳을 따라 키티의 시선이 움직이는 것이 느껴졌다. 키티는 내 팔을 잡았다가 급히 놓았다. 월터가 무엇을 보았을까 정신없이 생각해 보았다. 노래 가사는 바보 같았지만,

분명 우리는 서로를 향해 노래를 했고 우리 마음은 가사 뜻 그대로였다. 우리가 키스도 했던가? 만지면 안 되는 곳을 내가 만진 걸까?

내가 아직 어리둥절해 있을 때 월터가 말했다. 「맙소사.」 나는 입술을 깨물었다. 그러나 내 예상과 달리, 월터는 얼굴을 찡그리거나 욕을 하지 않았다. 대신 월터는 함박웃음을 지으며 손뼉을 치더니 흥분한 표정으로 방으로 들어와 우리 어깨를 잡았다.

「맙소사, 이거야! 이거야! 왜, 오, 왜 지금까지 깨닫지 못했을까! 이게 우리가 찾던 겁니다. 이거요, 키티.」 월터는 우리 재킷과 모자를, 신사 복장을 한 우리를 가리켰다. 「〈이게〉 우리를 유명하게 만들어 줄 거예요!」

그렇게 해서 나는 키티의 연인이 되던 날 키티의 공연에도 참여하게 되었고, 연예장 무대에서 이력을, 짧고 뜻밖이었으나 꽤 멋진 이력을 쌓게 되었다.

5

키티와 함께 무대에 선다는 생각에, 연습해 본 적도 없고 원한 적도 없으며 생각지도 않았던 일을 한다는 생각에 처음에는 겁이 더럭 났다.

「싫어요.」 그날 오후 마침내 월터가 무슨 말을 하는지 이해한 내가 말했다. 「절대로 안 해요. 할 수 없어요. 저 자신, 그리고 키티에게 망신만 줄 거라고요.」

그러나 월터는 내 말을 듣지 않았다.

「모르겠어요?」 월터가 말했다. 「우리 공연을 평범한 것 이상으로 끌어올려 진정으로 사람들 기억에 남게 할 무언가를 얼마나 오랫동안 찾아 왔던가요? 바로 이거예요! 〈2인〉 공연! 병사와 동료! 신사와 친구! 무엇보다도 바지를 입은 사랑스러운 여인이 하나가 아니라 둘인 거라고요! 이런 걸 다른 곳에서 본 적이 있어요? 큰 화젯거리가 될 거라고요!」

「큰 화젯거리가 되겠죠.」 내가 말했다. 「키티 버틀러 두 명이 공연을 한다면 말이죠. 그러나 키티 버틀러와 낸시 애슬리라면 달라요. 노래라고는 한 번도 부른 적이 없는 의상 담당자일 뿐인…….」

「우리 모두는 당신이 노래하는 걸 들었어요.」 월터가 말했다.

「천 번은 되지요. 그리고 모두 아름다웠어요.」

「춤도 한 번 춰보지 않았고…….」 내가 계속했다.

「풋, 춤! 무대에서 스텝을 약간 밟는 거 말이군요. 다리가 반쪽밖에 없는 바보라도 그런 건 할 수 있어요.」

「관객들 앞에서 큰 소리로 이야기해 본 적도…….」

「빠르게 말하기!」 내 말에 아랑곳 않고 월터가 말했다. 「공연에서 키티는 빠르게 말하기를 담당하면 되겠군요!」

나는 너무 화가 치민 나머지 소리 내어 웃으며 키티 쪽을 바라보았다. 그때까지 키티는 대화에 참여하지 않고 내 곁에 서서 얼굴을 찡그리며 손톱만 깨물고 있었다. 내가 말했다. 「키티, 제발 월터에게 터무니없는 말 좀 그만하라고 해주세요!」

키티는 처음에는 대답을 않고 뭔가에 정신이 팔린 듯 손톱만 깨물고 있었다. 그러고는 내게서 월터로 시선을 돌리더니 다시 나를 보며 눈을 가늘게 떴다.

「가능할 거 같아요.」 키티가 말했다.

나는 발을 동동 굴렀다. 「둘 다 완전히 정신이 어떻게 되었군요! 당신들이 무슨 말을 하는지 생각해 보세요. 당신은 가족 모두가 배우인 집 출신이지요. 당신들은 평생을 이런 곳에서, 심지어 개마저도 춤을 추는 곳에서 살았어요. 하지만 저는 넉 달 전까지 윗스터블에서 굴 파는 아이였을 뿐이라고요!」

「베시 벨우드는 데뷔를 하기 넉 달 전까지 뉴컷에서 토끼 가죽 파는 일을 했어요!」 월터가 대답했다. 월터는 내 팔을 잡았다. 그리고 상냥하게 말했다. 「낸, 당신에게 강요하는 게 아니에요. 하지만 우선 이 일이 가능한지만이라도 보자고요. 가서 키티의 의상을 제대로 한번 입어 봐 줄래요? 그리고 키티, 당신도 가서 의상을 입으세요. 그리고 당신 둘이 나란히 서면 어떨지 보자고요.」

나는 키티에게 고개를 돌렸다. 키티가 어깨를 으쓱했다. 「한 번 해봐요. 안 될 게 뭐 있겠어요?」 키티가 말했다.

내가 의상을 담당하는 몇 달 동안 아름다운 옷들을 그토록 여러 벌 다루면서도 한 번도 입어 볼 생각을 하지 않은 것은 이상해 보일 만한 일이었다. 그러나 나는 그런 생각을 해본 적이 없었다. 재킷을 입고 밀짚모자를 쓰고 기분 전환을 한 것은 그날 아침의 들뜬 기분 덕분에 처음 해본 일이었고, 그전까지 키티의 의상은 내가 장난삼아 갖고 놀기에는 너무 멋지고 특별해 보였다(무엇보다도 그 옷들은 오로지 키티만의 특징이자 키티의 독특한 마법과 맵시의 근본이었다). 나는 그 의상들을 간수하고 깔끔히 정리해 왔다. 그러나 그 옷들을 들고 거울 앞에 서서 대본 적은 한 번도 없었다. 이제 나는 서늘한 침실에서 반라가 되어 있었고, 키티는 내 옆에 의상을 들고 서 있었다. 우리 역할은 완전히 뒤바뀌었다.

나는 드레스와 페티코트를 벗고 코르셋 위에 셔츠를 입고 단추를 채웠다. 키티는 내가 입을 만한 검은색과 회색이 들어간 모닝코트와 자기가 입을 비슷한 옷도 찾아냈다. 키티가 나를 살펴보았다.

「속바지를 벗어야 해요.」 키티가 조용히 말했다. 문이 빠르게 닫혔지만 문 뒤 작은 거실에서 월터가 걷는 소리가 들렸다. 「안 그러면 바지 안에서 뭉칠 거예요.」

나는 얼굴을 붉혔고, 속바지를 허벅지 아래로 내린 다음 발로 걷어차 벗었다. 이제 셔츠와 무릎에 대님을 댄 스타킹만 걸치고 있었다. 어렸을 때 오빠의 옷을 빌려 입고 가장 무도회에 간 적이 있었지만 그건 아주 오래전 일이었다. 벌거벗은 엉덩이에 키티의 멋진 바지를 입고 키티가 얼얼하게 만들었던 여린 곳 위로 단추를 채우는 것은 아주 느낌이 달랐다. 나는 한 발을 내딛었고, 더욱 얼굴을 붉혔다. 마치 태어나 지금까지 다리가 없었던 것 같은 느낌이 들었다. 아니, 〈두〉 다리가 윗부분에서 합쳐지는 느낌이 정말로 어떤 느낌인지 지금까지 전혀 몰랐다는 말이 더 맞겠다.

나는 키티를 내 쪽으로 끌어당겼다. 「월터가 우리를 기다리지 않았으면 좋겠어요.」 내가 속삭였다. 하지만 솔직히 말하자면 월터가 이렇게 가까이 있으면서 진실을 알지 못하는 상태에서 이런 차림으로 키티를 껴안으니 더욱 흥분이 되었다.

그 생각, 그리고 그 뒤에 이어진 소리 없는 키스로 인해 바지는 더욱 낯설게 느껴졌다. 키티가 자기 옷을 살펴보기 위해 물러섰을 때 나는 조금 감탄한 눈으로 키티를 보았다. 내가 말했다. 「밤마다 이런 옷을 입고 낯선 사람이 가득한 무대에 서면서 어떻게 이상한 기분이 들지 않을 수 있죠?」

키티는 멜빵 집게를 물리고 어깨를 으쓱했다. 「더 바보 같은 옷도 입어 봤는걸요.」

「이 차림이 바보 같다는 뜻이 아니었어요. 제 말은, 만약 이 차림을 하고 제가 당신 옆에 있는다면…….」 나는 다시 몇 걸음을 내딛었다. 「오, 키티, 당신에게 키스를 하지 않고는 못 견디겠어요!」

키티는 자기 입술에 손가락을 댔다. 그러더니 앞머리를 쓸어 올렸다. 키티가 말했다. 「익숙해져야 할 거예요. 〈월터의 계획〉이 성공하려면요. 안 그러면, 음, 〈그건〉 정말 구경거리가 될걸요!」

나는 소리 내어 웃었다. 그러나 월터의 계획이라는 말을 들으니 속이 뒤틀리며 돌연 겁이 더럭 났고, 웃음소리는 다소 공허하게 느껴졌다. 나는 내 다리를 내려다보았다. 바지가 너무 짧아 스타킹 발목 부분이 보였다. 내가 말했다. 「안 될 거예요. 안 그래요, 키티? 월터가 정말 이게 될 거라고 생각하는 건 아니겠죠?」

월터는 될 거라고 생각했다. 마침내 우리가 옷을 차려입고 함께 모습을 드러내자 월터는 〈오, 이거야!〉 하고 외쳤다. 「오, 이거예요. 둘이 정말 잘 어울리는군요!」 나는 일찍이 이렇게 흥분한 월터를 본 적이 없었다. 월터는 우리를 팔짱 끼우고 나란히 세웠다. 그리고 빙그르 돌게 하더니 키티와 함께 노래하며 추었던 춤을 다시 추게 했다. 그리고 그 내내 월터는 눈을 가늘게 뜨고 우리 주변을 걸으며 턱을 쓰다듬고 고개를 끄덕였다.

「물론 당신 의상을 따로 준비할 거예요.」 월터가 내게 말했다. 「정확히 말하자면, 키티의 의상과 맞춰서 여러 벌을요. 그건 쉽게 준비할 수 있어요.」 월터가 내 머리에서 모자를 벗기자 땋은 머리가 어깨로 떨어졌다. 「당신 머리를 어떻게 해야겠군요. 하지만 적어도 색깔은 완벽해요. 키티의 머리색과 멋지게 대조를 이루니 최상층 관람석에 있는 관객들도 당신 둘을 구별하는 데는 아무 문제가 없겠어요.」 월터는 눈을 찡긋하고는 머리 뒤로 손을 깍지 끼고 서서 좀 더 오래 나를 살펴보았다. 월터는 재킷을 벗고 있었고 기다란 흰색 깃이 달린 녹색 셔츠 차림이었다(월터는 늘 옷을 멋지게 입었다). 셔츠 겨드랑이는 땀 때문에 짙게 물들었다. 내가 말했다. 「정말로 할 생각인 건가요, 월터?」 월터는 고개를 끄덕였다. 「낸시, 할 거예요.」

그날 오후 내내 우리는 월터 때문에 바빴다. 우리는 계획했던 일요일 산책은 까맣게 잊었고, 월터는 기다리고 있던 마부에게 돈을 주고 돌려보냈다. 집은 비어 있었고 평일 아침이라도 되는 듯 조용했으며, 우리는 덴디 부인의 피아노 앞에 앉았다. 나는 노래를 하고 있었지만 가끔 그랬듯이 키티의 목소리를 아끼기 위해서가 아니라 내 목소리가 키티의 목소리와 어울리는지 보려고 한다는 점이 달랐다. 우리는 월터가 들었던 바로 그 노래 「만약 내 사랑이 변한다면」을 불렀다. 그러나 물론 이제는 남의 이목을 느끼고 있었고, 그래서 노래가 엉망이 되었다. 이윽고 우리는 키티의 노래 몇 곡을 불러 보았다. 캔터베리에서 부르던, 내가 달달 외우고 있는 노래들이었다. 그 노래들은 더 나았다. 마침내 우리는 새로운 노래를 시도해 보았다. 웨스트엔드에서 유행하는 노래로, 주머니 가득 금화를 채우고 피커딜리를 어슬렁거리자 모든 숙녀들이 바라보며 웃음 짓고 눈을 찡긋한다는 내용이었다. 매셔들은 지금까지도 이 노래를 부른다. 하지만 이 노래를 처음 부른 사람은 키티와 나였다. 우리는 그날 오후 함께 공연할 수 있는지 알아보려고 그 노래를 불렀다. 우리는 주어를 〈나〉에서 〈우리〉로 바꾸어 불렀고 팔짱을 끼고 거실 융단 위를 행진했다. 우리 목소리는 화음을 이루었고, 내가 생각했던 것보다 더 달콤하고 우습게 들렸다. 우리는 그 노래를 한 번 부르고 다시 부르고 세 번, 네 번 불렀다. 그리고 부를 때마다 나는 좀 더 자유롭고 유쾌해졌으며, 월터의 계획이 멍청하다는 확신이 엷어져 갔다.

마침내 우리의 목이 쉬고 눈을 찡긋거리며 금화에 대한 노래를 부르느라 머리가 어질어질해져서야 월터는 피아노 뚜껑을 닫고 우리를 쉬게 했다. 우리는 차를 마시며 다른 일들을 이야기했다. 나는 키티를 보며 내가 즐겁고 현기증이 나는 더 커다란 이유가 있다는 사실을 떠올렸고, 어서 월터가 돌아갔으면 하고 바라기 시작했다. 피곤함과 더불어 그 생각 때문에 월터가 지루하게 느껴졌다. 월터는 나를 지나치게 혹사했다고 생각한 모양인지 곧 돌아갔다. 문이 닫히자, 나는 일어나 키티에게 다가가서 몸을 꼭 껴안았다. 키티는 거실에서는 키스를 하지 못하게 했다. 그러나 잠시 뒤 어두워지는 집을 올라가 우리 침실로 나를 데려갔다. 월터를 위해 입고 움직이는 동안 꽤 익숙해졌던 의상이 다시 어색하게 느껴지기 시작했다. 키티가 옷을 벗자 나는 키티를 끌어당겼다. 키티의 벌거벗은 엉덩이가 바지를 입은 내 다리 사이를 누르자 음란한 느낌이 들었다. 키티는 내가 자기를 원하며 몸을 떨기 시작할 때까지 내 바지 단추 부분을 아주 부드럽게 쓰다듬었다. 이윽고 키티는 내 의상을 완전히 벗겼고, 우리는 어둠 속에서 이불 속에 함께 누웠다. 키티는 다시 나를 만졌다. 우리는 정문이 쾅 하고 닫히는 소리가 들릴 때까지 누워 있었고, 계단에서 덴디 부인의 기침 소리와 투시의 웃음소리가 들렸다. 이윽고 키티가 일어나 옷을 입어야지 안 그러면 다른 사람들이 이상하게 생각할 거라고 말했다. 그날 두 번째로 나는 께느른하게 누워서 키티가 씻고 스타킹을 신고 치마를 입는 모습을 지켜보았다.

그러면서 나는 가슴에 손을 얹어 보았다. 묵직한 움직임이 있었다. 내 가슴이 초로 이루어진 뜨겁고 부드러운 벽이며 불타오르는 심지 때문에 무너져 내리는 듯한, 잡아 뽑히거나 접히거나 녹는 것 같은 느낌의 움직임이었다. 나는 한숨을 쉬었다. 그 소리에 고개를 돌린 키티가 괴로워하는 내 모습을 보고 다가왔다. 키티는 내 손을 치우고 심장 위에 아주 부드럽게 입술을 댔다.

나는 열여덟 살이었고, 아무것도 몰랐다. 그 당시 나는 키티의 사랑을 얻을 수만 있다면 죽어도 좋다고 생각했다.

그 후 이틀 동안 월터를 볼 수 없었고, 나를 키티와 함께 무대에 세우겠다는 계획에 대한 이야기도 더 없었다. 하지만 이틀이 지난 뒤 월터는 덴디 부인의 집에 〈낸 애슬리〉라고 적힌 꾸러미를 들고 나타났다. 그해의 마지막 날이었다. 월터는 저녁 식사를 하고 자정에 우리와 함께 종소리를 듣기 위해 온 것이었다. 마침내 제야의 종소리(브릭스턴 교회의 종들이 울리는 소리였다)가 들리자 월터는 잔을 들어 올렸다. 「키티와 낸을 위하여!」 월터가 외쳤다. 월터는 나를, 그리고 더 오랫동안 키티를 바라보았다. 「1889년 그리고 그 뒤로 영원히 우리 모두에게 부와 명예를 가져다줄 둘의 협력 관계를 위해!」 덴디 부인 그리고 교수와 함께 거실 식탁에 둘러앉아 있던 우리는 월터와 함께 목소리를 높여 건배를 외쳤다. 그러나 키티와 나는 은밀한 눈짓을 재빨리 주고받았으며, 나는 억누를 수 없는 승리감과 기쁨으로 흥분해 생각했다. 〈불쌍한 사람 같으니! 우리가 속으로는 무엇을 축하하는지 저 사람이 어떻게 알겠어?〉

월터는 꾸러미를 내밀고 내가 그것을 여는 모습을 보면서 싱글거릴 뿐이었다. 그러나 나는 이미 그 안에 무엇이 들었을지 짐작할 수 있었다. 서지[38]와 벨벳으로 만든 무대 의상이었다. 키티의 의상 중 한 벌과 같은 것으로 내 몸에 맞게 만들었으며, 키티의 옷은 갈색인데 반해 이것은 내 눈 색깔에 맞춘 푸른색이었다. 나는 옷을 들고 몸에 대봤으며, 월터는 고개를 끄덕였다. 월터가 말했다. 「자, 그 옷 덕에 모든 게 변할 거예요. 지금 위로 올라가서 입고 내려오세요. 그리고 덴디 부인의 평을 들어 보도록 하죠.」

나는 월터가 하라는 대로 했다. 그리고 거울 앞에 잠시 멈추어 내 모습을 살펴보았다. 나는 가지고 있던 평범한 검은 부츠를 신었고 머리는 말아 올려 모자 안에 넣었다. 귀에는 담배를 꽂았으며 납작한 내 가슴을 더욱 납작하게 하기 위해 코르셋까지 벗었다. 나는 데이비 오빠와 약간 비슷해 보였다. 다만 내가 조금 더 멋져 보이는 듯했다. 나는 머리를 흔들었다. 나흘 전 밤에 나는 같은 장소에 서서 다 자란 여인처럼 옷을 입은 나 자신에 감탄했

38 소모사와 양털로 만든 천.

었다. 그리고 이제 양복점에 조용히 한 번 갔다 온 뒤로 나는 남자가, 단추와 허리띠가 달린 옷을 입은 남자가 되었다. 그 생각에 왠지 또 음란한 느낌이 들었다. 나는 그런 느낌이 들지 않게 해야겠다고 생각했다. 그래서 즉시 거실로 내려가 주머니에 손을 넣고 모두 앞에서 자세를 취하며 사람들 입에서 찬사가 나오길 기다렸다.

그러나 내가 융단 위에 서서 몸을 빙그르 돌렸을 때 월터는 어딘지 모르게 착 가라앉은 듯한 표정이었고 덴디 부인은 생각에 잠긴 얼굴이었다. 둘의 요구대로 내가 키티의 팔을 잡고 짧은 합창을 하자 월터는 얼굴을 찡그리며 뒤로 물러서더니 고개를 저었다.

「아니에요.」 월터가 말했다. 「이런 말하기는 싫지만, 그래도…… 안 되겠군요.」

나는 실망해 키티를 바라보았다. 키티는 목걸이 줄을 빨았고, 진주가 치아에 가볍게 닿았다. 키티 역시 우울한 표정이었다. 키티가 말했다. 「이상한 점이 있기는 한데, 정확히 뭔지 꼬집어 말할 수가 없어요.」

나는 자신을 살펴보았다. 나는 주머니에서 손을 빼 팔짱을 꼈고, 월터는 다시 고개를 저었다. 「옷은 딱 맞아요.」 월터가 말했다. 「색도 좋아요. 그렇지만 뭔가 〈맘에 안 드는〉 구석이 있어요. 그게 뭘까요?」

덴디 부인이 기침을 했다. 「걸어 보세요.」 부인이 내게 말했다. 나는 부인 말대로 했다. 「이제 돌아 보세요. 그래요. 자 이제 제게 담배를 한 대 건네줘 보세요.」 나는 부인에게 담배를 건넸고, 부인이 담배 연기를 빨아들이고 다시 기침을 하는 동안 기다렸다.

「너무 진짜 같군요.」 마침내 덴디 부인이 월터에게 말했다.

「너무 진짜 같다고요?」

「너무 진짜 같아요. 남자 같아 보여요. 물론 그래야 한다는 건 나도 알지만, 진짜 남자처럼 보여요. 얼굴이며 몸매며 몸가짐이며. 그러면 안 되는 거 아닌가요?」

이제 나는 그 어느 때보다도 어색한 느낌이었다. 나는 키티를 보았고, 키티는 초조한 듯 소리 내어 웃었다. 그러나 내내 얼굴을 찡그리고 있던 월터는 갑자기 표정을 풀더니, 파란 눈을 어린아이처럼 휘둥그레 떴다. 「제길.」 월터가 말했다. 「부인 말이 맞아요!」 월터는 손으로 이마를 짚더니 문으로 걸어갔다. 월터가 육중한 소리를 내며 빠르게 계단을 올라가는 소리가 들렸고, 이어서 우리 머리 위에 있는 방(심스와 퍼시의 방이었다)으로 가서 문을 닫는 소리가 더 크게 들렸다. 월터는 묘한 물건 조합을 가지고 돌아왔다. 신사용 신발, 반짇고리, 리본, 키티의 화장품 가방이었다. 월터는 이 물건들을 내 앞 양탄자 위에 내려놓았다. 그리고 서두르는 목소리로 〈실례할게요, 낸시〉라고 말하더니 내 재킷과 부츠를 벗겼다. 월터는 키티에게 재킷과 함께 반짇고리를 건넸다. 「허리 부분을 몇 땀 줄여 주세요.」 월터가 솔기를 가리키며 말했다. 월터는 부츠를 옆으로 치운 뒤 더 작고 굽이 낮고 꽤 우아한 심스의 신발을 대신 놓았다. 월터는 신발 끈에 리본 매듭을 매달아 신발이 더욱 우아해 보이게 했다. 그리고 리본 매듭을 강조하기 위해 (그리고 내가 부츠를 벗어 조금 더 작아졌기 때문에) 내 바지 아랫단을 살짝 접었다.

다음으로 월터는 내 머리를 잡고 뒤로 젖혔으며, 키티의 화장품 통에서 연지색과 검은색 화장품을 꺼내 입술과 눈썹을 칠했다. 월터는 여자처럼 부드러운 손길로 나를 화장시켰다. 그러고는 내 귀에 꽂혀 있던 담배를 뽑아 벽난로 장식 위로 던졌다. 마침내 월터는 키티를 돌아보며 손가락을 튕겼다. 서두르는 월터를 보고 덩달아 급해진 키티는 월터가 시킨 대로 바느질을 했다. 키티는 재킷을 입가로 들어 올려 약간 남은 실을 끊어 냈고, 월터는 키티에게서 재킷을 건네받아 내게 입히고는 가슴 위로 단추를 잠가 주었다.

이윽고 월터는 뒤로 물러서더니 고개를 살짝 들고 나를 보았다.

나는 다시 한번 나를 살펴보았다. 새 신발은 아름답고 여자 것처럼 보이는 것이 흡사 팬터마임[39]의 남자 주인공이 신는 신발 같았다. 바지는 더 짧아졌으며 옷 선은 좀 망가졌다. 재킷은 허리 아래위로 약간 떴으며 엉덩이와 가슴이 있는 것처럼 모양을 잡았으나 전보다 더 꽉 조여서 훨씬 더 불편했다. 물론 내 얼굴은 볼 수 없었다. 나는 고개를 돌려 눈을 찡그리고 벽난로 위에 있는 액자를 보았으며, 래키티 잭의 구레나룻과 붉은 코 위로 비친 내 눈과 입술을 볼 수 있었다.

나는 다른 사람들을 보았다. 덴디 부인과 교수는 싱글거렸고 키티는 이제 초조한 기색이 전혀 없었다. 월터는 의기양양했으며 자기 수작업에 감탄한 듯했다. 월터가 팔짱을 꼈다.

「완벽하군요.」 월터가 말했다.

정확히 남자처럼 입은 게 아니라 다소 혼란스럽게도 약간은 여자처럼 보이는 남자처럼 옷을 입어 본 뒤, 나는 꽤 빠른 속도로 이 직업에 진입하게 되었다. 바로 이튿날 월터는 내 옷을 침모에게 보내 제대로 다시 바느질을 시켰다. 일주일이 채 지나지 않아 월터는 자기에게 신세를 졌던 매니저에게 무대와 악단을

39 여기서 팬터마임은 크리스마스 때 상연하는 동화 연극을 일컫는다. 영국에서는 빅토리아 여왕 시대에 들어 팬터마임의 주제 자체가 동화적 이야기로 바뀌었고, 젊은 여배우가 남자 주인공 역을 맡는 것이 관례가 되었다.

빌렸고, 키티와 내가 의상을 입고 무대에서 연습을 하게 했다. 무대에서 노래하는 것은 덴디 부인의 거실에서 노래하는 것과는 완전히 달랐다. 낯선 사람들과 어둡고 텅 빈 무대는 나를 당황케 했다. 나는 주눅이 들었고 어색했으며, 키티와 월터가 끈기 있게 가르쳐 준 기본 걷기 동작 몇 개조차 전혀 터득하지 못했다. 마침내 월터는 내게 지팡이를 건네며 그냥 기대어 있으라고 말한 뒤 키티에게 춤을 추게 했다. 그리고 그게 더 나았다. 나는 점차 편해졌으며 노래가 다시 재미있게 들리기 시작했다. 우리가 연습을 마치고 인사를 연습할 때 오케스트라 단원 몇 명이 우리를 향해 손뼉을 쳤다.

그리고 키티는 앉아서 차를 마셨다. 그러나 월터는 나를 다른 사람들에게서 떨어진 걸상들이 있는 곳으로 데려가 앉히더니 엄숙한 표정을 지었다.

「낸.」 월터가 입을 열었다. 「이 일을 시작할 때 당신에게 강요하지 않겠다고 말을 했고, 그건 진심이었어요. 여자의 뜻에 반해 강제로 무대에 서게 강요하느니 아예 이 일을 포기하는 게 낫죠. 당신도 알겠지만, 그런 부류의 사람들이 있어요. 오로지 자기 주머니만 생각하는 사람들 말이에요. 그러나 저는 그런 사람이 아니에요. 게다가 당신은 제 친구이기도 하지요. 하지만…….」 월터는 숨을 들이켰다. 「우리는 이만큼이나 왔어요. 우리 셋이요. 그리고 당신은 뛰어나요. 제가 약속하죠. 당신은 뛰어나요.」

「일하는 건 그럴지도 모르죠.」 내가 미심쩍게 말했다. 그러자 월터가 고개를 저었다.

「그것만 그런 게 아니에요. 지난 6개월 동안 당신은 거의 키티보다 더 열심히 일하지 않았나요? 당신은 키티만큼이나 그 공연에 대해 잘 알고 있어요. 키티의 노래며 공연 내용을 샅샅이 알고 있어요. 당신은 노래 대부분을 키티에게 가르쳐 줬어요.」

「모르겠어요.」 내가 말했다. 「모두 너무나도 새롭고 낯설어요. 평생 연예장을 사랑했지만 직접 무대에 서리라고는 한 번도 생각해 본 적이 없어요.」

「안 해봤어요?」 월터가 말했다. 「정말로 안 해봤어요? 캔터베리에 있는 궁전에서 자그마한 배우가 관중을 사로잡는 모습을 볼 때마다 그 사람이 당신이었으면 좋겠다고 생각하지 않았어요? 당신 이름이 공연 진행표에 올라 있고 당신 노래 제목에 네모를 쳐서 강조해 놓은 모습을 눈 감고 상상해 보지 않았나요? 굴이 가득한 통을 마치 관중이 들어찬 연예장처럼 상상하며 노래를 부르고, 굴들이 관객인 양 울거나 웃으며 소리치는 모습을 생각해 본 적이 없었나요?

나는 손톱을 깨물고 얼굴을 찡그렸다. 「꿈에서요.」 내가 말했다.

월터는 손가락을 튕겼다. 「바로 〈그게〉 무대를 만드는 거예요.」

「어디에서 시작하나요?」 이윽고 내가 말했다. 「우리가 설 무대를 누가 제공하죠?」

「이곳 매니저가 할 겁니다. 오늘 밤에요. 이미 이곳 매니저와 이야기를 했어요.」

「오늘 밤이라고요?」

「한 곡만이에요. 공연 순서에 당신들을 위한 짬을 만들 거예요. 그리고 사람들이 당신을 좋아하면 앞으로도 계속 공연을 하게 할 거예요.」

「오늘 밤…….」 나는 불안해하며 월터를 보았다. 월터의 얼굴은 아주 상냥했으며 눈은 그 어느 때보다 더 파랗고 정직해 보였다. 그러나 월터의 말을 들은 나는 몸이 떨렸다. 야유를 보내는 관객으로 가득한 덥고 환한 연예장을 떠올렸다. 너무나도 넓고 텅 빈 무대를 떠올렸다. 나는 생각했다. 〈나는 할 수 없어. 아무

리 월터의 부탁이라 해도 안 돼. 키티의 부탁이라 해도 안 돼.〉

나는 설레설레 고개를 저었다. 월터는 나를 보더니 재빨리 다시 말을 이었다. 월터를 알고 지낸 지난 몇 달을 통틀어 간사하다는 표현이 어울려 보였던 건 아마도 그때가 처음이었을 것이다. 월터가 말했다.「알겠지만, 우리는 2인 공연에 대한 계획을 이제 와서 접을 수는 없어요. 만약 당신이 키티의 상대가 되고 싶지 않다면 다른 여자가 그 역을 할 수도 있어요. 소문을 내고 광고를 붙이고 오디션을 열면 돼요. 당신이 키티를 실망시킬까 봐 걱정할 필요는 없어요.」

나는 월터에게서 시선을 돌려 무대를 보았다. 키티는 석회광이 비치는 무대 가장자리에 다리를 흔들며 앉아서 지휘자와 이야기를 나누며 싱글거리며 차를 마시고 있었다. 이전까지 나는 키티가 다른 상대와 함께하리라는 생각, 키티가 다른 여자와 팔짱을 끼고 각광 앞에서 활보하고 다른 여자의 목소리가 키티의 목소리와 섞이는 생각을 해본 적이 없었다. 그건 야유로 가득한 객석보다 더 끔찍했다. 무대에서 조롱받고 욕을 먹을 거라는 예상보다 훨씬 끔찍했다. 수천 번의 조롱과 욕보다도…….

그리하여 그날 밤 키티가 무대 옆에 서서 사회자의 부름을 기다리고 있을 때 나는 키티 옆에서 화장을 한 채 땀을 뻘뻘 흘리며 거의 피가 날 정도로 입술을 세게 깨물고 있었다. 예전에도 키티에 대한 걱정과 열정으로 심장이 쿵쾅거리며 빠르게 뛰기는 했으나 지금처럼 쿵쾅거리며 뛴 적은 없었다. 심장이 밖으로 튀어나올 것만 같다는 생각이 들었고, 겁이 나 죽을 것 같았다. 월터가 우리에게 와서 속삭이고 주머니를 금화로 채워 주었지만 나는 월터에게 대답을 할 수가 없었다. 무대에서는 저글링 묘기가 시작되었다. 무대에서 남자가 막대기를 잡기 위해 뛰자 마루가 삐걱거리는 소리가 들렸고, 무사히 묘기를 마치는 동안 관객들은 손뼉을 치고 놀라기를 반복하며 환호를 보냈다. 이윽고 나무망치 소리가 나고 저글링 묘기꾼이 자기 장비를 들고 우리 옆으로 뛰어 들어왔다. 키티가 아주 낮은 목소리로 내게 말했다. 「사랑해요!」 올라가는 막을 보자 반은 밀리고 반은 끌려서 무대로 가는 느낌이 들었으며, 어떻게든 무대에서 어슬렁거리며 노래를 해야 한다는 사실을 깨달았다.

처음에 나는 조명에 너무 눈이 부셔 관객들을 전혀 볼 수가 없었다. 오직 가까이서 부스럭대고 웅성거리는 소리만 크게 들려올 뿐이었다. 마침내 눈부신 석회광 조명에서 아주 잠시 벗어나자 내게 시선을 집중하고 있는 얼굴들이 모두 보였고, 나는 하마터면 비틀거리며 넘어질 뻔했다. 만약 그 순간 키티가 내 팔을 꼭 잡고 오케스트라의 음악 소리에 묻히는 작은 소리로 〈우리는 저 사람들의 관심을 끌고 있어요! 들어 보세요!〉라고 하지 않았더라면 정말로 넘어졌을 것이다. 나는 귀를 기울였고, 믿을 수 없게도 키티의 말이 옳다는 사실을 깨달았다. 사람들은 손뼉을 치고 친근하게 환호를 보냈다. 우리가 노래하며 합창을 하는 대목으로 가기까지 기대에 부푼 관객들은 점차 콧노래 소리를 높였다. 그리고 마침내 최상층에서 1층 관람석까지 환호와 웃음소리가 끓어올랐다.

그 소리에 내 몸은 지금껏 한 번도 겪어보지 못한 식으로 반응했다. 환호성을 듣는 즉시 나는 하루 종일 배우려 애쓰다가 실패했던 그 바보 같은 춤을 떠올렸고, 지팡이에 기대고 있던 몸을 쭉 펴고는 키티에게로 가 함께 각광 앞을 걸었다. 또한 나는 월터가 무대 옆에서 우리에게 원했던 것이 무엇인지 깨달았다. 새 노래가 막바지에 다다를 때 나는 키티와 함께 무대 앞쪽으로 가서 월터가 주머니에 넣어 주었던 금화를 꺼내(물론 초콜릿으로 만든 것이었지만 밖에 씌운 금박 때문에 번쩍거렸다) 웃고 있는 관객들에게 던졌다. 그것들을 받으려고 수십 개의 손이 뻗어 올랐다.

그리고 앙코르를 원하는 외침이 들려왔다. 물론 우리는 앙코르를 할 수 있는 곡이 없었다. 관객들이 여전히 환호를 올리고 사회자가 정숙을 요구하는 동안 우리는 무대를 내려오는 춤을 추며 막 아래로 물러날 뿐이었다. 다음 공연자들(자전거 묘기를 하는 쌍이었다)이 우리 자리를 대신하기 위해 급히 나왔다. 그러나 그 사람들 공연이 끝날 때까지도 여전히 한두 명은 우리더러 다시 나오라고 외쳤다.

우리 무대는 그날 밤 공연 가운데 최고로 인기가 있었다.

무대 뒤편에서 키티는 내 뺨에 키스를 했고 월터는 내 어깨를 꽉 움켜쥐었으며 사방에서 즐거운 탄성과 나를 칭찬하는 소리가 들려왔다. 나는 칭찬에 웃음 짓지도 그렇다고 겸손하게 부인하지도 못한 채 놀라서 가만히 서 있었다. 아마 나는 즐거워서 소리치는 관객들 앞에 7분 정도 나가 있었을 것이다. 그러나 그 짧은 시간 동안 나는 나에 대한 진실을 엿보았으며 그 진실 앞에 외경심을 느끼고 완전히 바뀌었다.

진실은 이랬다. 여자로서 내가 이룰 수 있는 성공이 무엇이든 간에(비록 어느 정도는 여자처럼 보여야 하기는 했지만) 남자로 차려입고 즐길 수 있는 성공의 기쁨에는 비교될 수 없었다.

간단히 말해, 나는 천직을 찾았다.

이튿날 나는 새 직업에 맞게 머리를 자르고 이름을 바꿨다.

내가 머리를 자른 곳은 배터시에 있는 무대 미용사네 집으로, 키티가 머리를 하는 곳이었다. 미용사는 한 시간 정도 내 머리를 해주었으며, 키티는 그동안 의자에 앉아 나를 지켜보았다. 그리고 머리를 다 했을 때 미용사가 앞치마 앞에 거울을 들고 경고조로 하던 말을 기억한다. 「자, 당신 모습을 보면 비명을 지를 거예요. 머리를 짧게 치고 비명을 지르지 않은 여자는 본 적이 없어요.」 그 말에 나는 갑작스러운 공포로 몸이 떨렸다.

그러나 미용사가 내게 거울을 보여 줬을 때 나는 변한 모습을 보며 살짝 웃기만 했다. 미용사는 내 머리를 키티처럼 짧게 치는 대신 옷깃에 닿을 정도로 집시풍으로 길게 남겨 두었다. 머리를 땋았을 때에는 그 무게 때문에 머리가 곧게 잡아당겨졌지만, 짧게 자르고 나니 멋진 곱슬머리가 되었다. 미용사는 이마로 넘어올 듯한 머리 타래에 머릿기름을 약간 발라 주었고, 그 덕분에 내 머리는 고양이 털가죽처럼 윤이 나고 금반지처럼 빛났다. 머리 타래를 만지거나 고개를 돌려 약간 갸우뚱했을 때 나는 뺨이 진홍빛으로 물드는 걸 느꼈다. 미용사가 말했다. 「봤죠. 이상하게 느낀다니까요.」 미용사는 잘라 낸 머리 단으로 짧은 머리를 어떻게 감추고 다니는지를 보여 주었다(키티도 그렇게 하고 다녔다).

나는 아무 말도 하지 않았다. 그러나 내가 얼굴을 붉힌 것은 후회가 되어서가 아니었다. 내가 얼굴을 붉힌 것은 새로이 짧게 친 머리가, 드러난 목덜미가 음란해 보였기 때문이다. 내가 얼굴을 붉힌 것은 처음으로 바지를 입었을 때처럼 흥분이 되며 열이 나고 키티를 원했기 때문이다. 사실 나는 남장을 더 과감히 하면 할수록 더욱더 키티를 원하는 듯했다.

그러나 키티는 미용사가 나를 자랑삼아 내보일 때도 웃고 있기는 했지만 잘라 낸 머리 단을 다시 붙였을 때 더욱 활짝 웃었다. 「그게 더 낫네요.」 내가 일어나 치마를 쓸어내릴 때 키티가 말했다. 「짧은 머리를 하고 프록을 입은 모습은 당신에게 안 어울려요!」

지네브라 로드로 돌아와 보니 월터가 우리를 기다리고 있었고, 덴디 부인은 점심을 차리고 있었다. 바로 이곳에서 나는 과감히 자른 새 머리에 어울리는 이름을 얻었다.

캠버웰에서 데뷔를 했을 때 우리는 평소에 쓰는 이름이 괜찮을 거란 생각에 사회자에게 〈키티 버틀러와 낸시 애슬리〉로 소개하게 했다. 하지만 이제 우리는 대성공을 거뒀다. 월터의 매니저 친구는 우리에게 4주짜리 계약을 제안했고, 포스터에 찍을 우리 이름을 알려 달라고 했다. 지난 반년 동안 성공을 거둬 온 키티의 이름은 그대로 써야 했다. 그러나 월터는 〈애슬리〉가 너무 흔하다며 좀 더 나은 이름을 생각해 보자고 했다. 나는 상관없었다. 단지 〈낸〉이라는 이름은 꼭 써야 한다고 했다. 키티가 내게 새로 붙여 준 이름이었기 때문이다. 그 결과 우리는 점심을 함께 하며 모두 낸에 어울리는 이름을 대게 되었다. 투시가 말했다. 「낸 러브.」 심스는 〈낸 서전트〉를 댔다. 퍼시가 말했다. 「낸 스칼렛, 낸 실버, 아니, 낸 골드…….」 모든 이름이 내게 새롭고 멋진 모습을 부여해 주는 것 같았다. 마치 분장실에 걸린 재킷들을 하나하나 보며 시시하다는 듯 어깨를 으쓱하는 듯한 느낌이 들었다.

어쨌건 그 어느 것도 어울려 보이지 않았다. 그때 교수가 식탁을 두드리더니 목청을 가다듬고 말했다. 「낸 킹.」 예명을 선택한 배경에는 (다른 예능인들처럼) 뭔가 낭만적인 뒷이야기가 있다고, 어느 특별한 장소에서 특별한 책을 펴보니 그곳에 그 이름이 있었다고, 잠을 자다 꿈에서 〈킹〉이라는 이름을 듣고 전율이 들었다고 말할 수 있으면 좋겠지만, 그런 이유는 없었다. 단지 우리는 예명이 필요했고 교수가 〈낸 킹〉이라 말했으며 나는 그 이름이 맘에 들었을 뿐이었다.

그리하여 그날 저녁 우리는 전날 밤에 거둔 성공보다 더 큰 성공을 거두기 위해 〈키티 버틀러와 낸 킹〉이라는 이름으로 캠버웰에 돌아갔다. 포스터에도 〈키티 버틀러와 낸 킹〉이라고 찍혔다. 〈키티 버틀러와 낸 킹〉은 꾸준히 인기가 오르기 시작해 전단의 중간 부분에서 두 번째 줄, 그리고 첫 번째 줄을 차지하게 되었다. 캠버웰 연예장뿐 아니라 다음 몇 달 동안 런던의 비교적 덜 유명한 모든 연예장들, 그리고 천천히 천천히 웨스트엔드에 있는 연예장 일부에서도.

사람들이 왜 키티가 단독으로 할 때보다 내가 함께 공연하는 걸 더 좋아했는지 그 이유는 잘 모르겠다. 아마 월터가 예견했던 대로 단지 우리가 참신했기 때문이었을 것이다. 비록 나중에는 다른 이들도 우리를 따라 하기는 했지만 1889년 런던의 연예장에는 우리처럼 공연하는 이들이 우리 말고는 아무도 없었다. 또한 어쩌면 역시 월터가 예언했던 대로 여자 〈두 명〉이 신사복을 입은 모습이 여자 한 명이 바지에 실크해트에 각반 차림을 한 것보다 더 멋지고 흥분되고 형언할 수 없이 더욱 〈음란〉해 보였기 때문일 수도 있다. 우리는 아주 멋지게 어울렸다. 밤갈색 머리를 짧게 친 키티와 부드럽고 윤이 나는 금발의 나. 키티는 2.5센티미터 굽이 있는 실내화를 신어 키를 살짝 키웠고 나는 여자용 굽 없는 신발을 신었으며 교묘하게 만든 맞춤옷으로 내 몸에 나타나는 여성스러운 굴곡과 호리호리한 윤곽을 가렸다.

변화를 일으킨 원인이 무엇이든 간에, 그 변화는 제대로 그것도 훌륭하게 그 역할을 해냈다. 우리는 키티 혼자였을 때처럼 꽤 인기 있는 정도가 아니라 정말로 유명해졌다. 급료도 올랐다. 우리는 하룻밤에 세 곳, 때때로 네 곳에서 공연을 했으며 이제 우리가 탄 마차가 교통 체증에 걸리면 마부는 〈이 마차에는 키티 버틀러와 낸 킹이 타고 있고 15분 뒤에 홀본의 로열 극장에서 공연이 있습니다. 그러니 좀 비켜 주지 않겠습니까?〉 하고 소리치곤 했다. 그러면 다른 마부들은 우리가 통과할 수 있도록 마차를 조금씩 이동했고 우리가 지나가는 사이 모자를 들고 창문을 통해 싱긋 웃어 보였다! 이제 우리에게는 키티에게 그랬듯이 꽃다발이 왔다. 이제 〈나〉는 저녁 식사 초대를 받았고, 부탁과 사인 요청과 편지가 쇄도했다.

이 모든 일이 진짜로 일어났으며 바로 내게 일어났다는 사실을 이해하기까지 몇 주가 걸렸다. 또 내가 그 사실을 믿고 나를 좋아하는 관객들을 신뢰하기까지 몇 주가 걸렸다. 그러나 마침내 나는 내 새로운 삶을 사랑하는 법을 배웠고, 아주 격렬히 사랑했다. 성공의 기쁨이란 받아들이기 꽤 쉬운 듯하다. 나는 기쁨을 수용하는 새로운 능력이 생겼다. 나는 공연을 하며 관객들에게 내 모습을 보이고 멋진 옷을 입고 완전히 변장한 차림으로 상스러운 노래를 부르는 데서 즐거움을 느꼈으며, 그런 내 모습에 스스로 깜짝 놀라는 동시에 흥분이 되었다. 얼마 전까지 나는 무대 옆에 서서 조명 아래 무대를 활보하는 키티를 소란스러운 다수의 관중과 함께 지켜보는 것으로 만족했다. 그런데 이제 갑자기 그 조명을 받으며 부러움과 즐거움이 담긴 시선을 받는 대상이 바로 내가 되었다. 어쩔 수 없었다. 나는 키티와 사랑에 빠졌었다. 이제 키티가 된 나는 나 자신과 사랑에 빠졌다. 나는 내 머리털이 그토록 단정하고 그토록 윤이 나는 데 감탄했다. 나는 내 다리를 숭배했다. 치마에 휩싸여 있을 때는 내 다리에 대해 생각해 본 적이 거의 없었지만, 내 다리는 퍽 길고 날씬했다.

아니, 괜히 우쭐해서 하는 소리다. 나는 그렇지 않았으며 절대 그렇게 될 수 없었다. 그리고 내가 키티를 사랑하는 것은 자기애의 연장이었다. 공연은 여전히 키티만의 것임을 나는 알았다. 우리가 노래할 때 진짜로 노래하는 이는 키티였고, 나는 가볍고 쉬운 음만 냈다. 우리가 춤을 출 때 어려운 동작을 하는 이도 키티였다. 나는 그냥 걷거나 키티 곁에서 가볍게 스텝을 밟을 뿐이었다. 나는 키티의 장식이자 메아리였다. 나는 키티가 밝게 빛나며 무대를 가로질러 던지는 그림자였다. 그러나 그림자로서 나는 키티에게 그전까지 없었던 깊고 선명한 가장자리가 되어 주었다.

그건 전혀 하찮은 일이 아니었고, 나는 만족했다. 오직 사랑만 있을 뿐이었다. 그리고 공연이 잘되면 잘될수록 사랑도 더 완벽하게 자란다고 생각했다. 결국 둘은, 공연과 우리 사랑은 그리 크게 다르지 않았다. 둘은 함께 태어났다. 아니 내가 생각하기 좋아하는 대로라면 하나는 다른 하나로부터 태어났으며 단지 둘 중 하나만이 남들 앞에 보이는 형태를 취했을 뿐이었다. 키티와 내가 처음으로 연인이 되었을 때, 나는 키티에게 약속했다. 〈조심할게요.〉 나는 이렇게 말했다. 그리고 나는 아주 가볍게 말했다. 쉬운 일이라고 생각했기 때문이다. 나는 약속을 지켰다. 누군가 우리를 보거나 엿들을 만한 곳에서는 키티에게 키스를 하거나 만지거나 사랑을 속삭이지 않았다. 그러나 쉽지 않은 일이었고, 달이 지나도 쉬워지지 않았다. 오로지 우울한 버릇이 되었을 뿐이었다. 밤이면 벌거벗은 팔다리를 서로 뜨겁게 대고 가까이 있다가 낮에는 키티로부터 냉담히 멀찌감치 떨어져 있는 게 어떻게 쉬울 수 있단 말인가? 사적인 시간 내내 눈이 아플 정도로 키티를 바라보고 목이 마를 정도로 달콤하게 키티를 부르며 지내다가 남들의 시선이 있는 곳에서 키티를 보지 않는 것이, 남들이 들을까 봐 혀를 깨무는 것이 〈어떻게〉 쉬울 수 있단 말인가? 덴디 부인이 차린 저녁 식사 시간에 키티와 나란히 앉고 극장의 분장실에서 키티 옆에 서고 도시의 거리를 키티와 함께 걸을 때면, 나는 수갑과 족쇄를 차고 사슬에 묶이고 눈가리개를 하고 재갈이 물린 느낌이 들었다. 키티는 내게 사랑하도록 허락해 주었다. 키티는 세상은 내가 키티의 친구 이상이 되는 일을 허락하지 않을 거라고 말했다.

키티의 친구이자 무대 동료. 믿기지 않겠지만 열정에 차 있으면서도 늘 어둠과 침묵 속에서 계단에서 들려올지도 모르는 발소리에 늘 귀를 반 정도 열어 놓고 키티와 사랑을 나누는 일과 천 쌍의 눈앞에서 조명을 받으며 키티 옆에서 자세를 취하는 일이 둘은 그리 다르지 않았다. 2인조 연기는 늘 관객들이 생각하는 것보다 배의 연기력을 필요로 했다. 우리의 노래, 스텝, 금화, 지팡이, 꽃으로 하는 연기 너머에는 우리만의 은밀한 언어가 들어 있었고, 우리는 관객 모르게 그 언어로 미묘한 내용을 끝없이 주고받았다. 그것은 혀가 아니라 몸으로 말하는 언어였으며 손가락이나 손바닥에 힘을 주거나 엉덩이를 살짝 밀거나 시선을 마주치거나 피하는 행동으로 〈너무 느려요, 너무 빨라요, 거기가 아니라 여기예요, 좋아요, 훨씬 좋아요!〉라고 말하는 언어였다. 우리는 흡사 진홍색 커튼이 배경으로 드리워진 무대를 걸으며 키스하고 애무하고 손뼉 치고 즐거워하고 게다가 그로 인해 돈까지 받는 것 같았다! 내가 바지를 입고 무대에서 서면 키티에게 키스하고 싶은 생각 뿐이라고 속삭였을 때 키티는 이렇게 말했다. 「정말 끝내주는 쇼겠는걸요!」 그러나 그것은 우리의 쇼였다. 단지 관객들이 전혀 모를 뿐이었다. 관객들은 우리를 보지만 완전히 다른 공연을 보았다.

어쩌면 누군가 얼핏 알아차린 사람이 있을지도 모르겠다…….

나는 내 팬들과 이야기를 했다. 여자아이들이었으며, 대부분은 즐겁고 속 편한 아이들로 무대 문에 모여 사진이나 사인을 원했고 우리에게 꽃다발을 주었다. 그리고 다른 이들보다 더 절박하고 더 의욕적인, 아니면 더 수줍어하고 어색해하는 사람이 열

명 또는 스무 명 가운데 한두 명은 꼭 있었다. 그리고 나는 그런 사람들에게 무언가가 있다는 사실을 깨달았다. 딱 꼬집어 말할 수는 없었지만 분명히 뭔가 있었으며 그것 때문에 나에 대한 그 사람들의 흥미는 다소 특별했다. 그런 여자들은 편지를 보냈다. 무대 문에서 기다리던 때처럼 과장이나 생략으로 가득한 편지였다. 나를 겁먹게 하고 물러나게 하는 동시에 끌어당기는 편지들이었다. 가령 이런 글을 써 보낸 여자도 있었다. 〈이런 글을 적어 보낸다고 기분 나빠하지 않으셨으면 좋겠어요. 당신은 아주 잘생기셨어요.〉 또 이런 글도 있었다. 〈킹 양에게, 저는 당신을 사랑해요!〉 에이다 킹이라는 이름의 인물은 자기와 내가 사촌이 아닌지 물어 왔다. 에이다 킹은 이렇게 썼다. 〈저는 당신과 버틀러 양을 무척 좋아합니다. 특히 당신을요. 제게 사진을 한 장 보내 주실 수 있나요? 제 침대 옆에 당신 사진을 두고 싶어요.〉 나는 내가 가장 좋아하는 사진을 보내 주었다. 키티와 내가 통바지에 밀짚모자 차림을 하고, 키티는 주머니에 손을 넣고 나는 키티와 팔짱을 끼고 몸을 기댄 자세로 손가락에 담배를 끼우고 있는 사진이었다. 나는 사진에 〈에이다에게, 킹이 또 다른 킹에게〉라고 서명했다. 그 사진이 벽에 붙거나 액자에 들어가고 내가 알지 못하는 여자아이가 그 사진을 보며 프록을 잠그거나 잠이 들 거라는 생각을 하니 아주 야릇한 기분이 들었다.

좀 더 이상한 요구들도 있었다. 옷깃 단추며 무대 의상 단추, 머리털을 보내 달라는 요구도 있었다. 목요일 또는 금요일 밤에 진홍색이나 녹색 넥타이를 하거나 옷깃에 노란 장미를 꽂아 달라는 요구도 있었다. 특별한 신호를 하거나 춤을 추며 특별한 스텝을 밟아 달라는 요구도 있었다. 자신들이 보낸 편지를 내가 읽었다는 걸 알 수 있도록 말이다.

「버려요.」 내가 그런 편지들을 보여 주면 키티는 이렇게 말하곤 했다.「그런 여자들은 정신이 빠진 거예요. 희망을 주면 안 돼요.」그러나 나는 그 여자들이 키티 말대로 정신이 빠진 게 아니라는 걸 알았다. 그 여자들은 1년 전의 나와 같았고 더 용감하고 무모할 뿐이었다. 그리고 그 자체로 나는 감명을 받았다. 이제 나를 놀라게 하고 흥분케 하는 것은 여자들이 나를 본다는 생각, 어두운 극장 어딘가에서 오로지 나만을 위해 심장이 뛰는 여자가 한두 명은 있다는 생각, 내 얼굴과 몸매와 의상에 (아마도 음란한) 시선을 떼지 못하는 눈동자가 한두 쌍은 있다는 생각이었다. 〈이런 여자들은 자신이 왜 나를 보는지 알까? 자신이 무엇을 찾는 건지 알았을까? 무엇보다도, 윙크를 보내고 마음을 아프게 했던 여인들에 대한 노래를 하며 바지를 입고 무대를 활보하는 내 모습에서 이들은 무엇을 보았을까? 내가 자기들에게서 보았던 무엇인가를 그 여자들도 보았을까?〉

「보면 안 되죠!」내 생각을 키티에게 말하자 키티가 대답했다. 그리고 비록 키티는 소리 내어 웃었지만 그 웃음에는 긴장이 살짝 배어 있었다. 키티는 그런 주제에 대해 이야기하는 것을 싫어했다.

어느 날 밤 극장 분장실에서 여자 한 쌍(익살 가수와 의상 담당자였다. 내 생각에 이 둘 역시 우리와 비슷한 관계였다)을 만났을 때 역시 키티는 그런 화제를 꺼내기 싫어했다. 가수는 화려했으며 코르셋 위로 아주 단단히 조인 게 분명한 반짝이는 장식이 달린 프록 차림이었다. 의상 담당자는 가수보다 나이가 많았으며 평범한 갈색 드레스 차림이었다. 나는 의상 담당자가 프록을 잡아당기는 모습을 볼 때는 아무런 생각도 들지 않았다. 그러나 고리를 단단히 여밀 때 의상 담당자는 몸을 숙이고 분이 뭉쳐 있던 가수의 목을 가볍게 불었다. 그리고 가수에게 뭔가를 속삭였고 둘은 머리를 아주 가까이 대고 소리 내어 웃었다. 그리고 분장실 벽에 팻말이라도 걸어 놓은 것처럼 명확히 나는 둘이 연인 사이라는 사실을 깨달았다.

그 사실에 나는 횃불처럼 얼굴이 붉어졌다. 나는 키티를 보았고 키티 역시 그 사실을 알아차렸다는 것을 깨달았다. 그러나 키티는 눈을 내리깔고 입은 일자로 굳게 다물었다. 익살 가수는 우리 곁을 지나 무대로 가며 내게 눈을 찡긋했다. 「이제 사람들을 웃기러 갑니다.」 여자가 말하자 여자의 의상 담당자가 다시 소리 내어 웃었다. 여자는 공연을 끝내고 돌아와 화장을 지운 뒤 담배를 가지고 와 불이 있는지 물었다. 여자는 담배 연기를 들이마신 뒤 나를 살펴보았다. 여자가 물었다. 「공연이 끝나고 바버라의 파티에 갈 건가요?」 나는 바버라가 누군지 모른다고 대답했다. 여자는 손을 저었다. 「오, 바버라는 맘 쓰지 말아요. 당신은 엘라랑 저와 함께 가면 돼요. 당신이랑 당신 친구요.」 여기서 여자는 키티에게 고개를 (내가 생각하기에는 아주 유쾌하게) 끄덕였다. 그러나 그동안 내내 고개를 숙이고 치마를 매만지던 키티는 이제 시선을 들고 깐깐한 웃음을 머금었다.

「같이 가자고 해줘서 고마워요.」 키티가 말했다. 「하지만 오늘 밤에는 선약이 있어요. 우리 매니저인 블리스 씨가 저녁 식사에 우리를 데리고 갈 거예요.」

나는 눈만 말똥거렸다. 내가 아는 한 우리는 약속이 없었다. 그러나 가수는 어깨만 으쓱할 뿐이었다. 「아쉽네요.」 여자가 말했다. 그리고 나를 보았다. 「당신 친구를 매니저에게 맡기고 혼자서 저와 엘라와 함께 가고 싶지는 않겠죠?」

「킹 양은 블리스 씨랑 바쁜 일이 있답니다.」 내가 대답하기도 전에 키티가 말했다. 키티가 하도 단호히 말했기 때문에 가수는 콧방귀를 뀌더니 등을 돌려 바구니를 들고 기다리는 자기 의상 담당자에게 돌아갔다. 나는 둘이 떠나는 모습을 지켜보았다. 둘은 나를 보지 않았다. 이튿날 밤 극장에 다시 왔을 때 키티는 둘과 멀찌감치 떨어진 옷걸이를 골랐다. 그리고 그 이튿날 둘은 다른 연예장으로 옮겨 갔다.

집에 돌아와 침대에 누웠을 때 나는 부끄러웠다고 말했다.

「왜 월터가 올 거라고 그 사람들에게 말했나요?」 내가 키티에게 물었다.

키티가 대답했다. 「난 그 사람들이 싫었어요.」

「왜요? 상냥하잖아요. 재미있고요. 우리랑 같은 사람들이었어요.」

나는 키티를 껴안고 있었고, 내 말에 키티 몸이 뻣뻣이 굳는 게 느껴졌다. 키티는 내게서 몸을 빼낸 뒤 고개를 들었다. 촛불을 켜둔 채였고, 놀라서 하얗게 질린 키티의 얼굴이 보였다.

「낸!」 키티가 말했다. 「그 사람들은 우리와 달라요! 그 사람들은 우리와 완전히 달라요. 그 사람들은 〈톰〉이라고요.」

「톰이요?」 나는 이 순간을 아주 생생하게 기억한다. 이전까지 그 단어를 들어 본 적이 단 한 번도 없었기 때문이다. 후에 나는 내가 이 단어를 몰랐던 시절이 있었다는 생각을 하며 놀라곤 했다.

키티는 그 단어를 말하며 몸을 움찔했다. 「톰. 그런 사람들은 여자들에게 키스를 하는 게 〈직업〉이 되어 버렸어요. 우리는 그렇지 않아요!」

「우리는 안 그래요?」 내가 물었다. 「오, 만약 누군가 제게 돈을 주기만 한다면 전 아주 기꺼이 당신에게 키스하는 걸 직업으로 삼겠어요. 누구 제게 그렇게 하라고 돈을 줄 사람 혹시 몰라요? 그런 사람만 있다면 전 당장 무대를 떠나겠어요.」 나는 다시 키티를 끌어당기려 했으나 키티는 내 손을 밀쳐 냈다.

「당신은 무대를 떠나야 할 거예요.」 키티가 심각하게 말했다.

「그리고 저도요. 만약 우리에 대한 이야기가 나돌면요. 만약 우리가 〈그런 것 같다〉고 사람들이 생각하면요.」

그러나 우리가 어떤 것 〈같단 말인가〉? 나는 여전히 알 수 없었다. 하지만 내가 캐묻자 키티는 짜증을 냈다.

「우리는 누구와도 같지 않아요! 우리는 단지 우리 자신일 뿐이에요.」

「그렇지만 만약 우리가 단지 우리 자신일 뿐이라면, 왜 우리는 그걸 숨겨야 하는 거죠?」

「왜냐하면 우리와 그런 여자들 사이의 차이점을 아무도 모를 테니까요!」

내가 소리 내어 웃었다. 「차이가 있어요?」 내가 다시 물었다.

키티는 여전히 시무룩하고 우울해했다. 키티가 말했다. 「당신은 이해하지 못해요. 당신은 무엇이 옳고 무엇이 그른지, 무엇이 좋고 무엇이 나쁜지 알지 못해요…….」

「전 이게, 우리가 하는 게 그르지 않다는 걸 알아요. 세상이 이런 행동이 옳지 않다고 말할 뿐이에요.」

키티는 고개를 저었다. 「같은 거예요.」 키티가 말했다. 이윽고 키티는 베개에 머리를 누이고 눈을 감은 뒤 얼굴을 반대편으로 돌렸다.

나는 키티를 괴롭게 해서 미안했다. 그러나 말하기는 부끄럽지만 고민하는 키티의 모습을 보고 있노라니 꽤 흥분이 되었다. 나는 키티의 뺨을 만지며 키티에게 좀 더 가까이 갔다. 이윽고 나는 키티의 얼굴에서 손을 뗀 뒤, 주저하며 천천히 잠옷을 타고 내려가 가슴과 배로 손을 옮겼다. 키티는 몸을 피했고, 나는 손가락 움직임을 늦췄지만 멈추지는 않았다. 그리고 곧 키티는 자기도 모르게 그러는 것처럼 동의하듯 긴장을 풀었다. 나는 더 아래쪽으로 손을 옮겨 슈미즈 가장자리를 잡고 위로 올렸다. 그리고 내 슈미즈도 걷어 올린 뒤 내 몸을 부드럽게 키티의 몸 위로 올렸다. 우리는 굴 껍데기 위아래가 서로 맞붙어 있듯 딱 붙어 있었다. 아마 칼날 하나 들어갈 틈도 없었을 것이다. 내가 말했다. 「오, 키티, 어떻게 이게 틀릴 수 있겠어요?」 그러나 키티는 대답 없이 자기 입술을 내 입술로 가져올 뿐이었고, 내가 강렬한 키스를 받으며 몸무게를 싣자 한숨을 쉬었다.

아마 나는 나르키소스였으리라. 막 나를 집어삼키려는 호수를 끌어안으려 하는.

생각해 보면 내가 자기 말을 이해하지 못한다는 키티의 말은 사실이었다. 언제나, 언제나 그것은 같은 결과로 귀착되었다. 즉 아무리 우리가 사랑한다는 사실을 숨겨야 한다 해도, 아무리 우리가 즐거움을 은밀하게 즐겨야 한다 할지라도 나는 그 사실 때문에 오랫동안 괴로워하는 법이 없었다. 키티가 인정했듯이 그것은 너무나 달콤했다. 또한 나는 기쁨에 겨워 누구든 나를 좋아하는 사람이라면 사실을 알게 되었을 때 나를 위해 기뻐해 줄 거라고만 믿었다.

앞서 말했듯, 나는 아주 어렸다. 이튿날 키티가 아직 잠들어 있을 때 나는 조용히 일어나 우리 거실로 갔다. 그곳에서 나는 몇 달 동안 하고 싶어 했으나 감히 그럴 용기가 없어 하지 못한 무엇인가를 했다. 나는 종이와 펜을 꺼내 언니인 앨리스에게 편지를 썼다.

나는 몇 주째 집에 편지를 보내지 않았다. 나도 무대에 선다고 써 보내긴 했지만 사실을 축소해서 써 보냈다. 부모님이 당신들의 귀한 딸에게 걸맞은 품위 있는 일이 아니라고 생각할까 봐 겁이 났다. 부모님은 당혹스러워하며 내가 하는 일이 맘에 들지 않는다는 내용이 담긴 짧은 편지를 보냈다. 부모님은 내가 제대로 살고 있는지 확인하기 위해 런던으로 와보겠다고 편지에 적었으며, 나는 즉시 답장에다 내가 너무 바쁘고 방이 너무 좁기 때문에 이곳으로 오면 안 된다고 적어 보냈다. 간단히 말해 키티가 나를 〈아주 조심스레〉 행동하도록 만든 것이다! 나는 우리 관계의 이런 면이 정말로 맘에 들지 않았다. 그 뒤로 집과 나 사이에 오고 가는 편지는 전보다 더 뜸해졌다. 그리고 무대에서 내 인기가 높아지면서 정신이 없었다. 나는 결코 그 말을 하지 않았다. 부모님도 묻지 않았다.

그러나 이제 내가 앨리스에게 쓴 편지는 무대에 대한 내용이 아니었다. 나는 편지에 나와 키티 사이에 무슨 일이 벌어졌는지에 대해 썼다. 우리가 서로 사랑한다고, 친구가 아니라 연인으로 지낸다고 썼다. 우리가 함께한다고 썼다. 그리고 나는 내가 상상했던 것보다 훨씬 더 행복하니 앨리스는 나를 위해 기뻐해 줘야 한다고 썼다.

긴 편지였으나 쉽사리 써 내려갔다. 그리고 편지를 다 쓰자 공기처럼 가벼운 기분이 들었다. 나는 편지를 다시 읽어 보지 않은 채 바로 봉투에 담아 우체국으로 달려갔다. 내가 돌아왔을 때 키티는 여전히 잠에 빠져 꼼짝도 하지 않았다. 그리고 키티가 잠에서 깨었을 때 나는 편지에 대해 아무런 말도 하지 않았다.

나는 키티에게 앨리스의 답장에 대해서도 말하지 않았다. 답장은 며칠 뒤 키티와 내가 아침 식사를 할 때 도착했고, 나는 혼자서 읽어 볼 시간이 날 때까지 편지를 주머니에 넣어 두고 열지 않았다. 편지를 펼치는 순간 나는 한눈에 아주 깔끔하다는 걸 알아볼 수 있었다. 앨리스는 글씨를 깨끗하게 쓰는 편이 아니었으므로, 나는 앨리스가 이 편지를 쓰기까지 몇 번을 새로 썼으리라고 추측했다.

편지는 내가 쓴 편지와 달리 아주 짧았다. 너무나 짧았기에 나는 당시 내가 느꼈던 커다란 실망을, 그리고 전혀 원하던 바는 아니었으나 아직까지도 완벽하게 그 편지 내용을 기억하고 있다.

〈낸시에게.〉 편지는 이렇게 시작했다. 〈네 편지는 내게 충격적이면서도 전혀 놀랍지 않았어. 네가 우리를 떠난 날 이후 언젠가는 바로 이런 내용을 들으리라 짐작하고 있었거든. 처음 네 편지를 읽었을 때 난 울어야 할지 아니면 화를 내며 편지를 집어던져야 할지 알 수 없었어. 결국 나는 그걸 불태워 버렸어. 그리고 너도 이 편지를 읽고 나서 불태워 버릴 정도의 의식은 있었으면 좋겠어.

넌 네 행동에 대해 나보고 기뻐해 달라고 했지. 낸스, 넌 내가 늘 진심으로 너의 행복을 빌어 왔다는 걸 알아야만 할 거야. 내 행복보다도 더 말이야. 하지만 또한 네가 그 여자와 이렇게 이상하고 잘못된 우정을 유지하는 동안 내가 절대 행복할 수 없다는 사실도 알아야 해. 나는 네가 말했던 그런 기분을 절대로 느낄 수 없어. 넌 행복하다고 생각하지만 잘못 생각하고 있는 거야. 그리고 그건 그 여자, 소위 네 친구 탓이야.

나는 네가 처음부터 그 여자를 만나지 않았으면, 그리고 집을 떠나지 않고 네가 속해 있고 너를 올바르게 사랑해 주는 사람들이 있는 윗스터블에 있었으면 하고 바랄 뿐이야.

마지막으로 네가 알아야 할 것을 말해 줄게. 아버지, 어머니, 데이비는 이 사실에 대해 아무것도 모르고 나는 아무 말도 하지 않을 거야. 이런 부끄러운 말을 가족에게 하느니 차라리 죽는 게 나아. 넌 절대로 그 사실에 대해 가족에게 말하면 안 돼. 처음 우리를 떠나며 가족의 마음에 상처를 준 것으로도 모자라 가족의 마음을 완전히 그리고 영원히 아프게 할 생각이 아니라면 말이야.

부탁하건대, 더는 부끄러운 비밀로 나를 힘들게 하지 말아 줬으면 해. 대신 너 자신과 네가 걷고 있는 길을 돌아보고 정말로 그게 옳은지 네 자신에게 물어봐. 앨리스.〉

앨리스는 내 편지에 대해 부모님께 말하지 않은 게 분명했다. 부모님은 계속해서 전처럼 편지를 보냈기 때문이다. 여전히 조심스럽고 여전히 불평을 했지만 여전히 상냥했다. 그러나 이제 나는 부모님이 보내는 편지가 전처럼 즐겁지 않았다. 오로지 〈만약 부모님이 알면 뭐라고 할까? 그래도 여전히 날 상냥하게 대할까?〉 하는 생각뿐이었다. 그 결과 내 답장은 점차 짧아지고 뜸해졌다.

그 짧고 신랄한 편지 이후 앨리스는 다시는 내게 편지를 보내지 않았다.

6

그해, 시간은 화살처럼 빠르게 흘러갔다. 우리가 그 어느 때보다도 더 바빴기 때문이다. 우리는 봄과 여름 내내 우리의 인기곡(금화와 윙크에 대한 노래)을 불렀지만, 계속해 새로운 노래와 새로 연습해 익혀야 할 동작, 익숙해져야 할 새로운 오케스트라, 새로운 극장, 새로운 의상이 추가되었다. 시간이 지날수록 우리는 일이 너무 많아져 누군가의 도움이 없으면 일을 계속할 수 없을 지경이 되었고 그리하여 내가 예전에 했던 일, 즉 무대 옆에서 옷을 관리하고 입는 것을 도와줄 여자를 한 명 고용했다.

우리는 부자가 되어 갔다. 적어도 내가 볼 때는 그랬다. 키티는 버몬시에 있는 스타 극장에서 일주일에 2파운드를 받으며 일하기 시작했었고, 당시 나는 의상 담당자로서 그 액수에서 약간만 떼어 받는 것만으로도 충분하다고 생각했다. 그러나 이제 나는 당시보다 열 배, 스무 배, 서른 배, 그리고 어떤 때는 그보다 더 버는 때도 있었다. 내게 그 총합은 믿기 어려운 정도였다. 어쩌면 바보 같을 수도 있지만, 나는 돈에 대해서는 전혀 상관하지 않고 우리 급료는 월터가 관리하게 했다. 월터는 우리의 커다란 성공에 고무되어 자신이 관리하고 있던 배우들을 대신 관리해 줄 새로운 매니저를 고용한 뒤 자신은 이제 우리만 전담하는 매니저가 되었다. 월터는 우리의 계약과 광고문 따위를 협상했고 우리 돈을 관리했다. 월터는 키티에게 돈을 주었고 키티는 전과 마찬가지로 내가 요구하면 필요한 소액을 주었다.

키티와 내가 이렇게 가까워진 상황에서 월터와 함께 있는 것은 퍽 이상했다. 우리는 전과 마찬가지로 월터를 자주 만났다. 여전히 월터와 함께 마차를 타고 나갔고 여전히 월터와 함께 덴디 부인의 피아노 앞에서 오랜 시간을 보냈다(물론 피아노는 더 비싼 제품으로 바뀌었다). 월터는 언제나처럼 상냥하고 우스웠으나, 키티의 매력의 불꽃이 더 분명하게 내 쪽을 향하게 된 지금은 얼굴이 약간 어둡고 다소 그늘져 있었다. 아마 나에게만 그렇게 보였을지도 모른다. 그러나 나는 월터가 안됐다는 생각이 들었고 월터가 무슨 생각을 할지 무척 궁금했다. 나는 키티와 내가 연인 사이라는 것을 월터가 모를 거라고 확신했다. 당연한 이야기지만 우리는 이제 남들 앞에서 꽤 태연하게 굴었기 때문이다.

그해에 우리는 돈을 많이 벌었지만, 우리가 원하는 연예장에서만 공연을 할 수 있을 정도로 많이 벌지는 못했다. 9월 내내 우리는 트로카데로 극장에서 공연을 했다. 그곳은 아주 깔끔한 극장으로, 1년도 더 전에 월터가 처음 우리를 웨스트엔드에 데리고 가 눈이 핑핑 도는 안내를 해줬을 때 가리켰던 곳 가운데 하나였다. 하지만 우리는 트로카데로 극장 공연을 마치고 이슬링턴에 있는 디콘 연예장으로 마차를 타고 가야 했다. 디콘은 트로카데로와 완전히 다른 곳이었다. 작고 오래되었으며 관객들은 클러컨웰의 거리를 걷다가 별 생각 없이 들어온 사람들이어서 꽤 거친 경향이 있었다.

우리는 대개 떠들썩한 관객들을 꺼리지 않았다. 꼬장꼬장한 웨스트엔드에서 공연을 하며 생긴 긴장을 풀 수 있었기 때문이다. 웨스트엔드의 숙녀들은 너무 얌전했고 손뼉을 치거나 발을 구르기에는 너무나 잘 차려입었으며, 오로지 휴게실 복도에 있는 술 취한 신사들만이 진짜 연예장의 관객들처럼 휘파람을 불고 고함을 질렀다. 이전에는 디콘에서 공연한 적이 한 번도 없었지만 길 위쪽에 있는 샘 콜린스에서는 일주일간 공연한 적이 있었다. 샘 콜린스의 관객들은 초라했지만 쾌활했다. 노동자와 팔에 아이를 안은 여자들이 관객이었으며, 내가 가장 좋아하는 사람들이었다. 아주 최근까지도 내가 바로 그런 사람들 가운데 한 명이었기 때문이다.

디콘의 관객들은 이슬링턴 그린의 사람들보다 훨씬 더 추레했다. 그러나 상냥하기론 그곳 사람들 못지않았다. 사실은 훨씬 더 상냥하고 명랑했으며, 훨씬 더 감동받고 흥분하고 즐거워할 준비가 되어 있었다. 디콘에서의 첫 주는 잘 지나갔다. 객석은 우리를 보려는 사람들로 꽉 찼다. 문제가 일어난 때는 두 번째 주 토요일 저녁, 9월 말 토요일 저녁, 안개 짙은 저녁, 런던의 모든 거리와 건물이 살짝 흔들려 보이는 듯한 회갈색 저녁이었다.

이런 저녁이면 길은 언제나 막혔고, 특히 이날 저녁 윈드밀 스트리트와 이슬링턴 사이 교통은 지독히 느렸다. 그 길에서 사고가 일어났던 것이다. 소형 마차가 전복되었다. 열 명 정도 되는 아이들이 뛰어가 말이 일어나지 못하도록 말 머리에 앉았다. 그리고 우리가 탄 마차는 반 시간 또는 그 이상 움직이지 못했다. 우리는 엄청나게 늦게 디콘에 도착했고, 방금 우리가 빠져나온 거리와 마찬가지로 디콘도 아주 엉망인 것을 알게 되었다. 관객들은 우리를 기다려야만 했고, 그러느라 짜증이 났다. 무대 매니저는 불쌍한 배우를 무대에 보내 익살곡으로 관객들을 잡아 두려 했지만 관객들은 그 배우를 아주 냉혹히 조롱했다. 마침내 그 배우가 나막신 춤을 추기 시작했을 때 불한당 둘이 무대로 뛰어 올라 배우의 나막신을 벗겨 최상층 객석으로 집어 던졌다. 극장에 도착했을 때 우리는 비록 숨차고 당황했지만 노래 부를 준비가 되어 있었다. 그러나 공기는 고함과 욕설과 날카로운 웃음소리로 가득했다. 불한당 둘은 익살 가수의 발목을 잡고 들어 올려 각광 불꽃 위로 머리를 흔들며 머리털에 불을 붙이려 했다. 지휘자와 무대 담당자 둘이 불한당들을 잡고 무대 옆으로 끌어내려고 하고 있었다. 다른 무대 담당자 한 명은 코피를 흘리며 근처에서 멍하니 서 있었다.

월터는 우리와 함께 있었다. 공연이 끝나고 함께 저녁을 먹기로 약속했기 때문이다. 월터는 우리 앞의 공연을 보고 소스라치게 놀랐다.

「맙소사.」 월터가 말했다. 「이런 분위기에서 무대에 설 수는 없어요.」

월터가 이렇게 말했을 때 극장 매니저가 달려왔다. 「공연을 안 한다고요?」 매니저가 깜짝 놀라 말했다. 「공연을 해야 합니다. 안 그러면 소동이 일어날 거예요. 이런 빌어먹을. 아, 숙녀분들께 실례했습니다. 소동이 일어난 건 공연이 제때 시작되지 않았기 때문이라고요.」 매니저는 땀이 흥건한 이마를 닦았다. 하지만 마침내 무대에서 소동이 가라앉는 조짐이 보였다.

키티는 나를 보더니 고개를 끄덕였다. 「매니저 말이 맞아요.」 그리고 월터에게 말했다. 「오케스트라에게 우리 곡을 연주하라고 말해 주세요.」

매니저는 손수건을 주머니에 넣더니 영리하게도 키티가 마음을 바꾸기 전에 재빨리 사라졌다. 그러나 월터는 심각한 표정이었다. 「진심이에요?」 월터가 우리에게 물었다. 월터는 어깨 너머로 무대를 곁눈질했다. 불한당들은 쫓겨났으며, 배우는 우리 반대편 무대 옆 의자에 앉아 물을 마시고 있었다. 누군가 나막신을 무대로 다시 집어 던졌든지 아니면 착한 누군가가 가져다준 모양이었다. 어쨌든 이제 나막신은 의자 아래, 멍든 맨발 옆에 놓여 있었다. 그렇지만 객석에서는 여전히 고함과 휘파람 소리가 들려왔다.

「이럴 필요 없어요.」 월터가 계속 주장했다. 「관객들이 뭔가를 던질 수도 있어요. 다친다고요.」

키티는 옷깃을 올렸다. 그러자 커다란 함성과 우렁차게 발 구르는 소리가 들렸다. 우리 곡이 시작된다는 신호였다. 곧 우리가 처음 부를 노래의 첫 몇 마디를 연주하는 소리가 시끄러운 소음을 뚫고 들렸다. 「만약 뭔가 던지면 고개 숙여 피할게요.」 키티가 재빨리 말했다. 이윽고 키티는 스텝을 밟았고 따라오라는 신호로 내게 고개를 끄덕였다.

하지만 이런 소란 속에서도 관객들은 우리를 아주 친절히 맞이했다.

「안녕, 키티?」 우리가 춤을 추며 조명 쪽으로 나아갈 때 누군가 외쳤다. 「안개 속에서 길이라도 잃은 거야?」

「교통이 지독히 막혔어요.」 키티가 대답했다. 첫 번째 소절이 막 시작하려는 순간이었고 키티는 한 걸음씩 걸을 때마다 맡은 배역에 점차 빠져들어 갔다. 「하지만 저번 오후에 제 친구와 제가 걸었던 길만큼 엉망은 아니었어요. 그때는 팰맬에서 피커딜리까지 가는데 반나절이 걸렸다고요…….」 그리고 쉽사리, 매끄럽게 (그리고 그림자보다도 더욱 가깝고 더욱 충실한 존재인 나와 함께) 키티는 우리 노래를 시작했다.

그 노래가 끝났을 때 우리는 무대 옆으로 나와 플로라를 만났다. 우리 의상 담당인 플로라는 옷을 가지고 기다렸다. 월터는 떨어져 있었지만 우리가 나타나자 성공의 표시로 가슴 앞쪽에서 두 손을 꽉 쥐더니 흔들었다. 월터의 얼굴은 분홍빛이었으며 안도감으로 싱글벙글거렸다.

우리가 두 번째 곡(「성홍열」이라는 제목의 이 노래를 부를 때 우리는 근위병 군복, 즉 빨간 재킷과 모자, 하얀 허리띠, 검은 바지 차림을 했으며 아주 멋졌다)을 노래하는 동안 공연은 아무 문제 없이 잘 진행되었다. 문제가 발생한 것은 다음 곡에서였다. 1층 앞자리에 남자가 한 명 있었다. 나는 일찍부터 그 남자의 존재를 알고 있었다. 덩치가 크고 술에 절어 있었기 때문이다. 남자는 가랑이를 활짝 벌리고 입을 벌린 자세로 시끄럽게 코를 골며 잤으며, 턱은 무대 조명을 받아 살짝 번들거렸다. 짐작건대 남자는 나막신 춤꾼 소동이 일어난 내내 잠들어 있었을 터였다. 그런데 이제 재수 없게도 남자가 깨어났다. 극장은 아주 작았으며 나는 남자를 또렷하게 볼 수 있었다. 남자는 의자 열 끝으로 가는 동안 옆 사람들 발에 계속 걸려 비틀거렸고 그 내내 욕을 해댔으며 발을 밟은 모든 사람들로부터 욕을 먹었다. 마침내 남자는 통로에 다다랐다. 그러나 남자는 헛갈렸다. 진(또는 위스키)에 흠뻑 젖은 정신으로 그 남자가 향하던 곳이 바인지 변소인지는 모르겠지만, 여하튼 그곳으로 가는 대신 남자는 무대 옆으로 휘청거리며 다가왔다. 이제 남자는 손을 눈가에 대고 우리를 노려보며 섰다.

「대체 이건……?」 남자가 말했다. 남자는 노래 1절이 끝나고 잠시 조용한 사이에 말을 했기 때문에 그 말은 아주 크게 들렸다. 관객 몇이 우리로부터 시선을 돌려 남자를 보더니 쯧쯧 하고 혀를 찼다.

나는 키티와 시선을 주고받았지만 목소리와 스텝은 키티와 보조를 맞추었고, 눈은 여전히 초롱거렸으며 여전히 활짝 웃고 있었다. 잠시 뒤 남자는 더욱 큰 소리로 욕을 하기 시작했다. 관객들(내 생각에는 아직도 장난칠 마음이 남아 있었던 듯하다)은 남자를 향해 조용히 하라며 고함을 질렀다.

「저 멍청이 끌어내!」 누군가 외쳤다. 「저 남자에게 맘 쓰지 말아요, 낸!」 1층 앞자리에 있는 여인이었다. 나는 그 여자 눈을 바라보고 모자(밀짚모자였다. 우리는 이제 통바지와 밀짚모자 차림이었다)를 살짝 기울여 인사했고, 여자는 얼굴을 붉혔다.

그러나 고함은 남자를 더욱 화나고 혼란스럽게만 하는 듯했다. 사내 한 명이 그 남자에게 다가갔으나 떨려 나갔다. 오케스트라 단원들이 약간 잦다 싶을 정도로 악기 위로 남자 쪽을 힐긋거리는 모습이 보였다. 객석 뒤편으로 문지기 두 명이 들어오더니 어둠 속에서 눈을 가늘게 떴다. 대여섯 명 정도가 손을 흔들어 술 취한 남자가 각광에 몸을 기울이고 있는 곳을 가리켰다. 남자의 구레나룻이 각광의 열기에 퍼덕였다.

남자는 이제 손바닥으로 무대를 마구 두드리기 시작했다. 나는 춤추며 남자에게 다가가 손목을 밟아 주고 싶은 마음을 억눌렀다(무엇보다도 남자가 내 발목을 잡고 객석으로 끌어 내릴 수도 있다는 생각이 들어서였다). 그때 키티가 내게 신호를 보냈다. 키티는 내 팔을 잡고 지그시 눌렀지만 얼굴은 평온했다. 그럼에도 나는 금방이라도 키티가 노래 박자를 늦추고 남자에게 달려가거나 문지기를 불러 남자를 쫓아낼 것 같았다.

그러나 마침내 무대 담당자들이 남자를 보더니 다가가기 시작했다. 남자는 아무것도 모른 채 고함을 치며 날뛰었다.

「저게 노래라고?」 남자가 외쳤다. 「저게 노래라고? 내 돈 돌려줘! 내 말 들려? 내 피 같은 돈을 돌려달라고!」

「엉덩이를 발로 한 대 차이고 싶은 모양이로군!」 무대 앞 맨바닥 좌석에 있는 누군가가 말했다. 그러자 누군가 다른 여자가 외쳤다. 「소란 좀 그만 피우면 안 돼요? 당신 때문에 저 여자들 노래가 안 들리잖아요.」

남자는 코웃음을 쳤다. 이윽고 헛기침을 하더니 가래를 뱉었다. 「여자들?」 남자가 외쳤다. 「여자들? 저게 여자라고? 저건 그냥 〈톰〉이라고!」

남자는 목소리에 온 힘을 실어 그 단어를 발음했다. 예전에 키티가 내게 속삭였던 단어, 말을 하며 몸을 움찔거리고 떨었던 바로 그 단어였다! 그 순간 그 단어는 코넷 소리보다 더 크게 들렸으며 명사수가 잘못 쏜 총알처럼 객석 벽에서 벽으로 튕겨 다니는 듯했다.

톰!

그 소리에 관객들은 모두 움찔했다. 돌연 적막이 흘렀다. 고함은 우물거림으로 바뀌었고 외침은 점차 사라졌다. 나는 석회광 조명을 통해 관객들 얼굴을 보았다. 얼이 빠진 천 개의 어색한 표정을.

그렇지만 어색함은 금세 사라졌다. 관객들은 금방 이 일을 잊고 다시 떠들며 즐거워하기 시작했다. 그러나 관객들의 침묵과 동시에 일이 벌어진 곳은 무대였다.

키티의 몸이 뻣뻣해졌기 때문이다. 키티는 비틀거렸다. 우리는 팔짱을 끼고 춤을 추고 있었고 키티는 입을 벌렸다 다물었다. 키티의 입술이 떨렸다. 키티의 목소리, 사랑스럽고 빛나고 날아오르는 듯하던 목소리가 머뭇거리며 사그라들었다. 내가 알기로 여태 키티는 단 한 번도 이런 적이 없었다. 나는 키티가 무관심의 바다를, 야유의 돌풍을 쉽사리 뚫고 항해하는 모습을 보아왔다. 그런데 이제 술 취한 자가 외친 저급한 말 한마디에 키티는 침몰했다.

물론 나는 더욱 크게 노래를 하고 키티를 데리고 무대를 가로지르고 관객들 비위를 맞춰야 했다. 그러나 또한 나는 키티의 그림자일 뿐이었다. 갑작스러운 키티의 침묵에 내 목소리도 막혔고 몸도 뻣뻣이 굳어 움직일 수 없었다. 나는 키티에게서 시선을 돌려 오케스트라 쪽을 보았다. 지휘자는 우리의 혼란을 알아차렸다. 박자가 느려지며 잠시 소리가 작아졌던 음악이 이제는 빨라지며 전보다 더욱 활기를 띠었다.

그러나 선율은 키티나 관객들에게 아무런 영향도 주지 못했다. 1층 앞자리 옆쪽에서 마침내 문지기들이 주정뱅이를 잡았고, 옷깃을 잡고 끌고 나갔다. 그러나 관객들은 주정뱅이가 아니라 우리를 보았다. 관객들이 우리에게 시선을 보내며 본 것은 남자 옷을 입고 머리를 짧게 치고 팔짱을 낀 여자 둘이었다. 〈톰〉이었다! 오케스트라의 노력에도 불구하고 주정뱅이의 외침은 여전히 객석에 메아리치는 듯했다.

최상층 관람석 저편에서 누군가 뭐라고 외쳤지만 나는 알아들을 수 없었고, 어디선가 어색한 웃음이 터졌다.

주정뱅이 사내의 외침이 극장에 주문을 걸었다면, 이 웃음은 그 주문을 깨뜨렸다. 키티가 몸을 움직였고, 마치 우리가 팔짱을 끼고 있다는 걸 처음 알아차린 사람처럼 보였다. 키티는 비명을 지르더니 공포에 질린 듯 내게서 떨어졌다. 이윽고 키티는 손을 눈으로 가져가더니 고개를 숙이고 무대 옆 출입구로 달려갔다.

나는 잠시 멍하고 어리둥절한 채로 서 있었다. 이윽고 나는 서둘러 키티 뒤를 쫓았다. 오케스트라가 당황하며 후다닥 마감을 했다. 마침내 객석 여기저기에서 고함과 〈뭐야 이거, 엉망이잖아!〉 하는 외침들이 터져 나왔다. 내가 기억하기로는 서둘러 막이 내려왔다.

무대 뒤편은 모든 것이 대혼란 상태였다. 키티는 월터에게 달려갔다. 월터는 키티 어깨에 팔을 두르고 심각한 표정을 지었다. 플로라는 끈을 푼 신발 한 짝을 들고 서서 놀라고 망설이는, 그러나 상황이 어떻게 돌아가는지 무척 궁금한 표정을 지었다. 무대 담당자와 도구 담당자들이 뭐라고 자기들끼리 속삭이며 우리를 바라보았다. 나는 키티에게 다가가 팔을 잡으려고 손을 뻗었다. 그러나 키티는 내가 자기를 때리려고 손을 들기라도 한 것처럼 움찔했고, 나는 즉시 뒤로 물러섰다. 그때 극장 매니저가 그 어느 때보다도 허둥거리며 다가왔다.

「버틀러 양, 킹 양, 대체 어쩌자고 이러신 건지 알고 싶습니다.」

월터가 급히 말을 가로챘다. 「대체 어쩌자고 당신은 당신이 소위 관객이라고 부르는 저 따위 〈폭도〉 앞에 〈제〉 배우들을 내보내셨는지 알고 싶습니다. 어떻게 저 주정뱅이가 버틀러 양의 공연을 10분 동안이나 방해할 수 있었는지도 말입니다. 저 주정뱅이를 내쫓아야겠다고 판단하는 데 그렇게 시간이 걸릴 정도로 당신 직원들은 멍청한 겁니까?」

극장 매니저가 발을 굴렀다. 「말씀을 함부로 하시는군요!」

「말씀을 함부로 하시는 분은 바로 당신입니다!」

언쟁은 계속되었다. 나는 언쟁에는 아랑곳 않고 키티만 보았다. 키티의 눈물은 멈추었으나 얼굴은 창백했고 몸은 뻣뻣했다. 키티는 월터의 어깨에서 머리를 떼지 않았으며 내게는 전혀 눈길을 주지 않았다.

마침내 월터가 코웃음을 치더니 고함을 치는 매니저를 쫓아버렸다. 월터가 나를 보며 말했다. 「낸, 전 당장 키티를 집으로 데려갈게요. 당신들이 마지막 곡을 부르는 것은 불가능해요. 우리 저녁 약속도 취소해야 할 것 같네요. 저희는 이륜마차를 불러 타고 갈게요. 당신은 플로라와 함께 물품들을 챙겨 사륜마차로 와주시겠어요? 저는 가능한 빨리 키티를 지네브라 로드로 데려다 주고 싶군요.」

나는 망설이다가 다시 키티를 보았다. 키티는 마침내 눈을 들어 나를 보더니 아주 살짝 고개를 끄덕였다.

「알았어요.」 내가 말했다. 나는 둘이 떠나는 모습을 지켜보았다. 월터는 망토를 집어 들더니 키티에게는 너무 크고 먼지투성이에 바닥까지 질질 끌리는 망토를 가녀린 키티 어깨에 둘러 주었다. 키티는 목둘레의 망토를 단단히 붙잡고 화가 난 매니저와 쑥덕대는 무대 담당자들을 지나 월터가 이끄는 대로 사라졌다.

디콘에서 우리 상자와 가방을 챙기고 플로라를 램버스에 있는 집에 데려다 준 뒤 지네브라 로드로 돌아왔을 때 월터는 이미 돌아간 뒤였고, 우리 방은 어두웠으며 키티는 침대에 누워 자는 듯했다. 나는 키티를 굽어보며 머리를 쓰다듬었다. 키티는 움직이지 않았고 나는 키티가 더 심란해할까 봐 깨우고 싶지 않았다. 대신 나는 간단히 옷을 벗고 키티 가까이 누워 내 머리를 키티 심장 있는 곳에 대었다. 키티는 잠들어 있었음에도 심장이 아주 격렬히 뛰었다.

디콘에서의 비참했던 밤은 변화와 몇 가지 작지만 이상한 결과를 가져왔다. 우리는 그 극장에서 다시는 노래를 하지 않았으며 계약을 취소하고 위약금을 물었다. 키티는 우리가 일할 극장을 까다롭게 고르기 시작했다. 그리고 월터에게 우리와 함께 무대에 오르는 다른 공연에 대해서도 묻기 시작했다. 한번은 미국 배우와 함께 무대에 서기로 되어 있었다. 폴 또는 폴린[40]이라고 불리는 그 남자는 흑단 캐비닛에 들락날락하면서 한 번은 여자 분장을 하고 다음번에는 남자 분장을 하고 소프라노와 바리톤으로 번갈아 가며 노래를 했다. 나는 그 공연이 좋다고 생각했다. 그러나 키티는 그 남자가 공연하는 모습을 보더니 우리 공연을 취소하게 했다. 키티는 그 남자가 성도착자이며 같이 공연을 하면 우리 역시 성도착자로 보일 거라고 말했다.

40 폴린은 여자 이름이다.

우리는 그 계약에도 위약금을 물었다. 마침내 나는 월터의 인내심에 감탄하게 되었다.

또 다른 변화가 있었기 때문이다. 키티와 내가 연인이 되고 난 뒤 월터와 나 사이에는 미묘한 거리감이 생겨났으며 영리한 월터가 묘하게도 그 사실만은 알아차리지 못하고 둔하게 굴었다. 이제 둔함과 거리감은 더 커졌다. 월터는 여전히 상냥했지만 그 상냥함은 뭐랄까, 놀라서 뻣뻣해진 충격에 억눌린 듯한 상냥함이었다. 특히나 키티가 있을 때 월터는 쉽사리 당황하고 어색해했으며, 자신이 그렇게 어색하게 행동하면 안 된다는 생각에 억지스럽게 다시 즐거워했다. 월터는 지네브라 로드를 점점 뜸하게 찾아왔다. 마침내 우리는 새로운 노래를 연습하거나 다른 배우들과 저녁을 먹거나 술을 마실 때만 월터를 만나게 되었다.

나는 월터가 그리웠으며 월터에게 일어난 심경의 변화에 놀랐다. 그러나 고백하건대 그리 많이 놀라지는 않았다. 그 이유가 무엇인지 안다고 생각했기 때문이다. 이슬링턴에서의 그날 밤 월터는 마침내 진실을 알게 된 것이다. 그 주정뱅이의 외침을 듣고 지독히 두려워하는 키티의 반응을 보고 이해한 것이다. 월터는 키티를 집까지 데려다 주었지만(나는 그때 둘 사이에 무슨 이야기가 오갔는지 몰랐다. 둘 다 그 끔찍한 저녁에 벌어졌던 일에 대해서는 조금도 입에 올리고 싶지 않은 듯 보였기 때문이다), 월터가 보인 상냥한 태도는 떨리는 키티의 어깨에 망토를 감싸 주고 집에까지 안전하게 배웅해 준 게 마지막이었다. 이제 월터는 키티와 있는 걸 편안해하지 않았다. 아마 자신이 키티를 잃었다는 것을 알았기 때문이리라. 아니 우리 둘이 사랑하는 게 역겨웠을 가능성이 더 컸다. 월터는 그렇게 거리를 두었다.

만약 우리가 덴디 부인의 집에 아주 오래 머물렀다면 친구들도 월터가 더는 찾아오지 않는 걸 눈치채고 우리를 이상하게 보았을 것이다. 그러나 그해 9월 가장 큰 변화가 일어났다. 우리가 덴디 부인과 지네브라 로드에 작별을 고하고 이사를 한 것이다.

우리는 유명해지기 시작하면서부터 이사에 대해 막연히 이야기를 했다. 그러나 늘 결정적인 순간을 미뤄 왔다. 우리는 행복했고 그런 장소를 떠나는 것은 바보 같아 보였기 때문이다. 그곳은 우리가 처음 키스를 하고 처음으로 우리 사랑을 선언한 곳이었다. 나는 그곳이 우리의 신혼집이라고 생각했다. 방도 너무 좁고 평범했고 이제 우리 의상이 침대보다 더 큰 공간을 차지했지만 나는 그 집을 떠나기가 지독히 싫었다.

그러나 키티는 우리가 열 배는 큰 곳에 살 만큼 돈을 벌었으면서 아직도 한 방에서 한 침대를 같이 쓰는 건 이상해 보인다고 말했다. 그리고 키티는 부동산 중개업자를 통해 우리에게 어울리는 집을 알아보았다.

마침내 우리가 옮겨 간 곳은 스탬퍼드 힐이었다. 스탬퍼드 힐은 강 건너편에 있는 런던의 조그마한 동네로 내가 거의 모르는 곳이었다(그리고 속으로 약간 지루한 곳이라고 생각하던 곳이었다). 우리는 지네브라 로드에서 송별 저녁 식사를 함께 했으며, 모두 우리가 떠나게 되어 무척 아쉬워했다. 심지어 덴디 부인은 살짝 울기까지 했고 이제 집이 텅 빈 느낌이 들 거라고 했다. 투시 역시 떠나기 때문이었다. 투시는 파리의 풍자극에서 역을 맡아 프랑스로 떠나게 되었고 그 방은 휘파람을 부는 코미디언이 쓰기로 했다. 교수는 수족 마비가 오기 시작했으며 나이 든 배우들을 위한 거처로 옮길 거라는 말이 돌았다. 심스와 퍼시는 잘하고 있었고 우리가 떠나면 그 방을 쓸 예정이었다. 그러나 퍼시 역시 연인이 생겼으며 그 여자 때문에 둘 사이에 말다툼이 벌어졌고 결국 둘은 갈라서서 서로 경쟁 관계인 극단에 들어가 음악가로 일한다는 소식을 들었다. 배우들이 사는 집은 그런 식으로 사람들이 들고 나는 게 정상이라고 생각한다. 그러나 나는 윗스터블을 떠났을 때보다 지네브라 로드에서 보낸 마지막 날이 더 슬픈 느낌이었다. 나는 거실(이제 벽에는 다른 초상화들과 함께 내 초상화가 걸려 있었다)에 앉아 처음 여기 앉은 이후 13개월 조금 못 미치는 시간이 흐르기까지 얼마나 많은 변화가 일어났는지 생각했다. 그리고 내게 일어난 모든 변화가 좋은 것이었는지 잠깐 생각해 보았으며, 내가 다시 평범한 낸시 애슬리로, 키티 버틀러가 온 세상에 내보이길 두려워하지 않는 평범한 사랑으로 사랑했던 낸시 애슬리로 돌아갈 수 있었으면 하고 잠시 바랐다.

우리가 이사 간 거리는 아주 현대적이었으며 무척 조용했다. 우리 이웃은 금융업자들이었던 듯하다. 아내들은 하루 종일 집에 있었으며 아이들에게는 숨을 헐떡이며 커다란 유모차를 밀고 정원 계단을 오르락내리락하는 보모가 딸려 있었다. 우리는 역에서 가까운 집의 위쪽 두 층을 썼다. 우리 집주인과 그 남편은 아래층에 살았지만 극장과 관계없는 일을 했으며, 우리는 둘을 거의 보지 못했다. 우리 방은 깔끔했으며 그 방을 빌린 건 우리가 처음이었다. 가구는 모두 세련된 나무와 벨벳과 양단으로 되어 있었고 우리가 써왔던 그 어떤 것보다도 훨씬 고급이었다. 그래서 우리는 다소 조심스레 의자와 소파에 앉았다. 방은 셋이었으며 그 가운데 하나는 내 것이었다. 그건 물론 단지 그 방의 옷장에 내 옷을 보관하고 내 솔빗과 빗은 세면대에, 그리고 잠옷은 침대 베개 아래에 보관한다는 뜻이었다. 이는 일주일에 사흘씩 우리 방을 청소하러 오는 여인을 위한 것이었다. 실상 나는 밤이면 키티의 방에서 지냈다. 건축업자가 부부용으로 만든, 높고 커다란 침대가 있는 커다란 침실이었다. 그곳에 누워 있으면 나는 절로 웃음이 났다. 「우리는 〈결혼한〉 거예요.」 나는 키티에게 이렇게 말하곤 했다. 「이제 원하지 않으면 이곳에 누울 필요가 없어요. 당신을 거실 카펫으로 안고 가 그곳에서 키스를 할 수 있어요!」 그러나 나는 절대 그러지 않았다. 비록 우리는 원하는 만큼 뻔뻔하고 소란스럽게 살 수 있게 되었지만 예전 버릇을 깰 수가 없다는 사실을 깨달았다. 우리는 여전히 나지막이 사랑을 속삭였고 침대 덮개 아래에서 소리 없이 쥐처럼 키스를 했다.

물론 그것은 우리가 키스할 시간이 있을 때 이야기였다. 우리는 이제 일주일에 엿새 밤을 일했으며, 공연이 끝난 뒤 우리에게 활기를 불어넣어 주었던 심스와 퍼시와 투시는 없었다. 스탬퍼드 힐에 돌아오면 너무 지쳐 그대로 침대에서 곯아떨어지는 일이 잦았다. 11월이 되자 우리는 너무나 지쳤고, 월터는 우리가 휴식을 취해야 한다고 말했다. 유럽 대륙으로, 심지어 미국으로 여행을 가자는 이야기까지 나왔다. 월터는 우리가 그곳에서도 큰 인기를 얻을 수 있을 것이며 묵을 곳을 제공할 친구가 있다고 했다. 그러나 여행이 결정되기 전에 혹스턴의 브리태니아 극장에서 하는 팬터마임에 출연해 달라는 제의가 들어왔다. 「신데렐라」라는 작품이었고, 키티와 내게 남자 주연과 조연을 맡아 달라고 했다. 그리고 거절하기에는 너무나 좋은 조건이었다.

비록 연예장에서 일한 경력은 얼마 되지 않지만, 돌이켜 보면 나는 그곳에서 행복하게 일했다. 그러나 브리태니아에서 키티가 왕자 역을 맡고 내가 시종인 단디니 역을 했던 그해 겨울만큼 만족스러웠던 적은 없었다. 배우들에게 물어보라. 아마도 열이면 열 모두 팬터마임에서 역을 맡는 것이 소원이라고 대답할 것이다. 그러나 브리태니아처럼 웅장하고 유명한 극장에서 당신이 직접 공연을 해보기 전까지는 왜 그런지 알 수 없으리라. 그 이유는 바로 한 해 가운데 가장 추운 3개월간 정착을 할 수 있기 때문이다. 극장에서 극장으로 서둘러 이동할 필요도 없고 계약에 대해 걱정할 필요도 없다. 당신은 남녀 배우들과 어울리며 친구가 될 수 있다. 당신이 단독으로 쓰는 분장실은 넓고 따뜻하다. 극장 측에서는 당신이 마차에서 옷을 갈아입고 허둥지둥 단추를 채우고 헐떡이며 무대 출입구에 도착하는 게 아니라 진짜 분장실에서 의상을 갈아입고 분장을 해야 한다고 생각하기 때문이다. 당신에게는 말할 대사와 행동할 동작이 주어지고, 당신은 지시대로 하며 의상(평생 보아 온 가운데 가장 멋진 모피와 새틴과 벨벳으로 된 의상이다)을 주면 받아 입고 다시 침모에게 돌려준 뒤 수선과 정리는 침모에게 맡기면 된다. 당신의 연기를 보는 관객들은 그 어떤 곳의 관객들보다 더 상냥하고 즐거워한다. 당신은 관객들에게 온갖 엉뚱한 행동을 보이고 관객들은 큰 소리로 웃는다. 단지 때가 크리스마스 철이며 관객들은 즐거워하기로 마음먹었기 때문이다. 마치 진짜 삶에서도 휴일인 듯하다. 그 휴일을 즐길 수 있도록 일주일에 20파운드씩 받는다는 점만 빼면 말이다(물론 당신이 우리처럼 운이 좋을 때 이야기다).

그해 우리가 공연했던 「신데렐라」는 특히나 멋진 작품이었다. 주인공인 신데렐라 역은 돌리 아널드가 맡았다. 돌리 아널드는 목소리가 꾀꼬리 같은 사랑스러운 여자로 허리가 무척 가늘어 목걸이를 허리띠로 쓰는 게 트레이드마크였다. 무대에서 시계가 12시 1분 전이 될 때까지 키티가 돌리 아널드를 희롱하고 키스하는 모습을 보고 있노라니 기분이 퍽 묘했다. 그러나 관객들 가운데 〈톰!〉이라 외치는 사람이 없으며 심지어 그런 생각을 하는 사람조차 없다는 생각을 하니 더욱 기분이 묘했다. 관객들은 왕자와 신데렐라가 마지막에 서로 맺어지며 무대에서 조랑말 여섯 마리가 끄는 결혼 마차를 타고 가는 장면이 나올 때 환호를 보낼 뿐이었다.

돌리 아널드 말고 다른 스타들도 출연했다. 한때 내가 캔터베리 궁전에서 돈을 내고 들어가 공연을 보며 박수갈채를 보냈던 연예인들이었다. 그런 사람들과 함께 공연하고 대등하게 이야기를 나눈다는 생각을 하니 머리가 어지러웠다. 나는 그전까지 오로지 키티 옆에서만 노래하고 춤을 췄을 뿐이었다. 이제 물론 나는 〈연기〉를 해야만 했다. 나는 사냥 수행원들과 무대를 걸으며 〈나리, 제 주인님인 카시미르 왕자님이 어디 계신지 아십니까?〉 하고 말했다. 내 허벅지를 치고 썰렁한 말장난을 했다. 신데렐라 앞에 벨벳 쿠션을 놓고 무릎 꿇은 뒤 신데렐라의 작은 발에 유리 구두를 신겼다. 그리고 구두가 발에 맞는 걸 알게 되면 관중이 세 번 함성을 지르도록 유도했다. 만약 당신이 한 번이라도 브리태니아에서 팬터마임을 보았다면 얼마나 멋진지 잘 알리라. 신데렐라가 변신하는 장면에서는 금실 술이 달린 얇은 옷을 입은 여자 백 명이 쇠줄에 연결되어 1층 앞 좌석 위를 날아갔다. 무대에는 분수들이 설치되었으며 분수마다 다른 색깔의 석회광으로 조명을 비췄다. 돌리는 금색 프록과 반짝이는 장식이 달린 보디스, 웨딩드레스를 입고 신데렐라 역을 했다. 키티는 금색 판탈롱에 번쩍이는 조끼를 입고 삼각모를 썼으며, 나는 반바지에 벨벳 조끼를 입고 은색 죔쇠가 달린 사각코 구두를 신었다. 분수들이 춤추고 요정들이 급강하하고 조랑말이 껑충거리며 빠르게 걷는 동안 나는 키티 옆에 서 있었고, 혹시 내가 극장에 가다가 죽어서 천국에서 깨어난 건 아닐까 하는 생각을 했다. 너무 뜨거운 조명 아래 너무 오래 있은 조랑말들에게서는 독특한 냄새가 났다. 먼지와 화장품과 담배와 맥주 냄새같이 친숙한 연예장의 냄새와 함께 나는 밤마다 브리태니아에서 그 냄새를 맡았다. 심지어 지금도 누군가 갑자기 〈천국은 어떻게 생겼을까요?〉 라고 묻는다면 나는 천국에는 지나치게 열기가 후끈거리는 말

갈기 냄새가 나며, 반짝거리는 장식이 달린 얇은 옷을 입은 천사들이 가득하고, 진홍색과 파란색 분수로 장식되어 있다고 말하리라…….

그러나 아마 키티는 그 안에 없으리라.

물론 나는 그 무렵에는 이렇게 생각하지 않았다. 나는 그토록 멋진 일을 할 수 있고 내 곁에 진정한 내 사랑이 있다는 게 엄청나게 기쁠 뿐이었다. 그리고 키티가 한 말이나 행동은 모두 키티 역시 나처럼 느끼고 있다는 것을 보여 주는 듯했다. 그해 겨울 우리는 스탬퍼드 힐에 있는 새집보다 브리태니아에서 더 많은 시간을 함께 보냈으며, 벨벳 정장을 하고 분 뿌린 가발을 쓰고 있는 시간이 그렇지 않은 시간보다 더 많았던 것 같다. 우리는 발레리나, 의상 담당, 가스 기술자, 소품 담당, 목수, 배우 호출원 등 극장에서 일하는 모든 사람들과 친구가 되었다. 심지어 우리 의상 담당인 플로라도 그 사람들 가운데 한 명을 남자 친구로 사귀게 되었다. 플로라의 남자 친구는 흑인으로, 순회 극단에 들어가기 위해 와핑에 있는 선원 집안에서 도망쳤다. 그러나 배우 일에는 목소리가 맞지 않아 대신 무대 담당이 되었다. 내 기억에 그 남자 이름은 앨버트였다. 그러나 이 남자는 이런 업종에 종사하는 사람들이 늘 그러하듯 이름에 많은 신경을 썼고, 사람들에게 본명 대신 〈빌리 보이〉라는 이름으로 부르라고 했다. 빌리 보이는 우리 가운데 누구보다도 브리태니아 극장을 사랑했으며, 문지기와 목수와 카드 게임을 하고 무대 천장의 배경 조작 장치 근처를 어슬렁거리고 밧줄을 잡아당기고 손잡이를 돌리며 하루 종일 극장에서 시간을 보냈다. 빌리 보이는 잘생겼고 플로라는 이 남자에게 아주 열을 올렸다. 그 결과 빌리 보이는 우리 분장실에서 많은 시간을 보내며 공연이 끝나고 플로라가 집에 갈 시간을 기다렸으며, 따라서 우리는 빌리 보이를 아주 잘 알게 되었다. 나는 빌리 보이가 좋았다. 강가 출신이며 나와 마찬가지로 극장을 위해 자기 가족을 떠나왔기 때문이다. 오후나 늦은 저녁, 가끔 빌리 보이와 나는 의상으로 법석을 떠는 키티와 플로라를 내버려 두고 기분 전환 삼아 어둡고 조용한 극장을 함께 산책했다. 어떻게 했는지 빌리 보이는 브리태니아의 먼지 쌓인 비밀스러운 장소들(지하실과 다락방, 옛날 소품실)의 모든 열쇠를 복사해 가지고 있었고, 1850년대 공연에 쓰던 의상이 가득한 광주리들, 종이 반죽으로 만든 광대와 왕홀, 금속박으로 만든 갑옷 따위를 보여 주었다. 한두 번인가는 나를 데리고 무대 옆에 있는 커다란 사다리를 올라가 무대 조작 장치로 갔다. 그곳에서 우리는 난간에 턱을 기대고 담배 한 대를 나눠 피고, 담뱃재가 밧줄 그물을 통과해 거의 20미터 아래 무대로 훌훌 떨어지는 모습을 바라보곤 했다.

꼭 덴디 부인의 집에 다시 온 것만 같았으며 우리 친구들 모두가 주위에 있는 기분이었다. 물론 월터는 없었다. 월터는 브리태니아에만 가끔 들렀고 스탬퍼드 힐에는 거의 오지 않았다. 월터가 올 때면 나는 월터가 그토록 불편해하는 모습을 맘 편히 보고 있기 어려웠으며, 그래서 다른 곳에서 뭔가 할 일을 찾아낸 뒤 월터는 키티가 대하게 했다. 월터가 찾아오면 키티도 월터만큼이나 어색하고 부자연스럽게 행동했으며, 월터가 직접 오는 것보다는 편지 받는 쪽을 더 선호하는 듯했다. 월터는 종종 우편으로 소식을 전해 왔고 그래서 우리의 우정은 급속히 사라졌다. 그러나 키티는 괜찮다고 말했고, 나는 키티가 뭔가 자신에게 괴로운 일을 말하고 싶지 않아 하는 걸 알았다. 나는 그 일이 키티에게 아주 힘겨운 것임을, 월터가 자기 비밀을 짐작하고 그것을 싫어한다고 생각하는 것이 아주 힘겨운 일임을 알았다.

7

우리는 박싱 데이[41]에 브리태니아에서 공연을 했으며 그 전 몇 주 동안 연습을 했다. 그러므로 크리스마스는 어물쩍 넘어갔다. 어머니는 편지를 써서 (그 전해에 그랬던 것처럼) 집에 잠시 들를 수 있는지 물었으며, 나는 너무 바쁘다면서 미안하다는 편지를 또다시 보냈다. 이제 내가 집을 떠난 지 거의 1년하고도 반이 지났다. 내가 바다를 보고 맛있고 싱그러운 굴로 저녁을 먹은 지 1년하고 반이 지난 것이다. 긴 시간이었고, 앨리스가 내게 보낸 편지가 아무리 우울하고 악의에 가득 차 있다 할지라도 나는 가족이 그리웠으며 다들 잘 지내는지 궁금했다. 그리고 1월의 어느 날, 노란 에나멜 각인이 새겨진 낡은 내 양철 트렁크가 우연히 눈에 띄었다. 나는 뚜껑을 열었고 밑바닥에서 데이비가 준 켄트 지도를 찾아냈다. 지도에는 색 바랜 화살표가 〈내가 잊을 경우를 대비해 집이 어딘지 알려 주기 위해〉 윗스터블을 표시하고 있었다. 데이비는 농담으로 한 말이었다. 내가 정말로 자신들을 잊으리라고 생각한 이는 아무도 없었다. 하지만 이제 가족 눈

41 크리스마스 선물의 날. 크리스마스에 수고를 한 하인들에게 상자에 조그만 선물이나 돈을 넣어 주는 데서 유래했다. 보통은 12월 26일이며, 그날이 휴일이나 일요일일 경우에는 그 이튿날이 된다.

에는 내가 자기들을 잊은 걸로 보일 터였다.

나는 쾅 소리를 내며 트렁크를 닫았다. 눈이 아리기 시작했다. 어디서 소리가 나는지 궁금해하며 키티가 달려왔을 때 나는 흐느끼고 있었다.

나를 팔로 안으며 키티가 말했다. 「무슨 일이야? 우는 건 아니지?」

「집 생각을 했어.」 내가 흐느끼다 말고 말했다. 「그리고 갑자기 집에 가고 싶어졌어.」

키티는 내 뺨을 만지더니 자기 손가락들을 입술로 가져가 빨았다. 「순수한 바닷물이네.」 키티가 말했다. 「그게 그리운 거야. 바다에서 이렇게 멀리 떨어져 있으면서도 오래된 해초처럼 쭈글쭈글해지지 않고 이렇게 살아남은 게 놀라울 뿐이야. 너를 윗스터블만에서 데려오는 게 아니었는데. 아름다운 내 인어 아가씨…….」

나는 키티가 완전히 잊어버렸을 거라고 생각했던 이름을 부르는 소리에 마침내 싱긋 웃었다. 「집에 다녀오고 싶어.」 내가 말했다. 「하루나 이틀 정도…….」

「하루나 〈이틀〉! 네가 없으면 나는 죽고 말 거야!」 키티는 소리 내어 웃더니 시선을 피했다. 나는 키티가 반쯤 농담을 하는 거라고 생각했다. 지금까지 함께 있으면서 우리는 하루도 떨어져 있은 적이 없기 때문이다. 나는 가슴이 이상하게 답답한 느낌이 들었고, 재빨리 키티에게 키스를 했다. 키티는 내 얼굴을 만지기 위해 손을 들어 올렸지만 또다시 내 시선을 피했다.

「다녀와.」 키티가 말했다. 「이렇게 슬퍼하는데, 다녀와. 난 어떻게든 버틸 수 있어.」

「나도 떨어져 있기 싫어.」 내가 말했다. 그리고 눈물이 멈췄다. 이제 위로를 하는 건 내 쪽이었다. 「그리고 어쨌든 혹스턴 공연이 끝날 때까지는 갔다 올 수 없어. 그때까지는 몇 주나 남았고.」 키티는 고개를 끄덕이며 생각에 잠긴 표정을 지었다. 「신데렐라」는 부활절까지 계속 공연할 예정이었기에 공연이 끝나기까지는 몇 주가 남아 있었다. 그렇지만 2월 중순, 돌연 뜻하지 않은 여유 시간이 생겼다. 브리태니아에 화재가 일어난 것이다. 당시에는 극장들에 늘 화재가 있었다. 연예장들은 정기적으로 완전히 타버렸고 이전보다 더 멋지게 다시 세워졌으며, 그에 대해서는 모두 당연하게 생각했다. 그리고 브리태니아에서 일어난 화재는 아주 작았기 때문에 아무도 다치지 않았다. 그러나 극장을 비워야 할 필요가 있었고 출구에 문제가 있었다. 조사관이 건물을 살펴본 뒤 말하길 새로운 비상구를 하나 더 설치해야 한다고 했다. 조사관은 공사가 끝날 때까지 극장 문을 닫게 했다. 표는 환불되었으며 사과문이 붙었다. 그리고 반 주 동안 우리는 휴가였다.

키티의 권유로 나는 집에 다녀올 기회를 얻었다(키티는 돌연 〈씩씩해져서〉 내가 집에 다녀오는 걸 허락했다). 나는 어머니에게 편지를 썼고, 만약 여전히 나를 환영한다면 이튿날(일요일이었다) 집에 가겠으며 수요일 저녁까지 머물겠노라고 했다. 그리고 나는 쇼핑을 다니며 가족에게 줄 선물을 샀다. 그렇게 오랫동안 윗스터블을 떠나 있다가 런던에서 산 선물 꾸러미를 들고 다시 그곳으로 간다는 생각을 하니 가슴이 두근거렸다.

그렇다 할지라도, 키티와 떨어져 있는 건 견디기 어려웠다.

「괜찮겠어?」 내가 키티에게 말했다. 「여기서 외롭지 않겠어?」

「끔찍이 외로울 거야. 네가 돌아오면 외로움에 지쳐 죽어 있는 날 발견하게 될 거야!」

「나랑 같이 갔다 오지 않겠어? 다음 기차를 타고 가도 되니까…….」

「아니, 낸. 나 없이 가족을 보고 와.」

「매 순간 네 생각을 할 거야.」
「그리고 난 네 생각을 할 거야.」
「오, 키티…….」

키티는 목걸이의 진주로 이를 톡톡 두드리고 있었다. 키티에게 입을 맞추었을 때 나는 우리 입술 사이에 있는 차갑고 매끄럽고 단단한 진주를 느낄 수 있었다. 키티는 내 키스를 받아들였고 우리 뺨이 맞닿을 수 있도록 머리를 움직였다. 이윽고 키티는 내 허리를 안더니 나를 좀 더 격렬하게 자기 쪽으로 끌어안았다. 이 세상 그 무엇보다도 나를 사랑한다는 듯.

그날 아침 늦게 도착한 윗스터블은 아주 많이 변한 듯 보였다. 그곳은 내가 기억하던 것보다 훨씬 작고 잿빛이었으며 바다는 더 넓었고 하늘은 더 낮고 덜 푸르렀다. 나는 객실 창밖으로 머리를 내밀고 그 모든 풍경을 보았고 역에 도착해서는 아버지와 데이비보다 1~2초 정도 먼저 둘을 찾아냈다. 심지어 둘의 모습마저 달라 보였다. 가슴 아린 사랑과 낯선 후회가 동시에 밀려들었다. 아버지는 약간 더 늙었으며 웬일인지 몸도 조금 작아진 듯했다. 데이비는 약간 더 살이 쪘으며 얼굴은 더 붉어졌다.

내가 기차에서 플랫폼으로 내리는 모습을 본 둘은 곧장 내게 달려왔다.

「낸시! 귀여운 내 딸……!」 아버지였다. 우리는 어색한 자세로 껴안았다. 나는 짐을 들고 있었으며 베일이 둘러진 모자를 쓴 상태였기 때문이다. 짐 꾸러미 하나가 땅에 떨어졌고, 아버지는 허리를 숙이고 그것을 줍더니 서둘러 다른 짐들을 받아 들었다. 그동안 데이비는 내 손을 잡고 베일 그물 사이로 내 뺨에 키스를 했다.

「와, 멋지네.」 데이비가 말했다. 「머리부터 발끝까지 차려입었네. 완전히 숙녀야. 안 그래요, 아버지?」 데이비는 그 어느 때보다도 뺨을 붉혔다.

아버지는 허리를 펴고 나를 살펴보더니 함박웃음을 지었고, 그 웃음에 아버지 눈꼬리가 다소 당겨졌다.

「아주 멋지구나.」 아버지가 말했다. 「네 어머니가 몰라볼 것 같은걸.」

사실 내가 좀 공들여 옷을 입었다고 생각은 하지만 그 순간까지는 그에 대해 아무런 생각이 없었다. 당시 내 옷은 모두 고급이었다. 처음 집을 떠나며 가져왔던 소녀풍 싸구려 옷들은 버린 지 오래였기 때문이다. 그날 아침 나는 오직 멋지게 보이고 싶을 뿐이었다. 그런데 막상 다른 사람의 시선을 느끼자 부끄러웠다.

그런 느낌은 아버지의 팔을 잡고 우리 굴 식당까지 얼마 안 되는 거리를 걸어가는 동안에도 사라지지 않았다. 집은 전보다 더 남루했다. 가게 위의 물막이 판자는 푸른색 페인트보다 나무가 드러난 곳이 더 많았다. 〈애슬리 굴, 켄트 최고의 맛〉이라고 적힌 간판은 경첩 하나에 걸려 있었고, 빗물이 스며든 곳은 삐걱거렸다. 우리가 올라가는 계단은 어둡고 좁았으며, 마침내 내가 들어간 방은 어떻게 이런 방이 있을 수 있나 하는 생각이 들 정도로 좁고 답답했다. 최악은 거리, 계단, 방, 사람들 모두에게서 생선 비린내가 난다는 점이었다! 내 겨드랑이에서 나는 냄새만큼이나 내게는 익숙한 악취였다. 그러나 이제 나는 내가 이런 곳에서 살았으며 그걸 당연하게 여겼다는 사실에 깜짝 놀랐다.

내가 도착하자 사람들이 부산히 움직였고 덕분에 내 놀람도 사라졌다. 나는 어머니와 앨리스가 나를 기다리고 있으리라고 기대했다. 둘은 나를 기다리고 있었다. 그러나 다섯 명 정도 되는 다른 사람들도 나를 기다렸고 내가 나타나자 각자 흥분해 외치며 (앨리스를 뺀) 모두가 다가와 나를 껴안았다. 다들 숨이 막히도록 나를 껴안고 도닥거렸고, 나는 그냥 싱긋 웃어야 했다.

로다(여전히 오빠의 연인이었다)도 그곳에 있었고 어느 때보다 활기차 보였다. 로지나 숙모가 아들이자 내 사촌인 조지, 그리고 딸인 리자, 리자의 아기와 함께 나를 반기기 위해 와 있었다. 이제 아기는 더는 아기가 아니라 주름 장식 달린 옷을 입은 꼬마가 되어 있었다. 리자는 다시 아이를 가져 배가 불룩했다. 나는 편지로 이 소식을 들었으나 까맣게 잊고 있었다.

나는 환영 인사를 모두 듣고 모자와 두꺼운 외투를 벗었다. 어머니가 나를 위아래로 살펴보았다. 어머니가 말했다. 「맙소사, 낸시, 키도 크고 멋지구나! 이제 네 아버지보다 더 큰 거 같아.」 좁고 붐비는 방에 있으니 내 키가 크다는 느낌이 들었다. 그러나 정말로 키가 컸다는 느낌이 들지는 않았다. 단지 내가 더 꼿꼿이 서 있었을 뿐이다. 좀 어색한 느낌이 들긴 했지만 그래도 약간 자부심을 느끼며 주위를 둘러보았다. 의자가 보였고, 차가 나왔다. 나는 여전히 앨리스와 한마디도 주고받지 않았다.

아버지는 키티의 안부를 물었고, 나는 키티는 잘 있다고 대답했다. 가족은 키티가 이제 어디서 공연을 하는지 물었다. 로지나 숙모는 우리가 어디 사는지, 내가 무대에 오른다는 이야기를 들었는데 정말인지를 물었다. 그리고 나는 〈가끔 키티와 함께 공연을 해요〉라고만 대답했다.

「와, 멋지구나!」

무슨 결벽증 때문에 가족에게 내가 성공한 이야기를 알려 주지 않았는지 나도 꼭 집어 말할 수 없다. 내가 생각하기로는 공연이 (내가 말했듯이) 내 사랑과 너무나 얽혀 있기 때문이었다. 나는 가족이 그것에 대해 꼬치꼬치 캐고 눈살을 찌푸리고 무심하게 서로 의견을 주고받는 모습을 참고 있을 수 없었다.

이제 와 생각해 보면 그건 일종의 지나친 꼼꼼함이었다. 같이 있은 지 30분도 채 되지 않았을 때 사촌인 조지가 외쳤다. 「억양이 어떻게 된 거야, 낸시? 완전히 〈얌전 빼는〉 말투가 되었잖아.」 나는 깜짝 놀라 조지를 바라보았고, 다음에 내가 하는 말을 열심히 들었다. 사실이었다. 내 목소리는 변했다. 조지가 말한 것처럼 멋 부려 말하지는 않았지만 극장 사람들 특유의 경쾌한 가락이 섞여 있었다. 행상인부터 〈리옹 코미크〉[42]까지 극장에 있는 모든 사람들의 억양이 다소 이상하게 이리저리 뒤섞여 있는 그 억양을 나는 나도 모르게 배운 것이다. 나는 조금은 키티처럼, 가끔은 심지어 월터처럼 말했다. 그전까지 나는 그 사실을 전혀 깨닫지 못했다.

우리는 차를 마셨다. 아이 때문에 야단법석이 일었다. 누군가 내게 아이를 건네주며 돌보게 했다. 하지만 내가 받아 들자 아이는 울음을 터뜨렸다.

「오, 이런!」 아이 어머니가 아이를 가볍게 만지며 말했다. 「그러면 낸스 고모가 널 울보라고 생각할 거야.」 리자는 내게서 아이를 받아 내 얼굴 가까이에 댔다. 「손을 흔들어 보렴!」 리자는 아이 손을 잡고 흔들었다. 「낸시 고모에게 손을 흔들어 보자. 신사처럼!」 리자의 말에 아이는 금방이라도 총알을 발사하려는 거대한 총처럼 몸을 꿈틀댔다. 하지만 나는 의무감에 아이 손가락을 잡고 꼭 쥐었다. 당연히 아이는 금방 손을 빼냈고 더 크게 울 뿐이었다. 모두가 소리 내어 웃었다. 조지는 아이를 안고 높이 흔들었고 금이 간 노란 회벽 천장에 아이 머리털이 스쳤다. 「용감한 꼬마 병정은 〈누굴까〉?」 조지가 외쳤다.

나는 앨리스를 보았지만 앨리스는 시선을 피했다.

마침내 아이는 조용해졌다. 방은 더 따뜻해졌다. 로다가 오빠에게 기대어 속삭였고, 오빠가 고개를 끄덕이고 로다가 기침을

42 *lion comique*. 연예장에서 가장 인기 있는 익살 가수를 가리킨다.

했다. 로다가 말했다. 「낸시, 우리에게 좋은 소식이 있는 거 아직 못 들었을 거야.」 나는 로다를 똑바로 보았다. 로다는 재킷을 벗었고, 살펴보니 신발도 벗고 울 스타킹만 신고 있었다. 자기 집처럼 아주 편안한 차림이었다.

로다는 손을 내밀었다. 왼쪽에서 두 번째 손가락에 조그만 보석이 박힌(사파이어 같기도 하고 다이아몬드 같기도 했지만 너무 작아서 알 수가 없었다) 가느다란 금반지가 끼워져 있었다. 약혼반지였다.

나는 얼굴을 붉혔다. 왜 그랬는지 모르겠다. 그리고 억지로 웃음을 지었다. 「오, 로다! 기뻐. 데이비! 정말 잘됐어.」 나는 기쁘지 않았다. 잘된 게 아니었다. 로다가 새언니가 된다는 생각은, 어떤 식으로든 친척 관계가 된다는 것은 끔찍했다. 그러나 나는 기쁜 척해야만 했다. 둘 다 얼굴을 붉히며 만족하는 듯 보였기 때문이다.

로지나 숙모가 내 손을 보며 고개를 끄덕였다. 「네 손에는 아직 반지가 안 보이네, 낸스?」

앨리스가 자리에서 몸을 움직이는 모습이 보였다. 나는 고개를 저었다. 「아뇨, 아직요.」 아버지가 뭔가 말을 하려 입을 열었다. 하지만 나는 대화가 이런 방향으로 흐르는 것을 참을 수 없었다. 나는 일어나 내 가방들을 집어 들었다. 「모두에게 선물을 가져왔어요.」 내가 말했다. 「런던에서요.」

그 말에 모두들 웅성이며 〈오〉 하고 가볍게 흥미를 보였다. 어머니는 왜 그랬냐고 나무라면서도 안경을 끼고 기대에 찬 표정을 지었다. 나는 우선 숙모에게 꾸러미가 가득 든 가방을 건넸다. 조 삼촌과 마이크와 여자아이들에게 주는 것이었다. 다음은 조지였다. 「이건 네 거야.」 나는 조지를 위해 은제 휴대용 술병을 샀다. 그리고 리자와 아이……. 나는 북적이는 방을 죽 돌며 선물을 건넸고 마지막으로 앨리스에게 갔다. 「이건 언니 거야.」 앨리스의 꾸러미는 모자 상자에 든 모자로, 가장 컸다. 앨리스는 보일 듯 말 듯하게 살짝 웃더니 천천히 그리고 부자연스럽게 상자 리본을 끌렀다.

이제 나를 빼고 모두가 선물을 받았다. 나는 앉아서 손마디를 잘근잘근 씹으며 손 위로 웃음을 띠고 사람들이 각자 선물을 풀어 보는 모습을 지켜보았다. 선물이 하나씩 모습을 드러냈고, 사람들은 늦은 아침 햇살 아래 물건들을 이리저리 돌리며 살펴보았다. 방은 아주 조용해졌다.

「맙소사, 낸시.」 마침내 아버지가 말했다. 「우리는 네가 자랑스럽구나.」 나는 아버지를 위해 회중시계 줄을 샀다. 월터가 하고 다니는 것처럼 굵고 밝은 것이었고, 아버지가 손에 드니 낡은 울 재킷과 붉은 손바닥에 대비되어 더욱 밝아 보였다. 아버지가 소리 내어 웃었다. 「이걸 하면 내가 아주 멋져 보이겠구나. 안 그러냐?」 하지만 웃음소리는 전혀 자연스럽지 않았다.

나는 어머니를 보았다. 어머니는 은장식 솔빗과 그에 어울리는 손거울을 받았다. 어머니는 꾸러미를 풀어 보기 겁난다는 듯 둘을 포장한 상태 그대로 무릎 위에 놓아두었다. 나는 이 나간 유리 손잡이가 달린 낡은 서랍장, 그 위에 놓인 싸구려 유색 향수병과 콜드크림 단지 사이에서 이 물건들이 얼마나 이상해 보일지를 그 즉시 깨달았다. 옥스퍼드 스트리트에 있을 때는 한 번도 떠오르지 않았던 생각이었다. 어머니는 내 눈을 보았고, 나는 어머니도 같은 생각을 한다는 것을 깨달았다. 「정말이지, 낸스…….」 어머니가 말했다. 어머니의 어조는 거의 책망에 가까웠다.

이제 방 안은 사람들이 선물을 비교하면서 소곤거리는 소리로 가득했다. 로지나 숙모는 가닛 귀걸이 한 쌍을 들어 올리고 살펴보며 눈을 끔벅였다. 조지는 휴대용 술병을 가리키며 다소 초초한 기색으로 혹시 내가 경마에서 돈을 딴 건 아닌지 물었다. 로다와 오빠만이 자기 선물에 정말 기뻐하는 듯했다. 데이비에게는 버터처럼 부드러운 수제화를 선물했기 때문이다. 데이비는 주먹으로 신발창을 툭툭 쳐보더니 풀어 버린 포장지와 끈 위에 서서 내 뺨에 키스했다.「놀랐는걸.」데이비가 말했다.「내 결혼식 때 신어야겠어. 켄트에서 가장 멋진 신발을 신은 남자가 되는 거야.」

데이비의 말에 모두들 어떻게 행동해야 하는지 깨달은 듯했고, 돌연 모두 일어나 내게 키스하고 고맙다고 말을 했으며 덕분에 사람들이 정신없이 내 쪽으로 왔다 갔다 했다. 사람들 어깨 너머로 앨리스가 여전히 앉아 있는 모습이 보였다. 앨리스는 모자 상자 뚜껑을 열었지만 모자는 꺼내지 않고 상자 뚜껑만 들고 가만히 있었다. 데이비가 내 시선을 따라갔다.「넌 뭘 받았어?」데이비가 외쳤다. 앨리스가 마지못해 상자를 기울여 내용물을 보여 주자 데이비가 휘파람을 불었다.「끝내준다! 타조 깃털에다 가장자리에는 다이아몬드까지 있어. 안 써볼 거야?」

「나중에.」앨리스가 말했다.

이제 모두가 앨리스를 바라보았다.

「오, 모자 정말 예쁘네!」로다가 말했다.「이게 어떤 빨강이야? 이 빨간색 이름이 뭐지, 낸시?」

「버펄로 레드.」비참한 목소리로 내가 말했다. 모두에게 실뭉치, 양초 동강, 이쑤시개, 조약돌 따위 쓰레기를 종이와 리본과 실크로 싸서 주었다 해도 지금보다 바보 같은 느낌이 들지는 않았을 터였다.

로다는 내 기분을 알아차리지 못했다.「〈버펄로〉 레드!」로다가 외쳤다.「오, 앨리스, 어서 쓰고 우리에게 보여 줘.」

「그래, 어서, 앨리스.」 로지나 숙모였다. 「안 그러면 그 선물이 맘에 안 든다고 낸시가 생각할 거야.」

「괜찮아요.」 내가 재빨리 말했다. 「나중에 써보라고 하세요.」 하지만 조지가 앨리스의 의자로 뛰어가더니 모자를 받아 들고 머리에 씌우려 했다.

「써보자.」 조지가 말했다. 「이걸 쓰면 네가 버펄로처럼 보이는지 보고 싶어.」

「내버려 둬!」 앨리스가 말했다. 드잡이가 벌어졌다. 나는 눈을 감았고, 바느질한 곳이 뜯어지는 소리가 들렸다. 눈을 떠보니 앨리스 무릎에 모자가 놓여 있고 조지는 타조 깃털 반쪽을 잡고 있었고 모조 다이아몬드 장식은 떨어져 나가 어디론가 사라지고 없었다.

불쌍한 조지는 숨 막혀 하더니 콜록거리기 시작했다. 로지나 숙모는 매서운 목소리로 이제 속이 후련하겠다고 조지에게 쏘아붙였다. 리자는 모자와 깃털을 들고 어색하게 둘을 다시 붙여 보려 애썼다. 「정말 예쁜 보닛이었는데.」 리자가 말했다. 앨리스는 훌쩍이며 손으로 눈을 가렸고, 급히 방을 나갔다. 아버지가 말했다. 「자, 그만!」 아버지는 여전히 번쩍이는 회중시계 줄을 들고 있었다. 어머니는 나를 바라보며 고개를 저었다. 「이게 무슨 창피니.」 어머니가 말했다. 「오, 낸시, 이게 무슨 창피니!」

시간이 지나 로지나 숙모와 사촌들이 떠났고, 여전히 눈이 좀 부은 앨리스는 친구를 만나기 위해 외출했다. 나는 예전에 쓰던 방으로 가방을 옮겨 놓고 얼굴을 씻었다. 잠시 뒤 다시 돌아오자 내가 가져왔던 선물들은 모두 깔끔히 정리되어 치워졌고, 로다는 어머니를 도와 부엌에서 감자를 까 삶고 있었다. 내가 돕겠다고 하자 둘은 내가 손님이라며 내보냈다. 그래서 나는 아버지와 데이비와 함께 앉아 있었다. 둘은 평소대로 행동하는 것이 나를 편하게 해주는 것이라 생각하는 듯했으며 일요판 신문에 몰두했다.

우리는 저녁 식사를 하고 탱커턴까지 산책을 나갔고 그곳에 앉아 물에 조약돌을 던졌다. 바다는 납처럼 회색빛이었다. 저 멀리 작은 범선과 거룻배가 몇 척 보였다. 키티가 있는 런던을 향해 가는 배였다. 키티는 지금 무엇을 하고 있을지 궁금했다. 나를 그리워하고 있겠지만, 그것 말고 키티는 무엇을 하고 있을까?

돌아와 차를 마셨고, 그 뒤에 사촌들이 더 찾아와 내가 준 선물에 고맙다는 인사를 했고 멋진 내 새 옷을 보여 달라고 졸랐다. 우리는 위층에 앉았고, 나는 프록과 베일이 달린 모자, 그림이 그려진 스타킹을 보여 주었다. 사촌들은 젊은 남자들에 대해 더 이야기했다. 사촌들은 앨리스가 궁전의 토니 리브스와 헤어지고 조선소에서 일하는 남자와 데이트를 시작했다고 했다(사촌들은 내가 이 소식을 모른다는 것을 알고 깜짝 놀랐다). 사촌들 말에 따르면 앨리스의 새 남자 친구는 토니보다 훨씬 키가 크지만 토니처럼 재미있지는 않았다. 내 옛 남자 친구인 프레디 역시 새 여자 친구가 생겼고, 결혼할 것 같다고 했다. 내가 연애를 하고 있는지 사촌들이 물었을 때 나는 아니라고 답했다. 하지만 나는 그 대답을 하며 망설였고, 사촌들은 빙그레 웃었다. 사촌들은 누군가 〈있는 게〉 아니냐고 나를 다그쳤고 나는 단지 입을 다물게 하기 위해 고개를 끄덕였다.

「사귀던 사람이 있었어. 오케스트라에서 코넷을 연주했어…….」 나는 마치 그 남자를 생각하며 상심에 잠긴 것처럼 시선을 돌렸고, 사람들이 의미심장한 눈길을 주고받는 게 느껴졌다.

「버틀러 양은 어때? 버틀러 양은 분명 남자 친구가 있겠지?」

「응, 월터라는 남자야…….」 나는 이런 말을 하는 자신이 싫었다. 하지만 만약 내가 이 말을 전해 주면 키티가 정말 재미있어 할 거라고 생각했다!

나는 사촌들이 일찍 자고 일찍 일어난다는 사실을 잊고 있었다. 사촌들은 10시에 떠났다. 30분 뒤 모두가 하품을 하기 시작했다. 데이비는 로다를 집까지 바래다주었고, 앨리스는 우리 모두에게 잘 자라고 저녁 인사를 했다. 아버지는 일어나 기지개를 켠 뒤 내게 와 목에 팔을 둘렀다. 「네가 다시 집에 와서 모두 정말 기쁘단다. 그리고 아주 예쁘게 컸구나!」

이윽고 어머니가 빙긋 웃었다. 그날 어머니에게서 처음으로 본 진짜 웃음이었다. 그리고 나는 집에서 가족과 함께 있는 게 얼마나 좋은 건지 깨달았다.

그러나 기쁨은 오래가지 못했다. 몇 분 뒤 나 역시 저녁 인사를 했고 마침내 나는 우리 침실에 앨리스와 단둘만 있게 되었다. 앨리스는 침대에 누워 있었으나 등불을 여전히 밝게 밝힌 채 눈을 뜨고 있었다. 나는 옷을 벗지 않고 문에 등을 기대고 서서 앨리스가 나를 볼 때까지 가만히 있었다.

「모자는 미안해.」 앨리스가 말했다.

「괜찮아.」 나는 벽난로 가까이 있는 의자로 다가가 부츠 단추를 끄르기 시작했다.

「돈을 그렇게 많이 쓰지 말았어야 했어.」 앨리스가 계속했다.

나는 얼굴을 찡그렸다. 「그러게 말이야.」 나는 벗은 신발을 발로 밀어 한쪽으로 옮겨 둔 뒤 드레스 고리를 끄르기 시작했다. 앨리스는 눈을 감았고, 다른 말은 하고 싶지 않은 듯했다. 나는 손을 늦추고 앨리스를 보았다.

「언니 편지는 끔찍했어.」 내가 말했다.

「그 문제는 더 말하고 싶지 않아.」 앨리스는 고개를 돌리고 재빨리 말했다.「나는 내 생각을 말했어. 그 생각은 변함없고.」

「나 역시 마찬가지야.」나는 더 세게 고리를 잡아당긴 뒤 드레스 밖으로 몸을 빼고 드레스를 의자에 내던졌다. 언짢았고 전혀 피곤하지 않았다. 나는 가방 가운데 하나를 뒤져서 담배를 꺼냈고, 내가 성냥에 불을 붙이자 앨리스가 고개를 들었다. 나는 어깨를 으쓱했다.「이것도 키티에게 배운 나쁜 버릇이야.」나는 흡사 뻔뻔한 발레리나처럼 말했다.

나는 나머지 옷을 벗고 머리 위로 잠옷을 뒤집어쓰다가 내 머리털이 생각났다. 땋은 머리를 붙인 채로 잘 수는 없었다. 나는 다시 앨리스 쪽을 힐긋 보았다. 앨리스는 내 말을 듣고 얼굴이 새하얗게 질렸으나 여전히 나를 보고 있었다. 이윽고 나는 시뇽이 느슨해질 때까지 핀을 뽑았다. 곁눈질로 앨리스의 입이 떡 벌어지는 모습이 보였다. 나는 손가락으로 밋밋하고 짧은 머리털을 빗었다. 이 행동과 방금 내가 피운 담배 덕분에 나는 아주 침착해졌다.

내가 말했다.「이게 가짜인 줄 몰랐지?」

이제 앨리스는 담요를 가슴에 안고 일어났다.「그렇게 끔찍한 표정 지을 필요 없어.」내가 말했다.「내가 모두 말했잖아. 편지로 쓰고 말했잖아. 무대에 선다고. 난 이제 키티의 의상 담당이 아니야. 무대에 서서 키티가 하는 일을 한다고. 노래하고 춤추고…….」

앨리스가 말했다.「넌 그게 진짜로 사실인 것처럼 쓰지 않았어. 만약 그게 사실이었다면 우리 귀에 들어왔을 거야! 난 널 믿지 않아.」

「믿든 말든 난 상관 안 해.」

앨리스는 고개를 저었다.「노래하고, 춤을 춘다고. 그건 창녀들이나 하는 거야. 넌 못해. 넌 아니야…….」앨리스가 말했다.

내가 말했다. 「하고 있어.」 그리고 내가 정말로 하고 있다는 걸 보여 줄 셈으로 잠옷을 올리고 융단 위를 가로지르며 가볍게 스텝을 밟으며 춤을 췄다.

그 춤은 내 짧은 머리와 마찬가지로 앨리스를 겁에 질리게 한 듯했다. 앨리스가 입을 열자, 비록 신랄함이 배어 있었지만 솟구치는 눈물로 목소리는 쉬어 있었다. 「그런 식으로 치마를 드는 거지, 안 그래? 그리고 무대에서 온 사방에 네 다리를 보여 주고!」

「치마?」 내가 소리 내어 웃었다. 「맙소사, 앨리스. 난 치마를 입지 않아! 내가 프록을 입으려고 이렇게 머리를 짧게 친 줄 알아? 난 바지를 입어. 신사의 정장을 입는다고!」

「오!」 앨리스는 이제 울기 시작했다. 「무슨 짓을 하는 거야! 낯선 사람들 앞에서 그게 무슨 짓이야!」

내가 말했다. 「키티가 그렇게 했을 때는 좋다고 생각했잖아.」

「그 여자는 뭐 하나 좋은 걸 한 게 없어! 널 데려가서 이상하게 만들었어. 난 널 전혀 모르겠어. 네가 그 여자랑 같이 가지 않았으면 좋았을 텐데, 아니면 아예 안 돌아오거나!」

앨리스는 누워서 턱까지 담요를 끌어 올리고 흐느꼈다. 그리고 언니가 흐느끼는 모습을 본 모든 동생이 감정에 북받쳐 눈물을 흘리듯, 나 역시 감정에 북받쳐 눈이 아리기 시작했으며 침대로 올라가 앨리스 옆에 앉았다.

그러나 내가 가까이 다가가자 앨리스는 소스라치게 놀라며 몸을 떨었다. 「떨어져!」 앨리스가 외치며 몸을 꿈틀댔다. 앨리스는 진정으로, 정말로 공포와 슬픔에 잠겨 말했기에 나는 앨리스가 말한 대로 할 수밖에 없었으며 앨리스가 차가운 침대 가장자리에 누워 있게 내버려 두었다. 앨리스는 곧 떨림을 멈추고 조용해졌다. 그리고 나 역시 눈물을 그치고 다시 감정이 사그라들었다. 나는 램프에 손을 뻗어 불을 껐다. 그리고 바로 누워 아무 말도 하지 않았다.

차가웠던 침대가 점차 따뜻해졌다. 나는 앨리스가 몸을 내 쪽으로 돌리고 말을 걸었으면 좋겠다고 바라기 시작했다. 이윽고 앨리스가 키티였으면 좋겠다고 바라기 시작했다. 그리고 만약 키티였으면 내가 했을 행동에 대해 생각하기 시작했다. 어쩔 수 없었다! 돌연 욕망이 일어 나는 당황했다. 키티와 내가 키스하기 전에 이곳에 누워 있던 모든 시간을 떠올렸고 비슷한 상황을 그렸다. 내가 앨리스와 함께 자는 데만 익숙했던 시절, 지네브라 로드에 살면서 키티 곁에서 처음 자던 때를 떠올렸다. 이제 앨리스의 몸은 내게 낯설었다. 누군가의 옆에 이렇게 가까이 누워 있으면서 키스도 애무도 하지 않는 것은 이상하고 잘못된 것처럼 느껴졌다…….

나는 잠이 들었던 듯하다. 그러다 상대방이 키티가 아니라는 사실을 잊었으며 손을 앨리스의 몸에 올려놓았다는 사실을 깨달았다. 아니, 다리였을지도 모른다.

나는 일어나 어깨에 외투를 걸치고 담배를 한 대 더 피웠다. 앨리스는 꼼짝도 하지 않았다.

나는 눈을 가늘게 뜨고 내 시계를 보았다. 11시 반이었다. 키티가 무엇을 하고 있을지 다시 궁금해졌다. 그리고 무슨 일을 하고 있든 간에 잠시 그 행동을 멈추고 윗스터블에 있는 나를 생각해 달라고 밤 저편 스탬퍼드 힐로 내 마음을 보냈다.

시작부터 별로였던 내 방문은 그리 좋지 못했다. 나는 일요일에 도착했고, 당연히 이튿날부터 사람들은 일을 했다. 나는 첫날 밤 아주 늦게까지 잠들지 못했지만 이튿날 아침 6시 반 앨리스가 깨었을 때 함께 깨었으며 억지로 일어나 거실 식탁에서 다른 이들과 아침 식사를 했다. 하지만 그러고 나자 나는 부엌에서 예전에 하던 대로 굴 칼을 들고 일을 해야 하는 건지 아닌지 알 수가 없었다. 내가 그렇게 하기를 가족이 원하거나 기대하는지, 그리고 심지어 내가 그것을 할 수는 있을지조차 알 수 없었다. 마침내 나는 가족을 따라 부엌으로 갔지만 결국 내가 아무 필요 없다는 사실을 알게 되었다. 집에서는 이제 석화를 가르고 아가미를 떼어 낼 여자를 고용했으며, 그 여자는 예전의 나만큼이나 능숙했기 때문이다. 나는 그 여자(꽤 예뻤다) 옆에 서서 내키지 않는 마음으로 여남은 개 정도 굴 껍데기를 깠다. 그러나 차가운 물에 손이 아려 와 앉아서 지켜보았다. 그러다가 눈을 감고 팔베개를 한 뒤 식당에서 들려오는 웅성거리는 소리와 냄비에서 나는 부글부글 끓는 소리에 귀를 기울였다…….

나는 곧 잠이 들었다. 그리고 아버지가 내 곁을 급히 지나다 치맛자락에 걸려 술 단지를 쏟는 바람에 깨었다. 이윽고 나는 위층으로 올라가 있는 게 어떻겠냐는 말을 들었다. 즉 방해가 되니 비켜 있으라는 뜻이었다. 그래서 나는 그날 오후를 『일러스트레이티드 폴리스 뉴스』를 보며 졸거나 잠을 깨기 위해 거실을 오락가락하며 보냈고, 대체 내가 이곳에 왜 왔을까 하는 생각에 잠겼다.

이튿날은 더욱 심했다. 어머니는 내가 이곳에 쉬러 온 것이지 일하러 온 것이 아니며, 부엌에서 일을 돕겠다고 하다가는 드레스를 망치고 손을 다칠 테니 그런 건 생각하지도 말라고 확실하게 말했다. 『폴리스 뉴스』를 맨 앞장부터 맨 뒷장까지 꼼꼼히 읽은 뒤였다. 이제 있는 것이라고는 아버지의 『생선 거래 신문』뿐이었고 위층에서 하루 종일 그걸 보며 있어야 한다는 건 생각만 해도 끔찍했다. 나는 여행용 드레스를 입고 산책을 나갔다. 아주 일찍 출발했기에 10시가 되었을 때는 시솔터까지 걸어갔다가 돌아왔다. 마침내 뭔가 재미있는 일에 굶주린 나는 기차를 타고 캔터베리까지 갔다. 그리고 부모님과 언니가 굴 식당에서 일을 하고 있는 동안 나는 관광객이 되어 그토록 오랫동안 가까이 살면서 단 한 번도 찾아가 볼 생각을 하지 않았던 성당 수도원을 어슬렁거렸다.

그러나 역으로 돌아오는 길에 나는 궁전을 지났다. 이제 연예장을 보는 눈이 생긴 내게 궁전은 아주 다르게 보였다. 또한 가까이 다가가 벽보를 보니 모든 공연이 2류 정도 된다는 사실을 알았다. 물론 문은 닫혀 있었고 휴게실은 어두웠다. 그러나 나는 참을 수가 없었기에 빙 돌아 무대 문 쪽으로 갔고 토니 리브스를 불러 달라고 했다.

나는 모자를 쓰고 베일을 내린 상태였다. 토니는 처음에 나를 알아보지 못했다. 하지만 마침내 나를 알아보고는 빙그레 웃으며 내 손에 키스했다.

「낸시! 정말 반가워!」 적어도 토니는 전혀 바뀌지 않았다. 토니는 자기 사무실로 나를 데리고 가 앉혔다. 나는 이곳에 잠시 들렀으며 심심해서 놀러 왔노라고 말했다. 또한 토니와 앨리스 소식에 맘이 아프다고도 말했다.

토니는 어깨를 으쓱했다. 「나는 앨리스가 나와 〈결혼〉하거나 뭐 그 비슷한 걸 절대로 하지 않으리라는 걸 알고 있었어. 하지만 앨리스가 그리워. 앨리스는 예뻤으니까. 하지만, 이런 말을 한다고 네가 싫어할지도 모르겠지만 바깥세상에 나가 멋지게 변해 온 동생처럼 예쁘지는 않았지…….」

나는 싫지 않았다. 토니가 그냥 집적거려 보는 것뿐이라는 걸 알고 있었기 때문이다. 터놓고 말하자면 앨리스의 옛 남자 친구가 내게 집적거려 오히려 기분이 좋았다. 대신 나는 궁전에 대해 물었다. 어떻게 돌아가고 있는지, 누가 공연을 하는지, 무슨 노래를 하는지 따위를 물었다. 질문 마지막에 토니는 책상에 놓인 펜을 집어 들어 만지작거리기 시작했다.

「그런데 버틀러 양은 언제 다시 이곳에서 공연을 하겠대?」 토니가 물었다. 「너랑 버틀러 양이 이제 제대로 팀을 꾸렸다는 소식을 들었어.」 나는 토니를 말똥말똥 바라보았고 이윽고 뺨이 붉어졌다. 그러나 물론 토니는 공연을 말하는 것이었다. 「네가 무대에 같이 선다는 말을 들었어. 그리고 들리는 소문으로는 아주 잘한다고 하더라.」

나는 싱긋 웃었다. 「어떻게 알았어? 가족에게는 아무 말도 하지 않았는데.」

「나는 『이어러』를 정기 구독하잖아. 〈키티 버틀러와 낸 킹〉. 예명을 보는 순간 나는 알았어.」

나는 소리 내어 웃었다. 「오, 재미있지 않아, 토니? 정말 멋지지 않아? 우리는 지금도 브리태니아에서 〈신데렐라〉에 출연하고 있어. 키티는 왕자님이고 나는 단디니 역이야. 나는 벨벳 반바지 차림으로 대사를 읊고 노래하고 춤추고 허벅지를 치며 장단을 맞춰. 그리고 관객들은 그 모습을 보고 아주 깜빡 죽는 거야!」

토니는 내가 기뻐하는(드디어 내가 기쁠 수 있는 순간이 왔다는 게 무척 좋았다) 모습을 보고 빙그레 웃더니 이윽고 고개를 저었다. 「내가 들은 바로는 네 가족은 그 사실을 반도 몰라. 네가 무대에 선 모습을 가족에게 보여 주는 게 어때? 뭐가 그리 큰 비밀인 거야?」

나는 어깨를 으쓱하고 잠시 망설이다 말했다. 「앨리스는 키티를 좋아하지 않아…….」

「그리고 너와 키티 말인데, 넌 여전히 키티에게 푹 빠져 있는 거야? 언제나 그랬던 것처럼 여전히 키티에 열중해 있는 거야?」 나는 고개를 끄덕였다. 토니가 가볍게 콧방귀를 뀌었다. 「키티는 운이 좋은 여자로구나.」

이번에도 토니는 그냥 내게 집적거리는 걸로만 보였다. 그러나 나는 토니가 내비치는 것보다 더 많은 것을 알고 있고 그에 대해 조금도 개의치 않는다는 아주 이상한 느낌을 받았다. 내가 대답했다. 「운이 좋은 쪽은 〈나〉야.」 그리고 토니의 시선을 똑바로 받았다. 토니는 다시 펜으로 압지를 톡톡 쳤다. 「그럴지도 모르지.」 그러고는 눈을 찡긋했다.

나는 계속 궁전에 있다가 토니가 다른 할 일이 있다는 걸 알고서야 토니를 놓아주었다. 일단 밖으로 나온 나는 다시 휴게실 문 앞에 섰다. 맥주와 화장품 냄새에서 벗어나 윗스터블의 우리 거실과 집에서 풍기는 완전히 다른 냄새를 맡아야 하는 게 너무 아쉬웠기 때문이다. 키티 이야기를 하니 기분이 좋았다. 너무나 좋아서 저녁 식사 때 앨리스 그리고 아주 작고 반짝이는 사파이어 반지를 낀 불쾌한 로다 사이에 앉아 있을 때는 더욱 키티 생각이 났다. 나는 하루 더 머물 예정이었지만 도저히 그럴 수 없을 듯했다. 후식으로 푸딩을 먹으며 나는 가족에게 원래 계획을 바꿔 내일 저녁 기차 대신 아침 기차로 돌아가겠다고 말했다. 극장에서 해야 할 일이 있는 게 떠올랐고 그걸 목요일까지 미뤄 둘 수 없다고 했다.

아버지가 유감이라고 말했기는 했지만 내 말에 아무도 놀라지 않았다. 나중에 내가 저녁 인사로 키스를 할 때 아버지는 목청을 가다듬었다. 아버지가 말했다. 「너는 내일 아침에 런던으로 돌아가는데 나는 너랑 제대로 시간을 보내지도 못했구나.」 내가 싱긋 웃었다. 「여기서 우리랑 즐겁게 있다 가는 거냐, 낸시?」

「오, 그럼요.」

「그리고 런던에서도 혼자 잘 살 수 있겠지?」 어머니가 물었다. 「아주 멀어 보이는데.」

내가 소리 내어 웃었다. 「그렇게 멀지 않아요.」

어머니가 말했다. 「너를 우리랑 1년 반이나 떼어 놓을 정도로 멀잖니.」

「바빴어요.」 내가 말했다. 「우리는 지독히 바빴어요. 우리 둘 다요.」 어머니가 고개를 끄덕였지만 대강대강 듣는 듯했다. 어머니는 이미 이 모든 이야기를 편지로 읽었다.

「머지않아 다시 집에 오겠다고만 다짐해 주렴. 네가 보내 준 소포를 받는 것도 아주 좋은 일이지만 우리는 솔빗이나 부츠보다는 네가 더 보고 싶구나.」 나는 부끄러워 시선을 돌렸다. 선물에 대해 생각할 때면 여전히 바보가 된 느낌이 들었다. 아무리 그렇다 할지라도 선물에 대해 어머니가 그렇게 발끈할 필요는 없다는 생각이 들었다.

예정보다 일찍 떠나기로 결정하고 나니 마음이 급해졌다. 나는 그날 밤 짐을 꾸리고 이튿날 앨리스보다도 일찍 일어났다. 아침 식사를 하고 설거지를 끝낸 7시에는 모든 준비를 마쳤다. 나는 가족 모두와 포옹을 했지만 처음 떠날 때와 달리 이번 이별은 슬프거나 다정하지 않았다. 그리고 이별을 더 슬프게 만들 만한 그 어떤 예감도 없었다. 데이비는 상냥했으며 자기 결혼식에 꼭 참석하라며 원한다면 키티를 데려오라고 했다. 그 말에 나는 데이비를 더욱 사랑하게 되었다. 어머니는 웃고 있었으나 그 웃음에는 팽팽한 긴장이 배어 있었다. 앨리스는 너무 냉랭했고 결국 나는 앨리스에게 등을 돌렸다. 오직 아버지만 나를 정말로 떠나보내기 싫은 듯 껴안았다. 그리고 내가 그리울 거라고 아버지가 말했을 때 나는 그 말이 진정임을 알았다.

이번에는 아무에게도 역까지 나를 배웅해 줄 수 있는 시간이 없었기에 나 혼자서 갔다. 기차가 출발할 때 나는 윗스터블이나 바다를 보지 않았다. 윗스터블과 바다를 아주 오랫동안 보지 못할 거라는 생각도 하지도 않았다. 하지만 그런 생각이 들었다 해도, 말하기 부끄럽기는 하지만 별로 괴롭지 않았을 것이다. 나는 오로지 키티 생각뿐이었다. 시간은 아직 7시 반이었다. 나는 키티가 10시까지 일어나지 않는다는 걸 알고 있었고, 스탬퍼드 힐에 있는 방에 조용히 들어가 키티가 잠든 침대로 기어 들어가 키티를 놀라게 해줄 생각이었다. 기차가 페버셤과 로체스터를 통과했다. 이제는 마음이 급하지 않았다. 급할 필요가 없었다. 나는 그냥 가만히 앉아서 이제 곧 내가 껴안게 될 잠든 키티의 따뜻한 몸을 떠올렸다. 내가 이렇게 일찍 돌아온 걸 본 키티의 기쁨, 놀라움, 솟구치는 사랑을 상상했다.

거리에서 올려다본 우리 집은 내 생각대로 아주 어둡고 덧문이 내려져 있었다. 나는 살금살금 계단을 올라가 열쇠로 조심스레 자물쇠를 열었다. 통로는 조용했다. 집주인 내외마저 여전히 잠들어 있는 듯했다. 나는 가방들을 내려놓고 외투를 벗었다. 모자걸이에 이미 망토가 걸려 있어 나는 눈을 가늘게 뜨고 바라보았다. 월터 것이었다. 〈별일이야.〉 나는 생각했다. 〈어제 왔다가 잊고 갔군!〉 그리고 어두운 계단을 살금살금 걷느라 망토에 대해서는 완전히 잊었다.

나는 키티가 잠든 방문 앞에 도착해 귀를 댔다. 조용하리라 생각했으나 문 너머에서 소리가 들렸다. 아기 고양이가 우유 접시를 핥듯 할짝거리는 소리가 났다. 나는 생각했다. 〈제길! 벌써 일어나 차를 마시고 있잖아.〉 이윽고 침대가 삐걱대는 소리가 들렸고, 나는 내 생각이 맞다고 확신했다. 실망했지만 키티를 볼 수 있다는 기쁨에 손잡이를 돌리고 방으로 들어갔다.

키티는 진짜로 깨어 있었다. 키티는 겨드랑이까지 담요를 덮고 침대보 위로 팔을 드러낸 채 침대에 앉아 베개에 기대어 있었다. 램프가 밝게 켜져 있어 방은 전혀 어둡지 않았다. 그리고 침대 발치의 작은 세면대 앞에 누군가 또 있었다. 월터였다. 재킷도 입지 않고 셔츠 옷깃도 달지 않은 채였다. 셔츠 자락은 아무렇게나 바지에 쑤셔 넣었고 멜빵은 거의 무릎 근처에서 대롱거렸다. 월터는 세면대에 물을 받아 몸을 숙여 얼굴을 씻고 있었다. 이 때문에 할짝거리는 소리가 난 것이었다. 물에 젖은 월터의 구레나룻이 검게 번들거렸다.

가장 먼저 보인 것은 월터의 눈이었다. 월터는 깜짝 놀란 눈으로 나를 바라보았고, 손을 허공에서 멈추어 물이 소매로 흘렀다. 이윽고 보고 있기 끔찍할 정도로 월터가 얼굴을 실룩였고 동시에 키티 역시 이불 아래에서 꿈틀대는 모습이 곁눈으로 보였다.

그런 모습을 보고도 나는 사태를 전혀 파악하지 못했던 것 같다.

「이게 뭐지?」 나는 이렇게 말하고 약간 신경질을 담아 웃었다. 나는 키티도 나를 따라 웃음을 터뜨리며 〈오, 낸! 네가 이런 모습을 보다니 정말 재미있다! 전혀 그런 게 아니야!〉라고 말하길 기대하며 키티 쪽을 보았다.

하지만 키티에게는 웃음의 기미조차 보이지 않았다. 키티는 공포 어린 시선으로 나를 보았으며, 마치 벗은 몸을 〈내게〉 보여주지 않으려는 듯 담요를 더 높이 올렸다. 내게!

먼저 입을 연 건 월터였다.

「낸.」 월터가 망설이며 말했다. 이토록 메마르고 허세 없는 월터의 목소리는 처음이었다. 「낸, 놀랐어. 오늘 저녁에 올 줄 알았는데.」 월터는 수건을 집어 얼굴을 닦더니 재빠르게 의자로 걸어가 재킷을 집어 입었다. 월터의 손이 떨렸다.

나는 이제껏 월터가 떠는 모습을 한 번도 본 적이 없었다.

내가 말했다. 「기차를 일찍 탔…….」 월터와 마찬가지로 내 입도 말라 있었다. 그래서 내 목소리는 탁하고 둔하게 들렸다. 「솔직히 말해서 아직 너무 이른 시간이라고 생각해요. 얼마나 오랫동안 이곳에 있은 거죠, 월터?」

월터는 내 질문이 고통스럽다는 듯 고개를 젓더니 내 쪽으로 다가왔다. 이윽고 월터는 다급하게 말했다.「낸, 날 용서해 줘. 네게 이런 모습을 보여선 안 되는데. 나랑 아래층으로 내려가 이야기를 좀 하지 않겠어?」

월터의 어조는 이상했다. 그리고 그 말을 듣는 순간 나는 무언가를 깨달았다.

「아니야!」나는 두 손을 배로 가져갔다. 둘이 내게 독약이라도 먹인 듯 뭔가 뜨겁고 시큰한 것이 배 속을 마구 휘저었다. 내 외침에 키티가 창백해지며 몸을 떨었다. 나는 키티를 보며 말했다.「사실이 아니야!」내가 말했다.「오, 키티, 사실이 아니라고 말해 줘, 사실이 아니라고!」키티는 나를 보려 하지 않으며 손으로 눈을 가리고 흐느끼기 시작했다.

월터는 더 가까이 다가와 내 팔을 잡았다.

「나가!」나는 이렇게 외치고는 침대로 다가가며 월터에게서 벗어났다.「키티? 키티?」나는 키티 옆에 무릎 꿇고 키티의 얼굴에서 손을 떼어 내 입술에 댔다. 나는 키티의 손가락에, 손톱에, 손바닥에, 손목에 키스를 했다. 눈물로 축축했던 키티의 손가락은 곧 내 눈물과 침으로 뒤범벅이 되었다. 월터는 이 모습을 보며 깜짝 놀랐고, 여전히 몸을 떨었다.

마침내 키티가 나와 시선을 맞췄다.「사실이야.」키티가 속삭였다.

나는 놀라서 움찔하고 신음을 내뱉었다. 이윽고 키티의 비명이 들리고 월터의 손이 내 어깨를 움켜쥐었고, 나는 내가 키티를 개처럼 때렸다는 사실을 깨달았다. 키티는 손을 치우고 공포에 질려 나를 바라보았다. 나는 다시 월터를 뿌리쳤고, 월터에게 소리쳤다. 「나가, 꺼져! 꺼져, 우리를 내버려 두라고!」 월터는 망설였다. 나는 월터가 물러설 때까지 발목을 걷어찼다.

「제정신이 아니구나, 낸.」

「꺼져!」

「둘을 두고 나갈 순 없어.」

「꺼져!」

월터가 주춤거렸다. 「문 뒤에 있겠어. 더는 멀리 가지 않아.」 월터는 키티를 바라보았고, 키티가 고개를 끄덕이자 방을 나가 아주 조용히 문을 닫았다.

방은 조용했고, 오직 거친 내 숨소리와 부드럽게 흐느끼는 키티의 울음소리만이 정적을 깰 뿐이었다. 사흘 전 내 언니가 울던 모습을 볼 때와 같았다. 〈그 여자는 뭐 하나 좋은 걸 한 게 없어!〉 앨리스가 했던 말이 떠올랐다. 나는 키티의 허벅지를 가린 침대 덮개에 뺨을 대고 눈을 감았다.

「넌 월터가 네 친구라고 믿게 했어.」 내가 말했다. 「그리고 월터가 널 좋아하지 않는다고 내가 생각하게 했어. 우리 때문에 말이야.」

「달리 어찌해야 할 바를 몰랐어. 월터는 단지 친구〈였어〉. 그러다가, 그러다가…….」

「너와 월터를 생각해 보면 언제나…….」

「어젯밤 전까지는 네가 생각하는 그런 게 아니었어.」

「믿지 않아.」

「오, 낸, 사실이야, 맹세해! 어젯밤 전까지……. 어떻게 어떤 일이 벌어질 수 있겠어? 어젯밤 전까지 우리는 단지 이야기를 하고 키스만 했어.」

어젯밤 전……. 어젯밤 전 나는 기뻤고 사랑받았으며 만족했고 걱정이 없었다. 어젯밤 전 나는 사랑과 욕망으로 가득 찼기에 그걸 위해 죽어도 좋다고 생각했다! 키티의 말을 듣자 내 사랑의 고통은 지금 키티 때문에 내가 받는 고통의 10분의 1, 100분의 1, 1000분의 1도 되지 않는다는 걸 깨달았다.

나는 눈을 떴다. 키티는 불안하고 겁먹은 눈치였다. 내가 말했다. 「그러면 그…… 키스는…… 언제 시작한 거야?」 그러나 나는 물으면서도 그 대답을 짐작할 수 있었다. 「그날 밤…… 디콘의…….」

키티는 망설이다가 이윽고 고개를 끄덕였다. 그리고 나는 그 모든 장면이 다시 눈에 선하게 떠올랐고 모든 것을 이해할 수 있었다. 어색함, 침묵, 편지. 그것도 모르고 그동안 나는 월터를 동정해왔다. 월터를! 그 모든 시간 동안 바보는 바로 나였다. 둘이 만나고 속삭이고 애무하던 그 모든 시간 동안…….

그 생각을 하니 너무나 고통스러웠다. 월터는 우리 친구였다. 키티뿐 아니라 내 친구이기도 했다. 나는 월터가 키티를 사랑하는 걸 알았지만 월터는 너무 나이가 많았고 너무 삼촌 같았다. 정말로 키티는 월터와 함께 자기를 원했단 말인가? 나는 마치 키티가 내 아버지와 침대에 있는 모습을 본 것만 같았다!

나는 다시 한번 흐느끼기 시작했다. 「어떻게 그럴 수가 있어?」 내가 눈물을 흘리며 말했다. 나는 싸구려 연극에 나오는 남편 같은 말을 말했다. 「어떻게 그럴 수 있어?」 담요 밑으로 키티가 꿈틀거리는 게 느껴졌다.

「그러고 싶지 않았어!」 키티가 힘없이 말했다. 「때때로 정말 견디기 어려웠어.」

「난 네가 날 사랑한다고 생각했어! 넌 날 사랑한다고 말했어!」

「널 정말 사랑해! 사랑해, 사랑해!」

「넌 나 말고는 원하는 게 아무것도 없다고 했어! 우리가 함께할 거라고, 영원히 함께할 거라고 했어!」

「난 그런 말을 한 적이 없어.」

「넌 내가 그렇게 생각하도록 했어! 그렇게 생각하게 만들었다고! 넌 네가 얼마나 기쁜지 수없이 말했어. 왜 이전처럼 계속 그렇게 지낼 수 없는 거야?」

「왜인지 너도 〈알잖아〉! 그런 일은 우리가 젊을 때는 괜찮아. 하지만 나이가 들면……. 우리는 그릇이나 닦는 하녀도 아니고 아무도 모르게 우리 맘 내키는 대로 하고 살 수 없어. 우리는 유명해졌어. 주목의 대상이라고.」

「널 잃어야 한다면 난 유명해지고 싶지 않아! 키티 〈네〉가 아닌 다른 사람에게 주목의 대상이 되고 싶지 않다고.」

키티는 내 손을 꼭 잡았다. 「하지만 나는 그러고 싶어.」 키티가 말했다. 「나는 그래. 그리고 주목의 대상이 되는 이상 나는 비웃음당하는 걸, 미움받는 걸, 조롱받는 걸 참을 수 없어. 또다시 그런 말을 듣고 싶지 않아.」

「톰!」

「그래!」

「하지만 우리는 조심할 수 있어.」

「절대로 충분히 조심할 수 없어! 너는 너무, 낸, 너는 너무나 남자 같아.」

「너무…… 남자 같다고? 지금까지 그런 말은 한 적 없었잖아! 너무 남자 같다니, 그럼 차라리 월터와 있는 게 낫겠군! 〈월터〉를 사랑해?」

키티는 시선을 피했다. 「월터는 아주…… 상냥해.」 키티가 말했다.

「아주 상냥하다.」 마침내 내 목소리가 모질고 신랄해졌다. 나는 키티에게 기댔던 몸을 펴고 바로 앉았다. 「그래서 내가 없는 사이에 월터를 불러들인 거로군. 그리고 우리 침대에서 월터가 네게 상냥히 대했고…….」 나는 일어섰고, 더러워진 시트와 매트리스가, 월터의 손과 입이 닿았던 키티의 벗은 몸이 눈에 띄었다. 「오, 맙소사! 얼마나 숨기고 있을 생각이었지? 〈월터〉가 가고 나서 내 키스를 그냥 받을 생각이었어?」

키티는 내 손을 잡으려 손을 뻗었다. 「오늘 밤 말하려 했어. 맹세해. 오늘 밤 네게 이것저것 다 털어놓을 생각이었어.」

이렇게 말하는 키티에게서 뭔가 이상한 낌새가 느껴졌다. 나는 키티 곁으로 다가갔다. 이제 나는 차분해졌다. 「무슨 뜻이야?」 내가 말했다. 「〈이것저것 다〉라니 무슨 뜻이야?」

키티가 손을 치웠다. 「우리는…… 오, 낸, 날 미워하지 마! 우리는 결혼할 거야.」

「결혼?」 만약 생각해 볼 시간이 있었다면 충분히 예상했을 일이었다. 하지만 내게는 그럴 시간이 전혀 없었고, 그 단어 때문에 나는 더욱 현기증이 나고 속이 울렁거렸다. 「결혼? 하지만, 하지만 난 어떻게 하고? 난 어디서 살아? 난 뭘 해? 난, 난…….」 나는 뭔가 새로운 걸 떠올렸다. 「공연은 어떻게 해? 우리 일은 어떻게……?」

키티는 시선을 피했다. 「월터에게 계획이 있어. 새로운 공연을 할 거야. 월터는 무대로 돌아가고 싶어 해.」

「무대로? 〈이런〉 일이 벌어졌는데? 너와 내가 함께?」

「아니. 나랑. 나랑만.」

키티와만. 내 몸이 떨리는 게 느껴졌다. 내가 말했다. 「넌 날 죽인 거야, 키티.」 내 목소리는 내 귀에도 낯설게 들렸다. 내 말에 키티가 겁을 먹은 모양이었다. 약간 거칠게 문 쪽을 바라보더니 아주 빠르면서 높고 날카롭게 속삭이기 시작했기 때문이다.

「그렇게 말하면 안 돼.」 키티가 말했다. 「네게는 충격이겠지만, 시간이 지나면 우리 셋은 다시 친구가 될 수 있어!」 키티는 내게 손을 뻗었다. 키티의 목소리는 더 높고 날카로웠지만 좀 더 차분해졌다. 「이게 최선이라는 걸 모르겠어? 월터가 내 남편이라면 누가 우리를 그렇다고 생각하겠어, 누가 우리가 그렇다고 말하겠어.」 나는 물러섰다. 키티는 더 세게 나를 잡았다. 그러더니 마침내 공포에 질린 듯 외쳤다. 「오, 설마 내가 월터 때문에 널 버릴 거라 생각하는 건 아니겠지?」

그 말에 나는 키티를 밀쳤고, 키티는 베개 위로 쓰러졌다. 침대보가 여전히 키티 몸을 가리고 있었지만 약간 미끄러져 내렸다. 키티의 봉긋한 가슴과 분홍색 젖꼭지가 눈에 들어왔다. 부드럽게 패인 목 아래(가슴과 함께 경련을 일으키며 심장 박동에 따라 맥이 뛰었다)로 내가 사준 진주가 은 목걸이에 꿰여 걸려 있었다. 나는 사흘 전 그것에 입 맞추던 기억이 났다. 아마 지난 밤 또는 오늘 아침 월터는 혀로 진주의 차갑고 단단한 감촉을 느꼈으리라.

나는 키티에게 다가가 목걸이를 움켜쥐고 소설이나 연극의 등장인물인 양 그것을 낚아챘다. 목걸이는 즉시 툭 하고 기분 좋은 소리를 내며 끊어져 내 손에서 대롱거렸다. 나는 잠깐 목걸이를 보다가 바닥으로 냅다 집어 던졌고, 바닥에 부딪혀 구르는 소리가 들렸다.

키티가 비명을 질렀다. 키티는 월터의 이름을 외쳤던 것 같다. 어쨌든 문이 열리고 월터가 들어왔다. 붉은 구레나룻 위의 창백한 얼굴, 재킷 가장자리 아래에서 여전히 달랑거리는 멜빵, 목에서 펄럭거리는 깃 없는 셔츠. 월터는 침대 반대쪽으로 달려가 키티를 안았다.

「만약 키티를 다치게 한다면…….」 월터가 말했다. 나는 이제 노골적으로 비웃었다.

「키티를 다치게 해? 다치게 한다고? 난 아예 죽여 버리고 싶어. 지금 권총이 있다면 심장에 대고 쏴버리고 싶어. 그리고 내 심장에도 쏘고 싶어! 그래서 네가 시체와 결혼하게 하고 싶어!」

「미쳤구나.」 월터가 말했다. 「이 일 때문에 완전히 미친 거야.」

「그래서 이상해? 키티가 말했어? 우리가 서로 어떤 관계인지, 어떤 관계였는지 아는 거야?」

「낸!」 키티가 재빨리 말했다. 나는 월터에게서 눈을 떼지 않았다.

「알아.」 월터가 천천히 말했다. 「너희 둘이 일종의 연인 같은 관계였다는 걸.」

「일종의? 어떤 종류? 손을 잡는? 이 침대에서 키티를 가진 게 네가 처음이라고 생각하는 거야? 나와 씹을 했다는 말을 키티가 네게 했어?」

월터는 움찔했다. 그리고 나도 움찔했다. 그 단어가 끔찍하게 들렸기 때문이다. 나는 그 단어를 입 밖에 내본 적이 한 번도 없었으며 내가 그 단어를 쓰리라고는 생각도 해보지 않았다. 그러나 월터의 시선은 여전히 침착했다. 나는 점차 커져 가는 비참함 속에서 월터가 그 사실을 알고 있으며 아무 상관하지 않고 어쩌면(알게 뭔가?) 좋아할 수도 있다는 사실을 깨달았다. 월터는 너무나 점잖았기에 내게 욕설 섞인 대답을 하지는 않았지만 월터의 표정, 경멸과 만족감과 동정이 묘하게 섞인 그 표정은 한 가지 사실을 말하고 있었다. 〈온 세상이 알아. 그건 씹을 한 게 아냐!〉 그 표정은 말했다. 〈키티와 씹을 오죽 잘 해줬으면 키티가 너를 떠났을까! 키티와 처음 씹을 한 건 너일지 몰라도 앞으로 계속 할 사람은 바로 나야!〉

월터는 내 적수였다. 그리고 마침내 나를 이겼다.

나는 침대에서 한 걸음, 그리고 다시 한 걸음 물러섰다. 키티는 침을 삼켰고 머리는 여전히 월터의 거대한 가슴에 기대고 있었다. 키티의 커다란 눈은 눈물이 그렁거려 반짝였으며 입술은 깨물어 빨갰다. 뺨은 창백했고 그 위의 주근깨들은 아주 짙었다. 담요 위로 보이는 어깨와 가슴에도 주근깨가 있었다. 키티는 내가 보아 온 그대로 아름다웠다.

〈안녕.〉 나는 생각했다. 그리고 몸을 돌려 도망쳤다.

나는 계단을 뛰어 내려갔다. 치마가 발에 휘감기는 탓에 하마터면 넘어질 뻔했다. 나는 열려 있는 거실 문과 월터 외투 옆에 내 외투가 걸려 있는 모자걸이, 윗스터블에서 가져온 여행 가방 옆을 지나쳐 빠르게 달려 나갔다. 나는 아무것도, 심지어 장갑이나 보닛마저도 집으려고 멈추지 않았다. 나는 그 장소에 있는 그 어떤 것도 만질 수 없었다. 그곳은 내게 전염병이 도는 집과도 같았다. 나는 뛰어가 문을 활짝 열어젖히고 그대로 둔 채 서둘러 계단을 내려가 거리로 나갔다. 거리는 아주 추웠고 공기는 조용하고 건조했다. 나는 뒤돌아보지 않았다.

나는 옆구리가 아플 때까지 계속 뛰었다. 이윽고 고통이 사라질 때까지 반은 걷고 반은 빠른 걸음으로 걸었다. 그리고 다시 뛰었다. 스토크 뉴잉턴에 도착했고, 달스턴, 쇼디치, 시티로 길고 곧게 뻗은 길을 따라 남쪽으로 향했다. 그 뒤로는 기억나지 않는다. 단지 스탬퍼드 힐, 그리고 〈키티〉와 〈월터〉를 뒤로하고 움직일 정신만 있었다. 우느라 눈이 잘 보이지 않았다. 눈은 붓고 욱신거렸고, 눈물과 침으로 흠뻑 젖은 얼굴은 얼기 시작했다. 사람들은 분명 내가 지나가는 모습을 보았을 터였다. 한두 명이 내 팔을 잡아당기려 손을 뻗었다. 그러나 나는 아무것도 듣지도 보지도 않고 오로지 치맛자락에 발이 걸려 가며 서둘러 움직이기만 했으며, 마침내 완전히 지치고서야 걸음을 늦추고 주위를 둘러보았다.

나는 운하를 가로지르는 작은 다리에 도착했다. 강에는 너벅선들이 떠 있었지만 나와는 좀 떨어져 있었으며 발아래 물은 아주 평온하고 깊었다. 템스강 위에 서서 키티가 내게 키스하던 그날 밤을 떠올렸다……. 그 기억에 하마터면 비명을 지를 뻔했다. 나는 철 난간을 잡았다. 정말로 난간 너머로 몸을 던져 이 고통에서 탈출하려는 생각을 잠깐 했다.

그러나 키티와 마찬가지로 나도 겁쟁이였다. 나는 갈색 물이 내 치마를 빨아들이고 머리털을 적시고 입에 들어차는 걸 참을 수 없었다. 나는 고개를 돌리고 손을 눈으로 가져갔으며, 이 끔찍한 혼란을 멈출 수 있는 생각을 하려고 정신을 집중했다. 나는 하루 종일 달릴 수는 없다는 걸 깨달았다. 어딘가 몸을 숨길 곳을 찾아야만 했다. 내게는 입고 있는 드레스 말고는 아무것도 없었다. 나는 큰 소리로 신음을 하고 다시 한번 주위를 둘러보았다. 하지만 이번에는 훨씬 필사적이었다.

이윽고 나는 숨을 죽였다. 나는 이 다리가 어딘지 알았다. 크리스마스 이후 밤마다 「신데렐라」 공연을 하기 위해 마차를 타고 지나가던 그 다리였다. 가까운 곳에 브리태니아 극장이 있었다. 그리고 우리 분장실에는 돈이 있었다.

나는 소매로 얼굴을 닦고 드레스와 머리를 단정히 하고는 그쪽으로 다가갔다. 극장 문지기는 나를 들여보내며 좀 이상하다는 듯 바라보았지만 상냥했다. 나는 문지기를 잘 알았고 종종 문에서 멈춰 잡담을 나누곤 했다. 그러나 오늘 나는 열쇠를 받아들며 고개만 까닥하고는 웃음조차 머금어 보이지 않고 서둘러 들어갔다. 문지기가 무슨 생각을 할지는 내 관심 밖이었다. 다시는 저 사람을 보지 못하리라는 것을 나는 알고 있었다.

물론 극장은 여전히 닫혀 있었다. 목수들이 일을 마무리하느라 무대와 객석에서 망치질하는 소리가 들렸지만, 그 소리를 빼면 복도와 분장실 모두 조용했다. 기뻤다. 내 모습을 아무에게도 보이고 싶지 않았다. 나는 아주 빠르게, 하지만 아주 조용히 분장실들이 있는 곳으로 다가가 〈버틀러 양과 킹 양〉이라고 적힌 문 앞에 섰다. 그리고 조심스레(흥분한 나는 문 저쪽에서 키티가 나를 기다리고 있는 건 아닐까 하고 약간 겁이 났기 때문이다) 문을 딴 뒤 열었다.

방은 어두웠다. 나는 복도 불빛을 조명 삼아 방을 가로지른 뒤 성냥을 켜 가스등에 불을 붙였고 최대한 조심스레 문을 닫았다. 나는 내가 무엇을 원하는지 알았다. 키티의 탁자 아래 장에는 금화와 지폐가 쌓여 있는 작은 주석 상자가 있었다. 그 돈은 매주 받은 우리 임금의 일부로, 원할 때 꺼내 쓰기 위한 용도였다. 열쇠는 키티가 화장품을 넣어 놓는 낡은 시가 상자에 막대형 화장품들과 함께 놓여 있었다. 나는 상자를 들어 뒤집었다. 화장품들이 떨어지고, 열쇠도 떨어졌다. 그리고 무엇인가 다른 것도 보였다. 상자 바닥에는 채색된 종이 한 장이 늘 놓여 있었지만 나는 이전까지 그 종이를 집어 볼 생각을 하지 않았다. 이제 종이가 떨어졌고 그 뒤에 카드가 있었다. 나는 떨리는 손으로 카드를 들고 살펴보았다. 구겨지고 화장품 얼룩이 져 있었지만 나는 한눈에 그것을 알아볼 수 있었다. 앞면에는 굴 채취용 배 그림이 있었다. 분과 화장 얼룩 너머로 갑판에서 여자 둘이 웃고 있었고, 돛에는 누군가 〈런던으로〉라고 적어 놓았다. 뒤에는 내용이 더 적혀 있었다. 캔터베리 궁전의 키티 주소와 메시지가 적혀 있었다. 〈갈 수 있어요!!! 하지만 제가 준비를 마치는 동안 며칠은 의상 담당자 없이 지내셔야 해요.〉 서명이 보였다. 〈사랑을 담아, 당신의 낸.〉

내가 오래전, 우리가 브릭스턴으로 이사 오기도 전에 보냈던 카드였다. 그리고 키티는 그 카드가 보물이라도 되는 양 비밀스레 간직해 온 것이었다.

나는 잠시 카드를 들고 있었다. 그리고 다시 상자에 넣고 전처럼 그 위에 종이를 올려놓았다. 그런 다음 탁자에 머리를 기대고 더는 울 수 없을 때까지 흐느꼈다.

마침내 나는 주석 상자를 열고 세지도 않고 안에 있는 돈을 다 꺼냈다. 나중에 세어 보니 20파운드 정도 되었으며, 물론 내가 지난 열두 달 동안 벌어들인 수입의 일부에 지나지 않았다. 하지만 당시 나는 너무나 당황하고 마음이 아팠기에 내가 돈이 필요하리라는 생각은 거의 하지 못했다. 나는 돈을 봉투에 넣어 허리띠에 꽂고 몸을 돌렸다.

그때까지 나는 주변에 눈길도 주지 않았다. 하지만 이제 마지막으로 주변을 둘러보았다. 한 가지가 내 눈에 띄었고 그로 인해 주저하게 되었다. 우리 무대 의상이 쭉 걸린 가로대였다. 모든 옷이, 내가 키티 옆에서 입던 무대 의상이 모두 있었다. 벨벳 반바지, 셔츠, 서지 재킷, 멋진 조끼. 나는 옷들로 한 걸음 다가가서 소매를 따라 옷들을 매만졌다. 이제 다시는 이 옷들을 입지 못하겠지…….

그 생각에 가슴이 메어 왔다. 이 옷들을 두고 떠날 수는 없었다. 마침 근처에 낡은 선원용 가방 두 개가 있었다. 브리태니아의 무대가 조용하고 아무도 없던 오후에 우리가 연습을 하며 한두 번 썼던 커다란 것들이었다. 가방 안은 하찮은 물건들로 가득했다. 나는 잽싸게 가방 가운데 하나를 집어 주둥이 끈을 푼 뒤 안이 텅 빌 때까지 들어 있는 물건들을 바닥에 쏟아 냈다. 이윽고 나는 가로대로 다가가 내 의상들을 꺼내기 시작했다. 모두는 아니었다. 내가 도저히 두고 떠날 수 없는 옷들만 꺼냈다. 푸른 서지 정장, 통바지, 진홍색 근위병 군복을 가방에 담았다. 구두와 셔츠, 넥타이, 그리고 모자도 두 개 담았다. 나는 아무 생각 없이 땀을 흘리며 오로지 그 일에 몰두했고, 마침내 가방은 꽉 차서 거의 나만큼 커졌다. 가방은 무거웠고 들어 올리자 몸이 비틀거렸다. 하지만 내 어깨 위로 진짜 짐이 실렸다는 생각을 하니 이상하게도 만족스러웠다. 가슴에 무겁게 얹힌 끔찍한 짐에 대응하는 평형추 같은 느낌이었다.

그렇게 짐을 지고서 브리태니아의 복도를 걸었다. 아무도 마주치지 않았다. 그리고 아무도 찾지 않았다. 다만 무대 문에 도착했을 때 누군가 보였고, 그 얼굴을 보니 꽤 반가웠다. 빌리 보이가 손가락 사이에 담배를 끼고 수위실에 홀로 앉아 있었다. 내가 다가가자 빌리 보이는 고개를 들었고 이상하다는 눈으로 내 가방과 부어오른 눈, 얼룩진 뺨을 보았다.

「맙소사, 낸.」 빌리 보이가 일어서며 말했다. 「무슨 일이야? 아픈 거야?」

나는 고개를 저었다. 「네 담배 한 모금 주지 않을래, 빌?」 빌은 담배를 건넸고, 나는 연기를 빨아들이고 기침을 했다. 빌리 보이는 신중하게 나를 지켜보았다.

「아주 안 좋아 보인다.」 빌리 보이가 말했다. 「키티는 어디 있어?」

나는 다시 담배를 빨아들인 뒤 돌려주었다.

「가버렸어.」 내가 말했다. 그러고 나서 문을 열고 거리로 나섰다. 걱정과 놀람이 담긴 빌리 보이의 높은 목소리가 들렸지만 문을 닫자 그 목소리도 사라졌다. 나는 어깨에 조금 더 높이 가방을 둘러멘 다음 걷기 시작했다. 모퉁이를 돌고 또 돌았다. 더러운 집을 지나 부산한 거리로 들어서서 행인들과 합류했다. 런던이 나를 집어삼켰다. 그리고 잠시 나는 아무런 생각도 들지 않았다.

2부

8

다시 쉬기까지 한 시간 정도 걸었다. 하지만 정처 없이 마구잡이로 걸었기에 어떤 때는 같은 곳을 두 번 지나기도 했다. 내 목적은 키티에게서 도망치는 게 아니라 키티에게서 숨는 것, 도시의 회색 공간에 익명으로 파묻히는 것이었다. 나는 방을 원했다. 작은 방, 초라한 방, 추격의 눈길을 피해 나를 보이지 않게 해줄 방을 원했다. 나는 그 방으로 들어가 쥐며느리나 쥐같이 굴속에 살거나 동면하는 짐승처럼 머리를 감싸고 있는 내 모습을 상상했다. 그래서 그런 방이 있을 법한 거리를, 하숙집, 싸구려 여인숙, 〈잠자는 방 있음〉이라고 창문에 카드를 세워 놓은 집들이 늘어선 을씨년스럽고 맘이 끌리지 않는 그런 거리들을 계속해 걸어 다녔다. 그 어느 집이라도 내게 어울렸을 거라고 생각한다. 하지만 나는 나를 환영해 줄 간판이 있는 곳을 찾아다녔다.

마침내 그런 곳을 찾아낸 듯했다. 나는 무어게이트를 지나 세인트폴 쪽으로 가다가 이내 방향을 돌려 클러컨웰 근처까지 왔다. 멍한 얼굴로 선원용 가방을 둘러멘 채 터벅터벅 걷는 내 모습을 어른 아이 가리지 않고 이상한 눈으로 보았고 소리 내어 웃는 사람도 있었지만, 나는 주위 사람들의 시선은 전혀 아랑곳하지 않았다. 나는 눈을 반쯤 감은 채 고개를 수그리고 걸었다. 하지만 광장 비슷한 곳에 들어섰다는 사실을 깨달았다. 점차 분주한 분위기가 느껴졌고 장사를 하느라 와글거리는 소리가 가까이 들렸다. 또 냄새도 맡을 수 있었다. 독하고 달콤하며 메스꺼운, 알 듯하면서도 딱 집어 말하기 어려운 냄새였다. 나는 걸음을 늦추었고 구두 밑창에 닿는 길바닥이 약간 끈적거리는 걸 깨달았다. 눈을 떴다. 내가 밟고 선 돌은 붉었으며 물과 피가 흘렀다. 고개를 드니 우아한 철제 건물이 눈에 들어왔다. 건물에는 짐마차, 손수레, 짐꾼이 우글댔으며 모두 도축한 고기를 나르고 있었다.

나는 스미스필드의 도축 시장에 있었다.

내가 어디 있는지를 알게 되자 한숨 비슷한 게 나왔다. 가까이에 담배 가게가 보였다. 그리로 가서 담배 한 깡통과 성냥을 샀다. 담배 가게 남자가 잔돈을 거슬러 줄 때 나는 근처에 빈방 있는 하숙집이 있는지 물었다. 남자는 두세 곳 이름을 대더니 경고하는 듯한 목소리로 덧붙였다. 「이 근처 하숙집들은 별로 깔끔하지 않아요, 아가씨.」 나는 고개만 끄덕이고 돌아섰다. 그리고 남자가 처음 말한 주소 쪽으로 걸음을 옮겼다.

그곳은 패링던 스트리트 철도에서 아주 가까운 지저분한 거리에 있는 높고 다 쓰러져 가는 건물이었다. 앞마당에는 침대 틀 하나, 녹슨 깡통과 부서진 상자가 여남은 개 정도 널브러져 있었다. 문 옆쪽 마당에는 맨발의 아이들이 모여 흙이 담긴 양동이에 물을 넣고 휘저었다. 하지만 나는 이 모든 것을 보고도 별로 거리끼지 않았다. 나는 그저 문으로 가서 가방을 계단에 놓고 문을 두드렸다. 뒤편 철도에서 덜커덩거리며 요란하게 기차가 지나갔다. 기차가 지나는 동안 내가 선 계단이 흔들렸다.

문을 열어 준 이는 얼굴이 창백하고 몸집이 작은 여자아이였다. 아이는 빈방이 있는지 묻는 나를 뚫어져라 바라보더니 이윽고 몸을 돌려 어둠을 향해 소리쳤다. 잠시 뒤 어른이 나왔다. 그 여자 역시 나를 꼼꼼히 살펴보았다. 나는 내가 어떤 모습일지 생각해 보았다. 비싼 드레스를 입었지만 모자도 장갑도 없었으며, 눈에는 핏발이 섰고 콧물이 흘렀다. 하지만 나는 내 모습이 어떻든 아무런 관심이 없었다. 마침내 여자는 내가 큰 해가 되지 않으리라고 판단한 모양이었다. 여자는 자기를 베스트 부인이라고 소개하며 방이 하나 비었다고 했다. 방세는 일주일에 5실링이며 시중을 받으면 7실링이라고 했다. 그리고 방세를 선불로 받고 싶다고 했다.

계약 조건이 맘에 드는지 부인이 물었다. 나는 재빨리 계산하는 표정을 지어 보인 뒤(물론 건성이었다. 나는 뭔가를 심각하게 생각할 수 있는 상태가 아니었다) 그렇게 하겠다고 말했다.

여자가 안내한 방은 비좁고 더럽고 완전한 무채색이었다. 방안에 있는 모든 것은 지워졌거나 표백되었거나 아니면 온갖 회색 때로 덮여 있었다. 벽지, 양탄자, 심지어 벽난로 옆에 있는 타일마저 그랬다. 가스등은 없었고 기름등 두 개에는 갈라지고 검댕투성이인 등피가 달려 있었다. 벽난로 장식 위는 노인의 손등처럼 반점들이 내려앉은 흐릿하고 작은 거울이 보였다. 창은 도축 시장을 향해 나 있었다. 스탬퍼드 힐의 우리 집과는 모든 면에서 완전히 달랐다. 하지만 적어도 이 방은 내게 쓸쓸한 만족과 평안함을 주었다. 그러나 내가 정말 눈여겨 본 것은 침대와 문이었다. 끔찍하게 낡은 솜털 매트리스 가장자리는 노란 얼룩이 져 있었고 가운데에는 오래되어 시커매진 핏자국이 접시만 한 크기로 나 있었다. 그 역겨운 냄새와 모양에도 그 순간 침대는 내게 너무나도 아늑해 보였다. 문은 단단했으며 열쇠가 꽂혀 있었다.

그래서 나는 베스트 부인에게 이 방을 당장 쓰고 싶다고 말했고, 돈이 든 봉투를 꺼냈다. 부인은 봉투를 보더니 코웃음을 쳤다. 부인은 나를 창녀로 생각한 듯했다. 부인이 말했다. 「미리 말해 두겠는데요, 이 집은 아주 깔끔합니다. 이 집에 머무르는 사람들도 마찬가지고요. 예전에 혼자 사는 여자들 때문에 골치가 아팠어요. 당신이 집 밖에서 무엇을 하든 누구를 만나든 그건 상관없어요. 하지만 제가 보아 넘길 수 없는 건 혼자 사는 여자가 자기 방에 남자 친구들을 데리고 오는 거예요…….」

나는 부인에게 그 점이라면 염려할 필요 없다고 말했다.

스탬퍼드 힐에서 도망친 첫 주, 부인에게 나는 무척 이상한 세입자로 보였을 게 분명하다. 나는 즉석에서 집세를 냈지만 밖으로는 한 걸음도 나가지 않았다. 방문객도 없었고 편지도 카드도 오지 않았다. 나는 덧창을 단단히 닫고 고집스레 방에만 틀어박혀 삐걱거리는 마루를 걷거나 중얼거리거나 서럽게 울었다…….

같이 사는 세입자들은 나를 미쳤다고 여겼을 것이다. 아마 당시 난 미쳤을 것이다. 하지만 나에게 당시 내 삶은 정상으로 느껴졌다. 이런 비참한 상황에서 내가 달리 어디를 간단 말인가? 런던에 있는 내 모든 친구들, 덴디 부인, 심스와 퍼시, 빌리 보이와 플로라는 모두 키티의 친구이기도 했다. 만약 내가 찾아간다면 이 친구들은 내게 뭐라고 할 것인가? 십중팔구 키티와 월터가 마침내 연인이 되었다는 사실을 알게 되어 기뻐하기만 할 터였다! 그리고 만약 내가 윗스터블에 있는 집으로 간다면 〈가족〉은 뭐라고 할까? 나는 바로 얼마 전 그토록 자부심에 차 고향을 떠나온 터였다. 그리고 터무니없다고 생각하면서도, 내가 자기들을 떠나온 바로 그날부터 내가 비참해지리라는 것을 가족 모두 알고 있었을 것만 같은 기분이 들었다. 키티를 원하며 가족과 함께 살기는 어려웠다. 어떻게 고향으로 가서 키티 없는 예전 삶으로 돌아갈 수 있단 말인가?

그래서 가족의 편지들은 스탬퍼드 힐에 도착해 아무도 뜯어 보지 않은 채 답장도 없이 쌓여 갈 것이며 가족은 내 교만한 시선을 상기하고 내가 마침내 자기들로부터 등을 돌린 것이라 여겨 곧 내게 편지 보내는 것을 완전히 멈출 것이라는 생각을 하면서도 달리 어찌할 수 없었다. 비록 두고 온 물건들, 즉 여자 옷, 급료, 팬들로부터 받은 편지와 카드, 내 머리글자가 새겨진 낡은 주석 트렁크가 기억나긴 했지만, 그 모든 것은 마치 다른 사람에게 속한 역사의 한 조각인 것처럼 흐릿하게 기억날 뿐이었다. 「신데렐라」가 머릿속에 떠오르고 내가 브리태니아 극장과 계약을 깼다는 생각이 들기도 했지만 별로 걱정이 되지 않았다. 나는 새로운 집에서 〈애슬리〉로 통했다. 설사 이웃들이 무대에서 낸 킹을 본 적이 있다 할지라도 나를 보고 낸 킹이라 생각할 사람은 없었다. 사실 나 자신도 나를 보고 낸 킹을 떠올리기 어려울 지경이었다. 나는 옷들을 가져왔지만 그 옷들을 보면 너무 마음이 아팠다. 나는 옷들을 가방에 그대로 넣은 채 침대 아래 두었고, 곰팡이가 피든 말든 상관하지 않았다.

아무도 나를 찾아오지 않았다. 내가 있는 곳을 아무도 몰랐기 때문이다. 나는 숨었고, 실종되었다. 나는 모든 친구와 즐거움을 버리고 비참함을 내 직업으로 삼았다. 일주일 내내, 그리도 또 일주일 그리고 또 일주일 그리고 또 일주일 내내 나는 자고 울고 방을 서성일 뿐 아무것도 하지 않았다. 그도 아니면 더러운 창에 이마를 대고 서서 시장을 보며 도축된 동물들이 들어와 쌓이고 잘리고 팔리고 떠나는 모습을 지켜볼 뿐이었다. 내가 만나는 사람이라고는 오로지 베스트 부인과 메리뿐이었다. 메리는 내게 문을 열어 주었던 어린 하녀로, 내 요강을 비우고 석탄과 물을 가져다주었으며 가끔씩 나를 대신해 담배와 음식을 사다 주었다. 부탁한 물건을 건네주는 메리의 표정에서 나는 내가 얼마나 이상해졌는지 알 수 있었다. 그러나 메리가 겁을 먹든 이상하게 생각하든 내 알 바 아니었다. 나는 내 슬픔 이외에는 그 무엇에도 관심이 없었다. 나는 야릇하고도 끔찍한 열정으로 내 슬픔을 탐닉했다.

그 몇 주 동안, 나는 거의 씻지 않았던 것 같다. 옷도 갈아입지 않았다. 다른 옷이 없었기 때문이다. 나는 애저녁에 가짜 시뇽 붙이는 걸 포기하고 떡이 진 머리털이 귓가에서 엉클어지게 내버려 두었다. 끊임없이 담배를 피워 손톱에서 손마디까지 갈색으로 담배 물이 들었다. 그러나 음식은 거의 먹지 않았다. 도축되어 스미스필드 주변을 질질 끌려다니는 동물들을 보는 것은 좋아했지만 고기를 먹는 생각만 해도 속이 울렁거렸으며 내 위는 부드럽고 자극이 없는 음식이 아니면 받아들이지 못했다. 아이를 밴 여자처럼 입맛이 이상하게 바뀌었다. 오로지 단것과 흰 빵만 당겼다. 나는 메리에게 계속 돈을 주며 캠던 타운, 화이트채플, 라임하우스, 소호 등으로 보내 베이글, 브리오슈, 납작한 그리스 빵, 중국 빵을 사 오게 했다. 나는 벽난로에 걸어 둔 냄비에 아주 독하게 차를 우렸고, 머그에 차를 따라 연유를 탄 다음 빵을 찍어 먹었다. 캔터베리 궁전에서 우리가 처음 같이 있던 때 키티를 위해 만들었던 음료였다. 차 맛은 마치 키티의 맛 같았으며, 그것은 편안하면서도 동시에 무시무시한 고통이었다.

시간이 가든 말든 나는 아무 관심이 없었으나 어쨌든 시간은 흘러갔다. 끔찍했다는 말 말고는 별로 할 말이 없는 기간이었다. 내 위층 방에 살던 세입자가 이사를 나갔고 아기가 있는 가난한 부부가 들어왔다. 아기는 복통을 앓았고 밤이 되면 울었다. 베스트 부인의 아들은 애인이 생겼으며 집으로 애인을 데려왔다. 애인은 아래층 거실에서 차와 샌드위치 대접을 받았다. 누군가 피아노를 연주하는 동안 그 여자는 노래를 불렀다. 메리는 빗자루로 창문을 깨고 비명을 질렀다. 그리고 베스트 부인이 거칠게 때리자 다시 비명을 질렀다. 나는 음울한 내 방에서 이런 소리들을 들었다. 내가 위로받을 수 없는 상황만 아니었더라면 이런 소리들에서 위로를 받을 수 있을 터였다. 그러나 그 소리들은 오로지 입 맞추는 소리나 즐거움 또는 분노에 격앙된 목소리 따위의 내가 두고 떠난 평범한 것들을 마음에 되새기게 할 뿐이었다! 먼지 낀 창을 통해 세상을 바라보면 마치 개미집이나 벌집을 보는 것만 같았다. 한때는 내 것이었으나 이젠 그 어느 것도 알아볼 수 없었다. 시간이 봄을 향해 천천히 나아가고 있다는 사실을 깨닫기 시작한 것은 오로지 번개와 따뜻해지는 날씨, 그리고 스미스필드의 짙어지는 피 냄새 덕분이었다.

나는 양탄자, 벽지와 함께 무가치한 존재가 되어 버린 것 같았다. 내가 죽고 나면 내 무덤에는 아무런 표시도 없고 잊혀서 아무도 찾아오지 않을 것만 같았다. 나를 일으켜 세울 만한 무슨 일인가가 벌어지지 않는다면 죽는 날까지 무기력하게 살 것만 같았다(그리고 나는 그러려고 했다).

나는 베스트 부인 집에 7~8주 정도 있으면서 집 밖으로 한 발짝도 나가지 않았다. 나는 여전히 메리가 가져다주는 것만 먹었다. 그리고 앞서 말했듯이 나는 메리에게 오로지 빵과 차와 우유만 사다 달라고 했지만 메리는 가끔씩 좀 더 영양가 있는 음식들을 가져와 내게 먹길 권했다. 「그러다가 몸 상해요, 아가씨.」 메리는 이렇게 말하곤 했다. 「제대로 된 걸 먹어야 해요.」 그러면서 메리는 구운 감자, 파이, 장어 젤리 따위를 건넸다. 메리는 패링던 로드에 있는 노점과 파이 가게에서 산 이런 음식들을 식기 전 따뜻할 때 신문지로 겹겹이 싸서 작은 꾸러미로 만들어 가져왔다. 축축해진 꾸러미에서는 김이 모락모락 나곤 했다. 나는 음식들을 받았고 감자나 파이를 먹으며 포장했던 신문지를 무릎에 펴고 열흘 정도 지난 절도, 살인, 프로 권투 소식 따위의 인쇄된 내용을 읽는 게 버릇이 되었다. 창밖으로 런던 동부의 거리를 내다볼 때와 마찬가지로 이 일 역시 별 다른 의도 없이 멍하니 했다. 하지만 어느 저녁, 나는 무릎 위에 신문지를 펴고 구겨진 부분에서 빵과자 가루를 떨어 내다가 내가 아는 이름을 보았다.

그 면은 싸구려 극장 신문에서 찢어 낸 것으로 〈연예장 로맨스〉라는 제목이 달려 있었다. 천사들이 받쳐 든 단어들은 일종의 현수막처럼 보였다. 그리고 그 아래로 좀 더 작은 헤드라인이 서너 개 있었다. 거기에는 〈벤과 밀리, 약혼 발표〉, 〈결혼을 위해 법석을 떠는 곡예사들〉, 〈할 하비와 헬렌의 멋진 신혼여행!〉 따위의 문구가 적혀 있었다. 나는 이 연예인들 가운데 아무도 몰랐으며 그 이야기를 읽지도 않았다. 눈길이 한번 가자 도저히 눈을 뗄 수 없는 내용과 사진이 그 기사 정중앙에 나왔기 때문이다.

기사에는 〈버틀러와 블리스, 극장가에서 최고로 행복한 신혼부부!〉라는 제목이 붙어 있었다. 사진은 결혼 예복을 입은 키티와 월터였다.

나는 잠시 아연실색해 사진을 보았으며 신문 쪼가리 위에 손을 올려놓고 울음을 터뜨렸다. 성마르고 날카롭고 고통에 찬 울음이었다. 마치 신문이 뜨거워 손을 데기라도 한 듯한 울음이었다. 울음소리는 낮아져 괴롭고 지친 흐느낌이 되었고, 나는 숨이 차 더는 계속할 수 없을 때까지 흐느꼈다. 곧 누군가 계단을 걸어오는 소리가 들렸다. 베스트 부인이 호기심과 공포에 차 문에서 내 이름을 불렀다.

그 소리에 나는 울음을 멈추고 차분해졌다. 나는 베스트 부인이 내 방에 들어와 슬퍼하는 내 모습을 보거나 쓸데없는 위로의 말을 하는 게 싫었다. 나는 부인에게 아무 일도 없으며 단지 꿈

때문에 좀 흥분한 것뿐이라고 말했다. 잠시 뒤 베스트 부인이 떠나는 소리가 들렸다. 나는 무릎에 놓인 신문지에 다시 눈을 돌려 사진과 함께 있는 이야기를 읽었다. 기사에 따르면 월터와 키티는 3월 말일에 결혼했으며 유럽 대륙으로 신혼여행을 갔다. 현재 키티는 쉬고 있지만 가을에 공연을 재개할 예정이며 그 공연은 완전히 새로운 내용으로 월터와 짝을 이루어 할 거라고 했다. 기사에 따르면 키티의 이전 짝이었던 낸 킹 양은 혹스턴의 브리태니아 극장에서 공연하는 도중 병이 났으며 홀로 할 새로운 공연 준비에 바쁘…….

기사를 읽고 있노라니 돌연 흐느끼거나 한탄하고 싶은 마음 대신 소리 내어 웃고 싶은 욕망이 구역질처럼 솟구쳤다. 나는 치밀어 오르는 욕지기를 막기라도 하려는 듯 손으로 입술을 꽉 눌렀다. 한 백 년 정도는 웃지 않은 듯한 기분이었다. 지금 내가 가장 두려운 건 유쾌하게 떠들썩거리는 내 모습이었다. 그것이 아주 끔찍하리라는 걸 알았기 때문이다.

일시적 흥분이 지나고 나자, 나는 다시 신문 기사를 읽었다. 처음에는 신문지를 찢거나 짓구긴 다음 난롯불에 던져 넣고 싶었다. 하지만 이제 나는 신문지에서 눈을 뗄 수 없었다. 나는 기사 테두리를 손톱으로 그은 다음 자국이 난 부분을 천천히 그리고 깔끔하게 찢어 냈다. 남은 신문 쪼가리는 벽난로에 집어 던졌다. 그러나 키티와 월터의 결혼사진이 담긴 부분은 손바닥에 조심스레, 흡사 너무 만져 대면 더러워지는 나방의 날개라도 되는 양 조심스레 올려놓았다. 잠시 생각을 한 뒤 나는 거울로 다가갔다. 거울과 거울 틀 사이에는 틈이 벌어져 있었고, 나는 그 틈에 도려낸 신문 기사의 가장자리를 끼웠다. 기사는 그곳에 단단히 물려 작은 방 안 어디에서든 거울을 볼 때면 꼭 눈에 띄었다.

아마 나는 약간 흥분한 모양이었다. 하지만 내 머리는 지난 한 달 반 중 어느 때보다도 맑았다. 나는 사진을 보았고 이윽고 나를 보았다. 내 모습은 야위고 창백했으며 눈두덩은 부어오르고 눈 밑은 까맸다. 예전에는 그토록 짧고 윤기 나게 관리했던 머리털이 이제는 길고 부스스했다. 입술은 거의 피가 날 정도로 깨물려 있었다. 프록은 얼룩이 졌으며 겨드랑이에서 고약한 냄새가 났다. 나는 생각했다. 〈저것들이, 사진에서 웃고 있는 저것들이 내게 이런 짓을 했어!〉

그러나 비참했던 지난 몇 주 동안 처음으로, 나는 또한 저것들이 이런 짓을 하게 가만히 두고만 보았던 내가 얼마나 바보였던가 하는 생각을 했다.

나는 고개를 돌리고 문으로 걸어가 메리를 소리쳐 불렀다. 메리가 약간은 걱정스러운 기색으로 숨 가쁘게 뛰어왔을 때 나는 목욕을 하고 싶으며 비누와 수건이 필요하다고 말했다. 메리는 약간 어리둥절한 듯했다. 이전까지 나는 그런 물건을 원한 적이 한 번도 없었기 때문이다. 이윽고 메리는 지하실로 달려갔고, 곧 욕조를 끌고 계단을 올라오느라 쿵쿵거리는 소리와 부엌에서 냄비와 주전자가 달그락거리는 소리가 났다. 베스트 부인까지 요란한 소리를 듣고 거실에서 나왔다. 내가 갑자기 목욕을 하고 싶어졌다고 설명하자 부인은 〈오, 애슬리 양, 그게 정말 현명한 일이라고 생각하는 건가요?〉라고 말했고, 얼굴이 창백해지며 몸을 떨었다. 내 생각에 부인은 내가 물에 빠져 죽거나 손목을 긋고 욕조에 담그고 있으려 한다고 여긴 듯하다.

물론 나는 그러지 않았다. 대신 김이 나는 욕조에 한 시간 정도 앉아서 벽난로 또는 키티의 사진을 물끄러미 바라보며 비누 조각과 플란넬로 아픈 팔다리와 관절을 부드럽게 마사지하며 생명을 되돌려 놓았다. 그리고 머리를 감고 눈곱을 닦아 냈으며 귀 뒤와 팔 안쪽, 오금, 가랑이 사이의 살이 벌겋게 되고 아릴 때까지 문질러 댔다.

그러다 잠이 들었던 듯하다. 나는 이상하고도 심란한 꿈을 꾸었다.

꿈에 윗스터블에서 알던 여자(오래된 이웃이었다)가 나왔다. 오랫동안 잊고 살았던 사람이었다. 그 여자는 내가 어렸을 때 독특한 이유로 돌연사했다. 의사 말에 따르면 그 여자는 심장이 단단해졌다. 심장 외피가 가죽처럼 질기고 거칠어지고 판막이 제대로 작동하지 않아 피를 내보내는 기능을 제대로 하지 못하기 시작하더니 이윽고 완전히 멈추었다. 약간의 피로와 숨 쉬기 곤란한 증상을 제외하고는 아무런 징후도 없었다. 심장은 은밀하고 치명적인 계획에 따라 자기만의 비밀스러운 보조에 맞춰 작동하다가 돌연 멈춰 버린 것이다.

이 이야기를 처음 들었을 때 앨리스 언니와 나는 공포에 떨며 겁을 잔뜩 먹었다. 우리는 어렸고 보살핌을 잘 받았다. 우리 기관 가운데 하나가, 더구나 가장 중요한 기관이 원래 하기로 되어 있는 기능을 하지 않고 우리를 살리는 게 아니라 고의로 우리를 숨 막혀 죽게 할 수도 있다는 생각은 끔찍했다. 그 여자가 죽고 일주일 동안 우리는 오로지 그 이야기만 했다. 밤이면 침대에 누워 벌벌 떨었다. 우리는 땀에 젖은 손가락으로 갈비뼈를 문지르며 아무 감정 없이 뛰는 맥박을 느끼며 걱정하곤 했고, 미약한 리듬이 더 약해지거나 느려지면 우리 심장 역시 뜻하지 않게 죽은 불쌍한 우리 이웃의 심장처럼 가슴 속의 부드럽고 빨간 공동에서 몰래 굳어 가고 또 굳어 가리라는 확신에 더럭 겁을 집어먹곤 했다.

이제 사진이 붙은 벽, 단조로운 색의 방, 식어 가는 욕조의 현실 속에서 깨어난 나는 다시 가슴뼈를 더듬고 문지르며 그 안에서 굳어 가고 있을 기관을 찾아보았다. 이번에는 그 기관을 찾아냈다는 기분이 들었다. 내가 그 존재를 알지 못했던 어둠과 묵직함, 고요함이 내 몸속 정중앙에 자라나 있었고, 그 존재에 일종의 위안을 받았다. 가슴은 갑갑하고 아팠으나 나는 고통에 괴로워하거나 땀 흘리지 않고 오히려 갈비뼈를 감싸며 어둡고 굳어 버린 심장을 연인처럼 껴안았다.

아마 내가 그러는 동안 월터와 키티는 함께 프랑스나 이탈리아의 거리를 걷고 있었으리라. 내가 나를 만졌듯 월터는 몸을 숙이고 키티를 만졌으리라. 그리고 키스했으리라. 침대에 같이 누웠으리라……. 나는 그런 생각을 천 번은 했고 흐느끼며 입술을 깨물었다. 그러나 내 심장이 굳은 것처럼 이제 나는 사진을 보며 내 비참함과 분노와 당혹스러움도 굳어 버린 것을 알았다. 둘은 함께 걸었으며 세상은 웃으며 그 모습을 보았다! 둘은 거리에서 껴안았고 낯선 이들은 즐거워했다! 내가 모든 즐거움과 안락함과 편안함을 박탈당하고 벌레처럼 힘없이 사는 동안!

나는 욕조에서 일어나 뚝뚝 떨어지는 물에도 아랑곳 않고 거울로 가 다시 사진을 뽑아 들었다. 그러나 이번에는 사진을 짓구겼다. 나는 큰 소리로 외치며 방 안을 돌아다녔다. 그렇지만 비참한 기분으로 걷는 게 아니라 마치 새로운 팔다리를 시험하고 완전히 변한 자신을 느끼고 생명으로 가득 찬 활기와 흥분을 느끼려는 것처럼 걸었다. 방 창문을 활짝 열고 어둠, 절대로 완전히 어두워지지 않는 런던의 밤 속에 몸을 내밀고 그토록 오랫동안 피하던 런던의 소리와 향기를 맞이했다. 나는 생각했다. 〈다시 세상으로 나갈 거야. 도시로 돌아갈 거야. 저것들은 이미 충분히 오랫동안 나를 격리시켜 두었어!〉

그러나 오! 이튿날 아침 거리로 나갔을 때의 그 끔찍함이란. 얼마나 붐비고 더럽고 부산하고 현란하고 소란스럽던지! 나는 런던에서 1년 반을 살았고 런던을 내 것이라고 여겼다. 그러나 내가 런던을 거닐 때는 키티나 월터와 함께였다. 그리고 솔직히 전혀 걷지 않고 자가용 마차나 합승 마차를 탄 적도 잦았다. 이제 메리에게서 모자와 재킷을 빌려 쓰고 입었음에도 나는 클러컨웰에 실오라기 하나 걸치지 않고 굴러떨어진 듯한 기분이 들었다. 모퉁이를 돌 때마다 누군가 내가 아는 사람, 내 과거의 삶을 아는 사람, 또는 최악의 경우 월터와 팔짱을 끼고 몸을 기댄 채 싱글대는 키티를 만나지는 않을까 하는 두려움도 있었다. 이 두려움으로 나는 머뭇거리고 움찔거렸으며, 사람들은 나를 그 어느 때보다도 더 난폭하게 떠밀고 욕을 해댔다. 욕은 쐐기로 찌르듯 날카롭게 느껴졌으며 나는 마음을 졸이고 몸을 떨었다.

또 한편으로는 남자들이 나를 뚫어져라 바라보며 쫓아왔다. 두세 명은 나를 잡고 때리고 꼬집었다. 이 역시 예전에는 일어나지 않았던 일이었다. 만약 내가 아기를 안고 있거나 보따리를 들고 어딘가 정해진 곳을 향해 가거나 고개를 푹 숙인 채 걸었다면 아마 건드리지 않았을 터였다. 그러나 내가 말했듯이 나는 혼잡스러운 교통에 놀라며 발길 닿는 대로 걸었다. 그리고 그런 여자는 〈저를 좀 건드려 주세요〉라는 초대장을 뿌리고 다니는 거나 마찬가지였다.

사람들의 시선과 손길은 내게 욕과 똑같은 영향을 미쳤다. 나는 또다시 몸을 떨었다. 나는 베스트 부인의 집으로 돌아와 내 방 열쇠를 돌렸다. 그리고 악취 나는 매트리스에 누워 공포로 전율하며 흐느꼈다. 새로운 삶과 희망이 가득한 밝은 앞날이 나를 맞이하리라고 생각했으나, 나를 반겨 주리라 믿었던 거리는 나를 예전의 비참함으로 다시 집어 던졌을 뿐이었다. 더욱 심한 건 내게 겁을 주었다는 점이었다. 나는 생각했다. 〈내가 어떻게 이걸 견뎌 낼 수 있겠어? 어떻게 살아갈 수 있겠어?〉 키티에게는 이제 월터가 있었다. 키티는 결혼했다! 그러나 나는 불쌍하고 혼자이며 아무도 돌봐 줄 이가 없었다. 나는 연인들과 신사들을 좋아하는 도시에 사는 외톨이 여자였다. 여자 혼자 걸으면 눈총만 받을 뿐인 도시에 사는 여자였다.

그날 아침에야 나는 그 사실을 깨달았다. 키티 옆에서 불렀던 그 모든 노래들을 통해 더 일찍 깨달았어야 했다.

한때는 런던의 여러 공연장을 오가며 신사복을 입고 수없이 뻐기며 걷던 내가 이제는 계집애의 수줍음 때문에 거리를 걸으며 두려워해야 하다니! 정말 잔인한 농담 같다는 생각이 들었다. 내가 남자였다면 얼마나 좋을까. 비참한 생각이 들었다. 내가 진짜 남자라면 얼마나 좋을까…….

이윽고 나는 움찔하며 일어나 앉았다. 스탬퍼드 힐에서 키티가 했던 말이 떠올랐다. 내가 〈너무 남자 같다〉는 말이었다.

내가 바지를 입고 섰을 때 덴디 부인이 보였던 반응이 기억났다. 〈너무 진짜 같군요.〉 그때 입었던 바로 그 옷, 월터가 섣달그믐에 선물로 준 파란 서지 정장은 브리태니아 극장에서 가져온 다른 옷들과 함께 여전히 침대 밑 선원용 가방에 구깃구깃 처박혀 있었다. 나는 매트리스를 밀고 가방을 꺼낸 후 모든 정장을 바닥에 꺼내 놓았다. 옷들은 내 주위에 펼쳐져 무채색의 방을 믿기지 않을 정도로 멋지고 활기차게 바꾸어 놓았다. 내 이전 삶의 모든 음영과 감촉, 연예장의 모든 향기와 노래들, 내 옛 열정이 정장들의 솔기와 주름에 배어 있었다.

나는 잠시 몸을 떨며 앉아 있었다. 옛 기억에 다시 압도당하고 흐느끼게 될까 봐 두려웠다. 나는 하마터면 옷들을 가방에 다시 넣을 뻔했다. 그러나 숨을 깊이 들이쉬고 손이 떨리지 않도록 힘을 주고 촉촉한 눈에서 다시는 눈물을 흘리지 않게 굳게 마음을 다졌다. 나는 가슴에, 나를 격려해 주던 묵직함과 어둠이 있던 바로 그곳에 손을 대었다.

나는 파란 서지 정장을 집어 흔들었다. 지독하게 구겨졌지만 그것만 빼면 가방 속에 있었기에 아무런 훼손도 없었다. 셔츠를 입고 넥타이를 한 다음 정장을 입어 보았다. 그동안 몸이 너무 야위어 바지는 허리춤에서 축 늘어졌다. 엉덩이는 더 홀쭉해졌으며 가슴은 더욱 빈약해졌다. 내가 남자라는 환상을 깨주는 건 오로지 멍청하게 생긴 테이퍼드 재킷[1]뿐이었다. 그러나 살펴보니 재킷 솔기는 잘라 낸 게 아니라 안으로 접어 꿰맨 거였다. 마침 벽난로 선반에는 빵을 잘라 먹던 칼이 있었다. 나는 칼을 쥐고 바늘땀을 땄다. 곧 재킷은 예전의 남성스러운 모습을 되찾았다. 나는 생각했다. 머리를 짧게 치고 제대로 된 남자 신발을 신는다면 누구든(심지어 키티마저) 런던 거리에서 나를 만나도 내가 여자라는 사실을 전혀 모르리라.

물론 내가 세운 담대한 계획을 실천에 옮기기 전에 극복해야 할 난관이 한두 개 정도 있었다. 우선 지리에 익숙해져야 했다. 그래서 남자들의 밀치는 몸짓과 고함, 시선을 아무런 부끄러움 없이 받아들일 수 있을 때까지 한 주일 더 패링던과 세인트폴 대성당 주변을 날마다 정처 없이 돌아다녔다.

다음 문제는 만약 내가 정말로 남자 옷을 입고 돌아다닐 거라면 어디에서 옷을 갈아입는가 하는 것이었다. 나는 하루 종일 남자로 살고 싶지는 않았다. 또한 베스트 부인 집의 내 방 역시 당장은 포기하고 싶지 않았다. 하지만 나는 바지를 입고 부인 앞에 섰을 때 부인의 모습을 상상할 수 있었다. 부인은 내가 완전히 미쳤다고 생각하고 의사나 경찰을 부를 터였다. 부인은 분명 나를 쫓아낼 것이고 그러면 나는 다시 집 없는 처지가 될 터였다. 나는 그런 사태를 조금도 원하지 않았다.

1 아래로 가며 통이 좁아지는 재킷.

나는 스미스필드에서 떨어진 어딘가가 필요했다. 좀 더 정확히 말해, 나는 탈의실이 필요했다. 그러나 내가 아는 한 세를 내고 빌릴 수 있는 탈의실은 없었다. 헤이마켓의 창녀들은 피커딜리의 공공 화장실에서 옷을 갈아입고 세면대에서 화장을 하고 〈사용 중〉이라고 손잡이를 돌려놓고 안에서 야한 프록으로 갈아입었다. 괜찮은 방법인 듯했지만 따라 하기는 어려웠다. 여자 화장실에서 서지와 벨벳 정장 차림에 밀짚모자를 쓰고 나서는 모습을 보였다가는 내 계획이 엉망이 될 게 뻔했기 때문이다.

하지만 마침내 웨스트엔드의 창녀들에게서 이 문제에 대한 답을 얻었다. 나는 날마다 소호까지 걷기 시작했다. 그리고 〈시간 단위로 침대를 빌려 주는 곳〉이라는 간판이 걸린 집들이 엄청나게 많다는 사실을 알았다. 순진한 나는 처음에는 대체 한 시간만 자고 가려고 그런 곳을 빌리는 사람이 누구일까 궁금했다. 이윽고 당연히 그런 사람은 없다는 사실을 깨달았다. 그 방들은 여자들이 손님을 데려오는 곳이었다. 물론 침대에 눕기는 하지만 자지는 않았다. 나는 어느 날 베릭 스트리트의 뒷골목 어귀에 있는 커피 노점에 서서 이런 집 가운데 한 곳의 입구를 지켜보았다. 그 집 문턱으로는 남녀가 계속해 들어갔으며, 문 앞 의자에 앉아 돈을 받는 심술궂은 노파를 빼면 그 사람들에게 조그마한 관심이라도 보이는 사람은 아무도 없었다. 그리고 노파는 단지 돈을 받고 열쇠를 건네줄 때만 반짝 관심을 보일 뿐이었다. 고삐를 잡은 매춘부와 함께 팬터마임 말[2]이 뽐내며 걸어 들어와도, 말이 동전을 낼 준비가 되어 있다면 하던 일을 멈추고 그쪽에 관심을 보일 사람은 아무도 없었을 거라고 생각한다.

그래서 며칠 뒤 나는 갈아입을 옷을 가방에 넣고 그 집으로 가서 방을 빌리겠다고 말했다. 노파는 나를 쳐다보더니 전혀 즐

2 팬터마임에서 쓰는 기법으로, 사람 둘이 협동하여 말 한 마리를 표현한다.

겁지 않은 표정으로 히죽거렸다. 이윽고 내가 돈을 주자 노파는 열쇠를 내밀더니 내 뒤편으로 난 어두컴컴한 복도를 향해 고개를 끄덕였다. 열쇠는 끈적끈적했다. 방문 손잡이도 끈적끈적했다. 솔직히, 집 전체가 끔찍했다. 축축하고 악취가 났으며 벽은 종이처럼 얇았기에 가방을 풀고 옷을 펼치는 동안 위, 아래, 양옆에서 무슨 일이 벌어지는지 모두 들을 수 있었다. 투덜거리고 어딘가를 찰싹 때리고 낄낄거리고 매트리스가 삐걱거리는 소리가 다 들렸다.

불평과 킥킥거리는 소리가 계속 들려오는 동안 나는 아주 빨리 옷을 갈아입었지만 그사이 점차 확신과 용기가 줄어들었다. 하지만 옷을 갈아입은 내 모습을 보자(방에는 금이 간 곳에 피가 묻은 거울이 있었다) 나는 싱긋 웃었고 계획대로 된 것을 알았다. 나는 여기 오기 전에 집주인의 부엌에서 다리미를 빌려 정장의 구김을 말끔히 폈으며 바느질용 가위로 머리털을 짧게 쳤다. 이제 나는 침을 발라 머리털을 머리에 바짝 붙였다. 그리고 드레스와 손가방을 의자에 올려놓은 뒤 문을 잠그고 층계참으로 나섰다. 새로 얻은 내 검은 심장은 줄곧 시계처럼 빠르게 맥동했다. 기대했던 대로 계단에 있던 늙은 포주는 내가 지나가도 거의 눈을 들지 않았다. 그리고 나는 약간 주저하며 베릭 스트리트를 걷기 시작했다. 누군가 나를 볼 때마다 나는 움찔거렸다. 언제고 간에 누군가 〈여자다! 여기 남자 옷을 입은 여자가 있다!〉라고 외칠 것만 같았다. 그러나 사람들의 눈길은 내게 머무르지 않았다. 눈길은 그냥 나에게서 미끄러져 뒤에 있는 여자들에게 향했다. 아무런 외침도 들리지 않았다. 그래서 나는 좀 더 당당하게 걷기 시작했다. 세인트루크 교회에서 모퉁이를 돌 때에는 수레를 밀고 가던 사람이 나를 스쳐 지나며 외쳤다. 「조심하세요!」 이윽고 곱슬곱슬한 술 장식이 달린 옷을 입은 여자가 내 팔을 잡고 고개를 내 쪽으로 기울이며 말했다.「어머, 멋진 오빠, 아주 활기가 넘치네요. 싸고 좋은 곳을 아는데, 어때요……?」

첫 번째 시도에서 성공을 한 덕분에 나는 담대해졌다. 나는 다시 소호로 돌아와 좀 더 걸었다. 그리고 다시 걷고 또 걸었다……. 나는 베릭 스트리트 매음굴의 단골이 되었다. 노파는 일주일에 사흘 내가 쓸 방을 비워 두었다. 물론 노파는 내가 그곳에 오는 목적을 일찌감치 알아차렸다. 하지만 나를 상대하는 노파의 시선과 표정으로 미루어 볼 때, 노파는 내가 바지로 갈아입으러 오는 여자인지 아니면 프록으로 갈아입으러 오는 남자인지 전혀 알지 못했다. 어떤 때는 나조차도 내가 어느 쪽인지 확신이 안 섰다.

그 집에 갈 때마다 나는 변신을 더 잘할 수 있는 새로운 방법을 찾아냈다. 나는 이발소에 들러 사내답지 못한 머리털을 아주 짧게 쳐냈다. 신발, 양말, 남자용 셔츠, 팬티, 내리닫이 속옷을 샀다. 나지막한 가슴을 더욱 낮게 하려고 붕대로 감아 보았다. 그리고 사타구니에는 자그마한 좆이 불룩한 모습을 흉내 내기 위해 손수건이나 장갑을 개켜 달았다.

〈행복〉했다고 말할 수는 없다. 당신도 내가 한순간이라도 행복했다고 생각하면 안 된다. 나는 베스트 부인 집의 내 방에 틀어박혀 불행을 곱씹으며 너무나 오랜 시간을 비참하게 보냈다. 나는 벽지처럼 희망과 색깔이 탈색되었다. 그러나 내가 흐느끼고 있는 동안에도 런던은 절대 흐릿해지지 않았다. 그리고 마침내 런던 주변을 자유롭게 걸어 다니는 것, 남자로서, 재단이 잘 된 옷을 입고 부러움과 질투 어린 시선을 한껏 받는 멋진 남자로서 걸어 다니는 것은 말하자면 일종의 덧없는 자극이자 당시 내게 만족을 줄 수 있는 유일한 일이었다.

〈이 모습을 키티에게 보여 주자.〉 나는 이렇게 생각하곤 했다. 〈내가 여자였을 때 키티는 나를 거절했어. 그러니 이제 내 모습을 보여 주는 거야!〉 그리고 나는 어머니가 언젠가 도서관에서 빌려 온 책을 떠올렸다. 그 책은 어떤 여자가 집에서 쫓겨났다가 자기 아이들을 돌보기 위해 보모로 변장해 돌아오는 내용이었다. 나는 생각했다. 〈만약 내가 키티를 다시 만날 수만 있다면, 그리고 남자로서 구애할 수만 있다면, 그리고 키티가 내 마음을 아프게 했듯이 내 정체를 밝혀 나도 키티의 마음을 아프게 할 수만 있다면!〉

그러나 그런 생각을 하기는 했어도 키티를 만날 마음은 전혀 없었다. 그리고 우연히 키티와 마주칠 수도 있다는 생각, 월터와 같이 있는 키티를 볼 수도 있다는 생각만 해도 여전히 몸이 떨렸다. 6월이 오고 다시 7월이 되었고 키티가 분명 신나는 신혼여행에서 돌아온 것이 확실함에도 그 어떤 극장이나 연예장 포스터에도 키티의 이름은 보이지 않았다. 그리고 나는 그 이름을 찾아보기 위해 극장 신문을 사거나 하지 않았다. 그래서 키티가 월터의 아내로 얼마나 잘해 나가는지 전혀 알지 못했다. 키티를 힐긋 본 유일한 경우는 꿈에서였다. 꿈에서 키티는 여전히 달콤하고 사랑스러웠으며, 여전히 내 이름을 부르고 내게 입을 맞추었다. 그러나 결국 주근깨 내린 키티의 어깨에 월터의 팔이 감기고 키티는 내게서 월터에게로 죄책감 어린 눈길을 돌렸다.

그러나 나는 이제 그런 꿈을 꾸어도 울며 깨지 않았다. 그런 꿈을 꾸면 단지 베릭 스트리트로 나갈 뿐이었다. 나는 그런 꿈들이 내 변장을 더욱 뛰어나게 만드는 듯하다고 생각했다.

하지만 내 변장이 얼마나 뛰어났는지는 뜨거운 여름이 막바지에 다다른 8월의 어느 밤이 되어서야 비로소 알게 되었다. 벌링턴 아케이드에서 어슬렁거릴 때였다.

때는 9시 정도였다. 나는 걷다가 담배 가게 창 앞에 서서 담뱃갑, 시가 커터, 은 이쑤시개, 거북 등딱지 빗 따위의 진열된 물건들을 보고 있었다. 그 달은 더웠다. 나는 파란 서지 정장 대신 「성홍열」이라는 노래를 부를 때 입었던 옷을 입고 있었다. 근위병 군복에 작고 산뜻한 모자 차림이었다. 공기가 잘 통하도록 목의 단추를 끄른 채였다.

그곳에 서 있던 나는 마침내 옆에 다른 사람이 있다는 사실을 깨닫게 되었다. 그 남자는 나와 함께 창을 바라보았고, 천천히 내 쪽으로 다가오는 듯했다. 이제 그 남자는 정말로 나와 가까이 있었다. 너무나 가까워서 그 남자 팔의 열기를 내 팔로 느낄 수 있었고 남자가 쓴 비누 향을 맡을 수 있을 정도였다. 나는 남자 얼굴을 보기 위해 고개를 돌리지 않았다. 하지만 남자 구두가 아주 광이 나며 꽤 고급인 것을 볼 수 있었다.

1~2분 정도 침묵이 흐른 뒤 남자가 말했다. 「상쾌한 저녁이야.」

나는 여전히 돌아보지 않고 단지 그 말에 (아무 생각 없이 순진하게) 그렇다고 맞장구만 쳤다. 또다시 침묵이 흘렀다.

「전시된 물건이 맘이 드는 모양이군?」 이윽고 남자가 다시 말했다. 나는 고개를 끄덕였다. 이제 나는 고개를 돌려 남자를 바라보았다. 남자는 기분이 좋은 듯했다. 「그렇다면 우리는 비슷한 부류로군 그래!」 남자의 목소리는 신사다웠으나 억양은 꽤 낮았다. 「이제 난 흡연가가 아니야. 하지만 진짜 좋은 담배 용품을 보고 있노라면 그 유혹을 뿌리칠 수가 없다니까. 시가, 솔, 시가 커터…….」 남자는 손짓을 했다. 「담배 가게에는 아주 〈남성다운〉 무엇인가가 있어. 안 그런가?」 마침내 남자의 목소리는 속삭임을 살짝 넘어서 있었다. 이제 남자는 같은 억양으로, 그러나 아주 빠르게 말했다. 「준비되었나, 일병?」

남자의 말에 나는 어리둥절했다. 「네?」

남자는 재빠르고 숙련되고 기름칠이 잘된 바퀴처럼 매끄럽게 주변을 둘러보았다. 이윽고 남자는 다시 나를 힐긋 보았다. 「한 판 즐길 준비가 되었나? 우리가 갈 만한 방이 있나?」

「무슨 말씀인지 모르겠군요.」 내가 말했다. 하지만 솔직하게 말하자면 뭔가 퍼뜩 머릿속을 스쳐 가는 게 있었다.

마침내 남자는 내가 자기를 놀린다고 생각한 모양이었다. 남자는 싱긋 웃더니 콧수염을 핥았다. 「이제 그만하게. 나는 자네 근위병들은 모두 이런 일을 잘 알고 있다고 생각했는데…….」

「저는 아닙니다.」 내가 새침하게 말했다. 「저는 지난주에 갓 입대했습니다.」

남자가 다시 싱글거렸다. 「신병이로군! 그러면 다른 사람과 그걸 해본 적이 한 번도 없는 건가? 자네 같이 멋진 친구가?」 나는 고개를 저었다. 「흠.」 남자는 침을 삼켰다. 「지금 해보지 않겠나? 나와 말이야.」

「무엇을요?」 내가 말했다. 남자는 이번에도 역시 재빠르고 기름칠이 잘된 동작으로 주위를 힐긋거렸다.

「자네 예쁜 엉덩이를 내게 대주는 거지. 아니면 자네 예쁜 입술이어도 되고. 아니면 그냥 예쁘고 하얀 자네 손을 내 바지에 난 틈으로 넣어 주거나. 어느 것이 되었든 자네가 좋은 걸로 하게나, 일병. 하지만 부탁하건대 이렇게 놀리는 건 그만두게. 나는 지금 빗자루 대만큼이나 단단하고 싸고 싶어 죽겠단 말이야.」

이런 놀라운 말들을 주고받는 동안에도 우리 둘은 겉으로는 아무런 흐트러짐 없이 담배 가게 전시창을 계속 보았다. 남자는 계속 중얼거렸고, 재빠르고 낮은 소리로 이 모든 것을 제안했기 때문에 콧수염조차 거의 움직이지 않았다. 다른 사람들이 이 모습을 보았다면 우리 둘은 서로 아무 관련 없이 각자 생각에 잠겨 있다고 생각할 터였다.

그 생각에 나는 절로 웃음을 머금었다. 좀 전처럼 장단을 맞추는 억양으로 내가 말했다. 「그럼, 얼마를 주실 생각인가요?」

그 말에 남자는 그럴 줄 알았다는 듯 냉소적인 표정을 지었으나 나는 그 엄격한 표정 뒤에서 번뜩이는 열기를 감지했다. 의당 그렇게 할 생각이었다는 듯싶었다. 남자가 말했다. 「빨거나 로버트를 하면 금화로 1파운드를 주지.」 로버트는 당연히 로버트 브라우닝을 뜻했다.[3] 「손으로 하면 반 기니를 주겠네.」

나는 고개를 젓고 모자를 약간 기울여 인사를 한 다음 농담을 그만하고 자리를 떠나려 했다. 그러나 남자는 성급한 마음에 몸을 반쯤 돌렸고, 나는 남자의 몸 중앙에서 뭔가 번쩍이는 물건을 보았다. 커다란 금시곗줄이었다. 시곗줄이 매달린 조끼는 줄무늬가 있었고 무척 번쩍였다. 다시 남자의 얼굴을 보았을 때(이제 진열장 조명에서 빛이 비치고 있었다) 남자의 콧수염과 머리털이 생강빛이며 숱이 많다는 사실을 알았다. 눈동자는 갈색이었고, 뺨은 다소 우묵했다. 그럼에도 남자는 무척 월터와 닮았다. 키티와 함께 자고 키스를 하는 월터와.

그 생각이 내게 독특한 효과를 미쳤다. 나는 말을 했다. 그러나 내가 아니라 다른 이가 말하는 것처럼 말했다. 「좋습니다. 하겠어요. 만져 드리지요. 금화 한 개를 주시면요.」

남자는 사무적이 되었다. 내가 걸음을 옮기자 남자는 잠깐 진열장 앞에 그대로 서 있는 듯하더니 바로 나를 따라나섰다. 나는 내가 쓰는 포주 집으로 가는 대신(나는 내가 무슨 일을 하고 있는 건지 혼란스러웠지만 이 남자와 한 방에 있으면 안 된다는 사실을, 남자가 결국 로버트를 하고 싶어 할 거라는 위험을 감수할 수는 없다는 사실을 알았다) 근처에 있는 작은 공터로 갔다. 그

3 항문 섹스를 의미한다.

곳에는 바닥에 격자 뚜껑이 덮인 구석진 곳이 있었다. 창녀들이 화장실로 쓰는 곳이었다. 실제로 내가 다가가자 여자 한 명이 치마를 다리 사이로 눌러 그곳을 닦으며 나오는 모습이 보였다. 여자는 나를 보고 눈을 찡긋했다. 여자가 사라지자 나는 서서 기다렸다. 곧 남자가 나타났다. 남자는 바지가 갈라진 곳을 신문으로 가렸으며 신문을 치우자 병 크기만 한 것이 불룩하니 솟아 있었다. 나는 잠깐 공포에 질렸다. 그러나 남자는 아주 기대에 찬 표정으로 다가와 내 앞에 섰다. 내가 바지 단추를 끄르자 남자는 눈을 감았다.

나는 남자의 좆을 꺼내 살펴보았다. 나는 이렇게 가까이서 누군가의 좆을 살펴본 적이 없었다. 그리고 (이 신사를 모욕하려는 생각은 아니지만) 아주 괴물처럼 보였다. 그러나 연예장에서는 늘 남자 성기에 대한 농담이 있었다. 나는 이걸 어떻게 다뤄야 하는지 꽤 잘 알았다. 나는 그것을 움켜쥐고 위아래로 움직이기 시작했다(아주 어설펐다고 생각하지만 남자는 별 상관없는 듯했다).

「정말 길고 굵네요.」 내가 말했다. 이런 순간에 그런 말을 듣는 게 모든 남자의 소원이라는 말을 어디선가 들었다. 남자는 한숨을 쉬며 눈을 떴다.

「오, 거기에 입 맞춰 주게.」 남자가 속삭였다. 「자네 입술은 완벽해, 여자 입술처럼 말이야.」

나는 상하 운동 속도를 늦추고 발기한 남자의 좆을 다시 바라보았다. 그리고 무릎을 꿇었다. 그러나 이번에도 무릎을 꿇은 건 내가 아니라 누군가 다른 사람이라는 생각이 들었다. 나는 생각했다. 〈월터가 이런 맛이야!〉

잠시 뒤 나는 남자가 쏟아 낸 걸 조약돌 위에 뱉었고, 남자는 내게 아주 정중하게 고맙다고 했다.

단추를 채우며 남자가 말했다. 「혹시 같은 장소에서 다시 만날 수 있을까?」

나는 대답하지 않았다. 사실인즉 나는 거의 울고 싶은 심정이었다. 남자는 내게 약속한 금화를 주었다. 이윽고 남자는 잠시 망설이다가 내게 다가와 뺨에 키스했다. 그 행동에 나는 몸을 움찔했다. 그리고 내가 몸을 떠는 걸 알아챈 남자는 오해를 하고 욕망이 가득한 눈길로 나를 바라보았다.

「이런.」 남자가 말했다. 「자네는 이걸 싫어하는 거로군. 안 그래?」 남자 목소리는 낯설었다. 남자의 눈이 번뜩이는 게 보였다.

아까까지 남자의 흥분은 나를 기묘하게 흔들어 놓았다. 그리고 이제 남자의 감정은 나를 지독히 사색에 잠기게 했다. 남자가 발길을 돌려 공터를 떠났을 때 나는 그곳에 남았다. 전율이 일었다. 슬픔 때문이 아니라 스멀스멀 기어오르는 듯한 일종의 의욕 때문이었다. 그 남자는 월터를 닮았다. 나는 키티를 위해 야릇한 방법으로 그 남자를 기쁘게 했다. 그리고 그 행동 때문에 메스꺼워졌다. 그러나 자기가 원하는 기쁨을 자기가 원하는 곳에서 찾은 그 남자는 월터가 아니었다. 그 남자의 기쁨은 결국 일종의 슬픔으로 바뀌었다. 그리고 그 남자는 자신의 욕망이 너무나 격렬하고 비밀스럽기에 이런 악취 나는 공터에서 낯선 이를 상대로 채워야만 했다. 나는 그런 종류의 사랑을 알았다. 나는 고동치는 심장을 드러내는 것이 어떤 일인지를, 그리고 그렇게 하면서 심장 고동이 너무 커져서 자신을 배반할까 봐 두려워하는 것이 어떤 것인지를 알고 있었다.

나는 내 심장 박동을 감춰 왔다. 그렇지만 결국은 배반당했다.

그리고 이제 나는 또 다른 이를, 내가 당한 것처럼 배반했다.

나는 신사가 준 금화를 주머니에 넣은 뒤 레스터 광장으로 걸어갔다.

전에 정처 없이 웨스트엔드를 돌아다닐 때면 피해 가거나 재빨리 지나쳤던 곳이었다. 나는 키티, 월터와 함께 그곳에 처음 갔던 때를 늘 마음에 새겨 두었다. 별로 다시 가고 싶은 기분이 들게 하는 기억은 아니었다. 하지만 이번에 나는 일부러 그곳을 찾아갔다. 나는 우리가 서서 몸을 기대었고 눈앞에 들어오는 전망을 보았던 셰익스피어 상 쪽으로 갔다. 우리가 런던의 심장부에 있다면서 그 거대한 심장을 뛰게 하는 게 무엇인지 아느냐고 묻던 월터의 말이 기억났다. 〈다양성〉! 키티와 함께했던 그날 오후, 나는 주변을 보고 놀랐다. 당시 나는 세계의 모든 다양성이 이 특별한 장소에 모여들었다고 생각했다. 부자와 가난뱅이, 호화로움과 누추함, 백인과 흑인이 사방에 가득한 걸 보았다. 나는 이들이 거대한 조화를 이루는 모습을 보았으며, 키티의 친구로서 그 안에서 곧 나만의 자리를 잡을 거라는 생각에 흥분했었다.

이곳에 처음 온 뒤로 세상을 보는 내 시각이 얼마나 크게 달라졌던가! 나는 런던의 삶이 내가 생각해 왔던 것보다 더욱 낯설고 다양하다는 사실을 배웠다. 그러나 평범한 눈에는 그 모든 다양함이 보이지 않는다는 사실도 배웠다. 도시의 모든 부분이 매끈하고 우아하게 모여 있는 것이 아니라 서로 마찰하고 심하게 스치고 부딪치고 밀쳐 대고 겹친다는 사실을 배웠다. 일부는 무서워 자신을 숨기고 자신에게 호의를 보이는 사람들에게만 그 존재를 드러냈다. 이제 전혀 뜻하지 않게 나는 그런 비밀스러운 부분의 눈에 띄었고, 그 일원으로 선포된 것이다.

나는 사방으로 지나가는 사람들을 바라보았다. 3백, 4백, 어쩌면 5백 명 정도 되는 남자들이 있었다. 이 가운데 얼마나 많은 남자들이 좀 전에 내가 만져 줬던 신사 같은 취향일까? 심지어 이런 생각을 하는 순간에도 나를 심상치 않은 눈으로 보는 남자가 한 명, 그리고 또 한 명 눈에 띄었다.

아마 내가 남자로 세상에 돌아온 뒤 그런 눈길은 아주 많았으리라. 그러나 나는 한 번도 그런 것을 알아차리거나 그런 눈길이 무슨 뜻인지 깨닫지 못했다. 하지만 이제 나는 그 뜻을 아주 잘 알았다. 그리고 그러면서 만족감과 원한으로 다시 몸을 떨었다. 나는 처음에는 남자들 눈을 피하기 위해 바지를 입었지만 오히려 〈이런〉 남자들, 내가 자기들과 같은 〈그런〉 사람이라고 여기는 남자들의 시선을 끄는 것을 깨달았다. 하지만 난처하다는 생각이 들지는 않았다. 오히려 좀 묘한 방식이기는 하지만 키티와 월터에 대한 〈복수〉가 된다는 생각이었다.

한두 주 정도 나는 계속 돌아다니며 한때 내가 차여 비틀거리던 세상이 돌아가는 방식과 신호를 보고 배웠다. 걷기와 보기는 사실상 세상의 기본이었다. 걸으며 남들이 당신을 보게 하라. 얼굴이나 몸매가 맘에 드는 이가 나타날 때까지 보고 또 보라. 고개를 끄덕이고 눈을 찡긋하고 머리를 흔들고 골목이나 하숙집으로 들어서는 의도적인 발걸음을……. 말했듯이 처음에 나는 이런 거래에서 아무런 역할도 하지 못한 채 단지 다른 이들이 그러는 모습을 연구했으며, 그러는 와중에 나만을 갈구하며 흘깃거리는 시선을 천 번은 받았다. 그리고 다소 약 올리듯 받아 준 경우도 있지만 대부분은 모르는 척하며 곧 시선을 돌렸다. 그러나 어느 날 오후, 월터와 약간 닮아 보이는 신사가 또 내게 접근했다. 그 신사는 내가 손으로 해주길 원했으며 그러는 동안 귀에 대고 천박한 말을 속삭여 달라고 했다. 별일 아닌 듯 보였다. 설사 내가 망설였다 할지라도 그 남자가 그걸 알아차렸을 성싶지는 않다. 나는 가격을 불렀고(이번에도 1파운드짜리 금화 하나였다), 앞서 갔던 공터로 그 남자를 데려갔다. 남자의 좆은 다소 작았다. 하지만 이번에도 나는 그것이 무척 굵고 멋지다고 말해줬다.

「아름다운 청년이로군.」 일이 끝난 뒤 남자가 속삭였다. 돈을 받는 데는 아무런 어려움이 없었다.

그렇게 해서 쉽사리, 처음 연예장 무대에 섰던 때와 마찬가지로 쉽고 운명적으로 나는 내 새로운 배역을 한층 우아하게 갈고 닦았으며 남창이 되었다.

9

연예장 매셔에서 남창이 되어 버린 것은 이상하리만치 급격한 변화로 보일 수도 있으리라. 그러나 사실 배우의 세계와 이제 내가 일하는 몸 파는 직업의 세계는 그리 많이 다르지 않았다. 둘 다 런던을 모국으로 웨스트엔드를 수도로 삼고 있으며, 둘 다 마법과 필요성, 마력과 땀이 기이하게 섞여 있다. 그리고 둘 다 고유의 유형이 있다. 〈처녀〉와 〈귀부인〉, 떠오르는 별과 지는 별, 포스터 상단에 위치하는 일류와 가장 끝줄에 나오는 삼류 배역…….

키티 옆에서 연예장의 규칙을 배워 나갔듯이, 나는 일을 배워 나가던 처음 몇 주 동안에 이 모든 것을 천천히 그러나 꾸준히 배워 나갔다. 운 좋게도 나는 친구이자 조언자를 구했다. 어느 날 밤늦게 갑자기 쏟아지는 소나기를 피해 소호 광장 가장자리 건물 출입구에서 함께 있다가 대화를 하게 된 사내아이였다. 그 아이는 아주 여성스러운 유형이었고(이쪽 용어에 따르면 진짜 〈메리앤〉이었다), 메리앤 대부분이 그러하듯 여자 이름을 가지고 있었다. 그 아이 이름은 앨리스였다.

「그건 내 누나 이름인데!」 앨리스라는 이름을 듣고 내가 말하자 그 아이는 싱긋 웃었다. 그 이름은 〈그 사내아이〉의 누나 이름이기도 했다. 다른 점이 있다면 그 아이의 누나는 죽었다고 했다. 나는 내 누나는 죽었는지 살았는지 모르지만 관심 없다고 말했다. 내 말에 앨리스는 별로 놀라지 않았다.

이 앨리스라는 아이는 짐작건대 내 또래였다. 앨리스는 여자처럼 예뻤고, 솔직히 말하자면 (나를 포함한) 대부분의 여자들보다 예뻤다. 머리털은 검고 윤이 났으며 얼굴은 달걀 모양이었고 속눈썹은 믿을 수 없을 정도로 길고 짙었다. 앨리스는 열두 살 때부터 남창 일을 해왔다고 했다. 이제 남창은 앨리스가 할 줄 아는 유일한 삶의 방편이지만 자기는 이 일을 퍽 좋아한다고 했다. 「어쨌든 더 낫잖아.」 앨리스가 말했다. 「사무실이나 가게에서 일하는 것보다 말이야. 만약 하루 종일 비좁은 방에서 조그만 걸상에 앉아 멍청한 얼굴을 바라보는 일을 계속해야 한다면 나는 미쳐 버리고 말 거야. 그냥 확 돌아 버릴 거 같아!」

앨리스가 나에 대해 물었을 때 나는 켄트에서 런던으로 왔으며 누군가가 내게 무척 못된 짓을 해서 이제 거리에서 살아갈 방법을 찾아야 할 형편이라고 말했다. 모든 게 나름대로 진실이었다. 앨리스는 나를 가엾게 여긴 듯하다. 아니면 우리 둘의 누나(언니) 이름이 같다는 우연 때문에 내게 호감을 품었을 수도 있다. 어쨌든 앨리스는 나를 조금씩 돌봐 주기 시작했으며, 몇 가지 유의할 점을 알려 주고 조언을 해주었다. 우리는 레스터 광장에 있는 커피 노점에서 가끔 만나 자기 운에 대해 살짝 자랑을 하거나 투덜거리곤 했다. 우리가 이야기하는 동안 앨리스의 눈은 새로운 손님이나 단골 또는 연인이나 친구를 찾아 시선을 던지고 던지고 또 던졌다.

「폴리 쇼야.」 싱글거리며 우리 옆을 경쾌하게 지나는 마른 남자에게 고개를 기울이며 앨리스가 말했다. 「미녀야. 굉장한 미녀지. 하지만 저 여자가 돈을 빌려 달라고 해도 〈절대로〉 빌려 주지 마!」 또는 붉은 실크 안감을 댄 망토 차림의 멋진 신사 팔짱을 끼고 알함브라 극장으로 사라지는 남자의 모습을 보며 좀 날카로운 말투로 말했다. 「어머나! 저 〈년〉은 늘 알짜만 문다니까!」

이리저리 돌아보던 앨리스의 시선은 결국엔 당연하게도 머물 곳을 찾아내 반짝였으며, 앨리스는 살짝 고개를 끄덕이거나 눈을 찡긋거리고는 급히 잔을 내려놓곤 했다. 「어머!」 앨리스는 이렇게 말하곤 했다. 「스위트 앨리스의 표에 구멍을 뚫고 싶어 하는 짐꾼이 보이네. *Adieu, cherie*(안녕히, 자기). 네 아름다운 눈에 천 번의 키스를 보내!」 앨리스는 손가락을 입술에 대었다 떼어 내 재킷 소매에 가볍게 눌렀다. 나는 혼잡한 광장을 가로질러 자신에게 손짓한 이에게 다가가는 앨리스를 지켜보곤 했다.

일찍이 앨리스가 내 이름이 무엇인지 물었을 때 나는 대답했다. 「키티야.」

내게 남창에도 여러 유형이 있다는 사실과 각 유형의 복장, 버릇, 기술에 대해 설명해 준 이는 스위트 앨리스였다. 첫 번째로 앨리스같이 입술에는 연지를, 목에는 분을 바르고 발레리나처럼 몸매가 드러나는 꽉 끼는 바지를 입고 밤낮을 가리지 않고 헤이마켓을 활보하며 다니는 메리앤이 있다. 이런 남자들은 하숙집이나 호텔로 손님을 데리고 갔다. 이들의 꿈은 남자다운 젊은 신사나 귀족의 정부가 되어 아파트에 들어가 사는 것이었다. 의외로 이런 꿈은 성공할 확률이 무척 높았다.

그리고 좀 더 평범한 외모의 점원이나 판매원들이 있다. 이들은 메리앤을 다소 경멸했으며 흥분이 아니라 돈을 위해, 이들의 주장에 따르면 〈신사〉들과 어울렸다. 내 생각에 이들 가운데 일부는 심지어 아내와 연인이 있기도 했다. 이 직업의 특별한 갈래이자 귀족층 내지 선도 집단으로는 근위병이 있다. 선홍색 군복을 입었을 때 내가 바로 그런 역으로 분장을 한 셈이었다. 물론 당시 나는 이쪽에 대한 평판을 전혀 몰랐기 때문에 당시 내 행동은 우연이었다. 확신컨대 이 부류는 거의 좆을 만지고 빠는 일만 했다. 친밀한 감정이 들면 신사와 한두 번 정도 빠구리를 틀어 주기도 하지만 자기 것에는 절대 손을 대거나 입을 맞추게 하지 않았다. 앨리스 말에 따르면, 이들은 그런 점에 강박적일 정도로 자부심을 보인다고 했다.

내가 살아가기 위해 맡은 역은 여러 가지 유형이 다소 별나게 섞여 있었다. 나는 아주 박력 있는 남자는 결코 아니었다. 나는 자기 속바지 안으로 거칠게 손을 넣어 주길 원한다거나 어둠 속에서 때려 주길 원하는 신사들에게는 전혀 흥미가 없었다. 하지만 그렇다고 노동자들이 좋아하며 공짜로 즐기는 백합같이 여린 남자로 보일 수도 없는 노릇이었다. 게다가 나는 까다로웠다. 레스터 광장 주변 거리에는 별난 취향을 가진 인물들이 많았으나 내가 그 모든 종류를 좋아하지는 않았다. 솔직히 말해 대부분은 시장에서 집에 오는 길에 있는, 당신이나 내가 여인숙이라 부를 그런 곳으로 남창들과 들어가리라. 이들은 즐거움을 누리고 한 번 싸고 더는 그것에 대해 생각하지 않는다. 그러나 까다롭거나 욕심을 더 부리거나 낭만적인 이는 꼭 있으며(그런 이들은 대부분 신사 계급이었고 나는 멀리서도 이들을 알아보는 법을 배웠다), 벌링턴 아케이드에서 만났던 남자처럼 내가 만져 주는 동안 키스하고 사의를 표하거나 심지어 눈물까지 흘리는 고객들이 있었다.

그리고 이들이 복도나 공터 또는 물이 뚝뚝 듣는 화장실에서 발기해 숨을 몰아쉬고 자기 욕망을 내게 속삭이는 동안, 나는 스며 나오는 웃음을 감추기 위해 고개를 돌리곤 했다. 그들이 월터와 닮은 경우엔 더욱 좋았다. 설사 그렇지 않을 때라도 그들은 모두 신사 계급이었고 바지 단추를 열고 보면 (그 문제에 대해 그들 각자의 의견이 어떻든 간에) 다 똑같아 보였다.

나는 스스로 욕구는 전혀 없으면서도 이들의 욕망을 부추겨 세웠다. 심지어 나는 이들이 주는 돈도 필요 없었다. 나는 모든 재산과 사랑을 도둑맞은 뒤 이웃의 재산을 탐해서가 아니라 이웃이 망가지는 모습을 보려고 그 자신이 도둑이 된 사람 같았다. 아쉬운 점이 있다면, 내가 이토록 멋진 공연을 날마다 하는데도 관객이 아무도 없다는 사실이었다. 나는 내 고객과 내가 기대어 헐떡이는 음침하고 황량한 곳 주변을 돌아보며, 바닥의 조약돌이 무대이고 벽돌이 커튼이며 서둘러 도망가는 쥐들이 이글거리는 각광이라고 상상하곤 했다. 나는 단지 한 명(딱 한 명!)만이라도 우리를 보았으면 좋겠다고 바라곤 했다. 대담하면서 연기에 대한 이해력이 있는 단 한 명만이라도 우리를 보면서 내가 얼마나 내 역할을 잘하고 있으며 바보 같고 믿음직한 내 상대역이 얼마나 잘 속고 비굴한지를 알았으면 좋겠다고 생각하곤 했다.

하지만 상황을 고려해 볼 때, 그것은 아주 불가능한 일이었다.

아마 6개월 정도 모든 일이 매끄럽게 진행되었던 듯하다. 베스트 부인 집에서 보내는 칙칙한 내 삶은 계속되었고, 웨스트엔드로 가는 내 외출과 남창 생활도 계속되었다. 가지고 있던 돈은 점차 줄더니 마침내 다 떨어졌다. 그리고 이제 남창은 내가 아는 유일한 것이면서 맘에 드는 일이었기에, 나는 거리에서 벌어들이는 수입에 전적으로 의존하기 시작했다.

나는 여전히 키티에 대해 아무런 소식도 듣지 못했다. 단 한마디도! 마침내 나는 키티가 월터와 함께 운을 시험해 보기 위해 외국, 아마도 우리가 가려고 계획을 세웠던 미국으로 간 것이라고 결론지었다. 연예장 무대에 서던 시절은 이제 아주 까마득해 보였으며 진짜가 아니었던 것 같은 느낌이 들었다. 나는 외출했을 때 한두 번 정도 예전에 알던 사람을 보았다. 패러건에서 포스터에 같이 올랐던 남자와 캠던 타운의 베드퍼드에 있던 분장실을 관리하는 여자였다. 어느 날 밤, 나는 그레이트 윈드밀 스트리트에 있는 기둥에 기대어 돌리 아널드(브리태니아에서 왕자 역의 키티 상대로 신데렐라 역을 한 여자였다)가 파빌리온 극장의 문에서 나와 다른 이의 도움을 받아 사륜마차에 타는 모습을 지켜보았다. 돌리 아널드는 나를 보더니 눈을 깜박였고, 이윽고 고개를 돌렸다. 아마 돌리는 나를 안다고, 내가 자기와 같이 일했던 남자라고 생각한 모양이었다. 어쩌면 단지 여성스럽게 차려입고 어둠 속에서 신사를 찾는 불쌍한 게이라고 생각했을 수도 있다. 어쨌든 돌리는 내게서 낸 킹의 모습을 보지 못했고, 나는 그 사실을 알았다. 나는 돌리에게 달려가 내 정체를 밝히고 키티에 대해 물어보고 싶은 생각이 들었지만 약간 늦고 말았다. 그 순간 마부가 말에게 신호를 보냈고 사륜마차가 덜그럭거리며 출발했기 때문이다.

이제 내가 극장과 관련을 맺거나 접촉하는 일은 남창으로서가 전부였다. 나는 레스터 광장에 있는 연예장들(2년 전 키티와 내가 희망에 가득 차 바라보던 아주 작은 연예장들)이 남창들 사이에서는 전시장이자 손님을 낚는 장소로 유명하다는 사실을 알게 되었다. 특히 엠파이어 극장은 언제나 남색꾼으로 우글거렸다. 이들은 창녀들과 함께 산책로를 나란히 걷거나 아니면 삼삼오오 모여 서서 잡담을 나누고 수입을 비교하고 손을 흔들며 높고 요란한 목소리로 인사를 주고받았다. 이들은 결코 무대를 보거나 즐거워하거나 손뼉을 치지 않았으며, 오로지 거울을 보거나 분칠한 상대방의 얼굴을 보거나 아니면 근처를 빠르게 혹은 다소 시간을 끌며 지나가는 신사들을 (좀 더 은밀한 눈으로) 바라보았다.

나는 이들과 걷는 것을, 이들을 지켜보는 것을, 그리고 이들이 나를 지켜보는 것을 좋아했다. 나는 엠파이어 극장 근처를 어슬렁거리는 것을 좋아했다. 월터가 설명했던 대로 잉글랜드에서 가장 멋진 연예장이며 키티가 그토록 간절히 초대받기를 원했으나 꿈을 이루지 못한 곳이었다! 나는 영광스러운 최고의 무대를 뒤로하고 그 주변을 어슬렁거리길 좋아했다. 내 의상은 전기 샹들리에의 밝은 빛을 받아 번쩍였고 머리털은 윤이 났으며 바지는 불룩했고 입술은 분홍빛이었으며 내 몸매와 자세에서는 남창들 표현에 따르자면 라벤더 향이 났다. 그 모든 것의 의미는 대담하고 명확했지만, 거짓이었다. 나는 가수와 코미디언들에게는 단 한 번도 눈길을 돌리지 않았다. 나는 〈그〉 세계와는 완전히 끝난 것이다.

내가 말했듯이 만사가 매끄럽게 흘러갔다. 이윽고 1891년(키티에게서 도망친 지 1년하고 조금 더 된 때였다)이 되고 따뜻해지기 시작한 뒤 몇 주가 지나 내 자그마한 일상을 방해하는 귀찮은 일이 벌어졌다.

어느 저녁 꽤 힘든 남창 일을 마친 뒤 매음굴로 돌아와 보니 내 물건들이 사라졌고 포주의 의자는 뒤집혔으며 내 방문은 산산이 부서진 채 활짝 열려 있었다. 무슨 일이 일어났는지 나는 결국 알아내지 못했다. 경찰의 짓인지 경쟁 관계의 포주 짓인지 자신 있게 말할 수 있는 이는 아무도 없었지만, 주인은 잡혀가거나 도망친 듯했다. 어쨌든 도둑들은 주인이 없는 틈을 타 집 안에 들어와 여자들과 손님들을 겁주고 위협했고, 가지고 갈 수 있는 건 무엇이든 가져갔다. 땀에 전 매트리스와 융단, 깨진 거울, 덜거덕거리는 가구 몇 점, 그리고 내 프록과 신발, 보닛, 손가방도 가져갔다. 도둑맞은 물건들은 별 게 아니었다. 그렇지만 이는 내가 남자 옷을 입은 채로 집에 돌아가야 하며(나는 낡은 통바지에 밀짚모자 차림이었다) 베스트 부인에게 들키지 않고 내 방으로 돌아가야만 한다는 뜻이었다.

꽤 늦은 시간이었고, 나는 집에 도착할 무렵이면 베스트 부인이 잠이 들었을 수도 있으리라 기대하며 아주 천천히 스미스필드까지 걸어갔다. 그리고 실제로 내가 집에 도착했을 때 창문은 어두웠고 움직이는 이는 아무도 없는 듯했다. 나는 살금살금 계단을 올라갔다. 지난번 모두가 잠든 집에 살금살금 들어갔다가 벌어진 끔찍한 일에 대한 기억이 아직도 생생했다. 내가 머뭇거린 건 아마 그 아픈 기억 때문인 듯하다. 반쯤 올라갔을 때 나는 손으로 머리를 짚었고, 모자는 난간 너머로 날아가 툭 소리를 내며 아래 복도에 떨어졌다. 나는 욕을 하며 멈췄다. 가서 주워 와야 했다. 하지만 몸을 돌려 막 내려가려는 순간 문이 삐걱거리는 소리가 들렸고, 촛불이 깜박이는 게 보였다.

「애슬리 양…….」 어둠 속에서 가늘고 불만 가득한 목소리로 집주인이 말했다. 「애슬리 양, 거기 당신인가요?」

나는 부인에게 대답을 하기 위해 멈추는 대신 재빨리 남은 계단을 올라가 내 방으로 들어갔다. 나는 문을 닫은 뒤 어깨에서 재킷을, 다리에서 바지를 찢어 내듯 서둘러 벗었고, 셔츠와 속바지와 함께 뭉뚱그려 커튼이 쳐진 벽감으로 집어 던졌다. 옷을 걸어 두는 곳이었다. 나는 잠옷을 찾아 갈아입었다. 그러나 목 부분의 단추를 잠그려 할 때 두려워했던 소리가 들렸다. 빠르게 계단을 올라오는 소리가 묵직하게 들리더니 이어서 문을 두드리는 소리, 그리고 베스트 부인이 점점 크게 외치는 소리가 들렸다.

「애슬리 양! 애슬리 양! 이 문을 열어 주시면 고맙겠군요. 저는 아래층 복도에서 이상한 물건을 발견했고, 지금 애슬리 양 방

안에 있어서는 안 될 인물이 있다고 생각해요!」

「베스트 부인, 무슨 말씀이신가요?」 내가 대답했다.

「제가 무슨 말을 하는지는 애슬리 양이 더 잘 알 텐데요. 경고해두는데, 지금 저는 제 아들과 함께 있습니다!」 부인은 문손잡이를 잡고 흔들었다. 머리 위로 발소리가 더 들렸다. 소란에 아기가 깨어 울기 시작했다.

나는 열쇠를 돌리고 문을 열었다. 잠옷 차림에 바둑판무늬 머리쓰개를 한 베스트 부인이 나를 밀치고 방으로 들어왔다. 부인 뒤로 셔츠에 취침용 모자를 쓴 아들이 서 있었다. 부인의 아들은 무시무시한 얼굴을 하고 있었다.

나는 집주인 여자를 돌아보았다. 부인은 당황한 표정으로 주위를 둘러보았다. 「여기 어딘가에 남자가 있는 걸 알아요!」 부인이 외쳤다. 부인은 침대보를 걷어 젖혔고 침대 아래를 살펴보았다. 마침내 당연하게도 부인은 벽감으로 향했다. 나는 부인을 말리려고 급히 몸을 움직였고, 부인은 만족에 차 입술을 비쭉거렸다. 「자, 이제 그 남자를 찾았군요!」 부인이 말했다. 부인은 나를 지나 커튼을 확 열어젖히더니 놀라 헐떡이며 뒤로 물러섰다. 그곳에는 내가 방금 벗은 옷과 함께 남자 정장 네 벌이 있었다. 「이런, 못된 매춘부 년!」 부인이 외쳤다. 「난교질을 하려고 한 거로군!」

「난교? 난교라고요?」 나는 팔짱을 꼈다. 「말이 좀 잘못되었군요. 베스트 부인. 신사의 옷을 바느질하는 게 범죄는 아니지 않나요?」

부인은 방금 전 내가 걷어차듯 벗어 버린 속옷을 집어 들더니 코에 대고 킁킁댔다. 「이 속바지는 아직도 따뜻해요!」 부인이 말했다. 「이제는 당신 바늘의 열기 때문이라고 말할 차례겠죠? 그것보다는 〈그 남자〉의 바늘에서 나온 열기겠죠!」 나는 입을 열였으나 마땅히 대답할 말이 없었다. 내가 망설이는 사이 부인은 창가로 걸어가 바깥을 바라보았다. 「이곳으로들 달아난 모양이군요. 나쁜 놈들! 이렇게 벌거숭이 차림으로는 멀리 가지는 못했겠지.」

나는 베스트 부인의 아들을 다시 보았다. 그 남자는 잠옷 아래로 드러난 내 발목을 바라보고 있었다.

「죄송해요, 베스트 부인.」 내가 말했다. 「다시는 안 그럴게요. 약속해요!」

「당연히 다시는 그러지 못할 거예요, 내 집에서는요! 이곳에서 나가 주세요, 애슬리 양. 내일 아침 당장요. 난 늘 당신이 아주 괴이쩍은 세입자라고 생각했어요. 하지만 이제는 당신이 닳고 단 여자라는 생각이 드는 걸 금할 수가 없군요! 더는 두고 볼 수 없어요! 천만에요, 그럴 수 없어요! 당신이 들어올 때 경고했어요.」

나는 고개를 숙였다. 부인은 몸을 돌려 나갔다. 그 뒤로 부인의 아들이 마지막으로 내게 콧방귀를 뀌었다. 「갈보 년.」 아들은 이렇게 말하고 침을 뱉더니 어머니를 따라 어둠 속으로 사라졌다.

꾸릴 짐이 그리 많지 않았기에 나는 이튿날 아침 씻자마자 집을 나왔다. 내가 곁을 지나가자 베스트 부인은 입술을 삐죽거렸다. 하지만 메리는 마치 마침내 내가 정상이라는 것을, 아주 눈이 부시도록 정상이라는 것을 내 스스로 증명한 데 감동받고 외경심이 든다는 듯 존경 어린 눈으로 나를 바라보았다. 나는 메리에게 1실링을 주고 손을 다독거렸다. 이윽고 나는 스미스필드 마켓 모퉁이를 마지막으로 돌았다. 따뜻한 아침이었고 동물 시체 냄새가 지독했으며 그 주위로 윙윙거리는 파리 소리는 모터 소리처럼 낮게 끊임없이 들려왔다. 그러나 그 모든 상황에도, 광기 어린 지난 시간 동안 그토록 자주 바라보았던 황량한 이곳에 애착이 갔다.

마침내 나는 파리들이 아침 식사를 하도록 내버려 두고 걸음을 옮겼다. 어디로 가야 할지 아무런 생각도 없었지만 킹스 크로스 근처 거리에는 하숙집이 잔뜩 있다는 말을 들었고, 그쪽에서 방을 구해 보는 것도 괜찮겠다는 생각이 들었다. 하지만 결국 나는 그렇게 멀리까지 가지 않았다. 그레이스 인 로드에 있는 가게 창문에 자그맣게 붙어 있는 게시물을 본 것이다. 〈점잖은 부인이 여성 하숙인을 구함〉. 그리고 주소가 적혀 있었다. 나는 한 1분 정도 물끄러미 그 게시물을 바라보았다. 〈점잖은〉이라는 표현은 질렸다. 베스트 부인 같은 사람을 겪는 건 한 명으로 족했다. 그러나 〈여성〉이라는 표현에 무척 맘이 끌렸다. 나는 그사이에, 글자 사이 하이픈에 내가 있는 게 보였다.[4]

나는 주소를 암기했다. 그 집은 그린 스트리트에 있었다. 알고 보니 아주 가까운 곳으로, 그레이스 인 로드에 인접한 좁은 골목에 위치했다. 한쪽에는 잘 손질된 테라스가 있었고 맞은편에는 다소 우울해 보이는 집이 있었다. 내가 찾는 번지는 그 집들 가운데 한 채로, 아주 아름다워 보였으며 계단에는 제라늄 화분이 있고 그 옆에는 다리가 하나 없는 고양이가 세수를 하고 있었다. 내가 다가가자 고양이는 깡충 뛰어오더니 간질여 달라고 고개를 들었다.

초인종을 당기자 친절해 보이는 백발의 부인이 앞치마에 슬리퍼 차림으로 나를 맞이했다. 찾아온 이유를 설명하자 부인은 즉시 나를 안으로 들였다. 부인은 자기를 〈밀른 부인〉이라고 소개했으며, 고양이를 떼어 내느라 약간 시간을 보냈다. 부인이 그

4 〈여성*Female*〉을 원문의 광고에서는 〈*Fe-male*〉이라고 표현했다. 〈*male*〉은 남성을 뜻한다.

려는 동안 나는 눈을 깜박이며 주변을 둘러보았다. 복도는 그림이 잔뜩 걸려 있어 거의 덴디 부인의 낡은 거실과 비슷해 보였다. 하지만 이곳에 걸린 그림들은 극장을 주제로 한 게 아니었다. 사실 색조가 아주 밝다는 점을 빼면 공통점이 아무것도 없어 보였다. 대부분은 별것 아닌 싸구려였지만(책이나 신문에서 오려 액자도 없이 벽에 핀으로 꽂은 것도 있었다) 한두 개는 꽤 유명한 그림이었다. 예를 들어 우산꽂이 위에는 실속 없이 화려하기만 한 「세상의 빛」[5] 복제품이 걸려 있었다. 그 아래에는 눈에 검은 마스카라를 칠하고 피리를 든 파란색의 마른 인도 신 그림이 있었다. 나는 밀른 부인이 종교에 좀 심하게 몰두한, 신지학 추종자나 힌두교 개종자는 아닐까 궁금했다.

하지만 부인은 벽을 바라보는 내 모습을 보고 기독교인이 지어 보일 법한 웃음을 지었다. 「제 딸이 그린 그림이에요.」 그게 모든 걸 설명한다는 듯 부인이 말했다. 「딸아이는 색깔을 정말 좋아하죠.」 나는 고개를 끄덕이고 부인을 따라 위층으로 올라갔다.

부인은 세를 놓을 방으로 곧장 나를 데려갔다. 예쁘면서 평범한 방으로 모든 게 깨끗했다. 가장 마음에 드는 부분은 창문이었다. 길고 가운데가 나뉘어진 유리 창문이었다. 그리고 그 창문은 쇠로 된 자그마한 발코니로 연결되었다. 발코니는 맞은편의 낡은 집과 마주하고 있었으며 그린 스트리트가 굽어보였다.

「방세는 8실링이에요.」 내가 주위를 둘러보는 동안 밀른 부인이 말했다. 나는 고개를 끄덕였다. 「당신이 처음 찾아온 여자는 아니에요.」 부인이 계속 말했다. 「하지만 솔직히 말하자면 저는 좀 더 나이 든 여자를 원했답니다. 과부면 좋겠다고 생각했죠. 아주 최근까지 제 조카딸이 여기에 살았는데 결혼을 해서 나가

5 라파엘 전파 화가인 홀먼 헌트의 그림.

야 했어요. 조만간 결혼할 생각이신가요?」

「오, 아니요.」 내가 말했다.

「애인이 없나요?」

「없어요.」

부인은 내 대답이 맘에 든 듯했다. 부인이 말했다. 「좋군요. 보시다시피 여기에는 저와 제 딸뿐이고 딸아이는 좀 유별나게 사람을 잘 믿는 편이지요. 저는 젊은 남자들이 들락날락하는 걸 원치 않는답니다…….」

「저는 사귀는 남자가 아무도 없습니다.」 내가 힘주어 말했다.

부인이 다시 웃음 짓더니 망설이는 듯했다. 「혹시……왜 있던 곳을 떠나왔는지 물어도 괜찮을까요?」 그 질문에 이번엔 내가 망설였다. 그러자 부인의 웃음이 점차 사라졌다.

「솔직히 말하자면, 집주인으로 있던 부인과 안 좋은 일이 약간 있었어요.」 내가 말했다.

「이런.」 밀른 부인은 살짝 긴장을 했고, 나는 솔직하게 말한 게 실수였음을 깨달았다.

「제 말은…….」 내가 다시 입을 열었으나 나는 부인이 무슨 생각을 하는지 알 수 있었다. 무슨 생각을 했을까? 아마도 밀른 부인은 내가 예전 집주인의 남편과 입 맞추는 장면을 들켜 쫓겨났다고 생각했으리라.

부인은 아쉽다는 듯 입을 열었다. 「그게, 제 딸이…….」

부인이 이토록 자기 딸에게 젊은 남자의 시선이 닿지 않게 하려고 노력하는 걸로 미루어 볼 때 부인의 딸은 아름다우며 반쯤은, 아니 완전히 색광증에 걸린 여자이리라. 하지만 상점에서 이곳을 소개하는 철자가 잘못된 광고를 보았을 때와 마찬가지로, 지금도 이 집과 집주인은 알 수 없는 이유로 나를 끌어당겼다.

나는 운을 시험해 보기로 했다.

내가 말했다.「밀른 부인, 사실 저는 기묘한 직업을 가지고 있습니다. 극장 일이라고 할 수 있지요. 그래서 저는 가끔 신사 옷을 입어야 할 때가 있답니다. 제가 살던 집의 주인은 제가 남자 옷을 입은 걸 우연히 보고 저를 맘에 들어 하지 않은 거죠. 확실한 건 제가 이 집에 살게 되면 절대로 남자를 집 문턱 안으로 들이지 않겠다는 거예요. 어떻게 그렇게 자신할 수 있는지 궁금해하실 수도 있지만, 저는 자신 있다는 말밖에 드릴 말씀이 없군요. 그리고 절대 방세도 늦게 내지 않을 거고요. 저는 방에서만 조용히 있을 거라서 제가 이 집에 있는지조차 알기 어려우실 거예요. 만약 부인과 밀른 양이 가끔 바지와 넥타이 차림을 한 여자를 보는 게 거슬리지만 않으신다면, 그렇다면 제 생각에 부인이 찾으시는 하숙생은 바로 저라고 생각해요.」

나는 어느 정도 진심으로 말했고, 밀른 부인은 생각에 잠긴 듯했다.「신사 복장을 한다는 거군요.」부인이 말했다. 냉정하다거나 믿을 수 없다는 말투가 아니라 꽤 흥미롭다는 말투였다. 나는 고개를 끄덕였고, 가방 끈을 풀고 재킷을 꺼냈다. 마침 손에 잡힌 건 근위병 군복 상의였다. 나는 상의를 흔들며 다소 희망에 젖어 내게 대 보였다.「맙소사.」부인이 팔짱을 끼며 말했다.「아름답군요. 제 딸아이가 보면 좋아하겠어요.」부인은 문 쪽을 향해 손짓했다.「만약 괜찮으시다면…….」부인은 계단참으로 걸어가 소리쳤다.「그레이스!」아래에서 발소리가 들렸다. 밀른 부인이 고개를 기울였다.「그레이스는 수줍음이 많답니다.」부인이 나지막한 목소리로 말했다.「하지만 그 아이가 당신에게 바보같이 굴더라도 맘 쓰지 마세요. 그냥 그 아이 방식이랍니다.」무슨 말인지 이해가 잘 안 갔지만 나는 싱긋 웃어 보였다. 몇 초 뒤, 그레이스가 자기 어머니 옆에 와 섰다.

나는 아주 아름다운 아가씨가 오리라 상상했다. 그러나 그레이스 밀른은 아름답지 않았다. 하지만 나는 첫눈에 밀른 양이 다소 독특하다는 사실을 알았다. 밀른 양은 나이를 가늠하기 어려웠다. 내 생각에 열일곱에서 서른 살 사이 그 어디든 가능했다. 하지만 아마처럼 노랗고 가는 머리털은 어린애처럼 어깨 위로 치렁거렸다. 차려입은 옷은 조합이 이상했다. 짧은 파란색 드레스와 노란색 앞치마를 입었고, 앞쪽에 자수 장식이 된 화려한 스타킹과 붉은 벨벳 슬리퍼를 신고 있었다. 눈동자는 회색이었으며 뺨은 아주 창백했다. 표정은 마치 누군가 고무지우개로 마지못해 얼굴을 지우다 만 듯 이상하면서 멍해 보였다. 말할 때의 목소리는 굵고 살짝 귀에 거슬렸다. 나는 벌써 내렸어야 할 결론을 내렸다. 밀른 양은 백치 기가 있었다.

물론 나는 이 모든 것을 한순간에 살펴보았다. 그레이스는 소개를 받는 동안 자기 어머니와 팔짱을 꼈고, 무척 수줍어하며 앞에 나서길 꺼렸다. 하지만 이제 그레이스는 내가 든 재킷의 화려한 색깔을 보았고, 나는 그레이스가 색깔이 들어간 재킷 소매를 움켜쥐고 만져 보고 싶어 죽을 지경이라는 사실을 알 수 있었다.

어쨌든 멋진 재킷이었기 때문이다. 내가 그레이스에게 물었다. 「입어 볼래요?」

그레이스는 고개를 끄덕이더니 자기 어머니를 힐긋 보았다. 「입어도 되면요.」 밀른 부인은 입어 봐도 된다고 말했다. 나는 재킷을 들어 그레이스가 입는 걸 도와주었고 앞으로 와서 단추를 잠가 주었다. 선홍색 서지와 황금색 장식이 그레이스의 머리털, 눈동자, 드레스, 스타킹와 기묘하게 어울렸다.

「곡마단에 있는 여자 같아 보이는군요.」 밀른 부인과 함께 뒤로 물러서서 그레이스를 보며 내가 말했다. 「곡마단장의 딸이 됐어요.」 그레이스는 빙긋 웃더니 어색하게 몸을 굽혀 인사했다. 밀른 부인은 깔깔 웃으며 손뼉을 쳤다.

「이거 제가 가져도 되나요?」 이윽고 그레이스가 물었다. 나는 고개를 저었다.

「솔직하게 말씀드리자면, 밀른 양, 드릴 수 없답니다. 만약 제게 같은 게 두 벌 있었다면…….」

「자, 그레이스.」 밀른 부인이 말했다. 「당연히 그러면 안 되지. 애슬리 양은 극장 공연 때문에 이 옷들이 필요하신 거야.」 그레이스는 얼굴을 찡그렸으나 아주 심하게 실망한 것 같지는 않아 보였다. 밀른 부인은 나와 눈을 마주쳤다. 「하지만 그레이스가 빌릴 수는 있겠죠?」 부인이 속삭였다. 「가끔은요……. 그렇죠?」

「그레이스라면 제 옷을 한꺼번에 모두 빌려 가도 돼요. 전 괜찮아요.」 내가 말했다. 그레이스가 고개를 들고 나를 바라보자 나는 눈을 찡긋했고, 창백한 그레이스는 뺨을 살짝 분홍빛으로 물들이며 고개를 숙였다.

밀른 부인은 가볍게 혀를 쯧쯧 차더니 흐뭇해하며 팔짱을 꼈다. 「제 생각에는 당신이 우리 집에 아주 잘 맞을 것 같군요, 애슬리 양.」

나는 즉시 이사를 했다. 내가 얼마 안 되는 짐을 풀던 그날 오후 그레이스는 내 옆에서 물건 하나하나마다 탄성을 터뜨렸고, 밀른 부인은 차를 가져오고 또 가져왔고 케이크를 내왔다. 저녁 시간이 되었을 즈음엔 둘은 나를 낸시라고 불렀다. 그리고 저녁 식사(파이, 완두콩, 그레이비소스, 그리고 틀에 부어 만든 블라망주[6])는 1년 전 윗스터블에서 마지막으로 저녁을 먹은 뒤 가족용 식탁에서 먹은 최초의 음식이었다.

이튿날, 그레이스는 모든 조합을 시험해 보며 내 옷을 입어 보았고 밀른 부인은 손뼉을 쳤다. 저녁으로는 소시지가 나왔고 후

6 럼이나 브랜디를 첨가해 만든 푸딩.

식은 케이크였다. 케이크를 먹고 난 뒤 나는 소호로 갈 옷으로 갈아입었다. 그리고 서지와 벨벳 차림의 나를 본 밀른 부인은 다시 손뼉을 쳤다. 부인은 내가 늦게 오는 경우 다른 사람들을 깨우지 않고 집에 들어올 수 있도록 열쇠를 복사해 주었다.

천사들과 같이 사는 것만 같았다. 나는 들어오고 싶은 시간에 들어오고 입고 싶은 옷을 입었으며, 밀른 부인은 아무 말도 하지 않았다. 성급하게 일을 끝낸 남자 것이 깃에 묻는 바람에 딱딱하게 말라붙은 재킷을 그냥 입고 들어왔지만 부인은 불안해하는 내 손에서 재킷을 빼앗아 수돗물에 빨며 〈수프를 이렇게 조심성 없이 먹는 여자는 처음 본다니까요!〉라고 할 뿐이었다. 처량한 기분으로 깨어나거나 옛 기억에 마음 아파할 때도 있었지만 부인은 아무것도 묻지 않고 아침 식사로 음식을 더 많이 줄 뿐이었다. 이런 점으로만 보자면, 밀른 부인은 딸과 마찬가지로 백치였다. 부인은 그레이스를 위해 내게 잘 대했다. 나는 그레이스가 좋았고, 상냥하게 대했다.

예를 들어 나는 그레이스가 색에 관해 보이는 관심에 대해 참을성을 보였다. 누구라도 그 집에서 3분만 있으면 그레이스의 관심사에 대해 확실하게 알게 되리라. 그렇지만 그곳에서 사흘을 보낸 뒤 나는 그레이스의(만약 내가 다른 보통 여자들처럼 평범한 삶을 살았다면 광기라고 여겼을) 색에 대한 집착에 일정한 체계가 있음을 알게 되었다. 그곳에서 살며 처음으로 맞은 수요일에 노란 조끼를 입고 아침 식사를 하러 내려갔더니 밀른 부인은 몸을 움찔하며 말했다. 「그레이스는 집에서 노란색 보는 걸 싫어해요. 수요일에는요.」 하지만 사흘 뒤 우리는 차를 마시며 커스터드를 먹었다. 토요일 음식은 노란색이 아니면 아예 먹지를 못했다…….

밀른 부인은 그런 변덕에 너무나도 익숙해져 있었기에 거의 의식하지 못했다. 시간이 지나자 나 역시 그런 변덕에 익숙해졌고, 아침에 옷을 입을 때면 〈오늘은 무슨 색깔을 입을까, 그레이스? 파란 서지 정장이 좋을까, 아니면 통바지가 좋을까?〉 또는 〈저녁에 구스베리를 먹나요, 아니면 배튼버그 케이크를 먹나요?〉 하고 물었다. 나는 아무렇지도 않았다. 마치 게임을 하는 듯한 느낌이었다. 그리고 그레이스의 방식은 다른 사람들의 방식과 마찬가지로 일종의 철학이라고 생각했다. 또한 나는 화려하고 선명한 색을 좋아하는 그레이스의 취향을 아주 잘 이해했다. 이 도시에는 사랑스러운 색이 아주 많았기 때문이다. 그레이스 덕분에 나는 그런 색들을 새롭게 보는 법을 배운 셈이다. 나는 길을 걸을 때면 그레이스가 좋아할 만한 그림이나 드레스를 눈여겨보았다가 집으로 가져오곤 했다. 그레이스에게는 스크랩을 해놓은 커다란 앨범이 많이 있었다. 나는 그레이스가 가위로 오려 낼 수 있도록 잡지와 작은 책들을 가져다주곤 했다. 꽃 파는 노점에서 바이올렛, 카네이션, 라벤더, 파란 물망초 같은 꽃도 사다 주었다. 내가 이런 것들을 마술을 부리듯 외투 안에서 갑자기 꺼내 선물하면 그레이스는 환한 얼굴을 하며 장난스럽게 무릎을 굽혀 인사하곤 했다. 밀른 부인은 이런 모습을 보며 즐거워하면서도 고개를 저으며 나무라는 척했다.

「쯧!」 부인은 내게 이렇게 말하곤 했다. 「당신 때문에 조만간 저 아이 머리가 완전히 돌겠어요. 맹세해요!」 그리고 나는(자기 딸을 젊은 남자들의 은밀한 시선에서 보호하기 위해 그토록 열심이던) 부인이 나와 그레이스가 연인처럼 구는 걸 꺼리지 않고 오히려 즐거워하며 권하는 게 정말 이상하다는 생각을 잠깐씩 하곤 했다.

그러나 삶이 그토록 평온하고 달콤한 그 집에서 뭔가를 아주 열심히 생각한다는 것은 불가능했다.

그리고 키티를 잃은 뒤 〈생각하는 것〉은 내가 가장 하고 싶지 않은 일이었기에, 그 집은 내게 가장 적당한 곳이었다.

그렇게 몇 달이 지나갔다. 내 생일이 되었다. 작년에는 생일이 다가오는 데 전혀 관심이 없었다. 그러나 이젠 선물과 녹색 초가 꽂힌 케이크가 있었다. 크리스마스가 왔고, 더 많은 선물과 저녁 식사가 마련되었다. 나는 머리 한구석에 자리 잡고 영원히 지워지지 않을, 키티와 함께 보낸 두 번의 크리스마스에 대한 추억을 떠올렸다. 그리고 가족을 생각했다. 데이비는 이제 결혼을 했을 것이고 아마도 아버지가 되었을 터였다. 그러면 나는 고모가 되는 것이다. 앨리스는 스물다섯이 될 터였다. 나를 빼고 모두 모여 해가 바뀌는 것을 축하할 것이고, 어쩌면 내가 어디에 있고 어떻게 지내는지 궁금해할 터였다. 키티와 월터 역시 그럴 터였다. 나는 생각했다. 〈궁금해하라지.〉 밀른 부인이 식탁에서 잔을 들어 올리고 우리 모두 새해에도 건강하고 행운이 함께하길 빌었고, 나는 부인에게 싱긋 웃어 보이고 뺨에 입 맞추었다.

「멋진 크리스마스군요!」 부인이 말했다. 「여기, 제가 가장 좋아하는 둘과 함께 있으니 말이에요. 당신이 문을 두드렸던 그날이 저와 그레이스에게 얼마나 행운이었는지 모르겠어요, 낸스!」 부인의 눈이 살짝 반짝였다. 부인은 전에도 이런 이야기를 한 적이 있었으나 이렇게 감상적이긴 처음이었다. 나는 부인이 무슨 생각을 하는지 알았다. 나는 부인이 나를 자기 딸로, 자기 진짜 딸의 언니로 생각하기 시작한 것을 알았다. 자신이 죽고 없을 때 그레이스를 믿고 맡길 수 있는 상냥한 언니로…….

그 생각에 나는 몸에 소름이 돋았다. 하지만 내게는 다른 특별한 계획이 없었다. 이제 다른 가족도 없었다. 언니나 동생도 없었다. 연인은 당연히 없었다. 그래서 내가 대답했다. 「그날이 행운이었던 건 바로 〈저〉였어요. 모든 게 지금 이대로 영원히 계속되었으면 좋겠어요!」 부인은 눈을 깜박여 눈물을 감춘 뒤 거친 손으로 하얗고 부드러운 내 손을 잡았다. 그레이스는 즐거운 표정으로 우리를 보았으나 곧 크리스마스의 화려함에 정신이 팔렸고, 머리털은 촛불에 황금빛으로 반짝였다.

그날 저녁, 나는 평소처럼 레스터 광장에 갔다. 그곳에서는 남자들이 남창을 찾고 있었다. 크리스마스에조차.

그러나 겨울 벌이는 시원찮았다. 안개와 이른 어둠은 남의 눈을 꺼리는 자들에게 상냥했다. 그러나 벽에 고드름이 매달렸을 때 바지 단추를 끄르려는 이는 아무도 없었다. 나 역시 미끄러운 조약돌 위에 무릎을 꿇거나 오로지 내 예쁜 엉덩이와 바짓가랑이에 넣은 손수건 뭉치를 보이기 위해 짧은 재킷을 입고 웨스트엔드를 어슬렁거리고 싶지 않았다. 나는 아늑한 집에 있게 되어 좋았다. 1월이 되자 동성애자들은 열병이나 독감 또는 더 심한 병에 걸려 나인핀스 경기[7]의 핀 쓰러지듯 쓰러졌다. 스위트 앨리스는 그해 겨울 내내 기침을 했다. 앨리스는 남자 앞에 무릎을 꿇고 있을 때 기침을 해 상대방 좆을 깨물까 봐 걱정이라고 말했다.

그렇지만 봄이 오자 저녁은 따뜻해졌고 가스등 아래서 행해지는 미묘한 내 직업도 순조로워졌다. 그러나 나는 나태해져 갔다. 이제 나는 거리를 돌아다니는 대신 내 방에 있는 경우가 더 많았다. 자는 게 아니라 대충 옷을 입고 누워 있거나, 밤이 깊고 조용해지고 초가 타다가 불꽃이 떨리며 사그라질 때까지 담배를 피웠다. 나는 도시의 목소리가 들어올 수 있도록 창문을 활짝 열어 두었다. 그레이스 인 로드에서 마차와 화물 마차가 달그락

7 아홉 개의 핀을 세워 놓고 공을 굴려 쓰러뜨리는 실내 경기.

거리는 소리, 킹스 크로스에서 김이 쉭쉭거리고 기적이 울고 덜컹이는 소리, 지나가는 사람들이 드잡이를 하고 인사를 하고 약속을 하는 소리. 〈자, 제니!〉, 〈화요일까지만, 화요일까지만…….〉 6월의 숨 막히는 열기가 도래하자 나는 그린 스트리트 높직한 곳에 있는 내 작은 발코니에 의자를 내놓고 시원한 밤이 내릴 때까지 오래도록 앉아 있는 버릇이 생겼다.

나는 그해 여름 50일 정도를 그렇게 보냈으며, 단언컨대 그렇게 보낸 날들 가운데 어느 날이 어느 날이었는지 구별할 수 있는 경우는 닷새도 채 되지 않았다. 그러나 그중에 아주 잘 기억나는 밤이 있다.

나는 평소처럼 발코니 의자에 앉아 있었다. 그러나 이번에는 거리를 등지고 다리를 편안히 벌리고 앉았으며, 팔짱을 끼고 팔에 턱을 올린 자세였다. 기억하기로 나는 평범한 리넨 바지를 입고 셔츠는 목 부분을 열어 놓았으며, 늦은 오후의 강한 햇볕을 막기 위해 썼던 선원용 밀짚모자를 깜박하고 그대로 쓰고 있었다. 방에는 불을 켜두지 않았다. 가끔씩 춤추는 내 담뱃불을 뺀다면 그늘에 가려 내 모습은 전혀 안 보였을 거라고 생각한다. 나는 눈을 감은 채 아무 생각도 하지 않았다. 그때 돌연 음악 소리가 들렸다. 누군가 현악기를 달콤하게 뜯기 시작했다. 밴조나 기타는 아니었다. 그리고 저녁 산들바람을 타고 경쾌한 집시 선율이 들려왔다. 곧이어 높고 떨리는 여자 목소리가 음악과 함께 들렸다.

나는 눈을 뜨고 어디서 음악이 들려오는지 찾아보았다. 예상과 달리 음악은 아래쪽 거리가 아니라 반대편 건물에서 들려왔다. 너무나 음울하고 그동안 텅 비어 있었기에 우리 집이 있는 작고 깔끔한 지대와는 무척 대조가 되는 곳이었다. 한 달 넘게 공사가 이어졌고 인부들이 망치질을 하고 휘파람을 불고 사다리에서 몸을 구부리곤 했기 때문에 나는 공사 중이라는 사실을 어렴풋이 알고 있었다. 건물은 이제 말끔히 단장을 마쳤으며, 내가 그린 스트리트에 있는 내내 반대편 창문은 늘 불이 꺼져 있었다. 하지만 오늘 밤 창문은 활짝 열렸으며 창문 뒤 커튼 역시 젖혀져 있었다. 즐거운 선율이 들려오는 곳은 바로 그 창문 너머였다. 갈라진 커튼 사이로, 안에서 무슨 흥미로운 일이 벌어지는지 아주 잘 보였다.

악기를 연주하는 이는(눈을 뜨고 보니 악기는 만돌린이었다) 잘생긴 젊은 여자로 잘 재단된 재킷에 하얀 블라우스, 넥타이 차림에 안경을 썼다. 나는 그 여자를 보는 순간 사무원이거나 대학생이라고 결론지었다. 여자는 노래하는 내내 생글생글 웃었다. 그리고 고음에서 목소리가 갈라지자 소리 내어 웃었다. 만돌린 목 부분에는 리본을 잔뜩 묶었으며, 여자가 만돌린을 뜯으면 리본들이 어른어른 흔들거렸다.

하지만 노래하는 여자와 함께 있는 사람들은 그리 즐겁지 않아보였다. 다소 조악한 정장 차림의 남자가 여자 옆에 앉아 기대에 찬 웃음을 가장한 채 고개를 끄덕였다. 남자 무릎에는 누더기 프록과 앞치마를 입은 귀여운 여자아이가 앉아 있었고, 남자는 대강 선율에 맞춰 아이에게 손뼉을 치게 했다. 남자 어깨에는 남자아이가 기대고 있었다. 아이 머리털은 가느다란 목과 크고 발그레한 귀 주변으로 짧게 잘려 있었다. 그 뒤에는 피곤해 보이지만 강인한 얼굴의 여자가 서 있었다. 남자의 아내인 듯했다. 그 여자는 가슴에서 꼼짝도 않는 또 다른 아기를 안고 있었다. 마지막 한 명은 말끔한 재킷 차림의 땅딸막한 여자로, 커튼 가장자리 너머로 일부분만 보였다. 얼굴은 보이지 않았지만 손은 아주 또렷이 보였다(가늘고 다소 창백했다). 공기가 아직 후끈후끈했기에 이들은 카드나 팸플릿을 들고 부채처럼 부쳐 댔다.

이 모든 사람들이 식탁 주위에 모였다. 식탁에는 자그마한 데이지들이 축 늘어진 화분과 간소하게 차려 먹고 남은 음식들이 보였다. 차, 코코아, 냉육, 피클, 케이크였다. 우울한 표정과 억지웃음에도 불구하고 뭔가 축하하는 분위기였다. 일종의 집들이인 듯했다. 그러나 만돌린을 켜는 여자와 그 음악을 듣는 가난하고 우울해 보이는 가족 사이에 어떤 관계가 있는지 도무지 가늠이 안 갔다. 손이 창백한 여자에 대해서도 전혀 짐작이 안 갔다. 그 여자는 어느 쪽에도 속할 수 있었다.

음악이 바뀌었고, 나는 음악을 듣던 가족들이 불안해하는 것을 감지했다. 나는 담배에 불을 붙이고 그 장면을 유심히 살펴보았다. 뭔가를 지켜보는 것도 할 만하다는 생각이 들었다. 마침내 커튼 뒤에 있던 여자가 간헐적으로 하던 부채질을 멈추고 일어났다. 여자는 모인 사람들을 조심스레 돌아서 창으로 다가왔다. 창은 내 방 창과 마찬가지로 작은 발코니로 열려 있었고, 여자는 그곳으로 나와 하품을 하며 부드러운 시선으로 아래쪽의 조용한 거리를 살펴보았다.

우리 사이는 10미터가 될까 말까 했고, 우리는 거의 비슷한 높이에 있었다. 그러나 내가 예상했듯이 나는 그늘진 내 방에 있는 또 다른 그늘에 불과했기에 여자는 나를 알아차리지 못했다. 내 쪽에서는 여전히 여자의 얼굴이 보이지 않았다. 창과 커튼이 멋지게 여자를 꾸며 주었으나 빛은 모두 여자 뒤쪽에서 나왔다. 빛은 코르크 따개처럼 구불거리는 머리털을 헤치고 나와 교회 창에 그려진 성자의 이글거리는 후광 같은 빛을 여자에게 만들어 주었다. 그러나 여자의 얼굴은 어둠 속에 남아 있었다. 나는 여자를 지켜보았다. 음악이 멈췄을 때 어설프고 좀 과도한 손뼉소리가 났고 이런저런 잡담이 약간 이어졌으나, 여자는 여전히 발코니에 서 있었고 뒤를 돌아보지 않았다.

마침내 담배가 거의 손가락 부근까지 타들어 왔고, 나는 꽁초를 아래쪽 거리에 버렸다. 그때 여자가 내 모습을 알아차렸고, 깜짝 놀라 눈을 가늘게 뜨고 나를 보더니 이윽고 몸이 뻣뻣해졌다. 여자가 당황하는 모습에(어둠 속에서도 나는 여자 귀 끝이 발그레하게 달아오른 것을 볼 수 있었다) 나 역시 당혹스러웠지만 곧 내가 신사복 차림이라는 사실을 깨달았다. 여자는 나를 관음증에 걸린 무례한 남자로 여긴 것이다! 그 생각에 나는 부끄러움과 당혹감이 이상하게 섞인 감정을 느꼈으며, 고백하건대 또한 기쁘기도 했다. 나는 밀짚모자를 정중히 들어 올렸다.

「안녕하세요, 아가씨.」 내가 낮고 나른한 목소리로 말했다. 도로 인부나 과일 행상인 같은, 거리의 거친 사내들이 지나가는 아가씨들에게 집적거릴 때 늘 쓰는 말투였다. 왜 그랬는지 이유는 알 수 없지만, 어쨌든 나는 그 사람들 말투를 따라 했다.

여자는 다시 한번 경련을 일으키더니 뭔가 사나운 말로 받아치려는 듯 입을 열었다. 그러나 그 순간 여자의 친구가 창으로 다가왔다. 그 여자는 모자를 쓰고 장갑을 끼고 있었다. 그 여자가 말했다. 「이제 가야 해, 플로렌스.」 밤이 깊어 가는 중이어선지, 그 이름은 아주 낭만적으로 들렸다. 「아이들을 재울 시간이야. 메이슨 씨가 킹스 크로스까지 우리를 바래다주시겠대.」

그 말에 플로렌스라는 여자는 더는 내 쪽을 보지 않고 재빨리 방으로 돌아갔다. 그리고 아이들에게 입을 맞추고 아이들 어머니와 악수를 하고 정중하게 집을 나섰다. 나는 플로렌스와 그 친구, 소박한 보호자인 메이슨 씨가 집을 나서서 그레이스 인 로드로 향하는 모습을 발코니에서 지켜보았다. 플로렌스가 내 쪽을 바라보며 혹시 아직도 내가 자기를 보고 있는지 확인할 거라고 생각했지만 플로렌스는 그렇게 하지 않았다. 하지만 그러든 말든 내가 맘 쓸 이유는 없었다. 마침내 등불이 플로렌스의 얼굴을 비추었을 때 나는 그 얼굴이 전혀 잘생기지 않았다는 사실을 알게 되었기 때문이다.

어둠 속에서 그 여자를 본 후 두 주가 지나고 다시 만나기 전까지 나는 사실상 그 여자에 대해 까맣게 잊고 있었다. 이번에는 낮 시간이었다.

역시 따뜻한 날이었고, 나는 조금 일찍 일어났다. 밀른 부인과 그레이스는 외출을 했고, 그 결과 나는 집에서 아무런 할 일이 없어 그냥 하고 싶은 걸 하면 되었다. 가지고 있는 돈이 다 떨어지기 전에 나는 멋진 프록을 두 벌 사두었다. 그리고 오늘 내가 입은 옷은 그 두 벌 가운데 하나였다. 또한 나는 가지고 있던 가짜 땋은 머리를 붙였다. 그 가짜 머리는 검은 밀짚모자의 빳빳한 테두리가 만드는 그늘 아래에서는 진짜 머리털 같아 보였다. 나는 하이드 파크나 켄싱턴 가든을 가볼까 생각했다. 나는 그곳으로 가는 도중에는 남자들이 지분거릴 거라는 사실을 알고 있었다. 하지만 일단 공원에 도착하면, 여자들이 가득했다. 유모차를 밀고 가는 보모들, 아기를 데리고 산책 나온 여자 가정 교사들, 잔디에 앉아 점심을 먹는 여자 점원들이 가득했다. 나는 예쁜 드레스를 입은 여자가 웃음을 머금고 말을 걸면 모두 그 여자와 가벼운 대화 정도는 기꺼이 하려 한다는 것을 알고 있었다. 그리고 그날은 여자들과 어울리고 싶다는 다소 묘한 변덕이 들었다.

바로 그런 기분, 그런 계획, 그런 차림이었을 때, 나는 플로렌스를 보게 되었다.

비록 전에 아주 잠깐 보았을 뿐이었지만 나는 보자마자 플로렌스를 알아볼 수 있었다. 나는 막 집을 나와 마지막 계단에 잠시 서서 하품을 하며 눈을 비비던 참이었다. 플로렌스는 내 왼편으로 조금 낮은 곳에 위치한 그린 스트리트 저편의 좁은 골목에서 햇볕을 받으며 나타났다. 겨자색 재킷과 치마 차림이었다. 내 시선을 끈 것은 바로 햇빛을 받아 밝게 빛나던 그 옷이었다. 나와 마찬가지로 플로렌스도 잠깐 걸음을 멈췄다. 손에는 종이를 한 장 들고 있었으며 그 종이를 보는 듯했다. 길은 아파트로 이어졌고, 나는 플로렌스가 지난번에 파티가 열렸던 그 집을 방문하는 거라고 생각했다. 플로렌스가 어느 길로 갈지 조금 궁금했다. 만약 다시 킹스 크로스로 향한다면 플로렌스를 놓칠 터였다.

마침내 플로렌스는 가슴을 가로질러 멘 가방에 종이를 넣고 왼쪽으로 돌아 내 쪽으로 향했다. 나는 계속 계단에 서 있었고, 전과 마찬가지로 플로렌스를 지켜보았다. 플로렌스는 천천히 우리 사이 거리가 도로 폭만큼 줄어들 때까지 길을 따라 올라왔고, 전과 마찬가지로 우리 둘의 눈높이가 비슷해졌다. 플로렌스는 나를 살짝 보는가 싶더니 바로 시선을 돌렸고, 내가 계속해 자기를 보는 것을 알고는 다시 나를 바라보았다. 내가 싱긋 웃어 보였다. 플로렌스는 걸음을 늦추고 애매한 표정으로 되웃어 보였다. 그러나 나는 플로렌스가 내가 누구인지 전혀 모른다는 사실을 알 수 있었다. 이 순간을 놓칠 수 없었다. 의아해하면서도 상냥한 플로렌스의 눈과 계속 시선을 맞추면서 나는 머리로 손을 들어 올려 모자를 벗고 전과 마찬가지로 낮은 목소리로 말했다. 「좋은 아침이네요.」

전과 마찬가지로 플로렌스는 깜짝 놀랐다. 그러더니 내 머리 위쪽 발코니를 쳐다보았다. 그러고는 얼굴을 붉혔다. 「오! 그럼 당신……이었나요?」

나는 다시 빙긋 웃고는 살짝 고개 숙여 인사했다. 코르셋이 삐걱거렸다. 치마 차림을 하고 씩씩하게 행동하는 게 영 잘못된 일인 듯한 느낌이 들었고, 순간 나는 플로렌스가 나를 무례한 〈염탐꾼〉이 아니라 바보로 보면 어떻게 하나 겁이 났다. 그러나 다시 고개를 들어 플로렌스와 눈을 맞추고 보니, 플로렌스의 얼굴에는 홍조가 사라지고 경멸이나 당황하는 기색 없이 재미있어 하는 표정만 남아 있었다. 플로렌스가 고개 숙여 인사했다.

짐마차가 우리 사이를 통과했고 이어 수레가 지나갔다. 나는 모자를 들어 올리며 이번에는 지난번에 있었던 오해를 풀겠다는 생각만 어렴풋하게 했다. 그러나 다시 거리가 비고 플로렌스가 그곳에 서 있는 모습을 보자 흡사 나를 초대하는 것처럼 느껴졌다. 나는 길을 건너 플로렌스 앞에 섰다. 내가 말했다. 「저번 밤에 저 때문에 겁이 났다면 죄송해요.」 플로렌스는 그때 기억에 당황한 듯했지만 소리 내어 웃었다.

「당신 때문에 〈겁먹지〉 않았어요.」 플로렌스가 흡사 한 번도 겁먹은 적이 없다는 듯이 말했다. 「그냥 좀 놀랐을 뿐이에요. 만약 당신이 여자인 걸 알았다면…….」 플로렌스는 다시 얼굴에 홍조를 띠었다. 아니 아까의 홍조가 아직 남아 있는 것인지도 몰랐다. 분간할 수 없었다. 이윽고 플로렌스는 시선을 돌렸다. 우리는 잠자코 있었다.

「음악가인 당신 친구는 어디에 있나요?」 마침내 내가 말했다. 나는 허리 부근에서 만돌린 뜯는 시늉을 했다.

「더비 양 말이군요.」 플로렌스가 싱긋 웃으며 말했다. 「더비 양은 우리 사무실에 가 있어요. 저는 집 잃은 가난한 가족들에게 살 곳을 찾아 주는 자선 단체에서 일해요.」 플로렌스의 목소리는 다소 평범한 이스트엔드 억양을 띠고 있었다. 그러나 목소리는 깊고 호흡이 새어 나가는 듯한 소리가 약간 섞여 있었다. 「이 지역에 아파트를 구하려고 오랫동안 애써 왔어요. 그리고 당신이 저를 보았던 그날 밤 우리 첫 가족이 이사해 온 거죠. 우리로서는 꽤 큰 성과에요. 우리 단체는 규모가 작거든요. 그리고 더비 양은 우리가 그 일을 축하하기 위해 파티를 열어야 한다고 생각했죠.」

「오, 그래요? 연주를 아주 잘하더라고요. 더비 양에게 좀 더 자주 이곳에 와서 연주를 해달라고 전해 주세요.」

「저기 사시죠?」 밀른 부인의 집을 보고 고개를 까닥하며 플로렌스가 물었다.

「네. 저는 발코니에 나와 앉아 있는 걸 즐겨요…….」

플로렌스는 손을 들어 보닛 아래에서 머리 타래를 빼냈다. 「그리고 늘 바지 차림이고요?」 플로렌스의 질문에 나는 눈을 깜박였다.

「가끔 그럴 뿐이에요.」

「하지만 늘 여자들을 바라보면서 깜짝 놀라게 하시나요?」

이제 나는 놀라서 두세 번 눈을 끔벅였다. 「그런 생각은 한 번도 해본 적이 없어요.」 내가 대답했다. 「당신을 보기 전에는요.」 사실이었다. 하지만 플로렌스는 마치 내가 〈아, 맞아요〉라고 대답하기라도 한 듯 소리 내어 웃었다. 플로렌스의 웃음, 그리고 그 웃음을 자아낸 대화에 나는 심란해졌다. 나는 플로렌스를 더 자세히 살펴보았다. 첫날 밤에 보았던 대로, 플로렌스는 아름다움과는 거리가 있었다. 플로렌스는 허리가 두꺼웠고 약간 통통했으며, 얼굴은 넓고 턱은 단단했다. 치열은 가지런했으나 완벽하게 희지는 않았다. 눈동자는 적갈색이었으며 눈썹은 길지 않았다. 그렇지만 손은 우아했다. 머리털은 여자라면 그런 머리털을 가지지 않은 것에 감사할 만한 그런 종류였다. 비록 목 근처에 쪽을 짓기는 했지만 곱슬곱슬한 머리털은 계속 빠져나와 얼굴을 가렸다. 뒤쪽 불에 비쳤을 때는 고동색이라고 생각했지만 갈색이라고 말하는 게 더 진실에 가까울 듯했다.

나는 플로렌스가 더 멋지게 생기지 않아서 좋았다고 생각한다. 그리고 내 이상한 행동을 보고도 마치 여자들은 늘 남자 옷을 입는다는 듯, 여자들이 발코니에서 사랑을 나누는 일이 워낙 잦기에 그런 장면에는 익숙하지만 단지 음탕하다고 생각할 뿐이라는 듯 침착한 플로렌스의 태도에는 왠지 무척 호기심이 일었지만, 플로렌스에게서는 은밀한 〈뭔가〉가, 다른 여자들에게서 보이는 그것이 보이지 않았다. 분명 누구도 플로렌스를 보고는 비웃으며 〈톰!〉이라고 하지는 않으리라. 하지만 그 생각에 나는 기뻤다. 나는 연인이 되고 키스하는 일은 그만둔 상태였다. 요즘에는 완전히 다른 일에 종사했다!

하지만 이렇게 시간이 지났는데 상처가 될까? 친구를 사귀는 것도?

내가 말했다. 「음, 저랑 공원에 갈래요? 당신을 봤을 때 막 공원에 가던 참이었어요.」

플로렌스는 싱긋 웃었지만 고개를 저었다. 「저는 일하는 중이에요. 안 돼요.」

「일하기에는 너무 더워요.」

「그래도 할 일은 해야 하니까요. 저는 올드 스트리트에 가야 해요. 더비 양이 아는 부인이 우리에게 줄 방이 좀 있을 것 같다는군요. 정말로 전 그곳에 가봐야 해요.」 플로렌스는 가슴께 리본에 메달처럼 걸려 있는 작은 시계를 내려다보며 얼굴을 찡그렸다.

「더비 양을 대신 보내면 안 되나요? 당신에게 너무 가혹한 것 같아요. 분명 더비 양은 사무실에 앉아 책상에 발을 걸쳐 놓고 만돌린을 연주하고 있을 거예요. 그런데 당신은 여기 이렇게 햇볕이 내리쬐는 곳을 터벅터벅 걸어 다니고 있잖아요. 최소한 아이스크림은 먹어야 해요. 켄싱턴 가든에 런던에서 제일 맛있는 아이스크림을 파는 이탈리아 부인이 있어요. 그리고 제가 가면 반값에 줘요…….」

플로렌스가 다시 싱긋 웃었다. 「안 돼요. 제가 안 가면 우리 불쌍한 가족들은 어떻게 하고요?」

나는 그 사람들에게는 조금도 관심이 없었다. 그러나 플로렌스가 가버릴지도 모른다는 생각에 돌연 걱정이 되었다. 내가 말했다. 「그럼 당신이 그린 스트리트에 다시 올 때 봐야겠군요. 언제 다시 올 건가요?」

「아, 그게 있잖아요.」 플로렌스가 말했다. 「안 올 거예요. 며칠 있다가 이 일을 그만두고 스트랫퍼드에 있는 호스텔 운영을 돕기로 했어요. 그 자리가 제게는 더 좋답니다. 제가 사는 곳에서 더 가깝고 그 지역 사람들을 알거든요. 그렇지만 그렇게 되면 저는 대부분의 시간을 이스트…….」

「이런.」 내가 말했다. 「그러면 그 뒤로는 이곳에 다시는 오지 않을 건가요?」

플로렌스가 망설였다. 「가끔 저녁에 올 거예요. 극장에 가거나 학술 진흥 회관에서 열리는 강연을 들으러 올 거예요. 그런 곳에 저와 함께 가셔도 되겠네요.」

이제 나는 극장에는 오로지 남창 일을 하기 위해서만 갔다. 아무리 플로렌스와 함께일지라도 무대 앞 벨벳 좌석에 앉지는 않을 생각이었다. 내가 말했다. 「학술 진흥 회관이요? 그곳이 어디인지 알아요. 하지만 강연이라니, 무슨 말이죠? 교회 쪽 주제인가요?」

「정치적 주제예요. 계급 문제, 아일랜드 문제…….」

가슴이 가라앉는 느낌이 들었다. 「여성의 지위 문제.」

「맞아요. 강연과 낭독 그리고 토론이 있어요. 보세요.」 플로렌스는 작은 가방을 뒤지더니 얇고 파란 팸플릿을 꺼냈다. 팸플릿에는 이렇게 적혀 있었다. 〈학술 진흥 회관 사회 강연 시리즈, 여성과 노동, 강사…….〉 이제 강사 이름은 기억이 나지 않지만, 그 뒤를 이어 강연 내용에 대한 짤막한 소개가 있었고 나흘인가 닷

새 뒤의 날짜가 적혀 있었다.

「맙소사!」 내가 애매한 투로 말했다. 플로렌스는 고개를 들고 내게서 팸플릿을 받아 가며 말했다. 「뭐, 어쩌면 당신은 켄싱턴 가든에 있는 아이스크림 수레 쪽을 더 좋아할 수도 있겠군요.」 플로렌스의 목소리에는 화난 기운이 서려 있었고, 나는 그 말을 참아 넘길 수 없었다. 내가 즉시 말했다. 「맙소사, 아니에요. 좋아 보이는걸요!」 그러나 나는 만약 회관에서 아이스크림을 팔지 않는다면 우리는 먼저 다과를 즐겨야 한다고 덧붙였다. 또한 나는 저드 스트리트로 이어지는 킹스 크로스 모퉁이에 아주 훌륭하면서도 값싼 저녁 식사를 파는 자그마한 선술집이 있으며, 그곳 뒤편에는 여성용 화장실도 있다고 말했다. 그리고 강연은 7시에 시작하지만 여성 지위 문제에 대한 세부 사항에 대해 미리 좀 알 필요가 있으니(이 말에 플로렌스는 기분이 좋은 듯했다) 그전에, 6시 정도에 만나면 어떨까 하고 말했다.

그 말에 플로렌스는 코웃음을 치며 또다시 알 만하다는 표정을 지었다. 하지만 나는 플로렌스가 무엇을 안다고 생각하는지 확신할 수 없었다. 그렇지만 플로렌스는 자기를 실망시키면 안 된다고 경고하며 나와 만나기로 했다. 나는 절대 그럴 일은 없을 거라고 말하며 손을 내밀었다. 그리고 잠시 내 손을 잡은 플로렌스의 손가락을 느꼈다. 회색 리넨 장갑 속의 그 손가락은 아주 굳건하고 따뜻했다.

헤어지고 나서야 나는 우리가 서로 소개를 하지 않았다는 사실을 깨달았다. 그러나 플로렌스는 이미 그린 스트리트 모퉁이를 돌아 사라진 뒤였다. 하지만 나는 예전 밤에 만났을 때 은밀하게 얻어들은 지식이 있었다. 적어도 나는 저 여자의 이름이 플로렌스라는 것을 알았다. 게다가 일주일 안에 플로렌스를 다시 만나리라는 사실도.

10

그 주는 점차 더워졌고, 마침내 나는 더위에 지치기 시작했다. 런던의 모든 사람들이 날씨가 좀 바뀌길 바랐다. 그리고 목요일 저녁, 마침내 날씨가 선선해지자 사람들이 기분 전환을 위해 거리로 몰려나왔다.

나도 그 사람들 틈에 끼어 있었다. 이틀 동안, 더위에 지친 나는 무기력하게 집 안에 틀어박혀 밀른 부인, 그레이스와 함께 어두운 거실에 앉아 끊임없이 레모네이드를 마시거나 방 창문을 활짝 열고 커튼을 드리운 채 발가벗고 침대에 누워 졸았다. 이제 사람들로 복작대고 현란한 웨스트엔드 거리의 차가운 밤공기가 자석처럼 나를 끌어당겼다. 내 지갑은 거의 비어 있었다. 그리고 이튿날 저녁에는 플로렌스와 함께 식사를 하기로 한 것을 잊지 않았다. 그래서 나는 사람들 눈에 띌 필요가 있었다. 나는 씻고 머리를 단정히 빗고 기름을 발라 윤을 낸 후 가장 좋아하는 옷을 입었다. 놋쇠 단추와 가장자리에 관 모양 장식이 달린 근위병 군복이었다. 나는 진홍색 재킷을 입고 작은 모자를 썼다.

나는 이 옷을 거의 입지 않았다. 계급장이나 죔쇠 따위는 내게 아무 의미가 없었지만, 이 옷을 입고 나갔다가 계급장을 알아보는 진짜 군인을 만나고 그 군인이 나를 자기 연대 소속이라고 생각할까 봐 은근히 두려웠다. 아니면 위급 상황이 발생하고(예를 들어 내가 버킹엄 궁전 주위를 산책하고 있을 때 여왕님이 공격을 받는다든지) 군인으로 오해받은 내게 수행 불가능한 임무가 맡겨질 수도 있었다. 하지만 이 옷은 행운을 가져다주는 옷이기도 했다. 이 옷은 내게 운명적 키스를 했던 벌링턴 아케이드의 대담한 신사를 불러 주었다. 그리고 밀른 부인과 면접할 당시 위태위태한 상황을 넘기게 해주기도 했다. 오늘 밤 나는 이 옷으로 금화 하나만 낚을 수 있으면 충분히 만족하리라고 생각했다.

그리고 그날 저녁 도시는 묘해서 내가 골라 입은 옷과 딱 어울렸다. 공기는 서늘했고 이상할 정도로 깨끗하여 화장한 입술의 빨강, 샌드위치맨 광고판의 파랑, 꽃 파는 여인의 쟁반에 놓인 보라, 녹색, 노랑 같은 색들이 어둠을 뚫고 선명하게 도드라졌다. 도시 전체가 거대한 양탄자이며 거인이 양탄자를 두들겨 먼지를 털어 내고 다시 윤을 낸 듯했다. 나는 그린 스트리트에 사는 사람들조차 나처럼 분위기에 물들어 가장 좋은 옷을 입었다는 사실을 깨달았다. 화려한 드레스를 입은 여자들이 길고 무시무시한 줄을 이루고 거리를 걷거나, 중산모를 쓴 연인과 계단 또는 벤치에 앉아 서로를 어루만졌다. 남자들은 선술집 문에 서서 음료를 들이켰고 기름 바른 머리가 가스등불에 비단처럼 빛났다. 소호의 지붕들 위로 낮게 뜬 달은 종이 초롱처럼 분홍색이었고 밝고 둥그랬다. 그 옆으로 별 한두 개가 밝게 빛났다.

나는 진홍색 군복을 입고 그사이를 어슬렁거렸다. 하지만 11시가 되어 거리가 한산해졌음에도 전혀 운이 없었다. 신사 둘 정도가 내 모습을 맘에 들어 하는 듯했고, 우락부락한 남자 한 명도 내가 피커딜리에서 세븐 다이얼스까지 왕복하는 내내 나를 따라왔다. 그러나 결국 신사 둘은 다른 남창들에게 넘어갔다. 그리고 우락부락한 남자는 내가 좋아하는 유형이 아니었다. 나는 출입구가 두 개인 화장실로 들어가 그 남자를 따돌렸다.

그러고 나서 세인트제임스 광장의 가로등에 기대어 빈둥거리다가 한 명을 거의 낚을 뻔했다. 브룸 마차가 천천히 내게 다가오더니 곁에 섰다. 나처럼 마차도 그곳에 머물렀다. 그 누구도 타거나 내리지 않았다. 높은 깃 때문에 얼굴에 그림자가 진 마부는 말에서 조금도 시선을 떼지 않았다. 그러나 어두운 마차 창의 레이스가 꿈틀거리는 것으로 미루어 짐작컨대, 누군가 안에서 유심히 나를 살펴보고 있었다.

나는 조금 걸은 뒤 담배에 불을 붙였다. 내게는 마차 일을 하지 않는 뚜렷한 이유가 있었다. 레스터 광장에 있는 친구들 이야기에 따르면 마차에 탄 신사들은 요구가 많았다. 값은 후히 치렀지만 그에 걸맞게 많은 걸 원했다. 궁둥이를 대고, 침대로 가고, 어떤 때는 밤에 호텔에도 가야 했다. 하지만 그건 그거고, 마차 밖에서 약간 빼기는 건 나쁠 게 없었다. 안에 있는 신사는 다른 때 걸어 다니는 사람을 봐도 종종 내가 기억나리라. 나는 세인트제임스 광장 가장자리를 10분 정도 천천히 어슬렁거렸고, 종종 아래로 손을 내려 사타구니를 슬쩍 더듬기도 했다. 그날 저녁 다소 과시욕에 빠진 나는 평소처럼 손수건이나 장갑을 쓰는 대신 실크 넥타이를 돌돌 말아 속바지 안에 넣었고, 미끄러운 재질 때문에 넥타이가 계속 허벅지 쪽으로 빠져나왔기 때문이다. 하지만 나는 그런 몸짓이 저만치 떨어져서 흥미를 품고 나를 지켜보는 신사의 기분을 상하게 하지는 않으리라 생각했다.

그러나 과묵한 마부와 숫기 없는 승객이 탄 마차는 마침내 몸을 흔들며 멀어져 갔다.

그 이후 내게 관심을 보인 사람들은 모두 마차의 인물처럼 조심스러운 사람들뿐이었다. 나는 내게 흥미를 보이며 미끄러지듯 다가오는 눈길을 몇 번 느꼈지만, 누구인지 보려고 시선을 돌려보면 나를 보는 이는 아무도 없었다. 이제 밤은 아주 깊었으며 거의 춥기까지 했다. 슬슬 집으로 돌아가야 할 시간이었다. 실망이었다. 아무 실적도 올리지 못해서가 아니라 그토록 기대를 하게 해놓고 이런 식으로 끝맺음을 하게 한 저녁 시간 그 자체에 대한 실망이었다. 나는 3페니짜리 동전 하나 벌지 못했다. 이제 나는 밀른 부인에게 돈을 약간 빌려야 하며, 다음 주에는 내 운이 돌아올 때까지 더욱 굳은 결심을 하고 사람을 덜 가리며 거리에서 더 긴 시간을 보내야 했다. 그 생각을 하니 우울해졌다. 처음에는 휴가처럼 여겨지던 남창 일이 이제는 약간 지겨워졌다.

나는 이런 기분으로 그린 스트리트로 돌아오기 시작했다. 앞서 즐겁게 걸었던 부산한 거리를 피해 이번에는 뒷길을 선택했다. 올드 컴프턴 스트리트, 아서 스트리트, 그레이트 러셀 스트리트를 지나면 침묵에 잠긴 창백하고 거대한 대영 박물관이 나오고, 마침내 길퍼드 스트리트를 거쳐 파운들링 병원을 지나면 그레이스 인 로드가 나왔다.

더 한적한 길을 택했음에도 평상시와 달리 교통량이 많았다. 평소답지 않은 데다 뭔가 이상했다. 실제로 내 곁을 지나가는 마차나 손수레는 거의 없는데 낮게 덜그럭거리는 바퀴와 말발굽 소리가 천천히 걷는 내 발걸음에 맞춰 줄곧 들렸기 때문이다. 어둡고 조용한 마구간 입구에 도착했을 때 나는 마침내 그 이유를 깨달았다. 그곳에서 나는 신발 끈을 묶기 위해 잠시 멈췄고, 몸을 구부리며 별다른 생각 없이 뒤편을 보았다. 어둠 속에서 마차가 나를 향해 천천히 다가왔다. 개인 마차였고, 기름이 잘 칠해진 바퀴 소리는 소호부터 이곳까지 줄곧 나를 따라왔던 바로 그 소리였으며, 몸을 감싸고 웅크리고 있는 마부는 내가 본 바로 그 마부였다. 세인트제임스 광장에서 내 곁에 머물러 있던 그 브룸 마차였다. 내가 가로등 아래 있는 동안 그리고 사타구니에 손을 대고 산책을 하는 동안 나를 지켜보았던 수줍은 마차 주인은 내 또 다른 모습을 기대하는 게 분명했다.

나는 신발 끈을 묶고 몸을 폈으나 조심스레 내 자리를 지켰다. 마차가 속력을 늦췄고, 이윽고 나를 지나갔다(어두운 내부는 여전히 창문의 두꺼운 레이스에 가려 보이지 않았다). 하지만 마차는 조금 가더니 멈췄다. 나는 알 수 없는 기분으로 마차를 향해 걸어가기 시작했다.

아까와 마찬가지로 마부는 무표정했으며 꼼짝도 하지 않았다. 오직 마부의 둥근 어깨 윤곽과 솟아오른 모자만 보였다. 사실 나는 마차 뒤쪽으로 접근했기에 마부는 전혀 내 시야에 들어오지 않았다. 어둠 속에서 마차는 완전히 검은색으로 보였으나 가로등에서 흘러내리는 빛을 받는 부분은 짙은 진홍색으로 번쩍였고, 여기저기 황금 장식이 보였다. 안에 탄 신사는 아주 부자인 게 분명했다.

하지만 그 남자는 실망하리라. 나를 따라온 것은 공연한 짓이었을 뿐이다. 나는 걸음을 재촉했고, 고개를 숙이고 지나가려 했다.

그러나 내가 뒷바퀴 있는 곳까지 갔을 때 딸깍하고 걸쇠가 풀리는 소리가 들렸다. 그러더니 문이 살며시 열리며 내 길을 막았다. 문틀 너머 그림자로부터 푸른색 담배 연기가 한 줄기 흘러나왔다. 그리고 바스락거리는 소리와 숨소리가 들렸다. 이제 나는 뒤로 물러서 마차를 돌아가거나 흔들리는 문과 내 왼쪽 벽 사이에 끼어 미지의 마차 주인을 흘깃 보아야 하는 처지가 되었다. 고백하건대, 호기심이 일었다. 평소라면 너무도 진부할 만남의 무대를 이런 식으로, 즉 말 한마디, 끄덕임 한 번, 마스카라 바른 눈썹을 한 번 파르르 떠는 것으로 멋지게 연출할 줄 아는 신사라면 분명 특별한 존재일 터였다. 또한, 솔직히 말해 우쭐하니 기분도 좋았다. 저 멀리서부터 그토록 내 엉덩이를 동경해 왔으니 좀 더 자세히 볼 기회를 주는 게 공정하다는 생각이 들었다. 하지만 물론 그 신사는 〈오로지〉 보는 것으로 만족해야 할 터였다.

나는 열린 문 쪽으로 살짝 나아갔다. 안은 완전히 깜깜했다. 반대편의 더 밝은 정사각형 창문 앞으로 어깨, 팔, 무릎 윤곽만 간신히 보였다. 이윽고 어둠 속에서 담배 끝이 잠시 밝게 이글거리며 장갑 낀 가냘픈 손과 얼굴 위로 붉은빛을 슬쩍 던졌다. 손은 말랐으며 반지를 여러 개 끼고 있었다. 얼굴에는 분이 발려 있었다. 여자의 얼굴이었다.

나는 너무 놀라 웃음조차 나오지 않았다. 정말이지 너무나도 깜짝 놀라 마차에서 새어 나오는 것처럼 보이는 어둠의 가장자리에 서서 그 여자를 보며 숨을 멈추고 있을 수밖에 없었다. 그 순간 여자가 말했다.

「태워다 드릴까요?」

여자의 목소리는 풍부하고 다소 도도했으며 어딘가 사람을 끄는 구석이 있었다. 그 목소리에 나는 말을 더듬었다. 「아, 아주 친절하시군요, 부인.」 나는 점잔 빼며 팁을 거절하는 점원처럼 말했다. 「하지만 집까지 5분이면 되고 제가 작별 인사를 드리고 지나갈 수 있게 해주시면 더 빨리 집에 도착할 수 있을 것 같군요.」 나는 목소리가 흘러나오는 어둠을 향해 모자를 약간 기울여 인사를 했고, 긴장된 웃음을 살짝 머금어 보였다.

그러나 여자가 다시 말했다.

「꽤 늦은 시간이에요. 이런 거리를 혼자 다니기에는요.」 여자가 담배를 빨아들였고, 어둠 속에서 담배 끝이 다시금 밝게 이글거렸다. 「제가 모셔다 드리면 안 될까요? 제 마부는 아주 유능하답니다.」

나는 생각했다. 〈당연히 그러시겠죠.〉 마부는 여전히 자기 자리에서 웅크리고 내게 등을 보이며 생각에 골몰해 있었다. 돌연 지치는 느낌이 들었다. 소호에서 이런 여자에 대한 이야기를 들은 적이 있었다. 후한 급료를 받는 하인과 함께 마차를 타고 어두운 거리를 다니며 한 끼 식사 값에 쾌락을 제공해 줄 한가한 이나 나 같은 남자들을 찾는 여자들이었다. 남편이 없거나 출타 중인, 심지어 (스위트 앨리스의 주장에 따르면) 남편이 집에 있는 부자 숙녀들이 놀라운 비밀을 공유하는 이와 함께 침대를 덥힌다는 것이다. 나는 그런 숙녀가 있다는 말을 믿어야 할지 말아야 할지 알 수 없었다. 하지만 이제 내 앞에 도도하고 향수 내를 풍기는, 희롱질을 하고파 몸이 달은 숙녀가 있었다.

그리고 이번에 이 여자는 제대로 헛다리를 짚은 셈이었다!

나는 지나가기 위해 마차 문을 잡고 밀었다. 그러나 여자가 다시 입을 열었다. 「만약 집까지 데려다 드리는 게 싫으시다면, 저와 함께 잠시 마차를 타고 가지 않으시겠어요? 보시다시피 저 혼자거든요. 그래서 오늘 밤은 같이 있을 친구가 무척 아쉽답니다.」 우울함 때문인지 기대 때문인지 아니면 웃음 때문인지 확실히 알 수는 없었지만 여자 목소리가 떨리는 듯했다.

「보세요, 부인.」 이윽고 어둠을 향해 내가 말했다. 「잘못 짚으신 거예요. 저를 보내 주시고 마부에게 피커딜리를 한 번 더 돌아 보자고 말씀하세요.」 이제 나는 소리 내어 웃었다. 「제 말을 믿으세요. 저는 당신이 원하는 걸 가지고 있지 않답니다.」

마차가 삐걱댔다. 빨간 담배 끝이 위아래로 흔들리며 밝아지더니 다시금 뺨, 이마, 입술을 비추었다. 여자의 입술이 경멸하듯 뒤틀렸다.

「그 반대로, 당신은 제가 원하는 바로 그걸 가지고 있답니다.」

그러나 나는 여전히 짐작을 못하고 오로지 〈제길, 정말 끈질기네!〉 하는 생각만 했다. 나는 주위를 힐긋 보았다. 그레이스인 로드를 따라 마차 몇 대가 지나갔고 그 뒤로 늦은 시간 걸음을 재촉하며 보행자 두셋이 재빨리 지나갔다. 이륜마차가 마구간 끄트머리(우리에게서 꽤 가까웠다)에 정차해 승객들을 내리고 있었다. 사람들은 출입구로 사라졌고, 이륜마차가 출발하자 다시 거리는 정적에 싸였다. 나는 숨을 들이쉬고 마차 안 어둠 속으로 몸을 기울였다.

「부인.」 내가 야유하는 기운을 실어 말했다. 「저는 남자가 아닙니다. 저는…….」 나는 망설였다. 담배 끝이 사라졌다. 창문 밖으로 담배를 던진 것이다. 여자가 조바심 내며 숨을 내쉬는 소리가 들렸다. 그리고 한순간 나는 깨달았다.

「바보로군.」 여자가 말했다. 「타.」

자, 내가 어찌해야 했을까? 나는 피곤했었으나 이제는 피곤하지 않았다. 그날 저녁의 기대가 꺾인 탓에 나는 실망했었다. 그러나 기대하지 않았던 이 초대로 인해 밤의 마력이 온전히 되살아난 듯했다. 사실 아주 늦은 시각이었고 나는 혼자였으며 이 여자는 분명 단단히 작정을 한, 이상하고 비밀스러운 취향의 낯선 이였다……. 그러나 여자의 목소리와 태도에는 내가 말했던 대로 거부하기 어려운 힘이 실려 있었다. 그리고 여자는 부자였다. 내 지갑은 텅 비어 있었다. 나는 잠시 머뭇거렸다. 이윽고 여자가 손을 내밀었고, 끼고 있던 반지들 위로 가로등 빛이 떨어졌으며, 커다란 보석들이 보였다. 그 순간 나는 결정을 했고, 그 이유는 바로 보석들, 오로지 그것 때문이었다. 나는 여자의 손을 잡고 마차 안으로 들어갔다.

우리는 어둠 속에서 함께 앉았다. 브룸 마차는 소리 죽여 삐걱거리며 앞으로 흔들리더니 매끄럽고 조용하면서 사치스럽게 움직이기 시작했다. 창가의 두꺼운 레이스 너머로 보이는 거리는 너무나도 비현실적으로 바뀌어 보였다. 나는 깨달았다. 그것이 부자들이 늘 런던을 보는 방식이라는 것을.

나는 곁에 앉은 여자를 힐긋 보았다. 여자는 마차 내부의 어두운 장식과 구별하기 어려운 짙고 수수한 빛깔의 두꺼운 옷감으로 만든 드레스인지 망토인지를 걸치고 있었다. 같은 간격으로 늘어선 가로등 빛이 얼굴과 장갑 낀 손을 비추었고, 표류하는 듯한 창백한 커튼 그림자가 어두운 호수 위 수련처럼 그 표면에 환상적으로 드리워졌다. 내가 보기에 여자는 잘생겼으며 꽤 젊었다. 아마 나보다 열 살 정도 많은 듯했다.

우리는 족히 30분은 아무 말 없이 있었다. 이윽고 여자가 고개를 살짝 기울여 나를 살펴보았다. 여자가 말했다. 「가장 무도회에 갔다가 돌아오는 길인 모양이죠?」 천천히 말하는 여자의 목소리에는 새로운 거만함이 살짝 배어 있었다.

「가장 무도회요?」 내가 대답했다. 날카롭고 떨리는 목소리에 내 자신이 놀랐다.

「제 생각에, 그 군복은…….」 여자는 내 옷을 가리키며 손짓했다. 내 옷 역시 그 허세를 약간 잃은 듯했으며 군복의 진홍색은 마차 안 그림자 속으로 흘러 나가 빠져 버린 듯 보였다. 나는 내가 여자를 실망시키고 있는 것을 느꼈다. 나는 연예장에서 쓰던 쾌활한 어조로 말했다. 「아, 이 군복은 파티용이 아니라 거리를 다닐 때 변장용으로 입는 거예요. 치마를 입은 여자가 혼자 거리를 돌아다니면 마뜩지 않아 하는 눈길을 받는 경우가 종종 있어서요.」

여자가 고개를 끄덕였다. 「그렇죠. 그런 게 싫은 건가요? 제 말은 남들 눈 말이에요. 남들이 보는 걸 싫어하리라고는 생각도 못했어요.」

「그게…… 당연한 이야기겠지만 누가 보는가에 따라 다르죠.」

마침내 나는 침착해졌고, 여자 역시 상황에 익숙해졌다. 나는 그것을 감지할 수 있었다. 잠시 동안 나는 백 년은 느끼지 못했던 것 같은 감정, 노래와 스텝과 무대에서 빠르게 말하기를 할 줄 아는 상대와 함께 공연할 때 느끼던 벅찬 감정을 느꼈다. 그 기억은 무지근한 예전의 아픔을 떠올리게 했다. 그러나 그 아픔은 지금의 강렬하고 기대에 부풀게 하는 기쁨에 눌려 사라졌다. 여기 우리, 정체불명의 여인과 나는 내가 어딘지 모르는 곳으로 가면서 창녀와 그 손님 역할을 너무나도 잘 연기했기에 마치 창녀 교본에 나오는 대사를 암송하는 듯한 기분이 들었다! 그 때문에 나는 현기증이 났다.

이제 여자는 손을 들어 내 외투 옷깃에 달린 끈을 만졌다. 「정말 귀여운 사기꾼이로군요!」 여자가 부드럽게 말했다. 「하지만 근위대에 오빠가 있겠죠? 오빠나…… 아니면 남자 친구?」 여자의 손가락이 가볍게 떨렸고, 나는 목에 사파이어와 황금의 차디찬 살랑거림을 느꼈다.

내가 말했다. 「저는 세탁소에서 일해요. 군인이 이 옷을 가져왔어요. 제가 이 옷을 빌려 입어도 그 군인은 모를 거라고 생각했죠.」 나는 매끄러운 넥타이가 툭 불거진 사타구니 주변의 주름을 펴 매끄럽게 했다. 내가 덧붙였다. 「저는 바지 재단한 모양이 좋아요.」

여자의 손은 잠시 움직임을 멈추었다가 예상대로 내 무릎으로 옮겨 갔고, 허벅지로 기어가 그곳에 가만히 있었다. 여자의 손바닥이 지독히 뜨겁게 느껴졌다. 누군가 그곳에 손을 댄 것은 까마득한 옛날이었다. 사실 최근에 나는 무릎 위를 아주 잘 단속해 왔기에 여자의 손가락을 밀쳐 내고 싶은 충동을 물리쳐야 했다.

아마 내 몸이 뻣뻣해지는 걸 여자가 느낀 모양이었다. 여자는 손을 치우더니 말했다. 「당신은 절 가지고 노는 듯하군요.」

「오, 저는 밤새 당신을 가지고 놀 수 있어요. 그게 당신이 원하는 거라면 말이죠…….」 정신을 수습하며 내가 말했다.

「아하.」

「하지만 사람을 가지고 노는 건 당신이잖아요.」 내가 건방진 말투로 덧붙였다. 「세인트제임스 광장에서 저를 보는 당신을 보았어요. 만약 그토록 간절히 〈동료〉를 원했다면 왜 저를 멈춰 세우지 않았나요?」

「그래서 서두르다가 재미를 망치라고요? 왜 그래야 하는데요? 기쁨의 절반은 기다림에 있는데 말이죠!」 여자는 이렇게 말하며 다른 손, 즉 왼손을 들어 내 뺨을 만졌다. 장갑 끝 부분이 약간 축축하다고 생각했다. 그리고 장갑에 밴 냄새에 나는 당황하고 놀랐다.

여자가 소리 내어 웃었다. 「그러면서 태도를 바꾸어 이렇게 얌전을 빼는군요! 소호에서 신사들과 있을 땐 이렇게 까다롭지 않잖아요.」

뭔가 아는 듯한 발언이었다. 내가 말했다. 「예전에도, 오늘 밤 이전에도 저를 지켜보았군요!」

여자가 대답했다. 「민감하고 예리하고 끈기 있는 사람이라면 마차 안에서 아주 멋진 장면들을 볼 수 있답니다. 사냥개가 여우를 쫓는 내내 여우가 자기가 쫓기는 걸 모르게 하듯이 여기 마차에서도 그렇게 사냥감을 쫓을 수 있답니다. 사냥감은 오로지 자기 일에만 관심을 쏟지요. 꼬리를 들고, 은밀한 눈짓을 보내고, 입술을 닦고……. 아가씨, 난 당신을 여남은 번은 봤을 거예요. 하지만 오, 내가 말했듯 왜 추적의 즐거움을 망치겠어요! 오늘 밤 마침내 내가 결심한 까닭은 무엇이었을까요? 아마도 군복 때문이었을 거예요. 어쩌면 달 때문인지도 모르죠…….」 여자는 달이 보이는 마차 창문으로 얼굴을 돌렸다. 달은 아까보다 더 높이 떠 더 작게 보였으나, 어쩔 수 없이 빛을 비춰 주기는 하지만 사악한 세계를 내려다보기 부끄럽다는 듯 여전히 진한 분홍색이었다.

나 역시 여자의 말 때문에 얼굴이 붉어졌다. 여자가 한 말은 이상했으며 놀라웠다. 하지만 사실이라는 것을 짐작할 수 있었다. 내가 비밀스러운 거래에 힘쓰는 거리는 혼잡하고 사람들이 많이 오갔기에 그 속에서 움직이지 않는 또는 천천히 움직이는 마차는 눈에 잘 띄지 않을 터였다. 마찻길보다는 보도의 사람들에 더 관심 있는 내게는 더욱 그랬다. 여자가 그동안 나를 지켜보아 왔다는 생각에 끔찍한 느낌이 들었다. 줄곧……. 하지만 내가 그동안 원했던 게 바로 이런 관중 아니었던가? 나는 새로 시작한 밤 공연을 어둠 속에서 비밀리에 정체를 숨기고 해야 한다는 사실에 몇 번이고 슬퍼하지 않았던가? 나는 내가 다루었던 모든 음부들을, 내가 무릎 꿇었던 신사들을, 빨았던 좆들을 떠올렸다. 나는 그 모든 것을 크리스마스처럼 멋지게 해치웠다. 이제 이 여자가 나를 지켜보고 있었다는 생각이 내 속바지의 가랑이로 파고들어 왔고 나를 촉촉히 젖게 했다.

내가 말했다(달리 뭐라고 말해야 할지 알 수 없었다). 「제가 그렇게…… 특별한가요?」

「두고 보면 알겠죠.」 여자가 대답했다.

그 뒤로 우리는 더 아무 말도 하지 않았다.

여자는 세인트존스 우드에 있는 자기 집으로 나를 데려갔다. 예상했던 대로 집은 으리으리했다. 잘 닦은 정사각형 터에 지은 높직한 회백색 주택으로, 정문은 넓고 높다란 여닫이창에는 유리가 여럿 달려 있었다. 여닫이창 가운데 하나에서 등불이 빛났다. 하지만 이웃집들은 불이 꺼진 채 창문이 닫혀 있었고, 정적

속에서 덜거덕거리는 우리의 마차 소리에 나는 신경이 무척 곤두섰다. 그때의 나는, 부자들이 잘 동안 거리와 집들을 가득 채우는 부자연스럽고 완벽한 정적이 너무나 낯설었던 것이다.

여자는 아무 말도 하지 않고 나를 문으로 안내했다. 여자가 문을 두드리자 냉혹한 표정의 하인이 문을 열어 주었다. 하인은 주인 여자의 망토를 받아 들고 속눈썹 밑으로 나를 한 번 보았지만 그 뒤로는 계속해 시선을 내리깔았다. 여자는 탁자에 놓인 카드를 읽기 위해 걸음을 멈추었다. 나는 수줍어하며 주위를 둘러보았다. 우리는 더 어두운 높은 층으로 감겨 올라간 계단 아래 널따란 홀에 있었다. 바닥에는 검은색과 분홍색 대리석이 사각형 모양으로 깔려 있었다. 벽은 바닥 색에 맞춰 짙디짙은 장미색으로 칠해져 있었다. 그리고 소라 껍데기처럼 빙빙 돌며 올라가는 계단으로 가면서 그 색은 더욱 짙어졌다.

나를 데려온 여주인의 말소리가 들렸다. 「그만하면 됐어요, 후퍼 부인.」 그러자 하녀는 절을 하고 떠났다. 여주인은 내 옆의 탁자에서 램프를 들고 여전히 내게는 아무 말 없이 계단을 오르기 시작했다. 나는 뒤를 따랐다. 한 층, 또 한 층을 올랐다. 한 걸음 올라갈 때마다 집은 더 어두워졌고, 마침내 어둠 속에서 내가 위태위태한 발을 내딛을 수 있게 도와주는 건 나를 안내하는 여자의 좁은 램프 불빛뿐이었다. 여자는 짧은 복도를 지나 닫힌 문으로 나를 안내하더니, 문 앞에 멈춰 몸을 돌린 뒤 한 손은 문을 향해 올리고 램프를 든 다른 손은 허벅지께로 내렸다. 여자의 검은 눈동자가 초대하듯 또는 도전하듯 번득였다. 사실인즉슨, 여자는 밀른 부인의 복도에 놓인 우산꽂이 위에 걸린 「세상의 빛」 그림과 별로 다르지 않아 보였다. 그러나 여자의 몸짓은 내게 효과가 있었다. 그 순간 나는 오늘 이 여자를 만나고 세 번째이자 가장 놀라운 경계를 넘고 있었다. 이제 나는 욕망 대신 공포를 느꼈다. 연기가 피어오르는 램프 아래로 새어 나오는 빛에 비친 여자의 얼굴은 돌연 섬뜩하고 기괴해 보였다. 나는 이 여자의 취향이 궁금했으며, 무덤덤한 별난 하인들이 사는 조용한 이 집의 말 없는 문 너머 방에는 그 취향이 어떻게 투영되었을지 궁금했다. 어쩌면 끈과 칼이 있을 수도 있었다. 머리는 기름을 발라 넘기고 목은 피로 뒤덮인, 남자 옷을 입은 여자들이 쌓여 있을 수도 있었다.

여자가 싱긋 웃으며 돌아섰다. 문이 열렸다. 여자는 나를 데리고 안으로 들어갔다.

들어가 보니 더도 덜도 아닌 딱 거실이었다. 벽난로에는 작은 불이 타오르며 재가 되고 있었고, 벽난로 장식 위 갈색 꽃잎이 담긴 대접은 머리가 띵해지는 향을 뿜으며 그렇지 않아도 답답한 공기를 더욱 답답하게 했다. 창은 높았으며 벨벳 커튼이 드리워져 있었다. 창의 맞은편 벽에는 팔걸이가 없고 가로장이 많은 의자 두 개가 있었다. 벽난로 옆의 문은 다른 방으로 통했다. 그 문은 약간 열려 있었으나 안이 보이지는 않았다.

의자들 사이에는 서랍장이 있었고, 여자는 방을 가로질러 서랍장 쪽으로 갔다. 여자는 와인 한 잔을 따랐고 로즈팁 담배[8]를 꺼내 불을 붙였다.

나는 이미 내 처음 짐작보다 여자가 더 나이가 들었고 덜 잘생겼다는 사실을 알아차렸지만, 지금 보니 처음 생각했던 것보다 더욱 심했다. 여자의 이마는 넓고 창백했다(굽이치는 검은 머리털, 짙고 검은 눈썹과 비교되어 더욱 창백해 보였다). 코는 아주 반듯했다. 입은 육감적이었으며 한때는 더욱 육감적이었을 거라는 생각이 들었다. 눈은 깊은 담갈색이었으나 어둡게 켜 놓은 흐릿한 가스등 빛에 완전히 보라색으로 보였다. 여자가 눈

8 장밋빛 종이로 끝을 만 담배.

을 가늘게 뜨자(푸른 담배 연기 사이로 나를 더 자세히 보기 위해서였다), 눈가에 자글자글한 주름들이 나타났다.

방은 지독히 더웠다. 나는 목의 단추를 풀었고, 모자를 벗고 손가락으로 머리를 쓸어 넘긴 뒤 기름을 닦아 내기 위해 바지 허벅지 부분에 손바닥을 문질렀다. 그 내내 여자는 나를 지켜보았다. 이윽고 여자가 말했다. 「제가 다소 무례하다고 생각하겠군요.」

「무례하다니요?」

「당신 이름도 묻지 않은 채 이렇게 멀리까지 데려왔으니까요.」

내가 망설이지 않고 말했다. 「낸시 킹입니다. 그리고 적어도 담배 한 대는 권해야 한다고 생각하는데요.」

여자는 싱긋 웃더니 내게 다가왔고, 자기가 피우던 끝이 촉촉이 젖은 담배를 내 입술 사이에 물려 주었다. 여자의 숨결에서 좀 전에 마신 와인의 희미한 향과 함께 담배 냄새가 났다.

여자가 말했다. 「만약 당신이 즐거움의 왕이라면 저는 고통의 여왕이랍니다…….」 이윽고 여자는 어조를 바꾸어 말했다. 「당신은 아주 잘생겼군요, 킹 양.」

나는 담배를 깊게 한 모금 빨아들였다. 샴페인 한 잔을 마신 것처럼 눈앞이 핑 돌았다. 내가 말했다. 「알아요.」 그 말에 여자는 내 재킷 앞으로 손을 들어 올렸고(여자는 여전히 장갑을 끼고 그 위에 반지를 끼고 있었다), 천천히 부드럽게 나를 쓰다듬으며 한숨을 내쉬었다. 모직 군복 아래로 내 젖꼭지가 꼬마 하사관이라도 되는 듯 딱딱하게 튀어 올랐다. 여자의 손길에 칭칭 감아 둔(이제는 코르셋과 슈미즈를 착용하지 않은 있는 그대로의 모습에 익숙해졌던) 내 가슴이 솟아오르고 부풀어 오르는 것만 같았다. 나는 마녀의 손길에 남자에서 여자로 변한 것 같은 기분이 들었다. 내 입술의 담배는 까맣게 잊힌 채 연기만 뿜고 있었다.

여자의 손이 더 아래로 가 허벅지에서 멈추었고, 내 허벅지는 이제 아까처럼 다시 맥동 치고 열을 내기 시작했다. 그곳에는 실크 넥타이가 뭉쳐 있었다. 그리고 여자가 그곳에 손가락을 대자 나는 얼굴이 붉어졌다. 여자가 말했다. 「또 새침을 떠는군요!」 여자는 내 바지 단추를 끄르기 시작했다. 순식간에 여자는 속바지 틈으로 손을 넣고 넥타이 가장자리를 잡더니 잡아당기기 시작했다. 실크 넥타이가 풀리며 꿈틀거리고 살랑대더니 뱀장어처럼 내 바지에서 빠져나왔다.

여자는 주먹이나 귀 또는 숙녀의 지갑에서 손수건이나 깃발을 묶은 끈을 꺼내는 무대 마술사처럼 우스꽝스러워 보였다. 그리고 물론 여자는 그것을 모를 정도로 멍청하지 않았다. 여자는 짙은 한쪽 눈썹을 치키고는 얄궂다는 듯 입술을 말아 올렸고, 넥타이가 다 나오자 〈프레스토!〉[9]라고 속삭였다. 하지만 이윽고 여자의 표정이 바뀌었다. 여자는 실크 넥타이를 입술에 대고 나를 올려다보았다. 「이젠 제가 원하는 걸 다시 줄 수 있겠네요.」 여자가 말했다. 이윽고 여자는 소리 내어 웃고 물러서더니 이제 (당연히) 단추가 풀려 활짝 열린 내 바지를 보고 고개를 끄덕였다. 「벗어요.」 나는 급한 마음에 신발과 스타킹을 벗느라 버둥대면서 서둘러 바지를 벗었다. 물고 있던 담배에서 내 쪽으로 재가 날렸고, 나는 담배를 벽난로에 던졌다. 「그리고 속옷도.」 여자가 계속 말했다. 「하지만 재킷은 벗지 말아요. 그건 입고 있어요.」

이제 내 발치에는 벗은 옷이 쌓여 있었다. 재킷은 엉덩이 근처까지 내려왔다. 그 아래 어둑한 조명에 비친 내 다리가 아주 하얬으며 다리 사이 삼각형으로 난 털은 색이 아주 짙었다. 여자는 내가 옷을 벗는 내내 나를 지켜보았지만 더는 나를 만지기 위해 움직이지 않았다. 그러나 내가 옷을 벗고 나자 여자는 서랍장의 서랍 하나로 갔다. 그리고 내게 몸을 돌렸을 때 여자는 무엇인가

9 〈빨리〉라는 뜻. 마술사들이 쓰는 기합.

를 들고 있었다. 열쇠였다.

여자가 두 번째 문을 보며 고개를 끄덕였다. 「내 침실에 가면 트렁크가 보일 거예요. 이걸로 여세요.」 여자가 열쇠를 건네주었다. 열이 후끈거리는 손바닥에 열쇠가 닿자 아주 차갑게 느껴졌고, 잠시 나는 멍청한 표정으로 열쇠를 지켜보기만 했다. 이윽고 여자가 손뼉을 쳤다. 「프레스토!」 여자는 이번에는 웃지 않았고 목소리는 다소 쉬어 있었다.

옆방은 거실보다 작았지만 거실만큼이나 호화롭고 어둡고 더웠다. 한쪽에는 가리개가 있었고 그 뒤로 좌식 변기가 있었다. 다른 쪽에는 옻칠한 장이 있었다. 그 표면은 딱정벌레 등처럼 단단하고 검고 윤이 났다. 침대 아래에는 여자가 말했던 대로 트렁크가 보였다. 말린 향나무(자단인 듯했다)로 만든 멋지고 오래된 상자였다. 갈고리 발이 네 개 있고 모서리는 놋쇠로 마감을 했으며 옆면과 뚜껑에는 어두운 불꽃이 과장된 돋을새김으로 정성껏 조각되어 있었다. 나는 그 앞에 무릎을 꿇고 자물쇠 구멍에 열쇠를 넣었다. 열쇠를 돌리자 안쪽 깊은 곳에서 스프링이 움직이는 게 느껴졌다.

방구석에 뭔가 움직이는 게 보여 그쪽으로 고개를 돌렸다. 문만큼이나 커다란 전신 거울이 있었고, 그 거울에 내 모습이 반사되어 보였다. 눈을 휘둥그레 뜨고 숨 가쁘고 호기심에 찬 창백한 모습. 그러나 판도라와는 달리 진홍색 재킷과 맵시 있는 모자 차림에 단발머리와 벌거벗은 엉덩이를 하고 있었다. 옆방은 정적만이 흘렀다. 나는 다시 트렁크로 고개를 돌려 뚜껑을 열었다. 안에는 병과 스카프, 끈, 꾸러미, 노란 장정의 책 따위 잡동사니들이 잔뜩 들어 있었다. 하지만 나는 그 물건들이 무엇인지 살피기 위해 시선을 멈추지 않았다. 사실 나는 그것들이 거의 눈에 들어오지 않았다. 잡동사니 위에는 사각형 벨벳이 있었다. 그리고 그 위에 있는 것은 내가 지금까지 보아 온 그 무엇보다 기이하고 외설스러운 물건이었다.

그것은 일종의 허리띠로, 가죽으로 되어 있었다. 허리띠 같기는 했지만 완전히 허리띠는 아니었다. 죔쇠와 넓은 끈이 있기는 했지만 더 좁고 짧은 끈 두개가 넓은 쪽과 연결되어 있었고 이 두 개도 서로 합쳐져 있었다. 찰나 나는 이게 재갈이라고 생각했다. 하지만 끈과 죔쇠에 매달린 것을 살펴보았다. 그것은 원통형 가죽으로 내 손보다 좀 더 길고 내가 손아귀로 쥘 수 있을 정도의 두께였다. 한쪽 끝은 둥그렇고 살짝 부풀어 있었으며, 다른 한쪽은 납작한 기부에 단단히 고정되어 있었다. 놋쇠 고리들과 허리띠와 더 좁은 끈 모두가 이것에 연결되어 있었다.

간단히 말해, 그것은 딜도였다. 나는 딜도를 한 번도 본 적이 없었다. 이전까지 나는 그런 물건이 존재하는지, 그리고 이름이 있는지조차 알지 못했다. 내 짐작에 이 물건은 사제품으로 이 집 여주인이 자기 취향에 맞춰 제작한 것이었다.

어쩌면 이브도 처음 사과를 보았을 때 같은 생각을 했을 것이다. 그렇다고 해서 사과의 용도가 무엇인지 이브가 아는 데 문제가 되진 않았다…….

하지만 내가 아직 어리둥절해 있을 때 여자가 말했다. 「입어요.」 여자가 외쳤다. 트렁크가 열린 모습을 얼핏 본 모양이었다. 「입어요. 그리고 내게 와요.」

나는 끈을 묶고 죔쇠를 채우기 위해 잠깐 애를 썼다. 놋쇠가 내 하얀 엉덩이 살을 깨물었지만 가죽은 아주 부드럽고 따뜻했다. 나는 다시 한번 거울을 힐긋 보았다. 남근 뿌리는 삼각형 모양으로 난 진한 내 털에 더 진하게 V자를 그렸고, 끝 부분은 은근히 나를 찔러 댔다. 딜도는 이 끝 부분으로부터 음란하게 툭 튀어나와 있었다. 직각이 아닌 교묘한 각도로 튀어나와 있었기에 내가 내려다보았을 때는, 거의 눈에 띄지 않는 작은 상앗빛 바느질 솔기로 여며진 채 벽난로의 붉은 불빛을 받고 있는 둥그렇게 생긴 대가리가 맨 먼저 보였다.

내가 걸음을 떼자 대가리가 까딱였다.

「이리 와요.」 출입구에 있는 나를 본 여자가 말했다. 내가 여자에게 걸어가자 딜도는 더욱 열심히 고갯짓을 했다. 나는 손으로 그것이 움직이지 않도록 잡았다. 내가 그렇게 하는 모습을 본 여자는 자기 손을 내 손 위에 올려놓더니 딜도를 잡고 왕복 운동을 하게 시켰다. 이제 딜도 밑부분은 더욱더 은근하게 나를 누르기 시작했다. 얼마 지나지 않아 내 다리가 떨렸고, 내가 흥분하는 것을 느낀 여자는 더욱 거친 숨을 몰아쉬었다. 여자는 손을 치우더니 몸을 돌리고 목덜미 머리털을 들어 올리고는 내게 옷을 벗겨 달라는 몸짓을 했다.

나는 가운의 고리를, 곧이어 코르셋 끈을 찾아냈다. 슈미즈에 난 수많은 작은 주름 때문에 여자의 몸은 진홍색으로 얼룩덜룩했다. 여자는 몸을 굽혀 페티코트를 벗었지만 속바지와 스타킹과 부츠는 벗지 않았고 장갑도 끼고 있었다. 대담무쌍하게도(나는 아직까지 이 여자를 전혀 만지지 않았기 때문이다), 나는 여자 속바지의 갈라진 틈으로 한 손을 넣었다. 그리고 다른 손으로는 여자 젖꼭지를 잡아 눌렀다.

그러자 여자는 내 입에 자기 입을 가져다 댔다. 새로 시작하는 연인들의 키스처럼 우리의 키스는 어설펐고 담배 맛이 났다. 그러나 또한 새로 시작하는 연인의 키스처럼 아주 이상했으며 그래서 더욱 가슴이 떨렸다. 내가 손가락으로 만지작거리면 거릴수록 여자는 더욱 강하게 키스했고, 가죽 덮개 뒤 내 가랑이는 더욱 뜨거워졌다. 마침내 여자가 입을 떼고 내 팔목을 움켜쥐었다.

「아직 아니야.」 여자가 말했다. 「아직 아니야, 아직!」

여자는 여전히 내 팔목들을 잡은 채 등이 곧은 의자로 나를 데려가 그 위에 앉게 했고, 그 내내 딜도는 내 양 허벅지 사이에서 나인핀스의 핀들처럼 단단하고 팽팽하게 긴장해 있었다. 나는 여자의 의도를 짐작했다. 여자는 두 손으로 내 머리를 가볍게 감싸더니 가랑이를 벌리고 내 위로 올라타서 천천히 몸을 낮췄다. 그리고 몸을 올렸다 내렸다 올렸다 내렸다 하기를 점차 빠르게 반복했다. 처음에 나는 방향을 잡아 주기 위해 여자의 엉덩이를 잡았다. 이내 나는 한 손을 여자 속바지로 다시 넣었고 손가락으로 허벅지에서 궁둥이로 부드럽게 다시금 쓰다듬었다. 이제 나는 입으로 젖꼭지를 번갈아 물었고, 때로는 살갗의 소금을, 때로는 슈미즈의 축축한 면을 핥았다.

곧 여자의 숨소리는 신음으로 변하더니 이어 울부짖음으로 바뀌었다. 곧 내 목소리도 그렇게 되었다. 여자뿐 아니라 나 역시 딜도에 의해 쾌감을 느꼈기 때문이다. 여자의 움직임으로 딜도는 내 가장 민감한 부분을 더욱 빠르고 강하게 눌렀다. 처음 와본 집에서 낯선 이가 내 위로 다리를 벌리고 앉아 있고, 소름 끼치는 기구를 차고 기쁨에 겨워 헐떡이고 욕망에 못 이겨 땀으로 번들거리는 내 모습을 떠올리니 아주 잠깐이지만 부끄러운 생각이 들었다. 하지만 다음 순간 나는 아무 생각도 떠오르지 않고 오로지 전율할 뿐이었다. 그리고 우리는 아린 쾌락에 겨워 몸을 활처럼 구부렸고, 마침내 고비를 넘어선 쾌락이 서서히 물러갔다.

잠시 뒤 여자는 내 무릎 위에 편히 앉더니 곧 허벅지에 걸터앉아 몸을 가볍게 흔들고 가끔 홱 움직이다가 마침내 가만히 있었다. 풀려 내려온 여자의 머리털이 내 턱에 닿아 뜨거웠다.

마침내 여자가 소리 내어 웃더니 내 엉덩이 위로 다시 움직였다. 「오, 당신은 정말 훌륭한 창녀예요!」 여자가 말했다.

그렇게 우리는 등받이가 높은 우아한 의자에 볼썽사납게 다리를 벌리고 서로 휘감고 앉아, 지치고 물릴 지경이 될 때까지 상대를 기쁘게 해주었다. 그리고 시간이 지나면서 나는 이 밤이 이제 어떻게 전개될지를 생각하며 조금 당황했다. 나는 이 여자가 내게 자기와 씹을 하도록 시킨 거라고 생각했다. 이제 이 여자는 나를 집으로 보낼 터였다. 만약 운이 좋다면 대가로 1파운드를 얻을 수도 있었다. 결국 내가 이 여자 집에 온 이유는 금화를 받을 수 있을 거라는 기대감 때문이었다. 하지만 이제 이 여자를 떠나야 한다는 생각, 내가 차고 있는 장난감을 벗어야 한다는 생각, 그리고 이 장난감과 장난감 주인이 예기치 않게 되살려 놓은 내 안의 톰을 누그러뜨려야 한다는 생각을 하자 뭐라 말로 설명할 수 없는 비참한 기분이 들었다.

여자는 고개를 들었고, 아마 풀 죽은 내 모습을 본 모양이었다. 「가엾어라.」 여자가 말했다. 「당신은 일이 끝나고 나면 늘 그렇게 우울한 표정을 짓나요?」 여자는 내 턱에 손을 대고 얼굴을 불빛 쪽으로 기울였고, 나는 여자 손목을 잡고 고개를 돌려 손을 치웠다. 그 바람에 내가 쓰고 있던(우리가 격렬히 키스하던 와중에도 모자는 계속 내 머리에 남아 있었다) 모자가 바닥에 떨어졌다. 여자는 즉시 내 얼굴로 다시 손을 가져다 대더니 머릿기름을 발라 뻣뻣한 내 머리를 매만졌다. 이윽고 여자는 소리 내어 웃더니 일어나 침실로 걸어갔다. 「와인을 따라 드세요.」 여자가 외쳤다. 「그리고 저는 담배 한 대 붙여 주실래요?」 도자기에 물이 떨어지는 소리가 들렸다. 좌식 변기를 쓰고 있는 듯했다.

나는 거울로 가 내 모습을 살펴보았다. 얼굴은 거의 내 재킷만큼이나 선홍색이었고, 머리는 엉클어지고 입술은 트고 부었다. 나는 엉덩이에 차고 있는 딜도를 떠올리고 그것을 풀기 위해 몸을 숙였다. 반짝이던 광택은 이제 흐릿해졌으며 아래쪽 끈은 아낌없이 나온 내 애액에 흠뻑 젖어 흐느적거렸다. 하지만 그것은 여전히 단단했고 아까와 마찬가지로 준비 완료 상태였다. 소호의 신사들은 〈그런 적〉이 한 번도 없었다. 벽난로 앞 작은 탁자에 손수건이 있기에 나는 그것으로 딜도를 먼저 닦은 다음 나를 닦았다. 나는 담배 두 대에 불을 붙여 한 대는 연기가 나게 그냥 두었다. 다음으로 와인을 잔에 따라 꿀꺽꿀꺽 마시며 양탄자에 널려 있는 옷 더미 사이에서 내 스타킹, 바지, 부츠를 주섬주섬 챙겼다.

여자가 다시 나타나더니 자기 담배를 가져갔다. 여자는 진녹색 실크 실내복으로 갈아입었고 맨발이었다. 그리스 조각에서 가끔 볼 수 있는 것처럼 두 번째 발가락이 길었다. 머리는 깔끔히 풀어 빗질을 한 뒤 길고 느슨하게 다시 묶었으며, 하얀 새끼 염소 가죽 장갑은 마침내 벗은 상태였다. 손은 거의 창백했다.

「그냥 놔둬요.」 내가 안고 있는 바지를 향해 여자가 고개를 끄덕이며 말했다. 「내일 아침에 하녀가 알아서 할 거예요.」 이윽고 여자는 딜도를 보더니 끈 한쪽을 잡고 들어 올렸다. 「하지만, 〈이건〉 치워야겠군요.」

나는 여자가 한 말을 제대로 알아들었는지 확신할 수 없었다. 「내일 아침이라고요?」 내가 말했다. 「저더러 오늘 여기에 있으라는 건가요?」

「왜요, 당연하잖아요.」 여자는 정말로 놀란 표정을 지었다. 「있을 수 없나요? 누가 기다리나요?」 순간 머리가 어찔한 느낌이 들었다. 나는 하숙을 하고 있으며 비록 내가 들어가지 않으면 집주인이 궁금해하기는 하겠지만 크게 걱정은 하지 않을 거라고 말했다. 그러자 여자는 내가 말했던 세탁소로 내일 아침 출근을 해야 하는지 물었다. 그 말에 나는 소리 내어 웃고 고개를 저었다. 「저를 기다리는 사람은 아무도 없어요. 저는 저만 챙기면 돼요.」

내가 그 말을 할 때, 여자 허벅지 근처에서 장난감이 흔들리기 시작했다.

여자가 말했다. 「오늘 밤 전까지는 그랬죠. 하지만 이제 당신에게는 제가…….」

여자의 말과 표정에 손수건으로 몸을 닦은 건 말짱 헛수고가 되었다. 나는 여자 때문에 다시 젖었다. 나는 들고 있던 바지를 여자가 벗어 놓은 페티코트 위에 다시 던져 놓고 재킷도 던졌다. 문 너머엔 비단 이불이 젖혀져 있었고, 그 아래 침대 덮개는 아주 하얗고 서늘해 보였다. 트렁크는 여전히 침대 발치의 수수께끼 같은 위치에 있었다. 벽난로 장식의 시계는 2시 30분을 가리켰다.

우리가 잠이 든 건 4시 아니면 그 무렵이었다. 그리고 내가 깨었을 때는 아마도 11시 정도 되었던 듯하다. 나는 이른 아침 비틀거리며 실내 변기로 갔던 것과, 여자의 팔로 돌아왔을 때 열정이 잠깐 되살아났던 것이 기억났다. 하지만 그 뒤로 나는 꿈도 꾸지 않고 깊게 잠이 들었고, 다시 깨었을 때 침대에는 나뿐이었다. 여자는 잠옷을 입고 반쯤 열린 창 앞에 서서 담배를 피우며 생각에 잠겨 바깥 경치를 보고 있었다. 내가 몸을 움직이자 여자가 돌아서 싱긋 웃었다.

「아이처럼 자는군요.」 여자가 말했다. 「여기서 30분 동안 법석을 떨었는데도 당신은 계속 자더군요.」

「아주 지쳤거든요.」 내가 하품을 했다. 이윽고 내가 지치게 된 모든 이유가 떠올랐다. 우리 사이에 살짝 어색한 기운이 돌았다. 지난밤에 보았던 방은 무대처럼 비현실적이었다. 등불과 그림자, 불가능할 정도로 강렬했던 색과 향 속에서 지난밤 우리는 각자의 존재가 아닌, 아니 우리 존재를 넘어선 배우가 되었다. 이제 반쯤 드리워진 커튼 사이로 흘러 들어오는 느지막한 아침 햇살 아래 나는 방에 환상적인 구석이 전혀 없다는 사실을 깨달았다. 방은 정말 우아했고 다소 간소했다. 그 순간, 방을 어떻게 빠져나가야 할지 끔찍한 기분이 들었다. 매춘부가 손님의 방을 어떻게 빠져나갈까? 나는 몰랐다. 그래 본 적이 한 번도 없었다.

여자는 여전히 나를 바라보았다. 여자가 말했다. 「당신이 깨기를 기다렸어요. 종을 울려 아침 식사를 가져오게 하죠.」 벽난로 옆에는 종을 당기는 줄이 있었다. 그것 역시 어젯밤에는 보지 못한 것이었다. 「배가 고프겠죠?」

고팠다. 정말로, 아주 배가 고팠다. 그러나 또한 살짝 욕지기가 났다. 더구나 내 입에서는 아주 고약한 냄새가 났다. 여자가 내게 다시 키스를 하지 않았으면 좋겠다는 생각이 들었다. 여자는 키스하지 않았고, 계속 내게서 떨어져 있었다. 그러나 곧 여자의 새롭고 기묘하며 수줍어하는 모습을 느끼자 나는 여자가 내게 와서 적어도 손에 키스해 주면 좋겠다는 생각을 하기 시작했다.

누군가가 옆방의 바깥문을 낮고 공손히 두드렸다. 들어오라는 여자의 말에 문이 열렸다. 말소리와 도자기가 달그락거리는 소리가 들렸다. 놀랍게도 달그락거리는 소리가 커지며 누군가 다가왔다. 우리가 있는 쪽 출입구에 하녀가 나타났고(나는 하녀가 들고 온 걸 옆방에 두고 조심스레 나갈 거라고 생각했다), 나는 목까지 시트를 끌어 올리고 가만히 누워 있었다. 하지만 여주인이나 하녀 모두 내 존재에 전혀 당황하지 않은 듯했다. 하녀(지난밤에 내가 보았던 창백한 얼굴의 여자가 아니라 나보다 조금 어린 여자였다)는 눈을 내리깐 채 살짝 고개 숙여 인사를 했고, 보조 탁자를 정돈하고 그 위에 쟁반을 올려놓았다. 도자기 그릇들을 다 차리자 하녀는 손을 앞으로 모으고 고개를 숙인 자세로 가만히 있었다.

「잘했어, 블레이크. 지금은 그걸로 됐어.」 여자가 말했다. 「하지만 12시 반에 킹 양이 목욕을 할 수 있게 준비를 해 줘. 그리고 후퍼 부인에게 내가 이따가 점심 식단에 대해 이야기를 하겠다고 말해 주고.」 여자의 억양은 아주 품위 있었지만 아무런 감정도 실려 있지 않았다. 나는 신사 숙녀들이 마부, 점원, 짐꾼에게 이런 식으로 말하는 걸 수천 번은 들었다.

하녀는 다시 살짝 고개를 숙였다. 「네, 마님.」 그리고 물러갔다. 하녀는 침대로는 전혀 시선을 돌리지 않았다.

아침 식사를 하느라 바빴기에 이후 몇 분은 금방 흘러갔다. 나는 일어나 앉았고(주먹으로 얻어맞거나 고문을 당한 듯 온몸이 아팠기에 계속해 몸을 움찔거렸다) 여자는 내게 커피를 따라 주고 따뜻한 롤빵에 버터와 꿀을 발라 주었다. 여자 자신은 커피만 마셨고, 좀 있다가 담배를 피웠다. 여자는 지난밤 내가 서서 옷을 벗고 담배에 불을 붙이던 모습을 지켜보는 것을 좋아했듯이 지금은 내가 먹는 모습을 보는 게 즐거운 듯했다. 그러나 여전히 예의 사람을 당황케 하는 생각에 잠긴 듯한 표정이었고, 그 모습을 보고 있노라니 나는 지난밤의 순수하고 잔인한 키스를 다시 하고 싶어졌다.

우리가 커피 주전자에 있는 커피를 다 마시고 내가 롤빵을 다 먹고 나자, 여자가 입을 열었다. 내가 어젯밤부터 들어 본 가운데 가장 진지한 목소리였다. 여자가 말했다. 「어젯밤 거리에서 제가 같이 마차를 타고 가자고 했을 때 당신은 망설였어요. 왜 그랬죠?」

「두려웠어요.」 내가 정직하게 말했다.

여자가 고개를 끄덕였다. 「이제는 두렵지 않나요?」

「네.」

「제가 당신을 이곳으로 데려온 게 기쁜 거군요.」

그것은 질문이 아니었고, 여자는 그 말을 하며 손을 들더니 내가 얼굴을 붉히며 침을 삼킬 때까지 내 목을 어루만졌다. 나는 대답하지 않을 수 없었다. 「네.」

이윽고 여자가 손을 치웠다. 여자는 다시 생각에 잠긴 표정을 지으며 싱긋 웃었다. 여자가 말했다. 「제가 어렸을 때 읽은 페르시아 옛날이야기가 있어요. 공주와 거지와 요정에 대한 이야기죠. 거지가 병에서 요정을 풀어 주자 요정은 소원을 말해 보라고 하죠. 하지만 거기에는 조건이 따라요. 슬프게도 소원을 들어주는 데는 늘 조건이 붙죠! 그 남자는 70년간 평범하고 편안한 삶을 살거나 아니면 향락의 생활을 할 수 있었죠. 공주와 결혼하고, 하인이 목욕을 시켜 주고, 황금으로 된 가운을 입고. 그 사람은 향락의 생활을 할 수 있었어요. 5백 일 동안요.」 여자가 말을 멈췄다. 그리고 다시 말했다. 「당신이 그 거지였다면 어느 쪽을 고르겠어요?」

나는 망설였다. 「말도 안 되는 이야기예요.」 마침내 내가 말했다. 「그런 일이 생긴 사람은 단 한 명도…….」

「당신이라면 어느 쪽을 고르겠어요? 편안함인가요, 아니면 쾌락인가요?」 여자가 내 뺨을 만졌다.

「저라면 쾌락을 고르겠어요.」

여자가 끄덕였다. 「당연해요. 그리고 거지도 그렇게 했어요. 만약 당신이 다른 쪽을 골랐다면 전 무척 실망했을 거예요.」

「왜요?」

「모르겠어요?」 여자가 다시 싱긋 웃었다. 「당신은 누구에게도 변명을 할 필요가 없다고 했어요. 당신은…… 애인도 없나요?」 나는 고개를 저었고, 그 모습이 괴로워 보였는지 여자는 만족한 듯한 한숨을 쉬었다. 「그럼 대답해 줘요. 저와 여기에서 함께 있지 않겠어요? 그리고 쾌락을 누리고 제게도 쾌락을 주지 않겠어요?」
잠깐 동안 나는 멍청하게 여자를 바라보기만 했다. 「당신과 있으라고요?」 내가 말했다. 「어떤 자격으로요? 손님? 하인?」
「제 전속 창녀.」
「당신의 창녀!」 내가 눈을 끔벅였다. 이윽고 나도 모르게 약간 격한 목소리로 말했다. 「그러면 당신은 대가로 무엇을 줄 건가요? 꽤 후해야 할 거라고 생각하는데요.」
「이런, 제가 말했죠. 당신은 대가로 쾌락을 얻는 거예요. 당신은 여기에서 저와 살면서 제 특권을 누리는 거예요. 제 식탁에서 식사를 하고, 제 브룸 마차를 타고, 제가 당신을 위해 골라 주는 옷을 입는 거죠. 그리고 또 제가 벗으라고 하면 벗는 거고요. 당신은 선정 소설에 나오는 소위 〈첩〉이 되는 거예요.」
나는 여자를 바라보다가 시선을 돌렸다. 침대 위의 실크 침대덮개로, 옻칠한 장으로, 종을 당기는 줄로, 자단 트렁크로 시선을 옮겼다……. 밀른 부인 집에 있는 내 방이, 최근 들어 나를 그토록 행복에 가깝게 해준 그곳이 생각났다. 그러나 또한 점차 커져 가는 부담감 때문에 몇 번이고 중압감을 느꼈던 기억도 떠올랐다. 이 여자에게 구속됨으로써, 욕망과 쾌락에 구속됨으로써 역설적으로 나는 자유로워질 수 있었다!
하지만 이 여자가 그런 제안을 그토록 쉽게 할 수 있다는 데 대해 약간 넌더리가 나기도 했다. 내가 말했다. 그리고 내 목소리는 다시 격해졌다. 「그리고 〈당신〉은 물의를 일으킬까 겁나지 않나요? 당신은 저에 대해 확신을 하는 것 같지만 저에 대해 아무것도 몰라요! 제가 소란을 벌일까 봐 걱정이 안 되나요? 제가 당신 비밀에 대해 신문과 경찰에 말하지 않을까 걱정되지 않아요?」
「그리고 당신 이야기도? 오, 천만에요, 킹 양. 저는 물의 따위는 겁나지 않아요. 아니, 오히려 그걸 원해요! 저는 물의를 일으키고 싶어요! 당신도 마찬가지고요!」 여자는 더 가까이 몸을 기대며 내 머리 타래를 만지작거렸다. 「당신은 제가 당신에 대해 아무것도 모른다고 했죠. 하지만 저는 당신이 거리에 있는 모습을 보아 왔고, 그 모습을 기억해요. 당신이 게이인 척하고 다닐 수 있을 거라고 생각했나요? 영원히? 비단 좆을 매달고 다니면 속바지 솔기가 닿는 곳에 있는 보지가 사라질 거라고 생각했나요?」 여자가 내게 아주 가까이 얼굴을 들이댔다. 여자는 내가 눈을 다른 곳으로 돌리지 못하게 했다. 여자가 말했다. 「당신은 저와 같아요. 당신은 그걸 보여 줬고, 이제 보여 주고 있어요! 정말로 굶주려 있는 건 당신의 성이에요! 아마 당신은 욕망을 억누를 수 있을 거라고 생각했겠죠. 하지만 당신은 그것을 더욱 부풀어 오르게 했을 뿐이에요! 그리고 바로 〈그 이유〉 때문에 당신은 소동을 벌이지 않을 거고, 이곳에 머무를 거고, 제 창녀가 될 거예요. 제가 원하는 대로요.」 여자는 거칠게 내 머리털을 비틀었다. 「제가 말한 게 사실이라고 인정해요!」

「사실이에요!」

그랬기 때문이다. 그랬기 때문에! 여자가 말한 건 사실이었다. 여자는 내 모든 비밀을 알아냈다. 내게 내 자신의 모습을 보게 했다. 여자는 그 순간의 격렬한 단어로만이 아니라 모든 것으로, 키스, 애무, 의자에서 한 씹, 그 모든 것으로 말했다. 그리고 나는 기뻤다! 나는 키티를 사랑했었다. 나는 키티를 영원히 사랑하려고 했다. 그러나 키티와 함께 살 때 나는 기묘한 반쪽 삶을, 내 진정한 모습을 숨기고 살아야 했다. 그 이후 나는 모든 사랑을 거부했고, 다른 이들에게는 그들의 비밀스러운 욕망을 굴욕스럽게 고백하게 하면서도 내 자신의 욕망은 결코 드러내지 않는 열정 없는 생명체가 되었다. 또는 그렇게 되었다고 생각했다. 이제 내 앞의 여자는 마치 비명을 지르는 내 살점을 내 하얀 뼈에서 찢어발기듯 그 욕망을 끄집어내고 나를 발가벗겼다. 여자는 나를 꼼짝도 못 하게 짓눌렀다. 내 뺨에 닿는 여자의 숨결이 따뜻해지는 동안 여자와 마찬가지로 내 욕망도 끓어올랐고, 나는 노예가 된 것을 깨달았다.

어쨌건 살다 보면 불만스러운 과거를 버리고 새로운 미래로 방향을 바꾸게 되는 순간들이 있다. 캔터베리 궁전에서 키티가 나에게 장미를 던지고 그 장미로 인해 키티에 대한 동경이 사랑으로 바뀌던 그날 밤이 바로 그런 순간이었다. 이번은 또 다른 순간이었다. 어쩌면 그 순간은 이미 지나갔던 것이리라. 아마도 내가 새 삶을 진짜로 시작하게 된 순간은 거리에서 날 기다리는 마차의 어두운 심장부로 들어가던 순간이었으리라. 어찌 되었든, 나는 이제 내가 이전 삶으로 돌아갈 수 없다는 사실을 알았다. 요정은 마침내 병에서 나왔다. 그리고 나는 쾌락을 골랐다.

나는 이야기에서 5백 일이 지난 다음 거지에게 무슨 일이 일어났는지 물어볼 생각 따위는 전혀 하지 못했다.

11

나중에 나는 그 여자의 이름이 다이애나라는 것을 알았다. 다이애나 레더비였다. 다이애나는 과부였고 아이가 없었으며 부자였고 대담했으며, 그랬기에(비록 훨씬 더 큰 규모이기는 했지만) 나처럼 자기 혼자 쾌락을 추구하는 법을 깨달았으며 또한 무척 냉정했다. 1892년 여름 다이애나는 서른여덟 살로 지금의 나보다 젊었지만, 당시 스물두 살이던 내게는 끔찍하게 늙어 보였다. 다이애나는 애정 없는 결혼 생활을 한 듯했다. 왜냐하면 다이애나는 결혼반지나 애도용 반지를 끼지 않았으며 그 크고 멋진 집 어디에도 레더비 씨의 사진이 보이지 않았기 때문이다. 나는 레더비 씨에 대해 절대 묻지 않았고, 다이애나는 내 과거에 대해 전혀 묻지 않았다. 다이애나는 나를 새롭게 탄생시켰다. 이전의 내 어두운 나날들은 다이애나에게 아무것도 아니었다.

우리가 계약을 맺은 지금, 과거 일은 물론 내게도 아무 상관없었다. 다이애나의 집에서 처음 맞은 격렬했던 그날 아침, 다이애나는 내가 자기에게 키스하게 시켰고 목욕을 하고 근위병 군복을 다시 입게 했다. 내가 옷을 입는 동안 다이애나는 옆으로 약간 비켜서 나를 살펴보았다. 다이애나가 말했다. 「새 정장을 사야겠군. 이 옷이 멋지기는 하지만 그리 오래 버틸 수 있을 것 같지 않아. 후퍼 부인에게 말해서 남성복점에 다녀오라고 해야겠어.」
나는 바지 단추를 잠그고 팔 위로 멜빵을 올렸다. 「다른 옷들도 있어요.」 내가 말했다. 「집에요.」
「하지만 새 옷을 입는 게 더 나을 거야.」
내가 얼굴을 찡그렸다. 「물론 그렇죠. 하지만 저는 제 물건들을 가져와야 해요. 거기에 그냥 내버려 둘 수는 없어요.」
「사람을 시켜 가져오게 하지.」
나는 재킷을 입었다. 「집주인 아주머니에게 한 달치 방세를 빚졌어요.」
「돈을 보내지. 얼마를 보내면 되지? 1파운드? 2파운드?」
나는 대답하지 않았다. 다이애나의 말은 내게 다가온 변화가 얼마나 거대한 것인지를 새롭게 인식시켰다. 그리고 나는 밀른 부인과 그레이스에게 꼭 다녀와야만 한다는 생각이 처음으로 들었다. 심부름꾼에게 편지와 금화 한 닢을 보내는 걸로 내 의무를 회피할 수는 없었다. 그렇지 않은가? 나는 그렇게 할 수 없다는 사실을 알았다.
「제가 직접 가야만 해요.」 마침내 내가 말했다. 「친구들에게 작별 인사를 하고 싶어요.」
다이애나는 눈썹을 치켰다. 「맘대로. 오늘 오후에 실링에게 마차를 준비해 놓으라고 하지.」
「그냥 전차를 타고 가면…….」
「실링을 부르겠다니까.」 다이애나는 내게 다가와 근위병 모자를 씌우고 진홍색 재킷 어깨를 털었다. 「내게서 떨어질 생각을 하다니, 정말 못됐네. 적어도 난 네가 금방 돌아올 거란 사실만은 확실히 해두어야겠어!」

그린 스트리트 방문 결과는 예상했던 대로 무척이나 서글펐다. 나는 도저히 브룸 마차를 밀른 부인 집 정문에 세워 놓을 자신이 없어서 실링 씨(다이애나의 과묵한 마부였다)에게 나를 퍼시 서커스에 내려 주고 그곳에서 기다려 달라고 부탁했다. 그래서 내가 집 열쇠로 문을 따고 들어섰을 때는 마치 언제나처럼 쇼핑이나 산책을 마치고 돌아오는 것만 같았다. 외출한 시간이 긴 것만을 빼면 내 운명이 완전히 바뀌었다는 사실을 밀른 부인이나 그레이스가 눈치챌 아무런 단서도 없었다. 나는 문을 아주 조용히 닫았다. 하지만 그레이스의 날카로운 귀는 그 소리를 들은 모양이었다. 그레이스가 〈낸스!〉 하고 외치는 소리가 들렸기 때문이다. 그레이스는 거실에 있었다. 그리고 다음 순간 계단을 뛰듯이 내려와 목을 부러뜨리기라도 할 듯 거세게 나를 껴안았다. 그레이스의 어머니가 곧 그 뒤를 따라 계단참으로 나왔다.

「오!」 부인이 외쳤다. 「집에 왔군요. 정말 다행이에요! 당신이 어디로 갔는지 정말이지 멍청할 정도로, 그렇지 애야, 걱정을 했어요. 그레이스는 초조해 거의 반죽음 상태가 되었죠. 불쌍한 아이 같으니. 하지만 제가 말했어요. 〈낸스 걱정은 안 해도 된단다. 낸스는 누군가 자기를 재워 줄 친구를 찾았을 거야. 아니면 집에 오는 마지막 버스를 놓치고 어딘가 여인숙에서 밤을 보냈을 거야. 내일 낸스는 멀쩡히 돌아올 거야. 기다려 보자꾸나〉 하고 말이에요.」 밀른 부인은 말을 하며 천천히 계단을 내려왔고, 마침내 우리는 같은 눈높이가 되었다. 부인은 진정한 애정이 담긴 눈으로 나를 바라보았다. 그러나 나는 부인의 말에 나무라는 기운이 서려 있다고 생각했다. 나는 이제부터 부인에게 해야 하는 말 때문에 더욱 죄책감이 들었다. 그러나 또한 살짝 화가 나기도 했다. 나는 부인의 딸이 아니며 그레이스의 연인도 아니었다. 나는 방세 말고는 이들에게 아무것도 빚진 것이 없었다.

이제 나는 조심스레 그레이스를 떼어 내고 밀른 부인을 향해 고개를 끄덕였다. 내가 말했다. 「맞아요. 친구를 만났어요. 오랫동안 보지 못했던 아주 옛날부터 아는 친구예요. 그 친구를 만나서 정말 깜짝 놀랐어요! 그 친구는 킬번에 집이 있어요. 돌아오기에는 너무 멀더라고요.」 내게는 속이 보이는 거짓말처럼 들렸다. 그러나 밀른 부인은 이 정도 설명으로도 충분한 듯했다.

「봐라, 그레이스.」 부인이 말했다. 「내가 뭐라고 했니? 자, 이제 아래로 가서 주전자를 올려놓으렴. 낸스는 분명 차를 좀 마시고 싶을 거야.」 그 말을 들은 그레이스가 쿵쿵거리며 내려가고 내가 그 뒤를 따르는 동안 부인은 다시 나를 보며 싱긋 웃었다.

내가 입을 열었다. 「문제는요, 밀른 부인, 제 친구 상황이 좀 안 좋아요. 지난주에 친구 룸메이트가 나갔거든요.」 밀른 부인이 살짝 걸음을 멈추는가 싶더니 계속 걸어갔다. 「그리고 다른 룸메이트를 구하지 못했어요. 제 친구는 혼자서 방세를 다 낼 능력이 안 되고, 여자용 모자 판매점에서 시간제로 일을 하고 있어요. 불쌍해요…….」 우리는 응접실에 다다랐다. 밀른 부인은 걱정스러운 눈으로 나를 돌아보았다.

「안타깝군요.」 부인이 다정하게 말했다. 「요즘 같은 시절에는 좋은 세입자를 구하기가 무척 어렵죠. 제가 잘 알아요. 그래서 전에도 말했듯이 저와 그레이스가 당신이 함께 사는 걸 좋아하는 거랍니다. 만약 당신이 우리를 떠난다면, 낸스…….」 부인에게 사실을 털어놓기에는 최악의 상황이었지만, 나는 말을 해야 했다.

「오, 그런 말 하지 마세요, 부인!」 내가 가볍게 말했다. 「사실, 저는 아쉽게도 이 집을 〈나가야만〉 해요. 제 친구가 그래 달라고 부탁을 했고, 저는 친구를 돕기 위해 제가 예전 룸메이트를 대신해 친구와 같이 살겠다고 했어요.」 내 목소리가 가년스러워졌다. 밀른 부인은 안색이 잿빛으로 바뀌었다. 부인은 의자에 털썩 앉더니 목에 손을 가져갔다.

「오, 낸스…….」

「그러지 마세요.」 내가 명랑한 척하며 말했다. 「그러지 마세요! 저는 그리 특별할 것도 없는 하숙인이잖아요. 부인은 곧 제 자리를 대신할 좋은 여자를 또 찾으실 거예요.」

「하지만 제가 정말 걱정하는 건 그게 아니에요.」 부인이 말했다. 「그레이스는요? 당신은 그레이스에게 무척 잘해 줬어요, 낸스. 당신처럼 그레이스를 이해해 주는 사람은 그리 많지 않아요. 당신처럼 그레이스를 거북해하지 않는 사람은 흔하지 않아요.」

「하지만 종종 들를게요.」 내가 이성적으로 말했다. 「그리고 그레이스…….」 나는 이 말을 하며 침을 꼴깍 삼켰다. 다이애나의 저택에 깔린 정적과 부와 우아함은 절대로 그레이스를 환영하지 않으리라는 걸 잘 알고 있었기 때문이다. 「그레이스도 제게 들를 수 있고요. 생각하시는 것처럼 나쁘지 않을 거예요.」

「돈 때문인가요, 낸스?」 이윽고 부인이 말했다. 「당신이 돈이 넉넉하지 않다는 건 알고 있어요.」

「아니요, 돈 때문이 아니에요.」 내가 말했다. 「사실…….」 나는 주머니에 있는 금화를 기억해 냈다. 다이애나가 직접 넣어 둔 1파운드였다.

나가기 전에 미리 알리고 치러야 할 두 주치를 포함해 내가 내야 할 방세보다 많은 액수였다. 나는 금화를 부인에게 내밀었다. 그러나 부인은 풀 죽은 눈으로 금화를 바라볼 뿐 받으려 하지 않았다. 나는 벽난로 장식으로 어색하게 다가가 그 위에 금화를 살짝 내려놓았다.

침묵이 흘렀고, 오로지 밀른 부인의 한숨만 그 침묵을 깰 뿐이었다. 나는 기침을 했다. 「저는 올라가서 짐을 꾸려야 할 것 같아요…….」

「네? 설마 〈오늘〉 떠나는 건 아니겠죠? 이렇게 빨리요?」

「친구에게 그렇게 하겠다고 약속했어요.」 모든 책임은 친구에게 있다는 식으로 들리게 하려 애쓰며 내가 말했다.

「하지만 적어도 차 한 잔 하고 갈 시간은 있는 거죠?」

낙담해 창백해진 밀른 부인, 그리고 눈물을 흘리거나 아니면 더욱 곤란한 상황을 만들 그레이스와 끔찍한 티타임을 가져야 한다는 생각에 나는 당황했다. 나는 입술을 깨물었다.

「안 그러는 게 나을 듯해요.」 내가 말했다.

밀른 부인이 몸을 바로 세우고 입술을 작게 오므렸다. 부인은 천천히 고개를 저었다. 「우리 아이가 무척 슬퍼할 거예요.」

부인이 느끼는 슬픔보다 부인 목소리의 뻣뻣한 어조가 날 더 경악케 하고 부끄럽게 했다. 그리고 나는 다시금 은근히 화가 났다. 내가 막 입을 열어 뭔가 끔찍한 농담을 중얼거리려 했을 때 문 근처에서 허둥대는 소리와 함께 그레이스가 나타났다. 「뜨거운 차가 준비되었어요!」 아무것도 모르는 그레이스가 노래하듯 외쳤다. 나는 차마 그 모습을 계속 볼 수가 없었다. 나는 그레이스를 향해 싱긋 웃어 보이고 밀른 부인에게 살짝 고개를 끄덕인 뒤 도망치듯 내 방으로 갔다. 〈오, 엄마, 무슨 일이에요?〉라고 묻는 그레이스의 목소리, 그리고 밀른 부인의 중얼거림이 계단을 따라 내 뒤를 쫓아왔다. 나는 금세 내 방으로 돌아왔고, 방문을 꽉 닫았다.

물론 물건들이 얼마 없었기에 선원 가방과 밀른 부인이 준 여행 가방에 내 물건을 챙기는 건 금방이었다. 나는 매트리스 끄트머리에 단정하게 침구를 개켜 놓았으며, 열린 창밖으로 깔개를 털었다. 벽에 핀으로 박아 두었던 작은 그림들은 떼어 벽난로에 태웠다. 그리고 금이 간 노란 비누 조각, 가루 치약이 반쯤 찬 단지, 제비꽃 향이 나는 얼굴 크림 통 따위 화장실 용품은 쓰레기 통에 버렸다. 오로지 칫솔과 머릿기름만 챙겼다. 그리고 아직 따지 않은 담배 깡통과 판 초콜릿을 여행 가방에 넣었지만, 잠깐 망설인 다음 초콜릿을 꺼내 그레이스가 찾을 수 있기를 바라며 벽난로 장식 위에 놓아두었다. 30분 뒤, 방은 내가 처음 들어왔을 때와 똑같아졌다. 그림들을 꽂아 두어 생긴 벽지의 압정 자국, 그리고 잡지를 보다가 잠들어 촛불을 쓰러뜨린 탓에 침대 옆 장식장에 생긴 그을음 자국을 제외하고는 내가 머물렀던 흔적은 전혀 없었다. 나는 쓸쓸해졌다. 하지만 슬퍼하지 않기로 했다. 나는 마지막으로 한 번 더 감상적 기분이 되어 밖의 풍경을 보려 창으로 다가가지도 않았다. 서랍을 확인하거나 침대 밑을 뒤지거나 의자 쿠션을 들어 보거나 하지도 않았다. 만약 내가 뭔가를 잊고 간다 할지라도 다이애나가 더 좋은 것으로 다시 사줄 터였다.

아래층은 불길할 정도로 모든 것이 적막에 싸인 듯했고, 내가 거실에 도착하자 거실 문이 빠르게 닫혔다. 나는 문을 두드린 뒤 손잡이를 돌렸다. 심장이 쿵쾅거렸다. 밀른 부인은 식탁 앞, 아까 내가 떠났을 때 있던 그곳에 앉아 있었다. 부인은 아까보다 얼굴이 덜 창백했지만, 여전히 무서운 표정이었다. 찻주전자는 쟁반 위에서 식어 갔으며, 차는 그대로 주전자 안에 남아 있었다. 찻잔들은 받침에 둥지를 틀고 주전자 옆에 모여 있었다. 그레이스는 몸을 곧게 편 채 소파에 뻣뻣하게 앉아 있었고, 일부러 내 쪽을 피해 창밖만 뚫어져라 바라보았다(그러나 뭔가를 보는 것 같진 않았다). 나는 그레이스가 내 소식을 듣고 흐느낄 거라고 예상했다. 하지만 그 대신 그레이스는 몹시 화가 난 듯했다. 앙다문 입술에는 거의 핏기가 보이지 않았다.

내가 집을 나가려는 모습을 보자 마침내 밀른 부인은 약간 정신을 수습한 듯했다. 나를 보며 웃음 비슷한 표정을 지었기 때문이다. 「그레이스가 좀 흥분한 것 같군요.」 부인이 말했다. 「당신이 짐을 싸서 나간다고 꽤 화가 났어요. 우리를 만나러 종종 들를 거라고 말했건만 저 아이는 저렇게 고집을 부리는군요.」

「고집을 부려요?」 내가 놀랐다는 듯 말했다. 「설마 우리 그레이스가요?」 나는 그레이스에게 다가가 손을 뻗었다. 그레이스는 비명 비슷한 소리를 지르며 나를 밀쳐 내더니 부자연스럽게 머리를 계속 꼿꼿이 세운 채로 소파 저쪽 끝으로 급히 몸을 옮겼다. 그레이스가 내게 그토록 기분 상한 모습을 보인 적은 한 번도 없었다. 나는 진심으로 그레이스 옆에서 말을 했다.

「제발 그러지 마, 그레이스. 내가 가기 전에 작별 인사나 키스를 해주지 않으련? 아니면 적어도 악수라도 하지 않으련? 보고 싶을 거야. 그리고 그토록 즐거운 시간을 함께 보내고 이렇게 안 좋은 사이로 헤어지면 안 되잖아.」 나는 이런 식으로 반은 애원하고 반은 나무라는 식으로 계속 말했고, 마침내 밀른 부인이 일어나 내 어깨에 손을 대고 나직이 말했다. 「놔두고 그냥 가는 게 나을 듯해요, 낸스. 나중에 와서 만나세요. 그때가 되면 그레이스도 맘이 풀려 있을 거예요.」

그래서 결국 나는 그레이스의 작별 키스 없이 그곳을 떠나야 했다. 그레이스의 어머니가 정문까지 나를 배웅했으며, 「세상의 빛」과 여성스러워 보이는 파란색의 인도 신 그림 앞에서 부인은 가슴께에 팔짱을 끼고 나는 여전히 진홍색 근위병 차림에 가방을 끌어안은 자세로 어색하게 서 있었다.

「이렇게 갑작스레 일을 처리해 죄송해요, 밀른 부인.」 내가 말을 했으나 부인이 내 입을 막았다.

「괜찮아요. 당신은 당신의 삶을 살아야죠.」 부인은 본바탕이 너무도 상냥해서 오랫동안 화를 낼 수가 없는 사람이었다. 나는 방을 깨끗이 치워 두었다고 부인에게 말했고 내가 있을 주소를 보내겠다고 했다(그러나 보내지 않았다, 보내지 않았다!). 그리고 마지막으로 부인은 이 도시 전체를 통틀어 가장 좋은 집주인이며, 만약 새로 들어올 사람이 그것을 알아차리지 못한다면 그 이유를 알아내는 것을 내 업으로 삼겠다고 말했다.

부인은 진심으로 빙그레 웃음을 지었고, 우리는 서로를 꽉 껴안았다. 하지만 몸을 떼었을 때 나는 부인이 뭔가 마음에 걸려하는 걸 느낄 수 있었다. 그리고 층계에 서서 마지막 작별 인사를 할 때 부인이 말했다.

「낸스.」 부인이 말했다. 「이런 걸 묻는다고 기분 나빠하지 않았으면 좋겠군요. 그 친구라는 분이, 여자인 거죠?」

나는 가볍게 코웃음을 쳤다. 「오, 밀른 부인! 설마하니 제가, 정말로 제가……?」 남자와 살림을 차리는 게 아니냐는 게 부인의 질문이었다. 내가, 바지를 입고 이발소에서 머리를 자르는 내가! 부인이 얼굴을 붉혔다.

「그냥 그런 생각이 든 것뿐이에요.」 부인이 말했다. 「요즘에는 여자들이 바로 남자에게 낚이잖아요. 그리고 당신이 하도 급하게 나가니까 당신과 약속을 한 신사나 뭐 그런 사람이 있을지도 모른다는 생각이 들었어요. 그냥 알고 있는 게 나을 거 같았어요.」

내 웃음소리가 약간 공허하게 울렸고, 나는 부인의 생각이 얼마나 진실에 접근했는지, 그러면서도 또한 얼마나 진실과 거리가 있는지를 생각했다.

나는 가방 손잡이를 더 꽉 잡았다. 나는 킹스 크로스 로드에 있는 승합 마차를 타러 간다고 부인에게 말했다. 다이애나의 마부와 다시 만나려면 그쪽으로 가야 했기 때문이다. 이사 나가겠다는 내 말에 깜짝 놀랐으면서도 지금까지 눈물을 흘리지 않던 밀른 부인이 이제 눈물을 글썽이기 시작했다. 내가 어색하게 그린 스트리트로 걸어가는 동안 부인은 현관 계단에 계속 서 있었다. 「우리를 잊지 말아요, 낸스!」 부인이 외쳤고, 나는 몸을 돌려 손을 흔들었다. 응접실 창으로 누군가 보였다. 그레이스였다! 그레이스는 내가 떠나는 모습을 볼 정도로 화가 풀린 것이다. 나는 손을 더욱 크게 흔들다가 모자를 들고 그레이스를 향해 펄럭거렸다. 부러진 난간에서 재주를 넘던 사내아이 둘이 노는 걸 멈추고 내게 장난삼아 경례를 했다. 둘은 아마도 내가 휴가가 끝난 군인이며 밀른 부인은 눈물을 흘리는 백발의 내 어머니이고 그레이스는 내 여동생이나 아내쯤 되는 걸로 착각한 듯했다. 그러나 내가 손을 흔들고 키스를 날렸지만 그레이스는 아무런 신호도 보내지 않고 단지 머리와 손을 창문에 딱 붙이고 섰고, 그 때문에 그레이스의 창백한 이마 중앙과 뭉툭한 손가락 끝이 창문에 하얗게 원을 그렸다. 나는 점차 팔을 천천히 흔들다가 마침내 내렸다.

「저 여자는 당신을 별로 사랑하지 않는군요.」 사내아이 한 명이 말했다. 내가 사내아이로부터 집으로 다시 시선을 돌렸을 때 밀른 부인은 들어가고 없었다. 하지만 그레이스는 여전히 서서 나를 지켜보았다. 그레이스의 시선은 석고처럼 차갑고 단단했으며, 핀처럼 날카롭게 나를 찔러 킹스 크로스 로드 구석으로 내몰았다. 그린 스트리트의 창이 완전히 가려 보이지 않는, 퍼시서커스로 통하는 가파른 고갯길에서도 그 시선은 따갑게 등을 찔러 대는 듯했다. 다이애나의 마차에 들어가 어둑한 의자에 앉아 재빨리 문을 걸어 잠그고 나서야 나는 그 시선에서 완전히 벗어난 느낌이 들었으며 새로운 내 삶으로 다시 안전히 갈 수 있겠다는 생각이 들었다.

하지만 그래도 아직 청산하지 않은 옛날 빚이 남아 있다는 사실이 떠올랐다. 마차가 유스턴 로드를 따라가며 저드 스트리트 모퉁이에 가까워졌을 때, 나는 돌연 새로 사귄 친구 플로렌스와 만나기로 한 약속이 떠올랐다. 약속은 금요일이었다. 그리고 바로 오늘이라는 것을 깨달았다. 나는 술집 정문에서 6시에 만나자고 말했으며, 지금은 분명 6시가 지난 시간이었다……. 그런 생각을 할 때 교통이 막히며 마차가 느려졌고, 그 술집에서 약간 떨어진 곳에서 나를 기다리며 서 있는 플로렌스가 보였다. 마차는 더욱 느리게 기어갔다. 마차 창문 레이스 밖으로 나는 플로렌스가 얼굴을 찡그리며 왼쪽, 오른쪽을 보는 모습을, 고개를 숙이고 가슴에 있는 시계를 보는 모습을, 손을 들어 흘러내린 머리가닥을 제자리에 올리는 모습을 똑똑히 볼 수 있었다. 플로렌스의 얼굴은 아주 평범했고, 상냥하다는 생각이 들었다. 나는 마차 문 걸쇠를 풀고 거리를 달려가 플로렌스 옆에 있고 싶었다. 적어도 마부에게 잠시 마차를 멈추어 달라고 부탁하고 플로렌스에게 미안하다고 외칠 수도 있었다.

그러나 내가 어찌해야 할지 몰라 마음을 졸이는 동안 교통 체증이 풀리며 마차가 갑자기 움직였고, 곧 저드 스트리트와 평범하고 상냥한 플로렌스는 저만치 멀어졌다. 나는 무서운 인상의 실링 씨에게 말을 돌리라고 명령을 내리고 싶은 마음이 굴뚝같았다. 그날 오후는 내가 실링 씨의 주인이었기 때문이다. 하지만 플로렌스에게 무슨 말을 한단 말인가? 절대로 플로렌스를 자유롭게 다시 만날 수는 없을 터였다. 플로렌스가 다이애나의 집으로 방문할 가능성도 거의 없었다. 내가 나타나지 않았기에 플로렌스는 놀라고 기분이 상하리라. 플로렌스는 그날 나 때문에 실망한 세 번째 여자였다. 나도 아쉬웠지만, 생각해 보니 그리 아쉽지는 않았다. 결코 큰 아쉬움은 아니었다.

펠리시티 플레이스(내 여주인 집이 있는 광장 이름이었고, 돌아오며 처음으로 그곳 이름을 알았다)로 돌아와 보니 선물들이 나를 기다렸다. 다이애나는 위층 거실에서 목욕을 하고 옷을 갈아입었고, 땋은 머리에는 정성스레 핀이 꽂혀 있었다. 잘록한 허리에 등을 꼿꼿이 편 다이애나는 회색과 진홍색의 가운 차림이었으며 기품이 넘쳤다. 나는 전날 밤 내가 엉망으로 만들어 버린 레이스와 매듭을 떠올렸으나 다이애나가 입은 매끄러운 보디스에 어젯밤의 흔적은 보이지 않았다. 하녀가 정확한 손놀림으로 여미고 감춰 둔 리넨과 속옷들을 나중에 내가 떨리는 손으로 펼치고 푼다는 생각을 하니 꽤 설레었다. 나는 다이애나에게 다가가 손을 얹고 강렬히 키스했다. 마침내 다이애나가 소리 내어 웃었다. 오늘 아침 나는 피곤하고 욱신거리는 상태로 잠에서 깨었다. 그리고 그린 스트리트에서 우울한 시간을 보냈다. 하지만 이제는 우울하지 않았다. 긴장은 모두 풀리고 흥분이 되었다. 만약 내게 좆이 있었다면 분명 씰룩거렸으리라.

우리는 1~2분 정도 껴안고 있었다. 이윽고 다이애나가 몸을 떼더니 내 손을 잡았다. 「따라와.」 다이애나가 말했다. 「너를 위해 방을 준비해 두었어.」

내가 다이애나와 같은 방을 쓰지 않는다는 사실에 처음에는 약간 실망했다. 하지만 그 실망은 오래가지 않았다. 다이애나가 나를 데리고 간 방(복도를 따라 약간 가야 했다)은 다이애나의 방만큼이나 멋지고 컸다. 아무 장식 없는 벽은 크림색이 도는 흰색이었으며, 양탄자는 금색이었고, 가리개와 침대 틀은 대나무였다. 게다가 화장대에는 물건들이 잔뜩 있었다. 거북 등딱지로 만든 담뱃갑, 솔빗과 빗, 상아 단추걸이, 기름과 향수가 담긴 단지와 병들이 있었다. 침대 옆에 있는 문을 열면 길고 천장이 낮은 벽장이 나왔다. 목제 어깨 걸이 한 쌍에는 다이애나의 녹색 드레스와 어울리는 진홍색 실크 드레스가 걸려 있었다. 내게 주겠다고 약속했던 정장도 있었다. 회색 모직으로 된 멋진 옷으로, 아주 묵직하면서도 맵시 있었다. 그것 말고도 서랍장이 있었으며 〈커프스단추〉, 〈넥타이〉, 〈옷깃〉, 〈장식 단추〉라는 표시가 되어 있고 안은 모두 물건들로 가득했다. 저쪽 선반에는 〈리넨〉이라는 표시가 되어 있고 하얀 한랭사 셔츠가 잔뜩 있었다.

나는 이것들을 보고 다이애나에게 아주 격렬하게 키스를 했다. 고백하건대 다이애나가 눈을 감았으면 하는 심정이 어느 정도 있었다. 내가 다이애나를 얼마나 경외하는지 보여 주고 싶지 않았기 때문이다. 다이애나가 나가자 나는 기쁨에 겨운 나머지 금빛 마루 위에서 정말로 춤을 추었다. 나는 정장과 셔츠와 옷깃과 넥타이를 꺼내 순서대로 침대에 놓았다. 그리고 다시 춤을 추었다. 밀른 부인 집에서 가져온 가방은 열지도 않은 채 옷장 구석에 처박아 두었다.

나는 그 정장을 입고 식사에 참석했다. 나는 그 옷이 내게 아주 잘 어울린다는 것을 알았다. 하지만 다이애나는 재단이 제대로 되지 않았다며 내일 후퍼 부인을 시켜 내 몸을 제대로 재서 재단사에게 자세한 치수를 보내겠다고 말했다. 나는 가정부의 능력에 대한 다이애나의 신뢰가 대단하다고 생각했다. 그리고 후퍼 부인이 자리를 떴을 때(점심 식사 때는 후퍼 부인이 우리에게 접시를 내오고 잔을 채운 뒤 엄숙한 표정으로 서 있었는데, 물러가도 좋다는 말이 나올 때까지 좀 허둥대는 듯했기 때문이다) 다이애나에게 내 생각을 말했다. 다이애나는 소리 내어 웃었다.

「그러는 데는 비밀스러운 이유가 있지.」 다이애나가 말했다. 「모르겠어?」

「당신이 급여를 엄청나게 주겠지요.」

「뭐, 어쩌면. 하지만 후퍼 부인이 네게 수프를 주면서 속눈썹 사이로 너를 살펴본 걸 몰랐단 말야? 일부러 네 접시에 흘리기까지 했는데!」

「설마…… 설마 후퍼 부인도 〈우리 같은〉 존재라는 건가요?」

다이애나가 고개를 끄덕였다. 「당연하지. 그리고 귀염둥이 블레이크도. 나는 그 불쌍한 아이를 감화원에서 꺼내 왔지. 블레이크는 하녀를 타락하게 했다는 이유로 그곳에 갇혔어…….」

내가 놀라자 다이애나는 다시 소리 내어 웃었다. 이윽고 다이애나는 내 쪽으로 몸을 기울이더니 내 뺨에 묻은 그레이비소스를 자기 냅킨으로 닦아 주었다.

식사로는 커틀릿과 지라가 나왔고 모두 아주 맛있었다. 나는 아침 식사 때처럼 착실하게 식사를 했다. 하지만 다이애나는 먹기보다는 마시기를, 마시기보다는 흡연을 더 많이 했다. 그리고 흡연보다는 보기를 더 많이 했다. 하인들에 대한 이야기를 한 뒤로 우리는 조용히 있었다. 내가 말한 여러 가지에 대해 다이애나는 마치 내 말이(내 귀에는 사리에 맞게 들리지만) 웃기다는 듯 입술과 눈썹을 씰룩였다. 마침내 나는 더는 말을 하지 않았고, 다이애나도 말을 하지 않았으며, 오직 가스등이 낮게 쉭쉭거리는 소리, 벽난로 장식에 있는 시계가 끊임없이 째깍거리는 소리, 내 포크와 나이프가 접시에 닿아 달그락거리는 소리만 들렸다. 그린 스트리트의 거실에서 밀른 부인과 그레이스와 함께 하던 즐거운 식사 시간이 나도 모르게 생각났다. 저드 스트리트의 선술집에서 플로렌스와 하기로 했던 저녁 식사가 생각났다. 하지만 내가 식사를 마치자, 다이애나는 내게 분홍 담배 한 대를 던졌다. 내가 그 담배를 피우고 아찔해졌을 때 다이애나가 다가와 키스를 했다. 나는 내가 고용된 건 식사 시간의 대화를 위해서가 절대로 아니었다는 걸 떠올렸다.

그날 밤 우리는 전날 밤에 비해 훨씬 더 여유롭게 사랑을 나누었다. 더 부드럽다고 할 정도였다. 하지만 만족감에 젖어 나른해진 내가 팔다리를 다이애나와 얽은 채 막 잠이 들려는 무렵 다이애나가 내 어깨를 쥐고 잠에서 깨우는 바람에 나는 깜짝 놀랐다. 그날은 나에겐 수업을 받는 날이었다. 그리고 마지막 수업이 나를 기다렸다.

「이제 가봐, 낸시.」 다이애나가 말했다. 하녀나 후퍼 부인에게 말할 때 쓰던 바로 그 말투였다. 「오늘 밤은 혼자 자고 싶어.」

다이애나가 내게 하인을 대하듯 말한 최초의 순간이었으며, 다이애나의 말은 그때까지 내 몸에 남아 있던 잠의 온기를 완전히 몰아냈다. 나는 불평 없이 일어나 복도를 따라 차가운 침대가 기다리는 내 방으로 갔다. 나는 다이애나의 키스가 좋았다. 다이애나의 선물은 더 좋았다. 그리고 그것들을 가지려면 나는 다이애나에게 복종해야 했다. 뭐, 그렇게 하면 되는 일이었다. 나는 소호에서 1파운드를 받으려고 남자들을 빨아 주는데 익숙했다. 그랬기에 그 순간에는 이런 상황에서 이런 여인에게 복종하는 건 정말로 아무것도 아니라는 생각이 들었다.

12

처음 며칠 동안 펠리시티 플레이스에서 밤낮을 보내며 모든 게 더없이 낯설게 다가왔음에도, 새로운 역할에 익숙해지고 새로운 일과를 찾아내는 데는 그리 오랜 시간이 걸리지 않았다. 펠리시티 플레이스에서의 내 역할은 밀른 부인 집에서 즐겼던 것과 마찬가지로 무척 나태하게 지내는 것이었다. 물론 이곳에는 내 나태함을 책임져 주는, 나를 잘 먹이고 잘 입히고 쉬게 하는 후원자가 있으며 그 보답으로 그 후원자를 내 허영의 주 대상으로 삼아야 한다는 것이 차이였다.

그린 스트리트에 있을 때 나는 꽤 일찍 일어나 걷는 습관이 있었다. 7시 반 정도에 그레이스가 차를 가져오는 경우도 잦았고, 따뜻한 내 침대로 들어와 내 옆에 누워서 밀른 부인이 아침 식사를 하러 내려오라고 부를 때까지 나와 함께 있는 경우도 많았다. 식사 후 나는 아래층 부엌에 있는 커다란 개수대에서 씻었고, 그레이스는 가끔 내 머리를 빗기곤 했다. 하지만 펠리시티 플레이스에서 나는 일어날 필요가 전혀 없었다. 아침 식사가 내게 배달되어 왔으며, 나는 다이애나의 곁 또는 전날 밤 다이애나가 나를 내 방으로 돌려보낸 경우에는 내 침대에서 식사를 받았다. 다이애나가 옷을 입는 동안 나는 커피를 마시거나 담배를 피웠고 하품을 하고 눈을 비볐다. 종종 나는 선잠이 들었다가 다이애나가 외투에 모자 차림으로 들어와 장갑 낀 손을 침대 덮개 안에 넣고 나를 살짝 꼬집거나 음란하게 애무해 깨울 때만 다시 잠에서 깨곤 했다.

「일어나서 네 연인에게 잘 다녀오라고 키스해야지.」 다이애나는 이렇게 말하곤 했다. 「저녁 식사 때까지 난 집에 없을 거야. 내가 돌아올 때까지 혼자서 잘 놀고 있어야 해.」

그러면 나는 얼굴을 찡그리며 투덜거리곤 했다. 「어디로 가는 건가요?」

「친구를 만나러 가는 거야.」

「저도 데려가 주세요!」

「오늘은 안 돼.」

「당신이 친구를 만나는 동안 전 마차에 앉아 있을게요…….」

「난 내가 돌아올 때까지 네가 여기 있었으면 좋겠어.」

「잔인해요!」

다이애나는 싱긋 웃고 키스하곤 했다. 이윽고 다이애나가 나가면 나는 다시 멍청히 누워 있기 일쑤였다.

마침내 침대에서 일어나면 나는 목욕 준비를 해달라고 했다. 다이애나의 욕실은 훌륭했다. 나는 향수를 탄 물에 몸을 담그고 한 시간 또는 그 이상을 보낸 뒤 가르마를 타고 마스카라를 하고 거울 앞에 서서 어디가 아름답고 어디가 결점인지를 관찰하곤 했다. 예전에는 비누와 콜드크림과 라벤더 향 그리고 종종 싸구려 마스카라를 썼다. 그러나 이제는 눈썹용 기름, 속눈썹용 크림, 가루 치약 단지, 진주 분 상자, 손톱용 광택제와 붉은 입술을 위한 진홍색 스틱, 젖꼭지에서 털을 뽑아내는 족집게, 발뒤꿈치 굳은살을 제거하는 돌까지, 머리 꼭대기에서 발끝까지 각 부분마다 쓰는 물건이 따로 마련되어 있었다.

그것은 공연을 위해 의상을 입는 것과 무척 비슷했다. 다른 점이 있다면, 물론 당시에는 악단이 음악을 바꿔 연주하는 동안 무대 옆에서 옷을 갈아입어야 했지만 이제는 천천히 하루 종일 치장을 해도 된다는 점이었다. 다이애나가 내 유일한 관객이었기 때문이다. 그리고 다이애나가 친구를 만나러 나가고 나면 나는 딱히 할 일이 없었고 시간이 넘쳤다. 내가 도저히 익숙해질 수 없는, 은근하고 미끄러지는 듯한 시선으로 나를 보는 후퍼 부인이나 내게 무릎 굽혀 인사하고 나를 〈아가씨〉라 부르는 탓에 나를 당혹케 하는 블레이크, 또는 내게 점심과 저녁 식사를 차려 주지만 부엌 밖으로 절대 그 얼굴을 보이지 않는 요리사 같은 하인들과는 대화를 할 수가 없었다. 지하실 부엌으로 통하는 녹색 문 앞에 멈춰 서서 귀를 기울이면 즐겁게 떠들거나 말다툼하는 하인들 목소리를 들을 수 있었다. 하지만 나는 내가 이들과 다른 존재라는 사실을 알았고, 거리를 두기 위해 조심스레 행동했다. 나는 침실, 다이애나의 거실, 응접실, 서재에서만 지냈다. 내 연인은 나를 보호자 없이 집에 혼자 두는 것에 별 마음을 쓰는 것 같지 않았다. 사실 다이애나는 후퍼 부인에게 거대한 정문을 잠그게 했다. 후퍼 부인이 정문을 잠글 때마다 열쇠 돌아가는 소리가 들렸다.

자유가 없는 건 별 문제가 되지 않았다. 말했듯이 따뜻함, 풍족함, 키스, 잠은 나를 멍청하게 그리고 그 어느 때보다도 게으르게 만들었다. 나는 아무 소리 내지 않고 아무 생각도 없이 이 방 저 방을 돌아다니다가 잠시 멈춰 벽에 걸린 그림 또는 세인트 존스 우드의 조용한 거리와 정원들을 물끄러미 바라보았다. 아니면 다이애나의 여러 가지 거울로 내 모습을 살펴보았다. 나는 종종 그 집에서 죽은 멋진 청년이 여전히 복도와 방을 걸어 다니며 잃어버린 삶의 추억을 찾고 있다는 상상을 했고, 나 자신이 그 유령 같은 기분이 들었다.

「깜짝 놀랐어요, 아가씨!」 계단이 구부러진 곳이나 커튼 또는 벽감 그늘에서 어정거리고 있는 나를 만나면 하녀는 가슴에 손을 얹으며 이렇게 말하곤 했다. 하지만 내가 싱긋 웃으며 그곳에서 무엇을 하고 있는지 묻거나 날씨가 맑은지 흐린지를 물으면 하녀는 얼굴을 붉히며 겁먹은 표정을 지을 뿐이었다. 「저랑 말하시면 안 돼요, 아가씨.」

내 하루의 절정, 즉 내 생각이 자연스레 집중되고 그전까지의 시간에 방향과 의미를 부여하는 절정은 다이애나가 돌아왔을 때였다. 내가 다이애나에게 보이기 위해 방을 고르고 그 안에서 자세를 취하는 것은 연극과 같았다. 다이애나는 서재에서 담배를 피우거나 단추를 끄른 채 다이애나의 거실에서 졸고 있는 나를 발견하곤 했다. 다이애나가 들어오면 나는 놀란 척하거나 자는 척하면서 다이애나가 나를 깨우게 가만히 있었다. 하지만 다이애나가 나타남으로써 내 가슴은 기쁨으로 충만했다. 다이애나가 나타나는 순간 나는 그전까지 느꼈던 유령이 된 듯한 느낌, 무대 옆에서 기다리는 것 같은 느낌을 떨쳐 버리고 다이애나의 뜨거운 관심 속에서 다시 따뜻해지고 실체화되었다. 나는 다이애나에게 담뱃불을 붙여 주고 술을 따라 주곤 했다. 다이애나가 지쳐 보이면 다이애나를 의자에 앉히고 관자놀이를 문질러 주었다. 발이 아프다고 하면(다이애나는 굽이 높고 끈을 아주 꽉 묶는 검은색 부츠를 신었다) 부츠를 벗기고 발가락에 피가 돌아오도록 문질러 주곤 했다. 만약 요염해 보이면(자주 그랬다) 키스를 하곤 했다. 다이애나는 서재, 응접실을 가리지 않고 내가 자기를 애무하게 했으며 닫힌 문 뒤로 지나가는, 또는 문을 두드렸다가 우리가 숨을 죽이고 침묵으로 대답하면 자발적으로 물러나는 하인들에게는 전혀 주의를 기울이지 않았다. 아니면 방해하지 말라는 명령을 내린 다음 비밀스러운 자단 트렁크 열쇠가 든 서랍이 있는 거실로 나를 데리고 갔다.

그 상자 안의 내용물들을 다루는 데는 금방 익숙해졌지만 그래도 상자를 열 때면 여전히 가슴이 두근거리고 흥분되었다. 어쩌면 그리 충격적이지 않았는지도 모른다. 물론 내가 설명하는 것은 딜도이다(비록 다이애나를 따라 〈도구〉나 〈기구〉라고 불렀지만 말이다. 이 기구에서 나는 병원 또는 감화원 특유의 냄새와 함께 그 쓸데없는 완곡어법이 다이애나를 더욱 강력하게 자극했다고 생각한다. 오직 정말로 달아올랐을 때만 다이애나는 이 기구의 제대로 된 이름을 부르곤 했다. 그리고 그럴 때조차 다이애나는 〈므시외 딜도〉 또는 간단히 〈므시외〉[10]라고 부르는 경향이 있었다). 그 물건 말고도 상자에는 그 부분의 털을 밀고 깃털을 단, 엉덩이가 큰 여자들 사진이 든 앨범이 있었다. 또한 호색적인 팸플릿과 소설들이 있었다. 나라면 〈톰의 유희〉라고 말하겠지만 다이애나 같은 사람들은 〈사피스트[11]의 욕정〉이라고 부르는 유의 것들이 얼마나 사람을 즐겁게 하는지 찬미하는 내용이었다. 그 물건들은 그 나름대로 충분히 상스러웠다고 생각한다. 그때까지 그런 것들을 한 번도 본 적이 없던 나는 어색해하며 그것들을 보곤 했으며, 그런 내 모습에 다이애나는 소리 내어 웃었다. 또한 줄과 끈과 회초리들이 있었다. 엄격한 여자 가정 교사의 벽장에 들어 있음 직한 물건이었으며, 다이애나가 가지고 있는 것이 더 튼실했다. 마지막으로 다이애나가 피우는 로즈팁 담배가 더 있었다. 아주 초기에 알아차렸는데, 그 담배에는 향이 좋은 프랑스 담배와 대마초가 섞여 있었다. 내 생각에는

10 *Monsieur.* 남성을 〈~씨〉라고 지칭할 때 쓰는 프랑스어.

11 그리스 레스보스섬 태생의 시인 사포에게서 유래된 단어로, 레즈비언을 뜻한다. 사포는 고대 그리스 시대의 가장 뛰어난 시인이자 동성애자로도 유명하다.

그 담배가 가장 기분 좋은 물건이었다. 다른 물건들과 섞어서 쓸 때면 다른 물건들의 흥미로운 점을 더욱 흥미롭게 만들어 주었기 때문이다.

나는 기운이 없거나 멍해 있곤 했다. 또 술 때문에 욕지기가 나기도 했다. 생리할 때같이 허리가 아플 때도 있었지만 그래도 이 상자를 열 때면 내가 말했듯 늘 가슴이 설렜다. 나는 주인이 〈뼈다귀!〉 하고 외치면 꼬리를 흔들며 침을 흘리는 개와 같았다.

그렇게 꼬리를 흔들고 침을 흘릴 때마다 다이애나는 더욱 즐거워했다.

「이렇게 귀여운 보물을 가지고 있으니 난 정말 자랑스러워!」 엉망이 된 다이애나의 침대에 함께 누워 담배를 피울 때면 다이애나는 이렇게 말했다. 다이애나는 코르셋에 보라색 장갑만 끼고 있는 때가 많았다. 나는 딜도 차림에 상황에 따라서는 그 주변으로 진주 줄을 감기도 했다. 다이애나는 침대 발치로 가서, 입을 벌린 트렁크를 어루만지며 소리 내어 웃곤 했다. 한번은 이렇게 말했다. 「내가 네게 준 모든 선물 가운데 이게 최고지, 그렇지? 그렇지? 런던 어느 곳에서 이런 것을 찾아낼 수 있겠어?」

「어디에도 없어요!」 내가 대답했다. 「당신은 이 도시에서 가장 대담한 갈보예요!」

「맞아!」

「당신은 가장 대담한 갈보이자 가장 영리한 보지죠. 만약 씹하는 게 국가라면, 저와 씹해 주세요. 당신은 씹의 여왕이에요!」

이 단어들은 이제 내가 내 여주인의 재촉을 받아 쓰게 된 용어였고, 입 밖으로 밷노라면 나 자신도 몸이 떨리며 흥분이 되는 음탕한 단어들이었다. 나는 키티와 있을 때는 이런 단어들을 써 볼 생각조차 하지 않았다. 나는 키티와 〈씹〉을 하지 않았다. 우리는 〈성교〉를 하지 않았다. 우리는 키스를 하거나 몸을 떨었을 뿐이었다. 키티 다리 사이에 있는 것은 보지나 밑구멍이 아니었다. 솔직히, 내가 기억하기로는 우리가 함께한 모든 밤 동안 우리는 그것을 딱히 무어라 칭한 적이 없었다. 단 한 번도……

〈지금 키티가 내 모습을 볼 수 있으면 좋겠어.〉 다이애나 옆에 누워 딜도 주변으로 진주 줄을 더욱 단단히 감으며 나는 생각했다. 그리고 다이애나는 자기 트렁크를 한 번 더 매만진 다음 몸을 기울여 나를 쓰다듬었다.

「내가 무엇의 주인인지 봐!」 다이애나는 한숨을 쉬며 이렇게 말하곤 했다. 「보라고, 내가 무엇을 가졌는지!」

나는 침대가 기우뚱해지는 느낌이 들 때까지 담배를 피우곤 했다. 그러고는 누워서 깔깔거리며 웃었고, 다이애나는 내 위로 올라왔다. 나는 한번은 담배를 실크 침대 덮개에 떨어뜨렸고, 우리가 씹을 하는 동안 이불에서 연기 나는 모습을 보며 싱긋 웃기도 했다. 한번은 너무 많이 담배를 피워서 아픈 적도 있었다. 다이애나는 종을 울려 블레이크를 불렀고, 블레이크가 오자 이렇게 외쳤다. 「내 창녀를 봐, 블레이크. 이렇게 더러울 때조차 반짝반짝 빛나잖아! 이렇게 멋지게 생긴 짐승을 본 적 있어? 있냐고?」 블레이크는 본 적이 없다고 말했다. 그리고 천을 물에 적셔 내 입을 닦아 주었다.

마침내 내 감금의 주문을 깬 건 다이애나의 허영심이었다. 나는 한 달간 다이애나와 함께 있으면서 정원 주변을 산책할 때만 집을 나섰고, 그동안엔 내 부츠 끄트머리조차 런던 거리 구경을 하지 못했다. 그러던 어느 날 저녁 식사 시간에 다이애나는 내가 이발을 해야 한다고 선언했다. 나는 다이애나가 나를 이발시키기 위해 소호로 데려갈 모양이라고 생각하며 접시에서 고개를 들었다. 하지만 다이애나는 종을 울려 하인들을 부를 뿐이었다.

블레이크가 빗을 들고 가정부가 가위를 부지런히 놀리는 동안 나는 수건을 두르고 의자에 앉아 있어야 했다. 「부드럽게 해, 부드럽게!」 그 모습을 보며 다이애나가 외쳤다. 후퍼 부인이 내 눈썹 위 머리를 다듬기 위해 다가왔고, 빠르고 뜨거운 부인의 숨결이 뺨에 닿는 게 느껴졌다.

하지만 이발은 더 좋은 무엇인가를 위한 전주에 불과했다는 것이 밝혀졌다. 이튿날 아침 내가 다이애나의 침대에서 깨어났을 때 이미 옷을 입은 다이애나는 예의 그 낯익은, 뜻 모를 웃음을 머금고 나를 바라보고 있었다. 다이애나가 말했다. 「일어나. 네게 줄 선물이 하나 있어. 사실은 두 개지. 첫 번째 건 네 방에 있어.」

「선물이 있다고요?」 하품을 하며 내가 말했다. 이제 선물이라는 단어는 좀 시큰둥했다. 「뭔데요, 다이애나?」

「정장이야.」

「어떤 정장이요?」

「데뷔용 정장이지.」

「데뷔용?」

나는 즉시 일어났다.

덴디 부인의 집에서 바지를 처음 입은 날 이후로 나는 아주 여러 가지 신사 정장을 멋지게 입어 보였다. 평범한 것부터 연극용까지, 군복부터 부드러움을 강조하는 남성복까지, 갈색 능직부터 노란색 무명 벨벳까지, 군인, 선원, 시종, 남창, 급사, 멋쟁이, 희극 속의 대공 역을 하며 온갖 것을 입었고, 꽤 어울리게 잘 입었다. 하지만 그날 펠리시티 플레이스의 다이애나 집 내 침실에서 나를 기다리고 있는 옷은 내가 입어 본 가운데 가장 아름답고 가장 고급이었다. 나는 지금까지도 그 훌륭한 옷을 구석구석 모두 떠올릴 수 있다.

상앗빛 리넨으로 된 재킷, 바지, 그리고 뒤판이 실크로 된 약간 더 짙은 색 조끼가 있었다. 이 옷들은 벨벳으로 안감을 댄 상자에 들어 있었다. 다른 꾸러미에는 피케[12] 셔츠 세 장이 들어 있었다. 셔츠들은 각기 색조가 조금씩 달랐으며 천이 아주 촘촘하게 짜여 새틴이나 진주 표면처럼 광택이 났다.

갓 난 치아처럼 하얀 옷깃, 오팔 장식 단추, 황금 커프스단추도 있었다. 호박색 물결무늬 넥타이들도 있었다. 포장지에서 꺼내자 넥타이들은 물결처럼 번쩍이며 내 손가락 사이를 뱀처럼 미끄러져 바닥으로 떨어졌다. 납작한 나무 상자에는 장갑이 있었다. 단추가 달린 새끼 염소 가죽 장갑 한 벌과 암사슴 가죽 장갑 한 벌이었고, 사향 같은 냄새가 났다. 벨벳 가방에는 양말과 속바지, 속옷이 들어 있었다. 내가 지금 입은 속옷 같은 플란넬이 아니라 실크였다. 넥타이에 어울리는 장식이 달린 크림색 혼버그[13]와 밤색 가죽 신발은 너무나 따뜻하고 멋져서 보자마자 빰과 입술에 대보지 않을 수 없었고, 나도 모르게 혀로 핥아 보았다.

마지막으로 내가 하마터면 보지 못하고 지나칠 뻔한 조그만 꾸러미가 있었다. 그 꾸러미에는 피케 셔츠만큼이나 곱고 섬세하며 작은 글씨로 〈N. K.〉라고 멋지게 수놓인 손수건들이 있었다. 구석구석까지 섬세하며 천과 색조가 서로 잘 어우러지는 모든 옷과 물건에 나는 아찔할 정도로 황홀해졌다. 그러나 그 가운데 가장 만족스러운 것은 마지막으로 본 손수건과 손수건에 뚜렷하고도 영구히 새겨진 표시였다. 이로써 내가 이 기묘한 집으로 들어온 이래 새로 주인으로 모시게 된 열정적이며 후한 이 여자와 나와의 관계가 확실해졌기 때문이다.

12 골무늬 진 면직물.

13 챙이 좁은 중절모의 일종.

나는 목욕을 하고 거울 앞에서 옷을 입었다. 그리고 창문 가리개를 원래대로 해놓고 담배에 불을 붙이고 서서 담배 피우는 내 모습을 바라보았다. 나는 멋져 보였다(절대 허영에 차서 하는 말이 아니다). 모든 비싼 옷이 그러하듯 내가 입은 옷에도 고유의 기품과 광택이 서려 있었다. 정도의 차이는 있겠지만 이 옷을 입으면 누구나 멋져 보일 터였다. 그리고 다이애나는 현명하게 주문을 했다. 표백한 리넨은 흐릿한 내 금발 그리고 내 뺨과 손목에 남아 있는, 이제는 희미해져 가는 남창 시절의 그을린 피부색과 어울렸다. 넥타이의 호박색 번쩍임은 내 푸른 눈과 짙은 속눈썹을 더욱 돋보이게 했다. 바지에는 세로로 주름이 잡혀 있어 내 다리를 더욱 길고 날씬해 보이도록 했다. 그리고 향기 나는 암사슴 가죽 장갑 한 짝을 말아 넣었기에 단추 부분은 불룩하게 튀어나와 있었다. 내가 보기에 나는 넋이 나갈 정도로 매력적이었다. 왼쪽 다리를 살짝 굽히고 한 손은 편하게 허벅지 근처에 내린 채 다른 손은 연지색을 살짝 머금은 입술로 담배를 가져가고 있는, 나무 테두리 안 거울 속에 비치는 내 모습은 마치 살아 있는 그림 같았다. 질투에 찬 예술가가 잡아 거울 뒤에 박아 넣은 금발의 귀족이나 천사 같았다. 가슴속에 경외심이 밀려왔다.

문에서 인기척이 들렸다. 돌아보니 다이애나가 있었다. 나는 다이애나가 온 것도 모를 정도로 거울에 비친 내 모습에 정신이 팔려 있었고, 그런 내 모습에 다이애나는 흐뭇해하고 있었다. 다이애나는 꽃을 몇 송이 들고 내 외투에 달기 위해 다가왔다. 다이애나가 말했다. 「수선화를 준비했어야 하는데. 미처 생각을 못했네.」[14] 제비꽃이었다. 다이애나가 내 라펠에 꽃을 다는 동안 나는 고개를 숙이고 그 향을 맡았다. 가지에 느슨히 달렸던 꽃

14 영어로 수선화를 가리키는 〈*Narcissus*〉는 그리스 신화에서 물에 비친 자기 모습을 연모하다가 빠져 죽은 미모의 청년 나르키소스에서 온 말이다.

한 송이가 양탄자에 떨어졌고 다이애나의 발꿈치에 밟혀 으깨졌다.

다이애나는 내 가슴에 꽃을 달고 나서 내 담배를 가져가 피우며 뒤로 물러서서 자기 솜씨를 살펴보았다. 오래전 덴디 부인의 집에서 월터가 그랬던 것과 똑같았다. 남들이 골라 준 옷을 입고 남들이 원하는 식으로 치장하고 감탄의 대상이 되는 것이 내 운명인 듯했다. 아무래도 좋았다. 나는 순진했던 시절에 입었던 푸른색 서지 정장을 생각하며 깔깔거리고 웃었다.

하도 웃어 눈에 눈물이 고이며 반짝거렸다. 그 모습을 본 다이애나가 만족스러운 듯 고개를 끄덕였다.

「우리는 큰 화젯거리가 될 거야.」 다이애나가 말했다. 「널 아주 맘에 들어 할 거고. 난 알아.」

「누가요?」 내가 물었다. 「절 누구에게 보여 주려고 이 옷을 입힌 거죠?」

「널 데리고 나가 내 친구들을 만나게 할 거거든.」 다이애나가 내 뺨에 손을 댔다. 「내 클럽에 데리고 갈 거야.」

우리가 간 곳은 캐번디시 레이디 클럽이라는 곳이었다. 피커딜리 바로 위편에 있는 색빌 스트리트에 자리 잡고 있었다. 나는 그 길을 아주 잘 알았다. 그 주변 길들을 모두 알았다. 하지만 그런 건물이 있는 줄은 전혀 몰랐다. 그 건물은 날씬하고 정면이 회색이었으며, 다이애나는 실링에게 그곳으로 마차를 몰라고 일렀다. 건물 계단은 다소 어둑했으며 명판은 작고 문은 좁았던 것 같다. 하지만 나는 그곳에 한 번 간 이후 다시는 그 건물을 못 보고 지나친 적이 없었다.

만약 원한다면 오늘이라도 색빌 스트리트에 가서 그 건물을 찾아보도록 하라. 그곳 도로를 서너 번은 왔다 갔다 해야 하리

라. 하지만 정면이 회색인 건물을 찾으면 잠깐 고개를 들고 그 건물을 보라. 만약 어두한 문턱을 건너가는 여인이 보인다면 그 여인을 눈여겨보라.

그 여인은(내가 그날 다이애나와 그러했듯이) 로비로 걸어가리라. 멋진 로비에는 책상이 있고, 책상 뒤에는 용모단정하고 평범하면서 영원히 늙지 않을 것 같은 여인이 앉아 있다. 내가 그곳에 처음 갔을 때는 호킨스라는 여자가 있었다. 우리가 도착하자 호킨스 양은 장부에 참가 표시를 했고, 고개를 들어 다이애나를 보고는 싱긋 웃었다. 하지만 나를 보자 그 웃음은 사그라졌다.

호킨스 양이 말했다. 「레더비 부인. 정말 반가워요! 젝스 부인께서 오락실에서 기다리고 계세요.」 다이애나는 고개를 끄덕이고 종이에 서명을 했다. 호킨스 양은 다시 한번 나를 힐긋 보았다. 「이 신사분은 여기서 기다리시는 건가요?」 호킨스 양이 말했다.

다이애나는 펜을 매끄럽게 놀렸고, 시선을 들지 않았다. 다이애나가 말했다. 「귀찮게 굴지 좀 마, 호킨스. 여기는 킹 양이야. 내 동반자야.」 호킨스 양은 더욱 열심히 나를 보더니 이윽고 얼굴을 붉혔다.

「에, 레더비 부인, 제가 숙녀분들을 대변할 수 없는 건 분명하지만 이 경우는 좀…… 파격이라고 생각하는 분이 있을 듯하군요.」

「우리는 파격을 위해 이곳에 오는 거야.」 다이애나가 펜을 닫으며 대답했다. 이윽고 다이애나는 고개를 돌려 나를 보고는 손을 들어 내 넥타이를 바로잡아 주고 장갑 낀 손끝으로 이마를 살짝 닦아 준 뒤 마지막으로 모자를 벗기고 내 머리를 매만졌다.

다이애나는 모자를 호킨스 양에게 맡겼다. 그러고 나서 나와 단단히 팔짱을 끼고 오락실로 통하는 계단을 올라갔다.

오락실은 아래층 로비와 마찬가지로 호화로웠다. 지금은 그곳이 무슨 색인지 모르겠다. 하지만 당시에 벽은 황금색 다마스크 천으로 장식되었고, 양탄자는 크림색이었으며, 소파는 푸른색이었다. 간단히 말해서 그 방은 내 가장 멋진 차림에 들어간 모든 색에 어울리게 꾸며져 있었다. 아니, 오히려 내가 그 방에 어울렸다고 하는 게 더 나을지도 모르겠다. 고백하건대 그런 생각이 들자 기분이 상했다. 아주 잠깐, 그날 아침 거울 앞에서 다이애나를 후하다고 여겼던 생각이 사그라지기 시작하는 듯했다.

그러나 나는 모든 연예인은 자기 무대에 맞게 의상을 갖춰 입어야 한다는 사실을 떠올렸다. 이 얼마나 멋진 무대이며 얼마나 훌륭한 관객들이란 말인가!

모인 사람들은 서른 명 정도 되었고, 내 생각에는 모두 여자였다. 모두 음료와 책과 신문을 들고 탁자에 둘러앉아 있었다. 거리를 지나다 이 가운데 한 명과 만난다 해도 전혀 이상할 게 없는 사람들이었다. 하지만 이들의 외모를 모두 합쳐 놓자 꽤 이상한 효과가 났다. 이들의 옷차림은 이상하지는 않았지만 다소 독특했다. 치마를 입고 있었으나, 마치 재단사들이 신사 옷에다 치마를 부풀리는 버슬을 붙여 꿰맨 듯 대담한 디자인의 치마였다. 많은 이들이 산책 옷이나 승마복을 입은 듯했고 코안경을 쓰거나 리본에 외알 안경을 달고 있었다. 깜짝 놀랄 만한 머리 장식을 한 이도 한두 명 있었다. 그리고 여자들만 모인 그 어떤 모임에서보다 더 많은 넥타이가 눈에 띄었다.

물론 이 모든 자세한 광경을 단숨에 알아차린 것은 아니었다. 하지만 방은 커다랬고 다이애나는 나를 데리고 천천히 방을 가로질러 갔기에, 나는 주위를 둘러볼 시간이 충분했다. 우리는 곤두선 벨벳처럼 짙은 침묵을 헤치며 걸어갔다. 우리가 문에 나타나자 여성 회원들이 고개를 돌리고 우리를 응시하다가 눈을 휘둥그렇게 떴기 때문이다. 이들이 호킨스 양처럼 나를 신사로 봤는지 아니면 다이애나처럼 단숨에 내 변장을 알아챘는지 그건 모르겠다. 어느 쪽이든 간에, 누군가가 〈맙소사!〉 하고 외쳤고 이윽고 〈어머나……〉 하며 좀 더 우물거리는 감탄사가 흘러나왔다. 나는 다이애나가 완전히 만족하며 등을 꼿꼿이 세우는 걸 느낄 수 있었다.

이윽고 식탁에서 가장 먼 구석에 앉아 있던 여인이 일어서며 외치는 소리가 들렸다. 「다이애나, 이 늙다리 난봉꾼! 마침내 해냈군요!」 그 여인은 박수를 쳤다. 그리고 그 여인 옆에서 두 명이 얼굴을 분홍색으로 물들이며 나를 보았다. 한 명은 외알 안경을 가지고 있다가 눈에 고정시켰다.

다이애나는 이들 앞에 나를 세우고 보여 주었다. 호킨스 양에게 소개할 때보다는 더 정중했지만 여전히 나를 자기의 〈동반자〉라고 했다. 그 말에 여인들이 깔깔거리며 웃었다. 그들 가운데 가장 앞에 있던 여인, 즉 우리에게 인사하기 위해 일어서던 여인이 내 손을 잡았다. 여인의 손가락 사이에는 땅딸막한 담배가 끼워져 있었다.

「낸시, 이분은 젝스 부인이야. 런던에서 내가 가장 오래 알고 지낸 친구이자 가장 평판이 나쁜 분이지. 젝스 부인이 네게 하는 말은 모두 널 타락시키기 위한 거야.」 내 주인이 말했다.

나는 젝스 부인에게 고개 숙여 인사를 했다. 내가 말했다. 「그러길 바랍니다, 정말로요.」 젝스 부인이 크게 소리 내어 웃었다.

「이게 말을 하는군요!」 부인이 외쳤다. 「이런 차림에…….」 부인은 내 얼굴이며 옷을 가리켰다. 「게다가 이 생물은 말까지 해요!」

다이애나가 싱긋 웃으며 눈썹을 치켰다. 「어느 정도는요.」 다이애나가 말했다.

나는 눈을 끔벅였으나 젝스 부인은 여전히 내 손을 잡고 있었고, 이제 그 손을 꽉 움켜쥐었다. 「다이애나는 당신을 잔인하게 대할 거예요, 낸시 양. 하지만 그런 것에 맘 쓰면 안 돼요. 여기 캐번디시에 있는 우리 모두는 당신을 보고 싶고 친구가 되고 싶은 마음에 〈가슴이 설레어요.〉 저를 〈마리아〉라고 부르세요.」 부인은 그 단어를 옛날식으로 발음했다. 「그리고 여기는 에벌린, 그리고 이쪽은 디키예요. 보다시피, 디키는 자기가 청일점이라고 생각하길 즐기죠.」

나는 숙녀들에게 차례로 고개 숙여 인사했다. 에벌린은 나를 보며 빙긋 웃었다. 디키라는 이름의 여인은(바로 외알 안경을 낀 그 여자였다. 하지만 그 안경에는 도수가 없었다고 확신한다) 단지 가볍게 고개를 까닥거렸으며 도도해 보였다.

「그러면 이게 새 칼리스토[15]인가요?」 디키가 말했다.

디키는 예복용 셔츠에 나비넥타이 차림이었고, 비록 길고 묶여 있었지만 머리에는 기름을 발라 윤을 냈다. 서른두셋 정도 되어 보였으며 허리는 두꺼웠다. 그러나 최소한 윗입술은 남자처럼 가무잡잡했다. 1880년경에는 이 여자가 아주 멋지다고들 했을 것이다.

마리아가 다시 내 손을 누르고는 눈을 굴렸다. 이윽고 마리아는 고개를 기울였고, 내가 몸을 숙이자(마리아는 키가 다소 작았다) 말했다. 「자, 낸시 양, 당신은 우리 욕구를 만족시켜 줘야 해요. 우리는 당신이 어떻게 다이애나를 만나게 되었는지 그 지저분한 이야기를 다 듣고 싶어요. 다이애나는 우리에게 아무 말도 안 해주려고 해요. 그냥 그날 밤이 따뜻했고 거리는 화려했으며 연인을 찾는 술 취한 여인처럼 달이 구름 사이로 비틀거렸다는 말만 하네요. 말해 줘요, 낸시 양. 꼭 말해 줘요! 정말로 달이 구름 사이로 비틀거렸나요? 연인을 찾는 술 취한 여인처럼요?」

15 그리스 신화에서 제우스와 정을 통해 헤라의 미움을 받은 님프.

마리아는 담배를 한 모금 빨아들인 뒤 나를 살펴보았다. 에벌린과 디키는 몸을 숙이고 기다렸다. 나는 둘로부터 시선을 돌려 마리아를 다시 보았다. 이윽고 나는 침을 삼켰다.

「그랬어요.」 마침내 내가 말했다. 「다이애나가 그렇다고 말했으면요.」

그 말에 놀란 마리아는 소리 내어 웃었다. 착암기가 덜컹이듯 낮으면서 크고 조급한 웃음이었다. 다이애나는 내 팔을 잡고 소파에 앉을 자리를 마련해 준 다음 여급을 불러 마실 것을 가져오게 시켰다.

식탁에 둘러앉아 있던 다른 여인들은 여전히 내 쪽을 바라보았다. 몇 명은 꽤 괴팍하다는 걸 절로 알 수 있었다. 몇 명은 중얼거리고 몇 명은 속삭이는 소리가 들렸다. 한두 명은 킥킥거렸고, 놀라 숨차 하는 사람도 한 명 있었다. 그러나 나와 함께 있는 사람들 가운데 그 소리에 조금이라도 주의를 기울이는 사람은 아무도 없었다. 마리아는 여전히 내게 시선을 고정하고 있었고, 우리 음료가 도착하자 자기 잔 너머로 내게 추파를 던졌다. 「버스크[16]의 양 끝을 위하여!」 마리아가 말하며 내게 눈을 찡긋했다. 다이애나는 에벌린이라는 숙녀가 하는 말을 듣기 위해 고개를 돌리고 있었다. 에벌린이 말했다. 「그런 추문은, 다이애나, 들어 본 적도 없을 거예요! 그 여자는 여자 일곱과 맹세를 하고 모두 다른 요일에 만났어요. 그 가운데 한 명은 시누이였어요! 그리고 그 일곱 명에서 〈잘라 내거나 뽑아낸〉 것들로 앨범을 만들어 가득 채웠더라고요. 보이는 것만 해도 속눈썹이며 발톱 깎은 거, 쓰고 난 생리대 따위가 들어 있더라고요. 게다가 털…….」

「〈털〉이요, 다이애나.」 디키가 의미심장한 목소리로 끼어들었다.

16 코르셋의 가슴 부분을 버티는 살대.

「털로 반지와 머리 장식을 만들었어요. 마이어 경은 브로치를 보고는 어디서 샀는지 물었고, 수전은 여우 꼬리로 만들었다면서 마이어 경의 아내에게 줄 수 있도록 하나 만들어 주겠다고 하더라고요! 상상이 가요? 그래서 이제 마이어 부인은 모든 사교계의 파티에 수전 데이커 시누이의 보지털로 짠 장식을 가슴에 달고 나타난다니까요!」

다이애나가 싱긋 웃었다. 「수전의 남편은 이걸 다 알면서도 꺼리지 않나요?」

「꺼려요? 수전의 보석 상인이 보낸 청구서에 돈을 치르는 건 바로 그 남편이라고요! 아마 당신도 수전의 남편이 자기 영지를 〈신(新) 레스보스〉[17]로 개명하려고 계획 중이라는 말을 들어 본 적이 있을 걸요. 저는 수전의 남편에게서 직접 들었어요.」

「신 레스보스!」 다이애나가 부드럽게 말했다. 이윽고 다이애나가 하품을 했다. 「거기에 지긋지긋한 늙다리 레즈비언 수전 데이커가 있으면 그거 아주 독창적이겠군요…….」 다이애나는 나를 돌아보더니 음색을 낮춰 말했다. 「내게 담뱃불 좀 붙여 주겠니, 아가?」

나는 가슴 주머니의 거북 등딱지 갑에서 담배를 두 대 꺼내 둘 다 내 입으로 불을 붙인 뒤 한 대를 건네주었다. 숙녀들은 나를 지켜보았다. 사실 이들은 소리 내어 웃고 떠드는 동안에도 줄곧 내 몸 곳곳과 움직임을 주시했다. 담뱃재를 떨기 위해 몸을 구부리자 이들은 눈을 깜박이며 나를 보았다. 내가 짧게 친 머리 가장자리를 쓰다듬자 이들은 얼굴을 붉혔다. 내가 바지 입은 가랑이를 벌리고 가운데 불룩 솟은 것을 보여 주자 마리아와 에벌린은 한 몸처럼 의자에서 자세를 바꾸었다. 디키는 브랜디 잔에

17 그리스 동쪽에 있는 레스보스섬은 시인 사포의 출신지로, 고대에 이 섬에 동성애가 성행했다는 데서 레즈비언이라는 말이 생겼다.

손을 뻗더니 잔에 든 걸 한숨에 들이켰다.

잠시 뒤 마리아가 다시 가까이 다가왔다. 「자, 낸시 양. 우리는 여전히 당신의 과거를 들으려고 기다리고 있어요. 우리는 당신의 모든 것에 대해 알고 싶어요. 그런데 당신은 아직도 우리 애만 태우네요.」

내가 말했다. 「알아야 할 것은 아무것도 없어요. 다이애나에게 물어보세요.」

「다이애나는 요리조리 피하기만 할 뿐 제대로 말해 주지 않아요. 이제 말해 봐요.」 마리아는 점차 나를 믿는 듯했다. 「당신은 어디서 태어났나요? 형편이 어려운 곳이었나요? 침대 하나에 열 명이 함께 자야 하는 〈빈민굴〉이었나요?」

「빈민굴이라고요?」 돌연 지난 몇 달간의 그 어느 때보다도 우리 집의 낡은 거실이, 벽난로 위에 매달려 술을 펄럭이는 천이 생생하게 떠올랐다. 내가 말했다. 「켄트에서 태어났어요. 윗스터블이요.」 마리아는 그저 나를 바라보기만 할 뿐이었다. 내가 다시 말했다. 「윗스터블이요. 굴이 잡히는 곳이요.」

그 말에 마리아는 몸을 바로 했다. 「와, 당신은 인어로군요! 다이애나, 알고 있었나요? 윗스터블의 인어예요!」 마리아는 아무것도 들지 않은 손을 내 무릎에 올려놓고 가볍게 도닥였다. 「다행히도 꼬리는 없지만요. 설마 생기는 건 아니겠죠? 그렇죠?」

나는 대답을 할 수 없었다. 우리 집 거실의 모습에 이어 분장실 문에 있던 키티의 모습에 대한 기억으로 머리가 멍했다. 〈인어 아가씨〉. 키티는 나를 그렇게 불렀다. 그리고 스탬퍼드 힐에서 지낼 때도 그렇게 불렀다. 내가 흐느끼는 소리를 듣고 내게 다가와 내 눈물에 키스하며…….

나는 음료를 꿀꺽꿀꺽 마시고 담배를 물었다. 담배가 끝까지 타들어 가 있어 하마터면 손을 델 뻔했다. 나는 담배를 들고 허둥거리다 떨어뜨렸다. 담배는 소파에 떨어져 튕겨 오르더니 내 가랑이 사이로 굴러 들어갔다. 나는 담배를 집으려 몸을 기울였다. 그 때문에 숙녀들은 다시 나를 바라보며 경련을 일으켰다. 담배는 여전히 연기를 내며 엉덩이와 의자 사이에 끼어 있었다. 나는 벌떡 일어났고, 마침내 담배를 찾아 내 엉덩이를 싸고 있는 리넨을 잡아당겼다. 내가 말했다. 「썅, 바지에 구멍이 나버린 거 아닌가 몰라!」

그 말은 내가 의도했던 것보다 더 크게 튀어 나왔고, 그에 대답하듯 내 뒤편에서 누군가가 외쳤다. 「정말이지, 레더비 부인, 이건 참을 수 없군요!」 숙녀 한 명이 일어나더니 우리 쪽 탁자로 다가왔다.

「항의를 해야겠어요, 레더비 부인.」 탁자 앞에 다다랐을 때 그 여인이 말했다. 「정말로 항의를 해야겠어요. 이곳에 참석한, 그리고 참석하지 않은 모든 숙녀를 대표해 당신이 우리 클럽에 커다란 해를 끼치고 있다는 걸 말씀드려야겠어요!」

다이애나는 께느른한 눈을 들어 그 여인을 보았다. 「해를 끼친다고요, 브루스 양? 내 동반자인 킹 양이 여기 있는 걸 말하는 건가요?」

「맞아요, 부인.」

「당신은 킹 양이 싫으신가요?」

「저는 저 여자가 쓰는 말투며 입은 옷이 싫습니다, 부인!」 그 여인은 실크 셔츠에 폭 넓은 허리띠와 넥타이 차림이었다. 넥타이에는 말 머리 모양 은제 핀이 꽂혀 있었다. 여인은 다이애나의 옆에 서서 답을 기다렸다. 잠시 뒤 다이애나가 한숨을 쉬었다.

「그렇다면, 회원들의 기쁨을 위해 복종할 수밖에요.」 다이애나가 말했다. 다이애나는 일어서더니 나를 자기 곁으로 끌었고, 다소 과시하듯 내 팔 쪽으로 몸을 기댔다. 「낸시, 자기 옷은 캐번디시 회원들에게 너무 대담하게 보였나 봐. 아무래도 자기를 집으로 데려가 옷을 다 벗겨야 할 거 같아. 자, 그 기쁨을 누릴 수 있도록 저희를 펠리시티 플레이스까지 태워다 주실 분 없나요…….」

방에 모인 사람들이 웅성거렸다. 마리아가 즉각 일어서더니 지팡이에 손을 뻗었다. 「가자, 가자!」 마리아가 외쳤다. 「어이, 새틴!」 컹 하는 소리가 들렸고, 마리아의 의자 아래에서 돼지가죽 끈에 묶인 작고 잘생긴 휘핏[18] 한 마리가 나왔다(녀석은 마리아의 치마 뒤에서 졸며 누워 있었기 때문에 나는 녀석의 존재를 몰랐다).

디키와 에벌린 역시 일어났고, 다이애나는 브루스 양에게 고개를 숙여 인사했으며, 나도 더 깊이 고개 숙여 인사를 했다. 우리가 나가는 동안 모든 시선이 우리를 향했다. 입구로 향하는 동안 모든 시선이 우리에게 딱 달라붙어 있었다. 브루스 양이 자기 자리로 돌아가서 누군가를 부르는 소리가 들렸다. 「이제 〈제대로〉 되었군, 바네사!」 그러나 내가 어떤 숙녀 곁을 지나가자 그 숙녀는 내게 눈을 찡긋해 보였다. 문 근처의 탁자에 있는 여인은 일어나더니 킹 양의 바지가 너무 많이 〈타지〉 않았길 바란다고 다이애나에게 말했다…….

바지는 꽤 상해 있었다. 펠리시티 플레이스에 돌아왔을 때 다이애나는 바지 상태를 보기 위해 마리아, 에벌린, 디키 앞에서 내게 걷고 몸을 굽혀 보게 시켰다. 다이애나는 똑같은 바지를 새로 주문해 주겠다고 말했다.

「정말 대단한 걸 찾아냈네요, 다이애나!」 에벌린이 천을 만지작거리는 동안 마리아가 말했다. 마치 어딘가 싸구려 시장에서 헐값으로 사 온 조각상이나 시계에 대해 말하는 투 같았다. 마리아는 내가 곁에서 듣고 있어도 전혀 거리끼지 않았다. 〈저게 듣

18 경주용 개.

든 말든 무슨 상관이야.〉 마리아는 정말로 그렇게 생각했다. 정말로! 마리아는 탄복하는 눈으로 보고 있었다. 기호가 까다로운 숙녀들이 내게 찬사를 보낸다고 해서 그게 나를 사랑한다는 뜻이 아니라는 건 나도 알았다. 그래도 남들에게 찬사를 받는다는 건 대단한 일이었다. 그리고 나는 남들에게 찬사를 받는 데 익숙했다.

내가 이렇게 찬사를 받는 데 익숙해지리라고 그 누가 생각이나 했겠는가!

「셔츠를 벗어 봐, 낸시.」 이윽고 다이애나가 말했다. 「그리고 여기 숙녀들에게 네 속옷을 보여 드려.」

나는 그렇게 했고, 마리아가 다시 외쳤다. 「정말 대단한 걸 찾아냈네요!」

13

내 생각에 다이애나의 다른 친구들 무리는 우리의 결합을 괴상하게 보았다. 나는 그들이 우리를 보며 자기들끼리 중얼거리는 소리를 듣곤 했다. 「다이애나의 변덕이라니까요.」 그들은 마치 맛있는 음식을 찾는 데 너무 열심인 나머지 섬세한 미각의 소유자라면 질릴 만한 음식에 괜스레 열을 낸다는 식으로 나에 대한 다이애나의 관심을 설명했다. 그러나 다이애나 자신은 일단 나를 발견하고 나자 점점 더 놓아주기 싫어하는 듯했다. 나와 함께 캐번디시 클럽을 잠깐 다녀온 뒤로 다이애나는 나를 자기의 고정 동반자로 삼았다. 이제 나는 더 자주 외출을 하고 더 자주 방문을 하고 더 자주 여행을 했다. 그리고 더 많은 남성용 정장이 생겼다. 나는 점차 만족을 느꼈다. 한때 나는 다이애나가 금화 한 닢을 쥐여 보내 주기를 기대하며 이 집 거실에 의기소침하게 앉아 있었다. 그러나 이제 숙녀들이 〈다이애나 레더비의 《별난 장난감》〉이라고 속삭이면 나는 내 외투 소매에서 보푸라기를 털어 내고, 주머니에서 내 이름의 두 머리글자가 수놓인 손수건을 꺼내며 싱긋 웃었다. 1892년 가을은 겨울로 이어졌으며 이윽고 1893년 봄이 되었고, 나는 여전히 다이애나 곁에서 총애를 받았으며 숙녀들의 속삭임은 희미해져 갔다. 마침내 나는 다이애나의 별난 장난감이 아니라 그냥 다이애나의 〈청년〉이 되었다.
「저녁 식사에 오세요, 다이애나.」
「아침 식사에 오세요, 다이애나.」
「9시에 오세요, 다이애나. 그리고 그 청년도 데리고 오세요.」
이제 다이애나와 함께 나들이를 할 때면 나는 늘 청년 행세를 하고 다녔다. 심지어 캐번디시 사피스트 클럽이 아닌 평범한 세계, 가게와 식당을 갈 때나 공원에 마차를 타고 놀러 다닐 때처럼 공공장소에서도 청년 복장을 하고 다녔다. 내가 누구인지 묻는 모든 이에게 다이애나는 나를 〈제 피후견인이에요, 네빌 킹이랍니다〉라고 대담하게 소개했다. 다이애나는 묘령의 딸이 있는 숙녀들로부터 나를 소개해 달라는 부탁도 몇 번 받은 듯하다.
「네빌은 영국 가톨릭교회 신도랍니다, 부인.」 다이애나는 이렇게 속삭이곤 했다. 「그리고 성직자가 될 몸이지요. 지금 서품식을 받기 전 마지막으로 나와 있는 거랍니다…….」
내가 극장으로 다시 돌아간 것은 다이애나와 함께였다. 다이애나가 나를 이끌고 극장 옆 특별석으로 가는 걸 깨달은 나는 몸을 움찔거렸으며, 샹들리에 불빛이 흐려질 때 또다시 움찔거렸다. 그러나 다이애나가 좋아하는 극장들은 굉장히 호화로웠다. 그 극장들은 가스 대신 전기 조명을 썼으며 관객들은 침묵 속에 앉아 있었다. 나는 극장이 전혀 즐겁지 않았다. 공연은 무척 맘에 들었다. 그러나 나는 관객들에게 시선을 돌리는 경우가 더 잦았다. 그리고 당연히 무대에서 시선을 떼어 나를 바라보는 눈과 안경들이 늘 많았다. 예전 남창 생활을 할 때 알게 된 얼굴 몇을 보기도 했다. 한번은 극장 화장실에 서서 손을 씻고 있는데 신사 한 명이 나를 보는 게 느껴졌다. 그 남자는 저민 스트리트 으슥한 골목에서 내가 이미 자기 것에 입술을 대보았다는 사실을 알지 못했다. 나중에 나는 그 남자가 부인과 함께 객석에 앉아 있는 모습을 보았다. 또 한번은 레스터 광장에서 내게 그토록 상냥하게 대해 주었던 스위트 앨리스를 만나기도 했다. 앨리스는 신사 둘과 함께였다. 나는 눈썹을 치켰고, 앨리스는 눈을 굴렸다. 이윽고 앨리스는 내가 누구와 함께 있는지 보더니(다이애나와 마리아였다) 눈을 떼지 못했다. 나는 어깨를 으쓱했고, 앨리스는 생각에 잠긴 표정이더니 이윽고 〈봉 잡았네!〉라고 하듯 다시 한번 눈을 굴렸다.

말했듯이 나는 이 모든 곳에 남자 옷을 입고 갔다. 사실 내가 여자 옷을 입고 가는 곳은 오로지 캐번디시 클럽뿐이었다. 캐번디시 클럽은 다이애나가 내게 바지를 입히고도 누군가 알까 조심할 필요가 없는 런던 유일의 장소였다. 그러나 브루스 양이 항의를 한 뒤 클럽에는 새로운 규칙이 생겼고, 그 후 나는 그곳에 치마를 입고 갔다. 다이애나는 나를 위해 뭔가를 마련해 줬지만 지금은 그 재단이며 색깔이 기억나지 않는다. 클럽에서 나는 음료를 마시거나 담배를 피우고 마리아와 함께 시시덕거리고 다른 숙녀들의 눈길을 받으며 앉아 있었고, 그동안 다이애나는 친구들을 만나거나 편지를 썼다. 다이애나는 그런 일이 잦았다. 다이애나는 자선 사업가로 알려져 있었고(확실하지는 않지만 어떤 계기로 인해 나는 그 사실을 추측해 냈던 것 같다), 숙녀들은 자선 사업 계획을 위해 다이애나의 비위를 맞췄다. 다이애나는 자선 단체 몇 곳에 돈을 주었다. 다이애나는 감옥에 있는 여자들에게 책을 보냈다. 여성 참정권을 주장하는 『섀프츠』라는 잡지를 만드는 데 관여하기도 했다. 다이애나는 이 모든 곳에 나를 데리고 참석했다. 그리고 내가 몸을 숙여 신문이나 목록을 집어 들고 느긋이 읽으려 하면, 다이애나는 마치 너무 많은 단어를 너무 열심히 보면 내가 지치기라도 한다는 듯 그것들을 치웠다. 결국 나는 『펀치』에 실린 만화를 보곤 했다.

이런 것이 당시 공공장소에서의 내 모습이었다. 하지만 그런 곳에 갈 기회는 그리 많지 않았다. 그런 시간이 1년 정도 이어졌다. 다이애나는 대개 나를 가까이 두고 집에 전시했다. 다이애나는 제한된 몇 명에게만 나를 보여 주는 게 좋다고 했다. 너무 손을 많이 타면 사진처럼 내가 색이 바랠까 겁이 나기 때문이라고 했다.

〈전시했다〉라는 말은 물론 진짜로 그런 뜻이다. 다른 사람들은 은유나 농담으로 쓰는 단어를 다이애나는 진심으로 썼고, 그것은 다이애나의 수수께끼 가운데 일부였다. 마리아와 디키와 에벌린이 왔던 첫날, 나는 담배 자국이 난 바로 그 바지와 실크 속옷을 입고 이들을 위해 자세를 취했다. 그리고 이들이 다른 숙녀와 함께 두 번째로 왔을 때, 다이애나는 내게 다른 남성 정장을 입고 자세를 취하게 했다. 그 뒤로 내게 새로운 옷을 입히고 자기 손님들 앞에서 걷거나 그들 사이에 섞여 잔을 채우거나 담배에 불을 붙이게 하는 건 다이애나의 오락거리가 되었다. 한번은 내게 반바지를 입고 분 뿌린 가발을 쓴 하인 차림을 하게도 했다. 내가 〈신데렐라〉에서 입던 의상과 좀 비슷했다. 비록 브리태니아에서 입던 반바지는 그렇게까지 몸에 꼭 맞다거나 사타구니 부분이 크지 않았지만 말이다.

반바지로 벌인 별스러운 장난은 다이애나의 상상력을 더욱 부채질했다. 점차 신사복에 물린 다이애나는 나를 분장시킨 뒤 응접실의 작은 벨벳 커튼 뒤에 있게 했다. 이런 일은 일주일에 한 번 정도 있었다. 저녁 식사를 위해 숙녀들이 모이고, 나는 이들과 함께 식사를 했다. 바지를 입고서였다. 그러나 이들이 커피를 마시고 담배 끝을 잘라 다듬는 동안 나는 슬그머니 내 방으로 가 분장을 했다. 그리고 이들이 응접실로 모일 즈음에 나는 멋진 자세로 커튼 뒤에 있곤 했다. 이윽고 다이애나는 준비가 되면 술

달린 줄을 잡아당겨 나를 드러냈다.

나는 정강이에 끈을 매는 샌들을 신고 끝이 휘어진 칼과 메두사의 머리를 든 페르세우스 차림이 되기도 했다. 날개를 달고 활을 든 큐피드일 때도 있었다. 한번은 나무에 묶인 성 세바스티아누스 역할도 했다. 가슴에 꽂힌 듯 매달아 놓은 화살들이 밑으로 처지지 않게 하느라 고생했던 기억이 난다.

그러던 어느 날 밤, 이번에 난 아마존이었다. 나는 큐피드의 활을 들고 있었으나 한쪽 가슴을 드러냈다. 다이애나는 그 젖꼭지에 연지를 발랐다. 다음 주에 다이애나는 이미 한쪽을 보였으니 이번에는 두 쪽 다 보이는 게 낫겠다고 말했고, 나는 프리기아 모자를 쓰고 깃발을 든 마리안[19]이 되었다. 그다음 주에는 살로메였다. 나는 다시 메두사의 머리를 가지고 있었지만 이번에는 쟁반에 받친 상태였고, 수염도 붙여 놓았다.[20] 그리고 숙녀들이 손뼉을 치는 동안 나는 속바지 차림으로 춤을 추었다.

그리고 그다음 주에는, 그러니까 그 주에는 헤르마프로디토스[21]가 되었다. 나는 월계관을 쓰고 은색으로 몸을 칠한 뒤 엉덩이에 다이애나의 〈므시외 딜도〉를 찬 것을 제외하고는 발가벗었다. 숙녀들은 우리 므시외를 보고 놀라 숨을 헐떡였다.

그 반응에 우리 므시외는 몸을 떨었다.

그리고 언제나처럼, 나는 그 떨림으로 흥분하여 키티를 떠올렸다. 나는 키티가 여전히 남자 정장에 실크해트 차림을 하는지, 여전히 「연인들과 부인들」 같은 노래를 부르는지 궁금했다.

이윽고 다이애나가 와서 분홍색 담배를 내 입술에 물리더니

19 프랑스 공화국을 의인화한 상징.

20 메두사는 여성이지만, 고대 그리스에서는 메두사에게 턱수염과 날카로운 이를 부여해 무시무시함을 강조하기도 했다.

21 헤르메스와 아프로디테 사이의 자식으로, 양성을 한 몸에 지니고 있다.

나를 데리고 숙녀들 사이로 가서 그들에게 가죽을 만져 보게 했다. 그때 내가 키티를 생각했는지 혹은 바로 다이애나를 생각했는지는 잘 모르겠다. 돌이켜 보면 당시 나는 내가 피커딜리에서 다시 남창이 되었다고, 아니 남창이 아니라 남창의 고객인 신사가 되었다고 생각했던 것 같다. 내가 경련을 일으키며 비명을 지르자 어둠 속에서 빙그레 웃는 표정들이 보였고 내가 전율하며 흐느끼자 깔깔거리는 웃음소리가 들렸기 때문이다.

나는 아무것도 한 게 없었다. 이 모든 것은 다이애나가 한 행동이었다. 다이애나는 그토록 대담하고 열정에 차 있었고, 악마처럼 영리했다. 다이애나는 이상야릇한 궁전의 여왕 같았다. 나는 여러 파티에서 다이애나의 그 궁전을 보았다. 여인들은 다이애나를 찾았고, 다이애나를 지켜보았다. 여인들은 선물을 가져왔다. 「당신 수집품을 위해서랍니다.」 여인들은 다이애나의 수집품에 대해 이야기하며 부러워했다! 다이애나가 손짓을 하면 여인들은 그 손짓을 보기 위해 고개를 들었다. 다이애나가 말을 하면 여인들은 들었다. 이들을 사로잡은 것은 다이애나의 목소리였다고, 한때 아무렇게나 밤거리를 돌아다니던 나를 꼬여 자신의 어두운 세계 심장부로 끌어들인 바로 그 낮고도 음악적인 목소리였다고 나는 생각한다. 다이애나의 목에서 나온 고함 소리나 중얼거림에 사람들의 논의가 중단되는 모습을 나는 보고 또 보았다. 보잘것없는 일화나 추측을 말하던 사람들이 하나둘씩 말을 멈추고 더 흥미로운 다이애나의 말에 주의를 기울임에 따라 붐비던 방에서 들려오던 산발적인 대화들이 바스러지듯 사라지는 것을 나는 보고 또 보았다.

다이애나의 담대함은 전염성이 있었다. 여인들은 다이애나를 만나면 경솔해졌다. 다이애나는 유리창을 떨리게 하는 가수와 같았다. 다이애나는 암과 같았고, 주형과 같았다. 다이애나는 자신의 상스러운 로맨스 가운데 하나에 출연하는 영웅과 같았다. 다이애나가 있는 방에 여자 가정 교사와 수녀를 넣어 두면 한 시간 뒤 이 둘이 각자 자기 머리털을 뽑아 채찍을 만드는 모습을 볼 수 있을 터였다.

나는 다이애나에게 싫증이 났던 것처럼 말하고 있다. 그러나 당시 나는 다이애나에게 싫증이 나지 않았다. 어떻게 그럴 수 있단 말인가? 우리는 완벽히 호흡을 맞춰 공연을 했다. 다이애나는 음란했고 대담했다. 그러나 그런 대담성이 드러나 보이게 한 것은 누구였는가? 다이애나의 욕정을, 다른 사람들의 공감을 자아내는 다이애나의 힘을 증명한 이는 누구였단 말인가? 펠리시티 플레이스에 있는 다이애나의 집, 일반적인 방식과 규칙은 모두 사라지고 음탕한 방탕이 지배하는 그곳에 감도는, 다른 곳에서는 찾아보기 어려운 매혹적인 분위기를 증명해 낸 이는 누구였던가? 내가 아니라면 그 누구였단 말인가?

나는 다이애나가 누리는 모든 쾌락의 증거였다. 나는 다이애나의 욕망으로 생긴 얼룩이었다. 다이애나는 나를 간직하지 않으면 모든 것을 잃을 수밖에 없었다.

나도 다이애나를 간직하지 않으면 아무것도 가질 수 없었다. 나는 다이애나가 결정해 주지 않는 삶은 상상할 수도 없었다. 다이애나는 내게 특별한 욕구를 일깨워 주었다. 그리고 다이애나와 그 사피스트 무리가 아니라면 그 어디에서 내 묘한 허기들을 채울 수 있었겠는가?

지금까지 나는 시간, 날, 주에 따라 사는 평범한 일상에서 벗어나 〈시간과 관계없이〉 사는 내 기묘한 새로운 삶에 대해 이야기했다. 다이애나와 나는 종종 동틀 때까지 사랑을 나누고 해 질녘에 아침 식사를 했다. 아니면 남들이 깨는 시간에 깨고서도 침대 커튼을 내리고 촛불을 켜고 점심 식사를 했다. 한번은 종을 울려 블레이크를 불렀더니 블레이크가 잠옷 차림으로 나타났다. 3시 30분이었고 우리는 자고 있는 블레이크를 깨운 것이다. 또 한번은 새소리에 잠이 깨었다. 나는 눈을 가늘게 뜨고 겉창 틈으로 들어오는 빛을 보았으며 일주일 동안 햇빛을 본 적이 없다는 사실을 깨달았다. 집에 있으면 하인들의 노동 덕분에 한결같이 따뜻했고, 우리가 원하는 장소까지 마차가 데려다 주었기에 심지어는 계절마저도 그 의미를 상실하고 새롭게 다가왔다. 다이애나의 산책복이 실크에서 코듀로이로 바뀌고 망토가 얇은 그레너딘에서 담비 모피로 바뀐 걸 보고서야, 그리고 내 옷장 가로대가 양모, 낙타털, 트위드의 무게에 휘어지고서야 겨울이 온 것을 알았다.

펠리시티 플레이스는 정신이 혼미해질 정도로 수많은 사치와 매혹적인 분위기에 둘러싸여 있었지만, 새로운 삶을 시작한 지 1주년을 맞은 기념일만은 절대 잊을 수 없을 것이다. 다이애나의 연인이 된 지 1년 조금 안 되었던 어느 날, 나는 신문지가 바스락거리는 소리에 잠에서 깼다. 내 여주인은 조간신문을 보며 내 옆에 있었고, 나는 눈을 뜨며 신문 머리기사를 보았다. 머리기사에는 〈아일랜드 자치 법안, 모이자 아일랜드인이여, 6월 3일〉이라고 적혀 있었다. 나는 깜짝 놀라 소리를 질렀다. 내 시선을 끈 건 단어가 아니었다. 그런 건 내게 의미가 없었다. 하지만 날짜는 내 이름만큼이나 친숙했다. 6월 3일은 내 생일이었다. 일주일 뒤 나는 스물셋이 될 터였다.

「스물셋!」 곧 스물세 살 생일이라는 내 말에 다이애나는 즐거운 듯 말했다. 「정말 멋진 나이야! 바지 속에서 거시기가 후끈하게 달아오르듯 아직 청춘이 네 안에서 뜨겁게 달아오를 때지.

시간은 커튼 뒤에서 얼굴을 가리고 엿보고 있고.」 다이애나는 아침에 일어나자마자 이런 말을 할 수 있었다. 나는 그저 하품만 했다. 그러나 다이애나는 우리가 축하를 해야 한다고 말했고, 그 말에 나는 더 활기가 돌았다. 「뭘 할까?」 다이애나가 말했다. 「이제껏 우리가 하지 않은 것 가운데 말이야. 어디로 데려가 줄까……?」

결국 다이애나가 떠올린 곳은 오페라 극장이었다.

차마 내색하지는 못했지만, 다이애나의 생각은 끔찍했다. 나는 시간이 더 흐른 뒤에는 다이애나에게 골을 내곤 했지만 당시에는 아직 그러지 못했다. 그리고 나는 내 생일에 뭔가 멋진 것을 하지 않으면 안 된다고 생각할 정도로 아직 너무나 유치했다. 물론 선물이 있었다. 그리고 선물은 절대 그 마법을 잃는 법이 없었다.

나는 아침 식사 때 선물을 받았다. 금색 꾸러미 둘이었다. 첫 번째는 컸으며 망토가 들어 있었다. 오페라를 보러 가기에 알맞은 망토였고 아주 멋졌다. 하지만 나는 그것을 받을 것을 이미 알고 있었고 별로 선물이라는 생각이 들지 않았다. 하지만 두 번째 꾸러미에는 훨씬 더 놀라운 물건이 들어 있었다. 그 꾸러미는 작고 가벼웠다. 나는 두 번째 꾸러미를 들어 보자마자 안에 든 게 보석이 틀림없다고 생각했다. 커프스단추나 넥타이 장식 단추 또는 반지인 듯했다. 디키는 왼손 새끼손가락에 반지를 꼈으며, 나는 종종 그것을 부러워하곤 했다. 그랬다, 나는 안에 든 게 디키 것 같은 반지라고 확신했다.

그러나 안에 든 것은 반지가 아니었다. 얇은 가죽끈이 달린 은시계였다. 시와 분을 알리는 짙은 색 침이 두 개 있었고, 그 둘보다 더 빨리 도는 침이 초를 알렸다. 그리고 상판에는 유리가 있었다. 침들은 용두로 움직일 수 있었다. 나는 두 손으로 시계를 뒤집어 보았고, 다이애나는 그런 내 모습을 보고 싱긋 웃었다. 「손목에 차야지.」 다이애나가 말했다.

나는 놀란 눈으로 다이애나를 바라보았다(손목시계를 찬 사람은 아무도 없었다. 손목시계라니, 믿기 어려울 정도로 색다르고 새로웠다). 이윽고 나는 팔에 시계를 차려고 애썼다. 당연히 제대로 할 수 없었다. 펠리시티 플레이스에서 일어나는 다른 여러 가지 일들과 마찬가지로, 시계를 제대로 차려면 하녀가 필요했다. 결국 다이애나가 시계를 채워 주었다. 우리 둘은 앉아서 조그만 시계 판과 움직이는 초침을 보았고, 째깍거리는 소리를 들었다.

내가 말했다. 「다이애나, 이건 제가 지금까지 본 것 가운데 가장 멋진 물건이에요!」 다이애나는 기쁜 듯 얼굴을 분홍색으로 물들였다. 다이애나는 음란한 여자였지만 또한 사람이었다.

나중에 마리아가 방문했을 때 나는 마리아에게 손목시계를 보여 주었다. 마리아는 고개를 끄덕였고 시계를 보고 싱긋 웃었으며 가죽끈 아래 내 손목을 쓰다듬었다. 이윽고 마리아가 소리 내어 웃었다. 「이런, 시간이 틀렸네! 이제 겨우 4시 15분인데 7시로 맞춰 놓았어!」

나는 시계 판을 다시 바라보며 놀라 얼굴을 찡그렸다. 나는 시계를 일종의 팔찌로만 차고 있었다. 손목시계로 시간을 알 수 있다는 생각은 전혀 하지 못했다. 마리아를 위해 나는 〈4〉와 〈3〉으로 시침과 분침을 움직였다. 그러나 물론 나를 위해서는 시간을 맞출 필요가 전혀 없었다.

손목시계는 내가 받은 가장 좋은 선물이었다. 그러나 마리아도 선물을 주었다. 위에는 술이 달리고 끝이 은으로 된 흑단 지팡이였다. 그 지팡이는 내 오페라용 복장과 아주 잘 어울렸다. 사실, 그날 밤 다이애나와 나 둘은 아주 눈에 띄는 한 쌍이었다.

다이애나는 내 옷에 맞춰 검은색, 흰색, 은색 옷을 입었기 때문이다. 워스[22]가 만든 옷이었다. 나는 우리가 패션 잡지에서 곧장 걸어 나온 듯 보일 게 분명하다고 생각했다. 나는 손목시계가 보이도록 왼팔을 아주 곧게 펴고 걸었다.

우리는 솔페리노 식당의 방에서 디키, 마리아와 함께 식사를 했다. 마리아는 경주견인 새틴을 데려왔고, 접시에서 맛있는 것들을 골라 새틴에게 먹였다. 오늘이 내 생일이라는 말을 들은 웨이터들은 내 주변을 분주히 오가며 와인을 권했다. 「이 젊은 신사분은 오늘 몇 살이 되시는 건가요?」 웨이터들이 다이애나에게 물었다. 질문하는 투로 보아 웨이터들은 나를 실제보다 더 젊게 생각하는 듯했다. 웨이터들은 다이애나를 내 어머니로 생각한 듯했다. 여러 가지 이유로 그 생각은 달갑지 않았다. 하지만 내가 구두닦이에게 구두를 닦게 하고 다이애나와 친구들은 그 모습을 지켜보기 위해 근처에 있을 때, 디키를 흘깃 본 구두닦이가 디키 몸에 밴 〈톰〉 특유의 성향을 읽고는 우리 둘이 가족이라서 비슷해 보인다고 착각을 했다(많은 사람들이 그랬다). 구두닦이는 디키가 내 이모이며 함께 나들이를 나온 거냐고 내게 물었다. 그 말에 디키의 안색이 확 달라졌고, 그 모습을 본 나는 남학생으로 잘못 보이는 것도 꽤 괜찮다는 생각이 들었다. 디키는 옷 문제로 나와 한두 번 경쟁하려 애썼다. 예를 들어 그날은 내 생일이었고 디키는 치마, 커프스단추가 달린 셔츠, 짧은 신사용 망토를 걸쳤다. 하지만 디키의 목에는 주름 장식이 있었다. 나는 그런 여성스러운 걸 해본 적이 단 한 번도 없었다. 본인은 몰랐지만(만약 디키가 알았다면 소스라치게 놀랐을 것이다!) 디키는 피커딜리에서 젊은 청년들과 잡담을 나누는 늙고 지쳐 빠진 메리앤으로밖에 안 보였다. 그런 이들은 너무나 오랫동안 남창

22 찰스 프레더릭 워스. 19세기의 선구적인 여성복 전문 디자이너.

일을 해왔기에 〈여왕〉이라고 불렸다.

우리의 저녁 식사는 아주 근사했고, 식사가 끝났을 때 다이애나는 웨이터에게 마차를 잡아 놓으라고 시켰다. 내가 말했듯이, 오페라를 보자는 다이애나의 계획은 그리 달갑지 않았다. 그러나 우리가 로열 오페라 정문 앞의 흔들리는 마차 대열에 합류하자 나도 모르게 흥분이 되었고, 우리(다이애나, 마리아, 디키, 나)는 신사 숙녀들이 붐비는 로비로 들어갔다. 나는 이곳에 온 적이 한 번도 없었다. 변덕스러운 보호자와 산 지난 1년 동안 이렇게 부유하고 멋진 사람들이 모인 곳에 와본 적은 단 한 번도 없었다. 신사들은 나와 마찬가지로 망토와 실크해트 차림에 안경을 가지고 다녔다. 숙녀들은 다이아몬드를 둘렀으며, 장갑이 어찌나 길고 딱 붙는지 우유 통에 겨드랑이까지 푹 담갔다가 막 꺼낸 듯 보였다.

우리는 로비에서 이리저리 부딪치며 잠시 서 있었고, 다이애나는 안면이 있는 숙녀들과 서로 고개를 까닥하며 인사를 했으며, 마리아는 분주히 오가는 사람들의 발길과 바닥을 휩쓰는 망토들에 치이지 않도록 새틴을 가슴에 안았다. 디키는 마실 것을 사 오겠다며 매점으로 갔다. 다이애나가 망토를 받는 제복 차림 남자 둘이 서 있는 카운터 쪽으로 고개를 까닥하며 말했다. 「우리 외투를 맡겨 주지 않겠어, 네빌?」 다이애나는 내가 외투를 벗길 수 있도록 몸을 돌렸고 마리아도 똑같이 했으며, 나는 외투를 들고 로비를 가로질러 가다가 멈추고 내 망토를 벗었다. 그러는 내내 나는 오로지 내가 받은 선물이 얼마나 멋진지, 그 선물을 한 내 모습이 얼마나 멋진지만을 생각했으며, 외투 자락이 손목 위 시계를 가리지 않도록 조심하며 외투를 들고 갔다. 카운터에는 사람들이 줄을 서 있었고, 나는 신사들로부터 외투를 받고 표를 주는 사람들을 멍하니 바라보며 기다렸다. 한 명은 호리호리하고 안색이 나빴으며 아마 이탈리아인인 듯했다. 다른 사람은 흑인이었다. 마침내 내 차례가 되자 그 남자는 내가 준 옷을 향해 얼굴을 기울였고, 나는 그 사람이 예전 브리태니아에서 알고 지낸 담배 친구 빌리 보이란 걸 알았다.

처음에 나는 그냥 빌리 보이를 말똥말똥 바라보기만 했다. 사실 나는 어떻게 하면 빌리 보이가 나를 알아보기 전에 그 자리를 피할까만 생각했다. 그러나 외투를 잡아당기는 데도 내가 놓지 않자 빌리 보이는 고개를 들었다. 그리고 나는 빌리 보이가 나를 전혀 알아보지 못한 채 왜 내가 망설이는지 궁금해할 뿐이라는 사실을 깨달았다. 그 생각을 하니 아주 미안했다. 내가 말했다. 「빌.」 빌은 더 열심히 나를 보았다. 이윽고 빌이 말했다. 「네?」

나는 침을 꼴깍 삼켰다. 내가 다시 말했다. 「빌, 나 기억 못하겠어?」 이윽고 나는 몸을 구부리고 목소리를 낮췄다. 「낸이야. 낸 킹.」 빌의 표정이 확 바뀌었다. 빌이 말했다. 「맙소사!」

내 뒤로 기다리는 줄이 길어졌다. 기다리던 사람들 가운데 누군가 외쳤다. 「왜 이리 더딘 거야?」 빌은 마침내 내게서 외투들을 받아 들더니 재빨리 걸어가 걸어 놓고 와서 내게 표를 주었다. 이윽고 빌은 1분 정도 한쪽으로 살짝 비켜서 동료에게 자기 대신 망토들과 씨름하게 했다. 나 역시 마구 밀어 대는 신사들에게서 멀어졌고, 우리는 책상을 사이에 두고 서로를 바라보며 서서 고개를 저었다. 빌의 이마는 땀으로 번들거렸다. 제복은 짧은 흰색 재킷에 진홍색 싸구려 나비넥타이였다.

빌이 말했다. 「맙소사, 낸. 사람을 그렇게 놀라게 하다니! 내가 돈을 빌린 신사인 줄로만 알았어.」 빌은 내 바지와 재킷, 머리 모양을 보았다. 「이런 차림으로 〈여기〉서 뭘 하고 다니는 거야?」 빌이 이마를 닦더니 주위를 둘러보았다. 「매니저와 함께 있는 거야? 오늘 〈쇼〉에 출연하는 건 아니지? 그렇지, 낸?」

나는 고개를 젓고는 아주 조용하게 말했다. 「이제는 낸이라고 부르면 안 돼, 빌. 사실은…….」 사실은 나는 빌에게 무슨 말을 해야 할지 몰랐다. 나는 망설였지만 빌에게 거짓말을 하는 것은 불가능했다. 「빌, 나는 이제 남자로 살고 있어.」

「남자로?」 빌이 크게 말하더니 손으로 입을 막았다. 그런데도 줄에 서서 투덜거리던 신사 한두 명이 우리 쪽으로 고개를 돌렸다. 나는 사람들로부터 조금 더 멀리 떨어졌다. 내가 다시 말했다. 「나는 남자로 살고 있어. 나를 돌봐 주는 숙녀와 함께 말이야…….」 마침내 빌은 좀 더 알아들은 듯 고개를 끄덕였다.

빌 뒤에서 이탈리아인이 신사의 모자를 떨어뜨렸고, 신사가 쯧 하고 혀를 찼다. 빌이 말했다. 「기다릴 수 있어?」 그러고는 친구를 돕기 위해 다가가 다른 망토 두 벌을 받았다. 이윽고 빌은 다시 내게 다가왔다. 이탈리아인은 기분이 상한 듯했다.

나는 다이애나와 마리아를 힐긋 보았다. 로비는 아까보다 한산했다. 둘은 나를 기다리며 서 있었다. 마리아는 새틴을 바닥에 내려놓았고, 새틴은 마리아의 치마를 긁어 댔다. 다이애나는 나와 시선을 맞추기 위해 고개를 돌렸다. 나는 빌을 보았다.

「요즘 어떻게 지내?」 내가 물었다.

빌은 슬픈 듯 보였고, 손을 들었다. 손가락에는 결혼반지가 끼워져 있었다. 빌이 말했다. 「우선, 결혼했어!」

「결혼! 오, 빌, 잘됐다! 여자는 누구야? 플로라 아니야? 우리 의상 담당자였던 플로라 아니야?」 빌은 고개를 끄덕이며 맞다고 했다.

빌이 덧붙였다. 「내가 여기서 일하는 건 플로라를 위해서야. 플로라는 모퉁이 돌아 있는 〈올드 모〉에서 한 달째 일하고 있어. 플로라는 여전히, 그 있잖아…….」 빌은 돌연 다소 어색한 표정을 지었다. 「플로라는 여전히, 있잖아, 키티 의상을…….」

나는 빌을 말똥말똥 바라보았다. 줄을 선 신사들이 더 많이 투덜거렸고, 이탈리아인이 좀 더 기분 상한 표정을 짓자 빌은 다시 친구에게 가 망토와 모자를 받고 표를 주었다. 나는 한 손을 머리에 대고 손가락으로 머리를 쓸어 넘기며 빌이 내게 한 말을 이해하려 애썼다. 빌은 플로라와 결혼했고, 플로라는 여전히 키티와 함께였다. 그리고 키티는 미들섹스 연예장에서 연기를 했다. 그곳은 지금 내가 서 있는 곳에서 거리 세 개 정도가 떨어진 곳이었다.

그리고 키티는 당연히 월터와 결혼을 했다.

〈둘은 행복해?〉 빌에게 소리쳐 묻고 싶었다. 〈키티는 내 이야기를 해? 키티는 내 생각을 해? 키티는 나를 그리워 해?〉 그러나 빌이 돌아왔을 때(아까보다 더 당황하고 이마는 땀으로 더 젖은 듯 보였다) 나는 단지 〈연기는, 연기는 어때, 빌?〉 하고 말할 뿐이었다.

「연기?」 빌이 콧방귀를 뀌었다. 「내 생각에는 그렇게 좋지 않아. 예전만큼 좋지는 않아…….」

우리는 서로를 바라보았다. 나는 빌의 얼굴을 더 열심히 들여다보았고, 턱 밑에 살이 조금 붙었으며 눈 주위가 예전보다 다소 검어진 것을 알아차렸다. 이윽고 이탈리아인이 〈빌, 이리 좀 와 줄래?〉하고 외쳤고, 빌은 가봐야 한다고 말했다.

나는 고개를 끄덕이고 빌에게 손을 내밀었다. 빌은 악수를 하며 다시금 주저하는 듯 보였다. 이윽고 빌이 아주 빠르게 말했다. 「있잖아, 네가 그렇게 브리태니아를 떠나게 되어서 우리 모두 아주 아쉬웠어.」 나는 어깨를 으쓱했다. 「그리고 키티, 키티가 우리 가운데 가장 아쉬워했어. 키티는 월터와 함께 『이어러』와 『레프』에 몇 주고 계속해서 광고를 냈어. 그 광고를 한 번도 못 본 거야, 낸?」

「응, 빌, 한 번도 못 봤어.」

빌은 고개를 저었다. 「이제는 귀족처럼 차려입고 여기에 서 있다니!」 그러나 빌은 내 정장을 수상한 눈으로 보더니 덧붙였다. 「하지만 제대로 살고 있다고 확신하는 거지, 그렇지?」

나는 대답하지 않았다. 그저 다시 다이애나에게 눈길을 돌릴 뿐이었다. 다이애나는 내 쪽을 보기 위해 고개를 살짝 기울이고 있었고 그 옆에 마리아와 새틴과 디키가 있었다. 디키는 우리 음료 쟁반을 들고 있었고 눈에는 외알 안경을 낀 상태였다. 디키가 말했다. 「와인이 따뜻해지겠어, 다이애나.」 토라진 듯한 목소리였다. 로비에 사람들이 얼마 없었기에 나는 디키의 말을 아주 또렷하게 들을 수 있었다.

다이애나가 또다시 고개를 갸웃했다. 「우리 청년은 뭘 하고 있지?」

「검둥이와 이야기를 하고 있어.」 마리아가 대답했다. 「물품 보관소에서 말이야!」

나는 뺨이 붉게 달아오르는 것을 느꼈고 재빨리 빌 쪽으로 다시 시선을 돌렸다. 빌은 나를 따라 다이애나 쪽을 보았지만 다시 외투를 내미는 신사와 시선이 마주쳤고, 카운터 너머로 옷을 들어 올리더니 어느샌가 옷걸이가 줄지어 걸린 곳으로 몸을 돌리고 있었다.

「안녕, 빌.」 내가 말했고, 빌은 어깨 너머로 고개를 끄덕이더니 살짝 슬픈 웃음을 지으며 작별을 고했다. 나는 한 발 물러섰다. 하지만 아주 빠르게 카운터로 다시 가서 빌의 팔에 손을 얹었다. 내가 말했다. 「올드 모 공연 프로그램에서 키티의 배역은 뭐야?」

「키티의 배역?」 빌은 다른 망토를 접으며 생각했다. 「확실히는 모르겠어. 2부 거의 처음 무렵이고 9시 반 정도에…….」

이윽고 마리아가 부르는 목소리가 들렸다. 「거기 무슨 문제가 생긴 거야, 네빌?」

나는 만약 빌 근처에서 더 어물쩍거렸다가는 뭔가 끔찍한 장면이 연출되리라는 사실을 알았다. 곧 나는 빌을 다시 바라보지 않고 바로 다이애나에게 돌아왔고, 아무 일도 아니었으며 미안하다고 말했다. 그러나 다이애나가 흐트러진 내 머리를 매만져 주기 위해 손을 들었을 때 빌이 나를 보고 있는 것을 느끼며 움찔했다. 그리고 다이애나가 나와 팔짱을 끼고 마리아가 내 다른 쪽 팔을 잡자, 마치 권총이 나를 겨냥하듯 등골이 서늘해지는 기분이 들었다.

객석 자체는 웅장하고 화려했지만 나는 그저 시큰둥한 눈으로 바라볼 뿐이었다. 우리는 특별석에 앉지는 않았지만(특별석을 예약할 시간이 없었다) 우리 좌석은 앞쪽 중앙에 있는 아주 훌륭한 곳이었다. 하지만 나 때문에 늦은 탓에 좌석들은 거의 다 차 있었다. 우리는 자리에 다다를 때까지 스무 개 남짓한 발에 걸려 비틀거려야 했다. 디키는 와인을 쏟았다. 새틴은 목에 여우 모피를 감은 숙녀를 물었다. 마침내 자리에 앉았을 때 다이애나는 입술을 가늘게 떨며 앙다물었고 행동이 부자연스러워졌다. 이것은 다이애나가 우리 모두를 위해 준비했던 즐거운 장면과는 거리가 멀었다.

그러나 나는 다이애나에게 무감각했으며, 그 모든 것에 무감각했다. 오직 키티 생각뿐이었다. 키티가 여전히 무대에 서며 월터와 함께 공연을 하고 있다는 생각뿐이었다. 빌은 날마다 공연이 끝나고 플로라를 데리러 갈 때 키티를 보리라는 생각뿐이었다. 심지어 우리가 보러 온 오페라의 배우들이 화장을 하고 있을 때도 키티는 큰길 세 개 너머의 분장실에서 화장을 하고 있으리라는 생각뿐이었다.

내가 이런 생각을 하고 있는 동안 지휘자가 나타났고, 박수갈채가 쏟아졌다. 불이 꺼졌고 관객들이 조용해졌다. 음악이 들리고 마침내 막이 오르자 나는 멍하니 무대를 바라보았다. 노래가 시작되자 나는 움찔했다. 오페라는「피가로의 결혼」이었다.

무슨 내용이었는지 거의 기억나지 않는다. 나는 오로지 키티 생각만 했다. 내 자리는 믿을 수 없을 정도로 좁고 딱딱했으며, 내가 이리저리 몸을 뒤척이자 마침내 다이애나는 내 쪽으로 몸을 기울이고 가만히 있으라고 속삭였다. 나는 모퉁이를 돌 때마다 그곳에서 키티를 볼까 두려워하며 거리를 돌아다니던 매 순간을 떠올렸다. 키티를 피하기 위해 했던 변장을 떠올렸다. 남창 생활을 하던 시절 키티를 피하는 것은 내게 제2의 천성 같은 것이 되었기에 저절로 런던에서 통째로 피하게 되는 구역이 생기게 되었고, 다른 곳으로 에둘러 가기 위해 어떻게 해야 할지 잠시 멈춰 생각해 볼 필요조차 없는 거리들이 생겼다. 나는 타박상을 입거나 팔다리가 부러져 상처가 어디 닿지 않도록 조심하며 군중 사이를 걷는 법을 배우는 사람과 같았다. 이제 키티가 그토록 가까이 있다는 사실을 알게 되자, 마치 나는 스스로 타박상 입은 곳을 짓누르고 고통에 신음하는 팔다리를 비틀도록 강요받은 것만 같았다. 음악이 점점 커졌고, 머리가 지끈거리기 시작했다. 내 자리는 점점 더 좁아지는 듯했다. 손목시계를 보았으나 불빛이 너무 어두워 시간을 읽을 수 없었다. 나는 시계가 무대 불빛을 받을 수 있도록 기울였고, 그러는 중에 팔꿈치로 다이애나를 찔렀다. 다이애나는 짜증 섞인 한숨을 쉬며 나를 노려보았다. 손목시계는 9시 5분 전을 가리켰다. 시간을 맞춰 놓은 게 얼마나 기뻤던지! 오페라는 겨우 백작 부인과 하녀가 남자 주인공에게 프록을 입히고 벽장에 가두는 우스꽝스러운 장면까지 전개되었을 뿐이었고, 노래와 어수선함은 최악이었다. 나는 고개를 돌려 다이애나를 보았다. 내가 말했다. 「다이애나, 참을 수가 없어요. 로비에서 기다릴게요.」 다이애나는 내 팔을 잡으려고 손을 내밀었지만 나는 손을 밀치고 일어나 신사와 숙녀들 발에 걸려 비틀거릴 때마다 〈실례합니다, 오! 실례합니다!〉라고 말하며 머뭇머뭇 좌석 열을 따라 빠져나와 안내원과 문이 있는 곳으로 향했다.

무대는 시끄러운 데 반해 로비는 놀랄 만큼 조용했다. 외투 맡기는 곳의 이탈리아인은 앉아서 신문을 보았다. 내가 다가가자 이탈리아인이 콧방귀를 뀌었다. 「그 친구는 여기 없습니다.」 빌을 찾는다고 하자 이탈리아인이 말했다. 「공연이 시작하면 바로 사라지지요. 망토를 찾고 싶으신 겁니까?」

나는 아니라고 말했다. 나는 극장을 나와 내 정장과 구두의 광, 옷깃에 단 꽃을 무척 의식하며 드루어리 레인 극장으로 향했다. 미들섹스에 도착하니 남자들이 모여 극장 밖에서 공연 순서를 보며 공연에 대해 의견을 주고받고 있었다. 나는 그곳으로 가 사람들 어깨 너머로 내가 원하는 이름과 번호를 찾아보았다.

〈월터 워터스와 키티〉. 마침내 나는 그 이름을 찾았다. 키티가 〈버틀러〉라는 이름을 버리고 월터의 옛 무대 이름 아래에 포함되어 공연을 한다는 것이 내게는 충격이었다. 빌이 말했던 대로 둘은 2부 시작 즈음에 공연을 했다. 가수와 중국 마술사 다음으로, 열네 번째 순서였다.

안쪽 부스에는 보라색 드레스를 입은 여자가 앉아 있었다. 나는 여자가 있는 창으로 가서 홀을 향해 고개를 끄덕였다. 「무대에서 누가 공연 중인가요?」 내가 물었다. 「지금 몇 번 프로그램이 진행 중이죠?」 여자가 고개를 들었다. 그리고 내 정장 차림을 보더니 혀를 찼다.

「어머, 길을 잃으셨군요.」 여자가 말했다. 「오페라는 모퉁이를 돌아가야 있어요.」 내가 입술을 깨물고 아무 말 하지 않자 여자의 웃음이 사라졌다. 「좋아요, 앨프리드 경.」 이윽고 여자가 말했다. 「지금은 12번이에요. 〈런던의 여가수 벨 박스터〉예요.」

나는 싼 값의 표를 샀다. 물론 여자는 인상을 썼다. 「최소한 레드 카펫이라도 깔아 드려야 하는 건데.」 그러나 나는 감히 무대 가까이 다가가지 못했다. 나는 빌리 보이가 극장에 와서 키티에게 나를 만났으며 내가 어떤 차림을 하고 있는지 말하는 모습을 상상했다. 나는 작은 극장의 무대에서는 석회광을 벗어나면 관객들이 또렷이 보인다는 것을 떠올렸다. 어쨌든 외투와 나비넥타이 차림 탓에 나는 눈에 잘 띌 터였다. 내가 자기를 지켜보는 모습을 키티에게 들킨다면 얼마나 끔찍할까. 월터를 향해 노래부르며 시선은 나를 향한다면 얼마나 끔찍할까!

그래서 나는 최상층 관람석으로 갔다. 계단은 좁았다. 모퉁이를 돌자 연인 한 쌍이 서로 애무하고 있었고, 나는 이들을 아주 가까이 지나가야 했다. 부스에 있는 여자처럼 이들도 내 옷차림을 살펴보더니 혀를 찼다. 벽 너머로 쿵쾅거리는 오케스트라 소리가 들렸다. 계단 꼭대기에 난 문으로 들어서자 쿵쾅거리는 소리는 더욱 커졌고, 그 소리에 맞춰 내 심장이 가슴을 때리는 듯했다. 마침내 섬뜩한 어스름과 열기와 연기와 고함치는 관객들의 악취로 찬 객석에 들어섰을 때, 나는 거의 비틀거리며 걸었다.

무대에서는 주황색 프록을 입은 여자가 스타킹이 보이도록 치마를 홱 잡아당기고 있었다. 내가 몸을 지탱하기 위해 기둥을 잡고 서 있는 동안 여자는 노래 한 곡을 마쳤다. 그리고 또 다른 곡을 시작했다. 관객들은 이를 알고 있는 듯했다. 박수갈채와 휘파람 소리가 들렸다. 이 소리들이 완전히 사라지기 전, 나는 복도를 따라 빈자리로 갔다. 하필이면 고른 곳이 남자들이 줄지어 앉아 있는 곳 끝자리였다. 당연히 좋지 않은 선택이었다. 오페라용 정장을 하고 꽃을 단 내 모습을 본 이들이 서로 쿡쿡 찌르고 킬킬거렸기 때문이다. 한 명은 손을 대고 기침을 했는데, 기침 소리가 아니라 〈토프〉[23]라는 소리를 내뱉었다! 나는 이들에게서 시선을 돌려 무대를 열심히 보았다. 잠시 뒤 나는 담배를 꺼내 불을 붙였다. 성냥을 켜는 손이 떨렸다.

여가수는 마침내 공연을 마쳤다. 환호가 일었고 잠시 빈 시간 동안 고함과 자리를 옮기고 움직이는 부산스러운 소리가 들렸다. 이윽고 오케스트라가 다음 공연을 소개하는 연주를 했다. 딸랑거리는 중국 음악이었고, 그 소리에 내가 앉은 줄에 있던 남자 한 명이 일어나 〈닌키 푸!〉 하고 외쳤다. 이내 막이 오르며 마술사와 여자, 옻칠한 상자가 나타났다. 상자는 다이애나의 침실에 있는 것과 그리 다르지 않았다. 마술사가 손가락을 튕기자 탕 소리와 함께 섬광이 일며 보라색 연기가 피어올랐다. 내가 있는 줄의 남자들은 입술에 손가락을 대고 휘파람을 불었다.

나는 이런 공연을 천 번은 보았다. 또는 본 것같이 느껴졌다. 하지만 입술에 담배를 단단히 물고 이 공연을 보고 있노라니 속이 점점 더 울렁거리고 더욱 망설여졌다. 떨리는 가슴을 안고 나비매듭 장식이 된 장갑을 끼고 캔터베리 궁전 특별석에 앉아 있던 기억이 났다. 그때가 한없이 멀고 기묘하게만 느껴졌다. 그러나 그때처럼 나는 의자의 끈적끈적한 벨벳을 움켜쥐고 힘없이 말려 있는 밧줄과 회색 마룻널이 살짝 보이는, 무대와 연결된 익면 통로를 뚫어져라 바라보며 키티를 생각했다. 키티가 저기 어딘가에, 막 가장자리 바로 너머, 뭐가 되었든 의상을 매만지고 있을 터였다. 어쩌면 월터나 플로라와 이야기를 나누고 있을지도 몰랐다. 아니면 빌리 보이가 내 이야기를 하는 동안 빤히 바라보고 있을지도. 어쩌면 웃고, 어쩌면 흐느끼고, 어쩌면 그저

23 신사, 명사를 가리키는 속어.

가볍게 〈놀랍네!〉 하면서 나를 잊어버릴지도.

내가 이 모든 생각을 하고 있는 사이, 마술사가 마지막 마술을 했다. 또다시 섬광이 번득하고 연기가 더 피어올랐다. 연기는 최상층 관람석까지 올라왔고, 관객들은 모두 콜록거리면서도 환호를 했다. 막이 내려가고 공연이 바뀌는 동안 또다시 잠시 짬이 있었다. 그리고 석회광 담당이 빛줄기를 가로질러 필터를 갈아 끼우는 동안 빛들이 파란색, 흰색, 호박색으로 떨렸다. 나는 담배를 다 피우고 또 한 대를 꺼냈다. 이번에는 내가 앉은 줄의 남자들 모두가 담배를 꺼내는 내 모습을 바라보기에 나는 담뱃갑을 내밀었고 이들은 각자 한 대씩 꺼냈다. 「아주 후하시군요.」 나는 다이애나를 생각했다. 오페라는 끝났을 터였다. 다이애나는 욕을 하고 진행표로 허벅지를 때려 대며 나를 기다리고 있는 건 아닐까?

나 없이 펠리시티 플레이스로 돌아간 것은 아닐까?

그러나 이윽고 음악이 들려오고 막이 삐걱대는 소리가 났다. 나는 무대를 바라보았고, 무대에는 월터가 있었다.

월터는 아주 커 보였다. 내가 기억했던 것보다 훨씬 더 커 보였다. 아마 살이 찐 모양이었다. 어쩌면 의상에 약간 속을 채운 것일 수도 있었다. 월터는 구레나룻을 빗으로 빗어 다소 우스꽝스럽게 부풀려 세웠다. 격자무늬 페그톱 바지와 녹색 벨벳 재킷 차림이었으며 머리에는 담배 모자[24]를 썼고, 주머니에는 파이프가 들어 있었다. 월터 뒤에는 응접실을 그린 천이 배경으로 걸려 있었다. 월터는 옆에 있는 안락의자에 기대어 노래를 불렀다. 월터는 완전히 혼자였다. 이전까지 나는 월터가 무대 의상을 입고 분장한 모습을 본 적이 없었다. 나는 여전히 가끔씩 꿈에서 월터를

24 실내에서 담배를 피울 때 담배 냄새가 머리에 배는 것을 막기 위해 쓰는 모자.

보곤 했다. 꿈속의 월터는 펄럭이는 셔츠 차림에 축축한 턱수염을 하고 키티에게 손을 얹은 모습이었다. 하지만 지금 무대에 서 있는 월터는 내가 꿈에서 본 모습과 너무나 달랐고, 그 모습을 보고 있노라니 심장을 쥐어짜는 듯해서 나는 얼굴을 찡그렸다.

월터의 목소리는 부드러운 바리톤이었으며 아주 듣기 좋았다. 월터가 모습을 드러내자마자 박수가 터져 나오더니 만족스러운 박수 소리가 한 차례 더 들렸으며, 한두 명이 환호성을 질렀다. 하지만 월터의 노래는 이상했다. 월터는 〈꼬마 재키〉라는 이름의 잃어버린 아들에 대한 노래를 불렀다. 여러 절로 된 노래였으며, 각 절마다 같은 후렴구로 끝났다. 아마 〈어디 있니, 오, 꼬마 재키는 지금 어디 있니?〉라는 가사였던 것 같다. 나는 월터가 그곳에서 이러한 노래를 혼자 부르는 게 이상하다고 생각했다. 키티는 어디 있을까? 나는 힘껏 담배를 빨아들였다. 나는 실크해트와 나비넥타이 차림에 꽃을 든 키티가 이 공연에 어떻게 어울릴지 상상이 가지 않았다…….

돌연 끔찍한 생각이 떠오르기 시작했다. 월터는 주머니에서 손수건을 꺼내 눈가를 가볍게 두드렸다. 월터의 목소리가 커지며 후렴구를 부르자, 객석에서 적지 않은 사람들이 함께 후렴을 불렀다. 「그러나 어디에, 오, 꼬마 재키는 지금 〈어디에〉 있니?」 나는 의자에서 몸을 움직였다. 나는 생각했다. 〈제발 그런 장면은 안 돼! 오, 제발, 오, 제발. 그런 장면이 나타나면 안 돼!〉

하지만 그랬다. 월터가 애처로운 질문을 하자 무대 옆쪽에서 날카로운 소리가 들렸다. 「여기 꼬마 재키가 있어요, 아버지! 여기요!」 누군가 무대로 달려오더니 월터의 손을 잡고 키스를 했다. 키티였다. 키티는 어린애용 선원복 차림이었다. 푸른 장식 띠가 달린 헐렁한 하얀 블라우스, 하얀 니커보커스,[25] 스타킹, 납

25 무릎 아래에서 졸라매는 낙낙한 짧은 바지.

작한 갈색 구두 차림이었다. 그리고 등에는 리본이 달린 밀짚모자를 매달고 있었다. 머리털은 다소 길었으며 빗으로 빗어 물결 모양을 만들었다. 이제 악단은 다른 음악을 연주했으며, 키티는 월터와 함께 듀엣으로 노래를 했다.

관객들은 키티를 보고 웃음 지으며 박수를 쳤다. 키티는 깡충깡충 뛰었고 월터는 몸을 구부리고 키티에게 손가락을 흔들어 경고를 보냈으며, 관객들은 소리 내어 웃었다. 관객들은 이 공연을 좋아했다. 관객들은 키티가, 내 사랑스럽고 맵시 나고 으스대던 키티가 무릎까지 올라오는 스타킹을 신고 남편과 함께 어린애처럼 행동하는 모습을 보고 즐거워했다. 나는 얼굴을 붉히고 몸을 꿈틀거렸지만 사람들은 나를 볼 수 없었다. 설사 본다 할지라도 내가 왜 그러는지 알 수 없을 터였다. 나 자신도 거의 알지 못했다. 나는 오직 끔찍한 부끄러움에 몸이 아릴 뿐이었다. 설사 관객들이 키티에게 야유를 보내거나 달걀을 던진다 해도 지금보다 더 나쁜 느낌이 들 수는 없었다. 그러나 관객들은 키티를 좋아했다!

나는 더 열심히 키티를 살펴보았다. 그러다 오페라글라스를 기억해 내고 주머니에서 꺼내 눈에 대고 꿈에서 보았을 때처럼 키티를 가까이 끌어당겨 보았다. 키티의 머리털은 예전보다 길었지만 여전히 밤갈색이었다. 속눈썹은 여전히 길었고 몸도 여전히 버드나무처럼 날씬했다. 사랑스러운 주근깨는 화장으로 가리고 대신 우스꽝스러운 점을 몇 개 그려 넣었다. 그러나 나는 손가락으로 키티의 주근깨를 너무나 자주 어루만져 보았기에 화장에 가려진 주근깨들이 훤히 보이는 것만 같았다. 키티의 입술은 여전히 도톰했으며 노래할 때 윤이 났다. 키티는 노래하는 중간 중간에 고개를 들고 월터의 구레나룻에 키스를 했다.

그 모습에 나는 오페라글라스를 내렸다. 나와 같은 열에 앉은 남자들이 부러운 눈으로 보기에 나는 오페라글라스를 건네주었다(결국 그 사람들은 오페라글라스를 발코니에 앉은 여자에게 던져 준 듯하다). 다시 무대로 시선을 돌렸을 때 키티와 월터는 아주 작아 보였다. 월터는 의자 깊숙이 앉아 무릎 위에 키티를 앉혔다. 키티는 가슴께에 두 손을 모아 깍지를 끼었고, 납작한 사내아이 신발을 신은 발을 대롱거렸다. 그러나 나는 더는 그 장면을 참고 볼 수가 없었다. 나는 자리를 떴다. 같은 줄에 있던 남자들이 뭐라고 말을 했지만 내 귀에는 아무 말도 들리지 않았다. 나는 어두운 복도를 비틀거리며 걸어 입구를 찾았다.

로열 오페라로 돌아와 보니 무대에서는 여전히 가수들이 돼지 멱따는 듯한 괴성을 질러 댔고, 나팔 소리도 여전히 귀청을 때렸다. 그러나 나는 이 소리들을 그저 문 너머로 들었다. 나는 일등석을 가로질러 다이애나의 옆으로 가서 기분 상한 다이애나의 얼굴을 볼 자신이 없었다. 나는 이탈리아인에게 표를 주고 망토를 찾은 뒤 로비의 벨벳 의자에 앉아, 대기하고 있는 이륜마차들과 꽃 파는 여인들, 창녀, 남창들로 가득한 거리를 보았다.

마침내 〈브라보〉 하는 외침과 소프라노에게 갈채를 보내는 소리가 들렸다. 문이 활짝 열리고 로비는 떠드는 사람들로 가득해졌으며 곧 다이애나, 마리아, 디키, 개가 나타나 기다리고 있는 내 모습을 보고는 하품을 하며 다가와 뭐가 문제냐며 나를 나무랐다. 나는 속이 좋지 않아 신사용 화장실에 있었다고 말했다. 다이애나가 내 뺨을 만졌다.

「오늘의 자극이 네게는 너무 심했구나.」 다이애나가 말했다.

그러나 다이애나의 목소리는 다소 차가웠다. 그리고 펠리시티 플레이스로 돌아오는 긴 시간 동안 우리는 마차 안에서 아무 말 없이 조용히 앉아 있었다. 후퍼 부인이 우리를 들여보내고 커다란 정문 빗장을 걸자 나는 다이애나와 함께 다이애나의 침실까지 걸어갔으나, 다이애나를 그냥 지나쳐 내 방으로 걸어갔다. 그러자 다이애나가 내 손을 잡았다. 「어디 가는 거야?」

나는 팔을 빼냈다. 「다이애나, 비참한 기분이 들어요. 혼자 있고 싶어요.」

다이애나가 다시 내 팔을 잡았다. 「비참한 기분이 드신다.」 다이애나가 목소리에 경멸을 담아 말했다. 「네가 뭔가에 대해 무슨 감정을 느끼든 그게 내게 대수라고 생각하는 거야? 당장 내 침실로 들어가, 이 하찮은 창녀야. 그리고 옷을 벗어.」

나는 망설였다. 그리고 말했다. 「싫어요, 다이애나.」

다이애나가 더 가까이 다가왔다. 「뭐?」

부자들은 〈뭐?〉라고 말하는 독특한 방식이 있다. 그 단어의 끝에는 날카롭고도 뾰족한 날이 달려 있다. 부자들 입에서 나온 그 단어는 칼집에서 빠져나온 단검과도 같다. 다이애나는 어두침침한 복도에서 바로 그런 식으로 그 단어를 말했다. 나는 그 단어가 몸을 관통하는 느낌이 들었으며, 온몸이 떨렸다. 나는 침을 꿀꺽 삼켰다.

「〈싫어요〉라고 말했어요, 다이애나.」 더는 속삭임이 아니었다. 그러나 이 말을 들은 다이애나는 내 셔츠를 움켜쥐었고, 나는 비틀거렸다. 내가 말했다. 「놔주세요. 아프잖아요! 놔줘요, 놔줘요! 다이애나, 셔츠가 망가지겠어요!」

「뭐? 이 셔츠?」 다이애나가 대꾸했다. 그 말과 함께 다이애나는 단추 뒤로 손가락을 넣더니 셔츠가 찢어질 때까지 잡아당겼고, 그 때문에 셔츠 안의 내 가슴이 그대로 드러났다. 이윽고 다이애나는 내 재킷을 움켜쥐고 역시 찢어서 벗겨 냈다. 그러는 내내 다이애나는 숨을 헐떡였으며, 팔다리로는 나를 밀었다. 나는 비틀거리며 벽까지 밀려갔고, 팔로 얼굴을 가렸다. 나는 다이애나가 나를 때릴 거라고 생각했다. 하지만 고개를 들어 보니 다이애나는 창백한 얼굴로 서 있었다. 격노해서가 아니라 욕망에 찼기 때문이었다. 다이애나는 내 손을 잡더니 자기 가운 옷깃으로 가져갔다. 그리고 비참한 기분이 드는 와중에서도 다이애나가 내게 원하는 것이 무엇인지 이해하자 나는 숨결이 가빠졌고 보지가 짜릿하게 흥분되었다. 나는 레이스를 잡아당겼고, 실밥이 몇 땀 뜯기는 소리가 들렸으며, 그 소리는 나에게 말 허리를 때리는 채찍 끝 같은 효과를 냈다. 나는 다이애나가 내 의상에 맞춰 워스에게 주문해 입은 검은색과 하얀색과 은색으로 된 가운을 찢어 벗겼다. 누더기가 된 가운이 융단 위에 떨어져 짓밟히자 다이애나는 그 위에 나를 무릎 꿇리고 자신이 만족하고 또 만족할 때까지 씹을 하게 했다.

그런 후 어쨌든 다이애나는 나를 내 방으로 돌려보냈다.

나는 어둠 속에 누워 몸을 떨었고, 두 손으로 입을 가려 흐느끼는 소리가 새어 나오는 것을 막았다. 침대 옆 장식장 위에서는 내 생일 선물인 손목시계가 별빛을 받아 어렴풋이 빛났다. 나는 손목시계에 손을 뻗었다. 시계의 한기가 느껴졌다. 시계를 귀에 대었을 때 나는 몸서리를 쳤다. 마치 시계가 이렇게 말하는 듯했기 때문이다. 〈키티, 키티, 키티…….〉

나는 시계를 팽개쳤고, 이윽고 그 소리를 듣지 않기 위해 베개로 귀를 막았다. 〈울지 않을 거야. 울지 않을 거야! 생각도 하지 않을 거야. 계절도 없이 늘 같은 일과를 반복하는 무정한 펠리시티 플레이스에 영원히 굴복할 거야.〉

나는 그렇게 생각했다. 그러나 내 날에는 기간이 정해져 있었다. 그리고 내 멋진 손목시계의 침들은 천천히 그날들을 쓸어 내고 있었다.

14

내 생일 이튿날 아침, 나는 늦잠을 잤다. 그리고 깨어나 커피를 가져오라고 종을 울려 블레이크를 불렀을 때 내가 자는 사이 다이애나가 외출을 했다는 사실을 알게 되었다.

「외출?」 내가 말했다. 「어디로? 누구랑?」 블레이크는 무릎을 굽혀 인사하고는 알지 못한다고 대답했다. 나는 베개에 기대앉아 블레이크에게 잔을 받았다. 「뭘 입고 나갔는데?」 내가 물었다.

「녹색 정장을 입고 손가방을 들고 나가셨어요, 아가씨.」

「손가방? 그럼 캐번디시 클럽에 간 모양이네. 클럽에 간다고 말하지 않았어? 언제 돌아온다는 말 없었어?」

「제발요, 아가씨. 아무 말 없으셨어요. 제게는 그런 말을 절대로 안 하세요. 후커 부인에게 물어보시는 게…….」

후커 부인에게 물어볼 수도 있었다. 그러나 후커 부인은 침대에 누워 있는 나를 바라보는 독특한 방식이 있었고, 나는 그 방식이 아주 싫었다. 「아니, 별거 아니니까.」 이윽고 블레이크가 벽난로 안을 청소하고 불을 피우기 위해 몸을 구부렸을 때 나는 한숨을 쉬었다. 나는 전날 밤 다이애나의 거친 키스들을 생각했다. 키티 때문에 마음 아파하면서도 그 키스에 얼마나 흥분했는지 생각하고는 구역질이 났다. 나는 신음을 했다. 그리고 블레이크가 고개를 들고 나를 보았을 때 건성으로 물어보았다. 「레더비 부인의 시중을 드는 게 〈피곤하지〉 않아, 블레이크?」

내 질문에 블레이크의 뺨이 분홍빛으로 물들었다. 블레이크는 다시 벽난로로 시선을 돌리고 말했다. 「어느 분을 시중들든지 피곤할 거예요, 아가씨.」

나는 그럴 거라고 대답했다. 그리고 블레이크와 이야기하는 게 처음인 데다 다이애나가 나를 깨우지 않고 외출해서 짜증이 나고 심심했기에 계속 말했다. 「그렇다면 넌 레더비 부인이 시중들기 까다로운 사람이 아니라고 생각하는 거구나?」

블레이크의 뺨이 다시 물들었다. 「모두 까다로우세요, 아가씨. 안 그러면 어떻게 그분들이 사람을 부리겠어요?」

「음, 하지만 넌 여기 있는 게 〈좋은〉 거야? 넌 여기서 하녀로 있는 게 〈좋아〉?」

「저는 다른 대부분의 하녀들보다 더 큰 방이 있어요.」 블레이크는 일어나 앞치마에 손을 닦았다. 「게다가 레더비 부인은 보수도 후히 주시는걸요.」

나는 블레이크가 아침마다 커피를 가져오고 저녁이면 대야에 따를 물 주전자를 가져오는 것에 대해 생각했다. 내가 말했다. 「무례하다고 생각하지 말아. 그런데 늘 그 돈을 써버리는 거야?」

「저는 저금을 해요, 아가씨!」 블레이크가 말했다. 「저는 이민을 갈 거예요. 제 친구가 그러는데, 식민지에서는 20파운드만 있으면 여자가 하숙집을 할 수 있대요. 하녀도 두고요.」

「그래?」 블레이크가 고개를 끄덕였다. 「넌 하숙집을 하고 싶은 거야?」

「오, 네! 식민지에는 늘 하숙집이 필요해요. 아시다시피 사람들이 계속 들어오니까요.」

「맞는 말이지. 지금까지 얼마나 모았는데?」

블레이크가 다시 뺨을 붉혔다. 「7파운드요, 아가씨.」

나는 고개를 끄덕였다. 그리고 생각을 하다가 말했다. 「하지만 식민지라니, 블레이크! 그 먼 여행을 버텨 낼 수 있겠어? 배에서 지내야 할 텐데. 폭풍우도 칠걸?」

블레이크는 석탄 그릇을 집어 들었다. 「전 상관없어요, 아가씨!」

나는 소리 내어 웃었다. 그리고 블레이크도 웃었다. 우리는 이전까지 이렇게 거리낌 없이 이야기해 본 적이 없었다. 나는 다이애나가 그러하듯 그저 〈블레이크〉라고만 부르는 데 익숙해졌다. 그리고 블레이크가 무릎 굽혀 절하는 데 익숙해졌다. 지금처럼 눈이 붓고 입이 부르트고 목에는 다이애나의 키스 자국이 난 채 나체로 침대에 누워 시트로 가슴을 가린 모습을 블레이크에게 보여 주는 것에 익숙해졌다. 나는 블레이크를 전혀 〈보지〉 않는 것에 익숙해졌다. 그러다 이제 블레이크가 소리 내어 웃자 나는 마침내 블레이크를 살펴보았고, 분홍빛 뺨과 새까만 속눈썹을 보며 〈오!〉 하고 감탄했다. 블레이크는 정말로 잘생겼기 때문이다.

내가 그런 생각을 하는 동안, 우리 둘 사이에는 다시 이전처럼 수줍음이 생겨났다. 블레이크는 석탄 그릇을 약간 더 높이 들어 올리고 내 쟁반을 가져가기 위해 다가오더니 물었다. 「더 필요한 거 없으세요?」 나는 목욕을 하고 싶다고 말했고 블레이크는 무릎 굽혀 절을 했다.

욕조에 몸을 담그고 누워 있을 때 정문이 쾅 하고 닫히는 소리가 들렸다. 다이애나였다. 다이애나는 나를 찾아왔다. 다이애나는 캐번디시에 갔다 왔으나, 단지 다른 숙녀의 서명이 필요한 편지 때문에 다녀왔을 뿐이었다.

「깨우고 싶지 않았어.」 다이애나가 물에 손을 담그며 말했다.

나는 블레이크에 대해, 그리고 블레이크가 얼마나 잘생겼는지지에 대해 잊었다.

정말로 나는 블레이크에 대해 한 달 또는 그 이상을 잊고 지냈다. 다이애나는 만찬을 열었고 나는 의상을 입고 자세를 취했다. 우리는 클럽에 갔으며 햄프스테드에 있는 마리아의 집도 방문했다. 모든 것이 평소처럼 흘러갔다. 나는 오페라를 보러 갔던 그날처럼 종종 부루퉁해졌지만 다이애나는 내가 부루퉁해 있으면 자기가 더욱 음란해지는 걸 알게 되었으며, 마침내 나는 내가 정말로 언짢은 건지 아니면 다이애나의 호색을 위해 언짢은 척하는 건지 잘 구별이 안 가는 지경에 이르렀다. 한두 번인가는 다이애나가 나를 〈언짢게 했으면〉 좋겠다고 바라기도 했다. 화가 났을 때 다이애나와 씹을 하면 상냥할 때 씹을 하는 것보다 흥분되었기 때문이다.

어쨌든 우리는 이런 식으로 살았다. 그러던 어느 날 밤, 정장에 대한 의견 차이로 말다툼이 있었다. 우리는 마리아의 집에서 열리는 만찬에 입을 옷을 입고 있었고, 나는 다이애나가 골라 준 옷을 입지 않으려 했다. 「알았어.」 다이애나가 말했다. 「원하는 대로 입어!」 그리고 다이애나는 마차를 타더니 나 없이 햄프스테드에 갔다. 나는 벽에 잔을 던졌고, 이윽고 그것을 치우게 하려고 블레이크를 불렀다. 그리고 블레이크가 왔을 때 나는 요전에 블레이크와 이야기를 나눈 게 얼마나 즐거웠는지 떠올렸다. 그래서 블레이크더러 내 옆에 앉아 앞으로의 계획에 대해 더 이야기해 달라고 했다.

그 뒤로 블레이크는 다이애나가 외출하고 없을 때마다 내게 와서 1~2분 정도 이야기를 나누곤 했다. 블레이크는 내가 편해졌고, 나도 블레이크에게 허물이 없어졌다. 마침내 내가 블레이크에게 말했다. 「맙소사, 블레이크. 네가 1년 이상 내 요강을 비워 줬는데도 난 네 성만 알지 이름이 뭔지도 모르고 있어!」
블레이크는 싱긋 웃었고, 또다시 잘생겨 보였다.
블레이크의 이름은 제나였다.

블레이크의 이름은 제나였고, 살아온 이야기를 들어 보니 기구했다. 그해 가을 어느 아침 내가 다이애나의 침대에 누워 있고 블레이크가 평소처럼 아침 식사를 들고 벽난로를 살피러 왔을 때 그 이야기를 들었다. 다이애나는 일찍 일어나 외출을 했다. 나는 잠에서 깨었을 때 제나가 벽난로 앞에서 무릎을 꿇고 내가 잠에서 깨지 않도록 조용히 석탄을 넣고 있는 것을 발견했다. 나는 뱀장어처럼 나른한 기분으로 시트 아래에서 몸을 뒤척였다. 전날 밤의 열정을 아직까지 만끽하는 내 기분을 알아차린 내 씹은 똑똑하게도 여전히 꽤 미끈거렸다.
나는 누워 제나를 살펴보았다. 제나는 이마를 긁으려고 손을 들었고, 손을 내리자 이마에는 검댕이 묻어 있었다. 제나의 얼굴은 검댕과 대조를 이루어 아주 창백했으며 다소 여위어 보였다. 내가 말했다. 「제나.」 그러자 제나가 깜짝 놀랐다. 「네, 아가씨?」
나는 망설였다. 「제나.」 잠시 후 내가 다시 말했다. 「이런 걸 묻는다고 뭐라고 하지 않았으면 좋겠어. 하지만 계속 생각이 나는 걸 나도 어쩔 수가 없어. 언젠가 다이애나가 말했는데, 그게, 다이애나가 널 감옥에서 꺼냈다고 하더라. 진짜야?」
제나는 벽난로로 몸을 돌리더니 계속해 석탄을 집어넣었다. 그러나 제나의 귓불이 진홍색으로 물든 게 보였다. 제나가 말했다. 「〈감화원〉이라고 불러요. 감옥이 아니에요.」
「그래, 그러면 감화원. 하지만 네가 그곳에 있은 건 사실이구나.」 제나는 대답하지 않았다. 「난 그런 것에 맘 쓰지 않아.」 내가 재빨리 덧붙였다.

제나는 황급히 머리를 흔들더니 말했다.「괜찮아요. 전 상관없어요. 이제는요…….」

제나가 이런 말투로 이런 식으로 다이애나에게 말했다면 다이애나는 제나의 귀싸대기를 올려붙였을 거라는 생각이 들었다. 아닌 게 아니라 제나는 이제 약간 겁먹은 눈으로 나를 바라보았다. 그 모습을 보고 나는 얼굴을 찡그렸다.「미안해.」내가 말했다.「내가 아주 무례하다고 생각하지? 난 다만, 그러니까, 네가 왜 그곳에 들어갔는지 다이애나에게 들었어. 다이애나가 한 말이 사실이야? 아니면 다이애나가 지어낸 이야기인 거야? 네가 거기에 들어간 이유가 정말로 네가…… 다른 여자와 키스를 했기 때문이야?」

제나는 무릎 위로 손을 내리더니 쪼그려 앉아 불 꺼진 벽난로를 응시했다. 이윽고 제나는 고개를 돌려 나를 보며 한숨을 쉬었다.「저는 감화원에 1년 동안 있었어요.」제나가 말했다.「그때 전 열일곱 살이었어요. 아주 잔인한 곳이었죠. 비록 제가 들은 다른 감옥들처럼 심하지는 않았지만요. 그곳 감독은 레더비 부인이 클럽에서 알게 된 숙녀였고, 그래서 레더비 부인이 저를 빼내신 거예요. 저는 켄티시 타운에 있는 집에서 친구로 지내던 여자아이의 말 한마디에 감화원으로 보내졌어요. 우리는 그곳에서 함께 하녀로 있었어요.」

「여기 오기 전에도 하녀로 일했어?」

「저는 열 살 때 하녀로 들어갔어요. 아버지가 퍽 가난했거든요. 패딩턴에 있는 집이었어요. 그리고 열네 살 때 켄티시 타운에 있는 곳으로 갔어요. 전체적으로 더 나은 곳이었죠. 저는 가정부였어요. 그리고 애그니스라는 여자아이와 아주 친밀해졌어요. 애그니스는 남자 친구가 있었지만 저를 위해 그 남자 친구를 차버렸어요, 아가씨. 〈그 일〉 때문에 우리가 친밀해진 거죠…….」

제나는 무릎에 올려놓은 두 손을 아주 슬픈 표정으로 바라보았고, 방은 조용해졌으며 나는 미안해졌다. 내가 말했다. 「그리고 네가 감화원에 들어가게 한 게 그 애그니스야?」

제나는 고개를 저었다. 「오, 아니에요! 무슨 일이 일어났는가 하면, 주인마님이 애그니스를 싫어해서 애그니스는 직장을 잃었어요. 애그니스는 덜리치에 있는 집으로 갔어요. 그곳은, 아시겠지만, 켄티시 타운에서 아주 멀리 떨어져 있지요. 하지만 우리가 일요일에 만날 수 없을 정도로 멀지는 않았어요. 우체국을 통해 짧은 편지나 소포를 보낼 수 없을 정도도 아니었고요. 하지만, 음, 그때 또 다른 여자아이가 나타났어요. 그 아이는 애그니스처럼 상냥하지는 않았지만 곧 제게 빠지게 되었어요. 아무래도 그 아이는 머리가 좀 모자랐던 것 같아요, 아가씨. 그 아이는 제가 자기에게 키스를 하게 하려고 했어요! 그리고 마침내 저는 애그니스를 위해 그러지 않겠다고 말했죠. 그랬더니 그 아이는 주인마님에게 가서 〈제〉가 〈자기〉더러 〈제〉게 키스하게 했다고 말을 했어요. 그리고 이상한 방식으로 제가 자기를 만졌다고도 말했죠. 하지만 그렇게 한 건 늘 그 아이였어요. 그 아이만 그랬어요! 그리고 주인마님이 그 아이 말을 믿어야 할지 말아야 할지 확신을 하지 못하자 그 아이는 제 편지들이 담긴 작은 상자가 있는 곳으로 주인마님을 데리고 갔어요. 그리고 편지들을 보여줬어요.」

「이런!」 내가 말했다. 「쌍년 같으니!」

제나가 고개를 끄덕였다. 「맞아요, 쌍년이죠. 그냥 전에는 그 말을 하기 싫었어요.」

「그리고 너를 감화원에 보낸 게 그 여자야?」

「네, 못된 손버릇과 타락한 품성을 이유로요. 그리고 애그니스도 직업을 잃게 만들었어요. 애그니스가 다른 젊은 남자와 아주 격렬한 사랑에 빠졌기에 망정이지, 안 그랬음 애그니스도 저처럼 감화원에 갇혔을 거예요. 이제 애그니스는 그 남자와 결혼해 사는데, 제가 듣기로 그 남자는 애그니스를 막 대한대요.」

제나는 고개를 저었고, 나도 그랬다. 내가 말했다.「넌 여자들에게 철저히 속은 듯하네. 알았어!」

「그렇지 않아요!」

나는 제나에게 눈을 찡긋했다.「이리 와. 같이 담배나 피우자.」

제나는 침대로 다가왔고, 나는 담배 두 대를 꺼냈다. 우리는 가끔 한숨을 쉬고 혀를 차고 여전히 고개를 저으며 침묵 속에서 담배를 피웠다.

그러다 나는 제나가 다소 생각에 잠긴 표정으로 나를 물끄러미 바라보는 모습을 보았다. 내가 제나와 시선을 맞췄을 때 제나는 얼굴을 붉히며 눈을 돌렸다. 내가 말했다.「왜?」

「아무것도 아니에요, 아가씨.」

「아니, 뭔가 있어.」싱긋 웃으며 내가 말했다.「무슨 생각을 하고 있지?」

제나는 담배를 한 모금 더 빨아들였다. 거리의 건달들이 담배를 피울 때처럼 담배 주위를 손가락으로 감싸고 이글거리는 담배 끝에 거의 손바닥이 델 듯한 자세였다. 이윽고 제나가 말했다.「아가씨는 제가 좀 주제넘는다고 생각하실 거예요.」

「내가?」

「네. 하지만 저는 아가씨를 처음 본 뒤로 꼭 알고 싶은 게 있어요.」제나는 숨을 들이켰다.「아가씨는 극장에서 일하지 않으셨나요? 키티 버틀러와 함께 극장에서 일하셨고, 낸 킹이라는 간단한 이름을 쓰셨고요. 아가씨가 이곳에 있는 것을 처음 보았을 때 얼마나 놀랐던지! 유명한 사람을 시중들어 본 적은 한 번도 없었거든요.」

나는 내 담배 끝을 살펴보며 아무 대답도 하지 않았다. 나는 제나의 말에 동요되었다. 내가 기대했던 말이 전혀 아니었다. 이윽고 가볍게 소리 내어 웃어 보이며 내가 말했다.「음, 너도 알겠지만 이제 난 유명하지 않아. 모두 다 지난 일이야.」

「〈그렇게〉 옛날은 아니에요.」 제나가 말했다.「아가씨가 캠던 타운에서 노래하던 모습을 기억해요. 패컴 궁전에서 한 공연도요. 저는 애그니스와 함께였어요. 그때 얼마나 즐거워하며 웃었는지 몰라요!」 제나의 목소리가 살짝 가라앉았다.「그때는 막 제게 문제가 생기고 난 다음이었어요…….」

나는 패컴 궁전을 아주 잘 기억했다. 키티와 나는 그곳에서 딱 한 번만 공연을 했기 때문이다. 우리가 브리태니아에서 공연을 하기 전 12월이었고, 따라서 내게 문제가 생기기 거의 직전이었다. 내가 말했다.「너는 애그니스 옆에서 그곳 객석에 앉아 있고, 나는 무대에서 키티 버틀러와 있었네…….」

제나는 내 목소리에서 뭔가를 느낀 모양이었다. 시선을 들어 나를 보고 이렇게 말했기 때문이다.「요즘에는 버틀러 양을 전혀 안 만나시는 건가요?」 내가 고개를 젓자 제나는 알겠다는 표정을 지었다.「어쨌든 무대의 스타였다니 멋져요!」

나는 한숨을 쉬었다.「그렇지. 하지만…….」 나는 다른 생각을 했다.「레더비 부인에게 이 말을 하지는 말아 줘. 부인은 연예장을 아주 싫어하거든.」

제나는 고개를 끄덕였다.「제가 어찌 감히 그러겠어요?」 이윽고 벽난로 장식에 있던 시계가 시간을 알리며 울렸고, 그 소리를 들은 제나는 일어나 담배를 비벼 끄더니 담배 냄새를 없애기 위해 입 앞에서 손을 저었다.「이런, 저 좀 보세요!」 제나가 외쳤다.「후퍼 부인이 절 찾겠어요.」 제나는 내 빈 커피 잔과 쟁반을 들더니 석탄 그릇 쪽으로 갔다.

이윽고 제나는 몸을 돌렸고, 얼굴은 다시 분홍빛이 되었다. 제나가 말했다. 「더 필요한 거 없으세요, 아가씨?」

우리는 심장이 몇 번 뛸 동안 서로를 보았다. 제나는 여전히 이마에 석탄 검댕이 묻어 있었다. 나는 시트 아래에서 몸을 움직였고, 또다시 허벅지 사이 미끄러운 곳을 느꼈다. 그곳은 어느 때보다도 미끄러웠다. 나는 1년 반 동안 거의 밤마다 다이애나와 씹을 했다. 씹은 내게 악수와도 같았다. 남들이 예의상 누구나와 하는 악수와도. 하지만 만약 제나에게 침대로 오라고 했다면 제나는 내가 자기에게 키스하게 두었을까?

알 수 없다. 나는 제나를 부르지 않았다. 단지 이렇게만 말했다. 「고마워, 제나. 지금은 더 없어.」 그리고 제나는 석탄 그릇을 들고 나갔다.

나는 당시까지는 그런 문제에 대해 지나치게 고지식했다.

그리고 다이애나가 불같이 화를 내리라는 것을 알았다.

말했듯이 이 일은 그해 가을 언젠가 있었던 일이다. 나는 그때를, 그리고 그 후 두세 달 뒤를 아주 또렷이 기억한다. 무척 바쁜 시기였기 때문이다. 마치 내가 다이애나와 머무르는 기간이 종말을 향해 치닫는 것 같은 느낌, 죽음을 앞둔 사람들 일부가 그런다는 것처럼 법석을 떠는 강도가 점점 세어지는 느낌이었다. 예를 들어, 마리아는 자기 집에서 파티를 열었다. 디키는 보트를 빌려 파티를 열고는 채링크로스에서 리치먼드까지 우리를 태우고 갔으며, 우리는 여자로만 이루어진 밴드 음악에 맞춰 새벽 4시까지 춤을 췄다. 크리스마스에는 케트너 식당에서 독실을 빌려 거위를 먹었다. 새해 첫날에는 캐번디시 클럽에서 축하를 했다. 우리가 있는 탁자는 너무나도 시끄럽고 상스러운 이야기로 떠들썩했기에 브루스 양이 한 번 더 다가와 우리 매너에 대해 항의를 했다.

1월에는 다이애나의 마흔 번째 생일이 있었고, 사람들의 설득에 다이애나는 펠리시티 플레이스에서 생일 축하 가장무도회를 열기로 했다.

비록 그것을 무도회라고 부르기는 했지만 실상은 그렇게 거창하지 않았다. 음악이라고는 여자 한 명이 치는 피아노 연주가 전부였다. 그리고 식당 양탄자를 걷어 내 마련한 무도회장에서 추는 춤은 다소 단조로웠다. 하지만 왈츠를 추기 위해 온 사람은 아무도 없었다. 사람들은 다이애나와 나의 명성, 그리고 와인과 음식과 로즈팁 담배와 추문을 찾아 펠리시티 플레이스에 왔다.

펠리시티 플레이스에 도착한 사람들은 놀라서 숨을 멈추었다.

우선, 우리는 집을 멋지게 꾸몄다. 벽에는 벨벳을 덧댔고, 천장에는 반짝이는 장식을 했으며 등불을 모두 끄고 집 전체를 촛불로 밝혔다. 거실에는 가구를 치우고 터키산 융단만 남겨 두었으며 그 위에 쿠션들을 놓았다. 홀의 대리석 바닥에는 장미를 뿌렸으며, 향이 나도록 벽난로들에도 장미를 넣었다. 밤이 끝날 무렵 우리는 그 냄새로 속이 울렁거렸다. 그리고 샴페인, 브랜디, 향료를 넣은 와인이 있었다. 다이애나는 구리 대접에 그 와인을 담고 알코올램프로 데우게 했다. 모든 음식은 솔페리노에서 맞춤 주문해 가져왔다. 솔페리노의 음식 중에는 로마식으로 구워서 식힌 거위 요리도 있었다. 구운 거위 속은 칠면조로 채웠고, 칠면조 속에는 닭이, 닭 속에는 메추라기가 있었고, 메추라기 속에는 송로 버섯이 들어 있었던 것 같다. 또한 굴도 있었다. 굴은 〈윗스터블〉이라고 찍힌 통에 담겨 식탁에 놓여 있었다. 그러나 굴 껍데기를 까는 데 익숙하지 못한 어떤 숙녀가 시가 커터로 껍데기를 까려고 했다. 칼이 미끄러져 그 여자는 뼈가 드러날 정도로 손가락을 베었다. 그리고 그 여자의 피가 얼음에 떨어진 뒤

굴을 먹으려는 사람은 더 없었다. 다이애나는 굴을 치우게 했다.

캐번디시 클럽 회원 절반이 그 파티에 참석했다. 그리고 회원 말고도 많은 여자들이 있었다. 프랑스와 독일에서 온 여자들, 심지어 카프리섬에서 온 여자도 한 명 있었다. 마치 다이애나가 전 세계의 모든 부유층에게 초대장을 보낸 듯했다. 그러나 물론 카드에는 〈사피스트에 한함〉라고 찍혀 있었다. 그것은 다이애나에게 가장 중요한 조건이었다. 두 번째 조건은, 내가 말했듯이 가장무도회 의상을 입고 와야 한다는 것이었다.

그 결과는 다소 뒤죽박죽이었다. 많은 숙녀들이 그날 밤을 그저 승마용 상의를 집에 두고 바지를 입을 기회로 여겼다. 디키가 그 가운데 한 명이었다. 디키는 모닝 수트[26] 차림에 옷깃에는 라일락 가지를 달았으며 자기가 〈도리언 그레이〉라고 했다. 하지만 다른 의상들은 훨씬 멋졌다. 마리아 젝스는 얼굴에 물을 들이고 구레나룻을 달았으며 파샤[27]처럼 가운을 걸치고 왔다. 다이애나의 친구인 에벌린은 마리 앙투아네트 차림으로 도착했다. 하지만 에벌린 뒤로 또 다른 마리 앙투아네트가 도착했고, 그 뒤로 또 다른 마리 앙투아네트가 도착했다. 그러나 그건 그날 저녁에 일어난 곤란한 일 가운데 하나일 뿐이었다. 사포는 다섯 명이었고 모두 월계관을 쓰고 있었다. 그리고 랭골렌의 숙녀들[28]은 여섯이었다. 나는 다이애나를 만나기 전에는 랭골렌의 숙녀들에 대해서 들어 본 적도 없었다. 한편 어떤 이들은 좀 더 대담한 주제를 골랐고, 그 탓에 다른 사람들은 그들이 누구로 분장했는지 전혀 알아차릴 수 없었다. 「난 앤 왕비야!」 마리아가 자기 분

26 보통 낮 시간에 입는 남성 정장.

27 터키의 문무 고관을 일컫는 칭호.

28 18세기 중반에서 19세기 초반까지 살았던 영국계 아일랜드 여인 둘로, 이들의 관계는 당시 사회에서 큰 화제가 되었다.

장을 알아보지 못하자 어떤 여자가 아주 짜증을 내며 이렇게 말하는 소리가 들렸다. 하지만 마리아가 왕관을 쓴 다른 여자에게 같은 직위를 말하자 그 다른 여자는 더욱 화를 냈다. 알고 보니 그 여자는 스웨덴의 크리스티나 여왕이었다.

그날 밤 다이애나는 그 어느 때보다도 잘생겨 보였다. 다이애나는 그리스 여신으로 분장했다. 로브 차림에 기다란 두 번째 발가락이 드러나는 샌들을 신었고 높이 틀어 올린 머리에는 초승달이 얹혀 있었다. 어깨에는 화살이 가득 찬 통과 활을 메고 있었다. 다이애나는 화살이 신사를 쏘기 위한 것이라고 선언했다. 하지만 나중에는 젊은 아가씨들의 가슴을 꿰뚫기 위한 것이라고 말했다.

나는 내 의상을 비밀에 부쳐 아무에게도 보여 주지 않았다. 손님들이 모두 도착했을 때 모습을 드러내서 내 주인에게 경의를 표할 계획이었다. 아주 맵시 있는 옷은 아니었다. 하지만 나는 그 옷을 고르길 아주 잘했다고 생각했다. 내가 다이애나에게 생일 선물로 사준 물건과 관계가 있었기 때문이다. 1년 전 나는 선물을 사주기 위해 다이애나를 졸라 돈을 받아서 브로치를 사주었다. 나는 다이애나가 그것을 퍽 좋아한다고 생각했다. 하지만 올해에 나는 평소라면 생각도 못할 선물을 떠올렸다. 올해는 로마 시대 시종이었던 안티노우스[29]의 대리석 흉상을 샀다(우편 주문을 했으며 모두에게 비밀로 했다). 나는 캐번디시에서 신문을 보다가 안티노우스 이야기를 알게 되었으며 그 글을 읽고 빙긋 웃었다. 물론 안티노우스가 아주 비참하게 살다가 마침내 나일강에 몸을 던졌다는 세세한 일 따위와는 상관없이 안티노우스가 나 자신과 닮아 보였기 때문이다. 나는 아침 식사 때 다이애나에게 흉상을 선물했으며, 다이애나는 선물을 보자마자 무

29 로마 하드리아누스 황제의 동성 연인.

척 좋아하며 응접실에 있는 받침대에 설치하게 했다. 「우리 청년이 이렇게 똑똑하리라고 누군들 생각이라도 했을까!」 잠시 뒤 다이애나는 이렇게 말했다. 「마리아, 당신이 우리 청년에게 이걸 골라 준 거죠, 그렇죠?」 숙녀들이 모두 아래층 파티에 모여 있는 동안 나는 떨리는 마음으로 내 침실에 서서 안티노우스로 분장한 내 모습을 거울에 비춰 보았다. 나는 무릎까지 내려오는 짧은 토가를 입었고 대(帶)라 불리는 로마식 허리띠를 했다. 권태로워 보이기 위해 뺨에는 분을 바르고 눈꺼풀이 까맣게 보이도록 마스카라를 칠했다. 머리에는 담비 모피 가발을 뒤집어썼고, 가발은 어깨까지 물결치며 내려왔다. 목에는 연꽃 화환이 걸려 있었다. 단언컨대 1월의 런던에서 연꽃보다 구하기 어려운 것은 없었다.

내게는 다이애나에게 건네줄 화환이 하나 더 있었다. 그 화환 역시 목에 걸고 있었다. 이윽고 나는 문으로 가서 귀를 기울였고, 때가 무르익은 듯했기에 다이애나의 옷장으로 가서 망토를 꺼내 몸을 단단히 여미고 두건을 썼다. 그리고 아래층으로 내려갔다.

홀에서 나는 마리아를 만났다.

「낸시, 맙소사!」 파샤 분장을 한 마리아가 외쳤다. 구레나룻 사이로 보이는 입술은 아주 붉고 축축했다. 「널 찾으라고 다이애나가 보냈어. 응접실은 여자들로 가득하고 모두 네 〈포즈 플라스티크〉[30]를 보려고 숨죽여 기다리고 있어!」

나는 싱긋 웃었다. 방을 가득 메운 관객이야말로 바로 내가 원하는 것이었다. 나는 여전히 망토로 몸을 감싼 채 마리아의 안내를 받아 방에 설치된 벨벳 커튼 뒤편 벽감으로 갔다. 이윽고 나는 망토를 벗고 자세를 취한 뒤 마리아에게 준비되었다고 속삭

30 *pose plastique.* 무용이나 팬터마임에서 아주 천천히 움직이며 자세를 취하는 기법. 여기서는 천천히 스트립쇼를 하는 것을 에둘러 표현했다.

였다. 마리아가 술이 장식된 끈을 잡아당겼고, 벨벳이 확 걷히며 내 모습이 드러났다. 내가 손님들 사이를 걸어가는 동안 모두가 조용히 하면서 아는 체하는 표정을 지었고, 다이애나는(마침 그곳에 있었으면 하고 내가 원하던 바로 그 장소, 작은 받침대 위의 안티노우스 흉상 옆에 있었다) 눈썹을 치켰다. 이제 토가와 허리띠를 한 내 모습을 본 숙녀들은 한숨을 쉬며 소곤댔다.

나는 사람들에게 약간 짬을 준 뒤 다이애나에게 걸어가 목에서 화환을 벗어 걸어 주었다. 그리고 무릎을 꿇고 다이애나의 손을 잡고 키스했다. 다이애나가 싱긋 웃었다. 숙녀들은 다시 소곤거리더니 즐거운 듯 손뼉을 치기 시작했다. 마리아는 내게 다가와 토가 가장자리에 손을 올렸다.

「오늘 넌 작은 보석 같아 보여, 낸시. 안 그래요, 다이애나? 내 남편은 널 무척 칭찬했을 거야! 꼭 비역질 외설물에 나오는 사진 같아!」

다이애나는 소리 내어 웃더니 정말 그렇다고 말했다. 그러고는 손을 뻗어 내 턱을 만지더니 키스를 했다. 너무나 강렬했기에 나는 다이애나의 치아가 내 부드러운 입술에 닿는 것을 느꼈다.

그때 방 저편에서 음악이 시작되었다. 마리아는 내게 향신료를 넣은 따뜻한 와인, 그리고 다이애나의 특별 담뱃갑에서 그에 어울리는 담배를 가져다주었다. 마리 앙투아네트 가운데 한 명이 사람들 틈을 헤집고 내게 다가오더니 내 손을 잡고 키스했다. 「*Enchantée*(만나서 반가워요).」 마리 앙투아네트가 말했다. 이 여자는 진짜 프랑스인이었다. 「정말 멋진 볼거리를 제공해 주셨어요! 파리의 살롱에서도 이런 광경은 절대로 보지 못할 거예요.」

저녁 시간 내내 즐거워야 마땅했다. 내가 다이애나의 청년으로 지내는 기간 중 이 날은 가장 환희에 차 있어야 마땅한 때였다. 하지만 내 모든 계획, 내 의상과 극적인 장면이 불러일으킨 성공에도 불구하고, 나는 그로부터 아무런 기쁨을 얻지 못했다. 그리고 정작 다이애나는(어쨌든 그날은 다이애나의 생일이었다) 내게 소원한 채 다른 일들에 정신이 팔린 듯했다. 목에 연꽃 화환을 걸어 준 지 1~2분 정도밖에 되지 않았는데 다이애나는 입고 있는 옷에 어울리지 않는다며 화환을 벗었다. 다이애나는 화환을 받침대 모서리에 걸어 두었으나 곧 바닥에 떨어졌고, 나중에 나는 어떤 여인이 화환에 있던 꽃 한 송이를 옷깃에 꽂은 걸 보았다. 왜 그랬는지 나도 알 수 없지만(아무도 몰랐지만 나는 다이애나에게 더 심한 학대를 받았어도 모두 웃으며 넘겼다), 화환에 별 관심을 보이지 않는 다이애나의 행동에 나는 토라졌다. 게다가 방은 지독히 덥고 향수 냄새로 가득했다. 그리고 내 가발은 그 누구의 가발보다 더 덥고 가려웠다. 하지만 나는 내 의상의 조화가 깨질까 봐 가발을 벗을 수 없었다. 마리 앙투아네트 말고도 더 많은 여인들이 자신이 얼마나 감탄했는지 말해 주기 위해 나를 찾았다. 그러나 찾아오는 사람마다 앞의 사람보다 더 술에 취하고 더 음란했으며, 나는 점차 지겨워지기 시작했다. 나는 이런 사람들과 똑같이 경솔해지기 위해 향신료를 넣은 와인과 샴페인을 마시고 또 마셨다. 그러나 와인 탓에 즐겁기보다는 냉소적이 되었다(아니, 내가 피웠던 대마초 때문일 확률이 더 크다). 어떤 여자가 지나가며 내 허벅지를 만지기 위해 손을 뻗었을 때 나는 거칠게 그 여자를 밀쳐 냈다. 「〈짐승〉 같네!」 여자가 즐거워하며 외쳤다. 결국 나는 그늘에 반쯤 몸을 숨긴 채 서서 관자놀이를 문지르며 구경만 했다. 후퍼 부인은 따뜻한 와인이 있는 식탁에서 국자로 와인을 펐다. 부인은 내 쪽을 힐긋 보며 슬며시 웃는 듯한 표정을 지었다. 제나는 진미를 차린 쟁반을 들고 숙녀들 사이를 돌아다녔다. 그러나 제나가 나와 시선을 마주치고 싶어 하는 듯 보였을 때 나는 고개를 돌렸다. 그날 밤에는 심지어 제나에게까지 거리감을 느꼈다.

그래서 11시 무렵 디키가 방 안 조명을 더 밝게 해달라면서 피아노 치는 여자에게 음악을 멈추라고 한 뒤 모두 모여 주목하라고 하여 파티 분위기가 바뀌자 나는 거의 기쁘기까지 했다.

「뭐죠?」 한 숙녀가 외쳤다. 「왜 방이 밝아졌죠?」

에벌린이 말했다. 「우리는 디키 레이놀즈의 이력에 대해 들을 거예요. 의사가 쓴 책을 통해서요.」

「의사요? 디키가 아픈가요?」

「그 책은 디키의 〈성생활〉에 대한 거예요!」

「성생활!」

「이런, 난 이미 알아요. 아주 지루하더라고요…….」 이 말을 한 이는 어두운 곳에서 내 옆에 서 있던 수도사 차림의 여자였다. 내가 돌아보자 여자는 하품을 하더니 다른 즐길 거리를 찾아 미끄러지듯 조용히 방을 빠져나갔다. 하지만 나머지 손님들은 디키가 바랐던 대로 열심히 바라보았다. 디키는 다이애나 옆에 서 있었다. 에벌린이 말한 책은 다이애나의 손에 들려 있었다. 작고 검은색이었으며 글자가 빽빽했고 그림은 한 장도 없었다. 사람들이 평소에 상자에 넣어 두라며 다이애나에게 주는 유의 물건이 전혀 아니었다. 그렇지만 다이애나는 홀린 듯한 표정으로 책장을 넘겼다. 한 숙녀가 책등에 쓰인 제목을 읽기 위해 고개를 숙였다가 외쳤다. 「하지만 이 책은 라틴어로 쓰였어요! 디키, 아무리 상스러운 내용의 책이라 할지라도 라틴어로 쓰였다면 무슨 소용이 있죠?」

디키는 이제 약간 새침해진 듯했다. 「제목만 라틴어예요.」 디키가 대답했다. 「그리고 이건 상스러운 책이 아니예요. 아주 용감한 내용을 담은 거죠. 이 책은 남자가 쓴 거예요. 우리 같은 부류의 사람들을 설명해서 평범한 세상이 우리를 이해할 수 있도록요.」

사포처럼 차려입은 숙녀가 입에서 시가를 떼더니 의심스러운 눈으로 찬찬히 디키를 뜯어보았다. 여인이 말했다. 「이게 대중에게 읽힐 책이고 당신 이야기가 들어 있다고요? 하지만 디키, 당신 미쳤군요! 이 남자는 가장 사악한 별종 외설물 작가처럼 들리는걸요.」

「디키는 당연히 〈가명〉으로 나와요.」 에벌린이 말했다.

「아무리 그래도 그렇지. 디키, 어리석은 짓이에요!」

「오해를 하시는 것 같군요.」 디키가 말했다. 「이건 완전히 새로운 시도예요. 이 책은 우리에게 힘이 될 거예요. 우리를 알릴 거라고요.」

응접실에 모인 사람들은 모두 전율하는 듯했다. 시가를 들고 있던 사포가 고개를 저었다. 「이런 건 한 번도 들어 본 적이 없어요.」 여자가 말했다.

「그렇다면 더 들어 보셔야겠네요. 그럼 될 거예요.」 디키가 당당하게 말했다. 「더 들어 보자고요, 〈지금요〉!」 마리아가 외쳤다. 그리고 누군가 다른 이가 외쳤다. 「그래요, 다이애나. 읽어 주세요, 읽어요!」

그래서 촛불이 몇 개 더 들어와 다이애나의 어깨 근처에 놓였다. 숙녀들은 편안한 자세를 취했고, 낭독이 시작되었다.

이제는 내용이 자세히 기억나지 않는다. 하지만 디키가 약속했던 대로, 음란한 내용은 아니었다. 사실 꽤 건조했다. 그렇지만 매우 단조로운 서술 방식은 디키의 이야기에 일종의 음란함을 더해 주었다. 디키가 책을 읽는 내내 숙녀들은 상스러운 토를 달아 댔다. 다이애나가 디키의 이력 낭독을 끝내자, 사람들은 다른 것을 읽었다. 그것은 더 음란했다. 이윽고 모인 이들은 〈신사들〉 편에서 외설스러운 기운이 물씬 풍기는 글을 읽었다. 마침 내 방 안 공기가 후끈 달아오르며 답답해졌다. 심지어 부루퉁해 있던 나마저도 의사가 꼼꼼히 설명해 놓은 부분에서는 몸이 달아오르는 걸 느꼈다. 다이애나가 또다시 담배에 불을 붙이는 동안 숙녀들은 서로 책을 돌려가며 살펴봤다. 이윽고 어떤 숙녀가 외쳤다. 「당신은 이걸 보에게 물어봐야 해요. 그 여자는 힌두교인들과 7년을 살았어요.」 그 말에 다이애나가 외쳤다. 「뭘요? 뭘 물어봐야 한다는 거죠?」

그러자 여자가 대답했다. 「우리는 사내아이 자지만큼이나 커다란 음핵을 가진 여자에 대한 이야기를 읽고 있어요! 그 여자는 자기가 인도 하녀로부터 병이 옮았다고 주장하네요. 만약 보 홀리데이가 이곳에 있었다면 우리에게 확인을 해줬을 거예요. 보는 힌두스탄에서 살며 힌두교인들과 친하게 지냈거든요.」

「인도 여자아이들 이야기는 사실이 아니에요.」 다른 숙녀가 말했다. 「그건 터키인 이야기예요. 터키 여자아이들은 그렇게 자라요. 후궁에서 그런 식으로 만족을 얻어요.」

「그래요?」 마리아가 턱수염을 매만지며 말했다.

「네, 확실해요.」

「하지만 우리 불쌍한 여자아이들 역시 마찬가지예요.」 누군가가 말했다. 「걔네들은 한 침대에서 스무 명이 잔다고요. 빈번한 접촉은 음핵을 크게 해요. 확인된 사실이에요.」

「말도 안 돼요!」 시가를 든 사포가 말했다.

「장담하는데, 내 말이 맞아요.」 첫 번째 여인이 발끈하며 대답했다. 「만약 우리 가운데 빈민가에서 온 여자가 있다면, 그 여자 속바지를 내려 증거를 보여 줄 수 있을 거예요!」

여자의 말에 웃음이 터져 나왔고, 잠시 후 방은 다소 조용해졌다. 나는 다이애나를 바라보았다. 내가 그러는 사이 다이애나는 천천히 고개를 돌려 나를 응시했다.「궁금하네…….」다이애나가 생각에 잠겨 말했고, 한두 명 정도가 다이애나처럼 나를 살펴보기 시작했다. 돌연 가슴이 철렁했다. 나는 생각했다. 〈다이애나는 그렇게 하지 않을 거야!〉 내가 그렇게 생각하고 있을 때, 또 다른 여자가 말했다.「하지만 다이애나, 당신은 마침 우리에게 필요한 존재를 데리고 있어요! 당신 하녀는 빈민가 출신 아니던가요? 당신이 그 아이를 감옥인가 무슨 집에선가 데려오지 않았나요? 감옥에서 여자들이 어떻게 되는지 당신도 잘 알잖아요? 저는 그 여자들이 밴대질을 많이 쳐서 그곳이 버섯처럼 클 거라고 생각해요.」

다이애나는 내게서 시선을 거두더니 로즈팁 담배를 빨아들였다. 이윽고 다이애나가 싱긋 웃었다.「후퍼 부인!」다이애나가 외쳤다.「블레이크는 어디 있지요?」

「부엌에 있습니다.」가정부가 와인 사발 있는 곳에서 대답했다.「쟁반에 음식을 담고 있습니다.」

「가서 데려오도록 해요.」

「네.」

후퍼 부인이 나갔다. 숙녀들은 서로를 바라보다가 이윽고 다이애나에게 시선을 모았다. 다이애나는 차가운 안티노우스 흉상 옆에서 아주 침착하고 차분히 서 있었다. 하지만 다이애나가 잔을 입술에 가져갔을 때 손이 약간 떨리는 게 보였다. 나는 한쪽 발에서 다른 쪽 발로 무게를 옮겼다. 잠깐 동안 타오르던 내 욕망은 완전히 사그라지고 없었다. 곧 후퍼 부인이 제나를 데리고 돌아왔다. 다이애나가 부르자 제나는 놀라서 힐긋거리며 방 가운데로 걸어왔다. 숙녀들은 제나가 지나갈 수 있도록 양 옆으로 비켜섰고, 제나가 지나간 뒤 다시 제자리로 돌아왔다.

다이애나가 말했다.「너에 대해 궁금한 게 있어, 블레이크.」

제나가 다시 놀라 눈을 깜작였다. 「네?」
「우리는 네가 감화원에 있던 때가 궁금해.」 이제 제나는 얼굴이 붉어졌다. 「우리는 네가 어떻게 시간을 보냈는지 궁금해. 우리는 네가 독방에 있을 때 뭔가 네 심심한 손가락을 놀릴 만한 거리가 있었다고 생각해.」
제나가 망설였다. 이윽고 제나가 말했다. 「그러니까 반짇고리를 말씀하시는 건가요?」
그 말에 방에 모인 숙녀들은 왁자그르르하게 웃었고, 그로 인해 제나는 움찔했으며 얼굴이 더욱 빨개진 채 손을 목으로 가져갔다. 다이애나가 아주 천천히 말했다. 「아니, 꼬마야. 반짇고리를 말한 게 아니야. 내 말뜻은, 우리는 네가 조그만 감방에 갇혀 있으면서 자위를 했을 거라고 생각하거든. 네 보지가 욱신거릴 때까지 자위를 했다고 말이야. 틀림없이 말이지. 너무나 오래 그리고 열심히 자위를 했기 때문에 좆이 생겼다고. 우리는 네 속바지 안에 좆이 달렸다고 생각해, 블레이크. 우리는 네 치마를 들추고 그걸 보고 싶은 거야!」
숙녀들은 다시 소리 내어 웃었다. 제나는 그들을 보더니 다시 다이애나에게 시선을 돌렸다. 「제발요, 마님.」 제나가 몸을 떨기 시작하며 말했다. 「무슨 말씀이신지 모르겠어요!」
다이애나가 제나에게 다가갔다. 「내가 볼 땐 아는 거 같은걸.」 다이애나가 말했다. 다이애나는 디키가 준 책을 집어 책장을 펼치더니 제나 코앞에 들이밀었고, 그 탓에 제나는 또다시 움찔했다. 「우리는 너 같은 여자아이들 이야기로 가득한 책을 읽었어.」 다이애나가 말했다. 「그런데 네 대답은 뭐야? 이 책, 레이놀즈 양이 내 생일 선물로 준 책을 쓴 의사가 바보라는 거야?」
「아니에요, 마님!」
「그래. 그리고 이 의사는 네가 좆이 있다고 말했어. 이리 와서 네 치마를 걷어! 이런, 우리는 그냥 네가 정말로 그런지 보고 싶은 것뿐이야!」
다이애나는 제나의 치마에 손을 댔고, 다른 숙녀들은 다이애나의 난폭함에 사로잡혀 기꺼이 다이애나를 도울 채비를 했다. 그 광경을 보고 있자니 속이 울렁거렸다. 나는 그늘 밖으로 나와 말했다.「그냥 놔둬요, 다이애나! 제발 그 애를 그냥 놔둬요!」
방은 일순간에 조용해졌다. 제나는 겁먹은 눈으로 나를 응시했고, 다이애나는 고개를 돌리더니 눈을 끔벅였다. 다이애나가 말했다.「네 치마를 올리고 싶은 거야?」
「전 당신이 블레이크를 놔줬으면 좋겠어요! 가, 블레이크.」내가 제나에게 고개를 끄덕였다.「부엌으로 돌아가.」
「그 자리에 그대로 있어!」다이애나가 제나에게 외쳤다.「그리고 너.」이글거리는 검은 눈을 한쪽만 가늘게 뜨고 나를 노려보며 다이애나가 말했다.「넌 네가 내 하인들에게 명령을 내리는 이곳 주인이라고 생각하는 거야? 천만에, 넌 〈하인〉이야! 내가 내 하인에게 궁둥이를 까라고 하는 건데 네가 무슨 상관이지? 너도 네 엉덩이를 내게 까잖아, 차고 넘칠 정도로! 당장 벨벳 커튼 뒤로 돌아가! 우리가 여기 블레이크를 보고 나면 다음으로는 안티노우스를 볼지도 모르니까.」
다이애나의 말은 지끈거리는 내 머리를 옥죄는 듯했다. 머리가 마치 유리라도 되는 양 산산조각이 난 느낌이 들었다. 나는 목에 걸고 있던 시든 화환에 손을 뻗어 찢어 버렸다. 이윽고 담비 가발도 벗어 바닥에 내팽개쳤다. 기름을 바른 내 머리털은 머리에 딱 달라붙어 있었고, 뺨은 와인과 분노로 벌겠다. 내 모습은 끔찍해 보였을 게 분명했다. 그러나 끔찍한 느낌이 들지는 않았다. 오히려 나는 힘과 빛으로 가득 찬 느낌이 들었다. 내가 말했다.「당신은 내게 그런 식으로 말하면 안 돼. 어떻게 당신이 내게 그 따위로 말할 수가 있어!」

다이애나 옆에서 디키가 눈을 굴렸다. 「정말로 다이애나, 이건 너무 지루하네요!」 디키가 말했다.

「지루하다니!」 나는 디키를 바라보았다. 「널 봐, 이 늙은 암소야. 열일곱 살짜리 사내아이처럼 새틴 셔츠나 입고 있잖아. 도리언 그레이? 도리언 그레이가 부두에 몇 번 갔다 와서 피 흘리는 초상화에 더 가깝겠다!」[31]

디키는 얼굴을 씰룩이더니 이윽고 핏기가 싹 가셨다. 숙녀 몇이 소리 내어 웃었고, 그 가운데 한 명은 마리아였다. 「오, 우리 사랑스러운 청년……!」 마리아가 입을 열었다.

「나보고 〈사랑스러운 청년〉이라고 부르지 마, 이 못생긴 년아!」 내가 마리아에게 말했다. 「터키 바지를 입은 너도 디키만큼이나 추해. 넌 뭐야? 하렘이라도 찾는 거야? 그년들이 자기들끼리 서로 비벼 대며 씹질을 해대는 것도 하등 이상할 게 없지. 만약 너 같은 걸 주인으로 모시고 있다면 말이야. 넌 1년 반 동안 내 몸 구석구석을 만져 댔지. 하지만 만약 진짜 여자가 젖통을 드러내 네 손에 쥐여 준다면 넌 어떻게 해야 하는지 물어보려고 종을 울려 하녀를 부를 거다!」

「이제 그만!」 다이애나였다. 새하얗게 질린 얼굴에는 노기가 등등했으나, 여전히 무서울 정도로 침착했다. 이제 다이애나는 고개를 돌리더니 눈을 희번덕거리는 숙녀들에게 말했다. 「낸시는 종종 까불면서 시간을 보내는게 재미있다고 생각하지요. 물론, 가끔은 재미있답니다. 하지만 안타깝게도 오늘 밤은 지루할 뿐이군요.」 다이애나는 다시 나를 보았지만 여전히 손님들을 향

31 소설 『도리언 그레이의 초상』에서 젊고 아름다운 도리언 그레이는 타락을 하며 부두 근처 아편굴을 출입하고, 나중에 자신의 악행을 반영하는 초상화를 칼로 찌르지만 자신이 죽는다.

해 이야기하는 듯했다. 「낸시는 위층으로 올라갈 겁니다.」 침착한 어조로 다이애나가 말했다. 「뉘우칠 때까지 그곳에 있을 겁니다. 그리고 기분을 상하게 했던 숙녀분들께 사과를 드릴 겁니다. 저는 낸시에게 내릴 뭔가 자그마한 벌을 생각해 내야겠군요.」 다이애나의 시선이 내 의상 쪼가리를 훑았다. 「로마 시대에 어울리는 뭔가로요.」

「로마 시대?」 내가 대답했다. 「하긴, 그 시대에 대해 잘 알고 있겠지. 오늘 몇 살이 된 거지? 하드리아누스의 궁전에 있지 않았어?」

내가 지금껏 다른 여자들에게 한 것에 비하면 무척 약한 모욕이었다. 그러나 내가 그 말을 하자 모인 사람들 가운데 누군가가 킥킥거리고 웃었다. 작은 소리였을 뿐이었다. 그러나 다이애나는 그런 자그마한 킥킥거림조차 참을 수 없는 사람이었다. 차라리 미간에 총을 맞는 쪽이 다이애나에게는 더 나았을 것이다. 이윽고 숨죽여 웃는 소리를 들은 다이애나는 안색이 더욱 창백해졌다. 다이애나는 내게 한 걸음 다가서더니 손을 올렸다. 너무나 빠른 행동이었기에 나는 다이애나의 팔 끝에 뭔가 시커먼 것이 번쩍하는 모습만 보았을 뿐이었다. 그리고 내 뺨에 작은 폭발이 일어난 듯한 느낌이 들었다.

다이애나는 아까부터 계속해 디키의 책을 들고 있었다. 그리고 그것으로 나를 때린 것이다.

나는 비명을 지르며 비틀거렸다. 맞은 곳에 손을 대어 보니 피가 묻어 나왔다. 코에서 나온 거였다. 그리고 가죽 장정된 책등 모서리에 맞아 찢어진 눈 밑에서도 피가 나왔다. 나는 몸을 기댈 어깨나 팔을 찾았으나 이제 숙녀들은 모두 내게서 멀찌감치 비켜서 있었고, 나는 비틀거리다가 하마터면 넘어질 뻔했다. 나는 다이애나를 보았다. 다이애나 역시 나를 때리고 나서 비틀거렸다. 그러나 에벌린이 옆에서 다이애나의 팔과 허리를 잡아 주었다. 다이애나는 내게 아무 말도 하지 않았다. 마침내 나는 더는 아무 말도 할 수 없는 지경이 되었다. 나는 기침을 했거나 코를 씨근거렸던 듯하다. 터키 융단에 피가 튀었고, 그 탓에 숙녀들은 나와 더욱 거리를 두고 물러섰으며 놀람과 혐오감이 섞인, 〈구겨진 표정〉을 지었다. 이윽고 나는 비틀거리며 방을 나왔다.

문에는 마리아의 애완견 새틴이 서 있다가 나를 보더니 짖어 댔다. 마리아는 녀석이 지옥문을 지키는 사냥개처럼 보이게 하려고 종이 찰흙으로 만든 개 머리를 목걸이 양쪽에 달아 문에 기대어 세워 두었다.

앞서 말했듯이, 우리는 복도 대리석 바닥에 장미를 뿌려 두었다. 욱신거리는 머리에 얼얼한 뺨을 어루만지며 맨발로 그 위를 지나가기는 무척 어려웠다. 계단에 닿기 전 내 뒤를 따라오는 발소리와 뒤이어 쾅 하는 소리가 들렸다. 돌아보니 제나가 있었다. 다이애나는 나에 이어 제나도 방에서 내보내고는 거세게 문을 닫은 것이다. 제나는 나를 찬찬히 살펴보더니 다가와 내 팔을 잡았다. 「오, 아가씨…….」

당시 나는 제나 탓에 다이애나의 난폭함의 불똥이 나에게까지 튀었다고 생각했다. 나는 제나를 떼어 냈다. 「만지지 마!」 내가 외쳤다. 이윽고 나는 제나를 두고 서둘러 내 방으로 가 문을 닫았다.

나는 어둠 속에서 피가 흐르는 뺨을 어루만지며 비참하게 앉아있었다. 아래층에서는 몇 분 정도 조용한 듯하더니 피아노 소리가 들렸다. 이윽고 웃음소리와 함께 왁자지껄 떠드는 소리가 들렸다. 모두들 내가 없이도 파티를 즐기고 있었다! 믿을 수 없었다. 제나를 조롱한 일, 내가 한 모욕, 맞아서 피가 나는 코. 이 모든 것은 단지 멋진 파티를 더 신나고 더욱 멋지게 했을 뿐이었다.

다이애나가 손님들을 돌려보냈더라면. 내가 그냥 베개에 머리를 묻고 그 사람들에 대해 잊어버렸더라면. 그 사람들이 즐겁게 떠드는 소리에 비참해지고 기분이 상하고 복수심에 불타오르지 않았더라면 좋았을 텐데.

복도에서 내가 보인 무례함을 제나가 용서하지 않았더라면. 내 방에 들어와 내가 많이 아프지는 않은지, 나를 위해 자기가 뭔가 해줄 수 있는 게 없는지 묻지 않았더라면 좋았을 텐데.

문을 두드리는 소리가 들렸을 때, 나는 몸을 움찔했다. 다이애나가 나를 괴롭히거나 아니면(알게 뭔가?) 달래러 온 줄로만 알았다. 문을 열고 들어온 이가 제나인 것을 안 나는 그녀를 빤히 바라보았다.

「아가씨.」 제나가 말했다. 제나는 초를 들고 있었고, 짧은 불꽃이 미친 듯 펄럭이며 널뛰는 그림자를 벽에 만들었다. 「아가씨가 그렇게 다치고 피를 흘리며 이곳에 있는 걸 알면서 그냥 갈 수가 없었어요. 그리고, 오! 그게 다 저 때문이잖아요!」

나는 한숨을 쉬었다. 「이리 와.」 내가 말했다. 「그리고 문을 닫아.」 제나가 내 말대로 문을 닫고 내게 다가오자 나는 두 손으로 머리를 감싸고 신음했다. 「오, 제나.」 내가 말했다. 「끔찍해! 끔찍한 밤이야!」

제나가 초를 내려놓았다. 「천에 얼음을 좀 넣어서 가져왔어요.」 제나가 말했다. 「만약 괜찮으시면 제가…….」 내가 고개를 들자 제나는 천을 내 빰에 올려놓았고, 그 탓에 나는 움찔했다. 「눈 밑에 흉이 지겠어요!」 제나가 말했다. 이윽고 제나는 어조를 바꿔 말했다. 「그 사람, 정말 못됐어요!」 제나는 내 콧구멍 주변에 말라붙은 핏자국을 닦기 시작했다. 내 옆에서 침대 위로 몸을 숙이고 한 손으로는 자기 몸을 버티기 위해 내 어깨를 잡은 자세였다.

하지만 점차 나는 제나가 떨고 있다는 사실을 깨달았다. 「추워요, 아가씨.」 제나가 말했다. 「춥기도 하고 아래층에서 약간 겁을 먹은 탓도 있어요…….」 그러나 제나는 이렇게 말하며 더욱 심하게 몸을 떨었고, 마침내 흐느끼기 시작했다. 「사실은, 아래층에 못된 숙녀들이 돌아다니는 걸 뻔히 알면서 제 방에 혼자 누워 있는 걸 생각만 해도 참을 수가 없었어요. 제 방에 와서 또다시 저에게 아까처럼 할 것만 같은 생각이 들어요…….」 제나가 눈물을 흘리며 말했다.

「그만 울어.」 내가 말했다. 나는 제나에게서 천을 받아 바닥에 놓았다. 이윽고 나는 침대 덮개를 끌어당겨 제나를 감쌌다. 「여기서 나와 함께 있으면 너를 어떻게 하지 못할 거야.」 나는 제나의 어깨를 감쌌고, 제나의 머리가 내 귓가에 와 닿았다. 제나는 여전히 하녀용 모자를 쓰고 있었다. 내가 핀을 뽑고 모자를 벗기자 머리털이 어깨까지 풀려 내려왔다. 머리에는 와인에 든 향신료와 불타던 장미의 향이 배어 있었고, 내 어깨에 기댄 제나의 온기와 함께 그 냄새를 느끼자 나는 돌연 오늘 밤 내내 취했던 것보다 훨씬 더 세게 취한 느낌이 들었다. 어쩌면 단지 다이애나에게 얻어맞은 충격 때문 머리가 어질어질한 것일 수도 있었다.

나는 침을 꼴깍 삼켰다. 제나는 손수건으로 코를 감쌌고, 조금 침착해졌다. 아래층에서 요란스레 달리는 소리와 거칠게 피아노를 두드리는 소리, 날카롭게 웃어 대는 소리가 들려왔다.

「저 소리를 들어 봐!」 나는 다시 화가 나서 말했다. 「아무 일 없다는 듯 놀고 있어! 우리가 여기에 불쌍히 앉아 있다는 건 까맣게 잊어버린 채…….」

「오, 제발 잊어버렸으면 좋겠어요!」

「당연히 잊어버렸지. 우리가 무슨 짓을 하든 저 사람들에게는 아무 상관이 없어! 그래, 우리도 파티를 열자!」 제나는 코를 풀더니 킥킥거렸다. 나는 약간 고개를 기울였다. 「제나! 우리도 파티를 여는 거야. 우리 둘만을 위해서 말이야! 부엌에 샴페인이 얼마나 남았지?」

「아주 많아요.」

「좋았어. 가서 한 병 가져와.」

제나가 입술을 깨물었다. 「그래도 되는 건지 잘 모르겠어요…….」

「갔다 와. 안 들킬 거야. 모두 응접실에 모여 있는 데다가 뒤 계단으로 갔다 오면 괜찮아. 누가 널보고 물으면 나에게 가져다주는 거라고 말해. 사실이잖아.」

「하지만…….」

「갔다 와! 초를 가져가고!」 나는 일어나 제나의 손을 잡고 일으켜 세웠다. 마침내 제나는 내가 보여 준 새로운 대담한 모습에 감염되었고, 한 번 더 킥킥거리더니 손을 입술에 대고 살금살금 방을 빠져나갔다. 제나가 나가 있는 동안 나는 등불을 켰지만 빛을 아주 약하게 해놓았다. 제나는 하녀용 모자를 침대 위에 두고 갔다. 나는 그 모자를 들어 써보았고, 5분 뒤 제나가 와서 모자를 쓴 내 모습을 보더니 큰 소리로 웃었다.

제나는 물방울이 맺힌 병과 잔을 하나씩 가져왔다. 「누굴 만났어?」 내가 물었다.

「한 쌍을 보긴 했지만 그쪽에서는 저를 전혀 못 봤어요. 그 둘은 식료품실 문 앞에 서서 상대방을 빨아들이기라도 할 듯 거세게 키스를 하고 있었어요!」

나는 제나가 어둠 속에서 그 둘을 지켜보는 모습을 상상했다.

나는 제나에게 가서 병을 받아 들었고, 병목에서 납 포장을 벗겨 냈다. 「오면서 흔들었구나.」 내가 말했다. 「뻥 하고 터지겠는걸.」 제나는 손으로 귀를 막고 눈을 질끈 감았다. 코르크가 병 주둥이에서 잠시 저항하더니 내 손가락 사이로 튕겨 나갔다. 내가 외쳤다. 「빨리! 빨리! 잔을 가져와!」 병 주둥이에서 크림빛 거품이 분수처럼 뿜어져 나와 내 손가락과 다리를 적셨다. 물론 나는 여전히 짧은 흰색 토가 차림이었다. 제나는 다시 킬킬거리며 쟁반에서 잔을 집어 들더니 뿜어져 나오는 와인 아래 댔다.

우리는 침대에 올라가 앉았고 제나는 잔을, 나는 거품이 이는 병을 들고 홀짝였다. 제나는 샴페인을 마시고 콜록였다. 그러나 나는 다시 잔을 채우고 말했다. 「다 마셔 버려! 저 아래층에 있는 암소들처럼 말이야.」 제나는 마시고 또 마셨으며, 마침내 얼굴이 불콰해졌다. 나는 한 모금 마실 때마다 머리가 더 핑핑 돌고 부어오른 얼굴이 더욱 화끈거렸다. 마침내 내가 말했다. 「아, 정말 아프네!」 그 말에 제나는 잔을 내려놓더니 아주 부드럽게 내 뺨에 손을 댔다. 제나가 뺨에 손을 대고 있는 몇 초 사이에 나는 제나의 손을 잡고 몸을 숙여 제나에게 키스했다.

내가 침대에 누워 자기를 옆으로 끌어당겨 누일 때까지 제나는 손을 빼지 않았다. 이윽고 제나가 말했다. 「우리는 이러면 안 돼요! 레더비 부인이 올라오시면 어쩌려고요?」

「올라오지 않을 거야. 일종의 벌로 나를 혼자 내버려 두고 있거든.」 나는 치마 사이로 제나의 무릎을, 그리고 허벅지를 어루만졌다.

「이러면 안…….」 제나가 다시 말했다. 그러나 이번에는 목소리가 약했다. 나는 제나의 프록을 잡아당기며 말했다. 「괜찮아, 이걸 벗어. 아니면 내가 단추를 뜯어 낼까?」 제나는 취기 오른 웃음을 웃었다. 「그러시면 안 돼요! 자, 부드럽게 절 도와주세요.」

벗은 제나는 아주 말랐고 몸 색깔이 묘했다. 뺨은 이글거리는 진홍색이었고 팔꿈치부터 손가락 끝까지는 그보다 거칠고 조잡한 빨간색이었으며 상체와 팔뚝과 허벅지는 하얗다 못해 푸르게 보일 정도였다. 그리고 다리 사이 털은, 그런 게 가능하리라고는 상상도 하지 못할 정도로 새빨갰다. 내가 그곳에 입술을 묻자 제나가 깜짝 놀라 소리를 질렀다. 「오! 무슨 짓을 하시는 거예요!」 그러나 잠시 뒤 제나는 내 머리를 잡더니 그곳에 세게 눌렀다. 부어오른 내 코가 가엾다는 생각은 전혀 하지 않는 듯했다. 제나는 단지 이렇게 말했을 뿐이었다. 「오, 반대로 누우세요. 어서 반대로 누우세요, 저도 아가씨에게 해드릴 수 있게요!」

잠시 후 나는 침대 덮개를 끌어당겨 우리 몸을 감쌌으며, 제나와 병을 주고받으며 샴페인을 홀짝였다. 나는 제나에게 손을 올려놓았다. 내가 말했다. 「감화원에 있을 때 자위를 하곤 했어?」 제나는 나를 찰싹 치며 말했다. 「오, 아가씨는 아래층에 있는 분들만큼이나 못됐어요! 죽는 줄 알았다고요!」 제나는 담요를 밀쳐 내더니 자기 씹을 힐긋 보았다. 「내게 좆이 있다고 생각하다니! 무슨 생각을 하는 거람!」

「무슨 생각이라니? 오, 제나, 난 네가 그걸 달고 있는 모습을 보고 싶어! 난 정말로 네가…….」 나는 일어나 앉았다. 「제나, 난 네가 다이애나의 딜도를 단 모습을 보고파!」

「그 물건을요? 마님이 아가씨를 상스럽게 만들었어요! 그런 걸 달다니, 전 부끄러워 죽을 거예요!」 제나의 속눈썹이 파르르 떨렸다.

「얼굴이 빨개졌어! 그걸 생각했구나, 안 그래? 그걸로 장난치는 걸 약간은 생각한 거야. 아니면 아니라고 말해 봐!」

「정말로 아니에요!」 그러나 제나는 좀 전보다 더 얼굴을 붉히며 내 눈을 피했다. 나는 제나의 손을 잡고 일으켜 세웠다.
「해보자.」 내가 말했다. 「넌 날 후끈 달아오르게 할 거야. 다이애나는 절대 모를 거야.」
「오!」
나는 제나를 이끌고 문으로 갔고, 바깥 복도를 살짝 내다보았다. 아래층에서 들려오던 음악과 웃음소리는 아까보다는 약해졌지만 여전히 시끄럽고 떠들썩했다. 제나는 내게 기대며 두 손으로 내 허리를 감쌌다. 이윽고 우리는 함께 비틀거리며 완전히 벌거벗은 채 웃음을 막으려 두 손으로 입을 막고 다이애나의 작은 거실로 갔다.
옷장의 비밀 서랍을 열고 열쇠를 꺼내 자단 트렁크를 여는 일은 식은 죽 먹기였다. 그 내내 제나는 겁먹은 눈으로 문을 힐긋거렸다. 하지만 딜도를 보자 다시 얼굴을 붉히더니 딜도에서 눈을 뗄 수 없는 듯했다. 나는 취기 덕분에 자부심과 에너지가 샘솟는 듯한 기분이 들었다. 「일어나.」 내가 말했다. 나는 거의 다이애나처럼 말했다. 「일어나. 그리고 죔쇠를 채워.」
제나가 그렇게 하자 나는 제나를 데리고 거울 앞으로 갔다. 나는 벌겋게 부어오르고 아직까지 피딱지가 들러붙은 얼굴을 보고 움찔했으나, 툭 튀어나온 딜도에서 눈을 떼지 못하고 한 손을 딜도에 얹은 채 침을 꼴깍 삼키며 가죽의 움직임을 느끼는 제나를 보고 있노라니 내 얼굴의 멍 따위는 눈에 들어오지 않았다. 마침내 나는 제나에게 몸을 돌려 어깨에 손을 얹었고, 딜도 대가리를 내 허벅지 사이로 조금씩 넣었다. 만약 내 씹에 혀가 달려 있었다면 훨씬 더 생생하게 이 장면을 표현했으리라. 만약 제나의 씹에 혀가 있었다면 그 입술을 핥았으리라.
제나가 새된 소리를 냈다. 우리는 서로 엇갈려 몸을 포갠 채 새틴 침대보 위로 쓰러졌다. 머리가 침대 아래로 처지며 뺨에 피가 몰려 통증이 느껴졌다. 그러나 제나의 딜도가 내 안에 들어왔고, 제나가 꿈틀거리며 밀기 시작하자 나는 나도 모르게 고개를 들어 제나에게 키스했다.

그러는 사이, 흔들리는 침대 기둥과 귀에서 사정없이 뛰는 맥박 소리 저 멀리로 무슨 소리가 들렸다. 나는 고개를 똑바로 하고 눈을 떴다. 방문이 열려 있었고, 숙녀들의 얼굴이 시야에 가득 찼다. 그리고 그 한가운데에 창백하고 격분에 찬 얼굴이 있었다. 다이애나였다.

순간, 나는 완전히 얼어붙었다. 나는 다이애나가 무엇을 보았을지 보았다. 열린 트렁크, 침대에서 얽혀 있는 몸뚱아리, 가죽끈을 단 채 요동치는 엉덩이(제나는 눈을 질끈 감고 있었기에 격분한 자기 주인이 지켜보고 있는 것도 모르고 여전히 헐떡이며 내게 몸을 들이댔다). 마침내 나는 제나의 어깨에 손을 얹고 힘껏 흔들었다. 제나는 눈을 뜨고 내가 본 광경을 보더니 겁에 질려 외마디 소리를 질렀다. 제나는 땀에 젖은 엉덩이에 달린 딜도가 내 안에 들어와 있다는 사실도 잊은 채 본능적으로 일어나려 했다. 잠시 우리는 볼썽사납게 허우적댔다. 제나는 초조한 웃음을 터뜨렸고, 공포에 젖어 지르던 가는 비명보다 그 소리가 더 귀에 거슬렸다.

마침내 제나가 꿈틀거렸고, 뭔가를 빨아들이는 소리가 났다. 그 소리는 돌연 찾아온 정적을 너무나도 명확히 갈랐고, 잔혹하게 죄를 묻는 듯했다. 이윽고 제나의 몸이 자유로워졌다. 제나는 침대 곁에 섰고, 딜도가 제나 앞에서 고개를 까닥였다. 다이애나 옆에 있던 숙녀 가운데 한 명이 말했다. 「결국 좆이 달렸네!」 그리고 다이애나가 대답했다. 「저 좆은 내 거예요. 이 갈보 년들이 그걸 훔쳤어요!」

다이애나의 목소리는 쉬어 있었다. 취기 탓인 듯했다. 하지만 충격을 받은 탓도 있었을 것이다. 나는 뚜껑이 활짝 열린 채 어질러진 상자를, 다이애나가 그토록 자랑하고 소중히 여기는 상자를 다시 바라보았고, 가슴 한구석에서 만족감이 송충이처럼 꿈틀댔다.

그리고 다른 방, 내가 애써 잊었던 방을 생각했다. 문가에서 내가 할 말을 잃고 서 있고 내 연인은 떨면서 다른 연인 옆에 얼굴을 붉히고 있던 그 방이. 예전의 내 자리를 차지한 다이애나를 보고 있노라니 씨익 웃음이 나왔다.

마침내 다이애나를 발광하게 한 건 바로 그 웃음이었다.「마리아.」 다이애나가 말했다. 마리아도 디키, 에벌린과 함께 다이애나 곁에 있었다. 아마 이들은 야한 책을 가지러 함께 침실로 올라온 듯했다.「마리아, 후퍼 부인을 불러 오세요. 낸시의 물건을 이곳으로 가져오라고 하세요. 낸시는 떠날 거예요. 그리고 블레이크의 드레스도 가져오라고 하세요. 둘 다 제가 둘을 발견했던 시궁창으로 다시 돌아갈 거예요.」 다이애나의 목소리는 감정 없이 서늘했다. 하지만 다이애나가 내 쪽으로 한 걸음 내디뎠을 때, 그 목소리에는 감정이 실려 있었다.「이 갈보!」 다이애나가 말했다.「매춘부! 창녀, 사창, 논다니!」 하지만 그 단어들은 다이애나가 욕망과 열정에 빠졌을 때 내게 이미 천 번은 써먹은 단어들이었다. 다이애나는 이제 증오에 불타 이 단어들을 말했지만 신기하게도 전혀 아프게 와 닿지 않았다.

하지만 내 옆에서 제나가 떨기 시작했다. 그러자 딜도가 까닥댔다. 이 모습을 본 다이애나가 버럭 호통을 쳤다.「당장 엉덩이에서 그걸 벗어!」 제나는 더듬거리며 즉시 끈을 끌렀다. 그러나 너무 서두르는 바람에 죔쇠를 제대로 쥘 수가 없어 내가 다가가 도와주었다. 우리가 그러는 동안 다이애나는 제나가 얼뜨기 반

편이에 갈보에 자위질이나 해대는 년이라고 마구 욕을 쏟아 냈다. 문가에 있던 숙녀들이 깔깔거리며 웃었다. 한 명은(아마도 에벌린인 듯했다) 트렁크 쪽을 보고 고개를 까닥이며 외쳤다. 「끈으로 묶어요, 다이애나!」 다이애나는 입을 비쭉거렸다.

「앞으로 숱하게 묶일 거예요.」 다이애나가 말했다. 「감화원으로 돌아가면요.」

그 말에 제나는 무릎을 꿇고 울기 시작했다. 다이애나는 냉소를 짓더니 눈물이 샌들 위로 떨어지지 않도록 발을 피했다. 디키(목에 한 넥타이는 느슨했고, 라펠에 단 라일락은 뭉개지고 갈색으로 변해 있었다)가 말했다. 「쟤들이 다시 씹질하는 걸 보면 안 되나요? 하라고 하세요. 재미있잖아요!」

그러나 다이애나는 고개를 저었다. 나를 보는 다이애나의 눈빛은 불꽃이 완전히 꺼진 초롱 속처럼 너무나 차가웠다. 다이애나가 말했다. 「저것들이 내 집에서 할 수 있는 씹질은 이미 다 했어요. 길거리에서 할 수는 있겠죠. 개처럼요.」

그러자 아주 술에 취한 다른 숙녀가 말하길, 그렇다면 적어도 창문을 통해 그렇게 하는 걸 보자고 했다. 그러나 나는 오로지 다이애나만 보았다. 그 끔찍했던 저녁을 보내며 처음으로 겁이 나기 시작했다.

마리아가 후퍼 부인과 함께 돌아왔다. 후퍼 부인은 눈이 밝았다. 부인은 내가 밀른 부인 집에서 가져와 옷장 가장 안쪽에 처박아 두었던 낡은 선원 가방과 낡은 검은 드레스, 창이 두꺼운 부츠 한 켤레를 들고 있었다. 숙녀들이 모두 보고 있는 동안 다이애나는 드레스와 부츠를 제나에게 던졌다. 그다음으로는 선원 가방을 열심히 뒤지더니 구겨진 프록과 신발을 꺼내 내게 던졌다. 프록은 내가 그곳에 오기 전에 입던 것으로 당시에는 멀쩡한 것 같았으나 이제 만져 보니 차갑고 축축했으며 가장자리는 좀이 슬어 있었다.

제나는 즉시 그 끔찍한 검은 드레스와 부츠를 입고 신기 시작했다. 하지만 나는 프록을 손에 들고 다이애나를 보며 침을 삼켰다.

「전 이따위 옷은 안 입어요.」 내가 말했다.

「입어야 할 거야.」 다이애나가 쌀쌀맞게 말했다. 「안 그러면 벌거벗은 채로 펠리시티 플레이스로 쫓겨날 테니까.」

「오, 발가벗겨 내쫓아요, 다이애나!」 다이애나 뒤에 있던 여인이 말했다. 랭골렌의 숙녀였다. 실크해트는 벗은 차림이었다.

「전 이거 안 입어요.」 내가 다시 말했다. 그러자 다이애나가 고개를 끄덕였다. 「좋아. 그러면 입게 해주지.」 내가 여전히 너무 놀란 나머지 막으려고 손을 올리기도 전에 다이애나는 방을 성큼성큼 가로질러 와 내 손에서 가운을 낚아채더니 치마 부분을 머리 위로 뒤집어씌웠다. 나는 몸을 비틀었고, 이윽고 발길질을 해댔다. 다이애나는 나를 침대로 밀었으며, 한 손으로는 내 몸을 단단히 잡고 다른 손으로는 내 머리 위로 씌운 치마 주름을 세게 잡아당겼다. 나는 더욱 격렬하게 저항했다. 곧 치마 가장자리가 찢어졌다.

그 소리를 들은 다이애나가 외쳤다. 「저 좀 도와주실래요? 마리아! 후퍼 부인! 너…….」 다이애나는 제나를 불렀다. 「다시 그 빌어먹을 감화원으로 돌아가고 싶어?」

순식간에 사람들이 내게 달려들었고, 쉰 개는 됨직 한 손들이 모두 드레스를 잡아당기고 나를 꼬집고 발길질하는 내 발을 움켜쥐었다. 나는 한참 동안 이들에게 잡혀 있었던 것 같다. 열이 났고, 내 위로 겹겹이 쌓인 모직에 숨이 막혀 정신이 아득해졌다. 부풀어 오른 얼굴이 두들겨 맞으면서 욱신거리고 아프기 시작했다. 누군가가 내 허벅지 위쪽, 사타구니의 미끌하고 우묵한 부분을 엄지 손가락으로 찔렀다(나는 이 순간을 아주 똑똑히 기억한다). 마리아였을 것이다. 가정부인 후퍼 부인일 수도 있었다.

마침내 드레스가 입혀졌고, 나는 침대에 누워 헐떡였다. 발에는 신발이 신겨지고 매듭이 묶였다. 「일어나!」 다이애나가 말했다. 내가 일어나자 다이애나는 내 어깨를 잡고 침실에서 밀어내더니 거실을 지나 어두운 복도로 쫓아냈다. 뒤에서 숙녀들이 따라왔고, 후퍼 부인과 마리아가 제나를 꽉 붙들고 쫓아왔다. 내가 망설이자 다이애나는 나를 밀쳤고, 그 때문에 나는 비틀거리며 하마터면 넘어질 뻔했다.

마침내 나는 흐느끼기 시작했다. 「다이애나, 진짜 이럴 작정은 아니겠죠!」 그러나 다이애나의 시선은 냉랭했다. 다이애나는 나를 부여잡고 꼬집더니 더 빨리 걷게 했다. 우리는 아래층으로, 지옥으로 향하는 그림에서처럼 나선형 계단을 따라 그 높다란 집 중앙을 관통해 아래로 내려갔다. 우리는 응접실을 지나갔다. 그곳에는 아직까지 숙녀 몇이 쿠션 위에 축 늘어져 있었고, 우리를 보더니 어디에 가느냐고 물었다. 우리 뒤를 따라오던 한 숙녀가 다이애나가 자기 청년과 하녀가 다이애나의 침대에 있는 걸 잡았고 둘을 내쫓는 중이라며 〈놓칠 수 없는 구경거리〉니 같이 가자고 말했다.

그래서 아래로 내려가면 갈수록 뒤에서 들려오는 숙녀들의 웃음소리와 추잡한 외침이 더욱 커졌다. 우리는 맨 아래층에 이르렀고, 그곳은 더 추웠다. 다이애나가 부엌에서 집 뒤편 정원으로 통하는 문을 열자 매섭게 와 닿는 바람 때문에 눈물을 흘리던 내 눈이 아렸다. 내가 말했다. 「이럴 수는 없어, 이럴 수는 없어!」 추위에 술이 깼다. 나는 환상을 보았다. 내 방, 내 옷장, 내 화장대, 내 속옷, 내 담뱃갑, 내 커프스단추, 은으로 끝을 장식한 내 지팡이, 뼈처럼 하얀 리넨, 너무나 멋져서 혀를 대고 핥아 보기까지 했던 내 신발, 손목에 매는 끈이 있던 내 시계.

다이애나가 나를 앞으로 밀었고, 나는 돌아서서 다이애나의 팔을 잡았다. 「절 내쫓지 마세요, 다이애나!」 내가 말했다. 「여기 있게 해주세요! 잘할게요! 여기 있게 해주세요. 당신의 노리개가 되게 해주세요!」 그러나 내가 애원하는 동안에도 다이애나는 나를 떼밀어 뒷걸음질치게 했다. 마침내 우리는 정원 끝에 있는 마차 차고 옆 높다란 나무 출입문에 도착했다. 거기에는 또 다른 작은 문이 나 있었고, 다이애나는 앞으로 나가 그 문을 열었다. 문 너머는 완벽한 암흑처럼 보였다. 다이애나는 후퍼 부인에게서 제나를 넘겨받더니 목을 움켜쥐었다. 다이애나가 말했다. 「펠리시티 플레이스에 네 얼굴을 한 번만 더 비치거나 비굴하고 천한 네 존재에 대해 그 어떤 말이라도 들려오게 행동한다면, 약속하겠는데 널 그 감옥에 다시 처넣고 썩어 문드러질 때까지 나오지 못하게 할 거야. 알아듣겠어?」 제나가 고개를 끄덕였다. 제나는 정사각형 모양의 어둠 속으로 쫓겨나 형체가 사라졌다. 이윽고 다이애나가 내 쪽을 보았다.

다이애나가 말했다. 「너도 마찬가지야, 이 갈보야.」 다이애나는 나를 문으로 밀었지만, 나는 문을 단단히 부여잡고 빌었다. 「제발, 다이애나! 제 물건이라도 가져가게 해주세요!」 나는 다이애나 너머 디키와 마리아를 보았다. 와인과 우리를 뒤따라오며 고조된 흥분 탓에 나를 보는 둘의 시선은 으스스하고 흐릿했으며 동정심이라고는 조금도 보이지 않았다. 나는 나부끼는 의상을 입고 곁눈질을 해대는 숙녀들을 돌아보았다. 「도와주세요, 네?」 내가 외쳤다. 「제발 도와주세요! 저를 원했던 적이 수없이 많았잖아요! 제가 잘생겼다고 수없이 말했고 다이애나가 저를 가지고 있어 부럽다고 수없이 말했잖아요! 이제 여러분 가운데 누구든 절 가질 수 있어요! 누구든지요! 다이애나가 절 동전 한 닢 없이 거리로, 어둠 속으로 내쫓지만 못하게 해주세요! 오! 다이애나가 내게 그런 짓을 하게 그냥 보고만 있다면 너희들 모두 쌍년들이야!」

나는 말하는 내내 흐느끼며 외쳤고, 흐르는 콧물을 싸구려 프록 소매로 닦으며 돌아섰다. 뺨은 평소보다 두 배 정도 부풀어 오른 느낌이었고 머리를 대고 누웠던 곳의 머리털은 마구 엉켜 있었다. 마침내 숙녀들은 지겨운 듯 내게서 시선을 거두었고, 나는 이제 끝났다는 것을 깨달았다. 손이 문에서 미끄러졌고 다이애나가 나를 밀었으며 나는 문 너머 골목길로 비틀거리며 밀려났다. 내 뒤로 선원 가방이 퍽 소리를 내며 발치의 조약돌들 위로 떨어졌다.

나는 고개를 들고 한 번 더 다이애나의 집을 보았다. 응접실 창은 불빛으로 불그레했으며 숙녀들은 벌써 잔디를 가로질러 집 안으로 향했다. 후퍼 부인이 언뜻 보였다. 물기 어린 눈에 외알 안경을 낀 디키가, 마리아가, 다이애나가 언뜻 보였다. 핀에서 빠져나온 다이애나의 검은 머리카락 몇 가닥이 바람 때문에 뺨 주변에서 휘날렸다. 가정부가 다이애나에게 무언가를 말하자 다이애나가 소리 내어 웃었다. 이윽고 다이애나는 문을 닫고 열쇠를 잠갔다. 그리고 펠리시티 플레이스의 빛과 웃음은 내게서 사라졌다. 영원히.

3부

15

아마 당신은 내가 이미 그렇게 처참하게 몰락했으니 앞뒤 가리지 않고 내 뒤로 굳게 닫힌 문을 두드리거나 심지어 문 위로 기어올라가 예전 주인에게 빌려고 했을 것이라 생각할지도 모르겠다. 솔직히, 그 어둡고 외로운 골목길에서 콧물을 훌쩍이며 멍한 상태로 서서 잠시나마 그런 생각을 하지 않은 것은 아니다. 그러나 나는 다이애나가 나를 보던 눈길을 기억했다. 그 어떤 정열도 친절함도 욕망도 사라진 눈빛이었다. 더 큰 문제는 다이애나 친구들이 어떤 표정을 짓고 있는가를 보았다는 점이었다. 내가 어떻게 이전처럼 멋지고 당당하게 그 사람들 앞을 활보하며 다닐 수 있겠는가?

그 생각을 하니 더욱 울음이 나왔다. 옆에서 움직이는 소리만 나지 않았더라면 나는 아마 그 문 앞에 앉아서 동틀 때까지라도 울었을 것이다. 그러나 움직이는 소리에 고개를 들어 보니 제나가 창백한 얼굴로 가슴에 손을 얹고 서 있는 모습이 보였다. 나는 내 처지만 생각하느라 제나를 까맣게 잊고 있었다. 내가 말했다.「오, 제나! 이렇게 끝나 버리다니! 우리는 이제 어떻게 해?」

「〈우리〉는 어떻게 하냐고?」제나가 대답했다. 제나는 완전히 다른 사람처럼 말했다.「〈우리〉는 어떻게 하냐고? 〈내〉가 어떻게 해야 할지는 알아. 난 널 여기 남겨 두고 가고, 저 여자가 다시 널 데리고 가서 못되게 다루길 빌 거야. 넌 그래도 싸!」

「오, 다이애나가 나를 다시 데리러 오지는 않을 거야, 그렇지?」

「당연히 안 오지. 나를 데리러 오지도 않을 거고. 네가 달콤하게 지껄인 덕분에 우리가 어떤 꼴이 되었는지 보라고! 날도 깜깜하게 어두운데 1월의 가장 추운 밤에 모자도 속바지도 없이 쫓겨났어. 심지어 손수건도 없고! 차라리 감옥에 있었으면 좋겠어. 너 때문에 쫓겨난 데다가 추천장도 못 받게 됐어. 식민지로 가기 위해 저금해 둔 돈 7파운드도 사라졌어. 오! 네가 키스하게 허락한 내가 바보지! 주인마님이 올라오지 않을 거라고 생각한 너는 또 어떻고. 널 한 대 때려 주고 싶어!」

「그럼 때려!」 여전히 훌쩍이며 내가 외쳤다. 「한쪽 눈도 마저 멍이 들게 때려. 난 그래도 싸!」 그러나 제나는 경멸하듯 그저 고개를 젓혔고, 팔로는 옷을 더 단단히 여미며 몸을 돌렸다.

나는 소매로 눈을 문질렀고, 마음을 좀 가라앉히려 애썼다. 내가 안티노우스 복장을 한 채 응접실에서 비틀거렸던 때는 막 자정이 되었을 무렵이었다. 지금은 30분 정도 지난 듯했다. 끔찍한 시각이었다. 동트기 전까지 가장 길고 추운 시간을 보내야 했기 때문이다. 가능한 한 조심스럽게 내가 말했다. 「난 어째야 해, 제나? 난 어째야 해?」

제나는 어깨 너머로 나를 돌아보았다. 「네 가족에게 가는 게 좋을 듯해. 가족이 있지 않아? 친구는?」

「이제는 아무도 없어…….」

나는 한 손을 얼굴에 가져갔다. 제나는 몸을 돌리더니 입술을 질근거리기 시작했다. 「그렇담 우리는 완전히 같은 처지네. 나 역시 아무도 없거든. 우리 가족은 애그니스와 경찰 문제 이후로 나를 완전히 내팽개쳤어.」 제나가 말했다. 제나는 내 선원 가방을 가만히 바라보더니 부츠 신은 발로 툭 건드렸다.「돈이 전혀 없어? 안에 뭐가 들었어?」

「모두 옷이야.」 내가 대답했다.「전부 다이애나 집에 올 때 가져온 남자 옷들이야.」

「상태가 괜찮은 것들이야?」

「예전엔 그렇다고 생각했지.」 내가 고개를 들었다.「지금 이걸 입고 신사 행색으로 다니자는 뜻이야?」

제나는 가방 위로 몸을 굽히더니 실눈을 뜨고 안에 든 것들을 살폈다.「이걸 팔자는 뜻이야.」

「팔아? 내 근위병 옷하고 통바지를 팔자고? 글쎄, 난 잘 모르겠어.」

제나는 두 손을 입으로 가져가더니 손가락을 후 불었다.「파셔야 할 거야, 아가씨. 안 그러면 에지웨어 로드로 걸어가 가로등 아래 서서 지나가는 남자가 주는 한 닢 동전이나 받으면서…….」

우리는 킬번 로드에서 좀 떨어져 있는 시장에서 헌 옷 노점을 하는 남자에게 옷들을 팔았다. 제나가 그 남자를 찾아냈을 때 남자는 가방을 꾸리고 있었다. 시장은 자정 정도까지 문을 열었고, 우리가 그곳에 도착했을 때는 손수레들이 거의 비고 거리는 쓰레기로 가득했으며 상인들은 석유등불을 끄고 있었고, 양동이에서 배수구로 물이 똑똑 떨어졌다. 우리가 다가오는 걸 보자마자 남자가 말했다.「너무 늦었어. 오늘은 안 팔아.」 그러나 제나가 가방을 열고 옷들을 꺼내자 남자는 고개를 기울이며 콧방귀를 뀌었다.「군복은 이곳에 진열할 가치가 별로 없는걸.」 남자가 팔을 쭉 뻗어 재킷을 펼쳐 보며 말했다.「하지만 서지 천은 괜찮은 거 같으니 사도록 하지. 조끼를 만들면 괜찮을 것 같군. 외투와 바지도 괜찮고 구두도 깔끔하군. 사겠어. 1기니 주지.」

「겨우 1기니?」 내가 말했다.

「오늘 밤 1기니면 잘 받는 거야.」 남자가 다시 코를 킁킁거렸다. 「보아하니 훔친 거로구만.」

「훔친 게 아니에요.」 제나가 말했다. 「하지만 1기니면 돼요. 그리고 여자용 물건이랑 리본 달린 모자 두 개 있나요? 1파운드에 주세요.」

남자가 내준 속바지와 스타킹은 오래되어 노랗게 변색된 것들이었다. 모자는 끔찍했다. 물론 우리 둘 다 코르셋이 필요했다. 그러나 최소한 제나는 거래에 만족한 듯했다. 제나는 돈을 주머니에 넣고 구운 감자를 파는 노점으로 나를 데려갔고, 그곳에서 우리는 차를 한 잔 시켜 나눠 마시며 감자를 한 알씩 먹었다. 감자는 진흙 맛이 났다. 차랍시고 나온 것은 색깔만 낸 물이었다. 그러나 노점에는 화로가 있었기에 우리는 몸을 녹일 수 있었다.

말했듯이, 우리가 쫓겨난 뒤로 제나는 완전히 딴사람 같아 보였다. 제나는 떨지 않았고(이제 떨고 있는 사람은 나였다) 지혜와 위엄의 기운이 서려 있었으며, 거리가 아주 편안하다는 듯 아무렇지도 않게 다녔다. 나도 한때 거리가 편안했던 적이 있었다. 만약 내가 자기 손을 잡는 것을 제나가 허락했다면 나는 그렇게 했을 것이다. 하지만 나는 비틀비틀 제나 뒤를 따라가며 불쌍한 목소리로 〈이젠 뭘 해야 해, 제나? 오, 제나, 정말 추워!〉라고 이야기할 뿐이었다. 심지어 〈펠리시티 플레이스에서는 지금 뭘하고 있을 것 같아, 제나? 오, 다이애나가 나를 내쫓았다는 게 믿겨?〉라고 말하기까지 했다.

「이봐, 아가씨.」 마침내 제나가 말했다. 「오해하지는 말아. 하지만 닥치고 있지 않으면 결국 한 대 때리고 말 듯하네.」

「미안해, 제나.」 내가 대답했다.

마침내 제나는 화로 옆에 서 있던 창녀와 대화를 하게 되었고,

그 여자로부터 사람들이 밤에 가서 잘 수 있는 근처 여인숙에 대한 자세한 이야기를 들었다. 가서 보니 그곳은 끔찍했다. 한 방에는 남자들이 또 한 방에는 여자들이 모여 자는 곳이었으며, 자는 사람들 모두 콜록거렸다. 제나와 나는 한 침대에 누웠다. 제나는 몸을 따뜻하게 하려고 드레스를 입고 누웠으나 나는 드레스가 구겨진 게 계속 마음에 걸렸기에 매트리스 발치 밑에 넣어 두었다. 밤새 놔두면 구김이 펴지지 않을까 해서였다.

우리는 아주 똑바르고 뻣뻣한 자세로 누워 따끔거리는 원통형 베개를 같이 썼지만, 제나는 내게서 고개를 돌리더니 눈을 꼭 감았다. 다른 사람들의 기침 소리, 욱신거리는 뺨의 통증, 총체적인 비참함과 공포로 나는 잠이 들지 못했다. 제나가 몸을 떨자 나는 제나에게 손을 뻗었다. 그리고 제나가 내 손을 치우지 않자 제나에게 약간 다가갔다. 내가 아주 낮은 목소리로 말했다. 「오, 제나. 오늘 일어난 일을 생각하니 잠이 안 와.」

「그렇겠지.」

나는 몸을 떨었다. 「내가 미워, 제나?」 제나는 대답을 하려 하지 않았다. 「네가 그런다 해도 난 널 원망 안 해. 하지만 내가 얼마나 미안한지 알고 있니?」 그때 우리 옆 침대에 누워 있던 여자가 새된 소리를 질렀다(그 여자는 취했던 듯하다). 그리고 그 소리에 우리는 깜짝 놀랐다. 하지만 제나가 내 말에 귀 기울이는 것은 확실했다. 나는 겨우 몇 시간 전에 우리가 얼마나 다른 식으로 누워 있었는가를 떠올렸다. 그 뒤 내 비참함은 내 안의 열정을 완전히 꺼버렸었다. 그러나 우리 둘 가운데 아무도 그 일에 관해 말을 하지 않았고, 나는 왠지 그렇게 해야 할 것 같은 생각이 들어 속삭이며 말했다. 「오, 다이애나가 오지만 않았더라면! 즐거웠는데, 안 그래? 다이애나가 와서 우리를 막지만 않았더라면…….」

제나가 눈을 떴다. 「즐거웠지.」 제나는 슬픈 목소리로 말했다. 「잡히기 전에는 늘 재미있어.」 이윽고 제나는 나를 뚫어져라 바라보더니 침을 꼴깍 삼켰다.

내가 말했다. 「그리 나쁘지 않을 거야, 제나. 안 그래? 너는 이제 내가 런던에서 아는 유일한 톰이야. 그리고 너는 혼자니까, 내 생각에 우리 둘이 잘해 볼 수 있을 거야. 그렇지? 하숙집에서 방을 하나 구하자. 너는 침모나 날품팔이를 할 수 있을 거야. 나는 다른 옷을 살 거고. 그리고 얼굴이 다 나으면, 내가 아는 한두 가지 수단으로 돈을 벌 수 있어. 한 달이면 네가 가지고 있던 7파운드를 다시 벌 수 있어. 금세 20파운드를 벌 수 있을 거야. 그러면 넌 식민지로 갈 수 있어. 그리고 난…….」 나는 긴장해서 침을 꿀떡 삼켰다. 「난 너랑 가도 돼. 넌 그곳에서는 늘 하숙 칠 사람이 필요하다고 했잖아. 그리고 신사들을 상대할 창녀들도 늘 필요할 거야. 오스트레일리아라도 말이야…….」

내가 중얼거리는 동안 제나는 나를 뚫어져라 바라보며 아무 말도 하지 않았다. 이윽고 제나는 머리를 내 쪽으로 기울이고 아주 살짝 입술에 키스를 했다. 그리고 제나는 다시 고개를 돌렸고, 나는 마침내 잠이 들었다.

내가 깨어났을 때는 새벽이었다. 여자들의 기침 소리, 침 뱉는 소리, 지나온 밤들과 앞으로 살아가야 할 낮들에 대해 낮게 이야기하는 짜증 섞인 목소리들이 들렸다. 나는 눈을 감고 누워 얼굴을 손으로 가렸다. 이곳에 있는 사람들 또는 이제 내가 이들과 함께 나눠야만 하는 누추한 세계의 어느 한 부분도 보고 싶지 않았다. 나는 제나를, 그리고 내가 제안했던 계획을 생각했다. 〈어려울 거야. 지독히 어려울 거야. 하지만 제나라면 나를 최악의 상황에서 구해 줄 거야. 제나가 없으면 정말 어려울 거야…….〉

마침내 나는 얼굴에서 손을 치웠고, 고개를 돌려 침대 옆을 보았다. 옆자리는 비어 있었다. 제나는 가버렸다. 돈도 사라졌다. 제나는 하녀로 일하던 버릇대로 동틀 녘에 일어났고 잠든 나를 둔 채 모든 것을 가지고 사라졌다.

무슨 일이 일어났는지 알아차렸지만 신기하게도 그냥 멍할 뿐이었다. 나는 너무나 현기증이 나 더는 정신이 아찔해질 수 없었으며 너무나도 비참해졌기에 더는 깊은 나락으로 빠질 수가 없었다. 나는 일어나 매트리스 밑에 깔아 두었던 프록을 꺼내 입었다(프록은 어젯밤보다 더 구겨져 있었다). 옆 침대에 있던 술고래가 반 페니를 주고 미지근한 물 한 대야를 사더니 자기가 몸을 씻은 뒤 내가 쓰게 해주었다. 나는 그 물로 뺨에 남아 있는 핏자국을 닦아 내고 머리를 반듯하게 했다. 벽에 붙어 있는 거울 조각에 비친 내 얼굴은 알코올램프에 너무 가까이 가져다 놓은 밀랍 얼굴 같아 보였다. 일어서자 발이 비명을 지르는 듯했다. 신발은 남창으로 지낼 때 신던 것이었으나 그 이후 내 발이 커졌거나 아니면 부드러운 가죽에 너무 익숙해진 모양이었다. 어젯밤에 킬번 로드를 걸어오는 동안 발에 물집이 잡혔고, 이제 그 물집들이 쓸려 터지기 시작했으며 스타킹은 너덜너덜해졌다.

아침이 지난 뒤에는 여인숙에서 나가야 했다. 11시에 어떤 여자가 들어오더니 우리를 침실에서 쫓아냈다. 나는 옆 침대의 술고래와 잠시 함께 걸었다. 메이다 베일이 시작하는 곳에서 우리가 헤어질 때, 술고래 여자는 아주 작은 쌈지를 꺼내 실처럼 가는 담배를 두 대 말아 한 대를 내게 주었다. 여자는 담배가 타박상에는 최고라고 말했다. 나는 벤치에 앉아 손가락이 거의 타들어 갈 때까지 담배를 피웠다. 이윽고 나는 내 처지에 대해 생각해 보았다.

결국, 내 상황은 터무니없을 정도로 낯이 익었다. 4년 전 스탬퍼드 힐에서 도망쳐 왔을 때도 나는 지금처럼 춥고 아프고 비참했다. 하지만 그때는 적어도 돈과 깔끔한 옷이라도 있었다. 음식과 담배도 있었다. 비록 행복하지는 않았지만 분명하게 살아 있었고, 내가 살아가는 데 필요한 모든 것을 가지고 있었다. 그러나 이제 나는 아무것도 없었다. 나는 허기와 와인의 숙취 때문에 욕지기가 났다. 또한 1페니짜리 장어 한 그릇이라도 사 먹으려면 구걸을 해야 할 판이었다. 아니면 제나가 말했던 대로 어딘가 물이 뚝뚝 새는 벽에 기대어 되든 안 되든 창녀 노릇이라도 해보는 수밖에 없었다. 구걸을 한다는 생각은 끔찍했다. 2주 전만 해도 내가 다이애나와 함께 걸어갈 때 내 옷의 재단이나 반짝이는 커프스단추를 부러운 듯 바라보던 신사들로부터 이제는 연민과 동전을 끄집어내려 애써야 한다는 생각은 참을 수 없었다. 여자로서 남자들과 씹을 한다는 생각은 끔찍했다.

나는 일어났다. 하루 종일 벤치에 앉아 있기에는 날이 너무 추웠다. 어젯밤 제나가 했던 말이 기억났다. 가족에게 가라던, 나를 받아 줄 가족에게 가라던 말이. 나는 아무도 없다고 말했다. 그러나 이제 생각해 보니 가볼 만한 곳이 한 군데 있었다. 윗스터블에 있는 진짜 가족을 떠올린 건 아니었다. 그곳 사람들과는 끝났다. 적어도 내게는 영원히 끝난 관계로 보였다. 대신 나는 한때 어머니처럼 대해 주던 숙녀를 떠올렸다. 그리고 내게는 동생 같던 그 숙녀의 딸을 떠올렸다. 나는 밀른 부인과 그레이스를 떠올렸다. 나는 지난 1년 반 동안 그 둘과 전혀 연락을 하지 않았다. 방문하겠다고 약속했으나 내게는 그런 자유가 없었다. 내 주소를 보내겠다고도 했었지만 나는 둘을 그리워한다는 편지나 그레이스의 생일에 축하 카드를 보내는 정도도 하지 않았다. 사실인즉, 펠리시티 플레이스에서 이상야릇하게 며칠을 보내고 난 뒤로는 둘이 전혀 그립지 않았다. 그러나 이제 두 사람의 친절함이 기억나자 울고 싶어졌다. 다이애나와 제나 때문에 나는 쫓겨나게 되었다. 하지만 밀른 부인은 나를 받아 줄 게 분명했다(나는 확신했다!).

그래서 나는 메이다 베일에서 그린 스트리트까지 걸었다. 비참함과 수치심 속에서 천천히 걸었다. 꽉 끼는 부츠 때문에 한 발 한 발 디딜 때마다 맨발로 칼날 위를 걷는 느낌이었다. 마침내 내가 도착했을 때 밀른 부인의 집은 추레해 보였다.

하지만 나는 더 웅장한 곳으로 갔다가 돌아오면 원래 있던 곳이 더 초라해 보인다는 것을 알고 있었다. 문 앞에는 꽃도 없고 세 발 달린 고양이도 없었으며 겨울 거리는 아주 춥고 을씨년스러웠다. 내 머릿속에는 오로지 내가 처한 곤경을 어떻게 헤쳐 나갈까 하는 생각뿐이었다. 초인종을 울렸지만 아무도 나오지 않았다. 나는 생각했다. 〈여기 계단에 앉아서 기다리자. 밀른 부인은 오랫동안 외출하는 법이 없으니까. 만약 추위에 몸이 마비된다면 난 당연히…….〉

그러나 문 옆 유리창에 얼굴을 대고 복도 안쪽을 들여다보니 그레이스의 그림들과 「세상의 빛」, 인도 신 그림 따위가 걸려 있던 벽은 이제 텅 비어 있었다. 그림이 걸려 있던 곳에는 이제 못 자국만 남아 있을 뿐이었다. 그 모습에 등골이 오싹해졌다. 나는 돌연 겁이 더럭 나 문 두드리는 쇠를 잡고 마구 두드렸다. 그리고 편지 넣는 구멍에 대고 소리쳤다. 「밀른 부인! 밀른 부인!」 나는 계속 외쳤다. 「그레이스! 그레이스 밀른!」 그러나 내 목소리는 공허하게 들렸으며 복도는 깜깜할 뿐이었다. 이윽고 등 뒤 주택에서 외치는 소리가 들렸다. 「나이 든 부인과 딸을 찾고 있는 거요? 이사 갔어요. 한 달 전에요!」

나는 몸을 돌리고 목소리가 들리는 곳을 쳐다보았다. 거리 위 발코니에서 어떤 사내가 이쪽 집을 향해 고개를 끄덕이며 내게 외쳤다. 나는 그곳으로 가 처량한 눈으로 사내를 보며 말했다. 「어디로 갔나요?」

사내는 어깨를 으쓱했다. 「듣기로는 동생 집에 갔다더군요. 그 숙녀는 지난 가을에 아주 아팠어요. 딸은 반편이고요. 그거 알고 있죠? 둘만 사는 게 별로 현명한 방법이 아니라고 생각했겠죠. 가구도 몽땅 가져갔어요. 집은 팔려고 내놓은 듯하더군요…….」 사내는 내 뺨을 보았다. 「눈이 아주 새카맣게 멍들었군요.」 마치 내가 그걸 모르고 있다는 듯 사내가 말했다. 「노래에 나오는 것처럼 말이에요, 안 그래요? 뭐 당신은 한쪽만 멍들었지만요!」

나는 사내를 말똥말똥 쳐다보았고, 사내가 껄껄거리며 웃는 동안 몸서리를 쳤다. 금발의 귀여운 여자아이가 발코니에 나타나 사내 옆에 서더니 난간을 잡고 발을 대에 올렸다. 내가 말했다. 「그 동생이라는 사람이 어디 사는지 혹시 아세요?」 내 말에 사내는 귀를 만지작거리며 생각에 잠긴 듯했다.

「에, 알았는데 까먹었군요. 아마 브리스톨이었던 거 같아요. 아니 배스였나…….」

「그럼 런던이 아니에요?」

「오, 아니에요, 확실히 런던은 아니에요. 브라이턴이었나…….」 나는 사내로부터 몸을 돌려 다시 밀른 부인의 집을, 내가 살던 방 창을, 여름에 즐겨 앉아 있던 발코니를 보았다. 다시 사내를 보았을 때 사내는 자기 딸을 팔에 안고 있었고, 아이의 금발이 바람에 뺨 옆으로 나부꼈다. 그리고 나는 이들이 내가 다이애나를 처음 만났던 6월의 그 주, 향기로운 저녁 만돌린 소리에 손뼉을 치던 그 부녀라는 사실을 깨달았다. 이들은 집을 잃고 새로운 집을 배당받아 온 이들이었다. 그리고 자선 단체에서 온, 낭만적인 이름의 손님이 같이 있었다.

플로렌스! 나는 내가 이 이름을 기억하고 있는 줄 몰랐다. 나는 1년 넘게 플로렌스 생각을 전혀 하고 있지 않았다.

플로렌스를 만날 수 있다면! 플로렌스는 가난한 사람들에게 집을 구해 주었다. 그러니 내가 살 곳을 구해 줄 수도 있을 터였다. 플로렌스는 예전에 나에게 상냥히 대했다. 내가 두 번째로 나타난다고 상냥하게 대하지 않을 이유가 없었다. 말쑥한 얼굴에 곱슬곱슬한 머리털이 떠올랐다. 나는 다이애나를 잃었고 제나를 잃었다. 이제 나는 밀른 부인과 그레이스도 잃었다. 그 순간 런던 전체를 통틀어 친구에 가장 가깝다고 할 만한 이는 바로 플로렌스였다. 그리고 내가 지금 그 무엇보다도 원하는 것은 친구였다.

위쪽 발코니를 보니 사내는 몸을 돌린 상태였다. 나는 사내 등 뒤로 외쳤다. 「이봐요, 아저씨!」 나는 건물 벽에 더 가까이 다가가 사내를 쳐다보았다. 사내와 딸아이가 발코니 난간에 기댔다. 여자아이는 교회 천장에 그려진 천사 같아 보였다. 내가 말했다. 「절 모르시겠지만 저는 한때 저 집에서 밀른 부인과 같이 살았어요. 저는 당신이 이사 왔을 때 들렀던 여자를 찾고 있어요. 당신에게 이 아파트를 구해 준 사람들과 같이 일하는 여자요.」

사내가 얼굴을 찡그렸다. 「여자라고요?」

「머리가 곱슬곱슬한 여자요. 평범한 얼굴에 이름은 플로렌스예요. 누굴 말하는지 아시겠어요? 혹시 그 여자가 일하던 자선 단체 이름을 기억하세요? 어떤 숙녀가 운영하고 있는 곳이에요. 아주 똑똑해 보이는 여자였어요. 그 숙녀는 만돌린을 연주했어요.」

사내는 계속 얼굴을 찡그리며 머리를 긁적이다가 내 마지막 말에 얼굴이 밝아졌다. 「아, 그 여자.」 사내가 말했다. 「맞아요. 기억해요. 그리고 그 여자를 돕던 여자가 당신 친구라 이거죠?」

나는 그렇다고 대답하고는 물었다. 「자선 단체도 기억해요? 그 이름이랑 사무실이 어딘지 기억하나요?」

「사무실이 어디더라…… 몇 번 가봤는데. 하지만 번지수가 딱 기억나지는 않는군요. 이슬링턴의 에인절 근처에 있어요.」

「샘 콜린스 근처인가요?」 내가 물었다.

「샘 콜린스를 지나요. 어퍼 스트리트 쪽으로요. 우체국만큼 멀지는 않아요. 왼쪽의 술집과 맞춤옷 가게 사이 어딘가에 자그마한 출입구가 있어요.」

사내가 기억하는 건 이게 다였다. 하지만 난 그 정도면 충분하다고 생각했다. 나는 사내에게 고맙다고 말했고, 사내는 싱긋 웃었다. 「정말 눈이 시커멓네.」 사내가 다시 말했다. 하지만 이번에는 딸아이에게였다. 「노래처럼 말이야. 안 그러니, 베티?」

나는 한 달은 걸어 다닌 듯한 느낌이 들었다. 부츠에 스타킹이 쓸려 나가고 발가락과 뒤꿈치와 발목이 부츠에 직접 닿는 듯했다. 그러나 정말로 그런지 보려고 또다시 벤치에 앉아 신발 끈을 풀어 보진 않았다. 바람은 약간 매서워졌으며 이제 겨우 2시밖에 되지 않았는데도 하늘은 납처럼 회색이었다. 자선 단체 사무실이 몇 시에 문을 닫는지 나는 알지 못했다. 그곳을 찾는 데 얼마나 걸릴지도 알지 못했다. 내가 그곳에 도착했을 때 플로렌스가 있을지조차 알지 못했다. 그래서 나는 부츠에 발이 쓸리게 내버려 두고 걸음을 재촉해 펜턴빌 힐을 올랐으며, 플로렌스를 만나면 무슨 말을 꺼낼지 생각하려 애썼다. 하지만 그건 아주 어려운 일이었다. 무엇보다도 나는 플로렌스를 거의 알지 못했다. 더 큰 문제는(이제 나는 이 문제를 떠올리지 않을 수 없었다) 플로렌스를 만나기로 약속을 해놓고 바람을 맞힌 적이 있다는 점이었다. 아니, 플로렌스가 나를 기억하기나 할까? 우울한 그린 스트리트를 걸으며 나는 플로렌스가 기억할 거라고 확신했다. 하지만 칼로 에는 듯 고통스러운 걸음을 디딜 때마다 그 확신은 약해져만 갔다.

걱정했던 것과 달리, 사무실을 찾기까지는 그리 오래 걸리지 않았다. 사내는 정확히 기억을 했고, 어퍼 스트리트는 사내가 마지막으로 왔던 이후로 전혀 변하지 않은 듯했다. 술집과 맞춤옷 가게는 사내가 설명했던 대로 연예장을 지나자마자 거리 왼쪽에 서로 가까이 붙어 있었다. 그 사이에 위층의 방과 사무실로 통하는 문이 서너 개 있었고, 그 가운데 하나에는 작은 에나멜 명판이 박혀 있었다. 명판에는 〈폰손비의 견본 주택. 감독 J. A. D. 더비 양〉이라고 적혀 있었다. 나는 이 이름을 또렷이 기억하고 있었다. 만돌린을 연주하던 여인이었기 때문이다. 명판 아래에는 손으로 쓴 쪽지가 붙어 있었다. 빗물 자국이 난 쪽지에는 문 옆 초인종 쪽으로 화살표가 그려져 있었고, 〈초인종을 울리고 들어오세요〉라고 적혀 있었다. 그래서 나는 약간 걱정하면서 시키는 대로 했다.

문 뒤로 난 복도는 아주 길고 어두웠다. 복도는 창으로 연결되어 있었으며 창밖으로 벽돌과 물이 새어 나오는 배수관이 보였다. 그곳은 오직 한 곳, 위층으로 이어졌다. 나는 끈적거리는 난간을 잡고 올라가기 시작했다. 서너 층도 올라가기 전에 계단 꼭대기에 있는 문이 열리면서 문틈으로 머리가 쑥 나오더니 쾌활한 여자 목소리가 들렸다.「거기 아래에 계신 분, 어서 오세요! 좀 가파르기는 하지만 올라오시면 보람이 있을 거예요. 불을 켜 드릴까요?」

나는 괜찮다고 말하고 더 빨리 올라갔으며, 꼭대기에서 약간 숨을 헐떡이며 숙녀를 따라 책상과 캐비닛, 서로 어울리지 않는 의자들이 있는 작은 방으로 들어갔다. 여자가 손짓을 하자 나는 의자에 앉았다. 여자는 책상 가장자리에 앉더니 팔짱을 꼈다. 옆방에서 타자기가 찰칵찰칵하는 소리가 들렸다.

「자, 뭘 도와드릴까요? 이런, 눈에 멍이 들었네요.」 여자가 말했다. 나는 마치 남자인 양 모자를 벗었다. 여자가 내 뺨을 살펴보는 동안, 그리고 짧게 깎은 내 머리를 더욱 주의 깊게 살펴보는 동안 나는 다소 어색해하며 모자의 리본을 만지작거렸다. 여자가 말했다. 「약속을 하고 오셨나요?」 나는 집 문제로 온 게 아니라 사람을 찾으러 왔다고 말했다.

「사람요?」

「정확하게 말하면 여성이라고 해야겠군요. 이름은 플로렌스고 여기 자선 단체에서 일을 해요.」

여자는 얼굴을 찡그렸다. 「플로렌스.」 여자가 말했다. 「확실한가요? 여기에는 더비 양과 저, 그리고 다른 숙녀 한 분뿐이에요.」

내가 재빨리 말을 받았다. 「더비 양은 제가 누굴 말하는지 아실 거예요. 플로렌스는 확실히 여기에서 일한 적이 있어요. 마지막으로 만났을 때 플로렌스가 말하길, 말하길…….」

「플로렌스가 말하길……?」 여자는 아까보다 더 경계하는 눈치로 다음 말을 기다렸다. 나는 입을 벌린 채로 앉아 있었고, 손을 부어오른 뺨으로 가져갔다. 그리고 고통스러운 분노에 휩싸여 속으로 속절없이 욕을 했다.

「플로렌스가 말하길, 자기는 이곳을 떠날 거라고 했어요.」 내가 말했다. 「그리고 다른 곳으로 갈 거라고 했어요. 아, 전 정말 바보예요! 지금까지 그걸 까먹고 있었네요. 그건 플로렌스가 이곳에서 일하지 않은 지 1년 반 이상 되었다는 뜻이네요!」

숙녀는 고개를 끄덕였다. 「아, 당시는 제가 여기 오기 전이었어요. 하지만 말씀하신 대로 더비 양은 분명 그분을 기억하실 거예요.」

그 말은 적어도 여전히 사실이었다. 나는 고개를 들었다. 「그러면 제가 그분을 만나 볼 수 있을까요?」

「네. 하지만 오늘은 안 돼요. 아쉽게도 내일도 안 되고요. 금요일이나 되어야 오실 거예요…….」

「금요일!」 그건 끔찍했다. 「하지만 전 오늘 플로렌스를 만나야 해요. 꼭 그래야만 해요! 플로렌스가 어디로 갔는지 적어 놓은 목록이나 책이나 뭐 그런 게 분명 있을 거예요. 분명 누군가가 알고 있을 거예요.」

여자는 놀란 듯하더니 천천히 말했다. 「어쩌면 있을지도 몰라요. 하지만 저는 그런 자세한 내용을 알려 드릴 수가 없어요. 낯선 분에게는요.」 여자는 잠깐 생각에 잠겼다. 「저희가 전해 드릴 수 있도록 편지를 써주시면 안 될까요?」 나는 고개를 저었고, 눈이 따끔거리기 시작하는 걸 느꼈다. 여자는 그 모습을 보고 오해를 한 모양이었다. 다소 부드러운 목소리로 이렇게 말했기 때문이다. 「에, 혹시 글을 쓰실 줄……?」

친절한 답을 끌어내기 위해서는 무엇이든 인정해야 했다. 나는 고개를 끄덕였다. 「네. 전혀요.」

여자는 잠시 잠자코 있었다. 아마 내가 읽지도 쓰지도 못한다면 내 요구에 뭔가 나쁜 뜻이 담겨 있지 않을 거라고 생각하는 듯했다. 마침내 여자가 일어나 말했다. 「여기서 기다리세요.」 이윽고 여자는 방을 나가더니 복도 건너편에 있는 다른 방으로 갔다. 타자기 소리가 잠깐 커지더니 완전히 사라졌다. 방에서 중얼거리는 소리가 났고, 서류를 뒤적이는 소리가 계속 들리더니 마침내 캐비닛 서랍을 탕 하고 닫는 소리가 들렸다.

숙녀가 손에 하얀 종이를(슬쩍 보니 편지였다) 들고 다시 나타났다. 「성공했어요! 더비 양의 깔끔한 기록 정리 덕분에 당신이 말하는 플로렌스에 대해 알아낼 수 있었어요. 아니, 당신이 말하는 그분인지는 모르지만 여하튼 플로렌스라는 사람이 있었어요. 1892년 저와 베넷 양이 이곳에 오기 직전에 여기를 떠났군요.」 여자는 이내 진지한 표정을 지었다.「우리는 당신에게 그분이 〈사는〉 집 주소를 알려 드릴 수는 없을 것 같군요. 하지만 그분은 의지할 곳 없는 여자들을 위한 집에서 일하기 위해 이곳을 떠났고, 그곳이 어디인지는 알려 드릴 수 있어요. 〈프리맨틀 하우스〉라는 곳인데 스트랫퍼드 로드에 있어요.」

의지할 곳 없는 여자들을 위한 집! 그 말에 몸이 떨리며 힘이 쭉 빠졌다.「플로렌스가 맞아요.」 내가 말했다.「그런데 스트랫퍼드라고요? 그렇게나 멀리요?」 나는 의자 아래 다리를 움직였고, 피가 나는 발꿈치에 부츠 가죽이 쓸리는 걸 느꼈다. 부츠에는 진흙이 잔뜩 묻어 있었고, 치마 가장자리는 오물로 얼룩져 있었다. 게다가 빗방울이 창을 때리고 있었다.「스트랫퍼드.」 내가 되풀이했고, 너무 가엾게 말을 했는지 여자가 다가와 내 팔에 손을 얹었다.

「마차 삯이 없으세요?」 여자가 부드럽게 물었다. 나는 고개를 끄덕였다.「돈을 다 잃어버렸어요. 모든 걸 다 잃어버렸어요!」 나는 손으로 눈을 가렸고 완전히 녹초가 되어 책상에 기댔다. 그때 책상에 놓인 것이 눈에 띄었다. 여자가 가져온 편지였다. 여자는 내가 글을 읽지 못한다는 것을 알고(정확하게는 그렇다고 생각하고) 내용이 적힌 부분이 보이도록 편지를 책상에 놓은 것이었다. 편지 내용은 아주 짧았다. 플로렌스 배너라고 서명이 되어 있었으며(이제 나는 플로렌스의 이름을 완전히 알았다) 더비 양에게 보내는 것이었다. 〈제 사표를 받아 주세요.〉 편지는 이렇게 시작했다. 나는 그 부분을 읽지 않았다. 편지 오른쪽 위에는 날짜와 주소가 적혀 있었다. 주소는 프리맨틀 하우스가 아니라 바로 내가 알면 안 된다던 집 주소였다. 거리 이름 뒤로 번호가 있었다. 〈런던 동부, 베스널 그린, 퀼터 스트리트.〉 나는 순식간에 주소를 암기했다.

그사이에도 여자는 계속 상냥하게 말을 했다. 하지만 나는 거의 귀담아 듣지 않았으며, 고개를 들고 여자가 무엇을 하는지 바라보았다. 여자는 주머니에서 작은 열쇠를 꺼내 책상 서랍을 열었다. 여자가 말했다. 「원래는 절대로 이렇게 하지 않아요. 하지만 제가 보니 당신은 아주 지쳐 있군요. 여기서 앨드게이트까지 버스를 타고 가면 거기서 마일 엔드 로드를 따라 스트랫퍼드까지 가는 버스로 갈아탈 수 있을 거예요.」 여자는 손을 내밀었다. 손에는 3페니가 있었다. 「그리고 가는 길에 차라도 한잔 마실 수 있을 거예요.」

나는 동전을 받고 고맙다는 내용의 말을 중얼거렸다 그사이에 가까이서 초인종이 울렸고, 우리는 둘 다 깜짝 놀랐다. 여자는 벽시계를 힐긋 보았다. 「오늘 마지막으로 약속한 분이 오셨어요.」 여자가 말했다.

나는 무슨 말인지 알아듣고 일어나 모자를 썼다. 아래층 복도를 걸어오는 발소리가 들리더니 계단에서 비틀거리는 소리가 들렸다. 여자는 나를 문으로 안내하고는 방문객에게 소리쳤다. 「위로 오세요. 맞아요. 좀 가파르지만 올라오시면 보람이 있을 거예요.」 젊은 남자, 그리고 그 뒤를 따라 젊은 여자가 어둠 속에서 나타났다. 둘은 다소 가무잡잡했으며, 이탈리아인이나 그리스인 같아 보였다. 그리고 지독하게 가난에 찌들어 보였다. 우리는 순간 서로 문을 지나치며 어색하게 웃었다. 이윽고 숙녀와 젊은 남녀 한 쌍은 방 안으로 들어갔고, 나는 홀로 계단을 향했다.

숙녀는 고개를 들어 내 눈을 바라보았다.

「행운을 빌어요!」 여자가 살짝 한눈을 팔며 외쳤다. 「친구분을 찾을 수 있길 빌어요.」

나는 여자 말대로 스트랫퍼드로 버스를 타고 갈 생각이 전혀 없었기에 그렇게 하지 않았다. 그 대신 하이 스트리트에 있는 차양을 친 노점에서 차를 한 잔 마셨다. 그리고 주인 여자에게 잔을 돌려주며 고개를 까닥하며 물었다. 「베스널 그린은 어느 쪽인가요?」

나는 동쪽으로 클러컨웰보다 멀리까지 혼자서 걸어가 본 적이 없었다. 이제 절뚝거리며 시티 로드를 따라 올드 스트리트로 향하고 있노라니 새로운 초조함이 느껴졌다. 내가 자선 단체 사무실에 있는 동안 밖은 더 어두워졌고, 축축하고 안개가 짙어졌다. 가로등은 모두 불이 들어왔으며 마차에 매단 등불들이 흔들거렸다. 하지만 시티 로드는 수천 개의 조명과 창문에서 불빛이 도로로 흘러나오던 소호와는 달랐다. 가스등 조명이 비치는 환한 곳을 열 걸음 걸으면 그다음은 어둠 속으로 스무 걸음을 걸어야 했다.

올드 스트리트에 들어서자 어둠이 약간 가셨다. 사무실과 붐비는 버스 정류장과 가게들이 있었기 때문이다. 하지만 해크니 로드로 걸어가는 동안 어둠은 깊어만 지는 듯했고, 내 주변은 점차 초라해지는 것 같았다. 에인절의 교차로들은 깔끔했다. 하지만 이곳 도로는 말똥으로 뒤덮여서 나는 마차가 덜그럭거리며 지날 때마다 오물을 뒤집어썼다. 보행자들의 행색 역시 더 초라해졌다. 모두 노동자로 성실하게 살아온 사람들로, 남녀 모두 내 것만큼이나 낡은 외투와 모자 차림이었다. 이들의 옷은 더러운 정도를 넘어 너덜너덜했다. 부츠를 신었지만 스타킹은 없었다. 남자들은 옷깃 대신 스카프를 했으며 중산모 대신 테 없는 모자를 썼다. 여자들은 숄을 걸쳤다. 젊은 여자들은 더러운 앞치마를 걸쳤거나 아예 앞치마가 없었다. 모두들 바구니나 꾸러미 따위의 짐을 들고 있거나 아이를 업고 있었다. 빗줄기는 더욱 거세졌다.

나는 에인절에서 차 파는 여자로부터 콜럼비아 마켓을 향해 가라는 말을 들었다. 해크니 로드를 따라 약간 가다 보니 콜럼비아 마켓의 크고 그늘진 안마당 가장자리가 나왔다. 몸이 떨렸다. 거대한 화강암 건물, 고딕 양식의 대성당처럼 정교하게 만든 탑들과 그물 무늬 장식창은 아주 어둡고 조용했다. 홍예문들에서는 험상궂어 보이는 사람들 몇이 담배와 병을 들고 구부리고 앉아 추위를 녹이기 위해 손에 입김을 불고 있었다.

돌연 시계탑에서 소리가 울려 나는 깜짝 놀랐다. 복잡한 음률에 맞춰 울리는(아무도 없는 거대한 시장 건물 자체만큼이나 쓸모없으며 공연히 소란하기만 한) 종소리가 시간을 알리고 있었다. 4시 15분이었다. 만약 플로렌스가 직장에서 하루 종일 일한다면 집으로 찾아가기엔 너무 이른 시간이었다. 그래서 나는 바람이 덜 날카롭고 비가 그리 심하게 들이치지 않는 시장 홍예문 가운데 하나에 서서 한 시간을 보냈다. 종이 5시 30분을 알렸을 때야 나는 다시 안마당으로 들어가 주위를 둘러보았다. 이제 온몸에 감각이 거의 없었다. 근처에 여자아이가 물냉이 다발이 가득한 커다란 쟁반을 목 근처까지 들어 올려 가져가는 모습이 보였다. 나는 여자아이에게 다가가 퀼터 스트리트가 얼마나 먼지 물었다. 그리고 그 여자아이가 너무나 슬프고 춥고 풀이 죽어 보이는 데다 빈손으로 플로렌스의 집에 가면 안 된다는 생각이 어렴풋이 들어 물냉이 다발에서 가장 큰 것을 샀다. 반 페니였다.

나는 뻣뻣한 팔로 어색하게 물냉이 다발을 안고 목적지까지 얼마 남지 않은 거리를 걸었다. 곧 낮고 납작한 집들을 따라 쭉 뻗은 도로 끝에 도착했다. 어떻게 보아도 더럽지는 않은 곳이었지만 그렇다고 아주 깔끔한 곳도 아니었다. 가로등 일부는 금이 가 있거나 아예 등이 없는 곳도 있었으며 부서진 가구 더미와 소설에서는 그럴싸하게 〈잔해〉라고 표현하는 잡다한 물건 더미가 도로 여기저기를 막고 있었기 때문이다. 나는 가장 가까이 있는 문 번지를 보았다. 1. 천천히 거리를 따라 갔다. 5…… 9…… 11…… 갈수록 힘이 빠져 갔다. 15…… 17…… 19…….

마침내 나는 걸음을 멈췄다. 내가 찾던 집을 또렷이 볼 수 있었기 때문이다. 어둠 속에서 그 집엔 커튼이 쳐져 있었고 등불이 환했다. 그 모습을 보고 있노라니 더럭 걱정이 되었다. 나는 벽에 손을 짚고 몸을 바로 하려 애썼다. 곁을 지나가던 사내아이가 휘파람을 불며 내게 눈을 찡긋했다. 내가 술에 취했다고 생각한 모양이었다. 그 아이가 지나가자 나는 돌연한 공포에 빠져 낯선 집들이 늘어선 주위를 돌아보았다. 그린 스트리트에 있을 때는 이곳에 올 이유가 있다고 생각했으나 막상 오고 보니 무모하고 코미디 같은 느낌이 들었다. 내가 왜 찾아왔는지를 이야기하면 플로렌스는 아마 내 면전에 대고 깔깔거릴 터였다.

그러나 나는 너무 멀리 와 있었다. 돌아갈 곳이 없었다. 나는 장밋빛 창으로 살금살금 다가갔다가 문으로 갔다. 그리고 문을 두드리고 기다렸다. 그날 하루에만 누군가의 문 앞에 천 번은 섰으며 매번 지독히 실망하거나 퇴짜 맞은 듯한 느낌이었다. 나는 생각했다. 〈만약 여기서 친절한 말을 듣지 못한다면 죽어 버릴 거야.〉

마침내 중얼거리는 소리와 발소리가 나더니 문이 열렸다. 그리고 그곳에는 플로렌스가 서 있었다. 플로렌스는 내가 처음 어둠 속에서 조명을 등진 모습을 보았을 때처럼 멋졌으며 머리털은 여전히 불타는 듯 이글거렸다. 나는 한숨을 쉬었고, 그 한숨은 전율이 되었다. 나는 플로렌스의 허리에서 뭔가 움직이는 것을, 플로렌스가 무엇인가를 업고 있는 것을 보았다. 아기였다. 나는 아기로부터 뒤쪽 방으로 시선을 옮겼고, 그곳에는 또 다른 이가 있었다. 한 남자가 이글거리는 벽난로 앞에 셔츠 바람으로 앉아 있었다. 남자는 무릎에 펼쳐 놓은 신문에서 시선을 들어 가볍게 묻는 듯한 눈치로 내 쪽을 바라보았다.

나는 사내로부터 시선을 거두어 다시 플로렌스를 보았다.

「누구시죠?」 플로렌스가 말했다. 나는 플로렌스가 나를 전혀 기억하지 못하는 것을 알았다. 플로렌스는 나를 기억하지 못했으며, 설상가상 남편과 아이가 있었다.

나는 이 상황을 견딜 수 있을 것 같지 않았다. 순간 머리가 어찔했고, 나는 눈을 감으며 서서히 정신을 잃고 현관 계단 위로 쓰러졌다.

16

정신이 들었을 때, 나는 자그마한 쿠션에 다리를 올린 채 융단에 몸을 곧게 펴고 누워 있었다. 옆의 벽난로에서 탁탁하는 소리와 함께 온기가 나왔고, 근처 어딘가에서 낮게 중얼거리는 목소리들이 들렸다. 나는 눈을 떴다. 그러나 방이 미친 듯이 빙빙 돌고 융단이 가라앉는 느낌이 들어 곧바로 다시 눈을 감았으며, 회전하는 동전처럼 빙빙 돌던 바닥이 천천히 움직임을 멈추고 가만히 있을 때까지 눈을 꼭 감고 있었다.

마비되고 욱신거리던 팔다리에 천천히 생명이 돌아오는 것을 느끼며 밝게 타오르는 벽난로 앞에 가만히 누워 있으니 꽤 좋았다. 하지만 지금 내 처지가 어떤지에 대해, 그리고 주변 상황이 어떻게 돌아가는지에 대해 생각을 집중했다. 나는 내가 플로렌스의 거실에 누워 있다는 사실을 깨달았다. 플로렌스와 플로렌스의 남편은 문지방에 쓰러진 나를 데려와 벽난로 앞에 편히 누인 모양이었다. 내 귀에 들리는 중얼거림은 그 둘의 목소리였다. 둘은 내 뒤쪽 조금 떨어진 곳에 서 있었다. 둘은 내가 잠깐 눈을 떴던 것을 보지 못한 듯했다. 그리고 다소 놀라워하는 목소리로 나에 대해 이야기를 나누었다.

「그런데 이 여자는 누구야?」 남자 목소리가 들렸다.

「모르겠어.」 플로렌스였다. 조용한 가운데 삐걱거리는 소리가 들렸고, 나는 플로렌스가 실눈을 뜨고 내 얼굴을 보고 있는 것을 느꼈다. 플로렌스가 계속 말했다. 「하지만 얼굴이 약간 낯익어…….」

「빰을 좀 봐.」 사내가 낮은 목소리로 말했다. 「엉망인 드레스랑 보닛을 봐 봐. 머리는 또 어떻고! 감옥에 있었던 것 같지 않아? 네가 보살피던 사람들 가운데 감화원에 있다가 방금 나온 사람 아닐까?」 또다시 정적이 흘렀다. 아마 플로렌스가 어깨를 으쓱한 모양이었다. 「난 저 여자가 감옥에 있었던 게 분명하다고 생각해.」 사내가 계속 말했다. 「저 엉망인 머리로 미루어 보건대…….」 나는 그 말에 살짝 화가 났다. 그리고 그 때문에 몸을 꿈틀거리게 되었다. 「봐!」 사내가 말했다. 「깨어나고 있어.」

나는 다시 눈을 떴고, 사내는 몸을 구부리고 나를 보고 있었다. 이목구비가 아주 온화해 보였으며, 황적색 머리는 짧게 쳤고 얼굴을 감싸듯 기른 구레나룻 때문에 약간은 플레이어 담뱃갑에 그려진 선원처럼 보였다. 그 생각을 하니 돌연 담배 한 대가 그리워졌고, 마른기침이 살짝 나왔다. 사내가 쪼그리고 앉더니 내 어깨를 만졌다. 「이봐요, 아가씨.」 사내가 말했다. 「괜찮으세요? 이젠 괜찮아요? 당신은 친구들이랑 같이 있어요.」 사내의 친절한 목소리와 태도를 대하자 아직 기운이 없고 기절했던 탓에 여전히 머리가 멍했던 나는 눈물을 주르르 흘렸으며 눈물을 닦기 위해 손을 눈에 가져갔다. 그리고 손을 치우자 피가 묻어 있었다. 나는 다시 코피가 난다고 생각하며 비명을 질렀다. 하지만 그것은 피가 아니었다. 빗물에 젖은 싸구려 모자의 염색이 빠지며 진홍빛 물이 이마를 타고 흐른 것이었다.

다이애나가 나를 이렇게 만들었다! 그 생각에 나는 부끄러움에 숨을 죽이고 마침내 정말로 울기 시작했다. 그러자 사내는 손수건을 꺼내더니 다시 내 팔을 어루만졌다. 「뭐 뜨거운 걸 한 잔 드릴까요?」 사내가 물었다. 나는 고개를 끄덕였고, 사내는 일어나 사라졌다. 그리고 사내가 있던 곳에 플로렌스가 왔다. 아기는 어딘가 다른 곳에 둔 듯했다. 가슴께에 팔짱을 단단히 끼고 있었기 때문이다.

플로렌스가 물었다. 「좀 나아졌나요?」 플로렌스의 목소리는 사내의 목소리만큼 상냥하지 않았으며, 시선도 더 엄해 보였다. 나는 고개를 끄덕였고, 플로렌스의 도움으로 바닥에서 일어나 벽난로 근처에 있는 안락의자에 가 앉았다. 아기는 다른 의자에 누워 작은 손을 곰질거리고 있었다. 옆방(부엌인 듯했다)에서는 도자기가 달그락거리는 소리와 음이 맞지 않는 휘파람 소리가 들렸다. 나는 코를 풀고 머리를 훔쳤다. 그리고 좀 더 울었다. 이윽고 마음이 좀 가라앉았다.

나는 다시 플로렌스를 보고 말했다. 「이런 상태로 불쑥 나타나서 미안해요.」 플로렌스는 아무 말도 하지 않았다. 「제가 누군지 궁금하실 거예요…….」 플로렌스는 희미하게 웃음을 머금었다. 「약간요. 맞아요.」

「저는…….」 나는 말을 하다 멈추었고, 망설임을 감추기 위해 콜록거리며 기침을 했다. 무슨 말을 할 수 있단 말인가? 18개월 전에 같이 새롱거리던 여자라고 말을 하나? 저녁 식사를 같이 하자고 해놓고 한마디 말도 없이 당신을 저드 스트리트에서 바람맞힌 사람이라고 말을 하나? 「저는 더비 양의 친구예요.」 마침내 내가 말했다. 플로렌스는 깜짝 놀라 눈을 깜박였다. 「더비 양이요?」 플로렌스가 말했다. 「폰손비 트러스트의 더비 양 말인가요?」

나는 고개를 끄덕였다. 「네, 전…… 전 당신을 만난 적이 있어요. 오래전에요. 베스널 그린을 지나가다가 내친 김에 이곳에 들러 봐야겠다고 생각했어요. 물냉이를 좀 가져왔는데…….」 우리는 고개를 돌려 물냉이 다발을 보았다. 문 근처 탁자에 놓여 있는 물냉이는 아주 엉망이었다. 내가 기절하며 그 위로 쓰러졌기 때문이다. 잎은 으깨지고 검게 변했으며, 줄기는 부러졌고, 포장지는 축축이 젖어 녹색이 되었다.

플로렌스가 말했다. 「친절하시네요.」 나는 약간 초조한 웃음을 지었다. 잠시 침묵이 흘렀고, 아기가 버둥거리며 울기 시작했다. 플로렌스는 아기를 들어 가슴에 안고 말했다. 「엄마가 안아 줄까? 자, 안아 줄게.」 이윽고 사내가 찻잔과 빵과 버터가 담긴 접시를 가지고 다시 나타나 싱긋 웃으며 내가 앉은 의자 팔걸이 위에 놓았다. 플로렌스는 턱을 아기 머리에 댔다. 「랠프, 이 숙녀는 더비 양의 친구셔. 우리가 같이 일했던 더비 양 기억나?」 플로렌스가 말했다.

「이런.」 랠프가 말했다. 랠프는 여전히 셔츠 차림이었고, 의자 등받이에서 재킷을 집어 입었다. 나는 찻잔과 접시에 정신이 팔려 있었다. 차는 아주 뜨겁고 달콤했다. 내가 마셔 본 가운데 최고라는 생각이 들었다. 아기가 다시 울었고, 플로렌스는 아기를 가볍게 흔들며 뺨으로 아기 머리를 부드럽게 문지르기 시작했다. 곧 울음이 잦아들더니 한숨이 되었다. 그 소리를 들은 나 역시 한숨을 쉬었다. 그러나 그 한숨은 차를 식히기 위해 후후 내뱉는 숨으로 바뀌었다. 내 한숨 소리를 들은 두 사람이 내가 다시 울기 시작할 거라고 생각할 수도 있었기 때문이다.

또다시 침묵이 이어졌다. 이윽고 플로렌스가 말했다. 「실례지만 당신 이름이 기억나지 않네요.」 뒤이어 플로렌스는 랠프에게 설명했다. 「예전에 만나 뵌 분인 듯해.」

나는 목청을 가다듬었다. 「애슬리예요.」 내가 말했다. 「낸시 애슬리예요.」 플로렌스가 고개를 끄덕였다. 랠프는 손을 뻗어 내 손을 잡더니 다정히 흔들었다.

「만나서 정말 반갑습니다, 애슬리 양.」 랠프가 말했다. 그러고는 내 눈을 가리켰다. 「아프겠는걸요.」

「꽤 아파요.」 내가 말했다.

랠프는 상냥한 눈으로 나를 보았다. 「기절하며 부딪힌 모양이군요. 저희는 깜짝 놀랐어요.」

「죄송해요. 당신 생각이 맞아요. 부딪힌 거예요. 거리에서 사다리를 들고 가던 사람에게 부딪혔어요.」

「사다리!」

「네, 그 남자가 너무 갑자기 도는 바람에 저를 못 보고…….」

「이런!」 랠프가 말했다. 「극장에서 하는 코미디도 아니고, 그런 일이 정말로 일어나다니 거참!」

나는 랠프에게 힘없이 웃어 보였고, 시선을 내리고 빵과 버터를 먹기 시작했다. 플로렌스가 나를 꼼꼼하게 살펴보았다.

이윽고 아기가 재채기를 했고, 플로렌스는 아기 코에 손수건을 갖다 댔다. 내가 마지못해 말했다. 「아기가 정말 예쁘네요!」 그 즉시 아기 부모는 아기를 보며 기쁨과 관심이 담긴 바보 같은 웃음을 똑같이 지었다. 플로렌스는 아기를 들어 자기로부터 약간 떨어진 등불이 있는 곳에 두었다. 말을 한 뒤 나는 아기가 정말로 예쁜 것을 알고 깜짝 놀랐다. 아기는 어머니와 전혀 다르게 이목구비가 뚜렷했고, 머리털은 아주 검었으며 분홍 입술은 작고 도톰했다.

랠프는 이리저리 고개를 돌리는 아기 머리를 쓰다듬기 위해 몸을 숙였다. 「정말 예쁘죠.」 랠프가 말했다. 「하지만 오늘 밤은 평소보다 빨리 졸린 모양이네요. 낮에는 길 건너편에 있는 여자에게 애를 맡겨요. 그리고 그 여자는 우유에 아편제를 넣는 게 분명해요. 아기 울음을 그치게 하려고요.」 사내가 재빨리 덧붙였다. 「그 여자를 비난하는 건 아니에요. 돈을 벌려면 아기를 여럿 돌봐야 할 테니까요. 아이들이 한꺼번에 울어 대면 귀가 멀 정도로 시끄럽죠. 하지만 그 여자가 그러지 않았으면 좋겠어요. 건강에 좋을 것 같지 않더라고요.」 우리는 잠시 이 문제에 대해 이야기했으며, 아기에 대해 좀 더 찬사를 보냈다. 그리고 다시 침묵이 찾아왔다.

잠시 후 랠프가 집요하게 말했다. 「그런데, 더비 양 친구시라고요?」 내가 재빨리 플로렌스를 보았다. 플로렌스는 다시 아기를 흔들며 얼렀지만 여전히 생각에 잠겨 있었다. 내가 말했다. 「네, 맞아요.」

「더비 양은 어떻게 지내나요?」 랠프가 말했다.

「오, 잘 지내요. 더비 양을 잘 아시잖아요!」

「그럼 여전히 변함없나요?」

「전혀 변함없어요. 전혀요.」

「그럼 아직도 폰손비와 함께인가요?」

「아직도 폰손비와 함께예요. 여전히 일을 잘하죠. 여전히 만돌린 연주를 하고요.」 나는 두 손을 들어 마지못해 연주하는 시늉을 했다. 그러나 내가 그렇게 하자 플로렌스는 아기를 흔들어 주던 것을 멈추었고, 나는 플로렌스의 시선이 엄해지는 것을 느꼈다.

「더비 양의 만돌린.」 그에 얽힌 기억이 즐겁다는 듯 랠프가 말했다. 「그 만돌린으로 집 없는 가족들을 참 많이도 괴롭혔지!」 랠프가 눈을 찡긋했다. 「까맣게 잊고 있었네…….」

「나도 마찬가지야.」 플로렌스였다. 전혀 비꼬는 목소리가 아니었다. 나는 아주 열심히 그리고 빠르게 빵 껍질을 씹었다. 랠프가 다시 싱긋 웃으며 아주 상냥하게 말했다. 「플로렌스와는 어디서 만났나요?」

나는 침을 꿀꺽 삼켰다. 「그게…….」

플로렌스가 중얼거리듯 말했다. 「내 생각엔, 그린 스트리트인 듯해. 안 그런가요, 애슬리 양? 그레이스 인 로드가 막 끝나는 그린 스트리트죠?」 나는 접시를 내려놓고 플로렌스와 시선을 마주쳤다. 나는 플로렌스가 오래전 따뜻했던 6월 저녁에 그토록 뻔뻔하게 자신을 살펴보았던 여자를 완전히 잊지 않았다는 사실을 알고 아주 잠깐 기뻤지만, 이윽고 플로렌스의 표정이 얼마나 험악한지를 보고 몸을 떨었다.

「오.」 눈을 감고 이마에 손을 얹으며 내가 말했다. 「그 뒤로 전 엉망이었어요.」 랠프가 내게 한 걸음 다가오는 소리가 들리더니 이윽고 조용해졌다. 아마 플로렌스가 눈짓을 보내 멈추라고 한 듯했다.

「시릴을 위로 올려 보내는 게 나을 거 같아, 랠프.」 플로렌스가 조용히 말했다. 아기를 건네주는 소리가 들리더니 이윽고 문이 열리고 닫히는 소리, 계단을 올라가는 부츠 소리, 그리고 우리 머리 위 방바닥이 삐걱대는 소리가 들렸다. 그리고 조용해졌다. 플로렌스는 다른 안락의자에 앉아 한숨을 쉬었다.

「애슬리 양, 왜 이곳에 왔는지 제게 말해 주시면 안 될까요?」 플로렌스의 목소리에는 피곤함이 배어 있었다. 나는 고개를 들어 플로렌스를 보았지만 아무 말도 할 수 없었다. 「더비 양이 진짜로 당신에게 이곳에 들러 보라고 했다고는 믿기지 않는군요.」

「당신 생각이 맞아요.」 내가 말했다. 「저는 더비 양을 한 번 봤을 뿐이에요. 그린 스트리트에서요.」

「그럼 제가 여기 산다는 이야기를 누구에게 들었나요?」

「폰손비 사무실에서 일하는 다른 숙녀분에게서요.」 내가 말했다. 「하지만 그분은 제게 〈말〉하지 않으셨어요. 책상에 당신 주소가 있었고, 전…… 전 그것을 봤어요.」

「그냥 봤다는 거군요.」

「네.」

「그리고 저를 찾아와도 좋겠다고 생각했고요…….」

나는 입술을 깨물었다. 「저는 지금 곤란에 처해 있어요.」 내가 말했다. 「전 기억해요. 당신은…….」 나는 하마터면 〈지금보다 훨씬 더 상냥했어요〉라고 덧붙일 뻔했다. 「그 사무실에 있던 숙녀가 말하길 당신은 의지할 곳 없는 여인들을 위한 집에서 일한다고 했어요.」

「그건 맞아요! 하지만 여기는 아니에요. 여기는 〈제〉 집이에요.」

「하지만 전 의지할 곳이 전혀, 전혀 없어요.」 내 목소리가 떨렸다. 「당신이 상상할 수 없을 만큼 제겐 아무도 없어요.」

「많이 변하셨군요.」 잠시 뒤 플로렌스가 말했다. 「마지막으로 당신을 본 뒤로 말이에요.」 나는 구겨진 프록과 엉망인 부츠를 내려다보았다. 그리고 플로렌스를 보았다. 이제 보니 플로렌스 역시 달라져 있었다. 플로렌스는 좀 더 나이가 들고 말랐으며, 마른 몸은 플로렌스에게 어울리지 않았다. 곱슬곱슬하다고 기억했던 머리털은 뒤로 빗어 넘겨 뒤통수에 작고 단단하게 틀어 묶었으며 입고 있는 드레스는 수수하고 아주 짙은 색이었다. 전체적으로 플로렌스는 펠리시티 플레이스의 후퍼 부인처럼 소박한 차림이었다.

나는 목소리를 떨지 않으려고 숨을 들이켰다. 「제가 달리 뭘 할 수 있겠어요?」 내가 꾸밈없이 말했다. 「저는 갈 곳이 아무 데도 없어요. 돈도 없고, 집도 없고…….」

「그 점에 대해서는 유감이에요, 애슬리 양.」 플로렌스가 어색하게 대답했다. 「그러나 베스널 그린은 궁핍한 여자들로 넘쳐나요. 만약 그런 사람들을 모두 이곳에 머물게 하려면 저는 성에 살아야 할 거예요! 게다가 전…… 전 당신을 몰라요. 당신에 대해 아무것도 몰라요.」

「제발요.」 내가 말했다.「오늘 밤만요. 제가 오늘 얼마나 많은 곳에서 거절당했는지 모르실 거예요. 만약 절 거리로 내보내시면 아마 강이나 운하가 나올 때까지 계속 걸어갈 거예요. 그리고 빠져 죽고 말 거예요.」

플로렌스는 얼굴을 찡그리더니 입술에 손가락을 넣고 손톱을 깨물었다. 지금 보니 플로렌스의 모든 손톱은 아주 짧게 깨물려 있었다.

「정확히 무슨 곤란에 처해 있는 건가요?」 마침내 플로렌스가 말했다.「배너 씨는 당신이…… 감옥에서 나왔다고 생각하고 있어요.」

나는 고개를 가로젓고 힘없이 말했다.「사실을 말하자면, 전 누구와 같이 살았어요. 그리고 차였어요. 제 물건도 받지 못했고요. 오! 정말 멋진 물건들이었는데! 그런데 그 사람이 저를 이렇게 비참하고 불쌍하고 곤혹스러운 처지로 만들었어요.」 내 목소리가 탁해졌다. 플로렌스는 잠시 침묵을 지키며 나를 보더니 좀 조심스러운 듯 말을 했다.「그리고 그 사람이……?」

그러나 나는 답을 못하고 망설였다. 만약 내가 진실을 말한다면 플로렌스는 어떻게 받아들일까? 예전에 나는 플로렌스가 어쩌면 거의 톰일 수도 있다고까지 생각했다. 하지만 어쩌면 원래부터 계속 평범한 여자였으며 나와 우정을 쌓기 위해 강의에 가자고 한 것일 수도 있었다. 또는 한때는 여자를 좋아했지만 다시 남자 쪽으로 돌아선 것일 수도 있었다. 키티처럼! 그 생각을 하니 조심스러워졌다. 만약 맞아서 멍든 톰이 키티의 집에 나타난다면 그 여자가 어떤 식으로 환영받을지 나는 아주 잘 알았다. 나는 두 손으로 머리를 감쌌다.「신사였어요.」 내가 조용히 말했다.「저는 세인트존스 우드에 있는 그 신사의 집에서 1년 반 동안 살았어요. 저는 그 남자의…….」 나는 밀른 부인이 했던 말이 떠올랐다. 「약속을 믿었어요. 그 남자는 제게 온갖 거짓말을 했죠. 그리고 이제는…….」 나는 눈을 들어 플로렌스의 눈을 보았다. 「당신은 제가 아주 사악하다고 생각하시겠죠. 그 사람은 저와 결혼하겠다고 했어요.」

플로렌스는 무척이나 놀란 듯했다. 그러나 또한 아주 안됐다는 듯한 표정도 지었다. 「그러면 눈에 새까맣게 멍이 든 건 사다리 때문이 아니라 맞아서 그런 거군요.」 플로렌스가 말했다.

나는 고개를 끄덕였고, 뺨에 든 멍에 손을 갖다 댔다. 그리고 그 일을 떠올리며 머리에 손을 가져갔다. 「정말 나쁜 자였어요!」 내가 말했다. 「그자는 원하는 건 뭐든지 할 수 있을 정도로 부자였어요. 그자는 당신처럼 제가 바지를 입고 발코니에 있는 모습을 보았어요. 그자는…….」 나는 얼굴을 붉혔다. 「그자는 제게 남자처럼 옷을 입히길 좋아했어요. 선원복 같은 걸요…….」

「오!」 플로렌스가 세상에 그보다 더 끔찍한 일은 들어 본 적이 없다는 듯 외쳤다. 「하지만 부자들이 제일로 지독해요. 맹세할 수 있어요! 그럼 당신은 찾아갈 가족이 없는 건가요?」

「가족은, 가족은 이번 일 때문에 모두 저를 버렸어요.」

그 말에 플로렌스는 고개를 저었다. 이윽고 다시 생각에 잠기더니 재빨리 내 배 쪽을 힐긋 보았다. 「설마…… 임신을 한 건 아니겠죠, 그렇죠?」

「임신요? 전…….」 어쩔 도리가 없었다. 마치 플로렌스가 내게 자기 말에 맞춰 읽을 연극 대본을 준 것 같은 느낌이었다. 「저는 임신을 〈했었죠〉.」 내가 무릎으로 시선을 내리고 말했다. 「하지만 그 남자는 저를 때려서 유산을 시켰어요. 제가 전에 그토록 이상하게 굴었던 건 그 때문이었어요…….」

그 말에 플로렌스는 아주 기묘하면서도 상냥한 표정을 지었다. 그리고 고개를 끄덕이고 침을 삼켰다. 나는 플로렌스를 납득시켰다는 것을 알았다.

「정말로 갈 곳이 없으시면 이곳에서 우리와 하룻밤 묵고 가도 별 문제없을 거예요. 딱 하룻밤만이에요. 그리고 내일 머무를 만한 장소들의 이름을 적어 드리죠.」

「오!」 나는 순전히 안도감 때문에 다시 기절할 것 같았다. 「배너 씨도 괜찮다고 하실까요?」 내가 물었다.

배너 씨는 내가 머무르는 데 대해 전혀 반대하지 않는 것으로 판명 났다. 오히려 아까와 마찬가지로 배너 씨는 자기 아내보다 더 좋아했으며 내가 편하게 있을 수 있도록 모든 수고를 아끼지 않았다. 식사를 할 때(내가 불쑥 찾아왔을 때 둘은 막 차를 마시려던 참이었다) 내 앞에 접시를 놓고 그 위에 스튜를 담아 준 이도 배너 씨였다. 배너 씨는 내가 몸을 떨자 숄을 가져다주었다. 그리고 내가 옥외 변소에 다녀오며 발을 저는 것을 보자 내 부츠를 벗기고는 소금물이 담긴 대야를 가져와 물집이 난 발을 담그게 했다. 마지막으로 그 무엇보다 좋았던 것은, 책장에서 담배 깡통을 가져와 담배를 두 대 말아 한 대를 내게 준 것이었다.

플로렌스는 그동안 우리로부터 조금 떨어진 만찬용 탁자 앞에 앉아 종이 더미를 뒤적이며 일을 했다. 나는 별 생각 없이 아마도 의지할 곳 없는 여인들 목록이거나 프리맨틀 하우스의 청구서일 거라고 생각했다. 우리가 담배에 불을 붙이자 플로렌스는 고개를 들고 콧방귀를 뀌었으나 불평을 하지는 않았다. 종종 플로렌스는 하품을 하거나 한숨을 쉬거나 뻐근한 듯 목뒤를 문질렀으며, 플로렌스의 남편은 애정이 담긴 말을 하거나 기운을 북돋는 말을 해주곤 했다. 한번은 아기가 울었다. 플로렌스는 고개를 기울였으나 움직이지는 않았다. 아무런 불평 없이 아기를 보러 간 이는 랠프였다. 플로렌스는 그냥 일을 계속 했다. 읽고 쓰고 서류를 비교하고 편지 봉투에 주소를 적고……. 결국 랠프는 하품을 하고 일어나 기지개를 켜고 플로렌스의 뺨에 입을 맞추고는 우리에게 잘 자라고 인사를 했고, 플로렌스는 그때까지도 계속 일을 했다. 플로렌스는 내가 하품을 하고 졸기 시작할 때까지도 일을 했다. 마침내 11시가 되었을 무렵, 플로렌스는 서류를 한데 모으더니 얼굴에 손을 가져갔다. 플로렌스는 나를 보더니 깜짝 놀랐다. 일을 하는 동안 내 존재를 까맣게 잊은 모양이었다.

플로렌스는 내 존재를 기억해 내고 처음에는 얼굴을 붉히더니 이내 얼굴을 찡그렸다. 「이제 저는 위층으로 올라가 봐야겠어요, 애슬리 양.」 플로렌스가 말했다. 「여기서 주무셔도 괜찮겠지요? 달리 잘 데가 마땅치 않네요.」 나는 싱긋 웃었다. 나는 위층에 분명히 빈방이 있을 텐데 왜 나를 그곳에 재우려 하지 않는지 속으로 궁금했지만, 어쨌든 이곳도 괜찮았다. 플로렌스는 나를 도와 안락의자 둘을 붙이더니 베개와 담요와 시트를 가져왔다.

「더 필요하신 거 있나요?」 이윽고 플로렌스가 물었다. 「변소는 아시다시피 바깥에 있어요. 식료품실에 깨끗한 물이 담긴 주전자가 있으니 목이 마르면 드세요. 랠프는 6시 정도에 일어날 거고 저는 7시 정도에 일어날 거예요. 시릴이 깰 경우는 더 일찍 일어나겠죠. 그리고 당신은 제가 나가는 8시까지는 나가셔야 해요.」 나는 재빨리 고개를 끄덕였다. 우선은 내일 아침에 대해 생각하고 싶지 않았다.

어색한 침묵이 흘렀다. 플로렌스는 너무나 피곤하고 평범해 보였으며, 나는 랠프가 그랬듯이 플로렌스의 뺨에 잘 자라는 키스를 하고픈 바보 같은 욕망이 들었다. 물론 그렇게 하지는 않았다. 대신 나는 플로렌스가 내게 고개를 끄덕이고 위층으로 올라갈 채비를 할 때 앞으로 한 걸음 다가가 말했다. 「뭐라 말할 수 없을 정도로 감사드려요, 배너 부인. 저를 잘 모르는데도 아주 친절하게 대해 주셨어요. 그리고 남편분께는 특히 더 감사드려요. 그분은 저를 전혀 모르시잖아요.」

내가 그렇게 말하자 플로렌스는 내 쪽으로 몸을 돌리더니 깜짝 놀라 눈을 깜박였다. 이윽고 플로렌스는 의자 등받이에 손을 올려놓더니 기묘한 웃음을 지었다.「랠프가 제 남편이라고 생각한 거예요?」플로렌스가 말했다. 나는 돌연 당황하며 망설였다.

「에, 전…….」

「걔는 제 남편이 아니에요! 제 동생이에요.」동생! 플로렌스는 어리둥절한 내 모습을 보며 계속 싱글거리더니 이윽고 웃음을 터뜨렸다. 잠시 플로렌스는 예전에 그린 스트리트에서 나와 이야기를 나누던 활달한 여자가 되었다.

그러나 그때 위층에서 아기가 울어 우리는 고개를 들었고, 나는 얼굴이 붉어졌다. 내 모습을 본 플로렌스는 웃음을 거두었다.「시릴은 제 아이가 아니에요.」플로렌스가 재빨리 말했다.「비록 저는 제 아기라고 말을 하지만요. 시릴의 엄마는 우리와 함께 살았어요. 그리고 그 여자가 우리를 떠났을 때 우리가 시릴을 거두었죠. 이제 시릴은 우리에게 아주 소중해요…….」

플로렌스의 어색한 말투로 미루어 뭔가 뒷이야기가 있다는 것을 알 수 있었다. 어쩌면 아기 엄마는 감옥에 있을 수도 있었다. 어쩌면 랠프의 사촌이나 여동생 또는 연인의 아기일 수도 있었다. 그런 일은 윗스터블에서 흔히 일어났다. 나는 그 일에 대해 별로 생각하지 않았고 그저 고개만 끄덕였다. 그리고 하품을 했다. 내가 하품하는 것을 보더니 플로렌스도 하품을 했다.

「잘 자요, 애슬리 양.」플로렌스가 손 인사를 하며 말했다. 이제 플로렌스는 그린 스트리트에서 보았던 그 사람이 아니었다. 플로렌스는 아까처럼 그저 지쳐 보였으며 더 평범해 보였다.

나는 플로렌스가 계단을 올라가는 동안 잠시 기다렸다. 위층에서 플로렌스가 이리저리 움직이는 소리가 들렸으며, 당연히 아기와 같은 방에 있으리라고 추측했다. 이윽고 나는 등불을 들고 변소에 갔다. 뜰은 아주 작았으며 사방 벽과 어두운 창문에서 바라다보였다. 나는 잠시 차가운 판석에 서서 별을 쳐다보며 희미한 강물 냄새와 양배추 냄새가 밴 런던 동부의 낯선 향을 킁킁거리며 맡아 보았다. 그러다 인접한 뜰에서 나는 버스럭거리는 소리에 정신을 차렸으며 쥐인 줄 알고 깜짝 놀랐다. 하지만 그건 쥐가 아니라 토끼였다. 소리 나는 쪽을 바라보자 토끼 네 마리가 우리에 들어 있었고, 등불에 비친 눈이 보석처럼 반짝였다.

나는 페티코트를 입고 안락의자 두 개에 걸쳐 반은 눕고 반은 앉은 자세로 담요를 둘둘 말았고, 좀 더 따뜻하게 있으려고 그 위에 드레스를 덮었다. 이렇게 말하니 별로 편하지 않았을 것 같다고 생각할지도 모르겠다. 그러나 사실은 무척 아늑했으며, 불쾌하고 짜증스러운 일이 그토록 많았음에도 하품만 나왔고, 등에 받친 쿠션이 아주 부드럽고 옆에서 꺼져 가는 벽난로 불이 따뜻하다는 생각에 절로 웃음만 나올 뿐이었다. 나는 밤에 두 번 잠에서 깼다. 첫 번째는 거리에서 고함이 들리더니 문들이 쾅 하고 닫히는 소리와 옆집 벽난로에서 부지깽이가 덜그럭거리는 소리에 깼다. 두 번째는 플로렌스의 방에서 아기가 우는 소리가 나서 깼다. 어둠 속에서 들려오는 아기 소리에 나는 몸을 떨었다. 스미스필드 마켓이 내다보이는 베스트 부인 집의 회색 방에서 보냈던 끔찍한 밤들이 떠올랐기 때문이다. 하지만 울음은 그리 오래가지 않았다. 플로렌스가 일어나 방을 가로지르더니 시릴과 함께(그럴 거라 생각했다) 침대로 가는 소리가 들렸다. 그 뒤 시릴은 곤히 잠이 들었고, 나 역시 마찬가지였다.

이튿날 아침 뒷문이 쾅 하고 닫히는 소리에 잠을 깼다. 랠프가 일을 하러 나간 듯했다. 시계가 7시 10분 전을 가리켰기 때문이다. 곧이어 위층에서 플로렌스가 일어나 옷을 입으며 움직이는 소리가 들렸고, 바깥 거리가 아주 부산해졌다. 다이애나의 조용한 저택에서 사람들이 일찍 일어나 움직여도 아랑곳 않고 잠자곤 했던 내게 그 소리는 놀랄 정도로 가깝게 들렸다.

나는 지난밤의 만족스러웠던 시간을 음미하며 꼼짝 않고 가만히 누워 있었다. 일어나서 아침을 맞고 싶지 않았다. 죄이는 부츠를 다시 신고 플로렌스에게 작별을 고하고 또다시 의지할 곳 없는 여자로 돌아가고 싶지 않았다. 거실은 밤새 아주 추워졌으며, 자그마한 내 임시 침대만이 거실에서 유일하게 따뜻한 곳이었다. 나는 머리 위로 담요를 뒤집어쓰고 신음했다. 신음을 하니 꽤 만족스러운 기분이 들기에 더 큰 소리로 신음했다. 나는 계속 신음하다가 거실 문이 찰칵하는 소리가 나고서야 멈췄다. 이윽고 담요를 걷으니 어둠 속에서 플로렌스가 눈을 가늘게 뜨고 엄한 표정으로 나를 내려다보는 모습이 보였다.

「또 아픈 건 아니죠?」 플로렌스가 물었다.

「네. 전 그냥…… 신음하는 것뿐이에요.」

「이런.」 플로렌스가 시선을 돌렸다. 「랠프가 차를 우려 놓은 게 남았어요. 좀 가져다드릴까요?」

「네.」

「그러고 나면 일어나셔야 해요.」

「당연하죠.」 내가 말했다. 「이제 일어날 거예요.」 그러나 플로렌스가 사라졌을 때 나는 전혀 일어날 수 없다는 것을 알았다. 나는 누워 있을 수밖에 없었다. 나는 변소가 좀 급했다. 낯선 이의 거실에 이런 식으로 누워 있는 것은 아주 무례한 행동이라는 것을 나는 알고 있었다. 하지만 마치 밤새 외과의사가 찾아와 내

뼈를 다 들어내고 납덩어리로 바꿔 놓은 듯한 느낌이었다. 나는 누워 있는 것 말고는 아무것도 할 수 없었다…….

플로렌스가 차를 가져왔고, 나는 차를 마셨다. 그리고 다시 누웠다. 플로렌스가 부엌으로 가더니 아기를 씻기는 소리가 들렸다. 잠시 후 플로렌스가 돌아와 의미심장하게 커튼을 열었다.

「8시 15분 전이에요, 애슬리 양.」 플로렌스가 말했다. 「전 시릴을 길 건너편에 맡기러 가야 해요. 제가 돌아왔을 때는 일어나 옷을 입고 계세요. 알겠죠? 그렇게 하실 거죠?」

「오, 그럼요.」 내가 말했다. 그러나 5분 뒤 플로렌스가 다시 나타났을 때 나는 조금도 움직이지 않았다. 플로렌스는 나를 지켜보더니 고개를 저었다. 나도 플로렌스를 지켜보았다.

「여기 머무르실 수 없다는 건 당신도 아실 거예요. 저는 일을 하러 가야 하고, 지금 나가야 해요. 만약 저를 더 지체하게 하시면 지각을 하고 말 거예요.」 그 말을 하고 플로렌스는 담요 아래 자락을 잡았다. 그러나 나는 담요 위쪽을 잡았다.

「일어날 수가 없어요. 몸이 아파요.」 내가 말했다.

「아프시다면 제대로 간호를 받을 수 있는 곳으로 가셔야죠!」

「그렇게 아프진 않아요!」 내가 외쳤다. 「하지만 조금만 누워 있으면 힘이 날 거예요……. 일하러 가세요. 당신이 집에 돌아오기 훨씬 전에 일어나 나갈게요. 절 집에 두고 간다고 걱정하지 않으셔도 돼요. 절 믿으셔도 돼요. 아무것도 가져가지 않을게요.」

「가져갈 것도 없어요!」 플로렌스가 외쳤다. 이윽고 플로렌스는 쥐고 있던 담요 자락을 내게 던지더니 손으로 자기 이마를 짚었다. 「어이구, 제 머리가 다 아프네요!」 나는 아무 말도 하지 않고 플로렌스를 보았다. 마침내 플로렌스는 평정을 되찾은 듯 보였으며, 목소리가 단호해졌다. 「말하신 걸 지켜서 꼭 나가셔야 해요.」 플로렌스는 문 뒤편에서 외투를 가져와 입었다. 이윽고 작은 가방을 열더니 그 안에서 종이 한 장과 동전 하나를 꺼냈다.「당신을 위해 잠자리가 있는 호스텔과 집들의 목록을 만들었어요.」 플로렌스가 말했다.「그리고 이 돈은 제 동생이 주는 거예요. 잘 가라는 인사와 행운을 빈다는 말을 전해 달라는군요.」반 크라운이었다.

「정말 친절한 분이세요.」내가 말했다.

플로렌스는 어깨를 으쓱하더니 외투 단추를 잠그고 모자를 쓰고 핀을 꽂았다. 외투와 모자는 진흙색이었다. 플로렌스가 말했다.「부엌에 따뜻한 베이컨이 약간 남았으니 아침으로 드세요. 그러고 나면 꼭 가셔야 해요.」

「약속해요!」

플로렌스는 고개를 끄덕이고 문을 열었다. 바깥 거리에서 들어온 얼음같이 찬바람에 몸이 떨렸다. 플로렌스 역시 몸을 떨었다. 바람에 플로렌스가 쓰고 있던 모자 가장자리가 이마에서 벗겨졌고 플로렌스는 담갈색 눈을 가늘게 뜨고 입을 꽉 다물었다.

「배너 양! 가끔 다시 찾아와도 되나요? 저는…… 저는 당신 동생에게 고맙다는 말을 하고 싶어요.」내가 말했다. 사실 진짜로 하고 싶은 말은 〈저는 당신을 만나고 싶어요. 당신과 친구가 되려고 왔어요〉였다. 그러나 그 말을 어떻게 해야 할지 알 수가 없었다.

플로렌스는 한 손으로 옷깃을 부여잡았고, 바람에 눈을 깜박였다.「원하는 대로 하세요.」플로렌스가 말했다. 이윽고 플로렌스는 서늘한 거실을 뒤로한 채 문을 닫았고, 플로렌스가 걸어가는 그림자가 창문 레이스에 비쳤다.

플로렌스가 나가자 납덩이 같던 내 팔다리는 돌연 기적처럼 가벼워졌다. 나는 일어나 추운 변소에 용감히 다녀왔다. 그리고 나를 위해 남겨 둔 베이컨과 빵 한 조각, 물냉이 다발을 찾아내 부엌 창문 옆에 서서 낯선 광경을 멍하니 내다보며 아침 식사를 했다.

그러고 나서 손을 문지르고 주위를 둘러보며 무엇을 할까 생각하기 시작했다.

누군가(아마도 랩프이리라) 일찍 레인지에 자그맣게 불을 피워두었고 석탄이 반 정도 남아 있었기에 적어도 부엌은 따뜻했다. 이렇게 기분 좋은 열을 낭비하는 건 안 될 일 같아 보였으며, 나는 세수를 하기 위해 물을 조금 데우는 건 문제 될 게 없을 거라고 혼잣말을 했다. 나는 찬장 문을 열고 벽난로 시렁에 놓을 냄비를 찾다가 다리미를 발견했다. 그것을 보며 나는 생각했다. 〈다리미를 데워 쭈글쭈글한 프록을 다림질한다고 뭐라고 하지는 않을 거야.〉

물과 다리미가 데워지기를 기다리는 동안, 나는 거실로 돌아와 침대로 썼던 안락의자들을 각기 제자리에 돌려놓고 담요를 깔끔하게 갰다. 그리고 전날 밤에는 너무나 경황이 없고 졸려서 하지 못했던 일을 했다. 서서 주위를 둘러보는 것이었다.

말했듯이 방은 아주 좁았다. 펠리시티 플레이스에서 내가 쓰던 침실보다도 훨씬 더 작았다. 그리고 가스등 없이 기름등과 촛대뿐이었다. 가구와 장식은 내가 보기에 다소 마구 섞여 있었다. 벽은 다이애나 집처럼 벽지가 없었고 작업장처럼 누덕누덕한 파란색으로 채색되어 있었다. 장식은 올해와 작년 달력 두 개, 그리고 따분해 보이는 그림 두세 점이 전부였다. 바닥에는 융단이 두 장 깔려 있었다. 하나는 낡고 올이 드러났으며 다른 하나는 새 거라 색이 선명했지만 올이 거칠고 다소 조악했다. 눈병이 난 목동이 헤브리디스 제도의 겨울 동안 끝없이 계속되는 우울한 시간을 보내기 위해 짰을 법한 융단이었다. 우리 집과 마찬가지로 벽난로 장식에 드리운 술은 펄럭이고 있었다. 그리고 그 위에는 내가 어렸을 때 친구나 사촌들 집에서 보았던 것과 비슷한 장식들이 있었다. 회색 도자기로 만든 양치기 처녀의 부러진 지팡이를 엉성하게 붙여 놓은 게 보였다. 검댕이 낀 유리 돔 속의 산호 조각과 번쩍이는 휴대용 시계도 있었다. 하지만 그런 것들 말고 전시용으로는 좀 기대 밖인 물건들도 있었다. 구겨진 엽서와 노동자들의 사진, 〈부두 노동자의 태너, 부두 노동자들의 파업!〉[1] 같은 글이 붙어 있었다. 또한 다소 변색된 동양의 신상, 작업복을 입은 천연색 남녀 그림도 보였다. 그림 속 인물들은 오른손을 불끈 쥐고 왼손에는 〈단결을 통한 힘!〉이라고 적힌 펄럭이는 기를 들고 있었다.

이런 것들은 그다지 내 흥미를 끌지 못했다. 나는 벽난로 돌출부 옆 벽감을 보았다. 집에서 만든 선반들에 책과 잡지가 거의 터질 듯이 가득 꽂혀 있었다. 그것들 역시 마구잡이로 섞여 있고 먼지가 잔뜩 쌓여 있었다. 롱펠로, 디킨스 같은 작가의 1실링짜리 고전들이 꽤 있었고 싸구려 소설도 여럿 보였다. 또 정치 서적들도 많이 있었으며 흥미를 끄는 시집도 두세 권 있었다. 적어도 한 권은 그랬다. 바로 월트 휘트먼의 『풀잎』이었다. 펠리시티 플레이스에 있을 때 다이애나의 책꽂이에 꽂혀 있는 것을 보고 심심했을 때 읽어 보려 한 적이 있었다. 너무나 지루한 내용이었다.

나는 1~2분 정도 선반과 내용물을 살펴보았다. 난간 위에 걸린 그림 두 장이 내 시선을 끌었다. 첫 번째는 가족 초상화로, 그런 그림이 늘 그렇듯 뻣뻣하고 예스러운 멋이 있었으며 이상하게도 흥미로웠다. 나는 우선 플로렌스를 찾아보았다. 열다섯 살 정도의 플로렌스는 아주 생기 있고 포동포동했으며, 진지한 얼

1 태너는 구 화폐 제도의 6페니 은화를 가리킨다. 1889년 런던의 부두 노동자들이 5주에 걸친 파업 끝에 시간당 6페니의 최소 임금을 얻었고, 이것을 〈부두 노동자의 태너〉라 한다.

굴로 은발의 숙녀와 좀 더 어리고 얼굴이 가무잡잡한 여자아이 사이에 서 있었다. 그 아이는 술집 여급처럼 말쑥한 태가 나기 시작했고 아마도 플로렌스의 언니인 듯했다. 그 뒤로는 사내아이 셋이 서 있었다. 선원 같은 구레나룻이 없는 랠프가 깃이 아주 높은 옷을 입고 있었으며, 좀 더 나이가 들고 랠프와 무척 닮은 남자, 그리고 그 남자보다 더 나이가 들어 보이는 남자가 있었다. 아버지는 보이지 않았다.

두 번째 초상화는 그림엽서 같은 사진이었다. 커다란 액자 가장자리에 꽂혀 있었으나 모서리가 약간 구부러져 뒷면의 흐릿한 글자의 둥근 부분이 살짝 보였다. 사진에는 여자가 한 명 있었다. 눈썹이 짙고 검은 머리는 너저분했다. 여자는 아주 똑바르게 앉아 있었으며 시선은 다소 엄숙했다. 아까 그림에서 본 언니가 더 자란 모습이거나 아니면 플로렌스의 친구나 사촌 또는 누구든 가능했다. 구부러진 곳으로 보이는 글씨를 읽어 보려고 몸을 숙였으나 제대로 보이지 않았고, 사진을 뽑아 내용을 읽지는 않았다. 사진은 그 정도로 흥미를 끌지는 않았다. 이윽고 스토브에 올려 두었던 냄비에서 물 끓는 소리가 들리기에 서둘러 냄비 쪽으로 갔다.

나는 세숫물을 담을 작은 주석 그릇과 주방용 녹색 비누 조각을 찾아냈다. 수건이 없었고 접시 닦는 헝겊을 쓰는 건 예의에 어긋난다고 생각했기 때문에 더러운 페티코트를 다시 입을 수 있을 정도로 몸이 충분히 마를 때까지 레인지 앞에서 몸을 흔들었다. 나는 잠깐 한숨을 쉬며 다이애나의 멋진 욕실을 떠올렸다. 몇 시간이고 이것저것 찍어 발라 보던 로션들이 들어 있던 장을 떠올렸다. 하지만 다시 몸이 깨끗해지니 날아갈 것만 같았고, 머리를 빗고 얼굴 상처를 치료하고(멍이 든 곳에 식초와 밀가루를 차례로 조금씩 발라 문질렀다) 치마에서 오물을 털어 내고 다림질을 해서 다시 입으니 몸이 좋아진 듯하고 따뜻했으며 아주 기분이 좋았다. 나는 다시 거실로 돌아가(열 걸음 정도 떨어져 있었다) 잠깐 서 있다가 다시 부엌으로 갔다. 아주 호감이 가는 집이었다. 하지만 내가 이미 알아차리기 시작했듯이, 아주 깨끗한 곳은 아니었다. 융단은 정말이지 먼지를 털어 낼 필요가 있었다. 걸레받이는 여기저기 진흙 자국이 나 있었다. 선반과 그림들, 벽난로 장식 모두 먼지와 검댕투성이였다. 만약 이곳이 〈내〉 집이었다면 나는 아주 말쑥하게 관리했을 거라는 생각이 들었다.

그때 꽤 멋진 생각이 떠올랐다. 나는 거실로 달려가 시계를 보았다. 플로렌스가 떠나고 30분이 채 지나지 않았으며 랠프나 플로렌스 둘 다 5시 전에 돌아올 확률은 아주 적었다. 즉 내게는 온전히 여덟 시간이 있었다. 물론 아직 밝을 때 호스텔이나 여인숙에서 잘 방을 구할 작정이라면 그보다는 좀 적게 남았을 터였다. 여덟 시간 동안 이곳을 얼마나 깨끗하게 할 수 있을지는 알 수 없었다. 집에서 어머니를 도와 청소를 한 사람은 주로 앨리스였다. 나는 살아오며 청소를 해본 적이 거의 없었다. 얼마 전까지만 해도 하인들이 청소며 빨래를 대신 해주었다. 그러나 이제 나는 이 집을, 비록 짧은 시간이지만 아주 만족스럽게 머무른 이 집을 깔끔하게 만들어야겠다는 마음이 우러났다. 랠프와 플로렌스에게 주는 일종의 이별 선물이라는 생각이 들었다. 동화 속에서 난쟁이나 도둑들이 일하러 간 사이에 난쟁이들의 오두막이나 도둑들의 동굴을 청소하는 여자아이처럼 해보는 것이다.

그날 나는 그전까지의 그 어느 때보다 더 열심히 일했다고 생각한다. 그리고 그 시간을 떠올려 보면 사실 나는 녹슨 내 영혼을 닦은 게 아니었나 싶다. 나는 레인지에 더 활활 불을 피우고 물도 더 데웠다. 이윽고 나는 집에 있는 물을 다 썼다는 사실을 알게 되었다. 나는 커다란 양동이 두 개를 들고 절룩거리며 퀄터

스트리트로 가서 저수탑을 찾았다. 마침내 저수탑을 찾았으나 여자들이 줄을 서 있어서 내 차례가 될 때까지 30분 정도 기다려야 했다. 꼭지에서는 물이 똑똑 듣는 정도였으며 가끔은 금방이라도 끊어질 듯 물방울이 탁탁 튀며 나오다 말다 하거나 아예 끊어지기도 했다. 여자들은 나를 위아래로 훑어보았으며 내 눈 주변 그리고 특히 머리를 유심히 보았다. 젖은 내 모자 대신 랠프의 챙 없는 모자를 썼기 때문이다. 그리고 모자 아래로 짧게 친 머리가 드러났다. 내가 어느 집에서 나왔는지를 본 한두 명은 나더러 배너 씨네 집에 사느냐고 물었다. 나는 그냥 잠시 들른 사람이라고 대답했다. 질문을 한 사람들은 이 지역에는 잠시 들르는 사람들이 아주 흔하다는 듯 그 정도 대답으로 만족한 것 같았다.

나는 물을 들고 비틀거리며 돌아와 스토브 위에 올려 데운 뒤, 식료품실 문 뒤에 걸려 있는 크고 뻣뻣한 앞치마를 두르고 거실부터 시작했다. 우선 젖은 천으로 흐리고 검댕이 묻은 모든 것을 닦았다. 이어서 창문을 닦았고 다음으로는 걸레받이를 청소했다. 융단은 뜰로 가지고 나가 빨랫줄에 건 뒤 팔이 아프도록 두들겼다. 그러는 사이 이웃집 뒷문이 열리더니 나처럼 소매를 걷어붙인 여자가 발그레한 뺨을 하고 나타나 계단에 섰다. 여자는 나를 보더니 고개를 끄덕였고, 그 모습에 나도 고개를 끄덕였다.

「배너 씨 집을 청소하다니, 잘하시는 거예요.」 여자가 말했다. 나는 잠시 쉴 수 있는 즐거움에 싱긋 웃었고, 이마와 입술에 흐른 땀을 닦았다.

「그럼 이 집이 지저분한 걸 다른 사람들도 알고 있나요?」

「그럼요.」 여자가 말했다. 「이 거리에서는 유명해요. 다른 사람들 집을 위해 너무 열심히 일하기 때문에 자기 집을 돌볼 여유가 없는걸요. 그게 문제죠.」 하지만 여자는 꽤 기분 좋게 말했다.

랠프와 플로렌스가 남 일에 참견하기 좋아하는 사람이라는 식으로 말하는 것 같진 않았다. 나는 욱신거리는 어깨를 주물렀다.

「새로 세 들어오신 분인 모양이죠?」 이윽고 여자가 물었다. 나는 고개를 젓고 그냥 잠시 들른 거라며 다른 사람들에게 했던 말을 되풀이했다. 여자는 다른 사람들처럼 그 말을 그냥 무덤덤하게 받아들인 듯했다. 여자는 다시 융단을 때려 대는 나를 지켜보더니 아무 말 없이 집 안으로 들어갔다.

나는 융단을 다 털고 난 뒤 거실 벽난로를 쓸었다. 그리고 식료품실에서 흑연을 찾아내 벽난로를 가볍게 두드리며 색칠했다. 나는 집을 떠난 이후 벽난로에 흑연 칠을 한 적이 없었다. 하지만 제나가 다이애나의 벽난로들에 흑연 칠하는 것을 백 번은 보았고, 꽤 쉬워 보였다. 물론 그 일은 실제로는 어렵고 손이 많이 가는 일이었으며, 한 시간은 꼬박 걸렸고, 하다 보니 처음 시작했을 때의 반만큼도 즐겁지 않았다. 하지만 나는 쉬지 않았다. 다음으로는 마룻바닥을 쓸고 솔로 북북 문질렀다. 이윽고 부엌 타일을 닦았고 그다음에는 레인지, 그리고 다음에는 부엌 창을 닦았다. 위층에 도전해 보고 싶은 마음은 없었지만, 거실과 부엌, 그리고 옥외 변소와 뜰까지 반짝반짝 윤이 날 정도로 깨끗하게, 광이 나야 할 곳은 광이 날 때까지, 먼지에 덮여 우중충했던 곳은 색이 선명하게 살아날 때까지 청소를 했다.

내가 이룬 업적의 대미는 현관 계단이 장식했다. 나는 이곳을 쓸고 닦고 마지막으로는 다른 집 현관 계단처럼 하얘질 때까지 마석 조각으로 북북 문질렀다. 흑연으로 시커매졌던 내 팔은 손톱부터 팔꿈치까지 백악이 묻어 하얗게 줄무늬가 졌다. 계단을 다 닦은 뒤 나는 잠시 무릎 꿇고 앉아 욱신거리는 허리를 펴고 내가 이룩한 결과를 보며 감탄했다. 일을 하느라 열이 났기에 1월의 바람은 전혀 문제가 되지 않았다. 그때 옆집에서 누군가 나오는 모습이 눈에 띄어 바라보니 누덕누덕한 프록을 입고 커다란 부츠를 신은 여자아이가 차가 흘러넘치는 머그를 들고 비둘기처럼 깡총거리며 내게 다가왔다.

「언니가 아주 지쳤을 거라며 갖다 드리라고 어머니가 주셨어요.」 아이는 이렇게 말하고는 고개를 홱 숙였다. 「하지만 잔을 가져가야 하기 때문에 언니가 차를 마 다실 때까지 같이 있어야 해요.」

차는 탈지 우유를 약간 넣어 색이 흐릿했으며, 이가 시리도록 달았다. 나는 재빨리 차를 마셨고, 그동안 여자아이는 몸을 떨며 발을 동동 굴렀다. 「오늘은 학교를 안 가니?」 내가 물었다.

「오늘은 안 가요. 오늘은 세탁하는 날이라 어머니가 일하시는 동안 제가 아기들을 돌봐야 해요.」 아이는 말하는 내내 내 짧은 머리에 시선을 고정했다. 아이 머리는 예전의 내 머리 같은 금발이었고 툭 불거진 어깨뼈 사이로 길고 단정치 못한 머리 타래가 흘러 내려와 있었다.

이제 시간은 3시 30분이었고, 플로렌스의 부엌으로 돌아와 더러운 손과 팔을 씻고 나니 집 안은 꽤 어둑어둑해졌다. 나는 앞치마를 벗고 등불을 켰다. 그리고 잠시 방들을 서성이며 내가 이룩한 변화를 물끄러미 바라보았다. 나는 어린애처럼 생각했다. 〈얼마나 좋아들 할까! 얼마나 좋아들 할까…….〉 하지만 여섯 시간 전처럼 그렇게 즐겁지는 않았다. 거실 창밖으로 어두워져 가는 날처럼 내 기쁨의 가장자리를 짓누르는 우울한 생각이 있었다. 이제 가야 한다는, 내가 머무를 곳을 찾아야 한다는 생각이었다. 나는 플로렌스가 적어 준 목록을 집어 들었다. 글씨는 아주 단정했으나 잉크가 손가락에 묻었던 탓에 피곤에 전 플로렌스의 손이 닿았던 곳에는 얼룩이 져 있었다.

목록에 있는 호스텔들을 찾아다니거나 요전 날 제나와 함께 잤던 방 같은 곳에 있는 침대로 갈 거라는 따위의 생각은 하는 것만으로도 끔찍했다. 한 시간 뒤면 나가야 했다. 하지만 랠프와 플로렌스가 돌아왔을 때 집이 깔끔해진 걸 알면 얼마나 좋아할까 하는 생각이 또 한 번 분명히 들었다. 나는 더 열을 내며 생각했다. 〈깔끔한 집에 돌아왔을 때 스토브에 음식이 보글보글 끓고 있으면 얼마나 더 좋아할까!〉 내 눈에 보이는 한 찬장에는 음식이 별로 없었다. 그러나 내게는 두 사람이 준 반 크라운이 있었다……. 그 돈을 나를 위해 써야 한다는 생각은 전혀 들지 않았다. 나는 동전을 집어 들고(그 돈은 플로렌스가 두었던 곳에 그대로 있었다. 천으로 책상을 닦을 때 잠깐 들었다가 다시 그 자리에 놓아두었기 때문이다) 절뚝거리며 퀄터 스트리트를 지나 노점과 손수레들이 있는 해크니 로드로 향했다.

나는 30분 뒤 돌아왔다. 빵, 고기, 야채, 그리고 순전히 과일 수레에서 멋져 보인다는 이유로 파인애플을 샀다. 1년 반 동안 나는 커틀릿, 새고기 스튜, 프랑스식 고기 파이, 설탕에 절인 과일만 먹었다. 하지만 밀른 부인은 으깬 감자, 으깬 양배추, 콘비프, 양파로 음식을 만들어 주었으며, 그레이스와 나는 식탁에 음식을 차리기 전에 약간 맛을 보곤 했다. 그런 음식이라면 별로 만들기 어렵지 않겠다는 생각이 들었다. 그래서 나는 랠프와 플로렌스를 위해 요리를 했다.

감자와 양배추를 끓는 물에 넣고 양파가 갈색이 될 때까지 볶았을 때 누군가 문을 두드리는 소리가 났다. 나는 깜짝 놀랐고 약간 당황했다. 너무 편하게 느끼고 있었던 나머지 본능적으로 대답을 해야 할 것만 같았다. 그러나 정말 그래도 되는 건지, 도움을 주려던 행동이 오지랖 넓은 짓이 되는 건 아닐지 걱정이 되었다. 나는 양파를 볶던 프라이팬과 걷어붙인 소매를 내려다보았다. 어쩌면 그 정도 선은 이미 넘은 건지도 몰랐다.

내가 생각에 잠겨 망설이는 동안, 문을 두드리는 소리가 다시 들렸다. 이번엔 곧장 문을 열었다. 문 뒤에는 여자가 서 있었다. 꽤 잘생긴 여자였으며, 검은 머리에 태머섄터[2]를 쓰고 있었다. 여자는 나를 보자 이렇게 말했다. 「오! 플로렌스는 집에 없나요?」 그리고 재빨리 내 팔과 드레스와 눈과 머리를 훑어보았다.

내가 말했다. 「네, 배너 양은 지금 없어요. 저만 있어요.」 나는 양파 타는 냄새가 나는 것 같아 코를 킁킁거렸다. 「저기요, 제가 요리를 좀 하는 중이었거든요. 잠시 실례해도 괜찮겠죠?」 나는 요리를 태우지 않으려고 부엌으로 다시 달려갔다. 놀랍게도 문이 쾅 하고 닫히는 소리가 들리더니 여자가 내 뒤를 따라왔다. 내가 돌아보자 여자는 외투를 벗고 놀란 눈으로 나를 응시했다.

「맙소사.」 여자가 말했다. 여자 목소리에는 교양 있는 투가 살짝 배어 있었지만 잘난 체하는 기색은 전혀 없었다. 「지나가다가 계단을 보고 들렀어요. 플로렌스가 변덕이라도 일으킨 게 분명하다고 생각했거든요. 그런데 이제 보니 플로렌스 머리가 완전히 돌았던가 요정을 데리고 사는 거였군요.」

내가 말했다. 「다 제가 한 거예요…….」

여자는 이를 드러내고 깔깔 웃었다. 「그렇다면 당신이 요정의 왕인 모양이군요. 아니 요정의 여왕인가요? 당신 머리가 옷에 안 맞는 건지 아니면 옷이 머리에 안 맞는 건지 모르겠어요. 뭔가 의미가 깃들어 있는지는 모르겠지만요.」 여자는 다시 소리 내어 웃었다.

나는 무슨 뜻인지 알지 못했다. 그래서 그냥 조금 새침 떨며 머리가 자라길 기다리고 있다고만 말했다. 그러자 여자가 말했다. 「아.」 그리고 여자가 머금었던 웃음은 점차 사그라졌다. 이윽고 여자는 좀 어리둥절한 말투로 물었다. 「당신은 플로렌스와

2 스코틀랜드 전통 모자로 둥글납작한 모양에 테가 없다.

랠프랑 같이 사는 건가요?」

「어젯밤 두 사람이 호의를 베풀어 제가 거실에서 자도록 해줬어요. 하지만 오늘은 나가야 해요. 사실……. 지금 몇 시죠?」 여자는 내게 시계를 보여 주었다. 5시 15분 전으로, 내가 생각했던 것보다 훨씬 더 늦은 시각이었다. 「정말로 곧 가봐야 해요.」 나는 스토브에서 프라이팬을 내리고(양파는 내가 원했던 것보다 조금 더 갈색으로 타 있었다) 그릇을 찾기 위해 주위를 둘러보기 시작했다.

「오.」 서두르는 내게 여자가 손을 흔들며 말했다. 「최소한 저와 차는 한잔하고 가세요.」 여자는 물을 끓이고 포크로 감자를 찌르기 시작했다. 차려 놓고 보니 음식은 밀른 부인이 차렸던 것만큼 훌륭해 보이지 않았다. 그리고 그리 맛있지도 않았다. 나는 음식을 한쪽으로 밀어 놓고 인상을 찡그렸다. 여자가 내게 잔을 건넸다. 이윽고 여자는 찬장에 아주 편하게 기대 차를 홀짝이더니 하품을 했다.

「오늘 정말 힘들었어요!」 여자가 말했다. 「쥐 같은 냄새가 나지 않나요? 오후 내내 하수관에 들어가 있었거든요.」

「하수관에요?」

「하수관에요. 저는 위생 검사관 조수예요. 그렇게 인상 쓰지 말아요. 이 직업을 얻기까지 무척 노력했다고요. 사람들이 여자는 그런 일을 하기에 너무 약하다고 생각하거든요.」

「저는 약한 쪽을 택하겠어요.」 내가 말했다. 「그런 일을 하기보다는요.」

「오, 하지만 아주 멋진 직업이에요! 오늘처럼 하수도를 들여다봐야 하는 일은 가끔 있을 뿐이에요. 대부분은 계량을 하고 인부들과 대화를 하고 덥거나 춥지 않은지, 숨 쉬기 충분할 만큼 공기가 들어오는지, 화장실은 충분한지를 살피는 게 일이에요. 제게는 정부에서 준 권한이 있어요. 그게 무슨 말인지 알아요? 저는 사무실이나 작업실을 보겠다고 〈요구〉할 수 있고, 만약 그곳이 제대로 되어 있지 않으면 제대로 〈해놓으라고〉 요구할 권한이 있어요. 건물을 폐쇄할 수도 있고 개선시킬 수도 있어요…….」 여자는 손사래를 쳤다. 「십장들은 저를 싫어해요. 보우부터 리치먼드까지, 탐욕스러운 고용주들은 제 모습만 봐도 치를 떨어요. 하지만 저는 제 직업을 어느 것과도 바꾸지 않을 거예요!」 나는 여자의 목소리에 밴 열정에 싱긋 웃었다. 여자는 위생 검사관일지 모르겠지만 배우 기질이 있었다. 여자는 다시 차를 한 모금 마셨다. 차를 꿀꺽 삼키고 여자가 말했다. 「플로렌스와 친구가 된 지 얼마나 오래 되었나요?」

「음, 〈친구〉는 전혀 알맞은 표현이 아니에요. 사실…….」

「당신은 플로렌스를 잘 모르나요?」

「전혀요.」

「이런.」 여자가 고개를 저으며 말했다. 「플로렌스는 지난 몇 달간 제정신이 아니었어요. 전혀 아니었죠.」 만약 그 순간 현관문이 열리며 거실에 사람 발이 나타나지 않았더라면 여자는 계속 말을 했을 것이다.

「오, 이런!」 내가 말했다. 나는 잔을 내려놓고 주변을 황급히 둘러본 뒤 여자를 지나 식료품실 문으로 달려갔다. 생각할 짬이 없었다. 나는 여자에게 말을 하거나 여자를 보지도 않은 채 그냥 작은 벽장에 뛰어들어 안에서 문을 닫았다. 그리고 귀를 기울였다.

「거기 누구 있어요?」 플로렌스의 목소리였다. 플로렌스가 조심스레 부엌으로 걸어오는 소리가 들렸다. 그리고 곧 친구를 본 모양이었다. 「애니, 오, 너구나! 다행이다. 난 혹시나……. 무슨 일이야?」

「잘 모르겠어.」
「표정이 왜 그래? 무슨 일이야? 집 앞 계단에 무슨 일이 일어난 거야? 스토브 위엔 또 뭐야?」
「플로렌스.」
「뭐?」
「아무래도 말을 해야 할 거 같아. 사실 난 네게 말을 해야 할 의무가 있다고 생각해…….」
「뭘? 그렇게 말하니까 겁나잖아.」
「식료품실에 여자가 있어.」
침묵이 흘렀고, 그사이 나는 내가 무슨 선택을 할 수 있는지 재빨리 생각해 보았다. 별로 없었다. 그래서 가장 당당한 방법을 택했다. 나는 식료품실 문손잡이를 잡고 천천히 열었다. 플로렌스가 나를 보더니 몸을 움찔했다.
「막 가려던 참이었어요.」 내가 말했다. 「맹세해요.」 나는 애니를 보았다. 애니가 고개를 끄덕였다.
「맞아.」 애니가 말했다. 「그랬어.」
플로렌스가 나를 응시했다. 나는 식료품실에서 나와 플로렌스를 지나 거실로 갔다. 플로렌스가 얼굴을 찡그렸다.
「대체 무슨 일을 한 거죠?」 모자를 찾는 내게 플로렌스가 물었다. 「왜 집 안이 이렇게 낯설어 보이는 거죠?」 플로렌스는 성냥갑을 들어 기름등 두 개와 초 두 개에 불을 붙였다. 이곳저곳 윤을 내놓은 물건들로부터 빛이 반사되었고, 플로렌스는 흠칫했다. 「청소를 했군요!」
「아래층만 했어요. 마당이랑요. 그리고 현관 계단이랑요.」 내가 점차 처량해지는 어조로 말했다. 「그리고 저녁 식사를 준비했어요.」
플로렌스가 나를 뚫어져라 바라보았다. 「왜요?」

「집이 더러웠으니까요. 옆집 사는 여자 말로는 이 집이 더러운 건 다들 안다더라고요…….」
「옆집 여자를 만났어요?」
「그 여자가 제게 차를 줬어요.」
「집에 하루밖에 안 됐는데 완전히 집을 바꿔 놓았군요. 옆집 사람들과 인사도 하고요. 제 가장 친한 친구랑도 친해졌을 거 같군요. 애니가 무슨 말을 하던가요?」
「아무 말도 안 했어, 정말이야!」 부엌에서 애니가 외쳤다.
나는 소맷부리에서 풀려 나온 실을 잡아당겼다. 「당신이 좋아할 거라고 생각했어요.」 내가 조용히 말했다. 「집이 정돈되면요. 제 생각에…….」 내 생각에 그렇게 하면 플로렌스가 나를 좋아할 것 같았다. 다이애나의 세상에서는 그랬을 터였다. 아니면 그 비슷하기라도 했을 터였다.
「저는 원래대로의 제 집이 좋아요.」 플로렌스가 말했다.
「믿을 수 없어요.」 내가 대꾸했다. 그리고 플로렌스가 망설이자 말했다. 「여기 있게 해주세요, 배너 양! 오, 제발 있게 해주세요!」 생각해 보면, 나는 아마도 플로렌스에게 이렇게 말하려고 계속 마음먹고 있었던 듯하다.
플로렌스는 어리둥절한 표정으로 나를 보았다. 「애슬리 양, 그럴 수 없어요!」
「여기서 자면 돼요. 어젯밤처럼요. 오늘 한 것처럼 청소와 요리를 할 수 있어요. 빨래도 할게요.」 나는 점차 조급하고 절박해졌다. 「오, 세인트존스 우드의 집에 있을 때 제가 이런 일들을 얼마나 하고 싶었는데요! 그런데 저와 같이 사는 그 악마가 그런 일들은 하인에게 시키라고 말했어요. 제 손이 상한다면서요. 하지만 만약 제가 이곳에 머무를 수 있다면, 그러면 당신이 일하러 가 있는 동안 당신 아기를 봐드릴 수 있어요. 전 아기가 운다고 아편제를 주지 않을 거예요!」

플로렌스의 눈이 그 어느 때보다도 더 커졌다.「청소와 빨래를 한다고요? 시릴을 돌본다고요? 그 모든 일을 다 시킬 수는 없어요!」

「왜요? 오늘 이 거리에 사는 여자 쉰 명은 만났는데 모두 그렇게 일하며 살아요! 당연한 거 아닌가요? 만약 내가 당신 아내라면, 아니 제 말은, 랠프의 아내라면, 저도 분명 그 사람들처럼 했을 거예요.」

이제 플로렌스는 팔짱을 꼈다.「이 집에서, 애슬리 양, 그건 당신이 일으킬 수 있는 최악의 문젯거리예요.」하지만 플로렌스가 이렇게 말할 때 현관문이 열리며 랠프가 들어섰다. 랠프는 한 손에는 석간신문을 다른 손에는 시릴을 안고 있었다.

「맙소사.」랠프가 말했다.「여기 계단이 반짝이는 것 좀 봐! 밟는 게 겁날 지경이네.」랠프는 나를 보더니 벙긋 웃었다.「안녕하세요, 아직 계시네요?」이윽고 랠프는 방을 둘러보았다.「이게 다 웬일이야! 다른 집 거실에 온 건 아니겠죠?」

플로렌스는 방을 가로질러 시릴을 받아 들더니 랠프를 부엌으로 내쫓았다. 그곳에서 랠프가 아주 다정한 목소리로 외치는 소리가 들렸다. 처음에는 애니를 보고, 그리고 쇠고기와 감자를 보고, 마지막으로는 파인애플을 보고 외치는 소리였다. 플로렌스는 잠시 시릴과 씨름을 했다. 시릴은 꿈틀거리며 짜증을 냈고 막 울려고 했다. 나는 플로렌스에게 다가갔고, 아주 용기를 내어 (왜냐하면 내가 마지막으로 안아 본 아기는 4년 전 사촌의 아기였으며, 그 아기는 내 면전에서 비명을 질렀기 때문이다) 말했다.「제게 주세요. 아기들은 저를 좋아해요.」플로렌스는 아기를 넘겨주었고, 엄청난 기적이 벌어져 시릴은 내 어깨에 기대 한숨을 쉬더니 조용해졌다.

만약 내가 이런 일에 조금만 더 경험이 있었다면 자기 양자가 다른 여자의 품에 기꺼이 안겨 조용히 있는 모습을 보고 그 여자를 자기 집에 머무르게 할 어머니는 절대 없을 거라는 사실을 알았을 것이다. 하지만 플로렌스를 다시 보았을 때 우리는 시선이 마주쳤고, 플로렌스의 표정은 지난밤처럼 묘하고 거의 슬퍼 보이기까지 했지만 동시에 지독히 부드러웠다. 곱슬곱슬한 머리 한 올이 묶인 매듭에서 풀려 나와 이마에 늘어져 있었다. 플로렌스가 눈가에서 그 머리칼을 쓸어 넘기려 손을 들자 손가락 끝이 약간 젖어 있는 듯 보였다.

나는 생각했다. 〈아뿔싸, 나는 남자 배역에 너무 빠져 있었어. 멜로드라마에도 출연했어야 했는데.〉 나는 입술을 깨물고 침을 꿀꺽 삼켰다. 「안녕, 시릴.」 내가 약간 떨리는 목소리로 말했다. 「이제 나는 축축한 보닛을 쓰고 어두운 거리로 나가 어딘가에서 잠을 잘 벤치를 찾아봐야 한단다…….」

하지만 그건 너무 지나친 상상이었음이 밝혀졌다. 플로렌스는 코를 킁킁거리더니 다시 엄한 얼굴을 했다.

「좋아요.」 플로렌스가 말했다. 「머물러도 좋아요. 일주일 동안만요. 그리고 일주일 동안 제대로 하면 한 달로 기간을 연장해 보죠. 시릴과 이 집을 돌보는 대가로 저희가 버는 돈의 일부를 드리겠어요. 하지만 만약 제대로 하지 못하면 나가겠다고 〈약속〉하셔야 해요, 애슬리 양.」

나는 그러마고 약속했다. 이윽고 나는 아기를 어깨보다 약간 더 높이 들어 올렸고, 플로렌스는 몸을 돌렸다. 이제 플로렌스가 어떤 표정을 짓는지 보이지 않았다. 나는 그저 싱글거리기만 했다. 그러다 시릴의 머리에 입술을 대고(시릴에게서는 약간 시큼한 냄새가 났다) 키스했다.

다이애나에 대해 거짓말을 한 게 얼마나 다행이었는지! 내가 실은 내 입으로 한 말과는 전혀 다른 사람이란 게 무슨 문제가 된단 말인가? 한때 나는 평범한 여자였다. 그리고 다시 평범해질 수 있었다. 평범해진다는 것은 사실 일종의 휴가가 되어 줄 터였다. 나는 최근에 있었던 일을 떠올리며 몸서리를 쳤다. 그리고 플로렌스를 힐긋 보고는 플로렌스가 꽤 평범한 보통 여자라는 생각에 (예전에 기뻤듯이 이번에도) 기뻤다. 플로렌스는 손수건을 꺼내 코를 닦았다. 이제 플로렌스는 스토브에 주전자를 올려놓으라고 랠프에게 외쳤다. 한때 내 욕망은 맹렬히 일어나 나를 절박한 쾌락으로 몰고 갔었다. 하지만 나는 플로렌스는 결코 그런 욕망을 불러일으키지 못하리라고 생각했다. 너무 여린 내 심장은 한때 딱딱하게 굳어 버렸고 최근에는 더욱 딱딱해졌으며, 퀼터 스트리트에서 그 심장이 부드러워질 일은 전혀 없을 거라고 생각했다.

17

기억하기도 끔찍한 다이애나의 파티에 마리 앙투아네트로 분장하고 왔던 숙녀 가운데 한 명은 왕비 차림이 아니라 지팡이를 든 양 치는 처녀 차림이었다. 그때 그 여자는 다른 손님들에게, 마리 앙투아네트는 궁전 뜰에 작은 오두막을 지어 놓고 그 안에서 친구들에게 목장에서 일하는 여자나 촌부 차림을 시켜 놓고 노는 걸 좋아했다고 말했다. 나는 퀼터 스트리트에서 지낸 처음 몇 주 동안 약간 씁쓸한 기분으로 그 이야기를 떠올렸다. 앞치마를 두르고 플로렌스의 집을 청소하고 요리를 하던 그날, 나는 마리 앙투아네트 같은 기분이 살짝 들었다. 심지어 둘째 날에도 그런 생각이 들었다. 하지만 사흘째 탁한 물을 뱉어 내는 급수탑 앞에서 기다리고 벽난로와 스토브에 흑연을 칠하고 계단에 하얀 칠을 하고 변소를 박박 문질러 닦고 나자, 나는 지팡이를 걸어 두고 궁전으로 돌아갈 마음의 준비가 되었다. 하지만 물론 궁전 문은 굳게 닫혀 있었다. 이제 나는 열심히 일해야 했다. 그리고 내 팔에 안겨 버둥거리거나 바닥에서 구르거나 가구에 머리를 부딪히거나 위층 요람에서 우유나 빵과 버터를 달라고 울어 대는 아기를 돌보며 일해야 했다. 플로렌스에게 했던 약속에도 불구하고 만약 집에 진이 있었다면 나는 시릴에게 진을 먹였을 것이다. 아니 허드렛일들을 좀 더 즐겁게 하기 위해 내가 약간 마셨을 것이다. 하지만 진은 없었다. 시릴은 기운이 넘쳤으며, 허드렛일은 여전히 어려웠다. 그러나 불평을 할 수는 없었다. 심지어 나에게조차. 비록 내 신세가 처량하기는 했지만 이 한겨울에 베스널 그린을 떠나 아는 이 하나 없는 거리로 나간다면 더욱 더 처량해지리라는 것을 잘 알았기 때문이다.

그래서 나는 불평을 하지 않았다. 하지만 종종 펠리시티 플레이스를 생각했다. 그곳이 얼마나 조용하고 아름다웠는지 생각했다. 다이애나의 주택이 얼마나 웅장했는지, 그 방들이 얼마나 쾌적하고 밝고 따뜻하고 향이 좋고 청소가 잘 되어 있었는지 생각했다. 간단히 말해 런던에서 가장 가난하고 시끄러운 구획에 자리 잡은 데다 어두컴컴한 방 하나가 침실, 식당, 서재, 거실 역할을 동시에 하며 창문은 덜컹거리고 굴뚝은 연기로 가득하고 문은 끊임없이 열리고 닫히지 않으면 누군가 주먹으로 쾅쾅 쳐대는 플로렌스의 집과 얼마나 다른지 생각했다. 이곳 거리 전체는 마치 탄성 좋은 고무로 만든 것처럼 보였다. 이곳의 거리는 이웃집끼리 고함치고 소리 내어 웃고 사람들과 냄새와 개들이 서로 왕래하는 통로였다. 하지만 나는 그런 것을 꺼림직하게 여겨선 안 되었다. 결국 나는 이곳과 비슷한 거리에서, 그리고 사촌들이 계단을 쿵쾅거리며 오르락내리락하고 밤마다 거실에 사람들이 가득 차 맥주를 마시고 카드 게임을 하고 가끔은 말다툼을 하는 집에서 자랐기 때문이다. 그러나 나는 그것을 참는 법을 잊었다. 이제 이 거리는 나를 지치게 할 뿐이었다.

하지만 너무나 〈많은〉 사람들이 찾아왔다. 예를 들어, 플로렌스의 가족이 있었다. 플로렌스의 오빠와 오빠의 부인과 아이들이 있었다. 여동생인 재닛도 있었다. 이 오빠는 가족 초상화 속 가장 나이 든 아들이었다(초상화 가운데 있던 오빠는 캐나다로 이사했다). 이 오빠는 푸주한이었으며 가끔 고기를 가져다주었다. 그러나 이 사람은 꽤 허풍이 심했고, 에핑에 집을 구해 이사한 뒤로는 자기 가족 모두가 자란 퀼터 스트리트에 계속 사는 랠프를 바보라고 생각했다. 나는 이 사람을 별로 좋아하지 않았다. 하지만 더 자주 들르는 재닛은 첫눈에 좋아하게 되었다. 재닛은 열여덟 혹은 열아홉 살이었으며, 골격이 크고 용모가 단정했다. 사진을 보았을 때 타고난 여급이라고 생각했던 그 여자였고 런던의 술집에서 일한다는 사실을 알았을 때 나는 약간 기분이 좋았다. 재닛은 술집 주인이 사는 위층 집에서 그들과 함께 살았다. 플로렌스는 재닛의 모든 게 걱정이었다. 플로렌스의 어머니는 재닛이 어렸을 때 죽었으며(아버지는 그보다 훨씬 전에 죽었다), 언니들이 늘 그러하듯 플로렌스는 재닛을 도맡아 키웠고, 재닛이 철부지 첫사랑에 빠져 잘못될 거라고 확신했다. 「재닛은 아무 생각 없이 결혼을 할 거예요.」 내가 오고 난 뒤 재닛이 처음 방문했을 때 플로렌스가 지친 표정으로 말했다. 「아기 때문에 발목이 잡힐 거고, 예쁜 얼굴은 망가지고 마흔셋이 되면 지쳐 죽겠죠. 우리 어머니가 그랬던 것처럼요.」 재닛은 저녁 식사를 함께 하러 올 때는 자고 갔다. 재닛은 플로렌스의 침대에서 자곤 했으며, 나는 아래층 거실에 누워 둘이 소곤거리고 깔깔거리는 소리를 듣곤 했다. 그 소리에 나는 들떠서 잠을 이룰 수가 없었다. 그러나 재닛은 내가 아침 식사로 청어를 요리하거나 자기 오빠의 속옷을 탈수기에 넣는 모습을 보고도 전혀 놀라지 않는 듯했다. 「잘하시네요, 낸시.」 재닛은 이렇게 말하곤 했다. 재닛은 처음부터 나를 〈낸시〉라고 불렀다. 우리가 처음 만났을 때 나는 여전히 눈에 멍이 들어 있었고, 재닛은 그 모습을 보고 휘파람을 불었다. 재닛이 말했다. 「여자가 그렇게 한 거라는 데 걸겠어요. 그렇죠? 여자들은 늘 눈을 때려요. 사내놈들은 이를 노리고요.」

재닛이 쿵쿵거리며 계단을 올라오는 소리에 집이 흔들리지 않을 때면 플로렌스의 여자 친구들이 웃고 토론하는 소리에 집이 흔들렸다. 친구들은 정기적으로 책과 팸플릿과 소문을 가져왔으며, 차를 함께 마셨다. 나는 이들이 아주 묘한 무리라고 생각했다. 이들은 모두 일을 했다. 그러나 위생 검사관이던 애니 페이지와 마찬가지로, 중절모를 만든다거나 모자에 깃털을 꽂는다거나 가게에서 일한다거나 하는 평범하고 시시한 직업을 가진 사람은 아무도 없었다. 대신 이들은 모두 자선 단체나 집에서 일했다. 이들은 지체 부자유자들이나 이민자나 고아 소녀들의 목록을 가지고 있었으며, 이런 사람들에게 일자리를 구해 주고 집을 마련해 주고 교제를 할 수 있는 모임을 만들어 주는 꿈을 마음속에 품고 살았다. 이들이 하는 이야기의 시작은 늘 같았다.「오늘 사무실에서 여자를 한 명 만났어…….」

「오늘 사무실에서 여자를 한 명 만났어. 감옥에서 갓 나왔고, 어머니가 그 여자의 아기를 데리고 사라졌대…….」

「오늘 사무실에서 불쌍한 여자를 봤어. 하녀로 고용하겠다고 해서 인도에서 왔는데 오라고 한 사람들이 뱃삯을 내주지 않으려고 한대…….」

「오늘 여자가 한 명 왔어. 남자 때문에 신세를 망쳤는데, 그 남자가 여자를 주먹으로 쳐서…….」하지만 이 이야기는 끝을 맺지 못했다. 이 이야기를 하던 여자는 플로렌스 팔꿈치께의 안락의자에 앉아 있는 나를 발견하고는 얼굴을 붉히며 찻잔을 입술에 가져갔고, 화제를 돌렸다. 이들은 모두 플로렌스에게 들어 내 과거를, 내가 꾸며 낸 과거를 알고 있었다. 이윽고 붉어진 얼굴로 찻잔만 바라보던 순간이 지나가고 나자, 이들은 한 명씩 조용히 나를 따로 불러내서는 이제는 괜찮은지 조심스레 물었고, 만약 법원에 고소를 할 생각이라면 도와줄 사람을 추천해 줄 수 있다고 이야기하거나 아니면 뺨에 생긴 멍을 야채로 쉽게 없애는 방법이 있다며 말해 주었다.

사실 랠프와 플로렌스 주위 사람들은 모두 이런 식으로 도를 지나칠 정도로 상냥하고 성실하고 양심적이었다. 플로렌스 집에서 함께 산 지 얼마 되지 않아, 나는 배너가가 이 지역 노동 운동계에서 유명한 집안이라는 사실을 알게 되었다. 이들은 늘 뭔가 가능성이 희박한 일에 매달리고 의회에서 법안이 통과되도록 또는 부결되도록 애를 썼다. 그 결과 거실은 늘 긴급회의나 지루한 논쟁을 하는 사람들로 가득했다. 랠프는 실크 공장에서 재단사로 일했으며, 실크 노동조합의 간사였다. 플로렌스는 스트랫퍼드에 있는 여성들의 집, 즉 프리맨틀 하우스에서 일을 하는 동시에 〈여성 협동 농업 조합〉이라는 곳에서 자원봉사를 했다. 내가 처음 왔던 날 밤 플로렌스가 늦게까지 하던 일은 (내 예상과 달리 의지할 곳 없는 여성들 목록 작성이 아니라) 조합 일이었다. 그 뒤로도 플로렌스는 여러 날 동안 계속해 예산을 대조하고 편지를 쓰느라 늦게까지 일했다. 같이 살던 초기에 나는 플로렌스가 다루는 서류들을 가끔 훔쳐보곤 했다. 그러나 볼 때마다 나는 얼굴을 찡그렸다. 「〈협동〉이라니, 무슨 뜻이죠?」 한번은 내가 물었다. 펠리시티 플레이스에서는 한 번도 들은 적이 없는 단어였다.

다른 사람들이 토론을 하고 웃는 동안 나는 차를 내오고 담배를 말고 아이들을 돌보았다. 나는 퀼터 스트리트에 있으면서도 순간순간 내가 여전히 튜닉을 입고 다이애나의 거실에 있는 것 같다는 생각이 들 때가 있었다. 다이애나의 거실에 있던 이들은 내게 아무것도 묻지 않았다. 내게 뭔가 가치 있는 의견이 있으리라고 생각하지 않았기 때문이다. 그러나 적어도 그 사람들은 나를 보는 것이라도 좋아했다. 하지만 플로렌스의 집에서는 누구도 내게 눈길을 전혀 주지 않았다. 더욱 나쁜 것은 내가 자기들처럼 선량하고 힘이 넘칠 거라고 생각한다는 점이었다. 그래서 나는 혹시라도 이들을 실망시키지나 않을까 계속 두려움에 떨었다. 누군가 내게 SDF나 ILP에 대해 의견을 물어본다면, 내 대답은 내가 SDF와 WLF, ILP와 WTUL을 헛갈려할 뿐 아니라 그게 무엇인지, 약자가 무엇을 뜻하는지 전혀 모른다는 것을 드러낼 뿐일 터였다.[3] 플로렌스와 살게 되고 6주 정도 지났을 때, 나는 부끄러움을 참고 토리당원과 자유당원이 뭐가 다른지 모르겠다고 고백한 적이 있었다. 하지만 사람들은 내 말을 재미있는 농담으로 받아들였다. 「맞아요, 애슬리 양!」 거실에 있던 어떤 남자가 대답했다. 「둘은 전혀 차이가 없어요. 사람들이 당신만큼만 똑똑해도 우리 일이 훨씬 더 쉬워질 텐데 말이죠.」 나는 싱긋 웃었고 더는 아무 말도 하지 않았다. 이윽고 나는 잔들을 치우고 시릴을 부엌으로 데려갔다. 주전자에서 물이 끓는 동안 나는 연예장에서 불렀던 노래를 불러 주었고, 그 노래에 시릴은 흥겨워하면서 좋아서 까르르 소리를 냈다.

그때 플로렌스가 나타났다. 「정말 아름다운 노래네요.」 플로렌스가 멍하니 말했다. 플로렌스는 눈을 문지르고 있었다. 「랠프와 저는 나갔다 올게요. 시릴을 좀 봐주시겠어요? 위쪽 길에 사는 가족이 있는데 집달관이 와 있네요. 사람들이 거칠어질 경우를 대비해서 우리들이 가겠다고 말했어요…….」 항상 이런 식이었다. 늘 곤란에 처하거나 돈이나 도움이 필요하거나 편지를 써야 하거나 경찰서에 가야 하는 누군가가 있었다. 그리고 그런 사람들은 늘 랠프와 플로렌스를 찾아왔다. 플로렌스와 함께 산

3 사회 민주 연맹Social Democratic Federation, 독립 노동당Independent Labor Party, 여성 자유 연맹Women's Liberal Federation, 여성 노동조합 연맹Women's Trade Union League의 약자이다.

지 일주일도 안 되었을 때, 한번은 랠프가 저녁 식사 도중에 셔츠 차림으로 거리에 달려 나가더니 실직한 사람에게 위로의 말을 전하며 동전 몇 닢을 주는 장면을 목격하기도 했다. 나는 이들이 너무 열심이라고 생각했다. 윗스터블에서 우리도 이웃을 도왔다. 그러나 친절함에도 정도가 있었다. 어머니는 무기력한 아내나 게으름뱅이, 술주정꾼에겐 절대로 시간을 쓰지 않았다. 하지만 플로렌스와 랠프는 사람을 가리지 않고 도왔다. 적어도 내게는 그렇게 보였다. 둘은 심지어 베스널 그린의 다른 사람들이 모두 외면한 게으름뱅이 아버지들, 몸을 함부로 굴리는 어머니들까지도 도왔다. 이제 집달관이 와 있는 집에 플로렌스가 간다는 말을 듣자 나는 불쾌했다.「당신 둘은 성자예요.」그릇에 비눗물을 채우며 내가 말했다.「자신들을 위해서는 단 1분도 쓰지 않잖아요. 제가 여기 살면서 집을 예쁘게 가꾸는 데도 당신들은 그걸 즐길 짬이 전혀 없어요. 둘 다 급료도 많이 받으면서 모두 남들에게 줘버리고요!」

그러자 플로렌스가 여전히 졸린 눈을 비비며 말했다.「만약 이웃들에게 문을 걸어 잠그고 예쁜 벽이나 밤새 보고 싶었다면 벌써 햄프스테드로 이사했을 거예요! 저는 이 집에서 평생을 살았어요. 우리가 어리고 집안 사정이 나빴을 때 어머니를 돕지 않았던 집은 이 거리에서 단 한 집도 없어요. 당신 말이 맞아요. 우리는 꽤 잘 벌죠. 랠프와 저요. 그러나 옆집에 사는 몽크스 부인이 딸들 모두와 함께 10실링으로 살아가는 걸 알면서 제가 30실링을 즐거이 쓸 수 있을 거라고 생각하나요? 길 건너 케니 부인은 남편이 아프기 때문에 밤새 앉아 허름한 재료들을 실눈으로 힐긋거리며 종이꽃을 만들어 팔죠. 그렇게 반소경이 될 정도로 일해서 겨우 3실링을 벌어요…….」

「알았어요!」내가 말했다. 플로렌스는 자주 이런 식으로 말했다. 이스트엔드의 삶을 그린 감상적인 소설에 나오는 인민의 딸이 말하는 것 같았다. 마리아 젝스는 그런 소설들을 즐겨 읽었으며 다이애나는 그런 마리아를 비웃기 좋아했다. 하지만 나는 플로렌스에게 그 말을 하지 않았다. 나는 아무런 말도 하지 않았다. 그러나 플로렌스와 랠프와 조합 친구들이 나가고 나면 나는 거실의 안락의자에 다소 무거운 기분으로 앉았다. 사실 나는 이들의 박애심이 싫었다. 이들의 선행이, 사명이, 보살피는 고아들이 싫었다. 나는 그런 게 싫었다. 나 역시 그런 존재 가운데 한 명이라는 사실을 알았기 때문이다. 나는 플로렌스가 특별한 호의를 베풀어서 내가 집에 머무를 수 있다고 생각했다. 그러나 플로렌스와 랠프는 이 거리를 비틀거리며 지나는 불쌍한 노인을 발견하면 누구든 데려와 저녁을 먹였고, 그 사실을 안 나는 내 생각이 완전한 착각이라는 것을 깨달았다. 그렇다고 해서 둘이 나를 막 대하는 것은 아니었다. 랠프는 내가 만난 사람 가운데 최고로 상냥한 남자였다. 누구든, 심지어 런던에서 가장 냉정한 사피스트라 할지라도 랠프와 지내면 약간은 랠프를 좋아하게 될 터였다. 스스로 결코 호락호락한 톰이 아니라고 여기던 나도 일찍부터 랠프를 아주 좋아했다. 피곤하고 다른 데 정신이 팔려 있는 플로렌스 역시 나름대로 내게 상냥하게 대했다. 그러나 내가 요리하는 저녁을 먹고, 시릴을 씻기고 입히고 재우는 일을 내게 맡기고, 한 달이 지나고도 여전히 내가 원한다면 같이 살아도 좋다며 거실에서 안락의자 두 개를 붙여서 쓰기보다는 이쪽이 더 편할 거라면서 랠프를 다락방에 보내 바퀴가 달린 작은 침대를 내오게 했으면서도, 그 모든 일을 플로렌스가 정말로 〈나〉를 위해서 한 것은 아니었다. 플로렌스가 그렇게 한 것은 저녁 식사 준비와 아기를 돌보는 일로부터 벗어나 다른 일에 더 많은 시간을 쓸 수 있기 때문이었다. 플로렌스는 마치 감옥에서 갓 나온 변변찮은 여자에게 숙녀가 일을 주듯 내게 일을 준 것이었다.

플로렌스의 무심함에 내가 불쾌하지 않을 리 없었다. 나는 펠리시티 플레이스에서 18개월 동안 살면서 음탕한 숙녀들의 욕망에 따라 행동하는 법을 익혀 마침내 장갑 만드는 이처럼 능숙하고 정교한 솜씨를 갖게 되었다. 벽난로에 검게 흑연 칠을 하고 있다고 해서 그 능력이 그냥 사라지는 것은 아니었다. 하지만 플로렌스에게 그 기술은 아무런 소용이 없었다. 〈플로렌스는 절대 톰이 아니야.〉 나는 종종 이렇게 혼잣말을 하곤 했다. 왜냐하면 플로렌스는 비단 나뿐 아니라 우리 거실에 오가는 많은 여자들 중 그 누구와도 시시덕거린 적이 없었기 때문이다. 하지만 나는 플로렌스가 남자와 시시덕거리는 모습 또한 본 적이 없었다. 마침내 나는 플로렌스가 너무 품행이 단정해서 누군가와 사랑에 빠질 수 없는 거라는 결론을 내렸다.

어쨌든 간에, 나는 시시덕거리기 위해 퀼터 스트리트에 온 것이 아니었다. 나는 평범해지기 위해 온 것이었다. 내게 매혹되거나 나를 교활한 눈빛으로 보는 눈이 없다는 사실은 나를 더욱 평범하게 만들 뿐이었다.

군인처럼 짧던 내 머리는 플로렌스 집에 도착하고 1~2주 정도 지나면서 자라기 시작했고, 나는 머리를 그냥 자라게 내버려 두었다. 심지어 끝 부분을 말아 올리기 시작했다. 처음에는 발을 옥죄던 부츠도 계속 신고 다니자 점차 덜 뻣뻣해졌다. 그러나 나는 헌 옷 노점에서 부츠를 리본 달린 신발로 바꿨다. 보닛과 낡은 프록도 철사 심을 넣은 꽃이 달린 모자와 목에 리본이 달린 드레스로 바꿨다. 「와, 프록이 예쁘군요!」 내가 그 옷을 처음 입고 나타나자 랠프가 말했다. 그러나 랠프는 나를 웃게만 할 수 있다면 갈색 종이로 된 옷을 입고 있어도 멋져 보인다고 말할 사람이었다. 진실을 말하자면, 나는 세인트존스 우드를 떠난 뒤로 계속 흉해 보였다. 꽃무늬 프록을 입고 있으니 더욱더 흉해 보일 뿐이었다. 내가 산 옷들은 윗스터블에서, 그리고 키티와 함께 살 때 입던 것 같은 종류들이었다. 그 옷들을 보니 그 시절에 내가 퍽 잘생긴 여자로 알려졌던 일이 기억나는 듯했다. 하지만 신사 옷을 입은 후로 마법처럼 소녀다움은 영원히 내게 어울리지 않게 된 것 같았다. 다이애나가 내게 입힌 옷에 맞춰 턱은 더 각져지고 이마는 더 넓어지고 엉덩이는 더 홀쭉해지고 손은 더 커진 듯했다. 눈가의 멍은 금방 사라졌지만 디키의 책으로 맞은 뺨에는 흉이 남았다. 내 뺨에는 아직도 그 흉이 있다. 물 양동이를 나르고 계단에 흰색 칠을 하며 단단해진 어깨며 허벅지와 함께, 이 흉은 내게 어딘가 거친 인상을 띄게 했다. 아침에 부엌에서 그릇을 씻다가 어떤 각도에서 흐릿한 창에 비친 내 모습을 보면, 남자들 클럽 안쪽 방에서 권투 시합을 끝내고 몸을 씻는 청년 같아 보였다. 다이애나가 이 모습을 보았다면 얼마나 감탄했을까! 그러나 내가 말했듯이, 퀼터 스트리트에서는 그런 내 모습을 보며 숨죽일 이가 아무도 없었다. 랠프와 플로렌스가 아침 식사를 하러 내려올 즈음이면 나는 프록을 입고 머리를 말아 올리곤 했다. 그리고 플로렌스는 일하러 가는 길에 조합에 들러야 하기 때문에 식사를 할 시간이 없다며 차만 급히 마시고 나가는 경우가 종종 있었다. 랠프는 플로렌스의 접시에 놓여 있는 훈제 청어를 자기가 먹곤 했다. 「세상에, 시릴, 이거 맛있어 보이지 않니?」 그러고는 내게 눈길도 주지 않고 90살 먹은 여자처럼 목에 머플러를 칭칭 동여매고 집을 나서곤 했다.

플로렌스 생각을 얼마나 많이 했던지. 나는 몇 시간이고 플로렌스 생각을 했다. 집안일을 하면서 특별히 생각할 게 없었으며 다른 일과 마찬가지로 플로렌스에 대해서도 궁금했기 때문이다. 나는 플로렌스를 전혀 파악할 수 없었다. 그린 스트리트에서 처음 만났던 플로렌스는 밝았다. 당시 플로렌스는 침대 스프링처럼 머리가 구불거렸고, 겨자색만큼이나 밝은 색 치마를 입었으며 이가 보일 정도로 함박웃음을 지었다. 그렇지만 베스널 그린에 사는 플로렌스 배너는 수심에 차고 지쳐 보일 뿐이었다. 머리는 생기가 없고 드레스는 검은색 또는 녹이나 먼지나 재의 색깔이었으며, 웃는 모습은 사람을 놀라 움찔하게 만들 뿐이었다.

나는 플로렌스가 변덕스러운 걸 알게 되었다. 플로렌스는 동정 받을 자격이 없는 베스널 그린의 가난한 이들에게는 천사처럼 상냥했다. 그러나 집에서는 종종 풀이 죽어 있었으며, 성마르게 구는 경우가 아주 잦았다. 랠프와 플로렌스의 친구들은 플로렌스를 깨우지 않기 위해 의자 주위를 살금살금 걸어 다니곤 했다. 나는 이들의 인내심이 참으로 대단하다고 생각했다. 플로렌스는 평소에는 며칠이고 계속해 보통 사람들처럼 명랑했다. 그러나 산책을 갔다가 돌아올 때라든가 어느 날 아침에 잠에서 깨어났을 때는 마치 악몽이라도 꾼 것처럼 풀이 죽어 있곤 했다. 무엇보다도 이상해 보이는 건 플로렌스가 시릴을 대하는 태도였다. 나는 플로렌스가 시릴을 자기 아들처럼 사랑하는 것을 알고 있었지만, 어떤 때 보면 마치 시릴이 싫은 듯이 시릴을 보고도 못 본 체한다거나 자기를 움켜쥐는 아기의 손을 치우는 것 같았다. 그런가 하면 또 어떤 때는 아기를 꼭 껴안고 울음이 나올 때까지 얼굴에 키스를 해대곤 했다. 퀼터 스트리트에서 몇 달 정도 지낸 어느 날 저녁, 생일에 대해 이야기를 나눌 때였다. 그때 나는 시릴의 생일이 이미 지났으며 기념이 될 아무런 일도 하지 않고 그냥 보낸 게 분명하다는 사실을 깨닫고 살짝 놀랐다. 랠프에게 그 일에 대해 물어보았을 때, 내 예상대로 랄프는 시릴의 생일은 7월이었으며 별로 기념할 만한 일이 아니라고 생각했다고 대답했다. 내가 깔깔거리며 말했다. 「오, 그럼 사회주의자들은 생일을 챙기지 않나요?」 그 말에 랠프가 싱긋 웃었다. 그러나 플로렌스는 아무 말 없이 일어나 방을 떠났다. 나는 시릴에 얽힌 뒷이야기가 무엇일까 다시 한번 궁금해졌다. 그러나 플로렌스는 내게 아무런 단서도 주지 않았고, 나도 파고들지 않았다. 만약 내가 더 파고들면 플로렌스는 나를 그토록 호화롭게 살게 해 주겠다고 약속해 놓고 눈을 멍들게 한 신사가 누군지 다시 물을 것만 같았다. 사실 플로렌스는 첫날 밤 이후 그 남자에 대한 이야기를 다시는 꺼내지 않았다. 그리고 나는 플로렌스가 그렇게 해줘서 기뻤다. 어쨌든 플로렌스는 무척이나 착하고 진실했으며, 나는 플로렌스에게 거짓말을 하는 것이 싫었다. 하지만 안 할 수 없는 상황이었다.

사실, 나는 어떤 식으로든 플로렌스를 욕해야 하는 상황을 싫어해야 마땅했다. 플로렌스가 너무나 열심히 일하고 너무 지쳐 갈 때면 나는 두 손을 쥐어틀고 방을 오락가락했으며 플로렌스를 흔들어 주고 싶었다. 플로렌스를 그토록 지치게 만드는 것은 의지할 곳 없는 여자들을 돌보는 직업이 아니었다. 바로 끝없이 기다리고 있는 동업 조합과 노동조합의 일이었다. 플로렌스는 저녁 식사가 끝나면 식탁에 목록과 원장 더미를 쌓아 놓았고, 눈이 벌게지도록, 그리고 건포도처럼 눈가에 주름이 자글거릴 때까지 밤늦도록 실눈을 하고 그것들을 살펴보았다. 나는 특별히 할 일이 없었기 때문에 어떤 때는 의자를 가져가 곁에 앉아 잡일을 돕곤 했다. 플로렌스는 주소를 적을 봉투를 주거나 내가 해도 별로 실수할 거리가 없는 자그마한 일들을 시켰다. 봄이 되자 동업 조합은 지역 침모 노동조합을 세웠고, 플로렌스는 베스널 그린에 있는 가내 노동자들을 방문하기 시작했다. 모두가 오랜 시간 동안 지저분한 방에서 낮은 임금을 받으며 혼자서 일하는 가난한 여성들이었다. 나는 플로렌스와 함께 갔다. 우리가 본 장면은 아주 비참했으며, 여자들은 우리가 찾아와 즐거워하고 동업 조합에 고마워했다. 그러나 내가 그곳에 간 것은 오로지 플로렌스를 위해서였다. 나는 플로렌스가 그 울적한 일을 하는 것을, 밤에 이스트엔드 거리를 혼자서 걸어가는 것을 그냥 두고 볼 수 없었다.

내가 말했듯이 주부는 하루를 활기차게 보내기 위해 뭐든지 일거리를 찾는다. 나는 부엌에서 플로렌스를 위해 일을 하기 시작했다. 플로렌스는 말랐으며, 그 탓에 아파 보였다. 뺨에 진 그늘을 보니 마음이 아팠다. 그래서 여자 협동 동업 조합이 런던 동부의 가내 노동자들을 노동조합에 가입시키는 것을 자신들의 목표로 삼는 동안, 나는 아침과 점심으로 샌드위치와 차를, 저녁과 야식으로 비스킷과 우유를 먹여 플로렌스를 살찌우는 것을 내 목표로 삼았다. 처음에는 그리 큰 성과를 거두지 못했다. 비록 화이트채플 마켓에 있는 고기 노점에 자주 들러 돼지 간, 소시지, 토끼, 소 내장, 그리고 팔고 남은 고기 부스러기들(윗스터블에서는 이런 부스러기를 〈조각과 귀〉라 불렀다)을 잔뜩 사 왔지만, 사실 나는 요리에 서툴렀기에 맛있게 만들기보다는 고기를 태우거나 핏물이 그대로 남아 있게 하는 경우가 더 잦았다. 하지만 플로렌스와 랠프는 그것을 눈치채지 못했다. 아마 더 나은 음식을 먹어 보지 못했기 때문인 듯했다. 그러나 8월 말의 어느 날 나는 굴 철이 시작된 것을 깨달았고, 석화 한 통과 굴 칼 하나를 샀다. 그리고 굴 껍데기 이음매에 칼날을 넣자 마치 열쇠로 어머니의 굴 식당 요리법을 열어서 그 요리법이 손가락 끝으로 흘러 들어가는 기분이 들었다. 나는 굴 파이를 만들었다. 플로렌스는 작성하던 서류를 옆으로 치우고 굴 파이를 먹었고, 이내 대접에 남은 부스러기를 포크로 찍어 먹었다. 나는 이튿날에는 굴튀김을, 그 이튿날에는 굴 수프를 만들었다. 그리고 구운 굴, 절인 굴, 밀가루를 묻혀 크림에 찐 굴 요리를 만들었다.
이 마지막 요리가 담긴 접시를 내놓자 플로렌스는 싱긋 웃었다. 그리고 맛을 보더니 한숨을 쉬었다. 플로렌스는 버터 바른 빵을 하나 집더니 반으로 접어 소스에 적셨다. 빵을 먹고 난 플로렌스의 입가에는 크림이 묻었고, 플로렌스는 혀로 크림을 핥고 손가락으로 닦았다. 나는 다른 시간 다른 거실에서 다른 여자에게 굴 요리로 저녁 식사를 대접하며 본의 아니게 그 여자에게 구애했던 기억이 났다. 내가 그 일을 생각하고 있을 때, 플로렌스는 굴을 한 숟가락 가득 뜨더니 다시 한숨을 쉬었다.
「오.」 플로렌스가 말했다. 「천국에 한 가지 요리만, 오직 한 가지 요리만 존재한다면 전 진심으로 그게 굴 요리일 거라고 생각해요. 그렇게 생각하지 않아요, 낸스?」
플로렌스는 이전까지 날 〈낸스〉라고 부른 적이 한 번도 없었다. 그리고 몇 달을 함께 살아오면서 플로렌스가 뭔가에 대해 이토록 상상에 잠겨 말한 적도 없었다.
「맞아요. 굴일 거라고 생각해요.」 내가 말했다.
「내가 사는 천국에서는 마지팬[4]일 거예요.」 랠프가 말했다. 랠프는 단 음식을 아주 좋아했다.
그러자 내가 이어서 말했다. 「그리고 옆에는 담배가 있어야 해요. 안 그러면 먹을 가치가 없다고 할 수 있죠.」
「맞아요. 그리고 식탁은 언덕 위에 차려져 있고, 그 아래 굽어보이는 마을에는 굴뚝이 하나도 없을 거예요. 모든 집은 전기로 조명과 난방이 되어 있을 거예요.」
「오, 랠프!」 내가 말했다. 「하지만 그게 얼마나 지루할지 생각해 보세요. 모든 모퉁이를 다 볼 수 있다니요! 내가 사는 천국에는 전깃불은 물론이고 집조차 없을 거예요. 그곳에는…….」 줄에

4 설탕, 달걀, 밀가루, 호두, 아몬드를 섞어 만든 과자.

달린 아주 작은 조랑말과 요정들이 있을 거라고 말하고 싶었다. 브리태니아에서 보냈던 밤들이 생각났기 때문이다. 그러나 나는 그것에 대해 제대로 설명할 수가 없었다.

내가 망설이는 동안 플로렌스가 말했다.「그럼 우리 모두 다른 천국에 있겠네?」

랠프가 고개를 저었다.「물론 누나는 내 천국에 있을 거야.」 랠프가 말했다.「시릴도.」

「그리고 버전트 부인도 있을 거야.」다시 식사를 한술 뜨며 플로렌스가 말하더니 이윽고 내게 고개를 돌렸다.「당신의 천국에는 누구와 함께 있을 건가요, 낸시?」

플로렌스가 웃음 지었고, 나도 웃고 있었다. 그러나 플로렌스가 질문을 하는 동안 내 웃음은 사라지기 시작했다. 나는 식탁 위에 올려놓은 내 손을 지그시 바라보았다. 펠리시티 플레이스에 있을 때는 백합처럼 하얗던 손이었다. 그러나 이제 손마디는 빨갰고 손톱은 갈라졌으며 소다 냄새가 났다. 그리고 소맷부리의 주름 장식에는 기름때가 여기저기 묻어 있었다. 나는 여자 옷소매를 걷어붙이는 방법을 알지 못했다. 내가 보기에는 걷어 올릴 만큼 천이 충분하지 않았다. 나는 한쪽 소맷부리를 잡아당기며 입술을 깨물었다. 사실 나는 내 천국에서 누가 내 옆에 있을지 알지 못했다. 그리고 자기 천국에 내가 있기를 바라는 사람은 아무도 없을 터였다…….

나는 다시 플로렌스를 보았다.「당신하고 랠프는 모든 사람의 천국에 있으면서 그곳을 어떻게 운영해야 할지 사람들에게 가르쳐 줄 거라고 생각해요.」마침내 내가 말했다.

랠프가 껄껄거렸다. 플로렌스는 고개를 갸울이더니 특유의 슬픈 웃음을 지었다. 잠시 뒤 플로렌스는 눈을 깜박이다가 나와 시선이 마주쳤다.「그리고 물론, 당신도 나의 천국에 함께 있을 거예요…….」 플로렌스가 말했다.
「정말요, 플로렌스?」
「물론이죠. 안 그러면 누가 내게 굴 스튜 요리를 해주겠어요?」
더 좋은 칭찬을 들은 적도 있었지만, 최근에는 아니었다. 나는 플로렌스의 말에 얼굴이 붉어지며 고개를 숙였다.
다시 고개를 들어 플로렌스를 보았을 때 플로렌스는 방구석을 물끄러미 바라보고 있었다. 나는 그쪽에 무엇이 있는지 보려고 고개를 돌렸다. 그곳엔 가족 초상화가 있었고, 나는 플로렌스가 어머니를 생각한다고 추측했다. 그러나 액자 가장자리에는 더 작은 사진이 있었다. 아주 눈썹이 짙은, 근엄한 표정의 여자였다. 나는 그때까지 그 여자가 누군지 알지 못했다. 내가 랠프에게 물었다. 「저 작은 사진에 있는 여자는 누구인가요? 솔빗이 필요하겠군요.」
랠프는 나를 보았지만 대답을 하지 않았다. 입을 연 이는 플로렌스였다. 「그 사람은 엘리너 마르크스예요.」 떨리는 목소리로 플로렌스가 말했다.
「엘리너 마크스? 제가 만나 본 적이 있나요? 새고기를 파는 가게에서 일한다는 당신 사촌인가요?」
플로렌스는 내가 질문을 한 게 아니라 짖어 대기라도 한 듯한 눈으로 나를 응시했다. 랠프가 포크를 내려놓았다. 「엘리너 마르크스는, 저술가이자 연설가이자 아주 위대한 사회주의자예요…….」 랠프가 말했다.
나는 얼굴을 붉혔다. 이건 〈협동〉의 뜻이 무엇인지 물은 것보다 더 심했다. 그러나 랠프는 내 뺨을 보더니 상냥한 눈으로 나를 보았다. 「맘 쓰지 말아요. 당신이 알아야 할 이유가 뭐 있나요? 아마 당신은 플로렌스와 제가 이름도 들어 보지 못한 작가 이름을 열 명은 댈 수 있을 걸요.」

「그건 맞아요.」 나는 랠프에게 아주 고마워하며 말했다. 그러나 나는 다이애나의 집에서 제대로 된 책을 읽었음에도 이때 생각나는 책들은 오로지 음란한 것들뿐이었다. 그리고 그 책들은 모두 같은 작가의 작품이었다. 〈익명〉이라는.

그래서 나는 아무 말도 하지 않았고, 우리는 침묵 속에서 식사를 마쳤다. 다시 플로렌스를 보았을 때 플로렌스의 시선은 나를 떠나 있었으며 다소 슬퍼 보였다. 결국 나는 플로렌스가 자기의 천국에 나 같은 여자를 정말로 원하는 게 아니라고, 티타임에 굴 스튜를 만들어 주는 사람으로라도 원하는 게 아니라고 생각했다. 그리고 그런 생각이 들자 아주 서글퍼졌다.

그러나 나는 플로렌스에 대해 완전히 잘못 생각했다. 내가 플로렌스의 천국에 있든 말든 플로렌스는 알아차리지 못할 터였다. 그리고 플로렌스가 그곳에서 보고 싶어 하는 인물은 어머니가 아니었다. 심지어 엘리너 마르크스나 〈카를〉 마르크스조차 아니었다. 플로렌스의 마음속에 꽉 차 있는 인물은 완전히 다른 사람이었다. 그러나 몇 주가 지나 그해의 어느 가을 저녁이 되어서야 나는 그 인물이 누구인지 알게 되었다.

말했듯이 나는 플로렌스가 동업 조합 일로 사람들을 찾아다니는 데 따라다니기 시작했으며, 그날 저녁 우리는 마일 엔드에 있는 침모 집을 방문했다. 끔찍하게 가난한 집이었다. 그 집에는 가구라고 할 만한 것이 거의 없었으며, 매트리스 두 개와 올이 드러난 융단 하나, 낡아 빠진 식탁과 의자가 하나씩 있을 뿐이었다. 거실 역할을 하는 방에는 차 상자가 뒤집혀 있었고 그 위에는 빵 부스러기, 고깃기름이 아주 조금 남아 있는 단지, 푸른빛이 도는 우유가 반쯤 담긴 잔 따위의 초라한 저녁 식사 흔적이 남아 있었다. 식탁은 접은 옷과 직물 포장지, 핀, 면 실패, 바늘 같은 여자가 일할 때 쓰는 자잘한 도구들로 뒤덮여 있었다. 여자는 바늘이 늘 바닥에 떨어져서 아이들이 계속 그것을 밟는다고 했다. 그리고 최근에는 아기가 입에 바늘을 넣어 입천장을 찔렸고 하마터면 숨이 막혀 죽을 뻔했다고 말했다.

나는 여자의 이야기를 들었고, 이윽고 플로렌스가 여성 동업조합과 그곳에서 설립한 침모 노동조합에 대한 이야기를 하는 동안 가만히 지켜보았다. 플로렌스는 모임에 나올 수 있는지 물었다. 여자는 고개를 저으며 시간이 없다고 말했다. 아이를 돌봐줄 사람이 아무도 없다고 했다. 자기에게 일감을 주는 고용주가 그 소식을 들으면 일을 안 맡길까 겁이 난다고 했다.

마침내 여자가 말했다. 「게다가 아가씨, 제가 가는 걸 남편은 좋아하지 않을 거예요. 남편이 조합원이 아닌 건 아니에요. 하지만 여자들이 그런 일에 대해 무슨 말을 할 게 있냐고 생각해요. 남편은 그럴 필요가 없다고 말하네요.」

「하지만 〈당신〉은 어떻게 생각하세요, 프라이어 부인? 여성 노동조합이 좋은 거라고 생각하지 않으세요? 세상이 변하는 걸 보고 싶지 않으세요? 고용주가 더 많은 돈을 주고 더 상냥하게 당신을 대하길 원치 않으세요?」 프라이어 부인은 눈을 문질렀다.

「아가씨, 그런 주장을 했다가는 저를 해고하고 더 싼 값에 일할 여자를 찾을 거예요. 그런 사람들은 많아요. 제 싼 임금조차 부러워하는 여자들이 많아요…….」

논의는 계속되었고, 마침내 프라이어 부인은 조바심을 내더니 고맙기는 하지만 더는 우리 이야기를 들을 시간이 없다고 말했다. 플로렌스는 어깨를 으쓱했다. 「조금 더 생각해 보세요, 아셨죠? 모임이 언제인지는 말씀드렸어요. 원하시면 아기를 데려와도 돼요. 한두 시간 정도 아기를 돌봐 줄 사람을 구할 수 있을 거예요.」 우리는 일어났다. 나는 실패와 옷들이 쌓인 식탁을 다시 한번 보았다. 그곳에는 조끼, 손수건 일습, 신사용 셔츠와 속옷들이 있었다. 나는 나도 모르게 그곳으로 스르르 다가갔고, 옷들을 집어 만져 보고 싶어 손이 근질근질했다. 나는 프라이어 부인의 시선을 느끼고 식탁을 내려다보며 고개를 끄덕였다.

내가 말했다. 「이것들로 정확히 무엇을 하시나요, 프라이어 부인? 여기 몇 개는 아주 좋은데요.」

「저는 수를 놓아요, 아가씨.」 부인이 대답했다. 「멋진 글씨를 수놓지요.」 부인은 셔츠를 집어 들어 주머니를 보여 주었다. 상앗빛 실크에 꽃무늬 모노그램이 아주 깔끔하게 수놓여 있었다. 「좀 이상하게 보이죠? 안 그래요?」 부인이 슬픈 목소리로 계속 말했다. 「이렇게 초라한 방에 이토록 멋진 천들이 보이니 말이에요.」

「그러네요.」 내가 말했다. 그러나 나는 말을 거의 제대로 하지 못했다. 부인이 보여 준 예쁜 모노그램을 보자 문득 펠리시티 플레이스와 내가 그곳에서 입었던 모든 멋진 옷들이 떠올랐다. 맞춤 재킷, 조끼, 셔츠, 그리고 나를 그토록 떨리게 했던 자그맣고 화려하게 수놓인 〈N. K.〉 글자가 눈앞에 선했다. 당시 나는 그 글자들이 이런 방에서, 프라이어 부인같이 애처로운 여자들에 의해 수놓였다는 사실을 알지 못했다. 그러나 알았다 한들 내가 마음을 썼을까? 나는 내가 안 그랬을 거라는 사실을 알고 있었다. 그러자 더 불편하고 부끄러웠다. 플로렌스는 문으로 걸어가더니 서서 나를 기다렸다. 프라이어 부인은 울기 시작한 막내를 안아 들었다. 나는 외투 주머니를 뒤졌다. 장을 보고 남은 실링과 페니 동전이 하나씩 있었다. 나는 돈을 꺼내 멋진 셔츠와 손수건들 사이 식탁에 도둑처럼 살그머니 올려놓았다.

하지만 프라이어 부인은 그 모습을 보고 고개를 저었다.

「오, 아가씨…….」 부인이 말했다.

「아기를 위해서예요.」 나는 그 어느 때보다도 수줍고 맘이 안 좋았다. 「이 아기를 위한 거예요. 제발 받으세요.」 부인은 고개를 수그렸고, 고맙다고 중얼거렸다. 나는 우리가 다시 거리로 나올 때까지, 그리고 비참한 방이 멀어질 때까지 부인이나 플로렌스에게 눈길을 주지 않았다.

「친절한 행동이었어요.」 마침내 플로렌스가 말했다. 하지만 전혀 친절한 게 아니었다. 나는 부인에게 선물을 준 게 아니라 뺨을 한 대 친 기분이었다. 그러나 나는 플로렌스에게 이런 기분을 어떻게 설명해야 할지 몰랐다. 「물론 그렇게 하면 안 되는 거였어요.」 플로렌스가 말했다. 「이제 프라이어 부인은 동업 조합의 여자들이 자기 같은 사람들이 아니라 자기들을 돕기 위해 애쓰는 더 우월한 사람들로 이루어졌다고 생각할 거예요.」

「당신은 그 여자와 많이 달라요.」 나는 프라이어 부인에 대한 이상한 기분에도 불구하고 플로렌스의 언급에 약간 뜨끔해하며 말했다. 「당신은 같다고 생각하지만, 사실은 달라요.」

플로렌스가 가볍게 코웃음을 쳤다. 「당신 말이 맞겠죠. 하지만 나는 내가 그래야 하는 정도보다 더 그 여자와 비슷해요. 나는 당신이 보아 온, 가난하고 집 없고 직장 없는 이들을 위해 일하는 몇몇 숙녀들보다는 프라이어 부인 쪽에 더 가까워요.」

「더비 양 같은 숙녀 말이군요.」 내가 말했다.

플로렌스가 싱긋 웃었다. 「맞아요. 그런 숙녀들이요. 당신과 친한 더비 양이요.」 플로렌스는 눈을 찡긋하더니 내 팔을 잡았다. 플로렌스가 그렇게 밝은 모습을 보자 나는 기쁜 마음에 침모의 거실에서 받은 작은 충격을 잊기 시작했으며 다시 기분이 좋아졌다. 깊어 가는 가을 밤, 우리는 팔짱을 끼고 천천히 퀼터 스트리트로 향했다. 플로렌스가 하품을 했다. 「프라이어 부인이 불쌍해요.」 플로렌스가 말했다. 「부인 말이 맞아요. 여자들은 결코 더 짧은 노동 시간과 최저 임금을 위해 투쟁하지 못할 거예요. 아무리 비참한 환경에서 일을 해야 하더라도 기꺼이 하겠다고 할 정도로 곤란에 처한 여자들이 이렇게 많아서는요…….」

나는 듣고 있지 않았다. 나는 플로렌스가 쓴 모자 가장자리의 불빛을 보고 있었다. 불빛에 닿은 플로렌스의 머리털이 반짝였다. 그리고 나방이 곱슬곱슬한 머리털을 촛불로 잘못 알고 날아와 앉지는 않을까 생각했다.

마침내 우리는 집에 왔고, 플로렌스는 외투를 벗어 걸고는 언제나처럼 서류와 책을 쌓아 놓고 바쁘게 일하기 시작했다. 나는 조용히 위층으로 올라가 요람에서 곤히 자는 시릴을 물끄러미 바라보았다. 이윽고 아래층에 내려와 플로렌스가 일하는 동안 랠프와 함께 앉아 있었다. 점차 추워지기에 벽난로에 작게 불을 피웠다.「가을이 시작되는군요.」랠프가 말했다. 왠지 그 말에, 그리고 내가 퀼터 스트리트에 석 달을 오롯이 있었다는 생각에 가슴이 묘하게 묵직해졌다. 나는 눈을 들어 랠프를 보며 싱긋 웃었다. 랠프는 구레나룻이 더 자라 이제 더욱더 플레이어 담뱃갑에 나오는 선원 같았다. 또한 랠프는 그 어느 때보다도 누나를 닮아 보였으며, 그런 모습 때문에 나는 랠프가 더욱 좋아졌고, 어떻게 이곳에 왔던 첫날 랠프를 플로렌스의 남편으로 착각할 수 있었을까 싶었다.

벽난로 불이 타오르며 뜨거워지다가 재가 되었고, 10시 30분 정도 되었을 때 랠프가 하품을 하더니 의자를 치며 일어나 잘 자라고 말했다. 이곳에서 처음 밤을 보내던 때와 똑같았다. 다른 점이라고는 이제는 랠프가 플로렌스뿐 아니라 내게도 잘 자라고 키스를 한다는 것과 구석에 버티고 있는 바퀴 달린 작은 침대, 벽난로 옆에 있는 내 신발, 문 뒤 고리에 걸려 있는 외투뿐이었다. 나는 이 모든 것들을 만족한 눈으로 보다가 하품을 했고,

주전자를 가지러 일어났다. 「이제 그만하세요.」 플로렌스의 책들을 향해 고개를 끄덕이며 내가 말했다. 「이리 와 저랑 이야기 좀 해요.」 그건 뜬금없는 요구가 아니었다. 우리는 랠프가 자러 가고 난 뒤에 같이 앉아 그날 있었던 일에 대해 이야기하는 습관이 생겼다. 내 말에 플로렌스는 나를 보며 싱긋 웃더니 펜을 내려놓았다.

나는 주전자를 벽난로에 걸었고, 플로렌스는 일어나 기지개를 켜더니 목을 똑바로 폈다.

「시릴이에요.」 플로렌스가 말했다. 나 역시 귀를 기울였고, 곧 시릴의 가느다랗고 불규칙한 울음소리가 들렸다. 플로렌스가 계단으로 갔다. 「랠프가 깨기 전에 제가 가서 좀 달래고 올게요.」

플로렌스는 5분 정도 올라가 있었고, 시릴을 데리고 내려왔다. 시릴의 속눈썹이 등불에 반짝였고, 짜증 섞인 잠을 자며 흘린 땀 때문에 머리털이 축축하게 젖어 검게 보였다.

「자려고 하지를 않네요.」 플로렌스가 말했다. 「잠시 우리와 함께 있게 해야겠어요.」 플로렌스는 벽난로 옆 안락의자에 앉았고, 무거운 듯 아이를 안아 들었다. 나는 차를 건넸고, 플로렌스는 비스듬한 자세로 한 모금 마시더니 하품을 했다. 이윽고 플로렌스는 나를 지그시 바라보다가 눈을 비볐다.

「지난 몇 달간 당신이 있어서 얼마나 큰 도움이 되었는지 몰라요, 낸스!」 플로렌스가 말했다.

「저는 단지 당신이 자신을 혹사하는 걸 막기 위해 도왔을 뿐이에요. 당신은 일을 너무 많이 해요.」 내가 진심으로 말했다.

「할 일이 너무나 많은걸요!」

「하지만 난 그 일을 모두 당신이 해야 한다고는 생각하지 않아요. 지겨운 적이 한 번도 없었어요?」

「피곤하기는 하죠.」 다시 하품을 하며 플로렌스가 말했다.

「보다시피요! 하지만 지겹지는 않아요.」

「하지만 플로렌스. 이렇게 끝없이 고된 일을 왜 하는 건가요?」

「해야 하니까요! 세상이 이토록 잔인하고 고된데 어떻게 제가 쉴 수 있겠어요? 노력하면 달콤하게 바뀔 수도 있는데 말이에요. 제가 하는 일은 성공하든 아니든 그 자체로 의미가 있어요.」 플로렌스가 차를 마셨다. 「그것은 사랑과 같은 거예요.」

사랑! 나는 콧방귀를 뀌었다. 「그럼 당신은 사랑이 그 자체로 보상이라고 생각하는 거군요?」

「당신은 안 그래요?」

나는 내 잔을 물끄러미 바라보았다. 「한때는 그렇게 생각했어요.」 내가 말했다. 「하지만…….」 나는 플로렌스에게 그 당시의 이야기를 한 적이 한 번도 없었다. 시릴이 꿈틀거렸고, 플로렌스는 시릴의 머리에 키스를 하고 귀에 뭐라고 중얼거렸으며, 잠시 모든 것이 적막에 휩싸였다. 아마도 플로렌스는 세인트존스 우드에서 같이 살던 신사가 어떻게 지내는지 내가 궁금해한다고 생각한 모양이었다. 그러나 이윽고 플로렌스는 좀 더 활기차게 말했다.

「게다가, 전 이 일이 끝이 없는 과제라고 생각하지 않아요. 상황이 〈변하고〉 있어요. 여기저기에 노동조합이 생겼어요. 남성 노동조합은 물론이고, 여성 노동조합들도 생겼어요. 지금 여자들은 20년 전에는 가능하리라고 상상도 못했던 일들을 하고 있어요. 이제 곧 여성들은 투표도 할 거예요! 만약 우리가 노력하지 않는다면, 그건 세상이 불공평하고 오물에 뒤덮여 있으며, 이 나라가 스스로 무너지고, 우리들도 함께 망할 거라고 생각하기 때문이에요. 그러나 그러한 오물 속에서 새로운 것들이 자라나고 있어요. 멋진 것들이요! 새로운 작업 습성, 새로운 인간, 새롭게 살고 사랑하는 방식…….」 또다시 사랑이었다. 나는 디키의 책에 맞아 난 흉터에 손가락을 댔다. 시릴이 가슴에 안겨 한숨을 쉬자 플로렌스는 고개를 숙이고 아기를 살펴보았다.

플로렌스가 조용히 말했다.「앞으로 다시 20년이 지나면 세상이 어떻게 되어 있을지 상상해 보세요! 새로운 세기가 될 거예요. 시릴은 청년이 되어 있겠죠. 물론 저보다는 젊겠지만 거의 지금의 제 나이 정도가 되었을 거예요. 시릴이 볼 세상을 상상해 보세요. 시릴이 할 일을 상상해 보세요…….」나는 플로렌스를, 그리고 시릴을 보았다. 잠시 시간을 건너뛰어 시릴이 청년이 되어 맞이할 신세계가 눈앞에 펼쳐지는 듯했다…….

내가 바라보는 동안 플로렌스는 의자에서 몸을 움직이더니 옆에 놓인 책꽂이에 손을 뻗어 가득 찬 선반에서 책을 한 권 꺼냈다.『풀잎』이었다. 플로렌스는 책장을 넘기더니 원하던 구절을 찾은 듯했다.

「들어 보세요.」플로렌스가 말했다. 플로렌스는 큰 소리로 읽기 시작했다. 플로렌스의 목소리는 낮고, 다소 수줍었다. 그러나 열정으로 떨렸으며, 플로렌스의 목소리에서 그런 열정을 느끼기는 처음이었다.

「오 어머니여! 오 아들이여!」플로렌스가 읽어 나갔다.「오 대륙의 패거리들여! 오 초원의 꽃들이여! 오 무한한 공간이여! 오 강력한 제품의 웅웅 소리여! 오 충만한 도시들이여! 오 그토록 무적에, 거칠며, 자부심이 넘치는 이들이여! 오 미래의 종족이여! 오 여성들이여! 오 아버지들이여! 오 폭풍 같은 정열의 남자들이여! 오 아름다움이여! 오 당신! 오 거칠게 반항하는 당신! 오 시인! 오 안일한 삶을 누리는 모두여! 오, 깨어나라! 새벽 새가 날카롭게 우노니! 수탉 울음소리가 들리지 않느뇨?」

플로렌스는 책장을 응시하며 잠시 가만히 앉아 있었다. 이윽고 플로렌스는 눈을 들어 나와 시선을 맞췄고, 나는 플로렌스의 눈에 눈물이 맺힌 걸 보고 깜짝 놀랐다. 플로렌스가 말했다. 「훌륭하다고 생각하지 않아요, 낸시? 정말 훌륭한 시라고 생각하지 않아요?」

「솔직하게 말하면, 아니요.」 내가 플로렌스의 눈물에 약간 당황하며 말했다. 「솔직히, 화장실 벽에서도 더 멋진 구절을 보았어요.」 정말이었다. 「만약 이게 시라면 왜 운율이 없는 거죠? 시에는 좋은 운율과 멋진 가락이 있어야 해요.」 나는 책을 건네받아 플로렌스가 읽던 구절을 살펴보았다. 연필로 밑줄이 그어져 있었다. 나는 예전 연예장에서 부르던 노래의 곡과 리듬에 맞춰 대강 그 시를 노래처럼 불러 보았다. 플로렌스가 소리 내어 웃었고, 한 손은 시릴에게 댄 채 다른 한 손으로 내게서 책을 낚아채 갔다.

「못됐어요!」 플로렌스가 외쳤다. 「당신은 못 말릴 속물이군요.」

「저는 순수주의자예요.」 내가 꼬장꼬장하게 말했다. 「저는 보면 좋은 시인지 아닌지 알 수 있어요. 그리고 이건 아니에요.」 나는 엉망인 시구에 가락을 붙여 읽는 것을 포기하고는 책장을 넘기며 눈에 띄는 바보 같은 구절들을 모두 읽었다. 그런 구절은 아주 많았으며 나는 멍청한 미국인이 말하듯 점잔 빼며 읽었다. 마침내 나는 또 밑줄이 그어진 곳을 발견해 읽기 시작했다. 「오 당신과 내가 마침내, 둘이 되었구나. 오 마침내 힘, 자유, 영원을 얻었으니! 오 멸절에서 구하기 위해! 미덕과 악덕을 함께 행하기 위해! 오 직업과 성차별을 없애기 위해! 오 모두의 의견 일치를 위해! 오 단결! 오 함께하며 다가오는 구슬픈 고통. 당신도 그 이유를 모르고, 나도 그 이유를 모르니…….」

내 목소리가 점차 작아졌다. 양키식으로 길게 늘여 말하던 것을 멈추고 마지막 몇 단어는 수줍어하며 중얼거렸다. 플로렌스는 웃음을 멈추고 아주 엄숙한 눈으로 벽난로를 응시했다. 석탄의 이글거리는 오렌지빛 불꽃이 플로렌스의 담갈색 눈동자에 반사된 게 보였다. 나는 책을 덮고 책장에 다시 꽂았다. 좀 긴 침묵이 흘렀다.

마침내 플로렌스가 숨을 들이마셨다. 그리고 전혀 플로렌스답지 않은 낯선 목소리로 말했다.

「낸스.」 플로렌스가 입을 열었다. 「우리가 그린 스트리트에서 이야기를 나누던 그날을 기억해요? 우리가 만나기로 했는데 당신이 나오지 않았던 그날을요?」

「당연하죠.」 내가 약간 부끄러워하며 말했다. 플로렌스가 싱긋 웃었다. 이상하게 모호하면서도 비밀스러워 보이는 웃음이었다.

「제가 그날 밤 무엇을 했는지 말한 적 없죠?」 플로렌스가 말했다. 나는 고개를 저었다. 나는 그날 밤 〈내〉가 무엇을 했는지는 아주 잘 기억했다. 나는 다이애나와 저녁 식사를 한 뒤 멋진 침실에서 씹을 한 다음 흥이 식고 누그러져 내 방으로 돌아갔다. 그러나 나는 플로렌스가 무엇을 했을지 늘 궁금했다. 그리고 진짜로, 플로렌스는 그날 무슨 일이 있었는지 말한 적이 없었다.

「뭘했는데요?」 이제 내가 물었다. 「혼자서 그 강의에 갔나요?」

「그랬어요.」 플로렌스가 말했다. 플로렌스는 숨을 들이켰다. 「전…… 거기서 어떤 여자를 만났어요.」

「여자요?」

「네. 릴리언이라는 여자였어요. 전 그 여자를 보자마자 눈을 뗄 수가 없었어요. 릴리언의 외모는 정말이지 〈눈길〉을 끌었어요. 당신은 여자들끼리 가끔 무슨 일이 일어나는지 아나요? 아니, 아마 모르겠죠…….」 그러나 나는 알았다. 알았다! 이제 나는 플로렌스를 지그시 보며 몸이 달아오르는 것을 느꼈다. 그러다가 좀 으스스해졌다. 플로렌스는 기침을 했고 손으로 입을 가렸다. 이윽고 여전히 석탄을 응시하며 플로렌스가 말했다. 「강의가 끝났을 때 릴리언은 질문을 했어요. 아주 날카로운 질문이었고, 강사는 그 질문을 받고 깜짝 놀랐죠. 저는 릴리언을 보았고, 꼭 그 사람에 대해 알아야겠다고 생각했어요. 저는 릴리언에게 갔고, 우리는 이야기를 하기 시작했어요. 이야기를 하고 또 했죠. 한 시간 동안 전혀 쉬지 않고요! 릴리언은 제가 아는 그 누구보다도 관점이 독특한 사람이었어요. 제가 볼 때 릴리언은 안 읽은 것이 없었고 그 모든 것에 대해 자기 의견이 있었어요.」

이야기는 계속되었다. 둘은 친구가 되었다. 릴리언은 플로렌스를…….

「당신은 릴리언을 사랑했군요!」 내가 말했다.

플로렌스는 얼굴을 붉히더니 고개를 끄덕였다. 「릴리언을 알게 되면 사랑하지 않을 수가 없어요.」

「하지만 플로렌스, 당신은 릴리언을 사랑했어요. 사랑했다고요. 톰처럼요!」 플로렌스는 놀라 눈을 끔벅거리며 입술에 손가락을 가져가 대더니 아까보다 더욱 얼굴이 붉어졌다. 「전…… 당신이 그 사실을 짐작했을지도 모른다고 생각했어요…….」 플로렌스가 말했다.

「짐작하다니요! 전 몰랐어요. 난 당신이 그럴 거라고는 한 번도 생각해 본 적이……. 그런 생각은 조금도…….」

플로렌스가 고개를 돌렸다. 「릴리언도 저를 사랑했어요.」 잠시 뒤 플로렌스가 말했다. 「릴리언도 저를 무척 사랑했어요! 그러나 같은 방식은 아니었어요. 저는 절대 그럴 수 없으리라는 것을 알았지만, 상관없었어요. 사실 릴리언에게는 청혼을 한 남자친구가 있었어요. 그러나 릴리언은 결혼을 하려 하지 않았죠. 릴리언은 이성간의 동거를 지지했어요. 낸스, 릴리언은 제가 아는 가장 심지가 굳은 여자였어요!」

플로렌스가 견딜 수 없다는 듯한 목소리로 말했다. 그러나 나는 그 점을 놓치지 않았다. 나는 침을 꿀꺽 삼켰고, 플로렌스는 다시 나를 응시하더니 벽난로로 눈길을 돌렸다.

플로렌스가 계속 말을 이었다. 「릴리언을 처음 만나고 몇 달이 지났을 때, 저는 릴리언이 잘 지내지 못한다는 사실을 알게 되었어요. 어느 날 릴리언은 여행 가방을 들고 이곳에 나타났어요. 아기를 낳기 직전이었고, 그 때문에 집에서 쫓겨났으며, 사귀던 남자는 알고 보니 아주 망나니였죠. 그 남자는 릴리언이 부끄럽다며 같이 살길 거부했어요. 릴리언은 갈 곳이 없었어요……. 당연히 우리는 릴리언을 이 집에 살게 했어요. 랠프는 전혀 거리끼지 않았고, 거의 나만큼이나 릴리언을 사랑했어요. 우리는 함께 살고 아기도 우리가 기르기로 했어요. 저는 기뻤죠. 기뻤어요! 그 남자가 릴리언을 버린 게, 집주인이 릴리언을 내쫓은 게요…….」

플로렌스는 얼굴을 찡그리더니 벽난로에서 치마로 날아와 떨어진 재를 손톱으로 긁어냈다. 「그때가 제 인생에서 가장 행복했던 시기였던 거 같아요. 릴리언이 여기 있을 때는 마치…… 뭐와 비교해야 할지 모르겠네요. 눈이 부셨어요. 행복으로 눈이 부셨어요. 릴리언이 이 집을 바꿨어요. 분위기뿐 아니라 진짜로 집을 바꿨어요. 릴리언은 우리에게 벽지를 뜯어내고 페인트칠을 하게 했죠. 저 융단을 만들었고요.」 플로렌스는 벽난로 앞에 있는 현란한 융단을 향해 고개를 끄덕였다. 내가 좀 더 분별이 없었을 때 눈먼 스코틀랜드 양치기 처녀가 짰을 거라고 생각했던 융단이었다. 나는 재빨리 융단에서 발을 치웠다. 「우리가 연인이 아니라는 것은 아무 문제가 아니었어요. 우리는 무척 가까웠으니까요. 자매보다도 더 가깝게 지냈어요. 릴리언은 제게 여러 가지를 가르쳐 줬어요. 그리고 저 엘리너 마르크스 사진도 릴리언 거였어요.」 플로렌스는 작은 사진을 향해 고개를 끄덕였다.

「저는 릴리언의 사진이 없어요. 저 휘트먼 책도 릴리언 거였어요. 당신이 읽은 구절은 늘 저와 릴리언을 떠올리게 하죠. 릴리언은 우리가 동지라고 말했어요. 만약 여자들끼리 동지가 될 수 있다면 말이에요.」 플로렌스의 입술이 메말라 갔고, 플로렌스는 혀로 입술을 축였다. 「만약 여자들끼리 동지가 될 수 있다면요.」 플로렌스가 다시 말했다. 「전 릴리언의…….」

플로렌스가 조용해졌다. 나는 플로렌스를, 그리고 시릴을 보았다. 홍조를 띠고 자는 모습을, 섬세한 속눈썹과 도톰한 분홍 입술을 보았다. 그리고 등골이 서늘해지는 기분을 느끼며 말했다. 「그리고요?」

플로렌스가 눈을 깜박였다.

「그 뒤 릴리언은 죽었어요. 릴리언은 너무 갸날퍼서 해산이 버거웠어요. 그래서 죽었어요. 돌봐 줄 산파조차 구할 수가 없었어요. 릴리언이 결혼을 안 했기 때문에요. 결국 우리는 이슬링턴에서 여자를 데려와야 했어요. 우리를 모르는 사람을요. 그리고 릴리언이 랠프의 아내라고 말했죠. 그 여자는 릴리언을 〈배너 부인〉이라고 불렀어요. 상상해 보세요! 그 산파는 일을 잘했지만 좀 심하다 싶을 정도로 엄격했어요. 산파는 릴리언이 있는 방에 우리를 들어오지 못하게 했어요. 우리는 여기 아래층에 앉아 비명을 들어야 했고, 랠프는 내내 주먹을 불끈 쥐고 눈물을 흘렸어요. 저는 생각했죠. 아기가 죽게 하세요, 오, 제발 아기가 죽게 하세요. 릴리언을 살게 하는 대신 아기를……!

하지만 당신도 보다시피 시릴은 죽지 않았어요. 릴리언도 건강해 보였어요. 단지 피곤해 보일 뿐이었어요. 산파는 릴리언을 자게 내버려 두라고 했죠. 우리는 그렇게 했어요. 잠시 뒤 제가 올라가보니 릴리언이 피를 흘리고 있었어요. 물론 그때 산파는 이미 가고 없었죠. 랠프는 의사를 부르러 갔어요. 하지만 릴리언을 구할 수 없었어요. 릴리언의 착하고 관대했던 심장은 너무 피를 많이 흘린 거죠…….」

플로렌스의 목소리가 잦아들었다. 나는 플로렌스 쪽으로 가 옆에 웅크리고 앉아 손마디로 플로렌스의 옷소매를 건드렸다. 플로렌스는 가볍게 멍한 웃음을 지으며 상냥하게 나를 의식한 듯한 시늉을 했다.

「진작 알았으면 좋았을 텐데.」 내가 조용하게 말했다. 하지만 마음속으로는 내 스스로 멱살을 잡고 머리를 거실 벽에 부딪히는 것만 같은 기분이었다. 아무리 바보여도 그렇지 어떻게 이 모든 것을 눈치채지 못했단 말인가? 생일만 해도 그랬다. 그 기념일은 릴리언이 죽은 날이었다. 플로렌스의 원인 모를 의기소침함도 그랬다. 피곤함, 역정, 동생의 상냥한 관용, 친구들의 걱정. 플로렌스가 아기에게 보였던 기묘한 애증의 교차 역시 그랬다. 릴리언의 아들은 당연히 릴리언을 죽인 살인자였고, 플로렌스는 어머니가 살고 아기가 대신 죽기를 바랐던 것이다.

나는 다시 플로렌스를 보았고, 뭔가 위로해 줄 방법을 알았으면 좋겠다고 생각했다. 플로렌스는 그만큼 풀이 죽었고 또한 웬일인지 아주 멀리 있는 듯했다. 나는 플로렌스와 포옹을 한 적이 한 번도 없었으며 이 순간에도 플로렌스에게 손을 얹는 게 마음에 걸렸다. 그래서 그냥 플로렌스 옆에 가만히 있으며 옷소매만 가볍게 토닥였다……. 마침내 플로렌스는 일어났고, 살짝 웃는 듯한 표정을 지었다. 나는 옆으로 비켜섰다.

「어쩌다 이런 말을 했는지 모르겠네요.」 플로렌스가 말했다. 「오늘 저녁에 어쩌다가 이런 말을 하게 되었는지 원.」

「당신이 말해 줘서 전 기뻐요.」 내가 말했다. 「당신은, 당신은 릴리언이 그리운 거예요. 무척이요.」 플로렌스는 잠시 멍한 눈길로 나를 보았다. 마치 자기의 커다란 슬픔에 비하면 그리움이란 하찮은 감정이며 〈너무나〉 약한 표현이라는 듯한 표정이었다. 이윽고 플로렌스는 고개를 끄덕이며 다른 곳으로 시선을 돌렸다.

「어려운 시기였어요. 전 평소와 달랐지요. 가끔 저는 죽었으면 좋겠다고 생각하기도 했어요. 저는 당신과 랠프에게 어울리지 않는 인물이에요! 그리고 전 당신이 이곳에 처음 왔을 때도 잘 대해 주지 않았어요. 당시는 릴리언이 죽은 지 6개월도 채 안 되었을 때인데 이곳에 또 다른 여자를 들였단 생각이 들었거든요. 하필 또 그게 제가 릴리언을 알게 된 바로 그 주에 만났던 당신이었고요. 게다가 당신의 이야기는 릴리언의 경우와 비슷했어요. 당신은 남자와 같이 있다가 버림받았고, 남자 때문에 곤란에 처했죠. 너무 이상한 느낌이었어요. 그러나 그 순간, 당신이 시릴을 안아 들었을 때, 자신 있게 말하지만 아마 당신은 기억 못할 거예요, 하지만 당신이 시릴을 안아들었을 때 저는 릴리언을 떠올렸어요. 시릴을 단 한 번도 안아 보지 못한 릴리언을요……. 당신이 그렇게 하는 것을 참고 볼 수 있을지, 아니면 당신이 그런 행동을 그만두는 것을 참고 볼 수 있을지 알 수 없었어요. 그런 다음 당신이 말을 했죠. 당신은 릴리언과 달랐어요. 오, 저는 평생 그보다 더 기뻤던 적이 없었어요!」

플로렌스가 소리 내어 웃었다. 나는 웃음소리로 들릴 만한 소리를 냈고, 어두운 조명 아래서 보면 싱긋 웃는 듯 착각할 수 있는 표정을 지었다. 이윽고 플로렌스는 크게 하품을 하더니 일어나 시릴을 약간 높이 들어 목에 기대게 하고 자기 뺨을 시릴의 머리에 비볐다. 잠시 뒤 플로렌스는 빙긋 웃고는 지친 걸음을 옮겨 문 쪽으로 갔다.

그러나 문에 닿기 전에 내가 플로렌스를 불렀다.

내가 말했다. 「플로렌스, 남자가 저를 버렸다는 건 거짓말이에요. 제가 같이 살던 사람은 여자였어요. 하지만 전 거짓말을 했고, 당신은 저를 이곳에 머물게 했지요. 저는 톰이에요. 당신처럼요.」

「〈당신〉!」 플로렌스가 입을 딱 벌리고 나를 바라보았다. 「애니가 계속해 그 말을 했지만 저는 별로 그 일에 대해 생각해 보지 않았어요. 첫날 밤 이후로요.」 플로렌스가 인상을 찡그리기 시작했다. 「만약 남자가 그런 게 아니라면 당신 경우는 릴리언의 경우와 완전히 다르군요…….」 내가 고개를 끄덕였다. 「그리고 곤란에 빠지지도 않았군요…….」

「〈그런〉 곤란이 아니에요.」

「당신이 여기 있는 내내 저는 당신이 단지…….」 플로렌스가 나를 보았고 묘한 표정을 지었다. 화가 난 건지 슬픈 건지 당황한 건지 배반당한 기분이 든 건지 아니면 다른 감정인지 알 수 없었다.

내가 말했다. 「미안해요.」 그러나 플로렌스는 그저 고개를 젓더니 한 손으로 잠깐 두 눈을 가렸다. 손을 치웠을 때 플로렌스의 시선은 완전히 맑아 보였으며, 거의 흥미롭다는 기색까지 띠었다.

「애니는 늘 그렇게 말했죠.」 플로렌스가 다시 말했다. 「이제 애니가 좋아하겠군요. 제가 애니에게 말해도 괜찮을까요?」

「네, 플로렌스.」 내가 말했다. 「누구든 말하고 싶은 사람에게 말하세요.」

플로렌스는 여전히 고개를 저으며 사라졌다. 나는 의자에 앉아 플로렌스가 계단을 오르는 소리와 머리 위에서 방 마루가 삐걱거리는 소리를 들었다. 이윽고 나는 벽난로 장식에 있는 깡통에서 담배와 종이를 꺼내 담배를 말고 불을 붙였다. 그리고 담배를 벽난로 바닥에 비벼 끈 뒤 불 속에 집어 던졌다. 나는 팔베개를 하고 신음했다.

난 얼마나 바보였단 말인가! 나는 내 자그마한 역경에 정신이 팔려 플로렌스의 큰 슬픔을 알아차리지 못하고 마구잡이로 끼어든 것이었다. 나는 플로렌스와 랠프에게 내 존재를 들이밀었으며, 내가 무척 영리하고 매력이 있다고 생각했다. 내가 이 집에 내 흔적을 남기고 있으며 이 집을 내 것으로 만들고 있다고 여겼다. 나는 아주 독특한 나만의 이야기를 지어냈고 그에 따라 행동했다고 생각했지만, 사실인즉 단지 나보다 앞서 훨씬 더 멋지고 훌륭하게 해낸 릴리언의 행동을 지금까지 서투르게 흉내 낸 것에 지나지 않았다. 나는 방을 둘러보았다. 빛바랜 파란 벽, 끔찍한 융단, 초상화들. 나는 돌연 이것들이 무엇인지 알게 되었다. 그 물건들은 릴리언의 기억을 담은 자그마한 성지의 일부였으며, 나는 본의 아니게 이 모든 것을 돌보았던 것이다. 나는 엘리너 마르크스의 사진을 집어 들었다. 물론 내가 본 것은 엘리너 마르크스가 아니었다. 그것은 엘리너 마르크스의 모습과 함께 있는 릴리언의 모습이었다. 나는 액자를 뒤집어 뒷면을 읽었다. 크고 둥그런 글씨로 이렇게 적혀 있었다. 〈F. B. 영원한 나의 동지에게 L. V.〉

나는 더욱 큰 소리로 신음했다. 나는 그 빌어먹을 사진을 반쯤 피우다 버린 담배가 있는 벽난로에 집어 던지고 싶었지만, 정말로 그럴까 봐 재빨리 제자리에 돌려놓았다. 나는 릴리언에게 질투가 났다! 그 어느 때보다도, 그 누구에게보다도 더 질투가 났다! 집 때문이 아니었다. 시릴 때문이 아니었다. 심지어 랠프, 내게 상냥하게 대했으나 또한 릴리언 때문에 눈물을 흘리고, 죽어가는 릴리언 때문에 주먹을 불끈 쥐고 슬픔에 잠겼던 랠프 때문도 아니었다. 바로 플로렌스 때문이었다. 릴리언의 이야기가 내게 주었다가 빼앗아 간 인물이 다름 아닌 바로 플로렌스였기 때문이다. 나는 지난 몇 달간 해온 노동을 떠올렸다. 계획과 달리 나는 플로렌스를 살찌우지도 행복하게 하지도 못했다. 플로렌스의 슬픔이 무뎌지고 기억이 흐릿해진 것은 오직 시간 덕분이었다. 플로렌스는 내게 이렇게 물었다. 〈우리가 만나기로 했는데 당신이 나오지 않았던 그날을 기억해요?〉 그 말을 하던 플로렌스의 눈동자는 빛이 났다. 2년 전 그날 밤 내가 나타나지 않음으로써 플로렌스에게 아주 멋진 일을 했기 때문이다.

나는 플로렌스에게 멋진 일을 해주었다. 그리고 동시에 내게는 가장 몹쓸 짓을 한 것 같았다. 나는 내가 그날 밤을 어떻게 보냈는지, 그리고 그 이후의 밤들을 어떻게 보냈는지 한 번 더 생각했다. 펠리시티 플레이스에서 보낸 음란한 쾌락을 떠올렸다. 그 모든 옷과 식사, 와인, 〈포즈 플라스티크〉. 그 지루한 강연에서 릴리언의 자리를 내가 대신하고 플로렌스의 담갈색 눈동자가 매혹되어 나를 보게 할 수 있는 기회를 위해서라면 그 모든 것을 기꺼이 버렸으리라.

18

플로렌스가 슬픈 고백을 하고 며칠, 몇 주가 지났고, 나는 퀼터 스트리트가 점차 달라지는 것을 알게 되었다. 플로렌스는 자기 과거를 털어놓음으로써 커다란 짐을 벗어 버린 듯 더 밝고 즐거워 보였으며, 툭하면 뻣뻣하게 굳고 쥐가 나던 팔다리가 부드러워졌고 구부정했던 등도 곧게 펴고 다녔다. 물론 여전히 가끔은 우울한 표정을 지었고 혼자 산책을 나갔다가 누군가를 그리워하는 듯한 표정으로 돌아올 때도 있었다. 그러나 이제 플로렌스는 울적함을 숨기거나 그 이유를 위장하지 않고 내게 솔직하게 이야기했다. 예를 들어, (내가 예상했듯이) 플로렌스는 릴리언의 무덤에 갔다 왔다고 내게 말하곤 했다. 심지어 시간이 지나면서 플로렌스는 꽤 정기적으로 죽은 친구에 대해 이야기하기 시작했다. 플로렌스는 〈릴리언이 그 말을 들었더라면 정말 크게 웃었을 거예요!〉라고 말을 하거나 〈지금 릴리언이 여기 있었더라면 그 답을 알 수 있었을 텐데!〉라고 말하기도 했다.

플로렌스의 즐거운 기분은 모두에게 영향을 미쳤다. 릴리언에 대해 아무것도 몰랐을 때는 아담한 우리 집의 분위기가 편안하다고 생각했지만, 돌이켜 보면 릴리언에 대한 기억과 랠프와 플로렌스의 슬픔으로 숨이 꽉 막혔었다. 하지만 이제 분위기는 맑고 밝아 보였다. 마치 겨울날의 안개와 서리 속으로 가는 대신 봄기운 물씬 나는 시기로 접어드는 듯한 기분이었다. 플로렌스는 싱글거리거나 콧노래를 부르거나 시릴을 간질이며 장난을 쳤고, 랩프는 그런 모습을 지켜보다가 가끔씩 기쁜 마음에 몸을 숙이고 플로렌스 뺨에 입을 맞추곤 했다. 심지어 시릴도 기분이 달라진 듯했으며 더 귀엽고 불평도 덜 하는 듯했다.

나는 그와 반대로 훨씬 더 움츠러들고 비밀스러워지고 까다로워졌다.

어쩔 수가 없었다. 마치 플로렌스가 낡은 짐을 벗어던지면서 내게 새로운 짐을 올려놓은 것만 같았다. 플로렌스가 고백했던 날 밤 뒤죽박죽이 된 내 감정은 시간이 지나면서 더욱 이상하고 모순적이 되어 가는 것만 같았다. 플로렌스가 안됐다는 생각이 들었으며 랠프가 좀 더 밝아진 누나를 보게 되어 기쁘기도 했다. 또한 마침내 플로렌스가 나를 그 정도까지 믿고 모든 것을 말해 줬다는 사실에 기쁘고 감동을 받았다. 그러나 오, 플로렌스의 이야기가 다른 내용이면 좋았을 텐데! 나는 비참한 최후를 맞은 릴리언을 절대 좋아할 수 없었으며, 릴리언에 대해 플로렌스가 그토록 경건하게 이야기할 때면 화를 꾹 참아야 했다. 아마 나는 릴리언을 키티로 여겼나 보다. 릴리언의 겁쟁이 남자 친구를 떠올릴 때면 내 눈앞에 보이는 것은 늘 월터의 얼굴이었다. 그러나 플로렌스에게 열정을 불러일으키고 밤마다 그 옆에서 함께 자면서도 친구가 자기 입에 키스할 수 있도록 고개조차 돌리지 않은 릴리언이라는 인물을 생각하면 화가 치밀어 현기증이 날 지경이었다. 왜 플로렌스는 릴리언을 그토록 좋아했을까? 나는 눈이 시릴 때까지 엘리너 마르크스의 사진을 뚫어지게 바라보곤 했다. 그 사진이 사실은 릴리언의 모습일 거라는 터무니없는 확신을 도저히 떨쳐 버릴 수가 없었다. 릴리언은 나와 너무나 달랐다. 플로렌스 자신이 내게 그렇게 말하지 않았던가? 플로렌스는 내가 릴리언과 그토록 달라서 정말 기쁘다고 말했다. 플로렌스의 말은 릴리언이 영리하고 선했다고, 〈협동〉과 같은 단어의 뜻을 알기에 절대로 물어볼 필요가 없었다는 뜻이라고 나는 생각한다. 하지만 나는, 나는 어떠했던가? 나는 그냥 청소나 깔끔히 잘할 뿐이었다.

그래서 그날 밤 이후 나는 결코 이전처럼 청소를 잘하지 않았다. 나는 릴리언의 번지르르한 융단을 다시는 털지 않았다. 대신 사람들이 그 위를 밟고 지날 때면 웃음 지었고, 융단 색이 흐릿해지는 모습을 보며 지독한 기쁨을 느꼈다.

그러나 나는 릴리언이 천국에서 융단을 짜고 있는 모습을, 언젠가 플로렌스가 그곳에 가면 융단 위에서 자기의 무릎을 베고 누울 수 있도록 준비를 하는 모습을 상상하곤 했다. 랠프와 플로렌스가 나란히 가 함께 읽을 수 있도록 수필집과 시집으로 책꽂이를 가득채우는 릴리언을 상상하곤 했다. 자기와 플로렌스가 손을 잡고 있는 동안 천국의 작은 부엌에서 내가 굴 스튜를 만들 수 있도록 스토브를 준비하는 모습을 상상하곤 했다.

나는 플로렌스의 손을 보기 시작했다. 이전에는 그랬던 적이 한 번도 없었다. 내가 만약 릴리언이었다면 저 손에게 어떤 일을 시켰을까…….

이번에도 나는 어쩔 수가 없었다. 나는 플로렌스가 일종의 성자이기에 육체의 욕망과 걱정은 없다고 자신을 설득했었다. 하지만 자기의 커다란 사랑을 내게 이야기한 플로렌스는 돌연 가운을 벗고 내게 알몸을 드러낸 것만 같았다. 나는 거기에서 도저히 시선을 뗄 수가 없었다.

예를 들어, 꽤 늦고 어두운 어느 밤에 랠프는 시릴을 데리고 조합 친구들과 위층에 있었다. 플로렌스는 목욕을 하고 머리를 감고 실내복을 입고 거실에서 잠이 들었다. 나는 플로렌스를 도와 통에 담긴 비눗물을 변소에 버리고 우리가 마실 우유를 데우러 부엌에 갔다. 내가 머그를 들고 돌아왔을 때, 플로렌스는 벽난로 앞에서 졸고 있었다. 플로렌스는 몸을 약간 틀고 앉아 있었다. 머리는 뒤로 젖혀졌고 팔은 축 늘어졌으며, 두 손은 무릎 위에 가볍게 포개져 있었다. 숨은 깊었고 거의 코를 곤다고 할 수 있을 정도였다.

나는 김이 모락모락 나는 머그를 들고 플로렌스 앞에 섰다. 플로렌스는 머리에서 수건을 벗은 상태였으며, 머리털은 플랑드르의 마돈나 그림에 나오는 후광처럼 의자 뒤 레이스 위로 늘어져 있었다. 나는 플로렌스의 머리가 이렇게 풀려 있는 모습을 한 번도 본 적이 없었으며 색이 이렇게 짙은지도 몰랐다. 나는 한참 동안 플로렌스의 머리털을 살펴보았다. 나는 이제까지 플로렌스의 머리색이 울적한 적갈색이라고만 생각했다. 그러나 적갈색이 아니라 황금색과 갈색과 적갈색이 온갖 색조로 배합되어 있었다. 머리털은 마르면서 곱슬곱슬하게 살아났고, 색이 더욱 다채로워지고 윤이 났다.

나는 머리에서 얼굴로, 속눈썹으로, 커다란 분홍색 입술로, 턱선으로, 그리고 그 아래 살짝 보이는 턱살로 시선을 옮겼다. 그리고 플로렌스의 손을 보았다. 그린 스트리트에서 플로렌스의 두 손이 뜨거운 6월 공기를 가로질러 걸어오던 기억이 떠올랐다. 잠시 뒤 그 손을 잡았던 기억이, 리넨 장갑에 싸인 따뜻한 손가락이 내 손에 닿던 기억이 떠올랐다. 오늘 밤 플로렌스의 손가락은 분홍색이었으며 목욕을 한 뒤라 아직 주름이 잡혀 있었다. 늘 잘근잘근 깨물던(이제야 기억이 났다) 손톱은 이제 깔끔했고 깨문 자국이 전혀 없었다.

플로렌스의 목을 보았다. 매끈하고 아주 하얬다. 그 아래로 실내복의 목 언저리에 V자로 살짝 벌어진 곳에서 봉긋한 가슴이 시작하는 부분이 어렴풋이 보였다.

나는 보고 또 보며 가슴에서 묘한 움직임을 느꼈다. 천년은 느껴보지 못한 듯한, 뭔가가 속에서 꿈틀거리고 뒤척이고 구부러지는 듯한 느낌이었다. 거의 즉시 비슷한 기분이 좀 더 아래쪽에서 느껴졌다……. 우유가 쏟아질까 겁이 날 정도로 머그가 떨렸다. 나는 몸을 돌려 식탁 위에 머그들을 조심스레 올려놓았다. 이윽고 나는 살금살금, 아주 조심스레 방을 나섰다.

플로렌스로부터 걸음을 떼어 놓을 때마다 내 심장 그리고 두 다리 사이의 맥박은 더욱 거세졌다. 나는 반항하는 인형을 트렁크에 넣고 잠가 버린 복화술사가 된 기분이었다. 부엌에 이르렀을 때, 나는 벽에 몸을 기댔다. 여전히 몸이 떨렸으며 아까보다 더욱 심했다. 반 시간 뒤에 플로렌스가 잠에서 깨어나 내가 식탁 위에 놓아둔 우유가 식고 더껑이가 끼었다고 외칠 때까지 나는 거실로 돌아가지 않았다. 그때까지도 얼굴이 화끈거리고 몸이 떨렸다. 플로렌스가 그런 나를 보고 말했다. 「어디 아파요?」 그리고 내가 대답했다. 「아니요. 아무것도 아니에요…….」 나는 말하는 내내 플로렌스의 목 아래 하얗게 V자를 그린 살갗으로부터 시선을 돌리고 있었다. 만약 그곳을 다시 보면 나도 모르게 플로렌스에게 다가가 거기 입을 맞추리라는 것을 알았기 때문이다.

나는 평범해지기 위해 퀼터 스트리트에 왔다. 그런데 이제 나는 이전보다 더욱 톰이 되었다. 사실 내가 고백을 한 뒤 주위를 둘러보기 시작하자 내 주위에는 톰이 무척 많았으며, 이전까지 그것을 알아차리지 못했다는 게 믿겨지지 않을 정도였다. 플로렌스가 일하는 자선 단체 동료 둘은 연인인 듯했다. 플로렌스는 이 둘에게 내 이야기를 한 것 같았다. 다음번에 우리 집을 방문했을 때 두 사람이 전과는 사뭇 다른 눈으로 나를 보았기 때문이다. 애니 페이지는 나를 보자 어깨에 손을 얹으며 말했다. 「낸시! 네가 우리 사촌이라고 플로렌스가 말하더라! 맙소사, 어느 정도 짐작은 하고 있었지만 그래도 좀 놀라기는 했어. 그리고 정말 기뻐…….」

나는 플로렌스에 대해 다시 생겨난 내 관심 때문에 당혹스럽고 곤란하기는 했지만, 그럼에도 새로이 욕망이 이는 것을 느끼니 무척 좋았다. 내 속의 톱은 새로 정비가 되었으며, 석탄을 공급받은 엔진처럼 기분 좋은 소리를 냈다. 어느 날 밤, 나는 레스터 광장을 걷는 꿈을 꾸었다. 꿈속에서 나는 예전의 근위병 군복을 입고 군인처럼 머리를 짧게 치고 바지 단추 안쪽에는 장갑을 말아 넣었다(사실을 말하자면 플로렌스의 장갑이었다. 그 뒤로 나는 그 장갑을 볼 때마다 얼굴이 붉어졌다). 나는 퀼터 스트리트에 있으면서 전에도 그런 꿈을 꾼 적이 있었다. 물론 그 꿈들에 장갑은 출연하지 않았다. 하지만 이번에 잠에서 깨었을 때는 머리가 따끔따끔하고 허벅지 안쪽이 계속 간질간질했으며, 혐오감 같은 감정을 느끼며 꽃무늬 프록과 말아 올린 생기 없는 머리털을 만지작거렸다. 그날 나는 화이트채플 마켓에 갔다. 그리고 돌아오는 길에 나도 모르게 신사복 가게 창문 앞에 섰다. 이마와 손가락에서 진땀이 났고, 진열창 안쪽의 물건들을 간절히 원하고 있었다.

그리고 생각했다. 〈안 될 게 뭐야?〉 나는 안으로 들어갔다(아마 재단사는 내가 남동생을 위해 물건을 사러 왔다고 생각한 모양이었다). 그리고 능직 무명 바지, 속바지, 셔츠, 멜빵, 부츠를 하나씩 샀다. 그리고 퀼터 스트리트로 돌아와 1페니에 이발을 해준다는 여자네 집 문을 두드리고 말했다. 「잘라 줘요, 잘라 줘요. 빨리요. 맘이 바뀌기 전에요!」그 여자는 말아 올린 내 머리를 잘라 냈다. 톰은 대개 이발에 대해 쉽사리 감상적이 되는 경향이 있으나 나는 이 당시 내가 흥분했던 것을 아주 생생하게 기억한다. 나는 머리털을 잘라 내는 게 아니라 어깨뼈를 덮은 살갗을 잘라 내고 그 아래에 숨은 날개를 꺼내는 듯한 기분이 들었다…….

그날 집에 돌아온 플로렌스는 마음이 어수선했기 때문에 내가 이발을 했는지 안 했는지 거의 알아차리지 못했다. 그러나 랠프는 기분 좋게 말했다.「와, 멋지게 이발했네요!」플로렌스는 내가 산 능직 무명 바지도 보지 못했다. 왜냐하면 나는 이웃들을 생각해서 오직 집안일을 할 때만 바지를 입기로 결심했고, 플로렌스가 스트랫퍼드에서 퇴근해 돌아올 때면 프록으로 갈아입고 앞치마를 걸쳤기 때문이다. 그러나 어느 날, 플로렌스가 집에 일찍 돌아왔다. 플로렌스는 부엌 뒷마당을 통해 뒷문으로 왔다. 나는 유리창을 닦고 있었다. 커다란 창이었고 유리는 몇 장으로 나뉘어 있었다. 나는 창에 광택제를 뿌리고 하나씩 깨끗하게 닦고 있었다. 능직 무명 바지에 셔츠 차림이었고(깃은 떼어 냈다), 팔꿈치 위쪽까지 소매를 걷어붙였으며 팔은 더럽고 손톱은 시커멨다. 목 우묵한 곳에 땀이 맺혔고 윗입술은 축축이 젖었다. 나는 땀을 닦기 위해 동작을 멈췄다. 머리는 잘 빗었지만 일을 하느라 엉클어져 있었다. 긴 앞머리가 계속해 눈을 찔러 대는 통에 나는 입술을 내밀어 불어 올리거나 손목으로 계속 쓸어 올려야 했다. 나는 내 얼굴 앞에 있는 유리 한 장을 빼고 모든 유리를 깨끗하게 닦았다. 그리고 마지막 유리를 닦다가 깜짝 놀랐다. 플로렌스가 반대편에 아주 조용히 서 있었기 때문이다. 플로렌스는 외투와 모자 차림이었으며 팔에는 작은 가방을 걸고 있었다. 그러나 나를 보는 플로렌스의 시선은 마치……. 파티복을 입고 키티 버틀러 앞에서 처음으로 걸었을 때 나는 키티가 왜 얼굴을 붉히는지 몰랐지만 그 이후 몇 년 동안 나를 보며 감탄하는 시선들을 무척 많이 봐왔고, 그래서 이제는 플로렌스가 능직 무명 바지와 짧은 머리를 한 나를 뚫어져라 보며 왜 얼굴을 붉히는지 금방 알았다.

그러나 키티와 마찬가지로 플로렌스의 욕망은 기쁨과 함께 고통까지 수반하는 듯했다. 나와 시선이 마주치자 플로렌스는 고개를 숙이고 집으로 들어가며 〈와, 유리창을 정말 깨끗하게 닦았네요!〉라고만 했다. 나는 플로렌스가 내게(마침내, 그리고 뜻하지 않게!) 시선을 주고 나를 갈망하게 되었다는 것을 알게 되어 기분이 좋았고, 플로렌스와 잠깐 시선이 마주치며 내 새로운 열정이 널뛰는 것을 느꼈으며, 플로렌스의 안에서도 열정이 춤추는 것을 알았다. 그 열정은 나를 어찔하고 아프고 달아오르게 했다. 그러나 동시에 그 열정은 욕망과 함께 초조함을 동반했으며, 나는 그로 인해 몸이 떨리고 힘이 쭉 빠졌다.

어쨌든, 나중에 보았을 때 플로렌스의 눈은 흐릿했으며 내 시선을 피했다. 나는 또다시 이런 생각을 했다. 〈릴리언처럼 특별한 존재를 위해 슬퍼하고 있는데 나를 좋아할 이유가 뭐 있겠어?〉

그렇게 우리 관계는 계속되었고, 그해는 점점 추워졌다. 크리스마스가 되었을 때 나는 퀼터 스트리트가 아닌 프리맨틀 하우스에서 시간을 보냈다. 플로렌스는 자기가 돌보는 여자들을 위해 저녁 식사를 준비했고, 거위에 버터를 발라 굽고 설거지를 도와줄 사람이 필요했다. 신년 초하루에 우리는 1895년을 위해 건배를 했고, 〈이 자리에 참석하지 못한 친구들〉(물론 플로렌스는 릴리언을 염두에 두고 한 말이었다)을 위해 또 건배를 했다. 나는 내가 사귀었다가 헤어진 친구들에 대해 전혀 이야기하지 않았다. 1월에는 랠프의 생일이 있었다. 신기하게도 다이애나와 같은 날이었다. 선물을 열어 보는 랠프를 웃으며 지켜보는 동안 안티노우스 흉상이 떠올랐으며, 여전히 그 흉상이 따뜻한 펠리시티 플레이스에서 차가운 시선을 던지고 있을지, 그리고 다이애나는 그것을 보며 나를 한 번이라도 떠올렸을지 궁금해졌다.

하지만 이제 나는 베스널 그린에 너무나 익숙해져서 내가 다른 곳에서 살았다는 사실이 거의 믿기지 않았으며, 퀼터 스트리스의 일상이 내 일상이 아니었던 시절도 상상할 수 없었다. 나는 이웃의 소란에도, 거리의 아우성에도 익숙해졌다. 나는 플로렌스나 랠프처럼 일주일에 한 번 목욕을 했으며, 나머지 날에는 대야에 물을 받아 씻는 걸로 만족했다. 추방된 아담과 이브가 천국을 떠올릴 때처럼, 다이애나의 욕실은 이제 낯설고 기억에서 가물가물했다. 나는 머리를 계속 짧게 유지했다. 그리고 한 달 정도는 처음 계획했던 대로 집안일을 할 때만 바지를 입었다. 하지만 이웃들이 바지를 입은 내 모습에 익숙해지고 나를 바지를 입는 여자라는 식으로 부르게 된 다음부터는 밤에 바지를 벗고 프록으로 갈아입는 게 다소 귀찮아졌다. 내가 바지 입는 걸 거슬려 하는 사람은 아무도 없는 듯했다. 어쨌든 베스널 그린에는 옷이 있다는 것 자체가 사치인 곳도 있었으며, 남편의 재킷을 입은 여자 또는 숄을 걸친 남자도 가끔씩 눈에 띄었다. 이웃집에 사는 몽크스 부인의 딸들은 나를 보면 반쯤은 장난삼아 비명을 지르며 달아나곤 했다. 랠프의 조합 친구들은 토론을 하며 나를 힐긋거리다가 토론 자료를 어디까지 보았는지 놓치곤 했다. 하지만 랠프는 가끔 셔츠나 플란넬 조끼를 들고 내려와 이런 식으로 얼버무리곤 했다. 「벽장 바닥에서 이걸 찾아냈어요, 낸스. 혹시 당신에게 쓸모가 있지 않을까 하는 생각에…….」

플로렌스는 유리창을 통해 나를 보았던 그날 이후로 나를 바라보는 일이 더 잦아진 듯했다. 하지만 언제나, 언제나 플로렌스는 다시 시선을 돌렸고, 눈은 더욱 슬픔에 젖어 들었다. 나는 플로렌스의 시선을 계속 붙잡아 두고 싶었지만 어떻게 해야 할지 몰랐다. 다이애나와 있을 때 나는 건방지게 굴었다. 제나에게는 마음에도 없이 시시덕거렸다. 그러나 플로렌스와 있을 때면 마치 열여덟 살로 돌아간 것만 같았고, 땀이 나고 초조했으며 희미해져 가는 플로렌스의 슬픔을 다시 키울까 겁이 났다. 나는 이렇게 생각하곤 했다. 〈우리가 메리앤이었다면, 내가 남창이고 플로렌스는 소호를 초조히 걸어 다니는 신사였다면, 플로렌스를 초라하고 그늘진 곳에 데려가 바지 단추를 끄르고…….〉

그러나 우리는 메리앤이 아니었다. 우리는 단지 욕망과 행동 사이에서 망설이며 부끄럼을 타는 톰이었다. 그러는 사이 겨울이 지나가고 시간은 점점 흘러갔다. 그리고 나이를 먹지 않는 엘리너 마르크스는 너저분한 액자에 끼워져 침통한 표정으로 벽에 붙어 있었다.

변화는 2월의 어느 평범한 날에 찾아왔다. 나는 장을 보러 화이트채플에 갔다. 종종 하던, 아주 일상적인 일이었다. 돌아올 때는 마당을 통해 집으로 왔다. 뒷문이 살짝 열려 있었기에 별다른 소리를 내지 않고 집에 들어갔다. 장 본 꾸러미를 부엌 바닥에 내려놓았을 때 거실에서 이야기하는 소리가 들렸다. 플로렌스와 애니였다. 문들이 모두 조금씩 열려 있었기에 둘이 하는 이야기를 또렷이 들을 수 있었다. 「그 여자는 인쇄소에서 일해.」 애니가 말했다. 「내 평생 살아오면서 그렇게 멋진 여자는 처음 봤어.」

「오, 애니, 넌 언제나 그렇게 말하더라.」

「아니, 〈진짜야〉. 걔는 조판된 면이 놓인 책상 앞에 앉아 있었어. 햇빛이 비치며 머리털이 반짝이더라고. 걔가 눈을 들었을 때 나는 그쪽으로 손을 뻗었어. 내가 말했지. 당신이 수 브라이드헤드인가요? 제 이름은 주드…….」

플로렌스가 소리 내어 웃었다. 둘은 잡지에 연재되는 그 소설을 늘 놓치지 않고 읽었던 것이다. 그러나 감히 장담하건대, 그 소설이 어떻게 끝날지를 미리 알았다면 애니는 결코 그런 농담을 하지 않았을 것이다.[5] 플로렌스가 말했다. 「그래서 그 여자가 뭐라고 대답했어? 확실하지는 않지만 수 브라이드헤드는 다른 사무실에서 일할 거라고 해?」

「천만에. 이렇게 말하더라. 〈알렐루야〉! 그리고 내 손을 잡는 거야. 오, 난 사랑에 빠졌어. 정말이야!」

플로렌스가 다시 소리 내어 웃었다. 그러나 신중한 기운이 서려있었다. 잠시 뒤 플로렌스가 뭐라고 중얼거렸으나 내 쪽에서는 들리지 않았고, 그 말에 애니가 소리 내어 웃었다. 이윽고 여전히 웃음을 머금은 목소리로 애니가 말했다. 「그런데 네 멋진 삼촌은 어떻게 〈지내〉?」

삼촌? 손을 녹이기 위해 스토브 쪽에 대며 내가 생각했다. 무슨 삼촌? 나는 엿듣는다는 느낌 같은 건 들지 않았다. 플로렌스가 혀를 쯧쯧거리는 소리가 들렸다. 「그 여자는 내 삼촌이 아니야.」 플로렌스가 아주 또렷하게 말했다. 「그 여자는 내 삼촌이 아니야. 너도 알잖아.」

「삼촌이 아니라고?」 앤이 외쳤다. 「그렇게 하고 다니는 여자가, 머리를 그렇게 한 여자가, 벽돌공처럼 황갈색 바지를 입고 네 거실을 요란스레 다니는 여자가…….」

그 말에 나는 남의 말을 엿듣는 것일 수도 있다는 생각 따위

5 당시 토머스 하디의 『비운의 주드』가 연재되고 있었으며 연재 초기에는 주드와 수가 행복한 결말을 맞이할 것처럼 내용이 전개되었다. 하지만 주드와 수는 비참한 결말을 맞게 된다.

는 전혀 관심 밖이 되었다. 오히려 복도 쪽으로 조용하고도 재빠르게 걸음을 옮기고 더 열심히 귀를 기울였다. 플로렌스가 다시 소리 내어 웃었다.

「확실하게 말해 두겠는데, 그 여자는 내 삼촌이 아니야.」 플로렌스가 말했다.

「왜 아니야? 왜 그냥 두는데? 플로렌스, 정말 네게는 두 손 두 발 다 들었어. 네 태도는 자연스럽지 않아. 그건 마치 찬장에 구운 고기를 두고서 빵 부스러기와 물로 연명하는 것과 마찬가지라고. 내 말은, 만약 그 여자를 네 삼촌으로 만들지 않는다면 네 친구들이 자기네 삼촌으로 삼을까 고려해 보거나, 정말이야, 아니면 지나가는 누군가가 그렇게 하게 될 거란 얘기야.」

「〈넌〉 관심 없잖아!」

「이제 수 브라이드헤드를 찾았으니 난 다른 사람은 관심 없어. 하지만 너, 넌 그 여자를 좋아하잖아!」

「물론 난 그 여자를 좋아해.」 플로렌스가 조용히 말했다. 이제 나는 너무나 열심히 귀를 기울였기에 플로렌스가 눈을 깜박이고 입술을 내미는 소리까지 들리는 듯했다.

「좋아, 그럼! 내일 저녁에 그 여자에게 소년을 소개해 주자.」 애니는 분명 그렇게 말했다. 「소년에게로 데려와. 넌 레이먼드 양을 만나게 해줄게…….」

「모르겠어.」 플로렌스가 대답했다. 그리고 침묵이 뒤따랐다. 이윽고 약간 달라진 어조로 애니가 말했다.

「평생 그 여자만을 위해 슬퍼할 수는 없는 거야. 그 여자도 절대 그걸 원하지 않을 거고…….」

플로렌스가 혀를 찼다. 「사랑에 빠지는 건 새장에 카나리아를 키우는 것과는 달라. 연인을 잃는다고 밖에 나가 대신할 다른 존재를 구할 수는 없는 거야.」 플로렌스가 말했다.

「나는 네가 바로 그렇게 해야 한다고 생각하는데!」

「그건 〈너〉나 그렇고, 애니.」

「하지만 플로렌스, 그냥 새장을 열어 둘 수도 있다고. 아주 약간만 말이야……. 네 거실에 새 카나리아가 있어. 새장 문에 머리를 들이받고 있다고.」

「새 카나리아가 들어오게 했다고 가정해 봐.」 플로렌스가 말했다. 「내가 자기를 예전 카나리아만큼 좋아하지 않는다는 걸 알게 되면? 만약, 오!」 쿵 하는 소리가 들렸다. 「〈그이〉를 새에게 비교하게 유도하다니, 어떻게 그럴 수가 있니!」 난 〈그이〉가 내가 아니라 릴리언이라는 걸 알았다. 그리고 고개를 돌리고 처음부터 아예 듣지 말걸 하는 생각을 했다. 거실에는 잠시 침묵이 흘렀으며 플로렌스가 잔에 숟가락을 넣어 젓는 소리만 들렸다. 이윽고 내가 다시 살금살금 부엌으로 돌아가려고 하는데 플로렌스의 목소리가 다시 들렸다. 다소 차분해진 목소리였다.

「그런데 넌 새로운 카나리아와 새장에 대해 진심으로 그렇게 말하는 거야……?」

그때 나는 빗자루에 발이 걸려 쓰러졌다. 나는 방금 집에 들어온 것처럼 큰 소리를 내며 손뼉을 쳤다. 애니가 나를 맞이했고, 차를 우려 놓았다고 말했다. 플로렌스는 약간 생각에 잠긴 눈으로 내 눈을 보는 듯했다.

곧 애니가 떠났고, 플로렌스는 밤늦게까지 서류 작업으로 바빴다. 얼마 전부터 플로렌스는 안경을 썼으며, 불빛에 안경이 번득이는 통에 플로렌스가 어디를 보고 있는지, 내 쪽인지 아니면 책인지 알 수 없었다. 우리는 평소처럼 서로에게 잘 자라고 말을 했지만 둘 다 잠을 이루지 못했다. 위층에서 플로렌스의 침대가 삐걱거리는 소리가 들렸고, 플로렌스는 한 번 일어나 변소에 갔다 왔다. 플로렌스는 침실로 돌아가는 길에 내가 있는 거실 문밖에서 내가 자는 소리를 듣기 위해 잠시 멈춘 듯했다. 나는 플로렌스를 부르지 않았다.

이튿날 아침, 나는 너무나 피곤해서 플로렌스를 자세히 살필 수 없었다. 그러나 스토브에 프라이팬을 올려놓고 베이컨을 구우려 할 때 플로렌스가 내게 왔다. 플로렌스는 아주 가까이 다가왔으며, 무척 낮은 목소리로 말했다. 아마도 복도 건너편에 랠프가 있어서 자기가 하는 말을 듣지 못하게 하려는 듯했다. 「낸스, 오늘 밤에 저랑 같이 외출하지 않을래요?」

「오늘 밤이요?」 나는 하품을 하며 말했고, 베이컨을 보고 인상을 찡그리고 있었다. 프라이팬이 뜨거운 걸 깜빡하고 너무 축축한 상태로 베이컨을 올려놓았기 때문에 지글거리며 김이 솟았다. 「어디로요? 기부금을 모으러 가는 건 아니죠?」

「기부금 때문에 나가는 게 아니에요. 사실, 일 때문이 아니라 놀러 가자는 거예요.」

「놀러!」 나는 플로렌스가 논다는 말을 하는 걸 한 번도 들어 본 적이 없었으며, 갑자기 그 말이 무척 음란하게 들렸다. 아마 플로렌스도 그렇게 생각한 모양이었다. 얼굴을 약간 붉히며 손가락을 들고 손장난을 쳤기 때문이다.

「케이블 스트리트 근처에 술집이 있어요.」 플로렌스가 말을 이었다. 「그곳에는 숙녀들의 방이 있어요. 여자들은 그곳을 〈보트를 탄 소년〉[6]이라고 불러요.」

「오, 그래요?」

플로렌스는 나를 한 번 보더니 시선을 돌렸다. 「네, 애니가 그곳에 있을 거예요. 새로 사귄 자기 친구랑 같이요. 그리고 루스와 노라도요.」

「루스와 노라도요!」 내가 쾌활하게 말했다. 둘은 연인이었다.

6 음핵을 뜻하는 속어.

「그럼 모두 톰들이네요?」
놀랍게도, 플로렌스는 꽤 진지하게 고개를 끄덕였다. 「네.」
톰만 참석한다니! 그 생각에 몸이 확 달아올랐다. 여자 동성애자로 가득한 곳에서 저녁을 보내기는 열두 달 만이었다. 내게 아직도 기교가 남아 있는지 궁금했다. 무엇을 입을까? 어떤 태도를 취할까? 톰만 참석한다니! 나를 어떻게 생각할까? 그리고 플로렌스를 어떻게 생각할까?
「제가 안 가도 당신은 갈 건가요?」 내가 물었다.
「아마도 저는…….」
「그럼 갈게요.」 내가 말했다. 그리고 연기가 나는 프라이팬으로 재빨리 눈길을 돌려야 했다. 그래서 플로렌스가 기쁜 표정인지 만족한 표정인지 아니면 대수롭지 않게 여기는 표정인지 볼 수 없었다.
초조한 가운데 그날 하루가 지나갔다. 나는 멋대가리 없는 프록과 치마들 사이에 혹시라도 톰에게 어울릴 만한 보석은 없는지 샅샅이 뒤져 보았다. 물론 작업용으로 입는 얼룩진 능직 무명 바지밖에 없었다. 이 바지를 입고 나타나면 캐번디시 클럽에서라면 큰 화젯거리 정도로 그치겠지만, 이스트엔드용으로는 너무 대담하다는 생각이 들었다. 나는 마지못해 바지를 내려놓고 치마를 골랐다. 그리고 신사용 셔츠와 옷깃과 타이를 골랐다. 셔츠와 옷깃은 빨아서 빳빳하게 풀을 먹여 두었고 푸른색이 도는 표백용 세제를 써서 아주 하얘 보였다. 넥타이는 실크였다. 천에 살짝 결함이 있기는 했지만 아주 고급 실크로, 랠프가 자기가 일하는 공장에서 가져다준 것이었다. 나는 그 실크 천을 유대인 재단사에게 맡겨 넥타이로 만들었다. 실크는 푸른색으로, 내 눈동자를 더욱 도드라져 보이게 했다.
물론 저녁 설거지가 끝날 때까지는 옷을 갈아입지 않았다. 옷을 갈아입을 때가 되자(내가 씻고 거실 벽난로 앞에서 옷을 갈아입는 동안 가엾은 랠프와 시릴은 부엌으로 쫓겨났다) 초조한 흥분으로 기분이 들떠 거의 속이 메슥거릴 정도였다. 비록 치마와 코르셋과 페티코트를 입어야 했지만, 연인을 위해 옷을 차려입은 청년이 된 듯한 기분이 들었던 것이다. 옷을 입는 내내, 그리고 더듬거리며 깃 장식 단추와 넥타이를 하는 내내 위층에서는 삐걱거리는 소리와 천이 스치며 바스락거리는 소리가 들렸으며, 위층에 있는 사람이 나를 위해 옷을 차려입는 연인이 아니라는 게 믿기지 않을 지경이었다.

마침내 플로렌스가 거실 문을 열고 들어서자 나는 잠깐 동안 완전히 넋을 잃고 멍하니 플로렌스를 바라보기만 했다. 플로렌스는 일할 때 입던 드레스 대신 블라우스와 조끼, 치마를 입었다. 치마는 겨울용이라 좀 두꺼웠지만 암자색이었으며 아주 따뜻해 보였다. 조끼는 색조가 더 밝았고 블라우스는 거의 빨간색이었다. 목에는 브로치를 하고 있었다. 금으로 된 테두리에 가닛이 몇 개 박힌 브로치였다. 이곳에서 1년을 살았지만 플로렌스가 검은색과 갈색으로 된 수수한 옷이 아닌 다른 옷을 입은 모습은 처음 보았으며, 그래서 완전히 딴사람처럼 보였다. 붉은색과 암자색은 입술의 붉은색과 새하얀 목과 손, 그리고 엄지손톱의 분홍색과 하얀 반달을 더욱 강조해 주었으며 곱슬곱슬 말려 올라가 윤이 나는 머리털을 금빛으로 빛나게 했다.

「당신 아주 멋지네요.」 어색한 목소리로 내가 말했다. 플로렌스가 얼굴을 붉혔다.

「너무 살이 쪘어요.」 플로렌스가 말했다. 「새 옷들이 영 안 맞네요…….」 이윽고 플로렌스는 내 차림을 유심히 살펴보았다. 「아주 멋지네요. 그 넥타이가 아주 잘 어울리는데요. 그렇죠? 그런데 좀 비뚤어졌네요. 잠깐만요.」 플로렌스는 내게 다가와 넥타이 매듭을 고쳐 주었다. 플로렌스의 손가락이 닿자 목에서 바로 맥박이 쿵쾅거렸고, 나는 두 손을 집어넣을 만한 주머니를 찾아 치마 엉덩이 부분을 우물쭈물 더듬거렸으나 치마 엉덩이에 주머니가 있을 리 없었다. 「왜 이리 안절부절못해요?」 마치 시릴에게 말하듯 부드럽고 조용하게 플로렌스가 말했다. 그러나 뺨은 평소와 색이 달랐으며 목소리 역시 전혀 침착하지 않게 들렸다.

마침내 내 목에 넥타이를 제대로 해주더니 플로렌스가 다시 물러섰다.

「머리만 남았어요.」 내가 말했다. 나는 솔빗 두 개를 가져와 물통에 담가 적신 다음 머리가 단정해지고 윤이 날 때까지 빗어 올렸다. 그리고 손바닥에 머릿기름을(이제 내게는 머릿기름이 있었다)발라 머리털이 묵직해질 때까지 계속 쓸어 넘겼고, 좁고 열기로 후끈거리는 방에는 머릿기름 향이 가득 찼다. 그러는 내내 플로렌스는 거실 문틀에 몸을 기대고 나를 지켜보았다. 이윽고 내가 준비를 마치자 플로렌스가 소리 내어 웃었다.

「우와, 정말 아름다운 한 쌍이잖아!」 랠프가 복도를 지나가며 말했다. 발치에는 시릴이 보였다. 「누군지 몰라볼 뻔했네. 안 그래, 아들?」 시릴은 플로렌스를 향해 손을 들었고, 플로렌스는 끙 소리를 내며 아기를 안아 들었다. 랠프는 플로렌스 어깨에 손을 얹고 좀 전보다 부드러운 목소리로 말했다. 「정말 멋져 보여, 플로렌스. 누나가 이렇게 멋지게 차린 모습을 마지막으로 본 게 1년도 더 된 것 같아.」 플로렌스는 정중하게 고개를 살짝 숙였다. 잠시 둘은 마치 중세 초상화에 나오는 기사와 그 기사가 추앙하는 숙녀처럼 보였다. 이윽고 랠프가 나를 보더니 싱긋 웃었다. 그 웃음에 나는 내가 누구를 더 사랑하는지, 랠프의 누나인지 아니면 랠프인지 헛갈렸다.

「자, 시릴을 좀 봐줄 수 있어?」 랠프에게 아기를 넘기고 외투 단추를 잠그며 플로렌스가 초조한 목소리로 말했다.

「당연하지!」 랠프가 말했다.

「늦지 않게 올게.」

「맘 푹 놓고 늦게까지 있다 와도 돼. 궁금해하지 않을게. 다만 조심하는 거 잊지 말고. 가는 도중에 좀 거친 동네를 지나가야 하거든…….」

베스널 그린에서 케이블 스트리트로 가려면 정말로 런던에서 가장 거칠고 가난하고 지저분한 구역을 지나야 했으며, 평소라면 절대로 지나가기 즐거운 곳이 아니었다. 나는 그 길을 잘 알았다. 플로렌스와 자주 가봤기 때문이다. 나는 어느 골목길이 가장 위험한지, 어느 공장에서 노동자들을 가장 착취하는지, 어느 주택가에 가장 슬프고 절망적인 가족들이 사는지 잘 알았다. 그러나 플로렌스가 인정했듯이, 그날 밤은 놀기 위한 외출이었다. 그리고 좀 이상하게 들릴지도 모르겠지만 그곳을 지나는 일은 무척 즐거웠으며 풍경도 평소와 퍽 달라 보였다. 우리는 싸구려 술집과 싸구려 오락장, 커피숍, 술집들을 지났다. 오늘 밤 그곳들은 평소처럼 우울하고 음산해 보이는 대신 온기와 빛과 색으로 환하게 반짝였으며 웃음과 고함이 넘쳐흐르고 맥주와 비누와 그레이비소스 냄새로 가득했다. 서로 애무하는 연인들이 보였다. 모자에 버찌를 꽂고 입술도 그 색으로 칠한 여자들도 보였다. 아이들은 김이 모락모락 나는 뜨거운 소 내장과 발, 구운 감자 위로 몸을 숙이고 있었다. 한두 시간 뒤면 이 사람들이 슬픔이 가득한 집으로 돌아가야 한다고는 상상도 할 수 없었다. 어쨌든 지금은 이들 그리고 이 거리에 묘한 매력이 넘쳐흘렀다. 이들이 걷는 디스 스트리트, 스캘터 스트리트, 헤어 스트리트, 패션 스트리트, 플러머스 로, 코크 스트리트, 핀크킨 스트리트, 리틀

펄 스트리트 곳곳에.

「오늘 밤은 도시가 아주 즐거워 보이네요!」 플로렌스가 이상하다는 듯 말했다.

〈당신 때문이에요. 당신과 당신이 입은 옷 때문이에요.〉 나는 그렇게 대답하고 싶었다. 하지만 나는 그저 플로렌스에게 싱긋 웃어주고 팔을 잡았다. 「저 재킷 좀 봐요!」 내가 노란 펠트 재킷을 입은 사내를 가리키며 말했다. 어둠이 깔린 브릭 레인에서 재킷은 등불처럼 밝게 보였다. 「예전에 알던 여자가 있었어요. 오, 그 여자라면 저 재킷을 정말 좋아했을 거예요…….」

얼마 지나지 않아 케이블 스트리트가 나왔다. 그곳에서 우리는 왼쪽, 그리고 다시 오른쪽으로 방향을 틀었다. 길 끄트머리에 우리 목적지인 듯한 술집이 있었다. 낮고 지붕이 평평한 자그마한 건물로, 자두빛 햇빛 가리개 아래로 가스등이 설치되어 있었으며 〈프리깃〉이라고 적힌 화려한 간판이 달려 있었다.[7] 그 이름을 보니 우리가 템스강에 얼마나 가까이 걸어왔는지 짐작이 갔다.

「이쪽이에요.」 플로렌스가 살짝 수줍어하며 말했다. 플로렌스는 나를 데리고 문을 지나치더니 건물을 돌아 뒤편에 있는 더 작고 컴컴한 입구로 갔다. 그곳에는 다소 경사가 급하고 위험해 보이는 계단이 아래로 나 있었다. 한때는 지하실이었던 게 분명했다. 아래에 내려가 보니 유리에 성에가 낀 문이 있었고, 그 뒤로 방이 있었다. 우리 목적지인 〈보트를 탄 소년〉(나는 이 이름을 기억하고 있었다)이었다.

내부는 그리 크지 않았고 아주 어두웠기에 눈이 익숙해져서 방 폭과 높이를 가늠하기까지 시간이 좀 걸렸으며, 탁탁 소리가

7 프리깃은 18세기 중반에서 19세기 중반에 쓰던 목조 쾌속 범선을 가리킨다.

나는 벽난로, 가스등, 번쩍이는 놋쇠와 유리와 거울과 백랍 잔 너머 어둑어둑한 곳을 알아보기까지는 한참이 걸렸다. 그곳에는 스무 명 남짓한 사람들이 있었다. 이들은 줄지어 있는 걸상에 앉아 있거나 카운터에 기대 서 있거나 저 멀리 가장 밝은 구석의 당구대인 듯한 물건 주변에 모여 있었다. 하지만 나는 이들을 오랫동안 주시하지는 않았다. 우리가 등장하자 모두 당연히 우리에게 시선을 집중했고, 나는 이상하게도 이들의 시선 앞에서 부끄러워 어쩔 줄 몰라 했기 때문이다.

나는 고개를 숙이고 플로렌스를 따라 바로 갔다. 바 뒤편에는 턱이 각진 여자가 서서 천으로 맥주잔을 닦고 있었다. 우리가 다가오는 것을 보더니 여자가 잔과 천을 내려놓고 활짝 웃었다.

「와, 플로렌스! 여기 다시 온 걸 보니 정말 반가워! 못 본 사이에 비쩍 말랐네!」 바텐더는 손을 내밀어 플로렌스의 손을 잡았고, 얼굴 가득 기쁜 표정을 지었다. 이윽고 바텐더가 나를 보았다.

「이쪽은 제 친구 낸시 애슬리예요.」 플로렌스가 다소 수줍어하며 말했다. 「이쪽은 스윈들스 부인, 이곳 바텐더예요.」 스윈들스 부인과 나는 서로 고개를 까닥하며 웃어 보였다. 나는 외투와 모자를 벗고 손가락으로 머리를 빗어 넘겼다. 그러는 내 모습을 본 스윈들스 부인의 눈썹이 살짝 올라갔다. 나는 부인이 애니 페이지처럼 〈흠, 플로렌스에게 멋진 새 삼촌이 생겼네, 좋았어!〉라고 생각하길 바랐다.

「뭐 마실래요, 낸스?」 플로렌스가 내게 물었다. 나는 뭐든지 같은 걸로 시키겠다고 대답했고, 그 말에 플로렌스는 망설이더니 럼 두 잔을 시켰다. 「저쪽 칸막이 있는 곳으로 가요.」 우리는 방을 가로질러(바닥에는 모래가 있었고 걸어가는 동안 부츠에 밟혀 바삭바삭 소리가 났다) 벤치 두 개가 놓인 식탁으로 갔다.

우리는 서로 마주 보고 앉았으며 잔에 설탕을 넣고 저었다.

「여기 단골이었나요?」 내가 물었다.

플로렌스가 고개를 끄덕였다. 「꽤 오랫동안 오지 않았어요…….」

「그래요?」

「릴리언이 죽은 다음에는요. 솔직히 말하자면, 뭐랄까 좀 바보 같았죠. 그럴 용기가 없었어요…….」

나는 럼이 담긴 내 잔을 물끄러미 내려다보았다. 그러다 갑자기 내 뒤쪽 칸막이에서 웃음이 터지는 바람에 놀랐다.

여자의 목소리가 들렸다. 「내가 말했어. 〈저는 그런 종류의 일은 오직 제 친구랑만 한다고요, 선생님.〉 그러자 남자가 말하더군. 〈에밀리 패팅어 말로는 당신이 에밀리랑 한 시간 반 동안 밴대질을 했다던데.〉 그 말은 거짓말이야. 어쨌든 내가 말했어. 〈그냥 밴대질을 하는 것과 선생님 요구는 완전히 다른 거예요. 만약 제가 여자랑……〉 (이 대목에서 여자는 뭔가 손짓을 한 게 분명했다.) 〈……려면 제게 돈을 내야 한다고요.〉」

「그랬더니?」 다른 목소리가 물었다. 처음 말을 했던 사람은 잠시 말을 멈췄다. 아마 술을 마시는 듯했다. 이윽고 여자가 말했다. 「아 글쎄, 그 자식이 주머니에 손을 넣더니 금화를 꺼내 탁자 위에 탁 하고 올려놓는 거야. 그리고 너희들처럼…….」

플로렌스가 싱글거렸다. 「창녀들이에요.」 플로렌스가 말했다. 「여기 오는 여자 반은 창녀예요. 싫은가요?」 어떻게 싫을 수가 있겠는가. 내 자신이 바로 창녀, 정확히 말하자면 남창이었던 것을. 나는 고개를 저었다.

「당신은 괜찮아요?」 내가 물었다.

「물론이죠. 저 사람들이 저 일을 해야만 하는 게 안됐을 뿐이에요…….」

나는 그 말을 듣지 않았다. 나는 뒤편의 창녀 이야기에 푹 빠져 있었다. 그 여자가 말했다.「우리는 반 시간 동안 밴대질을 했어. 그리고 그 남자가 보는 앞에서 〈벨벳을 애무했어〉.[8] 이윽고 수지가 신기료장수 둘을 데려왔고…….」

나는 다시 플로렌스를 보며 얼굴을 찡그렸다.「저 사람들, 프랑스인이라도 되나요?」내가 물었다.「무슨 말을 하는 건지 못 알아듣겠군요.」그리고 진짜로, 무슨 말인지 알아들을 수 없었다. 거리에서 삶을 꾸려 가는 동안 그런 용어를 들어 본 적이 한 번도 없었기 때문이다. 내가 말했다.「〈벨벳을 애무한다〉는 게 무슨 뜻이죠? 뭔가 극장에서 벌어지는 일처럼 들리는데…….」

플로렌스가 얼굴을 붉혔다.「극장에서 해볼 수는 있겠죠. 하지만 그랬다가는 사회자에게 당장 쫓겨날걸요…….」내가 계속 얼굴을 찡그리고 있는 사이 플로렌스는 입술을 벌려 혀끝을 보여 주었다. 그리고 아주 재빨리, 내 무릎을 힐긋 보았다. 플로렌스가 그런 행동을 하는 것을 본 적이 한 번도 없었던 나는 굉장히 놀랐고, 또한 지독히 흥분이 되었다. 마치 플로렌스가 내게 입술을 파묻은 듯한 느낌이었다. 속바지가 축축하게 젖어 들었고, 뺨이 선홍색으로 달아올랐다. 어쩔 줄 몰라 하는 내 표정을 숨기기 위해 플로렌스의 따뜻한 시선을 피해 다른 곳을 보아야만 했다.

나는 바에 있는 스윈들스 부인을 보았다. 그리고 스윈들스 부인의 머리 위에 한 줄로 걸려 빛나고 있는 백랍 머그들을 보았다가 당구대에 모여 있는 사람들을 보았다. 나는 그 사람들을 좀 더 자세히 관찰했다.「이곳에 있는 사람들이 모두 톰이라고 했죠? 저기에 남자들이 보이는데요?」

8 벨벳을 애무하다, 〈*tipping the velvet*〉은 빅토리아 시대의 은어로 여성의 성기를 입술이나 혀로 자극하는 행위를 의미한다.

「남자라고요? 확실해요?」 플로렌스는 내가 가리킨 곳으로 몸을 돌리더니 당구를 치는 사람들을 자세히 살폈다. 그 사람들은 다소 거칠었으며 반수는 바지에 조끼 차림이었고 빡빡 깎은 머리를 하고 있었다. 그러나 플로렌스는 이들을 꼼꼼히 살펴보더니 웃음을 터뜨렸다. 「남자라고요?」 플로렌스가 다시 말했다. 「저 사람들은 남자가 아니에요! 낸시, 어떻게 그런 생각을 할 수가 있죠?」

나는 눈을 끔벅이며 다시 보았다. 그리고 이번에는 알아볼 수 있었다. 저 사람들은 남자가 아니라 여자였다. 여자였으며 모두 나와 비슷한…….

나는 침을 꿀꺽 삼켰다. 「저 여자들은 남자처럼 하고 사는 건가요?」

플로렌스는 내 목소리가 쉰 것을 알아차리지 못한 채 어깨만 으쓱했다. 「몇은 그럴 거예요. 대부분은 기분에 따라 입고 싶은 대로 옷을 입고, 남들이 여자로 보든 남자로 보든 상관없이 살아가죠.」 플로렌스가 내 눈을 바라보았다. 「제 생각에는 당신도 비슷한 식으로 살지 않았나 싶은데요.」

내가 대답했다. 「만약 지금까지 저만 그렇게 살았을 거라고 생각해 왔다면 절 바보라고 생각하실 건가요…….」

그러자 플로렌스의 시선이 부드러워졌다. 「당신 정말 이상해요!」 플로렌스가 상냥하게 말했다. 「당신은 벨벳을 애무한 적도 없고…….」

「그런 적이 없다고 말하지는 않았어요. 단지 그렇게 표현한 적이 없을 뿐이에요.」

「그럼 당신은 온갖 이상한 용어를 쓴 거군요. 바지를 입은 톰을 본 적도 없어 보이고요. 정말이지 낸스, 가끔은, 가끔은 당신이 다 자라서 태어난 게 아닐까 하는 생각이 들 때가 있어요. 조개껍데기에서 태어나는 그림 속 비너스처럼요.」

플로렌스는 손가락을 잔에 담가 설탕을 탄 럼을 묻히더니 입술로 가져갔다. 나는 목이 더욱 칼칼해졌고, 심장이 야릇하게 비틀거렸다. 이윽고 나는 코를 킁킁거리며 당구대 옆에 있는 바지를 입은 톰들로 시선을 옮겼다.

잠시 뒤 내가 말했다. 「아무래도 능직 무명으로 된 바지를 입을 걸 그랬나 봐요.」 플로렌스가 소리 내어 웃었다.

우리는 잠시 럼을 홀짝이며 앉아 있었다. 여자들이 더 들어왔고, 방은 더 더워지고 시끄러워지고 담배 연기로 가득 찼다. 바에 가서 잔을 다시 채워 돌아와 보니 우리 칸막이에 애니가 루스와 노라, 그리고 금발에 예쁘장한 여자가 함께 와 있었다. 금발의 여자는 레이먼드 양이라고 했다. 「레이먼드 양은 인쇄소에서 일해.」 애니가 말했고, 나는 그 말을 듣고 놀라는 척해야 했다. 30분 정도 지났을 때 레이먼드 양은 화장실에 갔고, 애니는 자기가 레이먼드 양 옆에 앉을 수 있도록 우리 자리를 다시 배치했다.

「빨리, 빨리!」 애니가 외쳤다. 「금방 돌아올 거야! 낸시, 저쪽으로 앉아!」 나는 벽과 플로렌스 사이에 앉았다. 그리고 다른 여자들이 말을 하는 길고도 감미로운 시간 동안, 암자색 옷 아래 플로렌스의 허벅지가 수수한 옷 아래 더 가느다란 내 허벅지를 누르는 걸 음미했다. 나는 플로렌스가 내게 고개를 돌릴 때마다 뺨으로 숨결을 느낄 수 있었다. 뜨겁고 달콤하고 럼 향기가 배어든 숨결을.

저녁이 지나갔다. 여태 오늘 저녁처럼 즐거웠던 적은 없었다는 생각이 들기 시작했다. 나는 루스와 노라를 물끄러미 바라보았고, 둘이 소리 내어 웃으며 서로 기대는 모습이 보였다. 그리고 애니를 보았다. 애니는 레이먼드 양의 얼굴을 바라보았고 한 손은 그 어깨에 올라가 있었다. 곧이어 나는 플로렌스를 보았다.

플로렌스가 배시시 웃었다. 「좋아요, 비너스?」 플로렌스가 말했다. 머리칼이 핀에서 빠져나와 옷깃 언저리에서 곱슬곱슬하게 말려 있었다.

이윽고 노라가 예의 그 진지한 이야기 가운데 하나를 꺼냈다. 「오늘 사무실로 여자가 왔어. 들어 봐…….」 나는 하품을 하며 노라에게서 시선을 돌려 당구 치는 사람들 쪽을 바라보았다. 그리고 당구대 주변의 여자들 모두가 당구대가 아닌 나를 보고 있는 것을 알고는 펄쩍 뛸 만큼 깜짝 놀랐다. 그 사람들은 나를 두고 뭔가 논쟁을 벌이는 듯했다. 한 명은 고개를 끄덕였고, 한 명은 고개를 저었으며, 다른 한 명은 실눈을 뜨고 나를 보더니 쿵 소리가 날 정도로 단호하게 당구채를 바닥에 놓았다. 나는 조금 불편해지기 시작했다. 어쩌면(누가 알겠는가?) 이곳에 짧은 머리에 치마 차림으로 온 것이 톰이 지켜야 할 예절에 어긋나는 것일 수도 있었다. 나는 시선을 돌렸다. 그리고 그쪽을 다시 보았을 때, 모여 있던 사람들 가운데 한 명이 우리 쪽 칸막이를 향해 걸어왔다. 그 여자는 덩치가 컸으며, 팔꿈치까지 소매를 걷어붙이고 있었다. 팔에는 조악한 문신이 새겨져 있었는데 무척 진한 녹색에다 윤곽이 흐릿했기 때문에 거의 멍처럼 보였다. 그 여자는 우리 좌석에 오더니 문신한 팔을 칸막이에 기대고 몸을 숙여 나와 시선을 맞췄다.

「실례합니다, 아가씨.」 여자가 다소 큰 목소리로 말했다. 「제 친구 제니 말로는 당신이 연예장에서 키티 버틀러와 공연하던 낸 킹이라는 여자라는군요. 전 당신이 낸 킹이 아니라는 데 1실링을 걸었어요. 자, 그러니 답을 알려 주시겠어요?」

나는 재빨리 식탁 주변을 보았다. 플로렌스와 애니는 조금 놀란 표정으로 나를 보았다. 노라는 하던 이야기를 멈추더니 웃으며 말했다. 「이럴 때 낸시 덕을 안 보면 언제 보겠어? 아마 공짜

술을 마실 수 있을 거야.」 레이먼드 양이 소리 내어 웃었다. 내가 낸 킹일 거라고 믿는 사람은 아무도 없었다. 물론 나는 지난 5년 동안 그 사실을 숨겨 왔고, 나 스스로 부정해 왔다.

그러나 럼과 온기, 입 밖으로 표현하지 못한 열정이 녹슨 자물쇠에 기름을 칠하는 역할을 한 것 같았다. 나는 그 여자를 다시 보며 말했다. 「안됐지만, 당신은 내기에 졌네요. 〈전〉 낸 킹이거든요.」 진실이었지만 나는 마치 사기꾼이 된 듯한 기분이었다. 마치 〈전 로즈버리 경[9]이랍니다〉라고 말한 듯한 기분이었다. 나는 플로렌스를 보지 않았다. 그러나 곁눈으로 플로렌스가 입을 떡 벌린 모습이 들어왔다. 나는 문신한 여자를 보았고, 그 여자는 흔들거릴 정도로 우리 칸막이를 세게 치더니 큰 소리로 웃어 대며 자기 친구에게 외쳤다.

「제니, 네가 이겼어! 낸 킹이래. 축하해!」

그 말에 당구대에 모여 있던 사람들은 환호성을 질렀고, 덕분에 실내 대부분이 조용해졌다. 옆 칸에 있던 창녀들이 나를 보기 위해 일어났다. 〈낸 킹이야. 저기 낸 킹이 있어!〉라고 속삭이는 소리가 여기저기서 들렸다. 문신을 한 톰의 친구 제니가 내게 다가오더니 손을 내밀었다.

「킹 양.」 그 여자가 말했다. 「당신이 이곳에 들어오는 순간부터 당신을 알아봤어요. 당신이 버틀러 양과 패러건에서 공연하는 모습을 보며 얼마나 즐거워했는지 몰라요!」

「친절하신 말씀이네요.」 내가 여자의 손을 잡으며 말했다. 그러면서 플로렌스와 시선을 맞췄다.

「낸스.」 플로렌스가 물었다. 「이게 무슨 말이죠? 정말로 연예장에서 일했던 거예요? 왜 한 번도 그런 말을 안 했나요?」

「꽤 옛날 일이에요…….」 플로렌스는 고개를 저었고, 나를 자

9 1894~1895년 재임한 영국 총리.

세히 살펴보았다.

「설마 당신 친구가 유명한 스타인 걸 몰랐다는 건 아니겠죠?」 우리 말을 들은 제니가 물었다.

「우리는 낸시가 연예장에서 일했는지조차 몰랐는걸요.」 애니가 말했다.

「낸 킹과 키티 버틀러는 정말 멋진 팀이었어요! 그 둘과 같은 매셔는 다시는 없었죠…….」

「매셔!」 플로렌스가 말했다.

「네.」 제니가 계속해서 말했다. 「잠깐, 보여 줄 게 있어요. 여기요…….」 제니는 놀라 입을 떡 벌린 여자들 무리를 헤치고 바 쪽으로 갔고, 일부러 여급의 눈길을 끈 다음 뒤집힌 채 늘어선 병들 뒤의 벽을 향해 손짓했다. 그곳에는 빛바랜 거친 모직 천 조각이 있었고, 그 위로 메모지며 그림엽서들이 잔뜩 꽂혀 있었다. 스윈들스 부인이 종이들이 말려 있는 쪽으로 잠시 손을 뻗더니 작고 구부러진 뭔가를 뽑아 내는 모습이 보였다. 부인은 그것을 제니에게 건넸다. 곧 그것은 내 앞에 놓였고, 나는 그 사진을 살펴보았다. 흐릿하기는 했지만 통바지와 밀짚모자 차림의 키티와 나였다. 나는 키티의 어깨에 손을 얹고 손가락 사이에는 불붙이지 않은 담배를 끼고 있었다.

나는 그 사진을 보고 또 보았다. 나는 그 옷의 무게와 향, 내 손아래 놓여 있던 키티 어깨의 감촉을 아주 또렷하게 기억했다. 하지만 그럼에도 마치 누군가 다른 사람의 과거를 보고 있는 느낌이 들면서 몸이 떨렸다.

이윽고 누군가 내가 들고 있던 엽서를 낚아채 갔다. 맨 처음은 플로렌스였다. 플로렌스는 머리를 가까이 대고 거의 나만큼이나 열심히 엽서를 살펴보았다. 다음은 루스와 노라, 그다음은 애니와 레이먼드 양, 그리고 마지막으로 제니가 받아서 자기 친구들에게 보여 주었다.

「이게 아직도 여기 꽂혀 있을 줄 알았다니까요.」 제니가 말했다. 「그 엽서를 저기 꽂아 두었던 여자가 기억나요. 그 여자는 당신에게 꽤 열을 올렸죠. 사실 당신은 여기 〈보트를 탄 소년〉에서늘 가장 인기 있는 존재였어요. 그 여자는 벌링턴 아케이드에 있는 숙녀에게서 그 엽서를 구했죠. 관심 있는 여자에게 당신 같은 사람의 사진을 파는 여자가 그곳에 있다는 걸 알고 있었나요?」

나는 고개를 저었다. 관심 있는 〈남자〉를 낚기 위해 벌링턴 아케이드를 그렇게 돌아다니면서 그 여자를 한 번도 보지 못했다니 생각할수록 놀라울 따름이었다.

「당신을 〈여기〉서 보게 되다니 정말 예기치 않은 기쁨이네요.」 누군가 다른 사람이 외쳤다. 그 말이 무슨 뜻인지 사람들이 깨닫는 동안 여기저기서 웅성거림이 들렸다. 「전혀 상상 밖이라고 말할 수는 없겠는걸.」 누군가 말했다. 이윽고 제니가 다시 내 쪽으로 가까이 몸을 기울이고 고개를 들었다.

「이런 질문을 해도 될까 모르겠지만, 버틀러 양은 어때요? 듣기로는 그분도 살짝 톰 기운이 있다고 하던데.」

「맞아.」 다른 여자가 말했다. 「나도 그 말을 들었어.」

나는 망설였다. 그리고 말했다. 「잘못 아셨어요. 키티는 아니에요.」

「조금도요……?」

「전혀요.」

제니가 어깨를 으쓱했다. 「허, 그것 참 안타깝네.」

나는 돌연 당황하여 무릎으로 시선을 내리깔았다. 하지만 더 당황스러운 일이 벌어졌다. 그 순간 창녀 가운데 한 명이 루스와 노라를 밀치며 다가와 이렇게 외친 것이다. 「오, 킹 양, 우리에게 노래를 불러 주지 않으실래요?」 그 외침에 이어 여남은 명이 한 소리로 외쳤다. 「오, 그래요, 킹 양, 그래 주세요!」 그리고 마치 악몽처럼, 부서져 가는 낡은 피아노가 어디선가 나타나더니 모래가 깔린 바닥 위로 밀려 들어왔다. 즉시 어떤 여자가 피아노 앞에 앉더니 손마디를 꺾어 우두둑 소리를 낸 뒤 불안한 음조로 곡을 연주했다.

「정말로 전 못해요!」 나는 황급히 플로렌스를 보았다. 플로렌스는 이제까지 내 얼굴을 한 번도 본 적이 없는 사람처럼 나를 뚫어져라 살피고 있었다. 제니가 마구 외쳐 댔다. 「오, 해주세요, 낸. 당당하게 해주세요. 〈보트를 탄 소년〉에 있는 여자들을 위해서요. 예전에 부르던 노래가 뭐였죠? 아름다운 숙녀들에게 눈을 찡긋하며 금화를 뿌려 대는 내용이었는데…….」

한 명, 또 한 명, 그리고 또 한 명이 그 노래가 무엇인지 기억해 냈다. 꿀꺽꿀꺽 맥주를 마시던 애니는 그 제목을 듣고 하마터면 사레가 들 뻔했다. 「맙소사!」 애니가 입을 문지르며 말했다. 「그 노래를 부른 게 너였어? 홀본 엠파이어에서 너를 한 번 본 적이 있어! 내게 초콜릿 금화를 던졌어. 네 주머니에 들어 있는 동안 반쯤 녹았더라. 나는 그걸 먹으면서 이제 죽어도 좋다고 생각했어! 오, 〈낸시〉!」

나는 애니를 바라보며 입술을 깨물었다. 당구를 치던 사람들은 당구채를 모두 내려놓고 피아노 주위로 와 서 있었다. 피아노 치는 사람은 그 노래의 화음을 연주했고, 스무 명 정도 되는 사람들이 노래를 했다. 말도 안 되는 가사였다. 하지만 나는 합창대의 목소리 위로 경쾌하게 들려오던 키티의 목소리를 기억했다. 터무니없는 가사를 꿀처럼 달콤하게 들리게 하던 키티의 목소리를 또렷하게 기억했다. 여기 시끄러운 지하실에서 그 노래는 아주 다르게 들렸다. 하지만 진실성이 담겨 있었으며 예전과 다른 달콤함이 배어 있었다. 나는 여자들이 떠들썩하게 부르는 노래를 들으며 나도 모르게 같이 흥얼거리기 시작했다……. 금세 나는 의자에 무릎을 꿇고 함께 노래하기 시작했다. 노래가 끝나자 사람들이 환호를 지르며 손뼉을 쳤고, 나는 솟아나는 눈물을 멈추기 위해 머리를 팔에 대고 입술을 깨물어야 했다.

이윽고 사람들은 키티와 내가 부르지 않은 다른 노래를 부르기 시작했지만, 나는 그 노래를 몰랐기에 같이 부를 수 없었다. 나는 자리에 앉아 칸막이에 머리를 기댔다. 어떤 여자가 돼지고기 파이가 담긴 접시를 가져와 식탁에 내려놓더니 스윈들스 부인이 보낸 거라면서 〈서비스〉라고 했다. 나는 잠시 동안 바삭거리는 가장자리 부분을 떼어 먹었고, 약간 진정이 되었다. 루스와 노라는 원래 하던 이야기는 까맣게 잊고 식탁에 팔꿈치를 대고 턱을 괸 자세로 나만 바라보았다. 애니는 믿지 못하는 레이먼드 양에게 설명을 하고 있었다(새로 시작한 노래가 잠시 멈춘 틈을 타서 애니의 이야기를 들을 수 있었다). 「아니, 맹세하는데, 몰랐어. 눈에는 멍이 든 채로 물냉이 다발을 들고 플로렌스의 현관 계단에 나타나서 떠나질 않는 거야. 〈완전히〉 다크호스…….」

플로렌스의 얼굴은 나를 향해 있었으나 눈은 어둠에 가려 보이지 않았다.

「정말로 당신이 유명했나요?」 담배를 찾아 불을 붙이던 내게 플로렌스가 물었다. 「정말로 노래를 했고요?」

「노래하고 춤을 췄죠. 한번은 브리태니아에서 공연하는 팬터마임에서 연기도 했어요.」 내가 내 허벅지를 쳤다. 「제 주인이신 왕자님은 어디 계시옵니까?」 플로렌스가 소리 내어 웃었지만 나는 웃지 않았다.

「당신이 공연하는 모습을 보았으면 좋았을 텐데! 언제였어요?」

나는 잠깐 생각에 잠겼다. 「1889년이군요.」

플로렌스는 입술을 내밀었다.「아, 그해 내내 파업 투쟁이 있었어요. 연예장에 갈 짬이 전혀 없었죠. 어느 날 밤인가 브리태니아 밖에 서 있었던 기억이 나요. 부두 노동자들을 위한 기금을 모으려고요…….」 플로렌스가 싱긋 웃었다.「하지만 저도 초콜릿 금화를 좋아했을 거예요.」

「음, 저도 분명 당신에게 하나를 던졌을 거예요…….」

플로렌스는 잔을 입술로 가져가더니 뭔가 생각에 잠겼다.「무슨 일이 생겼기에 극장을 떠나게 되었죠? 그렇게 잘했다면 왜 그만둔 건가요? 무슨 일이 있었나요?」 플로렌스가 물었다.

뭔가 고백을 해야 했다. 그러나 전부를 고백할 준비는 되어 있지 않았다. 나는 내 접시를 플로렌스 쪽으로 밀었다.「저 대신 이 파이를 좀 먹으세요.」 내가 말했다. 그리고 플로렌스 너머 식탁을 향해 외쳤다.「애니, 담배 한 대 줄래? 이건 잘못 말았네.」

「음, 어지간하면 안 주겠지만 넌 〈유명인〉이니까…….」

플로렌스는 루스와 함께 파이를 먹었다. 피아노 옆에서 노래하던 사람들은 지치고 목이 쉬어 갔고, 마침내 당구대로 돌아갔다. 옆 칸에 있던 창녀들은 일어나 모자를 썼다. 라임하우스와 와핑에 있는 좀 더 평범한 술집으로 일하러 가는 듯했다. 노라가 하품을 했고, 그런 노라를 본 우리도 모두 하품을 했다. 그리고 플로렌스가 한숨을 쉬었다.

「갈까요?」 플로렌스가 물었다.「많이 늦은 거 같아요.」

「거의 자정이에요.」 레이먼드 양이 말했다. 우리는 일어나 외투를 입었다.

「스윈들스 부인이랑 잠깐 할 이야기가 있어요.」 내가 말했다.
「파이에 대해 고맙다고 해야죠.」 나는 부인에게 감사의 말을 했고(부인에게 가는 동안 대여섯 명이 나를 끌어안고 키스를 했다), 당구대로 가 제니에게 고개를 까닥했다.

「좋은 밤 보내세요.」 내가 말했다. 「당신이 내기에 이겨서 기뻐요.」

제니가 내 손을 잡고 흔들었다. 「좋은 밤 보내세요, 킹 양! 내기에 이긴 것 따위는 당신이 우리와 함께 이곳에 있었던 일에 비하면 아무것도 아니에요.」

「여기서 다시 당신을 볼 수 있나요, 낸?」 팔에 문신을 한 제니의 친구가 외쳤다. 나는 고개를 끄덕였다. 「그럴 거예요.」

「하지만 다음번에는 제대로 노래를 불러 주셔야 해요. 당신 혼자서요. 신사 복장을 제대로 차려입고요.」

「맞아요, 그래야 해요!」

나는 대답하지 않고 그냥 빙긋 웃고는 그곳을 떠났다. 하지만 뭔가 떠올라 다시 제니에게 손짓을 했다.

제니가 다가오자 나는 조용히 말했다. 「그 사진이요, 당신 생각에 제가 그 사진을 가져가면 스윈들스 부인이 싫어할까요?」 제니는 즉시 주머니에 손을 넣더니 구겨지고 빛이 바랜 사진을 꺼내 내게 건넸다.

「가지세요.」 제니는 이렇게 말하고는 궁금증 때문에 묻지 않고는 배길 수 없던 모양이었다. 「그런데 둘이 찍은 사진이 없는 거예요? 전 당연히 있을 거라고…….」

「우리 둘만 알고 있도록 해요.」 내가 말했다. 「저는 그쪽 일을 좀 급하게 그만두었어요. 그때 물건들을 다 잃어버렸고, 지금까지 별로 아쉽다는 생각을 안 하고 있었어요. 하지만 이건…….」 나는 사진을 내려다보았다. 「뭐, 이걸 가지고 있으며 가끔 추억을 떠올리는 게 해가 되는 건 아니니까요.」

「맞아요. 좋은 추억을 떠올리길 빌게요.」 제니가 상냥하게 말했다. 이윽고 제니는 내 어깨 너머로 플로렌스와 친구들을 보았다. 「당신 여자 친구가 기다리네요.」 싱긋 웃으며 제니가 말했다. 나는 외투 주머니에 사진을 넣었다.
「그러네요.」 내가 멍하니 말했다. 「그러네요.」
나는 친구들에게 돌아갔다. 우리는 붐비는 실내를 뚫고 금방이라도 무너질 것 같은 계단을 올라 살을 에는 듯한 2월의 밤거리로 나왔다. 〈프리깃〉 바깥은 어둡고 조용했다. 하지만 케이블 스트리트의 소란스러운 소리가 희미하게 들려왔다. 우리와 마찬가지로 이스트엔드에 있는 다른 술집들의 손님들도 비틀거리며 집을 향한 여정을 시작하고 있었다.
걷기 시작하며 내가 물었다. 「〈보트를 탄 소년〉의 여자들과 이곳 사람들이나 깡패들과 문제가 생기거나 하지는 않아?」
애니는 추위를 막기 위해 옷깃을 세우더니 레이먼드 양의 팔을 잡았다. 「가끔은.」 애니가 말했다. 「가끔은 그러기도 하지. 언젠가 한번은 남자들이 보닛을 씌운 돼지를 지하실 계단으로 몰아넣은 적이 있어…….」
「설마!」
「진짜야.」 노라가 말했다. 「그리고 한번은 싸우다가 머리가 깨진 여자도 있었어.」
「하지만 그건 삼각관계 때문이었어요.」 플로렌스가 하품을 하며 말했다. 「그리고 그 여자를 때린 건 상대방 여자의 남편이었어요.」
「진실인즉슨, 이곳에 유대인, 인도인, 독일인, 폴란드인, 사회주의자, 무정부주의자, 구세군이 뒤섞여 있다는 거지. 그래서 사람들은 무얼 봐도 놀라지 않아.」 애니가 말을 받았다.
하지만 애니가 이렇게 말하는 사이에도 케이블 스트리트 끄트머리에 있는 집에서 남자 둘이 나오더니 우리를, 애니와 레이먼드 양이 팔짱을 낀 모습을, 루스가 노라의 주머니에 손을 넣고 있는 모습을, 플로렌스와 내가 어깨가 스칠 정도로 가까이 걷는 모습을 보고 뭐라고 중얼거리며 조롱을 했다. 한 명은 우리가 자기 앞을 지나가자 기침을 하는 척하며 침을 뱉었다. 다른 한 명은 바짓가랑이에 손을 갖다 대 불룩한 모양을 만들더니 우리를 향해 고함을 치며 껄껄거렸다.

애니가 나를 돌아보며 어깨를 으쓱했다. 레이먼드 양은 우리 모두를 웃기기 위해 이렇게 말했다.「〈저〉를 위해 머리가 깨지는 걸 무릅쓸 여자가 있을까 모르겠네요.」

「당신의 마음을 얻을 수만 있다면 기꺼이 그러지요, 레이먼드 양.」 나는 당당히 외쳤고, 애니와 플로렌스가 나를 보며 얼굴을 찡그리는 모습을 보자 뿌듯한 기분이 들었다.

걸어가는 동안 우리 일행은 수가 줄어들었다. 화이트채플에서 루스와 노라가 마차를 잡아타고 시내에 있는 자기들 아파트로 돌아갔으며, 레이먼드 양이 사는 쇼디치에서는 애니가 부츠 끝을 내려다보며 말했다.「레이먼드 양을 집 앞까지 바래다줘야 할 것 같네. 너무 야심한 시간이라서. 나를 두고 먼저 가. 곧 따라갈게.」

그래서 나와 플로렌스만 남게 되었다. 우리는 빠르게 걸었다. 무척 추웠으며 플로렌스는 내 팔을 잡고 몸을 아주 가까이 대고 걸었다. 퀼터 스트리트 끄트머리에 도착하자 우리는 걸음을 멈추었고, 나는 처음 여기 왔을 때처럼 잠시 콜럼비아 마켓의 어두컴컴하고 섬뜩한 탑들에 시선을 보내고는 별도 달도 없고 안개와 연기만 자욱한 런던 하늘을 힐긋 쳐다보았다.

「애니가 우리를 따라올 거 같진 않네요.」 쇼디치 쪽을 돌아보며 플로렌스가 중얼거렸다.

「맞아요.」 내가 말했다.「안 그럴 거예요…….」

집에 들어가자 덥고 통풍이 안 되는 것처럼 느껴졌다. 하지만 외투를 벗고 변소를 다녀오자 곧 추워졌다. 랠프가 내 침대를 펼쳐 놓았으며, 오븐에 찻주전자를 넣어 두었다는 메모가 벽난로 선반에 놓여 있었다. 오븐을 열어 보니 찻주전자가 보였다. 그레이비소스처럼 진하고 갈색이었지만, 어쨌든 우리는 차를 마셨다. 우리는 머그를 들고 집 안에서 가장 따뜻한 장소인 거실로 돌아왔고, 창백한 벽난로 속에서 마지막으로 이글거리는 석탄 몇 개를 바라보며 손을 잡고 있었다.

내 침대를 펼쳐 놓기 위해 의자들을 거실 뒤쪽으로 밀어 놓은 상태였기에, 우리는 조금 부끄러워하며 침대 위에 나란히 앉았다. 우리가 앉자 침대 바퀴가 살짝 밀렸으며, 플로렌스가 소리 내어 웃었다. 식탁 위에 등불이 켜져 있었으나 약하게 켜둔 데다 꽤 멀리 있었기에 실내는 퍽 어두침침했다. 우리는 앉아서 차를 마시며 물끄러미 석탄을 지켜보았다. 때때로 벽난로에서 재가 살짝 날렸고, 석탄에서 탁 하며 튀는 소리가 났다. 플로렌스가 조용히 말했다. 「〈소년〉에 다녀오고 나니 여기가 아주 조용하네요!」

나는 무릎을 구부려 턱을 받치고 있었고(융단 위에 있는 침대는 높이가 아주 낮았다), 이제 고개를 돌려 뺨을 무릎에 대고 플로렌스를 향해 싱긋 웃어 보였다.

「저를 그곳에 데려가 줘서 아주 기뻐요.」 내가 말했다. 「그렇게 즐거운 시간을 보낸 게 언제인지……. 기억도 안 나요.」

「그래요?」

「네. 그리고 제 즐거움의 절반은 그렇게 쾌활한 당신의 모습을 본 덕분이었어요…….」

플로렌스가 빙그레 웃더니 하품을 했다. 「레이먼드 양은 정말 잘생겼죠?」 플로렌스가 내게 물었다.

「아주 잘생겼어요.」 나는 〈그래도 당신만큼 잘생기지는 않았어요〉라고 말하고 싶었다. 한때는 평범하다고 생각했던 얼굴을

다시 보며 이렇게 말하고 싶었다. 〈오, 플로렌스, 당신만큼 잘생긴 사람은 아무도 없어요!〉

그러나 나는 그 말을 입 밖으로 내지 않았다. 그러는 동안 플로렌스가 빙그레 웃었다. 「애니가 좋아했던 또 다른 여자를 알아요. 그 여자와 애니는 우리 집에 머무른 적이 있어요. 애니 집엔 애니 여동생이 있거든요. 둘은 이곳에서 잤고, 저와 릴리언은 위층에서 잤죠. 둘이 어찌나 시끄러웠던지 몽크스 부인이 와서 물었어요. 〈누가 아픈가요?〉 하고 말이죠. 우리는 릴리언이 치통을 앓는다고 말해야 했죠. 사실은 밤새 잘 잤는데 말이에요. 그 옆에는 제가 누워 있었고요…….」

플로렌스가 점차 소리를 낮췄다. 나는 넥타이를 끌렀다. 플로렌스가 릴리언 옆에 누워 있는 상상을 하니 쓸데없는 열정이 꿈틀거리며 괴로워졌다. 하지만 평소처럼 몸이 후끈 달아오르기도 했다. 내가 말했다. 「그렇게 사랑하는 누군가와 침대를 같이 쓰는 게 어렵지 않았나요?」

「지독히 어려웠어요! 하지만 또한 무척 황홀하기도 했죠.」

「릴리언에게 한 번도, 단 한 번도 키스하지 않았나요?」

「릴리언이 자고 있을 때 가끔 했어요. 머리털에요. 릴리언의 머리털은 멋졌어요…….」

키티와 내가 사랑을 나누기 한참 전에 키티 옆에 누워 있던 기억이 아주 생생했다. 내가 조금 다른 어조로 말했다. 「릴리언이 자는 모습을 지켜보며 당신 꿈을 꾸길 바란 적이 있었나요?」

「초에 불을 붙이곤 했죠. 그 모습을 보려고요!」

「릴리언이 당신 옆에 누워 있을 때 만지고 싶은 마음에 몸이 아려 오지 않았어요?」

「그랬다가 릴리언이 알게 되면 화를 낼 거라고 생각했어요! 그 생각만 해도 겁이 나 죽을 지경이었어요!」

「하지만 자기 몸을 만지면서 그 손길이 릴리언의 손길이었으면 하고 바란 적은 없나요?」

「아, 부끄러운 말을 해야겠네요! 한번은 침대에서 릴리언에게 몸을 기대며 움직였는데 릴리언이 잠꼬대를 하더라고요. 〈짐!〉 하고요. 짐은 릴리언 남자 친구의 이름이었어요. 그리고 또 말했어요. 〈짐!〉 하고요. 전 릴리언이 그런 목소리로 말하는 걸 한 번도 들은 적이 없었죠. 울어야 할지, 어떻게 해야 할지 몰랐어요. 하지만 정말로 제가 원했던 건, 오, 낸스, 제가 정말로 원했던 건 혼수상태에 빠진 여자처럼 릴리언이 깊게 잠드는 거였어요. 제가 릴리언을 만질 수 있도록, 그리고 제가 그러는 동안 릴리언이 저를 남자 친구로 생각하며 바로 그 목소리로…….」

플로렌스는 숨을 깊이 들이마셨다. 벽난로의 석탄 하나가 덜그럭거리며 떨어졌지만 플로렌스는 그쪽으로 고개를 돌리지 않았고 나 역시 마찬가지였다. 우리는 오직 서로를 바라볼 뿐이었다. 마치 플로렌스가 뱉은 단어들이 너무나 따뜻해서 우리 시선이 한데 섞여 녹아 들어 다시 떼어 낼 수 없게 된 것만 같았다. 내가 웃음기 밴 목소리로 말했다. 「짐! 짐!」 플로렌스는 눈을 끔벅였고 몸을 떠는 듯했다. 나 역시 몸이 떨렸다. 그리고 나는 꾸밈없이 말했다. 「오, 플로렌스…….」

마치 뭔가 불가사의한 힘이 작용한 듯, 우리 입술 사이 거리가 점차 가까워지더니 곧 사라졌다. 우리는 키스를 했다. 플로렌스는 손을 들어 내 입가를 어루만졌고, 밀착한 우리 입술 사이로 손가락을 가져왔다. 손가락에서는 아직도 설탕 맛이 났다. 나는 너무나 몸이 떨려 주먹을 꽉 쥐고 속으로 생각했다. 〈그만 좀 떨어! 키스 한 번 못해 본 여자라고 플로렌스가 생각하겠어!〉

하지만 손을 들어 플로렌스를 만지자 플로렌스 역시 나만큼이나 심하게 몸을 떨고 있었다. 잠시 후 나는 플로렌스의 목에서 붕긋 솟아오른 가슴으로 손을 움직였고, 플로렌스는 물고기처럼 몸을 퍼덕이더니 빙그레 웃으며 내게 더 가까이 몸을 기댔다. 「더 세게 만져 주세요!」 플로렌스가 말했다.

우리는 침대로 쓰러졌고, 침대는 다시 양탄자 위에서 살짝 움직였다. 나는 플로렌스의 셔츠 단추를 끄르고 가슴에 얼굴을 대고 슈미즈 면 사이로 젖꼭지를 빨았다. 젖꼭지는 점차 단단해졌고, 플로렌스는 몸이 뻣뻣해지며 신음을 냈다. 플로렌스가 다시 내 머리에 손을 대더니 자기가 키스할 수 있도록 몸을 움직였다. 나는 플로렌스 위로 올라가 엎드려 내 아래 플로렌스 몸의 움직임과 가슴의 감촉을 느끼며 금방이라도 오르가슴에 이르거나 기절할 것만 같은 상태에 이르렀다. 하지만 바로 그때 플로렌스가 내 몸을 돌리고 위로 올라가 치마를 들치고 손으로 다리 사이를 아주 천천히, 아주 가볍게, 아주 감질나게 쓰다듬었다. 나는 이 상태가 지속되며 오르가슴에 도달하지 않기를 바랐다…….

마침내 플로렌스가 가장 촉촉이 젖은 부분에 손을 대더니 내 귀에 대고 숨을 쉬었다. 플로렌스가 속삭였다. 「이렇게 해도 되나요? 안쪽이요.」 그 질문은 너무나 상냥하고 너무나 당당했기에 나는 하마터면 울음을 터뜨릴 뻔했다. 「오!」 내가 말했고, 플로렌스는 다시 내게 키스했다. 잠시 후 플로렌스가 내 안에서 움직이는 것이 느껴졌다. 처음에는 손가락 하나, 이어서 둘로 늘어난 듯했고, 그리고 셋……. 마침내 잠깐 지그시 누르고 있다가 플로렌스는 손목까지 내 안으로 밀어 넣었다. 나는 날카롭게 소리친 듯하다. 나는 몸을 떨고 헐떡이며 새된 소리를 냈다. 내 안에서 플로렌스의 손이 미묘하게 움직이는 것이, 달콤한 손가락이 펴졌다 오그라졌다 하는 것이 느껴지며…….

오르가슴에 도달할 때 나는 뭔가 분출되는 것을 느꼈으며 플로렌스의 손이 팔꿈치부터 손가락까지 내 애액으로 축축하게 젖은 것을 알았다. 플로렌스 역시 나와는 약간 다른 오르가슴에 도달한 뒤 치마를 축축이 적신 채 내 위로 힘없이 축 늘어져 있었다. 플로렌스가 손을 빼냈고(그로 인해 나는 또다시 몸이 떨렸다) 나는 그 손을 꽉 움켜쥐고 플로렌스의 얼굴을 내 쪽으로 끌어당겨 키스했다. 이윽고 우리는 식어 가는 증기 기관처럼 맥박이 차분해질 때까지 서로에게 팔다리를 딱 붙이고 아주 조용히 누워 있었다.

마침내 플로렌스는 몸을 일으켰고 식탁에 머리를 부딪혔다. 접이식 침대가 거실 한쪽 끝에서 다른 쪽 끝까지 옮겨 가 있었지만 우리는 그 사실을 깨닫지 못한 것이다. 플로렌스는 소리 내어 웃었다. 우리는 옷을 벗었고, 플로렌스가 등불을 끈 뒤 축축한 페티코트 차림으로 담요를 덮고 누웠다. 플로렌스가 잠이 들었을 때 나는 플로렌스의 두 뺨을 어루만졌으며, 식탁에 부딪혀 혹이 난 이마에 키스했다.

눈을 떴을 때는 약간 밝기는 했으나 여전히 밤이었다. 왜 잠이 깼는지 알 수 없었다. 하지만 주위를 보니 플로렌스가 베개에서 약간 몸을 일으켜 나를 바라보고 있었다. 플로렌스는 확실히 잠이 깬 듯했다. 나는 다시 플로렌스의 손을 잡고 키스했으며, 몸 안에서 뭔가 꿈틀하는 기분을 느꼈다. 플로렌스가 빙그레 웃었다. 그러나 웃음에는 그늘이 서려 있었고, 그 때문에 오싹한 기분이 들었다.

「왜요?」 내가 중얼거렸다. 플로렌스가 내 머리를 쓰다듬었다.

「그냥 생각 중이었어요…….」

「뭘요?」 플로렌스는 대답하지 않았다. 나는 완전히 잠이 깨어 플로렌스 옆에 몸을 일으켜 세우고 말했다. 「뭔데요, 플로렌스?」

「어둠 속에서 당신을 보고 있었어요. 당신이 잠든 모습을 본 건 처음이었죠. 당신은 완전히 낯선 사람 같아 보였어요. 그리고 생각했죠. 아, 이 사람은 내게 낯선 사람이구나…….」

「낯설다고요? 어떻게 그런 말을 할 수 있죠? 당신은 1년 이상 저와 함께 살았다고요.」

「그리고 지난밤에야 처음으로 전 당신이 연예장의 스타였다는 사실을 알았죠!」 플로렌스가 대답했다. 「어떻게 그런 걸 비밀로 감춰 둘 수 있죠? 왜 그걸 숨기려고 했나요? 또 제가 모르는 무슨 일을 한 거죠? 감옥에 있었을 수도 있어요. 정신 병원에 있었을 수도 있고요. 창녀였을 수도 있어요!」

나는 입술을 깨물었다. 그러다가 〈소년〉에서 플로렌스가 창녀들에게 얼마나 다정했는지를 떠올렸다. 내가 재빨리 말했다. 「플로렌스, 전 한때 거리에 있었어요. 그렇다고 절 싫어하지는 않을 거죠? 그렇죠?」

플로렌스가 즉시 손을 빼냈다. 「거리! 맙소사! 물론 당신을 싫어하지 않을 거예요. 하지만…… 오, 낸스! 당신을 그런 가엾은 여자 가운데 한 명으로 여기는 건…….」

「저는 가엾지 않았어요.」 내가 플로렌스의 눈을 피하며 말했다. 「그리고 솔직하게 말해, 전 여자도 아니었고요.」

「여자가 아니었다고요?」 플로렌스가 말했다. 「무슨 뜻이죠?」

나는 보드라운 담요 가장자리를 손톱으로 깔짝였다. 내 이야기를 해야 하는 걸까, 내가 그토록 오랫동안 꽁꽁 숨겨 왔던 이야기를? 나는 시트 위에 있는 플로렌스의 손을 보았고, 내 안에서 또다시 뭔가 꿈틀하는 느낌이 들었다. 나를 쉽사리 열었던 플로렌스의 손가락들, 내 안에 들어간 손이 천천히 나를 흥분시키던 기억……. 나는 숨을 들이마셨다. 「윗스터블에 가본 적이 있나요…….」

일단 말을 시작하자 멈출 수가 없었다. 나는 모든 것을 말했다. 굴 파는 소녀로서의 내 삶, 키티 버틀러, 키티 때문에 가족을 버리고 떠났지만 결국 키티는 월터 블리스에게 갔다는 이야기, 그리고 내가 보인 광란에 대한 이야기도 했다. 정체를 숨기고 살았던 이야기도 했다. 플로렌스를 처음 만났던 그린 스트리트에서 밀른 부인과 그레이스와 함께 살던 이야기를 했다. 그리고 마지막으로 다이애나와 펠리시티 플레이스와 제나에 대해 이야기했다.

이야기를 마쳤을 때 밖은 거의 환했다. 거실은 훨씬 추워졌다. 내가 이야기를 하는 동안 플로렌스는 잠자코 있었다. 남창 생활에 대해 이야기하는 대목에서 얼굴을 찡그렸고 그 뒤 이야기에서는 더욱 얼굴을 찡그렸다. 이제 플로렌스는 정말로 심하게 얼굴을 찡그리고 있었다.

「당신은 제게 무슨 비밀이 있는지 알고 싶어 했어요…….」 내가 말했다.

플로렌스가 시선을 돌렸다. 「이렇게 많으리라고는 생각도 못 했어요.」

「남창 일을 했다고 저를 싫어하지는 않을 거라고 했잖아요.」

「당신이 그런 일을 했다는 게 믿기지 않아요. 재미를 위해서라니요. 오, 낸스, 그런 잔인한 종류의 재미를 위해서라니요!」

「아주 오래전 일이에요.」

「당신이 알고 지낸 모든 사람을 생각해 보세요. 그런데도 친구는 한 명도 없고요.」

「모두 제가 떠난 거예요.」

「당신 가족이요. 당신은 여기 오면서 가족이 당신을 버렸다고 말했죠. 하지만 버림받은 쪽은 바로 당신 가족이에요! 당신에 대해 얼마나 궁금하겠어요! 가족 생각을 한 번도 안 했나요?」

「가끔은요, 가끔은 했어요.」

「그리고 당신을 그토록 사랑했던 그린 스트리트의 숙녀도요. 그 부인과 딸에게 들러 봐야겠다는 생각을 한 번도 해본 적이 없나요?」

「그 둘은 이사를 했어요. 찾으려고 했지요. 어쨌든 그 사람들과 연락을 끊고 산 건 제 잘못이고 부끄러워요…….」

「연락을 끊고 산 게 바로 그 여자 때문이죠? 그, 그 여자 이름이 뭐죠?」

「다이애나.」

「다이애나. 당신은 그토록 다이애나를 좋아했나요?」

「좋아했냐고요?」 나는 팔꿈치로 몸을 지탱하고 앉았다. 「전 그 여자가 싫었어요! 악마였다고요! 말했잖아요.」

「그런데도 그렇게 오래 같이 있었단 말이죠…….」

나는 갑자기 내가 한 이야기에, 그리고 플로렌스가 따져 묻는 뜻에 숨이 막히는 듯한 기분이 들었다. 「설명할 수가 없어요.」 내가 말했다. 「그 여자는 저를 완전히 지배했어요. 부자였고, 멋진 게 많았어요.」

「처음에는 당신을 버린 게 남자라고 했죠. 이제는 여자라고 하는군요. 전 당신이 여자 친구를 잃었다고 생각했는데…….」

「맞아요. 하지만 그건 키티였고, 아주 한참 전 일이에요.」

「그리고 다이애나는 부자였고, 당신 눈에 멍이 들고 뺨에 흉이 지게 했고, 당신은 그러게 놔뒀고요. 그리고 당신이 자기 하녀와 키스를 했기 때문에 다이애나는 당신을 쫓아낸 거고요.」 플로렌스의 목소리는 점차 격앙되었다. 「〈그 여자〉는 어떻게 되었죠?」

「모르겠어요. 모르겠어요!」

우리는 한동안 잠자코 누워 있었고, 돌연 침대가 지독히 좁게 느껴졌다. 플로렌스가 창문에 친 밝은 커튼을 응시했고, 나는 처참한 기분으로 그런 플로렌스를 지켜보았다. 플로렌스가 손가락을 입으로 가져가 손톱을 깨물었을 때 나는 손을 들어 그런 플로렌스를 말렸다. 그러나 플로렌스는 내 팔을 치우고 일어났다.
「어디 가는 거죠?」 내가 물었다.
「위층에요. 잠시 앉아 생각을 좀 해봐야겠어요.」
「그러지 마요!」 내가 외쳤다. 내가 외치자 위층 요람에 있던 시릴이 깨어 엄마를 찾기 시작했다. 시릴의 울음소리에도 아랑곳하지 않고 나는 손을 뻗어 플로렌스의 손목을 움켜쥐고 다시 침대로 끌어 앉혔다. 「당신이 무얼 하려는 건지 알아요.」 내가 말했다. 「가서 릴리언 생각을 하려는 거죠!」
「릴리언 생각을 〈안 할 수〉가 없어요!」 괴로운 표정으로 플로렌스가 대답했다. 「안 할 수가 없어요. 그리고 당신도 똑같아요. 단지 제가 몰랐을 뿐이죠. 어젯밤 당신이 제게 키스하며 키티를 떠올리지 않았다고 자신 있게 말할 수 있어요?」
나는 숨을 깊이 들이켰다. 그리고 망설였다. 사실이었기 때문이다. 말할 수 없었다. 내가 최초로 그리고 가장 강렬하게 키스한 인물은 키티였다. 그 뒤로 키티의 키스는 내 입술 위에 모양이나 색 또는 맛으로 남아 있는 것만 같았다. 소호의 남색자들이 흘린 눈물과 체액으로도, 펠리시티 플레이스의 와인과 애무로도 그 키스들을 완전히 지워 낼 수 없었다. 나는 늘 그 사실을 알고 있었다. 그러나 다이애나나 제나와 있을 때는 전혀 문제가 되지 않았다. 왜 플로렌스에게만 그것이 문제가 되어야 한단 말인가?
플로렌스가 내게 키스를 하며 누구를 떠올리든 그게 무슨 문제란 말인가?
마침내 내가 말했다. 「제가 아는 건, 만약 지난밤에 우리가 함께 누워 있지 않았다면 우리는 죽었을 거라는 거예요. 어젯밤 그토록 멋진 시간을 보내 놓고 다시는 저와 함께 눕지 않겠다고 말을 한다면…….」

나는 여전히 플로렌스를 침대에 앉혀 두었고, 시릴은 여전히 울고 있었다. 그러나 마치 기적이 일어난 듯 시릴이 울음을 딱 멈췄다. 그리고 내게 손목을 잡힌 플로렌스는 몸에 힘을 빼고 내게서 고개를 돌렸다.

플로렌스가 조용히 말했다.「저는 당신이 조가비에서 나온 비너스란 생각에 즐거웠어요. 당신이 이곳에 오기 전에 연인들이 있었을 거라고는 생각도 하지 않았어요…….」

「왜 이제 와서 그 사람들을 생각하는데요?」

「〈당신〉 때문에요! 만약 키티가 다시 나타나서 당신에게 돌아오라고 하는 경우를 상상해 봐요!」

「안 그럴 거예요. 키티는 갔어요, 플로렌스. 릴리언처럼요. 절 믿어요. 〈릴리언〉이 돌아올 확률이 더 크다고요!」 나는 싱긋 웃기 시작했다.「만약 릴리언이 돌아온다면 당신은 릴리언을 따라가도 돼요. 전 아무 말도 안 할 거예요. 키티가 돌아온다면 당신도 같은 행동을 할 수 있겠죠. 그리고 우리는 우리의 낙원에 있으면서 구름사이로 서로에게 손을 흔들어 줄 수 있겠죠. 그러나 그때까지, 그때까지 플로렌스, 우리가 키스를 계속하고 즐거워할 수는 없는 건가요?」

지금도 나는 연인들의 맹세 치고 이 내용이 다소 별나다는 생각을 한다. 하지만 우리는 별난 과거가 있는 인물들이었다. 뚜껑이 잘 안 맞는 상자 같은 과거가 있는 여자들이었다. 우리는 그것을 보듬어야, 조심스레 보듬어야 했다. 마침내 플로렌스가 한숨을 쉬며 내게 손을 얹었을 때 나는 생각했다. 〈우리는 아주 잘할 거야. 우리는 아주 잘할 거야. 상자가 엎질러지지만 않는다면 말이야.〉

19

그날 오후 우리는 간이침대를 다락방에 도로 가져다 놓았다(다리 바퀴가 완전히 뒤틀린 듯했다). 그리고 내가 쓰던 취침 도구를 플로렌스의 방으로 옮겼고, 플로렌스의 베개 아래 내 가운을 넣어 두었다. 우리는 랠프가 외출 중일 때 이 일을 했다. 집에 돌아온 랠프는 침대가 있던 장소를 한참 바라보았고, 이윽고 발그레한 얼굴, 퀭한 눈, 부은 입술을 한 우리를 보더니 여남은 번 눈을 깜박거리고 침을 꿀꺽 삼킨 뒤 자리에 앉아 『저스티스』를 집어 얼굴까지 들어 올렸다. 그러나 밤이 되어 자기 방으로 가기 전 랠프는 아주 정답게 내게 키스했다. 나는 플로렌스를 보았다.

「왜 랠프에게는 연인이 없죠?」 랠프가 올라가고 나서 내가 말했다. 플로렌스는 어깨를 으쓱했다.

「여자들은 랠프를 좋아하지 않는 듯해요. 제 친구인 톰들은 모두 랠프를 꽤 좋아하지만 보통 여자들은……. 아! 랠프는 까다로운 여자들을 좋아해요. 마지막으로 사귄 여자는 랠프를 버리고 권투선수에게 갔죠.」

「불쌍한 랠프.」 내가 말했다. 「랠프는 당신의 뭐랄까, 성향에 대해 기막힐 정도로 잘 참는군요. 그렇게 생각하지 않아요?」

플로렌스가 다가와 내가 있는 의자 팔걸이에 앉았다. 「랠프는 거기 익숙해지는 데 오래 걸렸어요.」 플로렌스가 말했다.

「그럼 당신은 늘 그랬나요?」

「음, 늘 여자 한두 명은 주위에 있었던 듯해요. 어머니는 그 사실을 결코 알아차리지 못했죠. 재닛은 상관 안 했고요. 재닛은 덕분에 자기에게 돌아올 남자가 더 많다고 하더군요. 하지만 프랭크는, 가끔 가족과 함께 우리 집을 방문하는 오빠요, 제가 여자를 만나는 걸 싫어했어요. 한번은 저를 때리기도 했어요. 그건 절대 못 잊을 거예요. 이제 프랭크는 당신이 여기 있는 걸 싫어하겠죠.」

「당신이 원한다면 아닌 척할 수도 있어요.」 내가 말했다. 「간이침대를 다시 내려오고 제가 거기서 자는 척…….」

플로렌스는 마치 내가 자기에게 욕이라도 한 것처럼 기댔던 몸을 뗐다. 「척한다고요? 척한다고요? 바로 제 집에서요? 프랭크가 제 습관이 맘에 안 든다면 이 집에 안 오면 되는 거예요. 프랭크뿐 아니라 누구든지요. 아는 사람 가운데 우리를 부끄럽다고 생각할 만한 사람이 있어요?」

「아니, 아니요. 키티뿐이었어요…….」

「오, 키티! 키티! 당신이 그 여자에 대해 말하면 할수록 전 점점 더 그 여자가 싫어져요. 정체성을 깨닫고 진정한 톰으로서 기쁨을 누리며 밝게 살았어야 하는 당신에게 죄책감을 느끼게 하고 속박을 한 여자일 뿐이에요.」

「저는 절대로 톰이 되지 못했을 거예요.」 플로렌스의 말에 차마 드러낼 수 없는 정도까지 상처를 받은 내가 말했다. 「키티가 없었다면요.」

플로렌스가 나를 위아래로 살펴보았다. 나는 바지를 입고 있었다. 플로렌스가 말했다. 「이제는 그 말을 못 믿겠어요. 늦든 빠르든 누군가 여자를 만났을 거예요.」

「프레디와 결혼했다면 아이를 여남은 명은 낳았겠죠. 분명히 〈당신〉을 만나지 못했을 거예요.」

「음, 그렇다면 키티 버틀러에게 〈약간〉은 감사해야겠군요.」

그 이름이 그렇게 큰 소리로 들리자 나는 여전히 조금 긴장이 되며 설레는 기분이 들었다. 아마 플로렌스도 그걸 눈치챘다고 생각한다. 그러나 나는 가볍게 말했다. 「그래야 해요. 그걸 명심하세요. 사실 당신에게 그 점을 상기시켜 줄 물건이 있어요…….」 나는 외투 주머니를 뒤져 〈보트를 탄 소년〉에서 제니한테 받은 키티와 내 사진을 꺼냈다. 나는 그것을 책꽂이로 가져가 다른 초상화 아래 세워 두었다. 내가 말했다. 「당신의 릴리언은 엘리너 마르크스를 응시하며 흥분을 했겠죠. 하지만 5년 전 현명한 여자들은 제 사진을 침실 벽에 붙여 놓곤 했어요.」

「그만 빼겨요.」 플로렌스가 말했다. 「연예장 이야기뿐이군요. 당신은 제게 노래를 해준 적이 한 번도 없어요.」

플로렌스는 내가 앉은 안락의자로 내려왔고, 나는 옆으로 비키며 내 무릎으로 플로렌스의 무릎을 슬쩍 찔렀다. 그리고 노래를 불렀다. W. B. 페어의 옛날 노래였다. 「토미, 삼촌에게 자리를 좀 내주렴.」

플로렌스가 소리 내어 웃었다. 「키티와 함께 부르던 노래인가요?」

「당연히 아니죠! 관객 가운데 진짜 톰이 있어서 우리가 노래하는 뜻을 알아들을까 봐 너무 겁을 냈어요.」

「그럼 키티와 함께 했던 노래를 불러 주세요.」

「그러면…….」 괜찮은 생각인지 확신이 들지 않았다. 그러나 나는 금화에 대한 노래를 몇 소절 불렀다. 나는 노래를 하며 거실을 걷고 능직 무명 바지를 입은 다리로 발길질을 했다. 노래를 마쳤을 때 플로렌스가 고개를 저었다.

「키티가 당신을 무척 자랑스러워했을 거예요!」 플로렌스가 부드럽게 말했다. 「제가 만약 그 여자였다면…….」 플로렌스는 말을 맺지 못했다. 대신 의자에서 일어나 내게 다가오더니 내 목 아래 축 처져 있는 셔츠를 젖히고 내가 몸을 떨 때까지 그 아래 살갗에 키스를 했다.

한때 플로렌스는 내게 완전무결한 인간처럼 정숙해 보였고 얼굴은 평범해 보였다. 그러나 이제 플로렌스는 정숙하지 않았다. 놀랄 만큼 대담했으며 솔직하고 금방이라도 응할 준비가 되어 있었다. 그러한 대담성 덕분에 플로렌스는 쾌활해졌으며 광택제로 윤을 낸 듯 빛이 났다. 나는 플로렌스를 볼 때마다 만지고 싶었다. 빛나는 분홍 입술을 볼 때마다 다가가 입을 맞추고 싶었다. 책상 위에 올려져 있거나 펜을 들고 있거나 잔을 들고 있거나 일상적인 사무를 처리하는 플로렌스의 손을 볼 때면 언제나 그 손을 잡고 마디마디에 입을 맞추고 손바닥을 혀로 핥고 내 바짓가랑이에 지그시 눌러 보고 싶었다. 나는 붐비는 방에서 플로렌스 옆에 서서 내 팔에 닿는 플로렌스의 머리털 감촉을 느끼곤 했다. 그리고 플로렌스 살에 소름이 돋고 뺨이 달아오르는 모습을 보았으며 아려 오는 내 몸과 마찬가지로 플로렌스 역시 나 때문에 몸이 아리다는 것을 알아차리곤 했다. 그러나 플로렌스는 친구들이 오래 머무는 것을 끔찍할 정도로 좋아했고, 차를 마시고 나면 다시 한 잔, 또 한 잔을 권했으며, 그러는 동안 그 모습을 지켜보는 나는 몸이 젖으며 고통스러워졌다.

한번은 플로렌스가 내게 말했다. 「당신은 저를 2년 반이나 기다리게 했어요.」 나는 플로렌스를 따라 부엌으로 들어가 스토브에 주전자를 올려놓는 플로렌스를 떨리는 팔로 껴안았다. 「그러니 거실이 깨끗해질 때까지 한 시간 정도 기다리는 건 아무 해가 되지 않을 거예요.」 그러나 다른 날 밤에 플로렌스가 비슷한 말을 했을 때 나는 플로렌스의 목소리가 잦아들 때까지 치마 주름 사이로 애무를 했다. 이윽고 플로렌스는 나를 이끌고 식료품실로 갔고, 우리는 빗자루를 비스듬히 뉘어 문을 잠근 뒤 밀가루 부대와 당밀 통 사이에서 애무를 했다. 마침내 주전자가 삑삑거리며 무럭무럭 피어오른 김으로 부엌이 가득 찼고, 애니가 거실에서 우리에게 뭐하고 있냐고 소리쳐 물었다.

사실인즉 우리는 너무나 오랫동안 키스를 하지 않고 지냈기에 일단 키스를 시작하면 멈출 수가 없었다.

우리는 우리도 놀랄 만큼 대담해졌다.

「전 당신이 마지못해 하는 부류인 줄 알았어요.」〈소년〉에 다녀오고 한두 주 뒤 어느 날 밤 플로렌스가 내게 말했다. 「〈엉덩이에 대고 문질러 주기는 하겠지만 날 만지지는 마〉 하는 유의 여자들 말이에요…….」

「그런 여자들이 있어요?」 내가 물었다.

플로렌스가 얼굴을 붉혔다. 「음, 한두 명과 잔 적이…….」

플로렌스가 다른 여자와, 더구나 물고기 종류를 나누듯 이 여자 저 여자 유형을 분류할 수 있을 정도로 많은 여자들과 잤다는 생각이 들자 나는 깜짝 놀랐으며, 또한 무척이나 흥분되고 자극되었다. 나는 플로렌스에게 손을 뻗었다. 우리는 함께 누워 있었다. 방금 김이 나는 욕조에서 목욕을 했기에 아직 몸이 따뜻했고 뜨거운 물 때문에 몸이 따끔거렸기 때문에 추운 날이었지만 벌거벗고 있었다. 나는 목 우묵한 곳부터 사타구니의 우묵한 곳까지 플로렌스를 부드럽게 매만졌다. 그리고 다시 플로렌스를 애무했고, 플로렌스가 바르르 떠는 게 느껴졌다.

「내가 당신을 만지고 이렇게 이야기하게 될 거라고 누가 상상이나 해봤겠어요!」 내가 나직하게 말했다. 옆 요람에서 시릴이

자고 있었기 때문이다. 「난 당신이 새침데기에 다루기 곤란한 사람일 거라고 생각했어요. 부끄러워할 거라고 생각했고요. 정말이지 그렇게나 정치적이고 착하면서 어떻게 그렇지 않을 수 있는지 모르겠어요.」

플로렌스가 소리 내어 웃었다. 「그건 구세군이 아니에요.」 플로렌스가 대답했다. 「사회주의라고요.」

「음, 그럴 수도…….」

우리는 더는 아무 말도 하지 않았다. 단지 키스하며 속삭일 뿐이었다. 그러나 이튿날 밤 플로렌스는 책을 가져와 내게 읽게 했다. 에드워드 카펜터가 쓴 『민주주의를 향하여』라는 제목의 시집이었다. 책장을 넘길 때 곁에 있는 플로렌스의 온기가 느껴지자 나도 모르게 몸이 촉촉이 젖어 들었다.

「이 책을 릴리언이랑 같이 보곤 했나요?」 내가 물었다.

플로렌스는 고개를 끄덕였다. 「릴리언은 저와 함께 이 책 읽는 걸 좋아했어요. 침대에 함께 누워서요. 아마 릴리언은 그게 제게 무척 어려운 일이라는 걸 몰랐을 거예요…….」

〈어쩌면 릴리언도 알았을지 몰라.〉 나는 생각했다. 그리고 그 생각을 하니 몸이 더욱 촉촉이 젖어 들었다. 나는 책을 플로렌스에게 건넸다. 「읽어 주세요.」 내가 말했다.

「이미 읽었잖아요.」

「릴리언과 함께 읽은 부분을 조금만 읽어 줘요…….」

플로렌스는 망설이다가 그렇게 했다. 플로렌스가 속삭이는 동안 나는 플로렌스의 다리 사이에 손을 넣고 애무를 했으며, 내가 점점 진하게 애무를 하자 책을 읽는 목소리도 점점 흔들렸다.

「특히 이런 목적으로 쓰인 책들이 있어요.」 내가 말했다. 다이애나와 함께 누워 비슷한 일을 했던 때가 여러 번 있었던 것이다. 아마도 플로렌스가 릴리언 옆에 어색하게 누워 있었을 바로 그 밤에. 「그런 책을 한 권 사올까요? 카펜터 씨는 이런 목적으로 사용하라고 자기 시를 쓰지 않았을 거예요.」

플로렌스가 내 목에 입술을 댔다. 「오, 제 생각에 카펜터 씨는 괜찮다고 허락해 줄 거예요.」

플로렌스 가슴에 책이 떨어졌다. 이제 나는 책을 밀어내고 플로렌스 위로 몸을 굴려 올라갔다.

「그리고 이게 정말 사회 혁명에 기여를 할까요?」 엉덩이를 움직이며 내가 말했다.

「오, 그럼요!」

나는 꿈틀거리며 좀 더 아랫부분으로 내려갔다. 「그럼 이런 것도요?」

「오, 분명해요!」

나는 시트 아래로 미끄러져 들어갔다. 「이건 어때요?」

「오!」

「맙소사.」 내가 잠시 후 말했다. 「몇 년째 사회주의자들의 음모에 가담하고 있으면서 전 지금까지 그걸 모르고 있었어요…….」

그 일 이후 우리는 『민주주의를 향하여』를 우리 침대 옆에 계속 두었고, 집이 조용할 때 플로렌스는 때때로 내게 〈능직 무명 바지를 입고 제게 노래를 불러 주세요, 삼촌〉이라고 말하곤 했으며 나는 나란히 길을 걷거나 저녁 식사를 할 때 가끔 플로렌스에게 몸을 슬쩍 기울이며 〈오늘 밤에 민주적이 되어 볼까요, 플로렌스?〉라고 말하곤 했다. 물론 내가 플로렌스 앞에서 절대로 부르지 않는 노래들도 있었다. 「연인들과 아내들」이 그 가운데 하나였다. 그리고 『풀잎』은 아래층 엘리너 마르크스와 키티의 사진 아래 계속 놓여 있었다. 나는 맘 쓰지 않았다. 어떻게 그럴 수 있단 말인가? 우리는 일종의 협정을 맺었다. 우리는 키스로 영원히 서약을 했다. 우리는 한 번도 〈사랑해요〉라는 말을 하지 않았다.

「봄철에 사랑에 빠지는 거, 멋지지 않아?」 4월의 어느 날 저녁, 애니가 우리에게 물었다. 애니와 레이먼드 양은 이제 연인이 되었고, 우리 거실에서 오랜 시간을 보내며 서로의 매력을 탐구하는 중이었다. 「오늘 공장에 갔어. 지금까지 보아 온 것 가운데 가장 소름 끼치고 다 쓰러져 가는 낡은 곳이었어. 하지만 그곳 마당에 들어가 보니 땅버들이 약간 자라고 있더라. 어디서나 흔히 볼 수 있는 거였고, 아주 조금뿐이었어. 하지만 황금빛 햇살이 그 위를 비추자 땅버들은 내 사랑하는 엠마와 너무나 똑같아 보였고, 나는 잠시 쓰러져 그것에 키스하고 흐느끼고 싶은 마음이 들더라고.」

플로렌스가 콧방귀를 뀌었다. 「내가 계속 말했지, 여자들을 공무원으로 채용하지 말았어야 한다니까. 땅버들을 보고 흐느껴? 살다 별 쓰레기 같은 소리를 다 들어 보네. 엠마가 널 어떻게 참고 버티는지 정말 궁금해. 만약 낸시가 나를 꽃가지에 비교하는 소리를 들으면 난 속이 다 울렁거릴 거야.」

「오, 이런, 말도 안 돼! 낸시, 플로렌스의 얼굴에서 장미나 국화를 떠올린 적이 없단 말이야?」

「없어.」 내가 말했다. 「하지만 어제 화이트채플에서 생선 가게 수레를 보니 넙치를 팔더라. 무시무시할 정도로 닮았더라고. 하마터면 사 가지고 올 뻔했어…….」

애니는 레이먼드 양의 손을 잡고 이상하다는 눈으로 우리를 바라보았다. 「맹세하건대, 너희 둘은 내가 아는 사람들 가운데 가장 감정이 메마른 연인이야.」 애니가 말했다.

「우리는 감정적이기에는 너무 민감해. 안 그래요, 낸스?」

「너무 바쁘다는 쪽이 더 맞죠.」 하품을 하며 내가 말했다.

플로렌스가 수줍어했다. 「그리고 안타깝게도, 곧 더욱 바빠질 거예요. 조합의 메이시 부인에게 노동자들 집회를 준비하는 걸 도와주겠다고 약속했거든요.」

「오, 플로렌스!」 내가 외쳤다. 「그러면 안 돼요!」

「그게 뭔데요?」 레이먼드 양이 물었다.

「빅토리아 공원을 사회주의자들로 가득 채우겠다는, 런던 동부의 동업 조합과 노동조합이 꿈꾸는 가엾은 계획이죠.」 내가 말했다.

「시위예요.」 플로렌스가 끼어들었다. 「멋진 일이죠. 만약 성사된다면요. 5월 말에 있을 거예요.」

「그리고 플로렌스는 그걸 돕겠다고 말한 거고요.」 내가 씁쓸하게 레이먼드 양에게 말했다. 「그 말은 플로렌스는 자기가 맡아야하는 것보다 훨씬 더 많은 일을 맡았다는 뜻이고, 그래서 평소처럼 저는 플로렌스를 도와 밤늦게까지 혹스턴 모피, 깃털 장식가 조합, 와핑 소규모 금속 노동자 모임 대표에게 편지를 써야 한다는 뜻이죠. 그리고 그 내내…….」 나는 이렇게 말하고 싶었다. 〈그리고 그 내내 저는 플로렌스의 서류 가방을 벽난로에 집어 던지고 그 불길 앞에서 플로렌스와 키스하며 누워 있고 싶을 뿐이에요.〉

플로렌스는 약간 슬픈 표정으로 나를 보는 듯했다. 「원하지 않으면 도와주지 않아도 돼요.」 플로렌스가 말했다.

「돕지 않아도 된다고요?」 내가 외쳤다. 「이 집에서요?」

일은 내가 예상했던 대로 진행되었다. 플로렌스는 천 개는 됨직한 일을 맡아 왔고, 나는 플로렌스가 일하다 병이 나지 않도록 하기 위해 일의 절반을 떠맡았다. 플로렌스의 지시에 따라 편지를 쓰고 덧셈을 하고 포스터와 팸플릿이 든 가방들을 지저분한 노동조합 사무실들에 배달하고 목공소에 가고 노동자 행렬에 쓸 옷과 식탁보와 깃발을 바느질했다. 퀼터 스트리트의 우리 집은 점차 다시 더러워지기 시작했다. 우리 저녁 식사는 더욱 급하게 조리되고 준비가 덜 되었으며, 나는 이제 굴로 스튜를 만들 시간이 없어 그냥 날로 내놓았고 우리는 일을 하며 그것들을 삼켰다. 내가 꿰맨 깃발의 절반과 플로렌스가 쓴 편지 절반의 귀퉁이가 음식 국물에 물들고 기름으로 얼룩졌다.

심지어 랠프마저도 그 일에 말려들었다. 랠프는 노동조합의 서기로서 그날 중요한 연설들 사이에 끼울 만한 간단한 연설문을 써서 발표해 달라는 부탁을 받았다. 연설 제목은 〈왜 사회주의인가?〉였고, 랠프는 이 주제로 글을 써서 발표할 연습을 하느라 끙끙거렸다. 랠프는 절대로 대중 앞에서 능숙하게 연설을 할 수 있는 사람이 아니었다. 랠프는 식탁에 몇 시간씩 앉아 손이 아플 때까지 글을 쓰거나 텅 빈 종이를 멍하니 바라보다가 뭔가 정치 관련 자료를 찾아보기 위해 책꽂이로 달려갔다 누구에겐가 빌려 줬거나 사라진 걸 알고 투덜거리곤 했다. 「『잉글랜드의 백인 노예』는 어디로 사라진 거야? 내 시드니 웨브 책은 누가 빌려 갔어? 그리고 『민주주의를 향하여』는 어디에 팔아먹은 거지?」

플로렌스와 나는 랠프를 응시하다가 고개를 저었다. 「포기해.」 우리는 이렇게 말하곤 했다. 「하고 싶지 않거나 할 수 없다고 생각한다면 말이야. 아무도 뭐라고 하지 않을 거야.」 그러나 랠프는 늘 완고하게 대답했다. 「아니, 아니. 노동조합을 위한 일이야. 이제 거의 다 했어.」 그리고 랠프는 다시 연설문을 보고 얼굴을 찡그리며 수염을 잘근거렸다. 눈을 말똥말똥 뜬 청중 앞에 선 랠프가 땀을 비질거리며 몸을 떠는 모습이 눈에 훤했다.

하지만 나는 적어도 이 일을 도울 수 있다는 느낌이 들었다. 「당신이 할 연설을 조금만 들려줘 봐요.」 플로렌스가 외출한 어느 날 밤 내가 랠프에게 말했다. 「한때 제가 배우 일을 했다는 걸 잊지 마요. 무대나 연단이나 다 같은 거라고요.」

「맞는 말이네요.」 내 생각에 반색을 하며 랠프가 말했다. 이윽고 랠프가 원고를 뒤적였다. 「하지만 당신 앞에서 이걸 읽으려니 좀 부끄러워서요.」

「랠프! 우리 거실에서, 제 앞에서 읽는 게 부끄럽다면 어떻게 빅토리아 공원에서 5백 명을 두고 연설을 할 수 있겠어요?」 그 말을 들은 랠프는 다시 수염을 잘근거렸다. 그러나 랠프는 내 요구대로 연설문을 들고 커튼을 친 창 앞에 서서 목청을 가다듬었다.

「왜 사회주의인가?」 랠프가 연설을 시작했다. 나는 펄쩍 뛰었다. 「어휴, 시작부터 엉망이네. 그렇게 웅얼거리면 어떻게 해요! 그래 가지고 천막 끝에 앉은 사람들까지 당신 목소리가 들리겠어요?」

「당신 너무 엄격해요, 낸시.」 랠프가 말했다.

「나중에는 제게 고마워할 거예요. 자, 등을 곧게 펴고 고개를 들고 다시 시작해요. 〈여기〉에서 소리를 내라고요.」 나는 랠프 바지의 죔쇠에 손을 댔다. 랠프가 꿈틀거리며 몸을 피했다. 「목이 아니라요. 자, 해봐요.」

「왜 사회주의인가?」 굵고 부자연스러운 목소리로 랠프가 다시 읽었다. 「오늘 오후에 저는 여러분과 이 주제로 토론을 하려고 여기에 왔습니다. 〈왜 사회주의인가?〉 저는 다소 간단하게 이 질문에 대한 답을 말씀드리겠습니다.」

나는 입술을 빨았다. 「그 대목에서 분명 누군가 〈만세〉 하고 외치는 놈이 있을 거예요.」

「설마요, 낸스.」

「믿어도 좋아요. 하지만 그런 것에 동요하면 안 돼요. 그러면 결딴나는 거예요. 자, 계속 해봐요. 나머지도 들어 보죠.」

랠프는 원고를 읽었다. 두세 장 분량밖에 되지 않았다. 나는 랠프가 읽는 걸 들으며 얼굴을 찡그렸다.

마침내 내가 말했다. 「그렇게 종이에 대고 이야기를 하면 아무도 당신 말을 듣지 못할 거예요. 지루해하면서 자기들끼리 숙덕거릴 거예요. 그런 경우를 지금까지 수백 번은 봤어요.」

「하지만 써놓은 걸 읽어야죠.」 랠프가 말했다. 나는 고개를 저었다. 「암기하세요. 그 수밖엔 방법이 없어요. 처음부터 끝까지 달달 외워야 해요.」

「뭐라고요? 이걸 다요?」 랠프는 처량한 눈으로 원고를 바라보았다.

「하루 이틀이면 돼요.」 내가 말했다. 이윽고 나는 랠프의 팔에 손을 얹었다. 「그게 싫으면 우스꽝스러운 옷을 입고 사람들 눈을 끄는 방법도 있어요…….」

그렇게 4월 전체와 5월의 반이 지나갔다. 당연한 말이지만, 랠프가 원고의 4분의 1만 외우는 데도 하루 이틀 이상이 걸렸다. 랠프와 나는 연설할 내용을 랠프의 머리에 힘겹게 집어넣고 그걸 잊지 않기 위한 온갖 방법을 찾아내며 함께 연설 연습에 공을 들였다. 나는 프롬프터[10]처럼 연설문을 들고 앉아 있곤 했으며, 그런 내 앞에서 랠프는 노력한 흔적이 보이지만 단조로운 목소리로 연설을 했다. 나는 아침 식사나 설거지를 하거나 벽난로 앞에 앉아 쉬는 시간 등 때를 가리지 않고 랠프에게 연설을 암송하게 했다. 나는 부엌문 밖에 나가서 랠프에게 욕조에 누운 채 내게 들릴 정도로 큰 소리로 암송하게 시켰다.

「경제학자들이 잉글랜드가 세계에서 가장 부자라고 말하는 걸 얼마나 많이 들어 보셨습니까? 만약 그 말이 무슨 뜻이냐고 경제학자들에게 물어본다면, 그 사람들은 아마도…… 그 사람들은 아마도…….」

10 연극 공연에서 배우에게 대사를 일러 주는 사람.

「랠프! 그 사람들은 아마도 이렇게 대답할 겁니다. 〈주위를 둘러보십시오.〉」
「그 사람들은 아마도 이렇게 대답할 겁니다. 주위를 둘러보십시오. 우리의 거대한 궁전들과 공공건물, 우리의 저택, 우리의…….」
「우리의 공장.」
「우리의 공장 그리고 우리의…….」
「우리의 〈제국〉, 랠프!」
물론 시간이 지나며 나는 연설 내용 전체를 암기하게 되었고 따라서 연설문을 적은 종이는 필요가 없어졌다. 그러나 시간이 지나며 랠프 역시 연설문 내용을 처음부터 끝까지 더듬거리지 않을 정도로 그럭저럭 외우게 되어 내가 내용을 불러 주지 않아도 될 정도가 되었으며, 말소리도 어느 정도 자신감을 띠게 되었다.
그사이 집회 날짜는 하루하루 다가왔고, 우리는 더욱 바빠지고 일은 더욱 밀려들었다. 나는 비록 투덜거리기는 했지만 마침내 일이 성사되어 가는 모습을 보자 흥이 돌기 시작했고, 거의 플로렌스만큼이나 흥분하고 초조해졌다.
「비가 안 와야 할 텐데!」 예정된 일요일 전날 밤, 풀 죽은 눈으로 우리 침실 창문 밖 하늘을 보며 플로렌스가 말했다. 「만약 비가 오면 행렬을 천막에서 해야 해요. 그리고 그 경우에 대비해서는 아무도 연습을 안 했어요. 천둥이라도 치면 어떻게 하죠? 연설하는 소리가 안 들릴 거예요.」
「비는 안 올 거예요.」 내가 말했다. 「괜히 안달복달하지 말아요.」 그러나 플로렌스는 계속 하늘을 보며 얼굴을 찡그렸다. 마침내 나도 플로렌스를 따라 창가에 서서 구름을 바라보았다.
「비가 안 와야 할 텐데.」 플로렌스가 다시 말했다. 나는 플로렌스의 주의를 딴 데로 돌리기 위해 유리창에 입김을 불고 그 위에 손톱으로 우리 이름 머리글자를 적었다. 〈N. A., F. B., 1895 & 영원히.〉 나는 그 주위로 하트 모양과 그것을 관통하는 화살을 그렸다.

이튿날인 일요일, 비는 오지 않았다. 사실 베스널 그린의 하늘은 너무나 맑고 푸르러 하느님이 사회주의자이고 찬란히 빛나는 태양은 하늘의 축복이 아닌가 하는 생각이 들 정도였다. 퀼터 스트리트의 우리는 일찍 일어나 목욕을 하고 머리를 감고 옷을 차려입었다. 마치 결혼식 참석 준비를 하는 것 같았다. 나는 아주 선선히 대중 앞에서 바지 입은 모습을 드러내지 않기로 결정했다. 사회주의자들은 이미 별로 평판이 좋지 않았다. 대신 나는 짙은 감색 정장을 입고 외투에는 진홍색 장식 단추를 하고 같은 색 넥타이를 매고 중절모를 썼다. 숙녀용 복장 치고는 멋졌다. 그렇지만 거실에서 플로렌스를 기다리려고 걸어가는 동안 치마가 불편해 계속 움찔거렸다. 곧 랠프가 내려왔다. 랠프는 성직자처럼 뻣뻣했으며, 옷깃에 쓸리는 목 부분을 계속 잡아당겼다.

플로렌스는 내가 무척 좋아하는 암자색 정장을 입었다. 나는 베스널 그린을 걷다가 꽃을 한 송이 사서 플로렌스 재킷에 꽂아주었다. 주먹만큼 큰 데이지였으며, 햇빛을 받자 램프처럼 밝게 빛났다. 「절대로 저를 잃어버리지 않겠네요.」 플로렌스가 내게 말했다.

빅토리아 공원 자체도 달라져 있었다. 노동자들은 주말 내내 열심히 천막을 치고 연단을 만들고 노점을 설치했고, 나무마다 깃발과 현수막이 줄에 매달려 있었으며, 노점상들은 벌써부터 식탁을 내고 음식 진열을 하고 있었다. 플로렌스는 할 일을 적은 목록을 여남은 개 정도 가지고 있었고, 그걸 꺼내더니 동업 조합의 메이시 부인을 찾으러 갔다. 랠프와 나는 축 늘어져 있는 장막들을 헤치고 랠프가 연설을 하기로 한 천막을 찾아갔다. 랠프가 연설할 곳은 가장 커다란 천막이었다. 「적어도 7백 명은 앉을 수 있겠는걸요!」 노동자들이 의자에 앉으면서 우리에게 기분 좋게 말했다. 내가 공연했던 몇몇 극장의 객석 수보다도 많았다. 그 말을 들은 랠프는 몹시 창백해지며 다시 한번 연설문을 읽어 보려고 벤치로 가 앉았다.

그 뒤 나는 시릴을 데리고 주위를 어슬렁거리며 이것저것 눈에 들어오는 대로 구경을 했고, 아는 여자들이 있으면 멈춰 이야기를 나누고 펄럭이는 식탁보, 엎질러진 상자, 어색한 꽃 장식 따위를 제대로 하고 정돈하는 걸 도왔다. 이곳저곳에 연설과 전시가 있었고, 내가 보기에는 온갖 이상한 단체나 박애주의 또는 복지 단체들이 다 모인 듯했다. 소매업 노동조합주의자와 여성 참정권론자들 모임, 기독교를 믿는 과학자들 모임, 기독교를 믿는 사회주의자들 모임, 유대인 사회주의자 모임, 아일랜드인 사회주의자 모임, 무정부주의자 모임, 채식주의자 모임……. 「굉장하지 않아요?」 걸어가는 동안 친구들이나 낯선 사람들이 모두 이렇게 물었다. 「이런 광경을 본 적이 있나요?」 어떤 여자는 내 모자에 달라며 새틴으로 된 장식 띠를 주었다. 나는 그걸 모자에 다는 대신 시릴의 프록에 달았으며, 사람들은 사회민주연맹을 상징하는 색 옷을 입은 시릴을 보자 싱긋 웃으며 시릴과 악수를 했다. 「안녕, 동지!」

「이 아이가 자라면 오늘을 기억할 거예요!」 어느 사내가 시릴의 머리를 쓰다듬으며 1페니를 쥐여 주고 말했다. 이윽고 사내는 허리를 펴더니 빛나는 눈으로 주위를 열심히 돌아보며 말했다. 「우리 모두 이날을 기억할 겁니다, 분명히요…….」

나는 그 남자의 말이 옳다는 것을 알았다. 그전까지 나는 애니와 레이먼드 양에게 이 행사에 대해 투덜거렸고, 바늘땀이 삐뚤어지거나 새틴에 얼룩이 묻는 것 따위는 아랑곳하지 않고 깃발과 현수막을 깔고 앉곤 했다. 그러나 공원에 사람들이 차기 시작하고 태양이 더욱 찬란히 빛나고 사방의 색이 더욱 화려해지자 나는 경이감에 차 주위를 둘러보았다. 「5천 명만 오면 좋겠는데요…….」 전날 밤 플로렌스는 이렇게 말했다. 그러나 걸어가면서, 그리고 둔덕에 올라가 시릴을 어깨에 올려놓은 뒤 이마에 손을 대 햇빛을 가리고 둘러보니 그 숫자의 열 배는 온 듯했다. 런던 동부에 있는 일반인 모두가 빅토리아 공원에 뒤섞여 있는 듯 보였다. 모두 선량하고 근심 없어 보였으며 가장 좋은 옷을 입고 나온 듯했다. 이들은 사회주의뿐 아니라 햇볕도 즐기러 나온 듯했다. 이들은 노점과 천막 사이에 담요를 펼쳐 놓고 그 위에서 점심을 먹었고, 연인과 아이들과 함께 누워 있었으며, 개들에게 막대기를 던졌다. 그러나 또한 노점에서 연설을 들었다. 이들은 가끔은 고개를 끄덕이고, 가끔은 토론을 하고, 가끔은 팸플릿을 보며 얼굴을 찡그리거나 명부에 자기 이름을 적어 넣거나 주머니에서 주화를 꺼내 단체에 기부하곤 했다.

서서 구경하고 있는데 치마에 아이들을 주렁주렁 매단 여자가 지나가는 게 보였다. 플로렌스와 내가 지난 가을에 방문했던 침모인 프라이어 부인이었다. 내가 큰 소리로 부르자 부인은 나를 보고 활짝 웃었다. 「결국 전 노동조합에 가입했답니다.」 부인이 말했다. 「당신 친구가 설득했지요…….」 우리는 잠시 서서 이야기를 나눴다. 부인의 아이들은 태피 사탕을 얹은 사과를 들고 있었으며, 시릴에게 한 번 핥게 해줬다. 이윽고 음악이 울려 퍼졌고, 사람들은 이리저리 움직이며 목을 길게 빼고 웅성거렸다. 우리는 아이들을 높게 들고 함께 서서 노동자의 행렬을 지켜보았다. 갖가지 직업의 작업복을 입은 남녀가 노동조합 현수막과 깃발과 꽃다발을 들고 행진했다. 행렬이 다 지나가기까지 반 시간은 족히 걸렸으며, 행렬이 끝나자 사람들은 손가락을 입술에 대고 휘파람을 불고 환호를 지르고 손뼉을 쳤다. 프라이어 부인은 흐느꼈다. 이웃집의 장녀가 성냥팔이 차림으로 행렬에 끼어 있었기 때문이다.

플로렌스와 함께 있고 싶은 마음에 암자색 정장과 데이지를 계속 찾아보았지만, 우리 거실에 들렀던 모든 조합원을 모두 보았는데도 유독 플로렌스만은 보이지 않았다. 마침내 플로렌스를 찾아냈을 때 플로렌스는 연설이 있는 천막에 있었다. 플로렌스는 오후 내내 그곳에 있으면서 강의를 들었다. 「들었어요?」 플로렌스가 나를 보더니 물었다. 「엘리너 마르크스가 온다는 소문이에요. 엘리너의 연설을 놓칠지도 모르니 절대 이곳을 떠나지 않을 거예요!」 알고 보니 플로렌스는 아침 식사를 마지막으로 아무것도 먹지 않은 상태였다. 플로렌스에게 먹이려고 노점에 가서 쇠고둥 한 봉지와 진저에일 한 잔을 사서 돌아와 보니 랠프가 플로렌스 옆에 와 있었다. 랠프는 땀을 뻘뻘 흘리며 여전히 옷깃을 잡아당겼고, 아침보다 더욱 창백했다. 천막의 의자는 모두 찼고 옆으로는 사람들이 서 있었다. 숨이 막힐 정도로 더웠으며 열기에 모두 안절부절못하고 성말라했다. 좀 전 강연은 별 인기가 없었고, 사람들은 야유를 보냈다.

「당신에겐 야유를 보내지 않을 거예요, 랠프.」 내가 말했다. 그러나 랠프는 정말 불쌍해 보였기에 나는 시릴을 플로렌스에게 맡기고는 랠프의 팔을 잡고 좀 더 시원한 바깥으로 데리고 나왔다. 「진정하고 저랑 담배나 한 대 피워요. 청중에게 초조한 모습을 보이면 안 되는 거예요.」

우리는 천막 바로 밖에 서 있었다(랠프가 일하는 공장 동료 두 명이 지나가며 우리에게 손을 흔들어 아는 체했다). 나는 담배 두 대에 불을 붙였다. 담배를 받는 랠프의 손이 떨려 하마터면 담배가 떨어질 뻔했으며, 랠프는 미안하다는 듯 싱긋 웃어 보였다. 「절 바보라고 생각하겠네요.」

「천만에요! 처음 무대에 서던 날 얼마나 겁이 났는지 기억하고 있어요. 꼭 토할 것 같았어요.」

「좀 전에 저도 토할 것 같다고 생각했어요.」

「모두 그렇게 생각하지만, 아무도 그러지 않아요.」 꼭 맞는 말은 아니었다. 너무 긴장한 탓에 무대 옆의 대야나 소화용 양동이에 몸을 구부리고 토하던 연예인들도 자주 보았다. 그러나 물론 나는 랠프에게 이 말을 하지 않았다.

「거친 관객들 앞에서 공연한 적이 있나요, 낸스?」 랠프가 물었다.

「네?」 내가 말했다. 「이슬링턴에 있는 디콘에서 그런 적이 있었어요. 우리보다 앞서 가엾은 코미디언이 공연을 했죠. 그때 관객 몇이 무대로 올라가 그 사람 다리를 쥐고 몸을 거꾸로 들더니 각광 위에 들이대며 불로 머리털을 태우려 했죠.」 랠프는 그 말에 깜짝 놀란 듯 눈을 두세 번 끔벅이더니 마치 거친 청중이 자기에게 비슷한 일을 저지를 만한 불이 있지나 않은지 확인하려는 듯 황급히 천막 안을 들여다보았다. 이윽고 랠프는 불안한 눈으로 담배를 보다가 휙 집어 던졌다.

「괜찮다면 저는 들어가서 다시 한번 연설 연습을 할게요.」 랠프가 말했다. 내가 입을 열어 뭐라고 설득하기도 전에 랠프는 사라졌고, 나는 혼자서 담배를 피웠다.

하지만 상관없었다. 천막 안에 있는 것보다 바깥에 있는 편이 더 상쾌했다. 나는 담배를 입술에 물고 팔짱을 끼고 천막에 등을 살짝 기댔다. 이윽고 나는 눈을 감았고, 햇살이 얼굴 가득 내려앉았다. 나는 담배를 입에서 떼고 하품을 했다.

그러고 있는데 어깨 너머로 웬 여자 목소리가 들려 소스라치게 놀랐다.

「와! 노동자 집회에 참석하는 여자들 가운데 낸시 킹이 있으리라고는 상상도 못했는걸.」

나는 눈을 떴고, 담배를 떨어뜨렸으며, 여자를 돌아보고는 깜짝 놀라 외쳤다.

「제나! 오! 정말 제나인 거야?」

정말로 제나였다. 제나는 내가 마지막으로 보았을 때보다 더 통통해지고 심지어 더 잘생겨지기까지 했으며 진홍색 외투를 입고 자그마한 장식이 달린 팔찌를 하고 있었다. 「제나!」 내가 다시 말했다. 「오! 다시 보니 정말 좋다!」 나는 제나의 손을 꼭 잡았고, 제나는 소리 내어 웃었다.

「오늘 난 여기서 아는 여자들을 전부 다 만났어.」 제나가 말했다. 「그런데 어떤 여자가 입에 담배를 물고 천막 출입구에 기대어 있지 않겠어? 난 생각했어. 오, 하느님, 설마 낸 킹은 아니겠죠? 이런 때에 다른 곳도 아닌 바로 이곳에 낸 킹이 있다면 정말 재밌겠다는 생각이 들었어! 그리고 좀 더 가까이 다가가 보니 짧게 친 네 머리가 보이더라고. 그 순간 네가 확실하다는 걸 깨달았지.」

「오, 제나! 다시는 네 소식을 못 들을 거라고 생각했어.」 제나는 그 말에 살짝 수줍어하는 듯했다. 이윽고 옛날 생각이 난 나는 제나의 손을 더욱 꽉 잡고 좀 전과 다른 어조로 말했다. 「하지만 뻔뻔하네! 그때 킬번에서 나를 그렇게 놔두고 떠나 놓고 말이야! 난 네가 죽은 줄 알았어.」

이제 제나는 고개를 갑자기 쳐들었다. 「흥! 네가 내 신세를 완전히 망쳤잖아. 너 때문에 잃어버린 내 돈 기억 안 나?」

「알아. 난 참 못됐었지! 식민지에 가겠다던 네 계획은 그 뒤로 완전히 틀어졌겠네…….」

제나는 코를 찡긋했다.「오스트레일리아에 갔던 내 친구가 돌아왔어. 친구 말로는 그곳은 깡패들로 가득하고 방을 세놓는 여자를 원하는 게 아니래. 그 사람들이 원하는 건 아내라더라고. 그 말을 듣고 마음을 바꿨어. 난 이제 스텝니에서 잘 살고 있어.」

「스텝니에 살아? 그럼 거의 이웃이나 마찬가지네! 나는 베스널 그린에 살아. 내 연인이랑. 봐. 저기 있어.」나는 제나 어깨에 손을 올리고 사람들이 모인 천막 안을 가리켰다.「무대 옆에 아기를 안고 있는 여자야.」

「뭐라고?」제나가 말했다.「여자들의 집에서 일하는 플로렌스 배너는 아니겠지!」

「설마 아는 사이인거야?」

「프리맨틀 하우스에 살았던 친구가 몇 명 있어. 그 친구들은 늘 플로렌스 배너가 얼마나 훌륭한지 입에 달고 살아! 그곳에 있는 여자 반수는 플로렌스를 사랑하는 거 같더라고…….」

「플로렌스를? 정말이야?」

「정말이야!」우리는 함께 다시 천막 안을 들여다보았다. 플로렌스는 이제 일어서서 무대 위의 연사에게 종이를 흔들고 있었다. 제나가 소리 내어 웃었다.「너와 플로렌스 배너라니!」제나가 말했다.「확신하는데, 플로렌스라면 네가 허투루 살게 하지 않을 거야.」

「맞아.」나는 여전히 플로렌스를 보며, 그리고 제나가 내게 한 말에 여전히 놀라워하며 대답했다.「플로렌스는 안 그럴 거야.」

우리는 다시 햇빛이 비치는 곳으로 갔다.「그래, 넌 어떻게 지내?」내가 물었다.「여자가 생겼겠지?」

「맞아.」제나가 수줍어하며 말했다.「사실은, 두 명이 있어. 둘 가운데 누구로 해야 할지 아직 정하지 못했어…….」

「두 명! 맙소사!」 나는 플로렌스와 같은 연인을 두 명 사귀는 걸 상상해 보았다. 그 생각을 하니 몸이 아려 오며 입이 벌어졌다.

「한 명은 여기 어딘가에 있어.」 제나가 말했다. 「노동조합원이거든. 저기 있네! 모드!」 제나의 외침에 파란색과 갈색 격자무늬 외투를 입은 여자가 뒤돌아보더니 이쪽으로 왔다. 제나는 생글거리는 여자의 팔을 잡았다.

「이쪽은 스키너 양이야.」 제나가 내게 말했다. 그리고 자기 연인에게 말했다. 「모드, 이쪽은 낸 킹. 연예장의 가수야.」 스키너 양은 얌전한 눈으로 나를 보며 손을 내밀었다. 열아홉 살 정도 되어 보였으니 내가 브리태니아에서 마지막 인사를 했을 때는 아직 짧은 치마를 입고 다녔을 듯했다. 제나가 계속 말했다. 「킹 양은 플로렌스 배너와 함께 살고 있어…….」 그 말에 스키너 양은 내 손을 더욱 꽉 쥐며 눈이 휘둥그레졌다.

「플로렌스 배너?」 좀 전에 제나의 어조 그대로 스키너 양이 말했다. 「동업 조합의 그 플로렌스 배너? 오! 난……. 오늘 진행표를 어딘가에 넣어 두었을 텐데……. 킹 양, 진행표에 배너 양 서명을 받아 주실 수 있나요?」

「서명이라고요?」 내가 말했다. 스키너 양은 연설 순서와 노점 배치도가 찍힌 종이를 꺼내 떨리는 손으로 내게 건네주었다. 주최자 명단에 다른 사람 이름 한둘과 함께 플로렌스의 이름이 찍힌 게 보였다. 내가 말했다. 「흠, 직접 말하셔도 될 거예요. 바로 저기에 있거든요.」

「오, 전 못해요!」 스키너 양이 대답했다. 「전 너무 부끄럼을 타요…….」

결국 나는 그 종이를 받아 들고 한번 말해 보겠다고 했다. 스키너 양은 아주 고마운 표정을 짓더니, 나를 만났다는 말을 하기 위해 친구들에게 갔다.

「좀 낭만적이지, 안 그래?」 제나가 다시 코를 찡긋하며 말했다. 「저 애와 헤어지고 다른 쪽을 택할 수도 있지만…….」 나는 고개를 저었고, 건네받은 종이를 보다가 치마 주머니에 넣었다.

우리는 더 잡담을 나누었다. 제나가 말했다. 「그래서, 이제 베스널 그린에서 행복하게 지내는 거야? 예전에 익숙했던 생활과는 무척 다를 텐데…….」

나는 인상을 썼다. 「그 당시 일은 생각하기도 싫어, 제나. 이제 나는 완전히 바뀌었어.」

「그렇겠지. 하지만 다이애나 레더비……. 아! 물론 만나 봤겠지?」

「다이애나를?」 나는 고개를 저었다. 「전혀! 설마 그 끔찍한 파티 이후 내가 펠리시티 플레이스로 돌아갔을 거라고 생각하는 거야?」

제나가 나를 빤히 바라다보았다. 「하지만, 모른다는 거야? 다이애나도 여기 왔어!」

「여기에? 말도 안 돼!」

「왔어! 오늘 오후 이곳에는 전 세계의 사람이 다 모인 거 같아. 다이애나도 그 가운데 한 명이고. 다이애나는 신문인가 잡지 쪽 탁자 있는 곳에 있어. 우연히 다이애나를 보고 놀라서 하마터면 기절할 뻔했다고!」

「맙소사.」 다이애나가 여기 있다니! 그 생각을 하니 끔찍했다. 하지만 개는 늙어서도 주인이 가르친 기술을 절대로 잊지 않는다는 말도 있잖은가. 나는 다이애나라는 그 끔찍한 이름을 듣는 순간 몸이 살짝 흥분되는 걸 느꼈다. 나는 천막을 들여다보았다. 플로렌스는 다시 일어서서 여전히 연단에 손을 흔들고 있었다. 나는 다시 제나에게 눈을 돌리고 물었다. 「어디에 있는지 데려다 줄 수 있어?」

제나는 내게 살짝 경고하는 듯한 눈길을 보냈다. 이윽고 제나는 내 팔을 잡고 사람들을 헤치며 수영을 하는 연못 쪽으로 데려가더니 수풀 뒤에서 멈췄다.

「저기야.」 제나가 낮은 목소리로 말했다. 「저 탁자 근처에. 보여?」 나는 고개를 끄덕였다. 다이애나는 전시물(다이애나가 가끔씩 운영을 돕던 여성 잡지 『섀프츠』였다) 옆에 서서 어떤 숙녀와 이야기를 나누고 있었다. 가장 무도회 때 사포 차림을 하고 왔던 여자 가운데 한 명인 듯했다. 그 여자는 여성 참정권을 요구하는 띠를 가슴에 두르고 있었다. 다이애나는 회색 옷을 입었으며, 모자에는 베일이 드리워져 있었다. 하지만 돌연 베일이 올라갔다. 다이애나는 예전과 마찬가지로 도도하면서 멋졌다. 나는 다이애나를 응시했고, 당시의 기억들이 아주 생생히 떠올랐다. 엉덩이에 진주를 달고 다이애나 옆에서 큰대자로 누워 있던 나, 격한 움직임에 뒤집힐 것만 같았던 침대, 내 위에 걸터앉았을 때 가죽이 마찰되던 느낌…….

내가 제나에게 말했다. 「만약 내가 나타나면 다이애나가 어떻게 할 거 같아?」

「가면 안 돼!」

「왜 안 되는데? 이제 난 다이애나의 손아귀에서 완전히 벗어났어.」 그러나 말은 그렇게 하면서도 다이애나를 보자 개의 습성이 다시 나를 휘감았다. 아니, 개의 습성이라는 용어는 맞지 않았다. 좀 더 정확히 말하자면, 다이애나는 연예장의 최면술사이고 나는 군중 앞에서 눈만 깜빡이며 다이애나가 시키는 대로 뭐든지 하며 조롱당할 준비가 된 소녀였다…….

제나가 말했다. 「난 저 여자 근처에는 절대 안 갈 거야…….」 그러나 나는 그 말을 듣지 않았다. 나는 다시 강연이 열리고 있는 천막을 재빨리 보고 수풀 뒤를 벗어나 다이애나가 있는 노점

쪽으로 갔다. 그리고 걸어가며 넥타이 매듭을 바로 했다. 다이애나에게서 5미터 정도 떨어졌을 때 모자를 벗기 위해 손을 들어 올렸고, 그 때 다이애나가 고개를 돌리더니 나와 눈을 맞추는 듯했다. 다이애나의 눈은 내가 기억하는 옛날 그대로 강인하고 냉소적이며 욕망으로 가득 차 있었다. 그리고 내 가슴 아래 심장이 갈고리에라도 걸린 듯 꿈틀거렸다. 겁이 난 것이다!

이윽고 다이애나가 말을 하려고 입을 열었다. 다이애나가 외쳤다.「레지! 레지, 여기야!」

그 말에 나는 멈칫했다. 내 뒤편 가까이 어디선가 거친 목소리가 대답했다.「갑니다.」돌아보니 풀밭을 가로질러 가는 남자 모습이 보였다. 남자는 언짢은 눈으로 다이애나가 있는 쪽을 줄곧 보았으며, 손에는 얼음과자를 들고 아주 열심히 빨아 먹었다. 손을 앞으로 쭉 뻗은 자세를 한 걸 보니 얼음과자가 녹아 떨어지면서 바지를 망칠까 겁이 나는 모양이었다. 바지는 맵시 있었고 가랑이 부분이 불룩했다. 남자는 훤칠했다. 머리털은 검었고 아주 짧았다. 얼굴은 예뻤으며 입술은 여자처럼 분홍색이었다…….

남자가 도착하자 다이애나는 몸을 기울여 남자 주머니에서 손수건을 꺼내더니 남자의 허벅지를 살짝 찍기 시작했다. 결국 바지에 흘린 모양이었다. 노점에 있던 다른 숙녀가 그 모습을 보더니 싱긋 웃으며 뭐라고 속삭였고, 그 말에 예쁘장한 그 남자가 얼굴을 붉혔다.

나는 잠시 경악에 차 이 모습을 지켜보았다. 그러나 천천히 한 발 물러섰고, 또 한 발 뒤로 물러섰다. 다이애나는 다시 고개를 든 듯했지만, 나는 알 수 없었다. 나는 다른 것을 보고 있었다. 레지가 얼음과자를 핥기 위해 손을 들었다. 소매가 걷혀 있었고, 손목에서 시계가 번쩍이는 모습이 보였다……. 나는 눈을 끔벅이며 고개를 저었고, 아직 제나가 숨어 엿보고 있는 덤불 뒤로 달려와 제나의 어깨에 얼굴을 묻었다.

내가 나뭇잎 사이로 다시 다이애나를 보았을 때 다이애나는 레지를 껴안았으며, 둘은 머리를 가까이 대고 소리 내어 웃었다. 나는 제나를 돌아보았다. 제나는 입술을 깨물었다.

「이 세상에는 악마들만 번성하는 게 분명해.」 제나가 말했다. 그러나 제나는 다시 입술을 깨물더니 킥킥거렸다.

나 역시 잠시 소리 내어 웃었다. 이윽고 나는 노점이 있는 곳으로 다시 씁쓸한 시선을 던지며 말했다. 「저 사람, 자기가 뿌린 대로 거뒀으면 좋겠어!」

제나가 고개를 치켰다. 「누구?」 제나가 물었다. 「다이애나? 아니면?」

나는 인상을 썼고, 제나의 물음에 답하지 않았다.

우리는 다시 강연이 있는 천막으로 돌아왔고, 제나는 이제 모드를 찾아봐야겠다고 말했다.

「계속 친구로 지내는 거지, 그렇지?」 악수를 하며 내가 말했다.

제나가 고개를 끄덕였다. 「어쨌든 나를 배너 양에게 소개해 줘야 해. 꼭 만나고 싶어.」

「그래, 적어도 플로렌스에게 날 용서했다고는 말해 줘. 플로렌스는 내가 네게 꽤 무정히 대했다고 생각하거든.」

제나가 싱긋 웃었다. 이윽고 뭔가 눈에 띄었는지 제나는 고개를 돌렸다. 「내 다른 애인이 저기 있네.」 제나가 재빨리 말했다. 제나는 어깨가 넓고 톰처럼 보이는 여자를 가리켰다. 그 여자는 우리가 이야기하는 모습을 유심히 지켜보며 인상을 쓰고 있었다. 제나가 얼굴을 찡그렸다. 「삼촌에게 오고 싶은 모양인데…….」

「좀 사나워 보이네. 가보는 게 낫겠어. 또다시 눈에 멍이 들고 싶지는 않거든.」

제나가 싱긋 웃으며 내 손을 꼭 잡았다. 이윽고 나는 제나가 애인에게 가 뺨에 키스하고 노점 사이 혼잡한 사람들 사이로 사라지는 모습을 지켜보았다. 나는 고개를 숙이고 천막 안으로 들어왔다. 아까보다 사람도 많아지고 더 후끈거렸으며 담배 연기로 공기가 탁했고, 땀이 흐르는 사람들 얼굴은 캔버스 천을 통과해 들어온 오후의 햇빛을 받아 황달에 걸린 것처럼 보였다. 연단에 선 여자가 쉰 목소리로 더듬더듬 연설인지 뭔지를 하고 있었고, 여남은 명 정도 되는 청중이 서서 그 여자와 토론을 하고 있었다. 플로렌스는 연단 앞 의자에 앉아 있었고, 시릴이 무릎에 앉아 발길질을 했다. 애니와 레이먼드 양이 내가 모르는 예쁘장한 금발 여인과 함께 그 옆에 앉아 있었다. 랠프도 근처에 있었다. 이마가 번들거렸고 얼굴은 공포로 뻣뻣하게 굳어 있었다.

플로렌스 옆에 빈자리가 있기에 나는 풀밭을 가로질러 그곳으로 가 앉은 뒤 플로렌스에게서 시릴을 받아 들었다.

「어디 있었어요?」 고함을 뚫고 플로렌스가 물었다. 「여기는 아주 끔찍했어요. 소란을 피울 목적으로 남자들이 떼거리로 몰려왔어요. 가엾게도 랠프가 다음 차례예요. 랠프는 하도 열이 나서 이마에 달걀 프라이를 할 수 있을 정도예요.」

나는 무릎 위에서 시릴을 들어 올렸다 내렸다를 반복했다. 「플로렌스, 제가 방금 누구를 만나고 왔는지 짐작도 못할 거예요!」 내가 말했다.

「누구요?」 플로렌스가 물었다. 이윽고 플로렌스의 눈이 휘둥그레졌다. 「설마 엘리너 마르크스는 아니겠죠?」

「아니, 아니요. 그런 사람 아니에요! 제나였어요. 다이애나 레더비의 집에서 알게 된 여자요. 그뿐 아니라 다이애나도 봤어요! 둘 다 이곳에 있다니, 믿겨요? 세상에, 다이애나를 다시 보았을 때 저는 죽는 줄 알았어요!」 나는 시릴이 거의 새된 소리를 낼 때까지 시릴을 안고 가볍게 흔들었다. 그렇지만 내 말에 플로렌스의 얼굴은 굳었다.

「맙소사!」 플로렌스가 말했다. 플로렌스의 어조에 나는 몸을 움찔했다. 「당신은 사회주의자 집회에서마저도 비참했던 당신 과거를 휘젓고 다녀야만 재미있는 시간을 보냈다고 생각하는 거예요? 당신은 오늘 여기에서 강연을 단 하나도 듣지 않았어요. 노점들에 시선을 주는 것만큼도 이곳을 보지 않았어요. 당신 눈과 마음은 오로지 당신에게 집중되어 있어요. 당신 자신, 그리고 당신이 만났던 여자들, 당신이…….」

「씹질을 했던 여자들이라고 말하고 싶은 거겠죠.」 낮은 목소리로 내가 말했다. 나는 플로렌스의 반응에 충격과 상처를 받아 플로렌스 쪽으로 기울였던 몸을 바로 했다. 그리고 점차 화가 났다. 「그래요, 적어도 저는 옛날 연인들과 씹질을 〈하기라도 했죠〉. 당신이 릴리언과 했던 것보다는 더 나아요.」

그 말에 플로렌스는 입을 딱 벌렸고, 눈에는 눈물이 글썽거렸다.

「못됐군요.」 플로렌스가 말했다. 「어떻게 그런 식으로 제게 말할 수 있죠?」

「왜냐면 이제 전 릴리언, 그리고 릴리언이 얼마나 훌륭했는가 따위에 대한 이야기가 지긋지긋하니까요!」

「릴리언은 훌륭했어요.」 플로렌스가 말했다. 「〈훌륭했어요〉. 릴리언이 이곳에서 이 모든 장면을 보았어야 해요. 당신이 아니라요! 릴리언은 이 모든 걸 이해했을 거예요. 하지만 당신은…….」

「당신은 릴리언이 이곳에 있기를 바라는 거군요.」 내가 거칠게 내뱉었다. 「저 대신 말이죠?」

플로렌스가 나를 뚫어져라 바라보았고, 눈물이 속눈썹을 타고 떨어졌다. 나도 눈이 따끔거리고 목이 잠겼다. 「낸스.」 플로렌스가 부드러운 목소리로 말했다. 그러나 나는 손을 들고 고개를 돌렸다.

「우리는 합의를 했어요, 안 그런가요?」 나는 목소리에서 신랄함을 유지하려 애쓰며 말했다. 그리고 플로렌스가 대답을 하려 하지 않자 계속 말했다. 「제가 여기 있느니 차라리 죽는 게 낫다고 생각하는 건 하느님도 아세요!」

나는 플로렌스의 마음을 아프게 하려고 이 말을 했다. 그러나 플로렌스가 눈을 가리며 일어나 내게서 떠나자 지독히 미안한 마음이 들었다. 나는 손수건을 꺼내기 위해 주머니에 손을 넣었다. 그리고 내가 꺼낸 것은 스키너 양이 플로렌스의 서명을 받아 달라며 내게 주었던 일정표였다. 나는 오후에 줄지어 일어난 갑작스러운 일들에 멍해진 채로 물끄러미 그 종이를 바라보았다. 그동안 연단에 선 여자는 계속해 쉰 목소리로 이야기를 하고, 야유를 보내는 청중들과 토론을 했다. 공기는 고함과 담배 연기와 악의로 응고된 듯했다.

나는 고개를 들었다. 플로렌스는 천막 캔버스 벽 근처에 서 있었고, 그 옆에 애니와 레이먼드 양이 있었다. 둘이 플로렌스의 팔을 잡자 플로렌스는 고개를 저었다. 플로렌스에게서 물러서며 나와 시선이 마주친 애니는 내게 다가와 지친 웃음을 지어 보였다.

「플로렌스와 말싸움을 하면 손해야.」 내 옆에 앉으며 애니가 말했다. 「그 애가 말을 얼마나 신랄하게 하는데.」

「플로렌스는 진실을 말해.」 내가 비참한 목소리로 말했다. 「진실만큼 신랄한 건 없지.」 내가 한숨을 쉬었다. 이윽고 화제를 바꾸기 위해 내가 물었다. 「오늘 재미있었어, 애니?」

「응.」 애니가 말했다. 「무척 좋았어.」

「그런데 네 애인 엠마와 있는 저 여자는 누구야?」 나는 레이먼드 양 옆에 있는 금발 여자를 보며 고개를 까닥거렸다.

「코스텔로 부인이야.」 애니가 말했다. 「엠마의 언니인데 과부가 되었어.」

「오, 이런!」 레이먼드 양의 언니에 대해 들어 본 적이 있었지만 이토록 젊고 예쁘리라고는 기대하지 않았다. 「정말 잘생겼네. 우리 쪽이 아니라는 게 안타까워. 그럴 가능성은 없겠지?」

「아쉽지만 전혀. 하지만 사랑스러운 여인이지. 남편은 아주 상냥한 남자였고, 엠마 말로는 그 남자에 필적할 만한 사람을 찾는 건 완전히 포기했다더라. 기껏 구혼해 오는 남자들은 알고 보면 권투 선수 정도라네…….」

나는 애매하게 웃었다. 사실 난 코스텔로 부인에게 별 관심이 없었다. 애니가 말하는 동안 나는 플로렌스를 힐긋거렸다. 이제 플로렌스는 천막 저쪽에 서 있었고, 손수건을 들고 있었지만 뺨은 눈물이 말랐고 하얬다. 하지만 내가 한참을 열심히 보고 있어도 플로렌스는 나와 시선을 맞추려 하지 않았다.

플로렌스에게 가봐야겠다고 막 맘을 먹은 순간, 돌연 주위가 시끄러워졌다. 연단에 있던 숙녀가 연설을 마쳤고, 군중들은 마지못해 손뼉을 쳤다. 이제 랠프가 연설할 차례라는 뜻이었다. 애니와 나는 고개를 돌려 랠프를 보았다. 랠프는 작은 무대 옆에서 불안하게 서성이다가 자기 이름이 호명되자 비틀거리며 계단을 올라가 연단에 섰다.

나는 애니를 보며 얼굴을 찡그렸고, 애니는 입술을 깨물었다. 천막은 약간 조용해졌으나 그리 많이 조용하지는 않았다. 오후 내내 진지하게 연설을 듣던 사람들 대부분은 피곤에 지쳐 천막을 떠났다. 그 빈자리를 연설에는 별 관심 없는 사람들과 하품하는 여인들, 그리고 싸움 좋아하는 사내들이 메웠다.

이렇게 관심 없는 사람들 앞에 서서 랠프는 목청을 가다듬었다. 손에는 연설문을 들고 있었다. 내용을 잊었을 경우 보기 위해서인 듯했다. 이마에는 땀이 흘러내렸다. 목은 뻣뻣했다. 목이 그렇게 뻣뻣하고 긴장해서는 결코 천막 뒤쪽까지 들리게 목소리를 낼 수 없을 터였다.

랠프는 다시 한번 기침을 하더니 연설을 시작했다.

「〈왜 사회주의인가?〉 오늘 오후에 저는 여러분과 이 주제로 토론을 하려고 여기에 왔습니다.」 애니와 나는 앞에서 세 번째 줄에 앉아 있었음에도 랠프가 하는 말이 잘 들리지 않았다. 우리 뒤쪽에 있던 남녀들이 소리쳤다. 「좀 크게 말해라!」 그리고 웃음소리가 퍼져 나갔다. 랠프는 다시 기침을 했고, 뒤이어 나온 목소리는 좀 더 커졌지만 더 쉬어 있기도 했다.

「〈왜 사회주의인가?〉 저는 다소 간단하게 이 질문에 대한 답을 말씀드리겠습니다.」

「그러면 고맙지!」 어떤 사내가 외쳤다. 내 예상대로였다. 랠프는 완전히 주의가 흐트러져 천막을 이리저리 둘러보았다. 랠프가 할 말을 까먹고 손에 든 종이를 힐긋거리는 모습을 보자 나는 당황했다. 랠프가 다음에 할 말을 찾을 때까지 끔찍한 적막이 감돌았다. 이윽고 랠프는 다시 말을 시작했지만 이제 당연히도 랠프는 처음에 퀼터 스트리트의 우리 거실에서 연습하던 때처럼 종이에 코를 박은 자세였다.

랠프가 말했다. 「경제학자들이 잉글랜드가 세계에서 가장 부자라고 말하는 걸 얼마나 많이 들어 보셨습니까……?」 나는 나도 모르게 연설 내용을 되뇌며 랠프를 몰아대고 있었다. 그러나 랠프는 말을 더듬고 중얼거렸으며 한두 번인가는 써놓은 내용을 읽기 위해 종이를 조명 쪽에 갖다 대기까지 했다. 나는 의장을 바라보았다. 연단 뒤에 앉은 의장은 랠프가 계속 연설을 하게 할 것인지 아니면 멈추게 할 것인지 갈등 중인 듯했다. 이번에는 플로렌스를 보았다. 플로렌스는 그 순간만큼은 자기의 슬픔은 까맣게 잊고 동생의 어색한 행동에 얼굴이 창백해져 크게 동요했다. 랠프는 통계가 나오는 대목을 말하기 시작했다. 「2백 년 전, 영국 땅과 자본은 5억 파운드의 가치가 있었습니다. 오늘날 그 가치는…… 그 가치는…….」 랠프가 다시 연설문을 조명에 비췄다. 그러나 랠프가 그러는 사이 누군가 일어나 외쳤다. 「뭐하는 거야? 사회주의자야 아니면 교사야?」 그 말에 랠프는 숨이 찬 듯 몸이 축 처졌다. 애니가 속삭였다. 「오, 안 돼! 가엾은 랠프! 더는 보고 있을 수가 없어!」

「나도.」 내가 말했다. 나는 벌떡 일어나 시릴을 애니에게 맡기고 연단 옆으로 난 계단을 한 번에 두 개씩 서둘러 올라갔다. 의장이 나를 막으려 반쯤 일어나는 게 보였지만 나는 손을 흔들어 의장을 물러서게 한 뒤 땀을 흘리며 축 늘어진 랠프에게 단호히 다가갔다. 「오, 낸스.」 랠프가 말했다. 랠프는 금방이라도 눈물을 흘릴 듯했고, 여태 랠프가 이런 모습을 보인 적은 한 번도 없었다. 순간 청중은 조용해졌다. 내가 그렇게 극적으로 랠프 옆으로 뛰어드는 모습을 보고 아주 즐거워하는 듯했다. 이제 나는 이 침묵을 이용해 우렁차게 말했다.

「아, 그럼 당신은 수학을 싫어하시는 건가요?」 랠프가 더듬거렸던 대목부터 내가 외쳤다. 「백만이라는 단위를 상상하기 어려울지도 모르겠군요. 자, 그렇다면 만 단위를 생각해 보도록 하지요. 30만이라는 수를 생각해 보세요. 제가 뭘 말하는 거라고 생각하십니까? 런던 시장의 연봉일까요?」 킥킥거리는 소리가 들려왔다. 2년 전에 런던 시장의 연봉에 얽힌 자그마한 부정이 있었기 때문이다. 나는 킥킥거리는 사람들을 향해 연설을 계속했다. 「아닙니다, 아가씨.」 내가 말했다. 「저는 파운드를 말하고 있는 게 아닙니다. 실링도 아닙니다. 저는 사람에 대해 이야기하고 있습니다. 저는 런던의 구빈원에 사는 남자, 여자, 어린아이의 총합을 이야기하고 있는 겁니다. 런던, 세계에서 가장 부자인 제국에, 가장 부자인 나라에, 가장 부자인 도시인 런던에요! 지금 이 순간, 제가 말을 하고 있는 지금…….」

나는 이런 식으로 계속했다. 킥킥거림은 점차 줄어들었다. 나는 영국에 있는 거지 숫자를 언급했다. 그해 베스널 그린의 구빈원에서 죽은 사람 숫자를 언급했다. 「그 구빈원에서 당신이 죽을 수도 있지 않을까요, 선생님?」 나는 연설을 하며 수사적 어구를 약간 덧붙였다. 「〈당신〉이 될 수도 있지 않을까요, 아가씨? 아니면 〈당신의〉 나이 든 어머니가 될 수도 있지 않을까요? 아니면 여기 꼬마는요?」 내가 가리킨 꼬마가 울기 시작했다.

이윽고 내가 물었다. 「우리는 몇 살에 죽을까요?」 나는 랠프를 돌아보며(랠프는 완전히 감탄한 표정으로 나를 보고 있었다) 청중이 확실히 들을 수 있을 정도로 크게 외쳤다. 「베스널 그린에 사는 남녀 평균 수명이 얼마인가요, 배너 씨?」

랠프는 잠시 얼이 빠져 아무 말도 못하고 나만 뚫어져라 바라보다가 내가 팔을 꼬집자 대답을 했다. 「스물아홉!」 아직 충분히 큰 소리가 아니라는 생각이 들었다. 「몇 살이라고요?」 나는 마치 내가 팬터마임의 여주인공이고 랠프는 내 상대역인 것처럼 외쳤다. 그리고 랠프가 좀 전보다 더 큰 소리로 숫자를 외쳤다. 「〈스물아홉〉 살입니다!」

「스물아홉.」 내가 청중에게 말했다. 「만약 제가 숙녀라면요, 배너 씨? 만약 제가 햄프스테드나 아니면, 아니면 세인트존스우드에 산다면요? 아주 편하게, 브라이언트 앤드 메이[11]의 주식 배당금으로 살아간다면요? 그러한 숙녀들의 평균 수명은 얼마인가요?」

11 노동자 착취로 유명했던 잉글랜드의 유명한 성냥 제조사.

「쉰다섯 살입니다.」 랠프가 즉시 말했다. 「쉰다섯! 거의 두 배입니다.」 이제 랠프는 연설 내용을 기억해 냈고, 내가 침묵으로 재촉하자 거의 내 목소리만큼이나 강한 목소리로 연설을 계속했다. 「왜냐하면, 런던의 깔끔한 구역에서 한 명이 죽을 때마다 이스트 엔드에서는 네 명이 죽기 때문입니다. 이스트엔드의 거주자들은 자신들의 깔끔한 이웃이라면 어떻게 예방하고 어떻게 치료하는지 완벽히 잘 알고 있는 질병에 속수무책으로 죽기 때문입니다. 아니면 일터의 기계에 죽기 때문입니다. 아니면 그냥 굶어 죽기 때문입니다. 사실, 바로 오늘 밤에도 런던에서는 한 명 또는 두 명이 죽을 겁니다. 순전히 굶주림으로 말입니다……

모든 일이, 모든 경제학자들이 여러분에게 말하듯, 대영 제국의 부가 스무 배나 늘어나고 2백 년이나 흐른 오늘날 일어나고 있습니다! 지구상에서 가장 부유한 도시에서 이 모든 일이 일어나고 있습니다!」

그 말에 고함이 들렸고, 나는 랠프 뒤를 이어 말하기 전에 우선 그 고함이 잦아들기를 기다렸다. 마침내 나는 이어서 연설을 했으나, 아주 조용히 말을 했기에 사람들은 내 말을 듣기 위해 몸을 앞으로 숙이며 인상을 썼다. 「왜 이런 일이 벌어지는 걸까요?」 내가 말했다. 「노동자들 씀씀이가 헤퍼서일까요? 우리 아이들과 우리 자신을 위해 빵과 고기를 사는 대신 우리가 그 돈으로 진과 흑맥주를 사고 연예장에 가고 담배로 피워 날리고 도박을 하기 때문일까요? 아마 여러분은 이런 주장들을 들어 왔고, 여기저기 적혀 있는 것을 보아 왔을 겁니다. 바로 부자들에 의해서요. 그게 사실일까요? 하지만 부자들이 가난한 자들에 대해 말을 할 때, 진실은 왜곡됩니다. 생각해 보십시오. 만약 우리가 부자의 집을 부수고 들어간다면 부자는 우리를 도둑이라 부르며 감옥에 보낼 겁니다. 만약 우리가 부자의 땅에 발을 들여놓으면 우리는 침입자가 되고, 부자는 우리를 쫓기 위해 개를 풀어놓을 겁니다! 만약 우리가 부자의 금화를 집어 가면 우리는 소매치기가 될 겁니다. 만약 금화를 돌려주는 대신 돈을 달라고 요구한다면 우리는 사기꾼이자 협잡꾼이 될 겁니다.

하지만 만약 부를 추구하는 부자들의 행동 자체가 다른 사람들이 〈강도 행위〉라고 부르는 것이라면요? 부자는 자기 경쟁자의 것을 훔칩니다. 땅을 훔치고 둘레에 벽을 쌓습니다. 부자는 우리 건강과 자유를 훔칩니다. 부자는 우리 노동의 열매를 훔치고 〈그로부터 우리가 그것을 되사도록〉 강요합니다! 부자가 이런 짓을 강도 행위, 노예 소유, 사기라 부를까요? 천만에요. 부자는 이런 행동을 〈사업 경영〉, 〈사업 수완〉, 〈자본주의〉라 부릅니다. 〈자연스러운〉 것이라고 말합니다.

하지만 우유가 없어 아기가 죽는 게 자연스러운 건가요? 좁고 숨 막히는 일터에서 여자들이 밤새 치마와 외투를 바느질하는 게 자연스러운 건가요? 당신이 벽난로에 불을 피울 수 있도록 석탄을 캐느라 어른이건 아이건 죽어 나가는 게 자연스러운 걸까요? 당신의 빵을 굽기 위해 제빵사가 숨 막혀 죽는 게 자연스러운 걸까요?」

연설을 하는 동안 내 목소리가 높아졌다. 그리고 이제 나는 고함쳤다.

「여러분은 그게 자연스럽다고 생각하십니까? 당연하다고 생각하십니까?」

「아니요!」 수백 명이 동시에 외쳤다. 「아니요! 아니요!」

「사회주의자들도 그렇게 생각하지 않습니다!」 랠프가 외쳤다. 랠프는 들고 있던 연설문을 구겨 쥐었고, 청중을 향해 그것을 흔들었다. 「우리는 게으른 자들과 부자들의 주머니 속으로 부와 재산이 직행하는 모습을 보는 게 신물이 납니다. 우리는 그

부의 일부를 원하는 게 아닙니다. 부자들이 마음 내키면 가끔 우리에게 휙 던져 주곤 하는 쪼가리를 원하는 게 아닙니다. 우리는 사회가 완전히 변화하는 걸 보고 싶습니다! 우리는 돈이 이익을 위해 간직되는 게 아니라, 사용되는 모습을 보고 싶습니다! 우리는 일하는 여인들의 아기들이 무럭무럭 자라는 모습을, 필요 없어진 구빈원이 해체되는 모습을 보고 싶습니다!」

그 말에 사람들이 환호를 질렀고, 랠프는 손을 들어 올렸다. 「지금 환호를 보내시는군요.」 랠프가 말했다. 「이렇게 화창한 날 편히 앉아서 환호를 보내는 건 쉽습니다. 하지만 여러분은 환호 이상의 일을 하셔야만 합니다. 〈행동〉하셔야만 합니다. 일하시는 분들은 남녀 모두 노동조합에 가입하십시오! 투표권이 있으신 분들은 그것을 사용하십시오! 여러분의 사람들을 의회에 넣도록 투표하십시오. 그리고 여러분의 여성 가족, 여러분의 누이, 딸, 부인을 위해 캠페인을 벌이십시오. 여러분을 도울 수 있도록, 그들이 투표권을 가질 수 있게 말입니다!」

내가 다시 앞으로 나서며 말했다. 「오늘 밤 집에 돌아가시면 스스로에게 오늘 배너 씨가 했던 질문을 해보십시오. 왜 사회주의인가? 그러면 여러분은 우리가 찾아냈던 바로 그 답을 찾아내게 될 겁니다. 여러분은 바로 이렇게 말할 겁니다. 왜냐하면 영국의 국민은 자본주의자와 지주 밑에서 일해 왔지만 더욱 가난해지고 병들고 더 비참해지고 불안해졌을 뿐이기 때문입니다. 우리가 사회의 최약자 계급의 삶을 개선하려면 자선이나 하찮은 개혁 따위로는 안 되기 때문입니다. 세금으로도, 또 다른 자본주의자들에게 투표를 해 지금 있는 자들 대신 정치를 하게 해도, 심지어 상원을 폐지해도 이룰 수 없기 때문입니다. 그 일을 이루려면 땅과 공장을 일하는 사람들에게 주어야만 합니다. 왜냐하면 사회주의만이 공정한 사회를 위한 유일한 제도이기 때문입니다. 세상의 좋은 것들을 게으른 자들이 아닌 〈노동자들〉, 다름 아닌 바로 여러분이 공유할 수 있도록 해주는 유일한 제도이기 때문입니다. 여러분, 열심히 일해 부자를 부자로 만들어 주고 계속 부자로 있게 해주면서 그 대가로 오직 병들고 반 굶주림에 시달려야 했던 여러분이 공유할 수 있게 하는 제도이기 때문입니다.」

두 번째 침묵이 찾아왔고, 이어서 우레와 같은 박수가 쏟아졌다. 나는 랠프를 보았다. 이제 랠프의 뺨은 빨갰으며 속눈썹은 눈물로 젖어 있었다. 이윽고 랠프가 주먹을 꽉 쥐어 번쩍 들었다. 마침내 환호가 잦아들자 나는 플로렌스를 보았다. 플로렌스는 애니와 시릴과 함께 있었으며, 입술에 손을 댄 채 나를 지켜보고 있었다.

우리 뒤로 의장이 다가와 나와 악수를 청했다. 악수를 한 후 우리는 연단을 내려갔고, 순식간에 다정한 웃음과 축하한다는 말과 더 큰 박수가 우리를 에워쌌다.

「훌륭했어!」 애니가 제일 먼저 우리에게 다가오며 외쳤다. 「랠프, 당신 끝내줬어!」

랠프가 얼굴을 붉혔다. 「모두 낸시가 한 거예요.」 랠프는 부끄러움을 타며 말했다. 애니가 싱글거리더니 내게 돌아섰다. 「브라보! 정말 멋진 연설이었어! 꽃이 있다면 네게 던져 주고 싶어!」 하지만 애니는 더 이야기를 할 수가 없었다. 애니 뒤에서 나이 든 숙녀가 몸을 앞으로 밀며 나와 눈을 맞추려 했기 때문이다. 그 숙녀는 여성 협동 동업 조합의 메이시 부인이었다.

「세상에.」 메이시 부인이 말했다. 「축하드려요! 정말 멋진 연설이었답니다! 사람들 말로는 당신이 한때 배우였다더군요……?」

「오, 그러던가요?」 내가 말했다. 「맞아요. 배우였어요.」

「그런 능력이 있는 사람을 회원으로 두고서 써먹지 않을 수는 없죠. 다음에도 저희를 위해 연설을 해주세요. 카리스마 있는 연설자만이 우유부단한 청중들의 마음을 휘어잡을 수 있답니다.」

「기꺼이 하겠어요.」 내가 말했다. 「하지만 연설문은 써주셔야 해요…….」

「물론이죠! 물론!」 메이시 부인이 두 손을 맞쥐고 두 눈을 올려 떴다. 「오, 집회와 토론을 하는 모습이 눈에 선해요. 순회강연까지도 가능해요. 누가 알겠어요?」 그 말에 나는 정말 놀라 부인을 뚫어져라 바라보았다. 이윽고 누가 내 옆에 있다는 느낌이 들어 그쪽으로 주의가 분산되었다. 돌아보니 엠마 레이먼드의 언니인 코스텔로 부인이 흥분해 얼굴이 발개진 채 나를 보고 있었다.

「정말 훌륭한 연설이었어요!」 코스텔로 부인이 수줍어하며 말했다. 「거의 눈물이 날 정도였어요.」 코스텔로 부인의 사랑스러운 얼굴은 진짜로 창백하고 진지했으며, 크고 푸른 눈이 반짝였다. 나는 아까 했던 생각을 다시 했다. 〈이 여자가 톰이 아니라니 정말 아쉬워…….〉 그러나 코스텔로 부인이 상냥한 남편을 잃었으며 새로운 남편감을 찾고 있다는 애니의 말이 떠올랐다.

「정말 친절하시네요.」 내가 솔직하게 말했다. 「하지만 진짜 부인의 칭찬을 들어야 할 분은 배너 씨예요. 배너 씨가 처음부터 끝까지 연설문을 작성하셨거든요.」 나는 이렇게 말하며 랠프를 끌어당겼다. 「랠프, 이분은 레이먼드 양의 누이인 코스텔로 부인이세요. 혼자되셨대요. 당신 연설이 아주 맘에 드셨다네요.」 내가 말했다.

「네, 맞아요.」 코스텔로 부인이 말했다. 부인이 손을 내밀자 랠프가 그 손을 잡더니 눈을 깜빡이며 부인의 얼굴을 뚫어져라 바라보았다. 「저는 늘 세상이 지독히 불공평하다고 생각했어요.」 부인이 계속 말했다. 「하지만 오늘 이전까지는 그런 세상을 바꾸기에 저는 너무 무력하다는 느낌뿐이었죠…….」

둘은 여전히 손을 잡고 있었지만 알아차리지 못했다. 나는 둘을 남겨 두고 애니와 레이먼드 양, 그리고 플로렌스에게 다시 합류했다. 애니가 내 어깨에 손을 올렸다.

「순회강연이라고?」 애니가 말했다. 「세상에!」 이윽고 애니는 플로렌스를 보며 말했다. 「너도 좋지?」

플로렌스는 내가 연단에서 내려온 이후 계속 웃지 않았다. 그리고 지금도 웃지 않았다. 마침내 플로렌스는 입을 열었고, 그 표정은 슬프고 엄숙했으며 거의 곤혹스러워 보이기까지 했다. 마치 자신의 슬픔에 깜짝 놀란 듯했다.

「아주 좋았겠지.」 플로렌스가 말했다. 「만약 낸시가 했던 연설이 앵무새처럼 외운 걸 반복한 게 아니라 본심에서 우러나온 거였다면 말이야!」

애니는 불편한 눈으로 레이먼드 양을 보다가 말했다. 「오, 플로렌스, 어떻게 그런 말을…….」 나는 아무 말도 하지 않고 잠시 플로렌스를 노려보다가 고개를 돌렸다. 연설과 청중의 환호성으로 인한 내 기쁨은 모두 흐릿해졌고 가슴이 무거워졌다.

이제 천막은 조용했다. 연단에는 연설자가 없었고, 사람들은 그 틈을 타 밖으로 나가 햇볕을 즐기고 붐비는 인파 속에 섞여 들었다. 레이먼드 양이 밝게 말했다. 「자, 모두 앉자고요.」 하지만 우리가 모두 비어 있는 의자 열에 가서 앉았을 때, 작은 여자아이가 총총걸음으로 다가오더니 나와 눈을 맞췄다.

「실례합니다, 아가씨.」 여자아이가 말했다. 「아가씨가 좀 전에 연설을 하신 분인가요?」 나는 고개를 끄덕였다. 「천막 밖에서 어떤 숙녀분이 잠깐 이야기를 나누고 싶다면서 나오실 수 있냐고 물으세요.」

애니가 소리 내어 웃더니 눈썹을 치켰다. 「아마 또 다른 순회

강연 요청인가보네?」 애니가 말했다.
나는 여자아이를 보며 망설였다.
「숙녀라고 그랬니?」
「네, 아가씨.」 여자아이가 확실하게 대답했다. 「숙녀였어요. 아주 멋진 옷을 입었고, 모자에 달린 베일로 눈을 가리고 있었어요.」
나는 움찔하며 재빨리 플로렌스를 보았다. 베일에 가린 숙녀. 그럴 사람은 오직 단 한 명뿐이었다. 결국 다이애나가 나를 발견하고 내가 연설하는 모습을 보고는 나를 찾는 모양이었다. 무슨 요상한 이유로 나를 찾는 것인지 그 누가 알겠는가? 그 생각에 몸이 떨렸다. 여자아이가 물러가고 내가 그 아이 쪽을 바라보자 플로렌스가 의자에서 몸을 뒤척이며 나를 빤히 바라보았다. 천막 구석, 캔버스 천이 문 모양으로 열려 묶인 곳으로 정사각형 모양의 햇빛이 들어왔다. 그 빛이 너무 밝아 나는 눈을 가늘게 뜨고 깜박거리며 그곳을 바라보았다. 정사각형 빛 가장자리에 여자가 서 있었으며, 여자아이가 말했던 대로 커다란 모자와 베일 때문에 얼굴은 보이지 않았다. 내가 그 여자를 꼼꼼히 살펴보자 여자는 손을 들어 베일을 걷어 올렸다. 이제 여자의 얼굴이 보였다.
「저 여자에게 가보지 그래요?」 플로렌스가 차갑게 말하는 소리가 들렸다. 「아마도 당신에게 세인트존스 우드로 돌아와 달라고 부탁하러 온 걸 거예요. 당신은 다시는 사회주의에 대해 생각할 필요가 없어요. 그곳에서…….」
나는 플로렌스에게 고개를 돌렸다. 내 뺨이 얼마나 창백해졌는지를 본 플로렌스의 표정이 바뀌었다.
「다이애나가 아니에요.」 내가 속삭였다. 「오, 플로렌스! 다이애나가 아니에요…….」

키티였다.

나는 한순간 얼이 빠져 아무 말도 없이 서 있었다. 오늘 벌써 옛 애인 두 명을 보았다. 그리고 여기에 세 번째, 아니 첫 번째 애인, 내 첫 애인, 내 진정한 애인, 가장 사랑한 애인이 있었다. 내 마음을 그토록 짓밟아 놓아 내가 다시는 제대로 사랑을 하지 못하리라 생각하게 만들었던 그 애인이…….

나는 더 플로렌스를 힐긋거리지 않고 키티에게 다가가 그 앞에 선 뒤 햇빛에 눈이 부셔 눈을 비볐다. 그래서 내가 다시 키티를 보았을 땐 키티 주위로 수천 가닥의 햇빛이 춤추고 있는 듯했다.

「낸.」 키티가 무척 초조한 듯한 웃음을 지으며 말했다. 「날 잊은 건 아니겠지?」 열정에 사로잡혔을 때 가끔 그러했듯, 키티의 목소리는 약간 떨렸다. 키티의 억양은 내가 기억하던 것보다 더 단순했고 음색도 옅어졌다.

「널 잊어?」 마침내 내가 겨우 목소리를 되찾아 말했다. 「그럴 순 없지. 널 봐서 그냥 아주 놀랐을 뿐이야.」 나는 키티를 노려보며 침을 꿀꺽 삼켰다. 예전처럼 키티의 눈은 갈색이었으며 속눈썹은 짙었고 입술은 분홍색이었다……. 그러나 키티는 달라져 있었고, 나는 그것을 한눈에 알 수 있었다. 입가와 이마에 한두 개 정도 잡힌 주름이 우리가 연인이었던 이후 흐른 세월을 말해 주었다. 길게 자라 윤기가 흐르는 머리는 귀 위로 크게 돌돌 말려 있었다. 주름과 머리 때문에 키티는 더는 예쁘장한 사내아이 같아 보이지 않았다. 키티가 말을 전해 달라며 아까 내게 보냈던 여자아이 말대로, 숙녀 같아 보였다.

내가 키티를 꼼꼼히 뜯어보는 동안 키티는 나를 살펴보았다. 마침내 키티가 말했다. 「아주 다른 사람처럼 보이네. 마지막으로 봤을 때는…….」

나는 어깨를 으쓱했다.「당연하지. 그때 난 열아홉이었어. 지금은 스물다섯이고.」

「두 주가 더 지나야 스물다섯이지.」 키티가 대답했다. 키티의 입술이 살짝 떨렸다.「잊지 않고 있었어.」

나는 얼굴이 붉어지는 것을 느끼며 대답을 할 수 없었다. 키티는 내 어깨 너머 천막 안을 들여다보았다. 이윽고 키티가 말했다.「저기 안을 보다가 연단에서 연설을 하고 있는 네 모습을 보고 얼마나 놀랐는지 몰라. 네가 천막 속 연단에 서서 노동자들의 권리에 대한 연설을 하리라고는 생각도 못했거든!」

「나도 마찬가지야.」 내가 말했다. 나는 싱긋 웃었고, 키티도 따라 웃었다.「그런데 왜 여기에 있는 거야?」 이윽고 내가 물었다.

「난 보우에 살아. 멋진 볼거리가 아주 많으니까 이번 일요일에 꼭 공원에 가보라고 모두들 일주일 내내 귀에 못이 박히게 말했어.」

「그래?」

「응, 그랬어!」

「그럼 여기엔 혼자 온 거야?」

키티는 재빨리 다른 곳을 힐금거렸다.「응. 월터는 지금 리버풀에 있어. 월터는 다시 매니저 일을 해. 리버풀에 있는 연예장 일부를 소유하고 있고, 우리가 살 집을 빌렸어. 그 집이 다 준비되면 나는 다시 월터와 함께 지낼 거야.」

「아직도 연예장에서 공연을 해?」

「별로. 우리는…… 우리는 함께 공연을 했어…….」

「알아.」 내가 말했다.「널 봤어. 미들섹스에서.」

키티의 눈이 휘둥그레졌다.「빌리 보이를 만났던 그때? 오, 낸, 네가 보고 있는 걸 알았으면 좋았을 텐데! 빌이 와서 널 봤다고 말했을 때…….」

「널 오래 보고 있을 수는 없었어.」 내가 말했다.
「우리가 그렇게 엉망이었어?」 키티가 싱긋 웃었지만 나는 고개를 저었다. 「그렇게 엉망은…….」 키티의 웃음이 희미해졌다.
잠시 뒤 내가 말했다. 「그럼 여기서는 별로 일하지 않는 거네? 왜?」
「그게, 월터는 매니저 일로 바빠. 그리고, 비밀인데 내가 좀 아팠거든.」 키티가 망설였다. 「유산이 되었어…….」
어느 모로 보나 끔찍한 일이었다. 「유감이야.」 내가 말했다.
키티는 어깨를 으쓱했다. 「월터는 실망이 컸어. 하지만 이제는 많이 잊었어. 물론 난 예전처럼 건강하진 못하지만 말이야…….」
우리는 아무 말도 하지 않았다. 나는 잠깐 군중을 보다가 다시 키티에게 시선을 돌렸다. 키티는 얼굴이 붉어져 있었다. 키티가 말했다. 「낸, 빌이 말하길 널 만났을 때 네 옷차림이 꼭 남자 같았다고 하더라.」
「맞아. 그랬어. 완전히 남자 같았지.」 키티가 소리 내어 웃다가 무슨 말인지 이해하지 못하고 곧 인상을 찌푸렸다.
「그리고 또 네가…… 그러니까 같이 사는 사람이…….」
「여자와 같이 살았어.」
키티는 더욱 얼굴을 붉혔다. 「아직도 그 여자와 같이 살아?」
「아니. 나는 이제 베스널 그린에서 다른 여자와 살아.」
「오!」
나는 망설였지만 두 시간 전에 제나에게 했던 행동을 다시 했다. 나는 천막 그늘로 약간 움직였고, 키티가 내 뒤를 따랐다. 「저기 보이는 저 여자야.」 연단 앞쪽의 의자를 향해 고개를 끄덕이며 내가 말했다. 「아기와 함께 있는 여자야.」
애니와 레이먼드 양은 어디론가 가고 이제 그곳에는 플로렌스 혼자 앉아 있었다. 내가 플로렌스를 향해 고개를 끄덕이는 순간 플로렌스가 나를 돌아보더니 엄숙하게 키티를 응시했다. 키티는 또다시 자그맣게 〈오!〉 하고 말하며 초조한 웃음을 지었다. 「플로렌스야.」 내가 말했다. 「사회주의자이고 내가 이 모든 일을 하게끔…….」 내가 말을 하는 동안 플로렌스가 모자를 벗었다. 그러자마자 시릴은 플로렌스의 머리를 고정해 둔 핀을 잡아당기고 곱슬머리를 손가락으로 비틀기 시작했다. 시릴의 행동에 플로렌스의 얼굴이 붉어졌다. 나는 플로렌스를 좀 더 오래 지켜봤고, 키티를 보는 플로렌스의 표정을 보았다. 내가 다시 키티를 보았을 때 키티는 나를 보고 있었으며, 표정이 무척 낯설었다.

「네게서 눈을 뗄 수가 없어.」 키티가 애매한 웃음을 지으며 말했다. 「네가 집을 나갔을 때 처음에 나는 네가 돌아올 거라고 확신했어. 어디로 간 거야? 뭘 했어? 너를 찾으려고 무척 애를 썼어. 결국 네게서 아무런 연락도 없자 난 너를 다시는 못 볼 거라고 생각했어. 난, 오, 낸, 난 네 스스로 널 해친 줄 알았어.」

나는 침을 꿀꺽 삼켰다. 「나를 해친 건 〈너〉야, 키티. 날 아프게 한 건 너라고.」

「알아. 내가 그걸 모를 거라고 생각해? 너와 말을 하는 것만으로도 부끄러운걸. 정말 미안해.」

「미안해할 필요 없어.」 내가 어색하게 말했다. 그러나 키티는 내 말을 듣지 못했다는 듯 내게 아주 미안하며 자기가 한 행동이 아주 잘못되었다고 말했다. 미안하다고, 아주 미안하다고…….

마침내 내가 고개를 저었다. 「오!」 내가 말했다. 「이제 그게 무슨 소용인데? 이젠 상관없어.」

「상관없다고?」 키티가 말했다. 내 심장이 쿵쿵거리기 시작했다. 내가 대답을 하지 않고 키티를 계속 바라만 보자, 키티는 내게 한 걸음 다가와 아주 빠르고 낮은 목소리로 이야기를 하기 시작했다. 「오, 낸, 너를 찾게 되면 무슨 말을 해야 할지 얼마나 많이 생각하고 계획했는지 몰라. 이제 그 말을 하지 않고 너를 떠날 순 없어!」

「듣고 싶지 않아.」 나는 돌연 두려움에 휩싸여 말했다. 심지어 나는 키티가 중얼거리는 소리를 막기 위해 손으로 귀를 막기까지 한 듯하다.

「내 말을 들어 봐! 꼭 알아야만 해. 내가 손쉽게 그런 결정을 내리고 행동했던 게 아니라는 걸 알아야만 해. 나 역시 마음이 아팠다는 걸 알아야만 해.」

「그럼 왜 그랬는데?」

「내가 바보였으니까! 무대에서의 내 삶이 그 어느 것보다 더 중요하다고 생각했으니까. 내가 스타가 될 수 있다고 생각했으니까. 그리고 내가 정말로, 정말로 너를 잃을 거라고는 당연히 생각하지 않았으니까…….」 키티가 망설였다. 천막 바깥은 계속 시끌벅적했다. 아이들이 함성을 질렀다. 노점상들이 고함을 치고 사람을 끌어모아 이야기를 했다. 5월의 산들바람에 깃발과 팸플릿이 펄럭였다. 키티가 숨을 들이켰다. 키티가 말했다. 「낸, 내게 돌아와.」

〈내게 돌아와…….〉 이 말을 듣자마자 자석에 핀이 끌리듯 나의 일부는 쏜살같이 키티를 향했다. 만약 키티가 계속 애원했다면 나의 그 일부는 영원히 키티에게 돌아갔을지도 모른다.

그러나 한편으로 나는 기억을 했고, 여전히 기억하고 있었다. 「네게 돌아오라고?」 내가 말했다. 「여전히 월터의 아내인 네게?」

「그건 아무런 의미도 없어.」 키티가 재빨리 말했다. 「이제 월터와 나는 아무 관계도 아니야. 우리가 조금 조심하기만 하면…….」

「조심한다고?」 내가 말했다. 그 단어에 몸이 움찔했다. 「조심! 조심! 넌 늘 그 소리뿐이었어. 우리는 너무 조심해서 죽어 있는 거나 마찬가지였어!」 나는 키티의 손을 떨쳐 냈다. 「이제 내게는 새 여자가 있어. 그 여자는 내 연인인 걸 부끄러워하지 않아.」 그러나 키티는 가까이 다가와 다시 내 팔을 잡았다. 「아기를 데리고 있는 저 여자?」 키티가 천막 안쪽을 보고 고개를 끄덕이며 말했다. 「넌 저 여자를 사랑하지 않아. 네 얼굴을 보면 알 수 있어. 나를 사랑하던 표정이 아니야. 그때 어땠는지 기억나지 않아? 넌 내가 맨 처음이었어. 넌 나와 함께 있어야 해. 넌 정치 이야기나 해대는 저 여자 같은 부류에 속하지 않아. 네 옷을 봐. 얼마나 평범하고 싸구려인지를! 네 주위에 있는 사람들을 보라고. 넌 이런 사람들로부터 벗어나기 위해 윗스터블을 떠난 거였잖아!」

나는 잠깐 망연자실해 키티를 바라보았다. 그리고 키티가 나를 재촉하는 동안 멍하니 있다가 천막을 힐긋 보았다. 애니와 레이먼드 양이 보였다. 랠프는 여전히 눈을 끔벅이고 얼굴을 붉히며 코스텔로 부인을 보고 있었다. 노라와 루스는 내가 〈보트를 탄 소년〉에서 본 적이 있는 다른 여자들과 연단 옆에 서 있었다. 천막 저쪽 편 의자에는 제나가 앉아 있었다(천막에 제나가 와 있는 줄은 몰랐다). 제나는 어깨가 넓은 연인과 팔짱을 끼고 있었다. 그 둘 가까이에는 랠프의 조합 친구 두 명이 서 있었다. 이 둘은 내가 자기들을 보는 모습을 보더니 고개를 까닥하며 잔을 들어 올렸다. 그리고 이 모든 사람들 중앙에 플로렌스가 앉아 있었다. 여전히 플로렌스의 머리는 시릴이 잡아당기는 쪽으로 기울어 있었다. 시릴은 플로렌스의 머리를 어깨 아래로 잡아당겼고, 플로렌스는 시릴의 손가락을 펴려고 했다. 플로렌스는 얼굴이 상기되었으며 싱긋 웃고 있었다. 그러나 나를 보는 플로렌스의 눈에는 눈물이 고여 있었다. 어쩌면 그냥 시릴이 머리를 잡아당겼기 때문일 수도 있었다. 그러나 그 눈물 뒤에는 이제껏 플로렌스에게서 보지 못한 쓸쓸함이 배어 있었다.

플로렌스는 웃고 있었지만 나는 그런 플로렌스를 보며 웃어 줄 수 없었다. 이윽고 키티를 다시 보았을 때 내 시선은 냉정해졌고, 말을 하는 내 목소리는 전혀 흔들림 없이 침착했다.

「네가 잘못 생각했어.」 내가 말했다. 「나는 이제 여기에 속해. 여기 보이는 사람들이 바로 나와 함께하는 사람들이야. 그리고 내 연인 플로렌스에 관해서라면, 나는 말로 할 수 없을 만큼 플로렌스를 사랑해. 이 순간까지 그걸 깨닫지 못했어.」

키티는 내 팔을 놓더니 한 대 얻어맞은 것처럼 뒤로 물러섰다. 「넌 날 괴롭히려고 이런 말을 하는 거야.」 키티가 헐떡이며 말했다. 「나 때문에 받은 상처로 아직 괴로우니까…….」

나는 고개를 저었다. 「내가 이런 말을 하는 건 그게 진실이기 때문이야. 잘 가, 키티.」

「낸!」 내가 키티를 두고 떠나려 할 때 키티가 외쳤다. 나는 몸을 돌렸다.

「나를 그렇게 부르지 마.」 내가 골을 내며 말했다. 「이제 나를 그렇게 부르는 사람은 아무도 없어. 그건 내 이름이 아니고 그랬던 적도 없어.」

키티는 침을 삼키더니 다시 내게 다가와 낮고 누그러진 목소리로 말했다. 「그러면, 낸시, 내 말 좀 들어 봐. 난 아직 네 물건들을 가지고 있어. 네가 스탬퍼드 힐에 놓고 간 물건들 말이야.」

「난 필요 없어.」 내가 망설임 없이 말했다. 「가지거나 아니면 버려. 난 상관없어.」

「편지들도 있어. 네 가족에게서 온 거야! 널 찾아 네 아버지가 런던으로 왔어. 네 가족은 혹시 네 소식을 들은 게 없냐며 지금도 내게 편지를 보내고 있어.」

아버지! 다이애나를 보았을 때 나는 호화로운 침대에 있는 내 모습을 상상했었다. 그러나 이제 나는 부츠까지 내려오는 앞치마를 한 아버지 모습을 그보다 훨씬 더 생생하게 그릴 수 있었다. 어머니, 오빠, 앨리스가 눈에 선했다. 바다가 보였다. 소금이라도 들어간 듯 눈이 따끔거렸다.

「내게 그 편지들을 보내 줘.」 내가 가라앉은 목소리로 말했다. 「가족에게 편지를 보내 플로렌스에 대해 말할 거야. 만약 내게 플로렌스가 있는 걸 싫어한대도 적어도 내가 안전하고 행복하게 사는 건 알게 되겠지…….」

키티는 더 가까이 다가와 목소리를 한층 더 낮추며 말했다. 「돈도 있어.」 키티가 말했다. 「계속 가지고 있었어. 낸, 네 몫이 거의 7백 파운드 가까이 돼!」

나는 고개를 저었다. 돈에 대해서는 잊고 있었다. 「쓸 데가 없어.」 내가 간단히 말했다. 그러나 그렇게 말을 하는 순간, 나는 나 때문에 돈을 잃게 된 제나를 떠올렸다. 그리고 다시 플로렌스를 떠올렸다. 런던 동부의 자선함에 금화로 한 닢 한 닢씩 7백 파운드를 넣는 플로렌스를 상상했다.

그렇게 되면 플로렌스는 나를 릴리언보다 더 사랑해 줄까?

「돈도 같이 보내 줘.」 마침내 내가 말했다. 그리고 키티에게 내 주소를 말해 줬고, 키티는 고개를 끄덕이며 기억하겠다고 말했다.

이윽고 우리는 서로를 빤히 바라보았다. 키티의 입술은 촉촉했고 살짝 벌어져 있었다. 그리고 얼굴은 너무나 창백해져서 주근깨가 보였다. 나도 모르게 캔터베리 궁전의 그날 밤이 떠올랐다. 키티를 처음 만나고, 내가 키티를 사랑한다는 걸 알게 되고, 키티가 내 손에 키스하고 나를 〈인어 아가씨〉라 부르면서 나를 절대 가질 수 없는 존재라고 생각했다던 그날이. 키티도 같은 기억을 떠올렸는지 이렇게 말했다. 「그럼 이렇게 끝나는 거야? 다시는 날 보지 않을 거야? 내가 사는 곳에 가끔 들러서…….」

나는 고개를 저었다. 「날 봐.」 내가 말했다. 「내 머리를 봐. 만약 널 만나러 가면 네 이웃들이 뭐라고 말할 거 같아? 넌 누군가 우리에 대해 외치는 게 무서워 나와 거리를 걷지도 못할 거야!」

키티가 얼굴을 붉혔고, 속눈썹이 파르르 떨렸다. 「변했구나.」 키티가 말했다. 나는 간단히 대답했다. 「맞아, 키티. 난 변했어.」

키티는 손을 들어 베일을 내렸다. 그리고 말했다. 「안녕.」

나는 고개를 끄덕였다. 키티가 몸을 돌렸다. 그리고 서서 키티를 지켜보는 동안 몸이 살짝 떨렸고, 내 안에서 퇴색해 가던 수천 개의 상처가 속삭였다…….

〈널 이런 식으로 보낼 수는 없어.〉 나는 생각했다. 〈이렇게 쉽게는 안 돼!〉 키티가 아직 꽤 가까이 있을 때 나는 햇빛이 비치는 곳으로 한 걸음 옮겨 주위를 둘러보았다. 천막 옆 풀밭에 화환인지 나뭇가지인지가 보였다. 전시용이었다가 느슨해지자 버려진 듯했다. 장미가 달려 있었다. 나는 몸을 굽혀 장미를 한 송이 뽑은 뒤 주변에서 할 일 없이 서성이는 사내아이를 불러 1페니와 함께 장미를 주고 하고 싶은 말을 했다. 그러고 나서 기울어진 캔버스 천 벽 뒤 천막 그늘로 물러서서 지켜보았다. 사내아이는 키티에게 달려갔다. 사내아이가 외치는 소리에 키티가 몸을 돌려 숙이고 아이가 전하는 말을 들었다. 아이는 키티에게 장미를 내밀면서 내가 숨어 있는 곳을 가리켰다. 키티는 내 쪽을 보더니 꽃을 받았다. 사내아이는 심부름 값을 쓰기 위해 어디론가 달려갔지만, 키티는 조용히 서 있었다. 장갑을 끼고 깍지 낀 두 손에는 장미가 들려 있었고, 나를 찾기 위해 베일에 가린 머리를 살짝 좌우로 흔들었다. 키티가 나를 보았다고 생각하지는 않지만 내가 보고 있다는 사실은 알았던 게 분명하다. 1분 정도 뒤에, 키티는 내 쪽을 향해 고개를 까닥한 듯하다. 간신히 알아볼 수 있을 정도로 희미한 끄덕임이었으며, 각광 앞 흐릿한 유령 같은 슬프디 슬픈 끄덕임이었다. 이윽고 키티가 돌아섰다. 그리고 곧 군중 속으로 사라졌다.

나도 몸을 돌려 천막 안으로 돌아왔다. 햇빛 쪽으로 걸어오는 제나가 보였고, 다음으로 랠프와 코스텔로 부인이 나란히 아주 천천히 걷는 모습이 보였다. 나는 이들에게 말을 걸려고 걸음을 멈추지 않았다. 그냥 싱긋 웃어 보인 뒤 바로 지나쳐 플로렌스를 두고 떠났던 의자들이 있는 곳으로 곧장 향했다.

하지만 가보니 플로렌스는 그곳에 없었다. 주위를 둘러보았지만 플로렌스는 어디에도 보이지 않았다.

「애니!」 내가 외쳤다. 애니와 레이먼드 양은 연단 옆에 모인 톰들과 함께 있었다. 「애니, 플로렌스는 어디 갔어?」

애니가 천막 주위를 살펴보더니 어깨를 으쓱했다. 「좀 전까지도 여기 있었는데.」 애니가 말했다. 「없어진 줄 몰랐어.」 천막 출구는 하나뿐이었다. 내가 키티와 키티의 반응을 보느라 정신이 완전히 팔려 있는 동안 플로렌스가 내 곁을 지나간 게 분명했다.

심장이 비틀리는 느낌이 들었다. 지금 당장 플로렌스를 찾지 못하면 영영 잃게 될 것만 같았다. 천막을 뛰쳐나가 주위를 황급히 둘러보았다. 군중 속에서 메이시 부인이 보였다. 나는 부인에게 다가가 물었다. 플로렌스를 보았냐고 묻자 부인은 못 봤다고 대답했다. 프라이어 부인이 보였다. 플로렌스를 찾는다는 내 말에 부인은 좀 전에 보았으며 꼬마와 베스널 그린으로 향하는 것 같았다고 말했다.

나는 고맙다는 말을 할 사이도 없이 서둘러 부인을 떠났다. 어깨를 부딪치며 사람들을 헤치고 갔고, 공포에 절고 급히 서두르는 탓에 여기저기 발이 걸리고 비 오듯 땀이 흘렀으며 나도 모르게 욕이 나왔다. 다시 『섀프츠』 가판대를 지났다. 이번에는 다이애나가 새 남자와 함께 여전히 그곳에 있는지 없는지 확인하려고 고개를 돌리지 않았다. 단지 계속 앞으로 나아가며 플로렌스의 재킷이나 반짝이는 머리털 또는 시릴의 장식 띠가 보이는지만 찾을 뿐이었다.

마침내 나는 가장 사람들이 많이 모인 곳을 뒤로하고 공원의 서쪽, 보트를 타는 곳 근처에 이르렀다. 이곳에는 천막과 주변 노점에서 벌어지는 강연과 토론에 관심 없는 남녀들이 서로 소리치고 물을 튀기고 장난치며 보트를 타거나 수영을 했다. 또 벤치도 잔뜩 있었다. 그 가운데 하나에 플로렌스가 있었다(나는 그 모습을 보고 반가운 마음에 하마터면 외마디 소리를 지를 뻔했다). 시릴은 플로렌스 조금 앞에서 손과 놀이옷의 주름 장식을 호수 물에 적시고 있었다. 나는 잠시 서서 숨을 돌리며 모자를 벗어 땀이 흥건한 이마와 관자놀이를 닦았다. 그리고 천천히 플로렌스를 향해 걸었다.

시릴이 먼저 나를 보고 손을 흔들며 큰 소리로 불렀다. 시릴의 외침에 플로렌스가 고개를 들고 내 눈을 보더니 긴장해 침을 꿀꺽 삼켰다. 플로렌스는 라펠에서 데이지를 뽑아 손가락 사이에 끼운 채 돌리고 있었다. 나는 플로렌스 옆에 앉아 의자 뒤로 팔을 뻗었다. 내 손이 플로렌스의 어깨를 살짝 스쳤다. 내가 헐떡이며 말했다.「전 당신을 잃은 줄 알았어요.」

플로렌스는 시릴을 지켜보았다.「당신이 키티와 말하는 걸 보았어요.」

「그랬죠.」

「당신은 키티가 절대 돌아오지 않을 거라고 말했어요.」플로렌스는 지독히 슬퍼 보였다.

「미안해요, 플로렌스. 정말 미안해요! 공평하지 않다는 거 알아요. 키티는 그랬지만 릴리언은 절대 그럴 수 없으니까요…….」

플로렌스가 고개를 돌렸다.「키티가 정말로…… 당신에게 돌아오라고 부탁하기 위해 온 거였나요?」
나는 고개를 끄덕이고 조용히 물었다. 「제가 갔을까 봐 걱정했나요?」
「〈갔을까 봐〉라고요?」 플로렌스가 침을 꿀꺽 삼켰다. 「전 당신이 이미 가버렸다고 생각했어요. 당신 표정을 보았다고요.」
「걱정했나요?」 내가 다시 물었다. 플로렌스는 손가락 사이에 낀 꽃을 응시했다.
「공원을 떠나 집으로 가자고 결심했어요. 이곳에 더 머무를 이유가 없어 보였어요. 엘리너 마르크스조차 그 이유가 되지 못했어요! 하지만 여기까지 왔을 때 생각했죠. 〈낸시가 없는데 집에 가서 난 뭘해야 하는 거지……?〉 하고요.」 플로렌스는 데이지를 다시 한번 비틀었고, 꽃잎 두세 장이 떨어져 플로렌스의 치마에 달라붙었다. 나는 풀밭에 눈길을 주었다가 다시 플로렌스의 얼굴을 보고 낮고 진지한 목소리로, 마치 내 목숨을 걸고 호소하듯 말하기 시작했다.
「플로렌스, 당신이 옳았어요. 제가 랠프와 했던 연설에 대해 당신이 한 말이 맞았어요. 그건 제 것이 아니었어요. 그 연설은 진심이 아니었어요. 적어도 그 말을 할 때는 아니었어요.」 나는 잠시 말을 멈추었고, 머리에 손을 올렸다. 「오! 저는 지금껏 평생을 다른 사람의 말만 되풀이한 것 같은 느낌이에요. 이제 제 자신의 말을 하고 싶은데 어떻게 해야 할지 도무지 방법을 모르겠어요.」
「만약 저를 떠나겠다고 말할 방법을 찾기 위해 괴로워하는 거라면…….」
「제가 괴로운 건 당신을 얼마나 사랑하는지 표현할 방법을 몰라서예요.」 내가 말했다. 「제게는 당신이 전부라는 말을 어떻게 해야 할지 몰라서 괴로워요. 제 피붙이에게는 그토록 관심이 없는 저였지만, 당신과 랠프와 시릴은 제 가족이며 전 절대 당신들을 떠날 수 없다는 것을 어떻게 말로 해야 할지 몰라 괴로운 거예요.」 내 목소리가 쉬었다. 플로렌스는 나를 빤히 바라보았지만 아무 말도 하지 않았고, 그래서 나는 더듬거리며 계속 말했다.「키티는 제 마음을 아프게 했어요. 저는 키티가 제 마음을 죽여 버렸다고 생각하곤 했어요! 오직 키티만이 그 마음을 다시 살려 낼 수 있을 거라고 생각하곤 했어요. 그리고 지난 5년 동안, 저는 키티가 돌아오기를 바랐어요. 키티를 생각했다가는 슬픔에 겨워 미쳐 버릴까 겁이 나 지난 5년 동안 키티는 생각도 하지 않으려 애썼어요. 이제 키티가 나타나 제가 꿈꿔 왔던 모든 말을 했어요. 그리고 저는 이미 제 마음이 치유되었다는 걸 깨달았어요. 바로 당신 덕분에요. 키티 덕분에 알게 되었어요. 당신이 보았던 제 표정은 바로 그거였어요.」 뺨이 간지럽기에 손을 들어 만져 보니 눈물이 흐르고 있었다.「오, 플로렌스!」 내가 말했다.「단지, 단지 절 사랑하겠다고만, 저와 함께 있겠다고만 말해 주세요. 저를 당신의 연인이자 동지로 삼겠다고만 말해 주세요. 제가 릴리언이 될 수 없다는 건 저도 알지만…….」

「그래요. 당신은 릴리언이 아니에요.」 플로렌스가 말했다.「저는 그게 무슨 뜻인지 안다고 생각했어요. 그러나 저는 알지 못했어요. 당신이 키티를 바라보는 모습을 보며 당신이 떠날 거라는 생각을 하기 전까지는요. 저는 릴리언을 너무나 오랫동안 그리워했기 때문에 뭔가를 원해도 릴리언을 또 다른 방식으로 원하는 것처럼 느끼게 되었어요. 하지만 오! 제가 원하는 게 릴리언이 아니라 바로 당신이라는 것을, 다른 누구도 아닌 바로 당신이라는 것을 알게 되었을 때…….」

나는 몸을 움직여 플로렌스에게 더 가까이 갔다. 내 주머니에 든 종이가 바스락거렸고, 나는 낭만적인 스키너 양 그리고 제나가 말했던, 플로렌스에 빠져 있다던 프리맨틀 하우스의 의지할 곳 없는 여인들이 생각났다. 나는 그 말을 하기 위해 입을 열었다가 플로렌스가 아직 그런 사실을 모를 수도 있는 지금은 하지 말아야겠다고 생각했다. 대신 나는 다시 공원 주변을 둘러보았다. 즐거운 얼굴을 한 사람들이 모여 있는 모습이, 천막과 노점, 리본과 깃발과 현수막이 보였다. 내게는 공원 전체가 오로지 플로렌스의 열정 덕분에 움직이고 있는 것처럼 보였다. 나는 다시 플로렌스를 보았고, 손을 꼭 잡았다. 우리 손 사이에서 데이지가 으깨졌고, 누가 보거나 말거나 나는 플로렌스 쪽으로 몸을 기울여 키스했다.

시릴은 여전히 주름 장식 놀이옷을 입고 연못가에 쭈그리고 있었다. 오후의 태양이 밟히고 멍든 풀밭 위로 긴 그림자를 던졌다. 연설이 있던 천막에서 둔탁한 환호성이 들렸고, 박수 소리가 높아졌다.

작가의 말
출간 20주년에 부쳐

〈무슨 내용인가요?〉 내가 소설을 썼다는 얘기를 들으면, 사람들은 때때로 이렇게 묻곤 했다. 그리고 나는 매번 대답을 하기 위해 마음을, 약간은, 다잡아야 했다. 다소 음란한 제목을 설명하기가 어색했다. 또한 플롯을 밝히기 시작한 순간 내 정체성을 밝히게 된다는 사실도 그랬다. 그리고 플롯 자체도 그랬다. 왜냐하면, 오, 맙소사, 엄청나게 야하고 부적절해 보이는 제목도 그렇거니와, 그 무엇보다도, 내용이 너무나 한정된 독자층을 위한 것이었기 때문이다. 빅토리아 시대의 굴 파는 소녀가 남장 여가수에게 마음을 빼앗겨 그 여가수와 같이 자고 또 함께 연예장 무대에 서게 되고, 그러다가 잔인하게 버려진 뒤, 한동안 남장을 하고 피커딜리에서 매춘을 하다가, 돈 많고 나이 든 여자의 섹스 노리개가 되었다가, 마침내 이스트엔드의 사회주의자에게서 진정한 사랑과 구원을 찾는 이야기라니 말이다.

나는 레즈비언들이 이 책을 좋아하기를 바랐다. 그리고 아주 빠르게 입소문을 통해 『티핑 더 벨벳』에 열광하는 게이 팬들이 생겼다는 사실을 알게 되었을 때, 가슴이 설렜다. 하지만 이성애자 독자들 사이에서 이 소설이 성공했다는 사실에는 깜짝 놀랐다. 그 가운데 일부는 선정적인 호기심 때문이었을 것이라고 확신한다. 뉴질랜드의 서점 한 곳은 이 책의 초기 출간본들을 비닐랩으로 포장하고 〈18세 이상〉이라는 스티커를 붙여 놓았었다. 그리고 2002년에 앤드루 데이비스가 이 소설을 드라마로 각색해 BBC에서 방영했을 때조차, 이 소설의 내용은 주로 성적인 면에서 시청자들의 관심을 끌었고, 홍보 역시 그 점에 치중한 황색 신문들이 주로 해주었다. 하지만 애초에 이 소설이 각색되었다는 사실은 세상이 어떻게 변하고 있는지를 보여주는 신호였고, 『티핑 더 벨벳』이 20년간 겪은 대우의 변화는 영국의 레즈비언과 게이들이 삶에서 겪은 거대한 변화와 거의 정확하게 일치한다. 이제 그들은 이성애자들과 똑같이 결혼, 양육, 취직의 권리를 누리고, 주류 문화를 즐긴다. 1998년의 나는 이런 일이 가능하리라고는 도저히 믿지 못했을 것이다.

사실, 이 소설은 20년보다 약간 더 오래되었다. 나는 이 소설의 초고를 1995년에 썼으며, 등장인물들과 플롯의 구상은 그전해 정도에, 박사 과정을 마칠 때 했다. (나는 자전거를 타고 구〔舊〕 영국 국립 도서관의 대형 열람실 건물로 오가는 도중에 이 책을 구상하며 무척 즐거워했다. 낸시의 두 번째 애인이자 상류층인 다이애나 레더비의 성은 자전거를 타고 지나던 캘소프 스트리트의 파란 명판에서 따왔다.) 내 기억에, 런던에서 젊은이가 동성애자로 살기에 1990년대 중반은 다소 흥분되는 시기였다. 당시에는 분노할 거리가 많이 있었지만, 한편 축하하고 즐길 거리도 많았다. 〈아웃레이지!〉, 〈레즈비언 어벤져스〉와 같은 대중을 기반으로 한 직접 행동* 단체들은 레즈비언과 게이 문화에 에너지와 정치적 힘을 주고 있었다. 퀴어 이론은 섹스와 젠더와 정체성에 충격을 주기 시작했다. 『쉬잇!』이라는 〈여성용 에로틱 대형 매장〉이 그때 막 혹스턴에서 문을 열었고, 재미있고 안전

* 정치, 경제, 사회적 목적을 이루기 위해 제도에 따르지 않는 행동.

한 장소에서 섹스 토이들을 팔았다. 딜도는 괜찮을까? 딜도는 성 압제적일까? 만약 딜도가 돌고래 모양으로 생겼다면 더 페미니즘적이었을까? 해크니에 있는 레즈니언 셰어 하우스에서 우리는 감격에 젖어 이런 질문들을 심사숙고했다.

독자들에게도 흥분되는 시기였다. 가끔 『티핑 더 벨벳』은 새로운 장르를 세웠다는 평가를 받곤 했다. 사실 레즈비언과 게이 작가들은 내가 등장하기 훨씬 전부터 생생한 역사 소설을 써왔으며, 만약 애초에 내가 이저벨 밀러의 『페이션스와 세라』, 엘런 갤퍼드의 『몰 컷퍼스』, 크리스 헌트의 『스트리트 라벤더』, 『나르키소스의 N』의 팬이 아니었다면, 나는 절대로 『티핑』을 쓰지 않았을 것이다. (그리고 중요한 부분인데, 당시 더 위민스 프레스The Women's Press, 게이 맨스 프레스Gay Men's Press, 비라고Virago, 게이스 더 워드Gay's the Word, 실버 문Silver Moon, 웨스트 앤드 와일드West and Wilde 등과 같은 결단력 있는 게이, 페미니스트 소형 출판사와 서점들을 통해 내가 그 책들을 보지 못했더라도 마찬가지로 이 책은 나오지 못했을 것이다.) 주류 문학에서 야심 찬 게이 문학을 찾을 수 있다는 사실 역시 나에게 영감을 주었다. 나는 재닛 윈터슨, 앨런 홀링허스트의 작품들, A. S. 바이엇, 피터 애크로이드, 토니 모리슨, 앤절라 카터의 소설들을 게걸스레 탐닉했다. 한편 필리파 그레고리의 『와이드에이커』 3부작을 읽으며, 나는 〈여성〉의 소설이 얼마나 환상적일 정도로 촘촘할 수 있는지, 그리고 또한 얼마나 엄청난 상업적 파괴력을 가질 수 있는지에 대해 감을 잡을 수 있었다. 과거를 바라보는 방식이 대다수인 이 소설들은 전체적으로 거대한 서사가 비틀려 열리며 페미니스트 이야기들, 퀴어 이야기들, 사라져 버린 이야기들, 급진적인 이야기들이 드러나는 (또는 억지로 수용되는) 식인 듯했다.

이제 와 생각하면, 나는 참으로 용감하게 낸시의 이야기를 쓰기 시작했다. (〈1년 동안 해보는 거야, 그리고 그때 가서 어떻게 할지 결정하자.〉 나는 스스로에게 이렇게 말했다. 당시 나는 28세로 아직 젊었고, 아무런 성과를 내지 못할 가능성이 있는 일에 1년 정도는 허비해도 괜찮을 정도로 충분한 시간이 있다고 생각했다.) 나는 1장이 아니라, 소설의 중간 부분, 낸시가 근위병 군복을 입고 남창이 되는 모험을 하는 부분부터 썼다. 학위 논문을 준비하는 과정을 통해, 나는 이미 오스카 와일드풍의 세계에 대해 알았고, 중간 부분을 쓰는 동안 연예장, 남장 여가수, 굴 장사에 관한 연구를 했다(도서관 책들을 몇 권 읽는 정도를 〈연구〉라고 부르는 게 좀 거창한 면이 있기는 하다). 나는 요즘에는 세부사항들에 대해 훨씬 더 엄격해졌다. 그러나 한편으로, 나는 『티핑 더 벨벳』을 사실주의 역사 소설로 쓸 의도가 전혀 없었다. 대신, 나는 『티핑』에서 1990년대 풍미를 담은, 그러면서도 빅토리아 시대의 클럽들과 술집과 패션 속 레즈비언 문화를 전부 담은 런던을 묘사하려 했다. 『티핑』에서 나는 〈톰〉, 〈매셔〉, 그리고 이 책의 제목인 〈티핑 더 벨벳〉처럼 과거의 은어 사전들 그리고 19세기 외설 문학에서 우연히 알게 된 옛날 레즈비언 단어와 표현들을 소환해 썼다(또는 즐겁게 오용했다). 그리고 『티핑』을 통해 나는 도리언 그레이, 하드리아누스와 안티노우스, 버지니아 울프의 『올랜도』, 에밀 졸라의 『나나』, 콤튼 매켄지의 『비범한 여인들』, 헨리 제임스의 『보스턴 사람들』 같은 레즈비언과 게이 아이콘 그리고 고전 퀴어 문학에 종종 작은 경의를 표했다. 여기저기 누덕누덕 기워진 레즈비언 역사 그러니까 레즈비언에 관한 문서 자료가 끔찍할 정도로 부족해서, 레즈비언 역사 소설가로서 나는 고통을 느꼈고, 그 부분을 충당해야 한다는, 〈창작으로 채워야〉 한다는 자극을 받았다. 나는 이 소설이 단순히 그 역사적 특수성을 반영하는 것뿐만이 아니라, 그 점에 대해 고민해 보기를, 그 작위성을 훤히 드러내고 그 위에서 흥겹게 즐기기를 원했다.

오락물이자 로맨스 소설이기도 한 책을 두고 너무 포부가 큰 것처럼 들린다. 그리고 이제 이 책을 다시 펼쳐 들어 본다. 어이쿠! 내 눈에는 결함투성이다. 경험 없는 작가들의 첫 소설 다수가 그러하듯, 이 소설은 엉성하고 장황하다. 빅토리아풍이 좀 과하게 들어갔다. 그리고 화자인 낸시, 중년의 나이가 되어 젊은 시절의 자신을 돌아보는 역을 맡은 낸시는, 헛웃음 날 정도로 나이에 걸맞은 지혜가 전혀 없으며, 지금 설명 중인 모험을 하는 이기심 가득한 20대의 모습 바로 그대로이다. 달리 말해, 낸시를 창조했을 당시 자신만 생각하던 20대의 나 그 자체이다. 당시 나는 낸시를 다소 이기적인 존재로 만드는 게 멋지다고 생각했다. (나는 홀링허스트의 멋진 소설인 『수영장 도서관』의 화자인 윌 벡위스의 영향을 받았다고 생각한다.) 이제 나는 낸시가 따끔하게 혼나야 한다고 생각한다.

하지만 나는 여전히 이 책을 아주 좋아한다. 이 책의 엄청난 미숙함 때문에 나는 도저히 이 책을 단념할 수가 없다. 이 책은 진부함을 두려워하지 않고, 선정적임을 두려워하지 않는다. 이 책은 가끔, 이제 자리를 잡은 작가가 된 나로서는 시도하기 망설여지는 표현들을 경솔하게 남발한다. 하지만 이 책을 쓸 때는 정말 즐거웠다! 그게 이 책에 대해 가장 기억에 남는다. 한 쪽 한 쪽 쓰면서 느꼈던 즐거움, 활기, 명랑함. 나는 『티핑 더 벨벳』에 큰 빚을 졌다. 이 책의 단점들에도 불구하고, 아니, 단점들 때문에, 이 책은 나를 작가로 만들었고, 나로 하여금 다시 글을 쓰고 싶게, 더 나은 글을 쓰고 싶게 했다. 이 책으로 인해 나는 빅토리아 시대에 푹 빠졌고, 그 직접적인 결과로 두 번째와 세 번째 책인 『끌림』과 『핑거스미스』를 쓰게 되었다. 그리고 내 소설들 전체를 아울러 볼 때, 『티핑』은 이후에 나온 내 소설들과 약간 다른 위치를 차지한 듯 보인다. 다른 책들은 내 두뇌의 훨씬 더 어두운 부분에서 나온 것에 반해 이 책은 내 두뇌의 밝은 부분에서 나온 것 같은 느낌이다. 이 책은 이후 내가 여러 번에 걸쳐 사용한 분장, 공연, 연인들, 간수, 문턱, 진주 같은 수사와 상징의 저장고 역할을 했다고 생각한다.

그리고 이 책은 출간 후 꽤 흥미로운 여정을 누렸다. 이 책을 각색한 TV 드라마는 주류 시청자들에게 많은 주목을 받았고, 그로 인해 새로운 독자들이 많이 생겼다. 최근에는 로라 웨이드가 이 책을 흥겨운 분위기로 각색해 해머스미스의 리릭 극장 무대에 올리기도 했다. 이 책의 파생물은 꽤 광범위하다. 특히 레즈비언 코어 팬들 사이에서는 출간하자마자 그랬다. 나는 『티핑 더 벨벳』 칵테일, 나이트클럽, 파티, 문신, 순례, 독신자 광고(〈키티가 낸시를 찾습니다〉)에 대한 이야기를 오랫동안 들어왔고, 『티핑』에 영감을 받은 그림, 팬픽, 케이크들도 보았다. 가장 감동적인 사실은, 이 소설을 읽은 독자 상당수가 자신의 통렬한 삶의 이야기를 나와 공유했다는 점이다. 어떤 이들은 이 책이 자신들이 커밍아웃하는 것을, 용기를 내는 것을, 배우자를 찾는 것을, 상심을 치유하는 과정을 도와주었다고 말했다. 특히 젊은 여성들은, 거절과 나쁜 선택과 잘못된 방향으로 들어서면서 겪는 혼란과 혼동을 통해 순진한 상태에서 경험 많은 이가 되는, 그리고 진실한 사랑에 이르는 낸시의 여정을 여러 면에서 자신들의 경험과 동일시하는 듯하다.

만약 내가 지금 『티핑』을 다시 쓴다면 어떤 부분이 바뀔까 생각해 본다. 우선, 느슨한 부분들을 제대로 매듭지을 것이다. 그리고 이 기회에 낸시를 덜 이기적이고 덜 비열한 존재로 바꿀 것이다. 나는 다이애나의 사교 모임에 오는 나이든 끔찍한 여자들에게 좀 더 상냥해질 것이다. 흑인 등장인물인 빌을 단지 백인 주인공에게 도덕적인 교육을 담당하게 할 목적으로만 넣지는 않을 것이다. 그리고 낸시의 첫사랑인 키티에게 좀 더 주의를 기울일 것이다. 가엾은 키티. 키티는 장밋빛 스포트라이트 속에서 베스타 틸리*처럼 시작해서, 빅토리아 시대의 위 지미 크랭키** 처럼 끝났다. 키티야말로 이 소설이 1990년대에 취한 〈단호히 자신을 드러내고 당당해져라〉라는 주장의 피해자이다. 키티에게는 채워지지 않은 부분이 살짝 있고, 이제 나는 궁금해진다. 키티는 어떻게 되었을까? 어디에서 왔을까? 어떤 이유로 그렇게 되었을까? 만약 내가 이 소설의 후속편을 쓴다면 그 이야기는 키티에 대한 내용일 것이다.

2018년, 런던에서
세라 워터스

* 19세기 중순부터 20세기 초반까지 활동한 영국의 유명 남장 여가수.

** 20세기 후반 스코틀랜드의 부부 코미디언인 이언 터프와 재닛 터프는 주로 아버지 이언 크랭키와 어린 말썽꾸러기 아들 지미 크랭키로 분장해 공연하거나 TV 프로그램에 출연했다.

옮긴이의 말
개역판에 부쳐

역자에게 있어 예전에 자신이 번역한 책을 다시 손보는 것은, 화가에게 있어 회고전을 준비하는 과정과 같다. 하지만 화가의 회고전 준비와 달리, 역자에게 그 과정은 부끄러움이 가득한 작업일 뿐이다. 그럼에도 불구하고 과거의 실수를 고치지 않고 두는 것보다는 늦게라도 고치는 쪽이 낫고, 또한 번역본 초판이 나오고 10년이 넘는 시간 동안 사회, 정치, 문화적 인식이 (바라건대 좋은 쪽으로) 바뀌었으며, 나의 인식 또한 (이 역시 바라건대 좋은 쪽으로) 여러 가지가 바뀌었으니, 기회가 있을 때 인식의 전환으로 깨달은 이전의 부끄러운 실수들을 수정하는 것이 좋다고 생각했다.

당연히 이번 『티핑 더 벨벳』 신판에서는 책 전반에 걸쳐 기존 번역과 역주의 크고 작은 오류들을 바로잡았다. 하지만 가장 크게 눈에 띌 부분은, 이전에 이 책을 읽은 독자들이라면 진작 눈치챘겠지만, 제목이다(지금 이 글을 쓰면서도 나는 무의식적으로 이전의 번역본 제목을 치고 난 뒤에야 실수를 깨닫고 〈티핑 더 벨벳〉으로 바꾸고 있다). 번역본 초판의 제목을 정할 당시에는 나름 고민해서 결정했었기에, 그 제목을 불편해하는 독자들이 있다는 사실을 알면서도 수정에 별 관심이 없었다 (게다가,

이미 나온 책의 제목을 바꾸기란, 지금처럼 재출간을 하지 않는 이상 아주 어렵다). 그리고 이번에 제목을 바꾸자고 출판사가 제안했을 때에도 내 의견은 기껏해야 〈바꿔도 상관없다〉 정도였고, 이전의 번역본 제목을 껄끄러워하는 이들이 있다는 사실이 오롯이 이해되지는 않았다. 하지만 배우자와 그에 관해서 의견을 나누는 동안, 그러한 내 생각은 나의 성별에서 비롯하는 성인지 감수성의 부족이 작용했기 때문이라는 사실을 깨달았다. 그리고 여기까지 읽은 이들은 내가 이 책의 예전 번역본 제목을 글에 넣지 않았다는 사실을 아마 알아차렸을 것이다. 이를 이전의 제목으로 인해 불편함을 겪었을 이들에게 보내는 아주 작은 사과의 표시로 여겨 줬으면 한다. 바로잡은 것은 제목이나 번역의 오류들뿐만이 아니다. 처음 번역을 할 때 낸시가 되어 그 입장에 서려 애를 썼지만, 나도 모르게 내 성별의 시점이 들어갔다는 사실을 이번에 다시 원고를 살피는 과정 중에 알게 되었다. 이번 기회에 그러한 부분을 최대한 없애려 애를 썼지만, 남은 부분이 분명히 있으리라 생각한다. 계속 고쳐 나가겠노라고 약속한다.

앞서 말했듯이, 이전 원고를 살핀다는 것은 역자에게 있어 부끄러움을 돌아보는 일이다. 훗날 다시 이 책의 원고를 살필 때는 지금보다는 덜 부끄럽기를 바랄 뿐이다.

2020년
최용준

초판 옮긴이의 말

생생하게 살아나는 빅토리아 시대 레즈비언의 초상

은밀한 벨벳을 펼치다

『티핑 더 벨벳』은 1998년 출간된 세라 워터스의 데뷔작으로, 빅토리아 시대 영국 윗스터블 지방의 굴 식당에서 일하던 낸시 애슬리가 연예장의 남장 가수 키티 버틀러와 사랑에 빠지고, 그 사랑에 아파하고, 자신의 성 정체성을 깨달으며 성장하는 내용을 담고 있다. 세라 워터스의 다른 소설들과 마찬가지로 『티핑 더 벨벳』 역시 레즈비언을 주인공으로 하지만, 이 작품은 특히 레즈비언의 섹스와 욕망에 대해 자세히 그리고 있다. 제목인 『티핑 더 벨벳』도 〈여성 성기를 입술이나 혀로 자극하는 행위〉를 의미하는 빅토리아 시대의 레즈비언 은어이다.

『티핑 더 벨벳』은 발표 당시 솔직하고 대담한 성 묘사로 논란을 불러일으키며 평단과 독자의 열렬한 환영을 받았고, 세라 워터스는 이 작품으로 레즈비언 문단 그리고 주류 문단의 총아가 되었다. 또한 이 소설은 2002년에 BBC가 3부작 드라마로 제작해 방영하면서 화제가 되기도 했다.

워터스는 빅토리아 시대의 게이와 레즈비언에 대한 박사 학위 논문을 쓰는 도중에 『티핑 더 벨벳』을 착상하게 되었다. 그리고 그런 과정을 잘 드러내듯 이 작품 속에 빅토리아 시대의 화려한 연예장, (남장 여자가 겪는) 남창 세계, 상류 사회 귀부인들의 퇴폐적인 파티, 막 싹트기 시작한 당시 여성 운동 현장의 모습을 생생히 그렸다. 또한 〈톰〉이나 〈메리앤〉, 그리고 이 책의 제목이기도 한 〈티핑 더 벨벳〉처럼 이제는 사라져 버린 빅토리아 시대 용어들을 되살려 냈다. 하지만 파격적인 소재에 비해 다루는 주제는 평범하다고 할 수 있다. 사랑과 배반, 그 뒤로 이어지는 갖은 고생, 사랑하는 이와의 행복한 결말 등 어찌 보자면 한없이 통속적이다. 출생의 비밀이 끼지 않은 게 오히려 신기할 정도이다(그런 점에서는 『핑거스미스』가 통속극의 모든 요소를 갖추었다고 할 수 있다). 이처럼 낡은 소재이지만, 연예장과 상류 사회, 막 태동하는 여성 운동 등 19세기 배경과 한데 어울려 있어 이야기는 고풍스럽되 진부하지 않으며 흥미롭되 천하지 않다. 그리고 마지막 장을 넘길 때까지 책을 놓을 수 없을 만큼 흥미롭게 전개된다. 하지만 이는 전혀 이상한 것이 아니다. 『티핑 더 벨벳』에는 찰스 디킨스의 작품처럼 대중적이면서도 치밀한 플롯이라는 거부할 수 없는 매력이 있기 때문이다. 그리고 그와 더불어 솔직하고 대범한 성 묘사, 낸시와 키티가 보여 주는 남장 가수의 세계, 오로지 쾌락만을 추구하는 다이애나 같은 흥미로운 등장인물들, 손에 잡힐 듯 섬세하고 치밀하며 아름다운 묘사는 읽는 즐거움을 한껏 더해 준다.

사실 그 어떤 설명도 이 책의 묘미를 제대로 전달하기 어렵다. 그러나 역자에게 그러했듯이, 독자들에게도 이 책은 후회 없는 선택이 될 것이다.

세라 워터스

세라 워터스는 1966년 영국 웨일스의 펨브로크셔에서 태어났으며, 켄트 대학교와 랭커스터 대학교에서 영문학 전공으로 학부와 대학원을 마쳤다. 워터스는 학생 시절 굴로 유명한 윗스터블에서 2년 동안 살았는데, 이 장소가 바로 이 책의 배경으로 등장한다. 1988년 워터스는 런던으로 옮겨 가 작은 서점에서 일을 하다 공공 도서관에 직장을 얻는다. 1991년 다시 대학원으로 돌아가기로 결심한 워터스는 이후 레즈비언과 게이 역사 소설에 관한 연구로 영문학 박사 학위를 받았으며, 성, 성의 표출과 역사에 대한 논문들을 발표했다. 박사 학위 논문을 쓰는 동안 세라 워터스는 19세기 런던의 삶에 대한 관심이 커지게 되었고, 졸업 후 소설을 쓰기 시작해 현재까지 다섯 편의 소설을 썼으며, 발표하는 작품마다 이성애자와 동성애자 독자 양측으로부터 모두 높은 평가를 받았다.

『티핑 더 벨벳』을 비롯해 『끌림』과 『핑거스미스』는 모두 빅토리아 시대를 배경으로 한다. 그리고 이처럼 빅토리아 시대에 대한 철저한 고증을 바탕으로 한 작품들 덕분에 세라 워터스는 찰스 디킨스에 비유되곤 한다. 물론 그 가장 큰 이유로는 세라 워터스가 찰스 디킨스와 마찬가지로 빅토리아 시대를 배경으로 한 소설을 썼다는 점을 꼽을 수 있다. 하지만 그보다는 고풍스럽고 울림이 강한 문체, 복잡하면서도 정교한 플롯 구성이 큰 역할을 한다. 워터스는 현대인의 시각으로 빅토리아 시대를 바라보기에 워터스가 그려 내는 빅토리아 시대는 찰스 디킨스를 비롯한 그 시대의 작가들은 그려 내지 못했을, 우리에게 낯익으면서도 그 친숙함 안에 완전히 낯선 모습을 숨긴 또 다른 빅토리아 시대이다. 또한 워터스는 소재 면에서도 현대적인 동시에 당시로서는 금기시되던 내용들을 다룬다. 그래서 워터스의 빅토리아 시대 소설은 당시부터 현재까지 무수한 작가들이 다루어 온 시대를 또다시 다룸에도, 다른 주류 작가들은 결코 구현할 수 없었던 독특한 성격을 띠고 있다. 바로 이 점이 세라 워터스 작품의 특징이다.

앞서 말했듯 데뷔작인 『티핑 더 벨벳』은 박사 학위 논문을 준비하며 레즈비언 역사 소설들을 조사한 것이 동기가 되어 쓰게 된 작품이다. 연구를 하는 동안 워터스는 19세기 외설 문학을 많이 읽어야 했으며, 그 과정에서 〈존재하나 들을 수 없는 이야기〉에 관심을 품게 되었다. 그 결과가 바로 『티핑 더 벨벳』이다.

두 번째 소설 『끌림』은 빅토리아 시대의 여자 감옥과 강신술을 다뤘다. 데뷔작에 비해 성적인 묘사는 거의 없고 내용은 훨씬 더 무겁고 어두워졌으며, 작가가 말한 대로 실체에 비해 저평가를 받고 있기도 하다. 역자는 이 작품이 풍기는 무거운 색채 때문이라고 생각한다. 하지만 이야기 서술과 구조 측면에서는 데뷔작을 능가한다. 세라 워터스는 이 작품으로 서머싯 몸상과 『선데이 타임스』가 주는 올해의 젊은 작가상을 받았다. 이 작품 역시 2008년 영화로 제작되었다.

2002년 발표한 『핑거스미스』는 1860년대 런던을 배경으로 범죄자들의 음모와 사랑, 배신을 다루었으며 세라 워터스가 발표한 빅토리아 시대 소설의 정점이라 할 수 있다. 『핑거스미스』는 추리 소설로는 드물게 부커상 최종 후보와 오렌지상 최종 후보에 올랐으며 추리 소설 부분에 주는 대거상 역사 부분을 수상했다. 『핑거스미스』 역시 2005년에 BBC에서 3부작 드라마로 만들어 방영했다.

세 권에 걸쳐 빅토리아 시대를 다룬 워터스는 2006년, 배경을 1940년대로 옮겨 『나이트 워치』를 발표한다. 1947년부터 1940년까지 시간을 역순으로 다룬 이 작품은 런던 공습을 배경으로 레즈비언의 삼각관계를 다루고 있다. 2009년에 발표한 『리틀 스트레인저』는 제2차 세계 대전이 끝난 직후가 배경이며 유령을 소재로 한다. 워터스는 현재 런던에 살고 있다.

작품 목록과 수상 내역

『티핑 더 벨벳』
1999년 Betty Trask Award
1999년 Lambda Literary Award for Lesbian Fiction
1999년 Library Journal Best Book of the Year
1999년 Mail on Sunday/John Llewellyn Rhys Prize
1999년 New York Times Notable Book of the Year Award
2000년 Ferro-Grumley Award for Lesbian and Gay Fiction (최종 후보)

『끌림』
2000년 American Library Association GLBT Roundtable Book Award
2000년 Arts Council of Wales Book of the Year Award (최종 후보)
2000년 Ferro-Grumley Award for Lesbian and Gay Fiction
2000년 Lambda Literary Award for Fiction (최종 후보)
2000년 Mail on Sunday/John Llewellyn Rhys Prize (최종 후보)
2000년 Somerset Maugham Award for Lesbian and Gay Fiction

2000년 Sunday Times Young Writer of the Year Award

『핑거스미스』
2002년 British Book Awards Author of the Year
2002년 Crime Writers Association Ellis Peters Historical Dagger
2002년 Lambda Literary Award for Lesbian Fiction
2002년 Man Booker Prize for Fiction (최종 후보)
2002년 Orange Prize for Fiction (최종 후보)

『나이트 워치』
2006년 Orange Prize for Fiction (최종 후보)
2006년 Man Booker Prize for Fiction (최종 후보)
2007년 Lambda Literary Award for Lesbian Fiction

『리틀 스트레인저』
2009년 Man Booker Prize for Fiction (최종 후보)
2009년 Shirley Jackson Award (최종 후보)

그리고……

역자가 처음으로 읽은 세라 워터스의 작품은 『핑거스미스』였다. 좋은 작품이라는 걸 알면서도 번역을 하게 되기까지는 2년이라는 시간이 흘렀다. 하지만 더는 인연이 닿지 않을 줄 알았다. 그리고 다시 2년이 넘는 시간이 훌쩍 흘렀고, 이제 독자 앞에 세라 워터스의 데뷔작인 『티핑 더 벨벳』을 선보인다. 더디고 긴 시간이었지만, 임선영 님의 도움이 없었다면 훨씬 더 오랜 시간이 흐른 다음에야 이 책이 나왔을 터이다. 이 자리를 빌려 고마움을 표한다. 그리고 꼼꼼히 원고를 읽고 조언을 아끼지 않은 김민혜 님, 웹에 정보를 올려 주신 여러분에게도 고마움을 전한다. 헨델의 수상 음악을 멋지게 연주한 브룩 스트리트 밴드에게도. 또한 『핑거스미스』 이후 독자들이 보내 준 응원 역시 빼놓을 수 없다. 모두, 고맙습니다.

2009년, 볼더에서
최용준

옮긴이 **최용준** 대전에서 태어나 서울대학교 천문학과를 졸업했으며, 미국 미시간 대학교에서 이온 추진 엔진에 대한 연구로 항공 우주 공학 박사 학위를 받았다. 현재는 플라스마를 연구한다. 옮긴 책으로 세라 워터스의 『핑거스미스』, 『끌림』, 에릭 앰블러의 『디미트리오스의 가면』, 맥스 배리의 『렉시콘』, 아이작 아시모프의 『아자젤』, 마이클 프레인의 『곤두박질』, 마이크 레스닉의 『키리냐가』, 루이스 캐럴의 『이상한 나라의 앨리스』, 제임스 매튜 배리의 『피터 팬』 등이 있다. 헨리 페트로스키의 『이 세상을 다시 만들자』로 제17회 과학 기술 도서상 번역 부문을 수상했다. 시공사의 〈그리폰 북스〉, 열린책들의 〈경계 소설선〉, 샘터사의 〈외국 소설선〉을 기획했다.

티핑 더 벨벳

발행일 **2009년 5월 25일 초판 1쇄**
2020년 12월 20일 개역판 1쇄

지은이 **세라 워터스**
옮긴이 **최용준**
발행인 **홍지웅·홍예빈**
발행처 **주식회사 열린책들**

경기도 파주시 문발로 253 파주출판도시
전화 **031-955-4000** 팩스 **031-955-4004**
www.openbooks.co.kr

ISBN 978-89-329-2071-9 03840

이 도서의 국립중앙도서관 출판예정도서목록(CIP)은 서지정보유통지원시스템 홈페이지(http://seoji.nl.go.kr)와 국가자료공동목록시스템(http://www.nl.go.kr/kolisnet)에서 이용하실 수 있습니다.(CIP제어번호:CIP2020045368)